ALINA A.E. MAURER
Love Me Not

DAS BUCH

In London einen Neustart beginnen und ihre erste Beziehung hinter sich lassen, das ist alles, was Rose sich wünscht. Am Imperial College soll für sie alles anders werden. Sie wurde für Medizinische Biochemie an ihrer Traumuni angenommen und wohnt endlich wieder in der Großstadt - ihr Plan geht genau auf. Bis sie gleich am ersten Tag auf ihren arroganten Mitbewohner Jez trifft. Er ist genau die Sorte von Mann, um die Rose einen großen Bogen machen will: gutaussehend, selbstbewusst, Frauenheld. Bis sie erkennt, dass auch er hinter seiner Fassade eine dunkle Vergangenheit verbirgt. Und auch die Funken zwischen ihnen kann sie nicht länger ignorieren ...

DIE AUTORIN

Alina A.E. Maurer wurde 1999 geboren und lebt und atmet Bücher seit ihrer Kindheit. Wenn sie nicht schreibt, ist sie mit ihrem Hund draußen in der Natur. Ihre Leidenschaft für England hat sie für ein Semester nach Birmingham gebracht, wo sie Kreatives Schreiben studiert hat. Sie lebt mit all ihren Büchern im schönen Mainz am Rhein. Auf Instagram tauscht sie sich unter @alina.a.e.maurer mit anderen Bücherliebhaber:innen aus.

Mehr Informationen auf *www.alinaaemaurer.de*

ALINA A.E. MAURER

love
me not

Roman

© / Copyright: 2022 Alina Anneliese Elisabeth Maurer

Originalausgabe 2022
Umschlaggestaltung, Illustration: Alina Maurer
Buchsatz: Alina Maurer
Herstellung und Verlag: Bookmundo, Mijnbestseller Rotterdam
Autorinnenfoto: Nadja Jobst

Alina Maurer
c/o autorenglück.de, Franz-Mehring-Str. 15, 01237 Dresden
info@alinaaemaurer.de

ISBN Taschenbuch: 978-9-403-67757-6
Dieses Buch ist auch als Kindle eBook verfügbar

Liebe Leser:innen,

In *Love Me Not* verarbeite ich sensible Themen, die potenziell triggern können. Darunter auch:
toxische Beziehungen und *versuchter sexueller Missbrauch.*
Eine vollständige Inhaltswarnung findet ihr am Ende des Buches. Diese enthält Spoiler für das gesamte Buch.

Ich wünsche mir für euch nur das bestmögliche Leseerlebnis. Passt auf euch auf und sorgt für euch!

Eure Alina

Für uns mit abgeknabberter Schokoglasur. Wir sind aus Toffee und können nicht kaputt gehen.

PLAYLIST

Someone To You – BANNERS
Moral of the Story (feat. Niall Horan) – Ashe, Niall Horan
I Lived – OneRepublic
Sweater Weather – Kurt Hugo Schneider, Alyson Stoner
If I Lose Myself – OneRepublic
My Universe – Coldplay, BTS
Ghost of You – 5 Seconds of Summer
Unsteady – X Ambassadors
It's Not Living (If It's Not With You) – The 1975
Us – James Bay
Till Forever Falls Apart – Ashe, FINNEAS
Electric Love – BØRNS
Ghost – Justin Bieber
Someone You Loved – Lewis Capaldi
Imagination – Shawn Mendes
Home – Phillip Phillips
If I Could Fly – One Direction
She Looks So Perfect – 5 Seconds of Summer
Wildfire – Seafret
Hold Me While You Wait – Lewis Capaldi
Lose Somebody – Kygo, OneRepublic
Good Life – OneRepublic
Everything Has Changes (feat. Ed Sheeran) – Taylor Swift,
Ed Sheeran
Merry-Go-Round of Life (From Howl's Moving Castle) –
Nuvo Orchestra 누보 오케스트라

»Es liegt in der menschlichen Natur, herausfinden zu wollen, wie wir sehen und hören, warum sich manches gut anfühlt, während anderes Schmerzen bereitet, wie wir uns bewegen, wie wir nachdenken, uns erinnern und vergessen, was Zorn und geistige Verwirrung ausmachen. Man beginnt jetzt damit, diese Mysterien durch die Grundlagenforschung in der Neurowissenschaft zu enträtseln. (…) Um zu verstehen, wie das Gehirn funktioniert, sind viele verschiedene Kenntnisse erforderlich (…): Medizin, Biologie, Psychologie, Physik, Chemie, Mathematik.«

Bear, Mark F. et al. *Neurowissenschaften*. Deutsche Ausgabe herausgegeben von Andreas K. Engel. Springer Spektrum, 2009, 4. Auflage 2018, S.4

1. KAPITEL

Jez

Seine Schwester hat immer gesagt, Anfänge wären wie frischer Wind in den Segeln. Befreiend, aufregend und irgendwie berauschend. Aber sie hat auch immer in allem das Abenteuer gesehen. Er erinnert sich noch genau daran, wie sie mit gepackten Taschen an die Uni loszog. Ihre dunklen Augen funkelten und sie hüpfte aufgeregt von einem Fuß auf den anderen. Als der Zug einfuhr, umarmte sie ihn fest. »Denk immer daran, eine Schildkröte kommt nur voran, wenn sie ihren Hals ausstreckt, Seo-jun«, flüsterte sie an sein Ohr. Sie hat ihn schon immer mit seinem zweiten Namen angesprochen. »Wir sind zuerst Koreaner und dann Briten«, pflegte sie zu sagen. Mit Vierzehn war ihm ihre überschwängliche Verabschiedung unangenehm und er sah sich betreten um, wer gesehen haben könnte, wie seine Schwester ihm einen Kuss auf den Scheitel drückte. Aber insgeheim vermisste er sie schon in dem Moment.

Jez wirft die Trainingstasche über die Schulter und sieht sich in seinem Kinderzimmer um. Ein Jahr lang hat er diesen Tag herbeigesehnt und nun fühlt es sich doch befremdlich an, sein Leben in Cardiff zurückzulassen. Er versucht, an die Worte seiner Schwester zu glauben. Dieser Neuanfang würde ihm guttun. Ein lautes Hupen unterbricht seine Gedanken und er sieht aus dem offenen Fenster auf die Straße.

Ein blonder Haarschopf lehnt sich aus einem schwarzen Ford. »Hamilton, beeil dich mal!«, ruft Henry so laut, dass ihn vermutlich die ganze Nachbarschaft gehört hat. Jez verdreht die Augen, schnappt sich aber seinen Koffer und wuchtet ihn die Treppen hinunter. Seine Mutter wartet bereits an der geöffneten Haustür und fragt Henry gerade, ob er hineinkommen möchte.

»Nein, danke, Mrs Hamilton. Wir wollten schon vor einer halben Stunde los.«

»Und wessen Schuld ist das?«, fragt Jez seinen Schulfreund und kann sich ein Lächeln nicht verkneifen. Er legt die Hand auf die Schulter seiner Mutter und schiebt sich an ihr vorbei nach draußen.

Henry steigt aus seinem Wagen und öffnet den Kofferraum. »Immer wird nur gemeckert. Ich kann auch alleine nach London fahren.« Dennoch nimmt er Jez den Koffer ab und schiebt ihn neben seine eigenen gepackten Taschen in den Laderaum des Ford Fiestas.

»Ich habe Essen gemacht. Für die Fahrt«, sagt seine Mutter. Jez hebt den Kopf und sieht in ihre besorgt geweiteten Augen. Seit Wochen liegt sie ihm damit in den Ohren, was er alles brauche und einpacken müsse. Vor einigen Jahren noch hätte ihn ihre Fürsorge genervt. Doch er weiß, wie schwer es seiner Mutter fällt, ihn gehen zu lassen.

Henry lehnt sich zu ihm herüber und quetscht die Trainingstasche in die letzte freie Ecke zwischen ihren Koffern. »Frag sie, ob sie auch Kimchi einpacken kann«, flüstert er, damit Jez' Mutter sie nicht hört.

»Kimchi?« Jez zieht ungläubig die Augenbrauen hoch.

»Deine Mum macht das beste Kimchi.«

»Und wie willst du das während der Fahrt essen?«

»Du kannst mich füttern.« Henry schlägt den Kofferraum zu und klopft sich, wie nach getaner Arbeit, die Hände an der Jeans ab.

»Träum weiter.« Jez lacht laut auf und läuft zurück zu seiner Mutter. Min ist eine kleine Frau, die ihre Kochkünste als Pölsterchen um die Hüften trägt. Sanft dirigiert er Min in die Küche. Sonst würde sie noch Stunden im Flur stehen und ihn die Packliste durchgehen lassen.

Sie öffnet den Kühlschrank und holt mehrere Plastikdosen Essen hervor. »Bibi Gusku, Japchae, Kimchi …«

»*Eomma*«, unterbricht er sie und nimmt ihr die Dosen ab. »Die Fahrt dauert nicht mal drei Stunden.«

»Damit du in London nicht verhungerst«, antwortet sie ihm ebenfalls in ihrer Muttersprache. Wie automatisch war er ins Koreanische gewechselt.

»Danke. Henry freut sich schon auf das Kimchi. Er sagt, du machst das Beste.«

Min lächelt. »Natürlich mache ich das Beste. Der Junge muss mehr essen. Zu dünn. So wie du auch.« Sie stupst seinen flachen Bauch an. Er grinst. So sieht er seine Mutter am liebsten. Selbstbewusst und scherzhaft. Diese Seite an ihr kommt nur noch viel zu selten hervor.

Jez dreht sich bereits um, um die Dosen zum Auto zu tragen, als seine Mutter plötzlich sagt: »Dein Vater und ich haben ein Geschenk für dich.«

Überrascht wendet er sich Min zu. Sie hält einen Reiskocher in ihren Armen. »Damit du in London nicht verhungerst«, wiederholt sie ihre Worte. Ihre braunen Augen schimmern und auch er kann plötzlich die Tränen nur schwer zurückhalten. Es geht um mehr als nur den Reiskocher. Seine Schwester hat bei ihrem Auszug auch einen bekommen. Dass er auch einen erhält, ist wie die Erlaubnis seiner Eltern, in die Welt hinauszuziehen. Vor allem, nachdem seine Mutter vehement dagegen war, dass er fürs Studium auszieht. Wenn es nach ihr gegangen wäre, hätte er Biomedizin an der Cardiff University studieren sollen. Zwar wurde er dort auch angenommen, aber es war der Traum seiner Schwester gewesen, so wie ihr Vater in der Hauptstadt zu studieren. Sie hatte es nicht nach London geschafft, aber er würde es für sie tun. Egal wie oft sein Vater sagt, dass ihr Studium in Edinburgh der Anfang vom Ende gewesen sei. Er würde in die Fußstapfen seiner Schwester treten und ausziehen.

»*Eomma*, das wäre doch nicht nötig gewesen.« Er stellt den Reiskocher auf die Küchentheke und umarmt seine Mutter fest. Sie reicht ihm gerade mal bis zum Schlüsselbein. Seine Größe ist das Einzige, was von den britischen Genen seines Vaters auf ihn übergegangen ist. Ein fester Kloß sitzt in seinem Hals bei dem Gedanken, sie mit seinem Vater hier zurückzulassen.

Behutsam tätschelt Min seinen Rücken. »*Daedanni kamsahamnida*«, bedankt er sich bei ihr. Die Nuancen, die verschiedene Wörter ausdrücken können, um ein und dasselbe zu sagen, sind eine der vielen Dinge, die er in der englischen Sprache vermisst. Ein englisches ›Dankeschön‹ hätte seine tiefe Verbundenheit und Aufrichtigkeit niemals so zum Ausdruck bringen können. Draußen hupt Henry nochmal.

»Auf, auf, du musst los«, wechselt Min wieder ins Englische und löst sich aus der Umarmung. Schnell wischt sie sich über die Augen. Er balanciert die Plastikdosen auf dem Reiskocher und läuft nach draußen.

Henrys graue Augen funkeln amüsiert und er versucht, ein Lachen zu unterdrücken. »Ein Reiskocher?«

16

»Ein dummer Kommentar zum Asiaten mit dem Reiskocher in der Wohnheimküche und ich esse das Kimchi allein.« Jez stellt den Karton mit dem Küchengerät auf den Rücksitz und wirft Henry einen vernichtenden Blick zu. Dieser schließt sich mit einem imaginären Schlüssel seinen Mund ab und zuckt mit den Schultern.

Zum Abschied umarmt Jez seine Mutter doch nochmal, dann bringt er sich dazu ins Auto zu steigen und die Tür hinter sich zuzuziehen.

»Dein Dad kommt nicht noch vorbei?«, fragt Henry und verharrt mit der Hand am Zündschlüssel.

»Er ist in der Praxis.« Der Sicherheitsgurt schnappt zu, wie ein Startschuss für ihre Reise. Sein Vater ist immer in der Arztpraxis. »Ich suche die Musik aus. Du hast den Musikgeschmack eines zwölfjährigen Mädchens.« Jez greift nach dem Handy in der Mittelkonsole.

»Immer der Kritiker.« Aber Henry widerspricht nicht, als *Joy Divison* über das AUX-Kabel aus den Lautsprechern klingt.

»Sorry, aber drei Stunden Boybands halte ich wirklich nicht aus.«

»Meine weiblichen Fahrgäste haben sich bisher noch nie beschwert. Greta zum Beispiel …«

»Und deshalb ist Greta noch mit dir zusammen? Wegen deines unglaublichen Musikgeschmacks?«

Henry wirft ihm einen bösen Blick zu und fädelt sich auf die Hauptstraße in Richtung der M4 ein. »Greta ist immer noch ein wunder Punkt, Mann.«

Abwehrend hält Jez die Hände hoch. »Ich dachte nach über einem halben Jahr wärst du darüber hinweg.«

»Und wie lange ist das mit Suzie jetzt her?«

Jez beißt die Zähne zusammen, bis sein Kiefer schmerzt. Aber Henry spricht nicht weiter. Einige Minuten fahren sie in Schweigen. Unterbewusst dreht Jez das geknüpfte Band an seinem Handgelenk, ein rhythmisches Kratzen an seiner gebräunten Haut.

»Aber Imperial, das ist echt krass, dass du das noch geschafft hast«, wechselt Henry schließlich das Thema. Sie haben sich beide einen Schlag unter die Gürtellinie verpasst, das weiß er. Henrys Themenwechsel ist wie eine Entschuldigung. Ein Anerkennen, dass sie beide zu weit gegangen sind.

Jez lacht leise auf, um die Spannung in seinen Muskeln zu lösen. »Frag mal meinen Dad. Der wollte es mir gar nicht glauben.«

»Aber ich bin froh, Hamilton,« Henry klopft ihm spielerisch gegen die Schulter, »nach sechs Jahren kann ich dir wieder jeden Tag auf den Sack gehen.«

»Ich bin nicht derjenige, der weggezogen ist.«

»Sag das meiner Mum und ihrer Scheidung. Meine Idee war das auch nicht.« Sie lachen beide.

Seit der Zusage fürs Imperial College freut sich Jez schon, mit seinem besten Freund an die Uni zu gehen. Nachdem Henry aus Cardiff weggezogen war, haben sie sich nur die Sommer gesehen, die er bei seinem Dad in der walisischen Stadt verbracht hatte. Manchmal fragt Jez sich, ob alles anders gekommen wäre, wenn Henry damals da gewesen wäre.

»Ohne dich hätte ich mich nicht fürs Imperial ins Zeug gelegt«, sagt er ehrlich. Wenn Henry ihm nicht seit einem Jahr von seiner Zeit an der Universität in London vorgeschwärmt hätte, hätte sich Jez beim Nachholen seiner Prüfungen nicht so angestrengt. Allein die Vorstellung, mit seinem besten Freund an diesem renommierten Campus studieren zu können, hat ihn durch manche nächtliche Lernschicht gebracht.

»Du schmeichelst mir zu sehr.« Henry wischt sich eine imaginäre Träne aus dem Augenwinkel.

»Nimm das Kompliment doch einfach an.«

»Ich bin ein Mann, ich brauche keine Komplimente.«

Jez schnaubt. »Was ein Quatsch.«

»Sagt derjenige, der meinen Musikgeschmack auf den eines pubertierenden Mädchens reduziert.«

»Willst du Kimchi?« Jez übergeht die Bemerkung seines Freundes geflissentlich und greift nach den Plastikdosen auf seinem Schoß.

»Da musst du fragen?« Gierig betrachtet Henry den eingelegten Chinakohl, den Jez aus einer Plastikdose hervorholt. Jez nimmt Stäbchen aus einer Seitentasche seines Rucksacks. Mit ruhigen Händen reicht er Henry den Kimchi mit den Stäbchen. Henry schließt seine Augen und kaut genüsslich. »Deine Mum ist echt die beste Köchin.«

Auf der Hälfte des Weges fahren sie zum Tanken ab, was Jez nur mit einem Augenrollen quittiert. Er vermutet, dass Henry nur anhalten will, um die gebratenen Glasnudeln besser essen zu können.

»Beit Hall, mh?«, fragt Henry zwischen zwei Bissen. Er hat sich gegen sein Auto gelehnt und schaufelt sich die Glasnudeln in den Mund.

Jez zuckt mit den Schultern. »Ja. War nicht meine erste Wahl fürs Wohnheim, aber es ist direkt am Campus.«

Henry nickt. »Beit Hall ist cool. Partywohnheim, ich weiß nicht auf wie vielen WG-Partys ich dort schon war.« Er lacht, als er an sein erstes Jahr zurückdenkt. »Ein paar Teamkollegen haben da gewohnt. Die würden es auch noch mal machen.« Jez nickt langsam und versucht sich sein Leben in dem Wohnheim vorzustellen. »Aber alles steht und fällt mit den Mitbewohnern.«

»Dann hoffe ich einfach aufs Beste.«

Henry isst den letzten Rest Japchae und schließt die Plastikdose. »Hoffe einfach nur, dass du mit keinem heißen Mädel zusammenwohnst.«

Jez setzt sich zurück auf den Beifahrersitz. »Oberflächlicher geht's wohl kaum, oder?«

»Mann, letztes Jahr hat so eine Granate im Zimmer direkt neben mir gewohnt. Aber ich konnte ja nichts mit meiner Mitbewohnerin starten. Aber wenn die in kurzen Shorts in der Küche gekocht hat ...« Henry pfeift nur, als würde das alles aussagen.

»Du bist echt widerlich.«

Henry startet den Motor und sie rollen zurück auf die Straße. »Wir reden nochmal, wenn du deine Mitbewohner gesehen hast.«

»Ich glaube, deinem Hirn tut es nicht gut, dass du in deiner Freizeit nur mit Sportlern abhängst.«

»Hey, das hab ich allein von meinem Dad und seinen zig Affären.« Henry fädelt sich zurück in den Verkehr auf der M4 ein. »Kommst du zum Probetraining?«

So sehr ihn Jez mit seinem Fußballteam aufzieht, in nur einer Woche würde er hoffentlich ein Teil davon sein. »Klar. In der ersten Vorlesungswoche, oder?«

»Genau. Ich schick dir nochmal die Daten.«

Henry erzählt ihm von seinen Mannschaftskollegen, ihre Vorlieben und Macken, und beteuert immer wieder, dass Jez sie alle lieben würde. Dabei hat er das Gefühl, Henrys Freunde schon längst aus Erzählungen zu kennen. Jez schmunzelt nur und beobachtet die Landschaft, die an ihnen vorbeizieht. Die Baustellen häufen sich, je näher sie an London herankommen. Für Ende September ist es überraschend sonnig und warm, als würde die Welt ihm ein Zeichen geben wollen, dass dieser Neuanfang unter einem guten Stern steht. Seine Schwester hat immer geglaubt, dass alles aus einem Grund passiert. Er schnaubt leise.

»Ja, ich weiß, das vergeigte Spiel haben wir uns selbst zuzuschreiben. Aber der Abend vorher im Pub war es echt wert«, erwidert Henry auf sein Schnauben, im Glauben, dass es sich auf seine Erzählung über ein Fußballspiel letztes Semester bezieht.

»Verkatert spielen ist natürlich immer eine gute Idee«, steigt Jez wieder in das Gespräch ein und drängt den Gedanken an seine Schwester von sich.

»Hey, jetzt werde hier nicht verurteilend. Ich wurde nicht aus meiner Mannschaft gekickt, weil ich besoffen auf den Platz gekommen bin.«

Wenn Blicke töten könnten, wäre Henry am Steuer leblos zusammengesackt. »Das bin ich nicht mehr. Und das weißt du auch.«

»Ich weiß, ich weiß«, sagt Henry beschwichtigend. »Das hier wird unser Jahr, okay?«

»Unser Jahr?« Jez lacht auf. »Und das bedeutet?«

»Fette Partys, hübsche Mädels, gute Noten und nur gewonnene Spiele.«

»Sehr realistisch.«

»Lass mich träumen, Hamilton.«

Jez grinst. Partys, Mädchen, Noten und Sport unter einen Hut zu bekommen, ist eine Sache der Unmöglichkeit. Wenn das jemand weiß, dann er. »Mir würde es einfach schon reichen, an der Uni nicht völlig unterzugehen.«

»Nachdem du letztes Jahr nur gebüffelt und gearbeitet hast?« Henry wirft ihm einen ungläubigen Blick zu. »Nee, nee, du kommst Ende der Woche mit zu einer Party.« Jez stöhnt auf, doch bevor er widersprechen kann, fährt Henry fort: »Wenn du nicht kommst, berechne ich dir Spritgeld.«

Jez verdreht die Augen, widerspricht seinem Freund

aber nicht. Natürlich würde er mit Henry auf die Party gehen. Er muss seinem Schulfreund nur noch klar machen,
dass er keinen Alkohol trinkt. Seit einem Jahr hat er der
Flüssigkeit abgeschworen. Nie wieder will er so abstürzen,
wie er es damals regelmäßig gemacht hat.

»Wenn du eine heiße Mitbewohnerin hast, kannst du die
gerne mitbringen.«

»Wo genau ziehst du eigentlich hin?«, wechselt Jez abrupt das Thema. Er würde Henry, der seit der Trennung
von seiner Langzeitfreundin Greta jede mit ins Bett nimmt,
die ihm unter die Finger kommt, garantiert kein Mädchen
zum Fraß vorwerfen. Sie rollen bereits im stockenden Londoner Stadtverkehr und Jez lehnt sich nach vorne, um aus
der Windschutzscheibe die Stadt zu betrachten.

Henry reckt stolz die Brust heraus. »Wir hatten mega
Glück und haben ein Haus in Fulham gefunden. So nah an
der Uni ist das echt selten. Und es ist sogar einigermaßen
bezahlbar.«

»Mhm«, erwidert Jez nur. Sie fahren gerade in die Straße
vor dem Wohnheim ein und das große Backsteingebäude
lenkt ihn ab.

»Scheiße, ich kriege keinen Parkplatz.« Henry sieht sich
auf der überfüllten Straße um, an deren Rand sich bereits
unzählige Autos tummeln. Neue Studierende machen sich
mit ihren Koffern auf den Weg in das Gebäude, während
ihre Eltern weitere Taschen aus den Autos holen.

Schnell überprüft Jez die Uhrzeit auf seinem Handy. Das
Fenster, das ihm von der Uni für die Ankunft gegeben
wurde, ist in ein paar Minuten vorbei. »Lass mich einfach
raus. Ich schaffe das.«

»Sicher?« Nach Jez' genervten Blick nickt Henry nur und
parkt den Ford in zweiter Reihe. »Ich komme heute Abend
vorbei. Mit zwei Pizzen.«

»Wehe du bringst mir eine mit Salami mit.« Jez steigt aus dem Auto aus und holt seine Taschen aus dem Kofferraum.

»Würde ich doch nie tun,« ruft Henry durch das Auto zu ihm nach hinten.

Jez bleibt mit seinem Koffer kurz an der Fahrerseite stehen. Mit dem Rucksack, der Trainingstasche und dem Reiskocher unter dem Arm hätte er Henry vielleicht doch fragen soll, etwas mit hochzutragen. »Mit ganz viel Pilzen, okay? Sonst lasse ich dich draußen stehen.«

»Ja, ja.«. Henry grinst breit. Der Bastard würde die Pizza garantiert aus Prinzip mit nur einem einzigen Pilz belegen lassen. Bei dem Gedanken daran muss Jez auch grinsen.

»Bis heute Abend, Mann. Und danke für die Fahrt.« Jez winkt seinem Schulfreund noch zum Abschied, dann hört er bereits laut *One Direction* aus dem Ford dröhnen und Henry verschwindet um die Ecke.

Zusammen mit den anderen Studierenden bahnt sich Jez seinen Weg in das Gebäude. Der große, grüne Innenhof ist gefüllt mit Menschen. Er lässt den Blick über die vielen weißen Sprossenfenster gleiten und fragt sich, hinter welchen wohl seine Wohnung sein würde.

Durch eine gewölbte Doppeltür gelangt er in einen großen Gemeinschaftsraum. In einer Ecke, hinter zwei Computern, stehen zwei Studierende in knallig blauen T-Shirts, die die Schlüssel verteilen. Jez stellt sich in die Schlange und kramt seinen ausgedruckten Informationszettel aus dem Rucksack. Seine Mutter hat ihn zwei Mal ausgedruckt. Falls er den ersten verliert. Wie er ihn in seinem Rucksack verlieren solle, hat er sie nicht gefragt.

»Hey, willkommen in Beit Hall. Ich hoffe, du hattest eine gute Anreise«, begrüßt ihn eine junge Frau. Ihre Augen leuchten freundlich hinter ihrer breiten Brille.

Nach den üblichen Floskeln reicht er ihr den Ausdruck

und sie sucht in ihrem Computer seinen Namen. »Jeremy Hamilton, hier hab ich dich.« Sie überspringt seinen zweiten Namen, vermutlich um ihn nicht falsch auszusprechen. Das ist ihm deutlich lieber als Lehrer an seiner alten Schule, die über den Namen stolpern und dann fragen, woher er denn sei.

Sie schiebt ihm eine weiße Plastikkarte mit einem Foto von ihm zu und erklärt ihm, wie er damit in das Gebäude kommt. Das Foto darauf sieht schrecklich aus, aber seine Mutter hat darauf bestanden, der Universität ein biometrisches Foto von ihm zu schicken. Darauf trägt er ein Hemd und die dunklen Haare sind ordentlich zurückgegelt. »Damit siehst du professionell aus«, hat sie gesagt. Dass er nicht lacht. Am liebsten würde er der Studentin ihm gegenüber die Karte entreißen und sie schnell in seiner Tasche verstecken. Mit seiner Kappe und dem lockeren T-Shirt fühlt er sich meilenweit von dem Jungen auf dem Foto entfernt.

Die Studentin zieht einen Schlüssel aus einer Schublade. Dabei hält sie kurz inne, runzelt die Augenbrauen, besinnt sich dann aber wieder und reicht ihm den Schlüsselbund. »Okay, hier hast du vier Schlüssel: Deinen Zimmerschlüssel, den Schlüssel für die Küche und deinen Schrank da, einer für deinen Briefkasten und zuletzt der für eine Schublade in deinem Zimmer.« Jez folgt ihrer Erklärung aufmerksam. Die Studentin, deren Namensschild an ihrer Brust sie als Ava ausweist, fährt sich über die Stirn. Für einen kurzen Moment bricht ihre freundliche Fassade und Jez sieht, wie erschöpft sie wirklich ist.

»Alles klar, danke.« Er nimmt den Schlüsselbund entgegen und lächelt ihr aufmunternd zu. »Ihr macht einen super Job.« Sie blinzelt dankbar, dann kümmert sie sich auch schon um den Neuankömmling hinter ihm.

Jez schiebt seinen Koffer durch die Menschen in der

Halle und geht die Wegbeschreibung, die Ava ihm gegeben hat, in seinem Kopf durch. Er findet den Eingang in das Gebäude auf Anhieb. Dort folgt er den Wegweisern zu seiner Wohnungsnummer im vierten Stock. Das geschäftige Treiben der Erstsemester um ihn herum beruhigt ihn.

Als er mit der Karte die Wohnungstür öffnet, hört er bereits Stimmengewirr. Bevor er den schmalen Flur betritt, streift er sich die Schuhe ab. Alte Angewohnheiten sind nur schwer abzuschütteln.

Ein kurviges Mädchen steckt den Kopf aus der Küche. »Hey, ich bin Amy«, stellt sie sich vor und streckt ihm die Hand hin. »Maschinenbau.«

»Jez.« Er schüttelt ihre Hand. »Biomedizin.«

»Cool.« Sie nickt anerkennend und ihr langer, brauner Pferdeschwanz wippt.

In dem Moment kommt ein unscheinbarer Junge mit einer großen Tüte aus seinem Zimmer. Pfannen und Töpfe lugen aus ihr hervor. Er stellt sich als Jake, Geologie-Student vor, bevor er hinter Amy in der Küche verschwindet.

Amy verabschiedet sich fürs Erste und widmet sich selbst wieder ihrem Auspacken. Die beiden wirken nett und er beschließt, dass die anderen zwei Mitbewohner auch eine Katastrophe sein können. Dann würde er sich wenigstens mit der Hälfte verstehen. Er sucht bei den drei geschlossenen Zimmertüren nach der mit seiner Nummer darauf und will sie aufschließen. Der Schlüssel lässt sich aber nicht drehen.

Verwirrt stellt der den Reiskocher auf dem Koffer ab und probiert es nochmal mit zwei Händen. Aber der Schlüssel bewegt sich keinen Millimeter. Frustriert zieht er ihn heraus. Obwohl er sich sicher ist, dass er den Schlüssel probiert hat, den Ava ihn als den für das Zimmer gezeigt hat, probiert er die anderen durch. Die lassen sich jedoch noch nicht einmal ganz einstecken. Frustriert setzt er seine Kappe ab, fährt sich einmal durch die Haare und zieht sie dann verkehrtherum wieder auf. Beim Gedanken daran, die ganzen Stufen wieder nach unten zu laufen, durch den Innenhof in den Empfangsbereich zu gehen, sich bei Ava anzustellen und ihr die Situation zu erklären, seufzt er entnervt.

Stattdessen dreht er sich zu dem Zimmer gegenüber seinem um und probiert seinen Schlüssel dort. Die Tür schwingt auf. »Jackpot«, murmelt er leise und schiebt seinen Koffer in das andere Zimmer. Durch ein großes Fenster fällt warmes Sonnenlicht in das kleine Zimmer, das den dunkelgrünen Teppich nicht ganz so geschmacklos wirken lässt. In einer Ecke steht ein schmales Bett an der Wand, dahinter ein Schreibtisch mit einem blauen Schreibtischstuhl. Sogar ein kleiner Sessel steht in der Ecke. Nicht wirklich hübsch, aber das hat Jez von dem Wohnheim auch nicht erwartet. Mit einem kleinen Holzkeil lässt er die Tür offenstehen, so wie Amy und Jake es mit ihren Zimmern auch gemacht haben. Dann würde er den zwei übrigen WG-Bewohnern direkt Hallo sagen können.

Er stellt den Reiskocher fürs Erste auf den Schreibtisch und hievt seinen schweren Koffer auf das Bett. Nach und nach räumt er die Klamotten in den Kleiderschrank, holt das Bettzeug aus den vakuumverschlossenen Tüten und pinnt die ersten Fotos an die Filzwand hinter dem Schreibtisch. Er betrachtet für einen Moment zu lange ein Foto von seiner Schwester und ihm. Mit breiten Zahnlücken lächeln sie in die Kamera, seine Schwester einen Kopf größer als er, ihre seidig schwarzen Haare sind in zwei Zöpfen zurückgebunden. Im Hintergrund ist der Hafen von Cardiff zu sehen. Fast schon spürt er wieder die Arme von ihr um seine Schultern, wie sie ihn auf dem Foto umarmt hält, als er in seiner Erinnerung gestört wird.

»Hallo? Das ist mein Zimmer.« Er dreht sich zu der eindeutig empörten Stimme um, um die Situation zu erklären. Doch als er die junge Frau im Türrahmen sieht, bleiben ihm die Worte im Hals stecken. Ihre feuerroten Haare hängen in einem unordentlichen Knoten in ihrem Nacken, aus dem sich einige Strähnen gelöst haben. Sie umspielen ihr sommersprossiges Gesicht. Die Hände hat sie in ihre schmale Taille gestemmt, die durch eine enge, helle Jeans perfekt in Szene gesetzt wird. Sie scheint ihren riesigen Koffer, der hinter ihr im Flur steht, selbst getragen zu haben. Das fliederfarbene Jäckchen, das sie trägt, ist ihr über die Schulter gerutscht und entblößt den Spaghettiträger ihres weißen Tops.

Sein Hals wird trocken. »Da mein Schlüssel hier passt, ist das technisch gesehen mein Zimmer«, bringt er schließlich hervor. *Wow, das sind super erste Worte, Hamilton,* gratuliert er sich selbst und würde sich am liebsten für seine Worte ohrfeigen.

Ihre braunen Augen blitzen wütend und sie setzt zu einer fassungslosen Erwiderung an. Er sieht es an der Art, wie ihre Augenbrauen eine kleine Falte bilden. Fast schon atemlos wartet er auf ihre Antwort, als wäre sie das Spannendste, das er erleben kann. Als wäre sie frischer Wind in den Segeln.

»*Informationen aus allen sensorischen Systemen [erreichen] die Amygdala*. (...) Obwohl [sie] nicht als wesentlicher Ort für die Gedächtnisspeicherung gilt, ist sie offenbar an der Entstehung von Erinnerungen an emotionale Ereignisse beteiligt. Verschiedene Experimente haben gezeigt, dass die Neuronen der Amygdala lernen können, auf Reize zu reagieren, die mit Schmerz assoziiert werden. Nach einem solchen Lernen, lösen diese Reize angstvolle Reaktionen aus.*«

Bear, Mark F. et al. *Neurowissenschaften*. Deutsche Ausgabe herausgegeben von Andreas K. Engel. Springer Spektrum, 2009, 4. Auflage 2018, S. 679-682.

* »*Zentrale Emotionsinstanz bei der Wahrnehmung und Verarbeitung von emotionalen Reizen sowie bei der Auslösung emotionaler Reaktionen im Gehirn ist eine bilateral angelegte, beim Menschen mandelkerngroße limbische Struktur, die sogenannte Amygdala.*«

Herbert, Cornelia. »Zum Zusammenhang von Sprache, Emotion und Körperlichkeit.« *Emotionen*. Herausgegeben von Hermann Kappelhoff et al. J. B. Metzler, 2019, S.273.

2. KAPITEL

Rose

Sie fragt sich, ob sie im stockenden Londoner Stadtverkehr das Fenster runterkurbeln und sich daraus übergeben kann. Zumindest würde sie das am liebsten, wenn sie ihre Schwester mit ihrem Freund turteln sieht.

»Sind es Konzerttickets?«, fragt Tim und wirft Blaze auf dem Beifahrersitz einen Seitenblick zu.

»Nein«, grinst diese.

»Eine neue Schallplatte?«

»Auch nicht. Es ist etwas, was ich dir noch nie geschenkt habe.«

»Was du mir noch nie geschenkt hast? Das ist gemein, ich weiß das meiste doch gar nicht mehr.«

So geht dieses Spiel zwischen den beiden schon seit einer Weile. Ihre Schwester hat angekündigt, dass sie bereits das Geburtstagsgeschenk für Tim gekauft hätte und seitdem rät er, was es wohl sein könnte. Absolut ätzend, wenn man Rose fragen würde.

Sie lehnt sich auf dem Rücksitz zurück und sieht aus dem Fenster. Seit ihrem Umzug nach Cornwall sehnt sie sich danach, wieder in der Hauptstadt zu wohnen. Sie ist hier groß geworden und sie hat den Trubel der Großstadt vermisst.

Noch immer kann sie nicht ganz glauben, dass sie wirklich für das Imperial College in London zugelassen wurde. Ihre Mum hat versucht, sie zu überzeugen, in der Nähe zu studieren. Aber für Rose steht seit ihrem ersten Tag auf dem Land fest, dass sie in die Stadt gehört. Ihrer ältere Schwester Blaze mag es an der kleinen Uni in Plymouth gefallen, aber das bedeutet nicht, dass sie dort auch glücklich wäre. Irgendwann hat Mum sich geschlagen gegeben.

»Du sollst ja auch nicht jetzt schon erraten, was es ist«, sagt Blaze gerade.

Tim legt seine Hand auf ihren Oberschenkel und lehnt sich verschwörerisch zu ihr hinüber. »Und wieso erzählst du mir dann von dem Geschenk, wenn ich es nicht erraten soll?«

Die Ampel, an der sie stehen, wird grün und er widmet sich wieder dem Fahren. Rose sieht selbst vom Rücksitz, wie die Röte in die Wangen ihrer Schwester steigt.

»Um dich zu ärgern«, sagt Blaze, leicht außer Atem.

Aber anstatt verärgert auszusehen, schmachtet Tim seine Freundin nur verliebt an. Schnell wendet Rose den Blick ab. Tim sieht ihre Schwester an, als sei sie die Sonne, um die sich seine Welt dreht. Wie der hellste und schönste Stern am Himmel. Rose ignoriert den kleinen Stich, den sie dabei verspürt. Natürlich freut sie sich für ihre Schwester. Nach Tims Unfall haben sie ihn drei Jahre lang nicht gesehen und das war auch für Rose eine der schlimmsten Zeiten ihres Lebens. Blaze ging es sehr schlecht und Mum ist zu einer kontrollierenden Furie mutiert. Alles drehte sich nur noch um ihre Schwester und was Rose dachte oder fühlte, war egal. Aber als Tim letztes Jahr plötzlich bei ihnen vor der Tür stand, veränderte sich alles. Seit einigen Monaten sind die beiden offiziell ein Paar und Rose ist sich nicht sicher, ihre ältere Schwester schon einmal so glücklich erlebt zu haben.

Sie gönnt ihr ihr Glück, keine Frage. Aber wenn sie sieht, wie Tim ihre Schwester vergöttert, kommt immer der hässliche Gedanke in ihr hoch, dass noch nie jemand sie so angesehen hat.

»Ren hat auch schon etwas angedeutet. Ihr seid fies«, sagt Tim.

»Der kleine Verräter.« Blaze verschränkt die Arme vor der Brust.

Rose öffnet ihren Mund, um etwas zu sagen, als Tim ihr zuvorkommt. »Er meinte, dass du mit ihm geredet hättest. Du musstest mein Geschenk also mit ihm absprechen?«

Rose will wieder etwas sagen, aber ihre Schwester antwortet ihm bereits: »Vielleicht. Lass dich doch einfach überraschen, dein Geburtstag ist doch schon bald.«

Blaze hat für sie beide ein Wochenende in Liverpool gebucht und bereits mit Tims Mitbewohnern besprochen, dass er das Wochenende nicht da sein würde, um mit ihnen als Band aufzutreten. Nachdem Tims Band *Dear Elk* im Frühjahr ihre erste EP veröffentlicht haben, sind sie den gesamten Sommer auf kleinen Festivals unterwegs gewesen. Zwar ist Blaze auf einige gegangen, um ihn zu unterstützen, aber neben dem Auftritt und Vernetzen mit anderen Bands hatte Tim kaum Zeit für sie gehabt. Blaze hat es nicht gesagt, aber Rose hat ihrer Schwester angesehen, dass sie Tim in der Zeit vermisst hat. Sie vermutet, dass ihre Schwester deshalb einen gemeinsamen Trip verschenkt: Um ihn wieder ganz für sich allein zu haben.

»Okay«, gibt Tim sich geschlagen. Sie kommen an einer Kreuzung zum Stehen und er lehnt sich zu Blaze hinüber, um sie zu küssen. Wenn Augen beim Rollen feststecken könnten, hätte Rose jetzt ein Problem.

»Wenn ihr dann irgendwann mal fertig wärt«, fällt sie

ihnen dazwischen, »dann hätten wir da hinten links ge-
musst.«

Tim löst sich von seiner Freundin, den Blick noch etwas
verklärt, und murmelt nur ein leises »Oh«. Als es grün wird,
wendet er.

»Bist du schon aufgeregt?«, fragt Blaze und dreht sich zu
ihr nach hinten um.

»Meine Antwort ist die gleiche wie die ersten hundert
Mal, die du mich gefragt hast: Nein.« Rose fährt mit ihrer
Hand über ihr Schlüsselbein und der Blick ihrer Schwester
wird weicher. Wieso hat Rose auch diesen nervösen Tick,
wenn sie lügt? Sie klemmt sich ihre Hände unter die Oberschenkel. Nervosität prickelt unangenehm durch ihre
Adern. Sie hat alles genau durchgeplant, seit Wochen eine
Packliste geführt, kann den Zeitplan der Einführungswoche
auswendig und hat bereits alle Utensilien gekauft, die sie
brauchen wird, sogar schon die ersten Lebensmittel. Es war
eine Herausforderung, alle Taschen in dem Mini unterzu-
bekommen, den Mum den Schwestern vor einigen Monaten
geschenkt hat. Rose hat frisch ihren Führerschein gemacht
und seitdem sich Blaze wieder hinter das Steuer traut, hat
Mum beschlossen, dass die beiden ein eigenes Auto haben
können. Sie teilen es sich und da Blaze es nur an manchen
Wochenenden benutzt, sind sie sich noch nicht in die Quere
gekommen. Es ist ein Segen, endlich ohne Mum aus dem
Haus zu kommen und sich mit Freunden treffen zu können.
Zumindest mit Lucas, den einzigen, den sie nach dem
Schulwechsel hat.

Es juckt ihr in den Fingern, ihm eine Nachricht zu schreiben. Aber sie hält sich zurück. So war ihre Freundschaft zu
Lucas nicht. Er wurde in Oxford für Informatik angenommen und sie kann sich seinen hellen Lockenschopf perfekt
zwischen den anderen Nerds dort vorstellen. Sie mag ihn,

keine Frage, sie schätzt seine ruhige und zurückhaltende Art, aber wenn sie auf das letzte Jahr zurücksieht, muss sie sich fragen, ob es nicht einfach nur eine Zweckfreundschaft für sie war. Er war der Einzige in ihrer neuen Klasse gewesen, der sie nicht neugierig und unverhohlen gemustert, nicht hinter vorgehaltener Hand getuschelt hatte. Und so hat sie ihn auserkoren, ihr Freund zu werden. Dann war es einfacher an der neuen Schule geworden. Aber an der Uni würde es anders werden. Hier kennt niemand ihre Vergangenheit, keiner hat Gerüchte gehört, es wird nicht mehr geflüstert, wenn sie im Gang vorbeigeht. In London würde alles anders werden.

»Hier jetzt rechts«, sagt Rose, obwohl Tim es selbst auf dem Navi sieht.

Blaze hat ihren Themenwechsel verstanden und dreht sich wieder um. Sie presst ihre Nase gegen das Autofenster. »Das hier ist es?«

Sie klingt beeindruckt. Rose hat sich das Gebäude des Wohnheims schon so oft online angesehen, dass es ihr in Echt vergleichsweise klein vorkommt. Der rote Backstein leuchtet im Sonnenlicht. Es ist überraschend warm für Ende September und sie sieht das Wetter als gutes Omen.

Tim findet eine Lücke am Straßenrand. »Okay, wir laden schnell aus. Blaze wartet mit den Taschen, während du, Tim, einen richtigen Parkplatz findest«, weist sie an und steigt aus dem Auto aus.

»Ich glaube, wir kennen den Plan, Rosie«, stichelt ihre große Schwester. Sie hilft ihr, den großen Koffer als ersten aus dem Mini zu holen. »Du hast ihn uns nur so fünfzig Mal erzählt.«

Rose wischt sich die schwitzigen Hände an der hellblauen Jeans ab. »Ich weiß.«

Es soll alles perfekt laufen. Das hier ist ihre Chance für

einen Neuanfang. Keine Blicke von Mum, von denen sie ausgeht, Rose würde sie nicht bemerken. Nicht mehr die unterschwellige Angst in den Knochen, *ihm* irgendwo zu begegnen. Es hilft, dass sie mit Blaze darüber reden kann, was ihr passiert ist. Oder eben nicht passiert ist. Aber London ist ihre Möglichkeit, das alles hinter sich zu lassen.

Zu dritt schaffen sie es, alle ihre Taschen mit einem Mal Laufen in den Innenhof zu befördern. Andere Erstsemester tummeln sich bereits mit ihren Familien auf dem grünen Platz. Neugierig sieht Rose sich um. Wer von ihnen würde wohl mit ihr Biomedizin studieren? Ist einer der jungen Leute, deren Augen mit der gleichen Mischung aus Unsicherheit und Vorfreude leuchten, vielleicht einer ihrer Mitbewohner? Sie kann alles planen außer den Menschen, mit denen sie das nächste Studienjahr zusammenwohnen würde.

Tim gibt seiner Freundin einen flüchtigen Kuss, bevor er zum Auto zurückjoggt, um einen Parkplatz in der Nähe zu finden. »Willst du, dass ich mit reinkomme?«, fragt Blaze, typisch große Schwester.

Rose schüttelt den Kopf. »Pass du auf die Taschen auf.« Bevor ihre Schwester ihr widersprechen kann, läuft sie schon auf die Doppeltür zu, um sich in Beit Hall anzumelden.

Innen herrscht ein reger Trubel aus neuen Studierenden, die in kleinen Grüppchen zusammenstehen. Studierende aus höheren Semestern tragen knallig blaue T-Shirts mit Namensschildern und geben Auskunft. Rose reiht sich in eine Schlange ein, um sich bei einem der Zwei am Empfangstresen ihre Schlüssel abzuholen.

Nervös tritt sie von einem Fuß auf den anderen. Egal wie oft sie sich einredet, dass alles gut werden würde, wird sie das flaue Gefühl im Magen nicht los. Was ist, wenn ihre Mitbewohner schrecklich sind? Und ihre Kommilitonen alle unsympathisch? Was ist, wenn sie keinen Anschluss findet und jeden Abend einsam und verlassen in ihrem Wohnheimzimmer sitzt? Dabei hat sie eigentlich genug Erfahrung dabei, sich in neuen Situationen zurechtzufinden. Immerhin musste sie sich nach ihrem Umzug an Cornwall gewöhnen und hat dann im letzten Schuljahr die Schule gewechselt und musste sich einen neuen Freundeskreis aufbauen. Doch es war anders letztes Jahr. Sie war skeptisch und vorsichtig und traute niemandem mehr so schnell über den Weg. Sie hasst *ihn* dafür, dass er sie so schreckhaft gemacht hat. Aber am meisten hasst sie sich selbst, dass sie ihm diese Macht über sich gibt.

Sie wird aus ihren Gedanken gerissen, als der junge Student am Computer vor ihr sie begrüßt. Auf seinem Namensschild steht in großen Druckbuchstaben ›Nick‹. »Hey, willkommen in Beit Hall. Hast du gut hierher gefunden?«

»Nur einmal verfahren«, lacht Rose, um den Knoten in ihrem Magen zu lösen und reicht dem Jungen vor ihr ihre Papiere. Daraufhin bekommt sie ihren Ausweis und Nick erklärt ihr, wozu sie mit dieser Karte alles Zugang bekommt. »Dein Zimmer ist im Ostflügel des Gebäudes.« Nick deutet zu seiner Linken. »Die Wohnung ist im vierten Stock. Das hier sind deine Schlüssel.« Er öffnet eine Schublade und stockt. Irritiert legt er den Kopf schräg, als er einen Schlüsselbund hervorzieht.

Flüsternd wendet er sich an seine Kollegin neben sich. Die Brünette mit der Brille zieht die Nase kraus, schüttelt aber den Kopf. Aufgrund des hohen Geräuschpegels im Gemeinschaftsraum kann Rose ihrem Gespräch nicht folgen. Schließlich zuckt Nick mit den Schultern und reicht ihr den Schlüsselbund. »Sorry, wir hatten ein paar Probleme mit den Schlüsseln heute Morgen. Das müsste aber alles so passen.« Er lächelt ihr aufmunternd zu und erklärt ihr, wofür jeder der vier Schlüssel benutzt wird.

Ihr Herz flattert unruhig und in ihrem Kopf geht sie bereits alle schrecklichen Szenarien durch, die mit ihrem Schlüssel zu tun haben könnten. Aber sie versucht Nicks Lächeln zu erwidern. »Wird schon alles. Vielen Dank.« Nick wünscht ihr noch eine gute Ankunft und weist sie darauf hin, dass es heute Abend eine Willkommensfeier im Gemeinschaftsraum gäbe, dann wendet er sich bereits den nächsten zu.

»Und, hat alles geklappt?«, fragt Blaze, als Rose zu ihr zurückkehrt. Stolz zückt Rose ihren Studierendenausweis und ihre große Schwester grinst. »Meine kleine Schwester an der Uni. Wann bist du so erwachsen geworden?«

»Während du dich zwei Jahre lang in deinem Zimmer versteckt hast?«

Blaze boxt sie spielerisch in die Seite und wechselt das Thema: »Wo ist deine Wohnung?«

»Vierter Stock im Ostflügel«, erklärt Rose und zählt die Sprossenfenster in der roten Backsteinfassade, um zu ihrem Stockwerk hochzusehen. »Ich bringe meinen Koffer schonmal hoch. Warte du, bis Tim wieder da ist.«

Blaze nickt und setzt sich zu den restlichen Taschen auf den Boden. Im zweiten Stock bereut Rose es, das schwerste Gepäckstück genommen zu haben. Es hätte auch nicht geschadet, ihren vollgestopften Koffer von Tim tragen zu lassen. Völlig verschwitzt kommt sie vor ihrer Wohnung schließlich an. Vor der Tür steht ein Paar großer Sneaker, vermutlich von einem ihrer Mitbewohner. Sie schließt die Tür auf und schiebt sich in den schmalen Flur. Drei der Zimmertüren stehen bereits offen und aus der Küche, die einzige Tür mit einem durchsichtigen Streifen Glas, kommt

Stimmengewirr.

Unsicher schiebt sie sich eine rote Haarsträhne, die sich aus dem Knoten in ihrem Nacken gelöst hat, hinter das Ohr. Sie überprüft die Zimmernummer auf ihrem Ausdruck und vergleicht sie mit den Schildern an den Holztüren. Sie findet sie an einer offenstehenden Tür wieder. Verwirrt sieht sie in das Zimmer hinein.

Der Schrank steht offen und auf dem Bett liegt ein geöffneter Koffer. Das Bett ist bereits bezogen. Fast hätte sie den jungen Mann übersehen, der reglos am Schreibtisch steht und etwas in seinen Händen betrachtet. Er scheint sie nicht zu bemerken. Mit gerunzelter Stirn überprüft sie nochmal die Zimmernummer. Aber sie hat richtig gelesen.

»Hallo? Das ist mein Zimmer«, platzt es empört aus ihr hervor. Der Mann dreht sich zu ihr um, den Mund bereits zu einer Erklärung geöffnet. Dann hält er abrupt inne und sieht sie für einige Sekunden lang an, als wäre er überrascht, sie zu sehen.

Die dunklen Haare sind unter einer Kappe versteckt, die er verkehrtherum trägt. Den Sinn dahinter hat sie noch nie verstanden. Wieso trägt man eine Kappe, wenn man sie nicht zum Schutz vor der Sonne nutzt? *Wieso trägt man allgemein eine Kappe drinnen?*, fragt eine gehässige Stimme in ihrem Kopf. Seine Haut ist sonnengeküsst, als wäre er gerade aus einem besonders langen Sommerurlaub zurückgekehrt, wie sie neidisch feststellt. Mit ihrer hellen Haut wird sie im schlimmsten Fall rot, im besten treten ihre Sommersprossen hervor bis sie aussieht wie ein Dalmatiner. Seine dunklen Augen bohren sich so intensiv in ihre, als würde sie nackt vor ihm stehen. Er sieht gut aus. Verdammt gut, mit dem gemeißelten Kiefer und den hohen Wangenknochen. Sofort weist sie sich selbst zurecht. Es ist total egal, dass der Typ in seinem gestreiften T-Shirt viel zu gut aussieht. Er hat ihr Zimmer geklaut.

»Da mein Schlüssel hier passt, ist das technisch gesehen mein Zimmer«, sagt er schließlich. Seine dunklen Augen mustern sie und sie fühlt sich seltsam entblößt vor ihm. Als könnte er alles von ihr sehen. Sie will sich gar nicht vorstellen, wie sie rot angelaufen vom Hochtragen des Koffers aussehen muss. Wärme kriecht in ihre Wangen. Sie würde ganz ruhig bleiben.

»Das hier ist mein Zimmer.« Sie hält ihm ihren Ausdruck unter die Nase, damit er die darauf gedruckte Zimmernummer lesen kann. *Sehr souverän, Rosie. Und so schlagfertig.* Sie beißt sich auf die Unterlippe. Er beugt sich vor und studiert das Blatt.

»Du kannst gerne den Schlüssel probieren. Er wird nicht passen.«

»Entschuldigung?«

»Dein Schlüssel.« Er deutet auf den Schlüsselbund in ihrer Hand als wäre sie schwer von Begriff. »Er wird nicht ins Schloss passen. Weil mein Schlüssel ins Schloss passt.« Sie öffnet den Mund, schließt ihn aber wieder. Entgeistert sieht sie ihn an. »Oder wie denkst du bin ich in *dein* Zimmer gekommen?« Er verschränkt die Arme vor der Brust.

Dagegen hat sie kein gutes Argument. Sie imitiert seine Körperhaltung. »Und wieso hast du dann nicht unten Bescheid gesagt?«

Er verdreht die Augen. »Die haben doch unten genug zu tun. Hör zu«, er liest ihren Namen von dem Ausdruck in ihren Händen ab, »Rosalie Camilla Campbell.« Er bricht ab und runzelt die Stirn. »Camilla Campbell? Deine Eltern waren wohl nicht sehr kreativ.«

»Das ist der Name meiner Großmutter. Und meine Mum hat ihn ausgesucht.« Seine Brauen schießen in die Höhe.

»Aber das tut doch überhaupt nichts zur Sache!«

»Okay, Rosalie …«

»Rose«, unterbricht sie ihn. Seine Mundwinkel zucken, als wäre das alles ein riesiger Spaß für ihn. Heiße Wut kocht in ihren Adern und sie würde ihn am liebsten aus *ihrem* Zimmer schieben und ihm die Tür vor der Nase zuknallen.

»Ich habe meine Sachen schon fast ausgepackt und das alles jetzt umzuräumen wäre viel zu umständlich und zeitaufwändig.«

»Für dich.«

»Also wieso machen wir das nicht so«, übergeht er ihre Bemerkung, »du probierst deinen Schlüssel bei meinem eigentlichen Zimmer. Wenn er passt, ist doch alles super. Wenn nicht, gehe ich höchstpersönlich mit dir runter und wir klären das mit den Schlüsseln. Deal?«

»Dann ist nicht alles super. Rechtlich gesehen ist das hier mein Zimmer. Was ist, wenn du was kaputt machst und ich es bezahlen muss?«

»Und wenn du etwas in ›meinem‹ Zimmer kaputt machst?« Er malt um das Pronomen Anführungszeichen in die Luft.

Sie würde diesem Typen an die Gurgel gehen. Mit seinem verschmitzten Lächeln und dem viel zu selbstbewussten Auftreten macht er sie ganz verrückt. »Wenn der Schlüssel nicht passt, räumst du mein Zimmer.«

»Einverstanden.« Feierlich hebt er seine Hand, wie um darauf zu schwören. Sie verengt ihre Augen zu Schlitzen. Sie wendet sich der offenen Zimmertür neben ihr zu und schiebt den Schlüssel ins Schloss. Ein kurzes Triumphgefühl überkommt sie, das aber genauso schnell wieder verschwindet, als sich der Schlüssel nicht drehen lässt. Sie versucht es mit mehr Kraft, aber der Schlüssel bewegt sich keinen Millimeter weiter. Der Typ lacht leise. Das Geräusch lässt eine Gänsehaut über ihre Haut kriechen. Schnell zieht sie den Schlüssel heraus und wischt sich eine Haarsträhne aus dem Gesicht.

»Welches ist dein Zimmer?«, fragt sie.

Er deutet auf das direkt gegenüber und gemeinsam überqueren sie den schmalen Flur. Erst jetzt fällt ihr auf, dass er keine Schuhe trägt und stattdessen mit dunkeln Socken über den Teppich läuft. Sie will sich gar nicht vorstellen, was alles Ekliges in dem Teppich klebt.

Lässig lehnt er sich an die Wand neben der Zimmertür und sieht sie erwartungsvoll an. Um den Schlüssel ins Schloss zu stecken, muss sie sich viel zu nahe neben ihn stellen. Sein Geruch umfängt sie. Er riecht irgendwie frisch, nach Minze und Salbei. Der Geruch erinnert sie an Hustenbonbons, aber die gute Sorte. Die, die einen beruhigen und das warme, angenehme Gefühl geben, dass alles wieder gut werden würde.

Mit einem Knarzen öffnet sich die Tür. Siegessicher grinst er und sie funkelt ihn an. Fest beißt sie die Zähne zusammen. Es wäre so viel befriedigender, wenn der Schlüssel nicht gepasst hätte. Zerknirscht schiebt sie ihren Koffer in das Zimmer.

»Wir klären das mit der Uni, dass wir Zimmer getauscht haben«, beharrt sie.

»Was auch immer dich glücklich macht, Rosalie.« Sein spöttischer Unterton ist nicht zu überhören. Fast verbessert sie ihn, dass er sie Rose nennen soll, doch sie hält die Worte rechtzeitig zurück. Die Genugtuung will sie ihm nicht geben.

»Viel Erfolg beim Auspacken«, sagt er noch, dann verschwindet er in dem Zimmer, was eigentlich ihres gewesen wäre. Sie schnaubt und sieht sich in dem kleinen Wohnheimzimmer um. Ein schmales Bett steht an der Wand, gegenüber ein Schreibtisch mit einem Stuhl. Der grüne Teppichboden ist schrecklich, aber der Blick aus dem großen Fenster macht die Einrichtung wieder wett: Sie kann direkt auf das runde Gebäude der Royal Albert Hall blicken.

Sie schürzt die Lippen. So einen guten Ausblick hat der Typ gegenüber bestimmt nicht. Vielleicht ist es doch nicht so schlecht, dass sie die Zimmer getauscht haben. Wobei ihr die Auseinandersetzung alle Nerven gekostet hat. Sie vertraut auf ihre Pläne, sie geben ihr Sicherheit. Und Probleme mit Schlüsseln und arroganten Mitbewohner stehen garantiert nicht auf ihrem Plan. Sie schluckt den Kloß in ihrem Hals herunter und versucht, sich das beruhigende Gefühl von Kontrolle zurückzuholen.

Ihr Handy klingelt und sie zieht es aus der Hosentasche. Es ist Blaze, die ankündigt, dass Tim und sie gerade dabei seien, die restlichen Taschen hinaufzutragen. Rose schiebt einen Holzkeil unter die Tür, um sie offen stehen zu lassen. Sie kommt nicht umhin, einen kurzen Blick in das Zimmer des Typen zu werfen. In aller Seelenruhe verstaut er einige Notizblöcke in der Schublade seines Schreibtisches.

Als hätte er ihren Blick auf sich gespürt, hebt er den Kopf. Ihre Blicke treffen sich und sie sieht schnell weg. Sie öffnet die Wohnungstür und lässt ihre Schwester, die davor bereits wartet, herein.

»Tim bringt gerade noch die letzten Sachen hoch«, schnauft Blaze und sieht sich neugierig im Flur der Wohnung um. Rose nimmt ihr eine der Taschen ab, die über ihre Schulter hängen, und führt sie in das Zimmer.

»Hübsch«, kommentiert Blaze die Möbel und Rose sieht sie entgeistert an. Ihre Schwester verdreht die Augen. »Okay, vielleicht nicht hübsch. Aber es geht deutlich schlimmer, glaub mir. Wohnheimzimmer sind nicht unbedingt die Krönung der Innenarchitektur.« Blaze stellt sich an das große Fenster. »Aber der Ausblick ist der Hammer. Da hast du richtig Glück gehabt.«

Rose lacht auf, erwidert aber auf den fragenden Blick ihrer Schwester nichts. Der Typ gegenüber kann ihr Gespräch bestimmt hören und die Blöße würde sie sich nicht geben. Ihr fällt auf, dass sie seinen Namen nicht kennt. ›Arschloch‹ oder ›Zimmerdieb‹ würde reichen müssen. Sie verdrängt den Gedanken an ihn und beginnt, mit ihrer Schwester nach und nach ihren Koffer auszupacken. Sie hat sich nicht ein Jahr lang auf diesen Moment gefreut, um ihn sich von irgendeinem Typen kaputt machen zu lassen. Das mit den Zimmern ist nur ein kleiner Stolperstein. Alles andere würde genau so laufen, wie sie es geplant hat.

Vorsichtig verblendet sie mit dem Pinsel den Lidschatten. Amys geschlossene Lider flattern und Rose schnalzt leise mit der Zunge. »Du musst stillhalten. Spätestens beim Eyeliner gleich.«

Amy verzieht ihre Mundwinkel zu einem Lächeln. »Sorry. Ich habe so was noch nicht oft gemacht.«

Rose geht einen Schritt zurück und betrachtet ihr Kunstwerk. Ihre Mitbewohnerin sitzt auf ihrem schmalen Bett, die Beine übereinandergeschlagen, und lässt sich von ihr für die Willkommensfeier unten im Gemeinschaftsraum schminken. Im Gegensatz zu dem Typen gegenüber, bei dem sie mittlerweile herausgefunden hat, dass er Jez heißt, versteht sie sich mit Amy auf Anhieb.

»Sieht es gut aus?«, fragt Amy und öffnet zögerlich eines ihrer großen, braungrünen Augen. Vom Schreibtisch zieht Rose einen kleinen, goldenen Spiegel und hält ihn Amy vor.

Ein überraschtes ›Oh‹ bildet sich auf ihren Lippen, als Amy ihr Spiegelbild betrachtet. Warme Brauntöne laufen ineinander über und verlaufen von dem schimmernden Gold direkt auf ihrem Lid in einen Schokoladenton in ihrer Lidfalte. Mit Bronzer hat Rose Amys runde Wangen in Szene gesetzt und sie hat wirklich die perfekte Augenform, damit der Lidschatten richtig zur Geltung kommt.

»Der Eyeliner fehlt noch.« Aus einer der durchsichtigen Schubladen ihres Make-up Schränkchens holt Rose einen Eyelinerstift hervor und beugt sich über Amy. Mit der Zunge im Mundwinkel zieht sie ihrer Mitbewohnerin vorsichtig einen Lidstrich.

»Du kannst das echt gut«, sagt Amy leise, um Roses Konzentration nicht zu stören.

»Danke. Ich finde es einfach therapeutisch, mich zu schminken.« Rose vergleicht die zwei schwarzen Striche miteinander und nickt zufrieden. »Soll ich dir auch noch eine Frisur machen?«

Amys braunes Haar ist in einem einfachen Pferdeschwanz hochgebunden. Mit großen Augen sieht sie Rose an. »Denkst du, du kannst mir die Haare so flechten wie bei dir?«

Rose grinst. »Klar.« Ihre eigene, obere Haarpartie hat sie in zwei dicken Zöpfen aus ihrem Gesicht geflochten und an ihrem Hinterkopf verknotet. Ihre langen, kupferroten Wellen kitzeln die nackte Haut ihres Bauches, an der ihr Pulli endet. Nachdem sie ihr Zimmer fertig eingeräumt hat, Tim und Blaze gegangen waren und sie bereits gekocht hat, entspannt es sie, sich für die Party gleich fertig zu machen. Es hat ihr geschmeichelt, dass Amy sich bei ihrem Anblick unbedingt von ihr schminken lassen wollte.

Sie bürstet Amys dunkle Strähnen und beginnt, eine Seite zu flechten. »Die Frisur ist eigentlich ziemlich leicht. Du nimmst einfach immer eine Strähne dazu, damit der Zopf direkt anliegt.«

Amy seufzt. »Ich bin so hoffnungslos, was Schminken und Haare und so was angeht.«

»Meine Schwester hat mir immer die Haare geflochten, bis ich es dann irgendwann selbst konnte.«

»Ich bin Einzelkind. Und meine Dads haben gar keine Ahnung davon«, lacht Amy.

»Glaub mir, zu viel gebündelte weibliche Präsenz ist auch nicht gut. Meine Mum, meine Schwester und ich sind unter der Woche allein und wir kriegen uns echt oft in die Haare.«

»Dein Dad ist auch viel unterwegs? Mein einer ist ständig auf Geschäftsreisen.« Amy verzieht traurig das Gesicht und sieht aus dem Fenster. Die letzten Strahlen der Abendsonne tanzen noch durch die Luft. Rose erkennt die Spur von Sehnsucht in Amys Augen. Heimweh. Ihr Magen zwickt, als sie an ihre eigene Familie denkt. Aber sie schiebt den Gedanken schnell von sich. Das hier ist das, was sie schon die ganze Zeit will.

Rose zieht etwas zu fest an einer Strähne. »Nein, meine Eltern sind getrennt. Der neue Mann meiner Mum arbeitet in London und ist nur am Wochenende bei uns.«

»Oh, wo kommst du her?«

»Cornwall.« Sie knotet die beiden geflochtenen Zöpfe zusammen.

»Da sind wir jeden Sommer bei meiner Oma. Es ist so schön da, du hast echt Glück, dort zu wohnen«, sagt Amy und erzählt von dem Haus ihrer Oma in Penzance.

Rose beißt sich auf die Zunge, um den zynischen Kommentar nicht herausrutschen zu lassen. Sie will es sich mit Amy nicht direkt verbauen. Freundlich und höflich bleiben. Sie muss ihrer Mitbewohnerin nicht auf die Nase binden, dass sie das Landleben absolut ätzend findet. Es ist still, zu still, und selbst für den nächsten Supermarkt müssen sie ihr Dorf verlassen. Sie hat sich die letzten Jahre dort eingesperrt gefühlt und ihr neues Auto hat es nur minimal besser gemacht.

»Ja, ich habe total Glück.«

Es klopft an der Zimmertür. »Seid ihr soweit?«

Der Typ von gegenüber steht im Türrahmen. Jez. Er trägt seine Kappe nicht mehr und die schwarzen Haare wellen sich von einem Mittelscheitel aus in seine Stirn. Nicht wie Tim, dessen wilde Locken ihm über die Ohren fallen, weil er sich weigert, zum Friseur zu gehen. Jez' Haare sind an den Seiten kürzer und oben länger, als würde er sich normalerweise mit Gel eine Frisur machen, aber er hätte heute Abend einfach nicht die Lust dazu gehabt.

Hinter ihm steht Jake, ein anderer ihrer Mitbewohner, in einem gebügelten Hemd und Haaren, die definitiv zurückgegelt sind. Der blonde Haarschopf wirkt fast schon zementiert auf seinem Kopf und glänzt unter dem hellen Licht im Flur. Neben Jez, der aussieht, als wäre er gerade aus der Dusche gekommen, wirkt Jake viel zu elegant. In seinen Augen sieht sie Angst und Panik und er tritt unsicher von einem Fuß auf den anderen.

»Gleich.« Amy dreht sich zu den Jungs im Flur um. »Rose flechtet mir noch die Haare.« Sie sagt es mit einem gewissen Stolz in der Stimme.

Sie hat bereits mehrfach nach Roses offenen Kleiderschrank und die vielen Klamotten in Pastellfarben, Blumen und Rüschen geschmachtet, aber auch ohne, dass sie es laut ansprechen, wissen sie beide, dass Amy leider in keine ihrer Sachen passen würde. Dabei ist Rose fast schon neidisch auf die runden Kurven ihrer Mitbewohnerin, deren hohe Jeans ihre schmale Taille im Vergleich zu der breiten Hüfte perfekt in Szene setzt. Rose war schon immer dünn, egal wie viel sie isst, mit wenigen weiblichen Wölbungen und auch wenn sowohl ihre Schwester als auch sie das von ihrer Mum haben, nervt es oft, wenn sie in vielen Klamotten einfach aussieht wie ein Stock in der Landschaft.

»Was schwierig ist, wenn du so zappelst«, murmelt Rose. Sie greift nach einigen Haarklammern, um den Knoten an Amys Hinterkopf zu fixieren.

»Partnerlook. Süß«, sagt Jez. Sie reißt den Kopf zu ihm herum. Betont abfällig mustert sie ihn von den noch feuchten Haaren über das weiße T-Shirt und Jeans bis zu den Socken. Seine Mundwinkel zucken.

»Immerhin geben wir uns Mühe.« Darauf grinst er nur schief, als hätte sie ihn gerade nicht beleidigt. Sie steckt die letzte Haarnadel in Amys Haare. »Fertig.«

Amy springt vom Bett auf. »Wo ist eigentlich Thomas? Kommt er nicht mit?« Ihr letzter Mitbewohner hat sich heute Nachmittag nur kurz vorgestellt, bevor er zu seiner Freundin verschwunden ist.

Jez zuckt mit den Schultern. »Ich glaube nicht, dass er wieder zuhause ist.«

Enttäuscht verzieht Amy das Gesicht. Es war ihre Idee gewesen, als WG gemeinsam auf die Willkommensfeier zu gehen.

»Dann gehen wir eben zu viert«, sagt Rose und lächelt ihrer Mitbewohnerin aufmunternd zu. Amys Aufregung ist ansteckend und sie lässt sich von ihr aus der Wohnung ziehen.

Im Treppenhaus herrscht bereits ein reges Stimmengewirr der anderen Erstsemester, die sich auf den Weg in den Gemeinschaftsraum machen. Dort sind die meisten Sitzgruppen schon besetzt. Ein altes Stoffsofa ist noch zur

Hälfte frei und Jake und Amy setzen sich auf die tiefen Polster.

Jez bleibt mit ihr neben dem Sofa stehen. Sein Atem streift ihren Nacken und ihre Härchen stellen sich auf. »Willst du das mit den Zimmern noch klären? Da hinten steht Ava.« Er berührt sie leicht an der Schulter und zeigt in die Mitte des Raumes. Die beiden Studierenden, die heute Mittag für die Anmeldung zuständig waren, tragen noch immer ihre blauen T-Shirts und unterhalten sich mit einigen Erstsemestern.

Rose setzt sich auf die Armlehne des Sofas, damit er seine Hand sinken lässt. »Nicht heute Abend. Die beiden haben bestimmt anderes zu tun.«

Übertrieben zieht er die Augenbrauen in die Höhe. »Ist es also doch nicht so wichtig?«

»Das habe ich nicht gesagt.«

»Aber nicht wichtig genug, um mit wütendem Finger zu den Hall Wardens zu gehen.«

Sie schnaubt. »Wenn du einfach direkt deinen falschen Schlüssel gemeldet hättest, hätten wir das Problem jetzt nicht.«

»Ich sehe da immer noch kein Problem, es einfach so zu lassen.« Er verschränkt die Arme vor der Brust. Die Idee, sich hinzusetzen, ist vielleicht doch nicht so gut. Er ragt über sie und sie muss den Kopf in den Nacken legen, um ihm in die Augen sehen zu können.

»Bist du eigentlich immer so eingebildet?«

Er öffnet den Mund, schließt ihn dann aber wieder. Sein Blick wird ernst. »Ich bleibe dabei, was ich gesagt habe. Wir können gerne die Woche ins Büro und die Situation erklären.«

Überrascht blinzelt sie. Sie hätte mit einem spöttischen

Kommentar gerechnet, aber nicht mit dieser ehrlich gemeinten Wiederholung seines Angebots. Sie mustert argwöhnisch sein Gesicht. »Okay.«

In dem Moment erhebt Nick, einer der Hall Wardens, seine Stimme und begrüßt die Anwesenden. Sie richtet ihre Aufmerksamkeit auf ihn und versucht, Jez und seinen dunklen Blick, den sie immer noch auf sich spürt, zu ignorieren.

Als sich die Willkommensfeier immer mehr in eine Party verwandelt, beginnt ihr Plan eines Neuanfangs langsam zu zerfallen. Seit über einem Jahr war sie auf keiner Party mehr und sie hat sich nicht darauf eingestellt, dass sich die Erstsemester immer weiter in die Bar, die in ihrem Wohnheim liegt, zurückziehen. Sie kann nicht genau sagen, wann die Stimmung von einem entspannten Gelage in eine ausgelassene Partyfreude umgeschlagen ist. Aber sie findet sich nur zwei Stunden nach der Ankunft im Gemeinschaftsraum allein auf einem Hocker in der Union Bar wieder. Amy ist vor einer Weile gegangen, als sie jemandem aus ihrem Studiengang kennengelernt hat. Seitdem sitzt Rose an einem der großen Holztische in einer Gruppe aus anderen Erstsemestern und umklammert ihr Glas Wasser.

Sie hat die Namen der Studierenden neben sich schon wieder vergessen und hält Ausschau nach Amy. Doch mit jeder Minute, die verstreicht, sinkt ihre Hoffnung, dass ihre Mitbewohnerin an den Tisch zurückkehren würde. Die Jungs hat sie schon vor über einer Stunde aus den Augen verloren. Zwar sitzt sie in einer Menge aus Leuten, aber sie fühlt sich mutterseelenallein. Sie kann dem Gespräch der anderen neben ihr kaum folgen, während sich ihre Gedanken immer weiter darum drehen, wieso sie nicht glücklich ist. Das hier ist genau das, was sie wollte. Wieder draußen zu sein, wieder unter Leuten zu sein, wieder Spaß zu haben. Früher ist es ihr so leichtgefallen, sich auf Partys zu amüsieren.

Sie lehnt sich vor und versucht sich in das aktuelle Gesprächsthema zu integrieren. Das Mädchen neben ihr erzählt gerade von ihrem Interview und wie nervös sie war. Rose denkt an ihr eigenes Interview für die Uni zurück. Blaze und sie haben einen kurzen Schwesterntrip nach London daraus gemacht. Sie haben bei Tim in der WG übernachtet und waren zur Ablenkung vor dem Interview noch in Roses Lieblingsmuseum gegangen, dem Victoria & Albert ganz in der Nähe der Uni. Nach dem Interview hätte sie am liebsten für mehrere Tage durchgeschlafen. Wie ein aufgescheuchtes Huhn hat sie ständig ihre E-Mails gecheckt, um zu sehen, ob die Zusage schon angekommen war. Die zwei Wochen bis zu der Zusage waren die längsten in ihrem Leben. Sie hat beim Lesen der magischen Worte so laut geschrien, dass ihre Mum panisch in ihr Zimmer gestürmt war, weil sie dachte, etwas Schlimmes sei passiert. Sie lächelt bei dem Gedanken an ihre unbändige Freude. Das Imperial ist ihre Chance, alles hinter sich zu lassen. Sie würde es sich nicht von *ihm* ruinieren lassen.

Selbst nach über einem Jahr kommt ihr der Name nicht über die Lippen. Blaze hat ihn irgendwann scherzhaft ›Der, der nicht genannt werden darf‹ getauft, aber der Ausdruck hat sich nicht gehalten. Er verdient keinen Namen, er verdient nicht mal einen einzigen Gedanken von ihr. Aber dennoch merkt sie, wie er sich immer wieder in den Vordergrund schleicht, wie eine lästige Fliege, die sie nicht ignorieren kann.

Die Musik vibriert in ihren Ohren und über die Gespräche in der Bar hört sie den Jungen, der sie anspricht, zuerst

nicht. Er legt seine verschwitzte Handfläche auf ihren Unterarm. Sie zuckt vor der Berührung zurück. Das scheint
den Jungen nicht davon abzuhalten, ihr seinen Namen mitzuteilen. Sie lächelt höflich und sieht an ihm vorbei. Auch
dass sie sich nicht vorstellt, scheint ihn nicht zu irritieren.

»Was studierst du?«, fragt er und schreit ihr dabei so nah
in ihr Ohr, dass sie Angst hat, ihr Trommelfell könnte platzen.

»Medizinische Biowissenschaften.«

»Cool.« Der Junge lächelt. »Das mache ich auch.«

Sie nickt und hofft, dass er gehen würde. Früher hat sie
sich oft mit Fremden auf Partys unterhalten. An ihrer alten
Schule war sie auf vielen Hauspartys eingeladen und
dachte, sie hätte dabei auch Spaß gehabt. Aber jede Sekunde, die der Junge weiter neben ihr steht und sie erwartungsvoll ansieht, sein Getränk in den Händen, beschleunigt sich ihr Herzschlag etwas mehr. Wie hat sie das früher
gemacht, diesen belanglosen Small-Talk? Bilder ihrer letzten Party schießen ihr durch den Kopf. Sie schluckt. *Du bist
nicht mehr bei ihm. Du bist nicht mehr bei ihm. Du bist nicht
mehr bei ihm.*

Fast schon panisch sieht sie sich nach Amy um. Selbst
Jakes Nervosität würde sie jetzt ablenken. Sogar wenn Jez
sie nerven würde, wäre ihr das lieber, als mit diesem fremden Jungen zu reden. Sie kann nicht einmal sagen, wieso. Er
wirkt nett und scheint sie nur kennenlernen zu wollen, wie
jeder im Erstsemester auf der Suche nach neuen Bekannt-
schaften ist. Aber seine erste Berührung hat ihr einen
Schauer über den Rücken gejagt und ihre Kehle ist trocken.
Seine Anwesenheit macht ihr Angst. Die Luft wird langsam
dünn.

Sie atmet zittrig durch und versucht, den Jungen anzulä-
cheln. Er ist in ihrem Studiengang, sie könnte sich mit ihm

anfreunden. Nein, sie würde sich mit ihm anfreunden. Um zu zeigen, dass sie es kann. Dass *er* sie nicht mehr kontrolliert.

Der Junge berührt sie an der Hand. Jeder Vorsatz, den sie eben noch gemacht hat, verpufft. Die Worte, die sie sich seit einem Jahr als Mantra immer wieder sagt, werden unbedeutend. Sie spürt wieder *seine* Finger auf ihrer Haut, heiß, klebrig, absolut erdrückend. Panisch rutscht sie von dem Hocker und stolpert leicht. Ihr Wasser schwappt aus dem Glas über ihre Hand. Die Wände der Bar kommen langsam näher.

»Oh, sorry«, sagt der Junge und denkt, dass er das Wasser verschüttet hätte. Er hebt seine Hände, um ihr zu helfen.

»Alles gut.« Sie schlägt seine Hand fast schon weg. »Ich gehe mich mal kurz abtrocknen.«

Sie drängt sich an ihm vorbei aus der Bar. Blind rennt sie durch einige Gänge, bis sie einen verlassenen Flur findet. Sie lehnt sich gegen die Wand und atmet tief durch. Mit zittrigen Händen fährt sie sich über das Gesicht. Ihre Wangen sind nass. *Du bist nicht mehr bei ihm.* Sie spürt seinen heißen Atem auf ihrer Haut. Seine dunklen Worte, wie sehr er sie wollen würde. Sie schluchzt auf. Sie dachte, sie hätte die Panikattacken im Griff. Ihre Beine knicken unter ihr ein und sie lässt sich auf den Boden fallen. Fest umklammert sie ihre angewinkelten Beine. Als würde sie sich damit zusammenhalten können, während ihr Inneres in tausend Stücke zerspringt.

Sie lässt die Panikattacke über sie rollen. Ihre Brust ist eng, so eng, aber sie weiß, dass sie noch Luft bekommen sollte, obwohl sie panisch nach ihr schnappt. Machtlos wartet sie darauf, dass ihr Weinen verebbt und sie wieder Kontrolle über ihre Gliedmaßen erhält.

Nach über einem Jahr sind ihr die Panikattacken schon

vertraut. Sie kommen in Momenten, in denen sie sie am Wenigsten erwartet hätte. Wenn sie Tims Stimme zum ersten Mal seit Wochen wieder hört. Wenn ein Schulkamerad ihren Namen ruft. Wenn sie auf der Toilettenkabine eine Nachricht an eine Freundin tippt. Wenn sie mit ihrer Mum auf dem Sofa sitzt und eine Serie schaut. Wenn sie eigentlich glücklich ist und *er* nur noch eine verblasste Erinnerung sein sollte.

Sie kann nichts gegen die Panikattacken tun außer warten, bis sie von selbst wieder gehen. Bis der wütende Wirbelsturm durch sie hindurchgefegt ist und ein Chaos hinterlässt, das sie mühsam wieder aufräumen muss. Sie vergräbt ihren Kopf zwischen den Knien und versucht ihre Atmung unter Kontrolle zu bringen. Wenn sie ruhiger atmet, beruhigt sich ihr rasendes Herz. Wenn sich ihr rasendes Herz beruhigt, beruhigt sich ihr Kopf.

Sie versucht sich vorzustellen, wie die Amygdala, das Gefühlszentrum im Gehirn, panische Wellen durch ihre Synapsen feuert. Sie klammert sich an dem Bild fest, wie ihre Synapsen glühen, und Neurone gesendet werden. Wie ihr präfrontaler Kortex, der eigentlich Panik und Angst dämpfen sollte, genauso machtlos wie sie zusieht. Das Bild entspannt sie; es lenkt sie ab, darüber nachzudenken, welche chemischen Reaktionen gerade in ihrem Gehirn stattfinden. Wenn sie sich damit befasst, *wie* etwas funktioniert, denkt sie nicht mehr an das *warum*. Sie weiß nicht, wie lange sie so dasitzt, den Kopf gesenkt, den Blick starr auf den blauen Teppichboden gerichtet. Ihr Atem wird langsam gleichmäßiger.

Stimmen hallen durch den Flur und sie sieht erschrocken hoch. »Alter, Hamilton, du kannst mir ruhig die Tür aufhalten. Ich trage immerhin die Pizzen.«

Sie rappelt sich auf und wischt sich schnell über ihr Gesicht. Ihre Beine zittern noch, aber das Schlimmste ist überstanden. Auf keinen Fall will sie von irgendwelchen Studierenden verweint vorgefunden werden. Die Party ist für sie sowieso vorbei. Sie sieht sich im Flur um und entnimmt den Beschilderungen an der Wand, dass sie in der Nähe vom Treppenhaus ist, dass sie nach oben in ihre Wohnung bringen würde. Sie sehnt sich nach einer warmen Dusche und ihrem Lieblingsfilm. Dann würde die Panikattacke nur noch wie ein kleiner Schluckauf wirken.

»Stell dich nicht so an, Henry.« Die Stimme kommt ihr bekannt vor. Angenehm weich und klar, aber gleichzeitig ein bisschen rau, wie der Ozean bei ihr zu Hause. Jez. Sie wischt sich noch einmal über das Gesicht, um die letzten Mascarareste von ihren Wangen zu holen. Bevor sie den Treppenabsatz erreicht hat, biegt er bereits um die Ecke und erkennt sie. Sie flucht leise. Das hat ihr gerade noch gefehlt.

»Wenn es nur eine Handvoll grundlegender Geschmacksrichtungen gibt [salzig, süß, sauer, bitter und umami (jap. für ›köstlich‹)], wie können wir dann die zahllosen Aromen in der Nahrung wahrnehmen, wie etwa die von Schokolade, Erdbeeren oder Barbecuesauce? Erstens aktivieren unterschiedliche Nahrungsmittel jeweils andere Kombinationen von Grundgeschmacksrichtungen. (…) Zweitens besitzen die meisten Nahrungsmittel als Ergebnis von Geschmack und Geruch, die gleichzeitig wirken, ein eigenes, bestimmtes Aroma. (…) Drittens tragen weitere sensorische Faktoren zu einer unverwechselbaren Geschmackserfahrung bei. Wichtig dabei sind Textur und Temperatur, und für den scharfen, würzigen Geschmack von Speisen (…) sind Schmerzempfindungen erforderlich. Um also den charakteristischen Geschmack eines Nahrungsmittels zu erkennen, kombiniert unser Gehirn die sensorischen Informationen aus seinem Geschmack, seinem Geruch und der Art, wie es sich anfühlt.«

Bear, Mark F. et al. *Neurowissenschaften*. Deutsche Ausgabe herausgegeben von Andreas K. Engel. Springer Spektrum, 2009, 4. Auflage 2018, S.279.

3. KAPITEL

Jez

Sie hat geweint. Er sieht es selbst meterweit entfernt in ihrem Gesicht. Abrupt bleibt er stehen und Henry knallt von hinten in seinen Rücken.

»Alter«, setzt sein Freund an und weist entsetzt auf die Pizzakartons in seinen Händen. Als wäre die Möglichkeit, dass sie herunterfallen könnten, ein Verbrechen.

»Rosalie«, sagt Jez und ignoriert Henry hinter ihm. Sie bleibt am Treppenabsatz stehen und wartet, bis er bei ihr ist.

»Schon auf dem Weg ins Bett?« Von Nahem sieht er ihre roten Augen mehr als deutlich. Sie senkt den Kopf, als ob sie damit ihr Gesicht vor ihm verbergen könnte.

»Die Party ist langweilig.« Betont gleichgültig zuckt sie mit den Schultern. Im grellen Licht der Neonröhren ist ihre Haut blass, fast schon kränklich. Seine Finger jucken. Er will ihr die Haarsträhne, die ihre Wange kitzelt, hinter das Ohr streichen. Er will die Träne, die noch in ihrem Augenwinkel hängt, wegwischen. Aber er macht nichts davon, sondern vergräbt die Hände in seinen Hosentaschen.

»Findest du?« Er will wissen, was in ihrem Kopf vor sich geht. Wieso sie allein im Flur weint, während die anderen

Studierenden nur wenige Meter entfernt die Zeit ihres Lebens haben. Aufmerksam mustert er sie. Die sorgfältig geflochtenen Haare, die mit den herausgezupften Strähnen nur so wirken sollen, als hätte sie sich keine Mühe gegeben. Die Sommersprossen, die sich mit ihrer Nase kräuseln. Die braunen Augen, die im Moment nichts von ihr preisgeben.

»Ihr nicht? Oder sind die drei Pizzen etwa für alle?« Sie deutet auf Henry und die Pizzakartons.

Dieser lacht auf. »Ich teile keine Pizza, Süße.«

Ihre Augen flackern auf. Jez verflucht Henrys vorlaute Klappe. Das wütende Blitzen kennt er von ihr schon viel zu gut. Fast schon hätte er vergessen, dass sein bester Freund hinter ihm steht. »Henry, das ist eine meiner Mitbewohnerinnen.«

Bevor er ihren Namen sagen kann, fällt sie ihm ins Wort: »Rose.« Ihre Stimme ist eiskalt und der Blick, den sie ihm zuwirft, sollte ihm das Blut in den Adern gefrieren lassen. Stattdessen macht sein Herz nur einen verrückten, flatternden Satz.

Henry grinst dämlich von einem Ohr bis zum anderen. »Freut mich.«

»Ich wünschte, ich könnte das gleiche sagen, *Süßer*.« Das letzte Wort betont sie so abfällig, dass Jez sich ein kurzes Auflachen nicht verkneifen kann. »Aber ich teile meine Freude nicht.« Mit diesen Worten dreht sie sich um und geht die Stufen hinauf. Für einige Sekunden sieht Henry ihr überrascht hinterher. Dann wechselt er einen Blick mit Jez.

»Die hat's in sich«, flüstert er, fast schon bewundernd. Zwei Stufen auf einmal nehmend setzt er ihr hinterher. Jez verdreht die Augen, folgt seinem Freund aber. Die Wohnungstür fällt schon fast wieder ins Schloss, als sie oben ankommen. Henry greift schnell nach der Klinke.

Im Flur steht Rose an ihrer Tür und schließt ihr Zimmer

auf. Beim Gedanken daran, dass sie einfach in ihr Zimmer verschwinden und den restlichen Abend nicht mehr herauskommen könnte, wallt Enttäuschung in Jez auf.

»Wir haben eine Pizza zu viel«, platzt es aus ihm heraus. Sie hebt ihren Kopf, ihr Körper bereits halb durch die Tür.

»Ich dachte, ihr teilt keine Pizza.«

»Er vielleicht nicht.« Er geht einen Schritt auf sie zu, um sich von Henry zu distanzieren. »Ich schon.«

Ihre Miene ist undurchdringlich. Aber sie zögert und in diesen paar Sekunden, in denen sie seinem Blick standhält, spürt er ihren inneren Kampf. Als würde sie mit sich ausdiskutieren, ob sie sein Angebot annehmen oder ablehnen solle. Irgendetwas muss bei ihr vorgefallen sein, sonst hätte sie nicht im Flur geweint. Wahrscheinlich will sie einfach nur allein sein. Und wieso soll sie mit ihm Zeit verbringen wollen? Ihre Abneigung ihm gegenüber hat er deutlich genug zu spüren bekommen.

»Ich gehe duschen.« Mit diesen Worten, die ihm nichts über ihre Entscheidung verraten, schließt sie ihre Zimmertür hinter sich. Vielleicht würde sie doch noch rauskommen und wenn es nur ist, um sich von ihren schlechten Gedanken abbringen zu lassen. Zumindest hofft er das.

»Bis später, Rosalie«, sagt er, mit diesem spöttischen Tonfall, den er bei ihr nicht zurückhalten kann. Mit geteilten Lippen starrt er auf das Holz, das sie voneinander trennt. Er erwischt sich dabei, wie er hofft, sie würde die Tür noch einmal öffnen.

»Alter, du steckst richtig tief in der Scheiße.« Henrys Lachen reißt ihn aus seinen Gedanken.

»Was? Ich weiß nicht, was du meinst.« Er nimmt ihm die Pizzakartons ab und geht in die große Küche. Er stellt die Pappschachteln auf den Esstisch und lässt sich auf einen der Metallstühle fallen.

Henry öffnet mit hochgezogenen Augenbrauen den obersten Karton und schiebt sich ein Stück seiner Salamipizza in den Mund. »Noch nicht mal zwölf Stunden hier und du bist in deine Mitbewohnerin verschossen«, sagt er mit vollem Mund.

»Ich finde sie interessant, mehr nicht.« Jez sucht nach dem Pizzakarton mit seiner Pizza Funghi. Henry hat ihm aus Spaß wirklich eine Pizza mit einem einzigen Pilz mitgebracht. Kurz dachte Jez, dass sein Freund das ernst meine. Doch dann hat er zum Glück noch die richtige Pizza für ihn hervorgezogen. Sein Gesichtsausdruck muss es wohl wert gewesen sein.

Henry wirft ihm einen entgeisterten Blick über den Tisch hinweg zu, der so viel wie ›Das glaubst du doch wohl nicht selbst‹ bedeuten soll. Aber es stimmt, er findet Rose interessant. Vielleicht, weil er sie nicht versteht. Bei ihrer ersten Begegnung im Zimmer war sie eine wütende Furie, die ihm vermutlich am liebsten die Augen ausgekratzt hätte. Sie war schlagfertig, reserviert und ein bisschen kratzbürstig. Aber Amy gegenüber war sie zuvorkommend, hilfsbereit und freundlich. Am Abend waren Jake, Amy und er gemeinsam einkaufen gegangen. Als sie zurückgekommen sind, war er als erster wieder in der Wohnung oben. Rose hat beim Kochen zu einem Lied, das über ihre Kopfhörer lief, getanzt, als hätte sie keine Sorge in der Welt. Sie scheint sich ihrer Umgebung anzupassen, die Farben, die sie anderen zeigt, zu verändern, je nach dem, wem sie sich gegenüber findet. Er fragt sich, wer die echte Rose darunter ist. Aber er ist entschlossen, es herauszufinden.

Er zuckt mit den Schultern. »Du hast doch gesagt, man solle nichts mit der Mitbewohnerin anfangen.« Er beißt in seine Pizza. Der Käse zerläuft auf seiner Zunge.

»Weil es nur Stress geben kann.« Henry hebt den Finger,

um die Wichtigkeit seiner Worte zu unterstreichen. »Einer entwickelt immer Gefühle und ihr könnt euch nicht mal aus dem Weg gehen.«

»Wer sagt denn, dass ich so lockeren Scheiß noch mache?«

Henry verschluckt sich an seiner Pizza. »Hamilton, der Frauenschwarm, sucht was Ernstes?«

»Ich suche gar nichts.«

»Ich dachte, letztes Jahr wäre nur eine Phase gewesen. Wer wird denn dann mein Wingman?«

»Niemand hat gesagt, dass ich nicht dein Wingman sein kann.«

Henry schnaubt. »Ein Wingman, der selbst keine klärt. Das wäre mal was.«

Genervt verdreht Jez die Augen. »Ich habe gemeint, was ich im Auto gesagt habe. Ich will mich jetzt erst einmal aufs Studium konzentrieren.«

»Langweiler.«

»Wir können nicht alle jede Woche eine Neue am Start haben, Henry.«

»Hattest du früher doch auch.«

»Das ist schon lange her.« *Das bin ich nicht mehr,* will er noch hinzufügen. Er lässt es aber. Er kann Henry verstehen, der seine gescheiterte Fernbeziehung mit Greta in Alkohol und Frauen ertränkt. Nach Suzie ist es ihm nicht anders ergangen. Der Sex hat abgelenkt, er war einfach und hat ihn wenigstens für eine kurze Zeit auf andere Gedanken gebracht. Dann hat er letztes Jahr seinen Schulabschluss nicht geschafft. Und er musste einsehen, dass es so nicht weitergehen kann. Dass er nicht dieser Mann sein will, der sich jeden Abend das Hirn wegsäuft und jede mit ins Bett nimmt.

Henry zuckt mit den Schultern und holt zwei Flaschen

Bier aus seinem Rucksack. Ohne zu fragen, stellt er Jez eine hin. Für einen kurzen Moment überlegt er, das Bier abzulehnen. Er hat sich vorgenommen, sich nicht mehr zu betrinken.

Als könnte sein Freund seine Gedanken lesen, öffnet er beide Bier mit der jeweils anderen Flasche und schiebt eine davon bestimmt vor Jez. »Ich weiß, du hast letztes Jahr dem Alkohol abgeschworen. Aber Bier ist kein Alkohol. Bier ist wie Limo.«

Von einem Bier würde er nicht betrunken werden. Jez seufzt, hebt aber die Flasche und stößt mit Henry an. »Auf London.«

»Auf uns.« Henry trinkt einen Schluck. »Und unser Jahr.«

Sie diskutieren darüber, was sie mit der dritten Pizza machen sollen, während das Fußballspiel zwischen Tottenham und Newcastle vom Nachmittag leise im Hintergrund auf dem Fernseher läuft, als Rose die Küche betritt.

Ihre Haare hängen in einem unordentlichen Knoten in ihrem Nacken und ohne Make-Up ist ihr Gesicht eine einzige Explosion aus Sommersprossen. Sie hat die enge Jeans und den pastellfarbenen Strickpullover gegen eine Sporthose und ein weites Sweatshirt getauscht. Sie sieht unscheinbar aus, aber seine Kehle wird trotzdem trocken bei ihrem Anblick.

»Hey«, sagt sie leise und verschränkt ihre Hände vor ihrem Oberkörper. Er kann die zehntausend Gedanken hinter ihren Augen rauschen sehen. Er würde gerne jeden einzelnen in seiner Bahn festhalten und betrachten. Also hat sie sich doch entschieden, nicht allein in ihrem Zimmer zu sitzen und schlechten Gedanken nachzuhängen. Er kann es ihr nicht verübeln. Wie oft dachte er, er wolle allein sein, nur um dann seine Sorgen in Gemeinschaft zu verdrängen.

Sie setzt sich zu ihnen an den Tisch und wirft einen Blick auf die letzte Pizza. »Ein einziger Pilz?«

»Henry dachte, es wäre lustig, mir eine Pizza Funghi mit nur einem Pilz mitzubringen«, erklärt Jez.

Ihre Mundwinkel zucken, dann greift sie nach einem Stück der Pizza. Sie kaut langsam und nickt schließlich. »Die ist lecker.«

»Von *Da Mario*, direkt um die Ecke. Der macht die beste Pizza weit und breit«, sagt Henry stolz.

Rose hält sich eine Hand vor den Mund, damit sie beim Kauen sprechen kann. »Kommst du aus London?«

Henry lacht auf. »Nee, ich komme auch aus Cardiff. Das ist aber schon mein zweites Jahr am Imperial.«

Überrascht zieht Rose die Augenbrauen hoch. »Achso, ihr kennt euch von früher?« Mit einem Finger zeigt sie zwischen den Jungs hin und her.

»Aus der Grundschule«, sagt Jez und gleichzeitig sagt Henry: »Ich gehe ihm seit der ersten Klasse schon auf den Sack.« Sie sehen sich an und lachen.

»Studierst du auch Biomedizin?«, fragt sie und nimmt sich bereits das nächste Stück Pizza.

»Auf keinen Fall. Ich bin in Informatik eingeschrieben.« Henry zieht eine weitere Flasche aus seinem Rucksack. »Bier?«

Rose schüttelt schnell den Kopf, sodass sich einige Strähnen aus ihrem Haarknoten lösen. »Ich mag kein Bier.«

Entsetzt hält sich Henry eine Hand an die Brust. »Kein Bier?«

»Ich verstehe nicht, wieso irgendjemand freiwillig Pisse trinkt.«

Jez verschluckt sich bei ihrer unverblümten Wortwahl an seinem Getränk. Henry betrachtet Rose für einige Sekunden, dann dreht er sich zu Jez und meint hinter vorgehaltener Hand: »Du musst umziehen. Jetzt. Das kann kein guter Einfluss sein.«

»Dann kriege ich ja immerhin mein Zimmer wieder«, sagt Rose trocken.

»Jetzt tue nicht so, als ob du das Ernst meinst. Dein Zimmer jetzt hat einen viel besseren Ausblick«, sagt Jez.

»Neidisch?« Herausfordernd sieht sie ihn an.

»Auf keinen Fall.«

Sie lächelt und er lächelt, weil sie es tut. Dabei tanzen die Sommersprossen auf ihrer Nasenspitze. Sie nimmt den Pilz von einem Pizzastück und legt ihn mit verzogenen Mundwinkeln in die Schachtel.

»Du magst keine Pilze?«, fragt er.

Sie schüttelt den Kopf. Dieser Fakt schockiert ihn deutlich mehr als ihre Abneigung Bier gegenüber. Er schnappt sich den Pilz und schiebt ihn sich in den Mund. »Schande.«

»Ich mag halt kein schleimiges Gemüse.«

»Schleimig?«

»Ja, schleimig. Matschig. Pilze sind komisch.«

»Du hast keinen Geschmack.«

»Sagt derjenige, der eine Art Schwamm isst.«

Betont genussvoll kaut er den einzelnen Pilz und schluckt ihn. »Nicht jeder kann gute Geschmacksknospen haben.«

Sie schnaubt. »Zwiebeln sollten den Respekt bekommen, den Pilze haben. Das ist einfach das übergeordnete Gemüse.«

Er zuckt mit den Schultern. »Zwiebeln haben keine Substanz. Die geben einfach nur ein bisschen Aroma dazu.«

»Alter, diskutiert ihr gerade ernsthaft über Gemüse?«, fällt Henry dazwischen und öffnet eine zweite Flasche Bier.

»Das sind wichtige Themen«, meint Rose nur. Sie ist bereits bei ihrem letzten Stück Pizza. Diese Frau inhaliert ihr Essen ja fast schon, so schnell wie sie die Stücke Teig in sich geschoben hat.

Eine plötzliche Idee nimmt in seinem Kopf Gestalt an. »Wir lassen einfach jemanden entscheiden, wer von uns besser kocht«, schlägt Jez vor. Ob sein Drang, Recht zu haben und ihr zu beweisen, dass er einen besseren Geschmack hat, die Worte über seine Lippen kommen lassen, weiß er nicht. Denn ein kleiner Teil von ihm will den stumpfen Ausdruck in ihren Augen vertreiben, der ihm bereits im Flur vorhin aufgefallen ist. Das herausfordernde Blitzen in ihrem Braun lässt sein Herz einen kleinen Satz machen.

Roses Blick huscht zu Henry, der sofort abwehrend die Hände hebt. »Ich werde Jez eh wählen, weil er das beste Curry macht.«

»Jemand Unvoreingenommenes. Wie Amy zum Beispiel«, überlegt Jez. »Deal?« Er hält ihr die Hand hin, um darauf einzuschlagen. »Das gleiche Gericht. Jeder kocht, wie er es am besten findet.«

»So machen wir es.« Sie zögert kurz, dann legt sie ihre Hand in seine.

Für einen Moment vergisst er, dass er gerade einen Wettstreit mit ihr ausgemacht hat. Ihre Haut ist geschmeidig weich und ihre langen Finger fügen sich perfekt in seine. Als würden sie genau dort hingehören. Er hält ihre Hand zu lange; er merkt es in dem Moment, in dem sie ihre zurückzieht und ihre Augen unsicher über die verkratzte Oberfläche des Tisches huschen.

»Nein!« Henrys wütender Ruf lässt sie zusammenzucken. Jez widmet seine Aufmerksamkeit dem Fußballspiel, das sie nachträglich auf dem Fernseher streamen. »Als ob das Hand war.«

Jez verfolgt die Wiederholung, die gerade gezeigt wird. »Mh, er hat schon den Ball mit der Hand berührt.«

»Was ein Betrug«, murmelt Henry, als Newcastle ein Elfmeter ausgesprochen wird. Die Spieler sind bereits fünf Minuten in der Nachspielzeit.

Rose verfolgt das Geschehen auf dem Fernseher. Der Fußballer spielt den Ball gekonnt in die Ecke des Tores und erzielt für seine Mannschaft in der letzten Minute ein Tor. Das Spiel endet unentschieden. Henry stöhnt auf. Jez grinst schief. Rose schüttelt den Kopf.

»Fußball«, murmelt sie leise und mit ihrem abfälligen Tonfall sagt sie alles.

»Wenn sie kein Fußballfan ist, muss *sie* ausziehen«, sagt Henry.

»Andere Sportarten sind interessanter.«

»Zum Beispiel?«

»Rugby.«

Henry verdreht die Augen. »Das kann auch nur ein Mädchen sagen.«

»Was soll das denn heißen?«

»Muskelbepackte Männer, die sich gegenseitig eins über die Rübe ziehen? Natürlich finden Frauen das sexy.«

Rose schnaubt. »Sexistischer geht's ja wohl nicht?«

Jez erhebt sich von seinem Stuhl und klappt die nun leeren Pizzakartons zu. »Ignoriere ihn einfach.«

»Vom Ignorieren wird es nicht besser.«

Er schmeißt die Pappe in einen der Mülleimer in der Ecke und folgt der Diskussion zwischen Henry und Rose. Sie beharrt auf ihrem Standpunkt, dass Fußball langweilig sei, weil nichts passieren würde, während Henry dagegen wettert, dass guter Fußball niemals langweilig sein könnte. Immer noch mit einem Grinsen im Gesicht setzt Jez sich zurück auf seinen Platz und trinkt einen Schluck seines Bieres.

Vielleicht sind Neuanfänge wirklich gesund. Denn zum ersten Mal seit einem Jahr hat er das Gefühl, wirklich angekommen zu sein.

Der Geruch nach Nudeln und Tomaten schwängert die Luft in der Küche. In einem Topf köcheln Roses rote Linsen, während Jez in einer Pfanne eine dicke Soße mit Hackfleisch, Chilipaste und Sojasauce anrührt. Zwar ist die Küche für fünf Leute groß, aber mit dem einen Herd kommen sie sich dennoch immer wieder in die Quere. Über seinen Bluetooth-Lautsprecher läuft leise Radio, da sie sich nicht auf einen Interpreten einigen konnten. Rose hört, genau wie Henry, irgendwelche schreckliche Popmusik, und hat bei seinem Vorschlag von *The Smiths* oder *Sonic Youth* aufgestöhnt, dass sie schon mit ihrer Schwester und deren Freund ständig Rockmusik hören müsse. Erst nachdem er das Radio angemacht hat, was ihr diplomatischer Vorschlag war, wurde ihm klar, dass sie ihn ausgetrickst hat. Seine Ohren werden von dem neusten Hit von Harry Styles malträtiert, der von Wassermelonen singt. Was für ein Quatsch. Was soll denn ein High vom Zucker der Wassermelonen sein?

Der Wecker, den er auf seinem Handy eingestellt hat, klingelt und er lässt die Mei-Nudeln in seinem Sieb abtropfen. Er hat sich für eine koreanische Interpretation von Spaghetti Bolognese entschieden, während Rose eine mit Linsen kocht.

Nachdem Amy gestern von der Willkommensparty gekommen war, halb stolpernd und gut angetrunken, hat sie sich sofort für ihren Kochwettbewerb begeistern lassen. »Doppelt bekocht werden? Na klar bin ich da dabei«, lachte sie. Heute Morgen sind Rose und Jez direkt einkaufen ge-

gangen, um ihre Version von Spaghetti Bolognese vorzubereiten. Das Gericht hat Amy sich ausgesucht.

»Es riecht schon so gut, ich habe richtig Hunger«, sagt
Amy vom Esstisch aus.

»Was riecht besser?«, fragt er sofort.

Amy lacht. »Ich glaube nicht, dass ich das unterscheiden
kann.«

Rose lehnt sich zu ihm herüber. Ihr zitroniges Duschgel
kitzelt ihm über den Essengeruch die Nase. »Ich bezweifle,
dass sie deine schleimigen Pilze meint.«

»Die riechen doch schon gar nicht mehr.« Er mischt etwas Sesamöl unter die Nudeln und fügt Spinat in seiner
Pfanne hinzu.

Sie rümpft die Nase. »Sagst du. Ich rieche die zehn Meilen gegen den Wind.«

»Du übertreibst.« Er besieht sich ihre Linsenbolognese.
»Außerdem habe ich wenigstens ein Gemüse in meiner
Soße.«

»Ich habe Zwiebeln.«

»Zwiebeln zählen nicht.«

»Dann eben Linsen.«

»Linsen sind kein Gemüse.«

Sie stemmt die Arme in die Hüften. »Natürlich sind sie
das. Hülsenfrüchte gelten als Gemüse.«

»Dann machst du ja quasi einen Obstsalat mit deinen Tomaten.« Er weist mit dem Kochlöffel auf die stückigen Tomaten, die in ihrer Pfanne köcheln und als Grundlage für
ihre Soße dienen.

»Immerhin ist für mein Essen kein Tier gestorben.«

»Du hast heute Morgen Bacon gegessen.«

»Das tut nichts zur Sache.«

Amy lacht laut auf. »Ihr seid wie ein altes, verheiratetes
Ehepaar.«

Gleichzeitig drehen sich Rose und Jez um. »Auf keinen Fall!« Sie wechseln einen Blick, bevor Rose mit einer Hand über ihr Schlüsselbein fährt und mit der anderen ihre Soße umrührt. Ihre Wangen färben sich rosa und sie presst fest die Lippen zusammen. Er kann sich ein schiefes Grinsen nicht verkneifen.

Das Küchenfenster sieht hinaus in den Hof und die Sonne ist bereits hinter dem Gebäude verschwunden. Grelle Neonröhren erhellen den Raum. Er mag das Licht nicht. Es ist zu weißlich; es fühlt sich völlig unnatürlich auf der Haut an. Aber damit würde er das nächste Jahr wohl vorliebnehmen müssen.

Er schielt zu Rose herüber, die in das Würzen ihrer Tomatensoße vertieft zu sein scheint. Sie trägt die hellblaue, geblümte Bluse, die sie auch heute Mittag beim Einkaufen getragen hat. Der mit Rüschen gerahmte Ausschnitt gibt den Blick auf ihre elfenbeinhelle Haut frei und er hat sich mehr als einmal dabei erwischt, wie sein Blick zu tief gewandert ist. Noch nicht ein Spritzer der Tomatensoße ist auf dem hellen Chiffon gelandet. Er sieht herunter auf die braunen Flecken Sojasoße auf seinem gestreiften T-Shirt.

»Ich bin fertig«, verkündet sie und richtet die gekochten Linguine mit einem Klecks der Linsenbolognese auf einem Teller an.

Amys Augen werden kugelrund, als sie den Teller vor sich in Augenschein nimmt. »Das sieht richtig lecker aus.«

Triumphierend wirft Rose ihm einen Blick über ihre Schulter zu. Er beeilt sich, seine Lauchzwiebeln zu schneiden und garniert sein eigenes Gericht damit.

Amy schiebt sich gerade eine Gabel Nudeln in den Mund, als er seinen Teller vor sie stellt. Genüsslich schließt sie die Augen. »Verdammt.« Sie schluckt. »Du kannst echt gut kochen, Rose.«

Ein Lächeln huscht über Roses Lippen und sie nimmt sich einen eigenen Teller ihres Essens.

So schnell würde er sich aber nicht geschlagen geben. Er schiebt seine koreanische Bolognese näher an Amy heran, damit sie auch sein Essen probiert. Er kann sich nicht erklären, wieso, aber er will Rose unbedingt in diesem Wettbewerb schlagen.

Amy schnuppert an dem Rinderhack, nimmt einen Bissen und stöhnt leise auf. Entsetzt sieht Rose von ihrem Essen auf. Anscheinend hatte sie sich schon in siegreicher Sicherheit gewiegt. »Findest du es besser?«, fragt sie.

Amy schluckt und sieht zwischen den beiden Köchen hin und her. »Ich finde beide Gerichte mega gut.«

»Du musst dich für eins entscheiden«, sagt er schnell.

Hilflos öffnet Amy ihren Mund und schließt ihn wieder. »Das kann ich nicht?«

»Was?« Die Gabel klappert laut, als Rose sie auf ihren Teller legt.

»Sie sind so unterschiedlich. Ich kann nicht sagen, welches ich leckerer finde.«

Rose schnaubt abfällig und nimmt sich eine Gabel seiner Bolognese. Fast schon trotzig schiebt sie sich sie in den Mund und kaut. Ihre Augen weiten sich unmerklich, als sei sie überrascht über den Geschmack. Nachdem sie geschluckt hat, zuckt sie nur mit den Schultern. »Ist okay. Aber ohne Pilze wäre sie besser.«

Sie greift nach der goldenen Kette an ihrem Schlüsselbein, bevor sie hastig die Hand senkt und sich wieder ihrem eigenen Essen zuwendet.

Seine Augen verengen sich zu Schlitzen. Die Herausforderung annehmend, probiert er von der Linsenbolognese. Er versucht, seine Gesichtszüge ruhig zu halten, während er in Ruhe kaut. Doch er muss zugeben, dass sie verdammt lecker ist. Die fruchtigen Tomaten werden von der leicht säuerlichen Balsamicocreme in Szene gesetzt und die Gewürze harmonieren perfekt auf seiner Zunge. Roses braune Augen bohren sich in seine.

»Ist okay. Aber mit Pilzen wäre sie besser.«

Ihre Mundwinkel zucken unmerklich, aber er sieht das Lächeln, das sich beim nächsten Bissen auf ihr Gesicht stiehlt.

Jake kommt in die Küche und begrüßt sie.

»Jake, du musst uns sagen, welche Bolognese besser ist«, sagt Rose sofort und deutet auf die zwei Teller vor Amy.

»Ich kann mich einfach nicht entscheiden«, sagt diese und verzieht entschuldigend das Gesicht.

Abwehrend hält Jake die Hände hoch. »Da halte ich mich lieber raus.«

»Komm schon, Mann«, versucht Jez ihn zu überzeugen.

Aber Jake schüttelt beharrlich den Kopf.

»Du kannst dir was von meiner Bolognese nehmen, ich habe viel zu viel gemacht«, bietet Rose an.

»Von meiner auch!«

Fast schon panisch flattern Jakes Hände neben seiner Hüfte. »Danke, ich wollte mir gerade einen Nudelauflauf machen.«

»Das ist doch Quatsch«, wirft Jez ein. »Wir haben mehr als genug für alle gekocht.«

Letztendlich lässt sich Jake dazu überreden, von jedem Gericht einen halben Teller zu essen. Einen Kommentar zu ihnen lässt er sich jedoch nicht aus der Nase kitzeln. Als sie alle mit leeren Tellern und vollen Bäuchen am Esstisch sitzen, ist der Wettstreit zwischen Rose und Jez bereits vergessen. Keiner von ihnen wäre von der Meinung abzubringen gewesen, dass das eigene Essen das Überlegene ist, und Jake und Amy weigern sich, eine Entscheidung für sie zu treffen. Fast schon hätte er den gesamten Wettstreit als unnötig eingestuft. Aber ohne ihn wären sie nicht zusammen in den Tesco einige Minuten von der Uni entfernt gelaufen, um für ihre jeweiligen Gerichte einzukaufen. Und auch wenn sie sich die gesamte Zeit gezankt haben, hat er die Zeit mit ihr genossen.

Ihr Schlagabtausch hat ihn von dem Telefonat mit seiner Mum abgelenkt, die er heute Morgen pflichtbewusst angerufen hat. Sie geht erst mittags in ihr kleines Restaurant im Stadtteil Canton und überprüft mit wachsamen Augen als Chefköchin die Küche. Sie hatte geweint, das hat er ihrer Stimme deutlich angehört. Aber sie hat ihm versichert, dass es ihr gut gehen würde. Auf seine Frage, wann Dad gestern heimgekommen sei, hat sie mit einem ausweichenden »Nicht später als sonst« geantwortet. Was so viel bedeutet wie »Nachdem ich schon geschlafen habe«. Eine altbekannte Wut auf seinen Vater war in ihm aufgekocht, die er nur mühsam runterschlucken konnte. Rose, die plötzlich in seiner Zimmertür stand und ihn gefragt hat, ob sie zusammen Einkaufen gehen würden, kam ihm gerade recht. Die Gedanken an seinen Vater sind verpufft und auch die Vorstellung seiner Mum, die nun ganz allein in ihrem Reihenhaus liegt und ihre Kinder vermisst.

Er lenkt seine Gedanken zurück zum Gespräch, das sie gerade am Tisch führen. Am nächsten Tag würde es eine Messe zu den Clubs und Societies auf dem Unigelände geben und sie diskutieren darüber, welche Gruppen sie am meisten interessieren.

»Ich würde ja total gerne Yoga oder so machen«, sagt Amy. »Hauptsache irgendetwas Sportliches, sonst versauert man beim ganzen Lernen.«

Rose lacht leise. »Bei Yoga bin ich dabei. Dann können wir immer zusammen gehen.«

»Das wäre schön.«

Bevor er sich zurückhalten kann, stellt er sich Rose in einer engen Yogahose und Sport-BH vor. Seine Kehle wird trocken und das Blut schießt ihm aus dem Kopf. *Schluss damit, Hamilton. Sie ist deine Mitbewohnerin*, ermahnt er sich. Das Klingeln eines Handys reißt ihn aus den Gedanken. Der Klingelton kommt ihm vage bekannt vor.

Rose zieht ihr Telefon hervor und blickt auf das Display. »Meine Schwester.« Die Uhr an der Wand zeigt, dass es bereits kurz vor neun ist. »Gute Nacht euch.« Sie steht auf und nimmt das Telefonat an. Ein Lächeln erhellt ihr Gesicht, aus dem die Liebe zu ihrer Schwester wie warmer Honig tropft. »Hallo, Blaze.«

Die Küchentür schließt sich hinter ihr. Dem Gespräch von Jake und Amy kann er kaum noch folgen. Er dreht das geknüpfte Band an seinem Handgelenk, immer wieder, in einem ewigen Kreis, während sein Herz danach schreit, die Stimme seiner eigenen Schwester noch einmal am Telefon hören zu können. Nur ein einziges Mal. Damit auch er ein Honig-Lachen genießen kann.

Er weiß nicht, wieso er vor Roses Zimmertür steht. Ja, sie hat ihm vor ein paar Minuten eine Nachricht geschickt, dass sie morgen um zehn Uhr ins Wohnheimbüro auf dem Campus gehen würden, um die Situation mit den Zimmern zu klären. Er hätte ihr darauf ein einfaches ›Ja‹ antworten, sich im Bett umdrehen und endlich schlafen können. Aber stattdessen hat er ihre Nachricht gefühlte Ewigkeiten angestarrt und dann beschlossen, dass sie eine super Ausrede sei, zu ihr rüberzugehen.

Vielleicht ist er auch einfach neugierig. Neugierig, wes-

halb um ein Uhr nachts unter ihrer Tür noch Licht hervor-
kriecht, obwohl sich ihre WG schon eine Gute Nacht gewünscht hat. Neugierig, wieso es weiterhin still bleibt, obwohl er schon zwei Mal geklopft hat. *Sie schläft schon. Es ist
mitten in der Nacht. Gehe jetzt endlich schlafen und lasse sie in
Ruhe,* sagt die vernünftige Stimme in seinem Kopf.

Er drückt die Klinke hinunter und öffnet die Tür einen
Spalt breit. Ermutigt von der Stille, schiebt er sich in ihr
Zimmer. Sie ist weder dabei sich umzuziehen, zum Glück,
noch liegt sie in ihrem Bett und schläft. Sie sitzt, vornüber-
gebeugt, an ihrem Schreibtisch und malt. Auf ihren Ohren
sitzen weiß-goldene Kopfhörer, die wohl jegliche Geräusche ausblenden. Zumindest scheint sie sein »Hey« nicht
gehört zu haben. Auf ihrem Laptop läuft eine Serie.

Das goldene Licht ihrer Schreibtischlampe taucht sie in
einen warmen Schein. Ihre zurückgebundenen Haare
leuchten kupfern. Die Bilder, die sie um ihren Schreibtisch
herum an die Wang gehängt hat, werden von einer Lichterkette in Sternenlicht getaucht. Die Zeichnungen sind ihm
bereits aufgefallen, Skizzen von Händen und nackten Körpern, ein Meer aus Wasserfarben, ein Bleistift-Big Ben, aber
er ist davon ausgegangen, dass es Drucke seien. Nicht, dass
sie sie selbst gemalt haben könnte. Bei Roses Anblick schießt
ihm nur ein Wort durch den Kopf: Mitternachtskünstlerin.
Als wäre die Lampe der hellste Stern in ihrem eigenen, kleinen Universum und sie ein warmer Planet, der von ihm angezogen wird.

Vorsichtig geht er einige Schritte in den Raum hinein.
»Rosalie?«

Sie bemerkt ihn weiterhin nicht. Mittlerweile fühlt er sich
ein wenig unwohl, ohne ihre Zustimmung so in ihr Zimmer
zu platzen. Doch seine Neugier treibt ihn näher an den
Schreibtisch heran. Endlich kann er sehen, welche Serie sie

schaut. Den kleinen blonden Jungen mit dem grünen Schwert auf dem Rücken neben dem dicken, pinken Schwein würde er überall wiedererkennen. Englische Untertitel zucken über den unteren Bildschirmrand und er ist sich nicht sicher, was ihn mehr überrascht: Dass Rose Anime oder dass sie es anscheinend original auf Japanisch schaut.

Dabei kann sie die Untertitel nicht einmal lesen, so konzentriert wie sie sich über den Zeichenblock vor ihr beugt. Mit einem Pinsel in der Hand tupft sie behutsam Farbe auf das Blatt vor ihr. Ihr Arm versteckt, was sie malt, und er stellt sich direkt neben den Schreibtisch, um zu sehen, was es ist. Doch bevor er etwas ausmachen kann, zuckt sie plötzlich zusammen. Der Pinsel fällt in das Wasserglas und die schmutzige Flüssigkeit schwappt beträchtlich. Empört reißt sie sich die Kopfhörer herunter. »Jez, was um alles in der Welt machst du hier?«

Abwehrend hält er die Hände hoch. »Ich habe geklopft.«

Sie verschränkt die Arme vor der Brust. »Das habe ich nicht gemeint.«

»Du hast eine SMS geschrieben?« Weiterhin sieht sie ihn nur entgeistert an. »Und zehn passt mir gut.«

Sie schnaubt. »Und dafür kommst du wie so ein Creep in mein Zimmer geschlichen.«

»Ich habe geklopft«, wiederholt er und kommt sich völlig dämlich dabei vor.

»Und ich habe nicht herein gesagt.«

Er kratzt sich im Nacken und schluckt den Kloß in seinem Hals herunter. »Tut mir leid.«

Für einige Sekunden hält sie ihn mit ihren Augen gefangen, dann fährt sie sich geschlagen mit einer Hand über das Gesicht. Ein Striemen gelber Farbe bleibt dabei an ihrer Nase hängen. Er verkneift sich ein Lächeln. Ihre Worte sind eine klare Aufforderung zu gehen. Er hat die Antwort auf ihre Nachricht überbracht. Doch bevor er sich dazu aufraffen kann, sieht er auf das Blatt Papier hinab. Seine Augen weiten sich.

»Ich wusste doch, dass ich deinen Handyklingelton erkannt habe.« Rose folgt seinem Blick. Schnell zieht sie das Blatt näher zu sich, als wolle sie ihre Kunst vor ihm verstecken. Auf dem hellen Papier ist, noch nicht ganz ausgemalt, eine Bleistiftzeichnung eines Jungen, der einen gefallenen Stern in den offenen Handflächen hält. Den dunkelblauen Nachthimmel hat sie bereits gemalt, ebenso die meisten gelben Strahlen des Sterns. Der Junge hingegen ist bisher nur eine Skizze, farblos gegenüber der Schönheit des Sterns. Ihr Klingelton ist die Titelmusik des japanischen Filmes.

»Du kannst echt gut malen.« Er stützt sich mit dem Arm auf dem Schreibtisch ab, um das Bild genauer zu betrachten. Die dunkle Nacht scheint sie mit Wasserfarbe gemalt zu haben, während die gelben Funken mit Acyrlfarbe definiert sind.

Rose bringt immer noch keinen Ton hervor. Röte kriecht langsam ihre Wangen hoch.

»Howl und Calcifer. Ich liebe diese Szene«, spricht er also weiter. Über die Kampfmusik, die aus ihren Kopfhörern rauscht, hätte er ihr überraschtes Einatmen fast nicht gehört. »Wobei ›Das wandelnde Schloss‹ nicht mein Lieblings-Ghibli-Film ist.«

Jetzt scheint sie ihre Stimme wiederzufinden. »Ach nein? Und welcher dann? ›Prinzessin Mononoke‹?« Sie sagt es mit einer gewissen Abfälligkeit in der Stimme, als sei es lächerlich, wenn der politisch geladene Film sein Liebling sei.

»Nein, ›Der Mohnblumenberg‹.«

Sie blinzelt, dann lacht sie auf. Ihr Lachen ist kein besonders schönes, sie grunzt leicht dabei, aber er beschließt in

diesem Moment, dass er es den ganzen Tag hören könnte.
»Ehrlich jetzt?«, fragt sie, nachdem er nicht in ihr Lachen einstimmt.

Jetzt ist er es, der die Arme vor der Brust verschränkt. »Was soll das denn heißen?«

»Ich meine, ›Der Mohnblumenberg‹ ist ein süßer Film, aber wirklich viel passiert ja nicht.«

»Muss denn in einem Film viel passieren, dass er gut ist?«

»Nein, das jetzt nicht«, räumt sie ein. »Aber es gibt schon einen Grund, weshalb Filme wie ›Chihiros Reise ins Zauberland‹ oder ›Das wandelnde Schloss‹ so beliebt sind.«

»Und ›Mein Nachbar Totoro‹? Gehört zu den bekanntesten des Studios und du musst zugeben, actiongeladen ist der Film nicht.«

Ihre Lippen teilen sich, doch sie findet kein Argument dagegen. Siegessicher lehnt er sich gegen den Schreibtisch. »Aber als jemand, der gerne Fantasy Anime schaut, kann es dir wahrscheinlich nicht aufregend genug zu gehen?« Er deutet auf den Bildschirm, auf dem noch immer ihre Serie läuft.

Schnell klappt sie den Laptop zu. »Ich finde es nun mal entspannend, wenn die sich die Köpfe einschlagen«, sagt sie gereizt.

»Entspannend.« Als Antwort auf seine spöttische Wiederholung kaut sie auf ihrer Unterlippe. »Aber ich mag ›The Seven Deadly Sins‹. Du hast einen guten Geschmack. Was guckst du sonst so?«

Sie schiebt sich eine Strähne hinter ihr Ohr. »Ich bin erst letztes Jahr auf Anime gekommen, ein Schulfreund hat mit mir ›Fullmetal Alchemist‹ geschaut und seitdem klicke ich mich durch Netflix durch.«

»Guter Einstieg«, sagt er. »Ich habe mit ›Inu Yasha‹ angefangen.«

Irritiert sieht sie ihn an.

»›Inu Yasha‹? Mega bekannter Manga und Anime über den Halbdämon Inu Yasha und das Menschenmädchen Kagome, die über den Brunnen im Garten ihrer Familie in die Vergangenheit reisen kann?«

Rose schüttelt den Kopf. »Noch nie gehört.«

Jez schnalzt mit der Zunge. »Schande. Das war die erste Serie, die ich gerne mit meiner Schwester gesehen habe. Nachdem sie über ihre schreckliche ›Winx Club‹-Phase hinweg war.«

»Du hast auch eine Schwester?«, fragt Rose überrascht.

Ein schmerzhaftes Stechen fährt durch seine Brust. *Fuck.* Die Worte sind ihm rausgerutscht, bevor er darüber nachdenken konnte. Seine Augen brennen und eine Stimme in seinem Kopf schreit ihn an, ihre Worte zu verbessern. Aber seine Kehle ist wie zugeschnürt.

»Jup.« Er räuspert sich. »Seit wann malst du?« Er deutet auf den Skizzenblock mit der halb fertig gemalten Szene aus ›Das wandelnde Schloss‹.

Falls sie sich über seinen plötzlichen Themenwechsel wundert, lässt sie sich davon nichts anmerken. »Seitdem ich klein bin. Meine Mum ist Künstlerin und ich war immer gerne in ihrem Atelier.« Sie erzählt ihm von der impressionistischen Kunst ihrer Mutter und welche Stile sie selbst schon ausprobiert hat. Aufmerksam hört er ihr zu, fasziniert von der Leidenschaft in ihrer Stimme, wenn sie über Kunst redet.

Ehe er sich versieht, blättern sie durch ihr Skizzenbuch und reden über ihre liebsten Anime-Charaktere, die besten Serien und wie viel besser es ist, sie original auf Japanisch zu schauen anstatt der synchronisierten, englischen Version.

»Ich male so gerne Anime Szenen, weil ich sowohl genau

als auch ungenau arbeiten kann. Die klaren Linien und Farben beruhigen mich, aber ich kann mit den Wasserfarben ebenso verwischte Hintergründe darstellen.« Ihre Augen leuchten, als sie von ihrer Kunst erzählt. »Und die Farben natürlich. Immer so intensiv. Da mische ich immer eine Weile, bis ich zufrieden bin.« Sie kratzt sich an der Nase, an der mittlerweile weitere orangene Flecken Farbe kleben. »Naja.« Sie gähnt. »Ich glaube, es ist schon total spät.«

Er schielt auf die goldene Uhr, die auf dem durchsichtigen Schränkchen auf ihrem Schreibtisch steht. Es ist bereits nach zwei. »Ja, ich gehe mal rüber in mein Zimmer.«

»Noch ist es mein Zimmer.«

Er schmunzelt und wirft einen letzten Blick auf das Bild, das sie sich als letztes in ihrem Skizzenblock angeschaut haben. Es zeigt einige bunt explodierende Sterne vor einem dunklen Himmel, skizzenhaft angefertigt und nicht ganz ausgearbeitet, als hätte sie an ihnen nur geübt. Er versteht, was sie mit dem Kontrast zwischen genau und ungenau meint. Die farbigen Striemen des Feuerwerks hat sie sowohl verwischt genug in ihrer Explosion, als auch präzise genug in ihren bunten Strahlen eingefangen. Nach dem langen Gespräch mit ihr, mitten in der Nacht, gefangen zwischen dem Heute und Morgen, in einem Schwebezustand der Welt, fühlt er sich selbst wie ein bunt explodierender Stern. Völlig lebendig.

»Gute Nacht, Rosalie.« Er stößt sich vom Schreibtisch ab und geht zur Tür. Bevor er jedoch in den dunklen Flur verschwinden kann, hört er ihre leise Stimme.

»Jez?«

Er verharrt an der Tür. »Ja?«

»Danke.« Irritiert dreht er sich zu ihr um. Sie rührt langsam mit dem Pinsel im dreckigen Wasser, ihr Blick völlig auf die monotone Bewegung fokussiert. »Dass du nicht nachgefragt hast.«

Er weiß sofort, wovon sie spricht. Von gestern Abend, als er sie weinend am Fuß der Treppe vorgefunden hat, von der Wohnheimparty flüchtend. Nicht mit einem Wort hat er sie auf den Vorfall angesprochen. Nicht gefragt, was sie zum Weinen gebracht hat. Obwohl es ihn immer noch interessiert, wie die Rosalie, die er als so starke und selbstbewusste Frau erlebt, weinend alleine im Flur enden konnte.

»Manchmal kann ich auch ganz nett sein,« sagt er mit einem Schmunzeln im Gesicht und schließt die Tür hinter sich.

»*Emotionale Reaktionen sind das Ergebnis einer komplexen Inter-
aktion zwischen sensorischen Reizen, Hirnschaltkreisen, früheren
Erfahrungen und der Aktivität von Neurotransmittersystemen.
Angesichts dieser Komplexität überrascht es nicht, dass der
Mensch auch ein breites Spektrum an emotionalen Störungen und
Gemütserkrankungen aufweist. (…) Wenn man über die neuronale Basis der Emotion nachdenkt, sollte man nicht vergessen,
dass die Strukturen, die offenbar Emotionen beeinflussen, auch
noch andere Funktionen haben. (…) Emotionen sind Erfahrungen, die unser Gehirn und unser Verhalten in vieler Hinsicht beeinflussen, daher erscheint es logisch, dass die emotionale Verarbeitung mit anderen Gehirnfunktionen verflochten ist.*«

Bear, Mark F. et al. *Neurowissenschaften*. Deutsche Ausgabe
herausgegeben von Andreas K. Engel. Springer Spektrum,
2009, 4. Auflage 2018, S. 690.

4. KAPITEL

Rose

»Eine Party«, wiederholt sie und verzieht das Gesicht.

»Du sagst das fast so, als würde ich dich fragen, mit mir in den Buckingham Palace einzubrechen.« Jez hat die Hände lässig in die Hosentaschen gesteckt, während sie sich den Weg zu der Einführungsveranstaltung ihres Studiengangs bahnen. Der Campus ist gefüllt mit Studierenden, die über den großen, grünen Platz schlendern und hier und da anhalten, um sich mit bekannten Gesichtern zu unterhalten. An Tischen präsentieren sich bereits einige Clubs, obwohl in der Sporthalle neben dem kleinen Stadtcampus die Messe der Societies stattfindet.

Als Rose letztes Jahr verschiedene Universitäten besucht hat, um sich ihre Studienprogramme und Gebäude anzusehen, hat sie kurz mit sich gehadert, ob sie keine reine Campus-Universität bevorzugen würde. Die Vorstellung, einen großen Campus zu haben, auf dem alle Fakultäten nebeneinander lehren und sie nur auf Studierende und Lehrende trifft, war reizvoll. Aber für dieses Gefühl hätte sie aufs Land gehen müssen und das stand für sie nicht zur Debatte. Immerhin hat das Imperial College den kleinen Campus in Kensington, auf dem sich die wichtigen Gebäude und die

Zentralbibliothek befinden. Umgeben von den anderen Studierenden, alle mit einem Rucksack oder einer Handtasche bewaffnet, mit strahlenden Gesichtern so kurz vor dem Semesterbeginn, ist es fast schon surreal, dass nur wenige Meter hinter den schmiedeeisernen Toren das normale Londoner Stadtleben weitergeht.

»Es ist ja nicht irgendeine Party. Du fragst mich, ob ich mit auf Henrys Party gehen will«, sagt Rose.

»Ja und? Was ist denn da der Unterschied?«

Sie schnaubt. »Außer, dass Henry ein sexistischer Vollidiot ist, meinst du?«

»Nein. Ich meine, ja.« Jez zieht sich die Kappe vom Kopf, fährt einmal durch seine schwarzen Haare und setzt sie sich dann wieder auf. »Henry ist ein sexistischer Vollidiot. Aber er ist ja nicht der Einzige, der da sein wird.«

»Spielst du da ganz schamlos auf dich an?«

»Natürlich.«

Sie kann nicht verhindern, dass sie leise lachen muss. Das passiert ihr mit ihm seit letzter Nacht viel zu häufig. Mit ihm über Anime zu reden, hat sie an Lucas erinnert, ihren einzigen Schulfreund nach ihrem Wechsel. Seit Tagen überlegt sie, ihm zu schreiben. Aber sie hält sich doch jedes Mal wieder davon ab. Sie hatten nie wirklich geschrieben, stattdessen war sie oft mit ihm nach der Schule nach Hause gegangen, um auf seiner Playstation zu spielen oder Anime mit ihm zu schauen. Lucas hat ihr Sicherheit gegeben. Im Meer aus Jungs, die sie an *ihn* erinnerten, und Mädchen, die genauso wie die ihrer alten Schule hinter ihrem Rücken ›Schlampe‹ zu ihr gesagt hatten, war Lucas ihr Rettungsanker. Schüchtern, ohne einen großen Freundeskreis, und absolut nicht an Alkohol, Partys oder seinem ersten Mal interessiert. Fast hätte sie letzte Nacht vergessen, dass es Jez ist, mit dem sie da redet, und nicht Lucas.

Dabei hätte sie Jez am liebsten erwürgt, als er plötzlich in ihrem Zimmer stand. Wie lange hat er da wohl gestanden, bis sie ihn aus dem Augenwinkel bemerkt hat? Trotz der jetzigen Unbefangenheit mit ihm prickelt ihr Nacken bei dem Gedanken. Aber sie kann ihn auch nicht als Creep abstempeln, nachdem er im Wohnheimbüro eben ein wahrer Gentleman war. In aller Ruhe hat er mit ihr gemeinsam die Situation erklärt und sich dafür eingesetzt, dass sie im System ihre Zimmernummern tauschen, anstatt alle ihre Habseligkeiten noch einmal umräumen zu müssen. Die Dame am Schreibtisch wusste bereits von den Problemen, die die Hall Wardens am Einzugstag im Wohnheim hatten, und auch wenn sie nicht begeistert davon war, veranlasste sie die Änderung schließlich.

»Also?«, fragt er.

»Was?«

»Kommst du mit auf die Party?«

Sie schielt zu ihm herüber und fast schon meint sie, so etwas wie Unsicherheit in seinen dunklen Augen flackern zu sehen. Aber das kann unmöglich sein. Jez und unsicher? Das passt nicht zusammen.

»Würden Amy und Jake auch mitkommen?«, fragt sie, um Zeit für ihre Antwort zu schinden. Thomas zählt sie schon gar nicht mehr zu ihrer WG. Er ist selten zu Hause und heute morgen, als sie zu viert am Küchentisch saßen und gefrühstückt haben, ist er ohne ein ›Guten Morgen‹ oder eine andere Begrüßung an den Kühlschrank, hat sich einen Smoothie rausgenommen und ist dann wieder verschwunden.

Jez kratzt sich im Nacken. »Ich habe sie noch nicht gefragt, aber klar, sie können auch gerne mit.«

Ihr Herz stolpert unruhig. Jez hat sie zuerst gefragt, als

wolle er nur sie bei der Party dabeihaben. Entschlossen befiehlt sie ihrem Herzen, sich zusammenzureißen, und öffnet die Glastür zu einem der modernen Gebäude, die den grünen Platz säumen. Das hat überhaupt nichts zu bedeuten. Sie will nicht einmal, dass das etwas zu bedeuten hat. Ihr Herz stolpert aus Angst. Angst, die sie jedes Mal spürt, wenn sie jemand mit Interesse ansieht.

»Ich überlege es mir, okay?«, sagt sie.

Jez lächelt, aber es erreicht seine Augen nicht. »Okay.«

Die Reihen des Vorlesungssaals, den sie betreten, sind bereits gefüllt. Schnell lässt sie auf der Suche nach einem freien Platz ihren Blick über die Sitze gleiten.

»Naja, bis später in der Wohnung«, verabschiedet sie sich von Jez. Ohne auf eine Antwort von ihm zu warten, steuert sie eine Reihe ziemlich in der Mitte an. So nett sie sich mit ihm auch letzte Nacht über Anime unterhalten hat, auf keinen Fall will sie, dass er ihre einzige Bezugsperson in ihrem Studiengang ist. Sie hat sich den Punkt ›Freunde finden‹ bereits genau ausgemalt: Bei der Einführungsveranstaltung, jetzt, würde sie sich einen freien Platz neben einem freundlich aussehenden Menschen suchen, ein Gespräch anfangen und dann einen Partner im Studium haben.

Sie lächelt, als sie sich in die Reihe eines blonden Mädchens schiebt und deutet auf den Platz neben ihm. »Ist hier noch frei?«

Eine absolut dämliche Frage, aber sie hat sich überlegt, dass sie einen guten Einstieg in eine Konversation ist. Zumindest einen besseren als ein ›Hey‹.

Das Mädchen hebt den Kopf. Zwar hat sie die Blondine in ihrem Scan des Saals als ›den freundlich aussehenden Menschen‹ auserkoren, aber die Intensität der blauen Augen, von denen sie gemustert wird, überraschen sie.

»Klar.« Die Stimme des Mädchens ist dunkler als erwartet, angenehm klar wie ein stiller See unter einem Sternenhimmel, und Rose meint, so etwas wie Erleichterung aus ihr herauszuhören.

»Da bin ich aber froh.« Rose klappt den Stuhl herunter und setzt sich neben die Blondine. »Es ist viel voller als ich gedacht hätte. Ich glaube, ich hätte früher kommen sollen.«

Ihre Sitznachbarin lacht. »Ich sitze hier seit einer Viertelstunde. Und bereue, einen Platz am Rand genommen zu haben. Ich musste für alle aufstehen.«

»Man kann wohl nicht behaupten, dass wir das hier schon mal gemacht haben.« Rose klappt den kleinen Tisch vor sich herunter und kramt in ihrer Handtasche nach einem Block und Stift. »Ich bin Rose, übrigens.«

»Ellie.« Ihre Sitznachbarin schiebt sich eine ihrer kurzen, blonden Haarsträhnen hinter das Ohr. Prompt fällt sie wieder nach vorne. Der kinnlange Bob rahmt ihr schmales Gesicht ausgezeichnet ein. Für einen kurzen Moment ist Rose neidisch auf die scharfen Gesichtszüge ihrer Sitznachbarin. Ihre eigenen Konturen findet sie schon immer zu weich und rund, da sie oft jünger geschätzt wird.

Ohne es verhindern zu können, scannen ihre Augen die Reihen vor ihr auf der Suche nach Jez. Sie ärgert sich darüber und zwingt ihren Blick zurück auf das leere Blatt Papier vor ihr. Die Vorstellung, er hätte ihr wie ein verlorener Welpe noch hinterhergesehen, als sie ihn einfach so stehen gelassen hat, verdrängt sie vehement. Jez würde niemals wie ein verlorener Welpe aussehen. Doch als würde ihr Blick wie magnetisch von ihm angezogen werden, hebt sie den Kopf und findet ihn einige Reihen vor sich sitzen. Anhand der dunklen Kappe würde sie ihn zwischen den fremden Haarschöpfen sofort erkennen. Er lehnt sich zu seinem Sitznachbar herüber und lacht. Fast schon bildet sie sich ein, das raue Geräusch hören zu können. Aber das wäre über den lauten Geräuschpegel im Vorlesungssaal unmöglich.

In ihre Gedanken versunken, hätte sie Ellies Frage beinahe überhört. »Ich wohne in Beit Hall«, sagt sie auf die Frage, welches Wohnheim ihr zugeteilt worden wäre.

»Ich bin im Southside«, sagt Ellie.

»Das war auch weit oben auf meiner Liste, weil es so modern ist.«

»Ja, es ist schon cool. Es ist aber auch sehr international.« Ellie seufzt leise.

»Das klingt so, als sei das etwas Schlechtes?«

»Nein, natürlich nicht! Es ist mega cool, mit Internationals zusammen zu wohnen. Aber es ist auch etwas ausgrenzend, wenn du als einzige in der WG nur Englisch sprichst und sich der Rest auf Mandarin unterhält.«

»Oh.« Rose weiß nicht, was sie darauf erwidern soll.

Ellie zuckt mit den Schultern. »Aber an sich sind meine Mitbewohner total nett. Hattest du Glück mit deinen?«

Sie zögert eine Sekunde zu lang. »Ja, auf jeden Fall.« Amüsiert zieht Ellie eine Augenbraue in die Höhe. »So viel Glück wie man eben haben kann.«

Rose erzählt ihr von Thomas, der nie zu Hause ist, aber auch von Amy und Jake, die sie direkt in ihr Herz geschlossen hat. Um Jez macht sie einen großen Bogen. Sie wüsste überhaupt nicht, was sie über ihn sagen soll. Er hat ihr Zimmer geklaut und sie verabscheut ihn für seine arrogante Art? Die Worte würden falsch auf ihrer Zunge schmecken. Er ist ein sympathischer, viel zu gutaussehender Kerl, mit dem sie sich gerne unterhält? Genauso weit von der Wahrheit entfernt. Er bringt sie immer noch zur Weißglut, aber irgendwie mag sie seine Nähe und ihre Neckereien? Das würde genauso bescheuert klingen, wie es sich in ihrem

Kopf anhört.

»War der Typ, mit dem du reingekommen bist, dein Mitbewohner?«, fragt Ellie.

Rose öffnet ihren Mund, nach einer unverfänglichen Antwort ringend, die mehr als nur ein »Ja« war, aber auch nicht ihr gesamtes Gefühlschaos widerspiegelt. Das Klopfen eines Mikrofons rettet sie jedoch.

»Willkommen zur Einführungsveranstaltung ›Medizinische Biowissenschaften‹«, dröhnt eine laute Stimme aus Lautsprechern, die über den Vorlesungssaal verteilt sind. Das Stimmengewirr erstirbt und die Aufmerksamkeit der Studierenden richtet sich auf den jungen Professor, der vorne an einem Rednerpult steht. Über ihm wird auf eine große Leinwand eine Präsentation geworfen.

Während der Professor die verschiedenen Seminare vorstellt und die Lernkonzepte erklärt, schreibt Rose ordentlich mit. Für die verschiedenen Termine und um einen Blick auf ihren Stundenplan zu werfen, den sie bereits per E-Mail zugeschickt bekommen haben, zieht sie ihr Bullet Journal hervor.

Die Art von selbstgestaltetem Kalender nutzt sie seit dem letzten Schuljahr. Sie liebt es, sich darin kreativ austoben zu können. Zeitgleich mit ihr zieht auch Ellie ein Notizbuch hervor und sie wechseln einen erstaunten Blick. Am liebsten würde sie ihre Sitznachbarin direkt nach ihrem Bullet Journal fragen, aber sie hält sich zurück, um dem Professor weiter folgen zu können. Dennoch schielt sie immer wieder auf Ellies Notizbuch, dessen Seiten mit Papierschnipseln, Stickern und gemustertem Tape beklebt sind.

Als der Professor nach einer halben Stunde sie schließlich verabschiedet und sie auf die Messe der Societies hinweist, bricht ein lautes Stimmengewirr im Vorlesungssaal aus. Anstatt ihre Dinge in ihrer Handtasche zu verstauen, fragt Ellie als erstes: »Du führst auch ein Bullet Journal?« Die Begeisterung in ihrer Stimme ist deutlich herauszuhören.

»Ja, seit letztem Jahr. Deins sieht so gut aus.« Fragend hält Rose ihre Hand hin und Ellie schiebt ihr Notizbuch näher. Aufgeregt blättert Rose durch Seiten, deren schwach gepunktetes Muster die einzige Hilfestellung beim Schreiben und Malen sind.

»Ich kann nicht so gut zeichnen, deshalb klebe ich viel.«

»Das macht es gerade so besonders.« Vorsichtig fährt Rose mit den Fingern über die Fotos der Berge, die Ellie neben grünem, mit feinen Blättern verziertem Washitape in Szene setzt. Ihre Schrift hat etwas leicht krakeliges, aber irgendwie passt sie zu den künstlerisch beklebten Seiten.

Ellie verzieht ihr Gesicht. »Danke, das ist lieb von dir.« Sie deutet auf Roses aufgeklapptes Notizbuch. »Aber deins ist wirklich Kunst.«

Rose hat für den Oktober das Thema ›Bücher‹ gewählt. Sie hat den Fehler gemacht, ihre Schwester zu fragen, was sie nehmen sollte. Wieso sie überhaupt gefragt hat, wo sie auf genau diese Antwort ihren Arm verwettet hätte, weiß sie nicht. So langsam sind ihr aber die Themen ausgegangen und sie wollte nicht schon wieder Kürbisse, Blätter oder Kaffee als Herbstthema wählen. So tummeln sich auf der Seite kleine Zeichnungen von aufgeschlagenen Seiten und Bücherstapeln neben den Tagen der Woche.

Die Studierenden um sie herum laufen langsam die Treppe hinunter zur Tür, ihre Stimmen ein aufgeregtes Gewusel in dem großen Hörsaal.

»Wollen wir zusammen zur Messe gehen?«, fragt Rose und schiebt das Notizbuch zurück in ihre Handtasche.

»Gerne.« Ellie lächelt und ihr ganzes Gesicht strahlt dabei. Sie schwingt den eckigen Rucksack der skandinavischen Marke auf den Rücken und reiht sich mit ihr in die

Menge ein. Dabei erzählt sie ihr von den verschiedenen Clubs, denen sie vielleicht beitreten würde und sie merken, dass sie beide über Yoga nachdenken. Eine wohlige Wärme breitet sich in Roses Brust aus. Wenigstens ein Plan für ihr Studium scheint aufgegangen zu sein.

Sie schlendern durch die Reihen bunter Plakate, die die Clubs und Societies erstellt haben, um sich vorzustellen. Auf Tischen liegen Listen, auf denen sich Interessierte für die E-Mail-Verteiler eintragen können und es werden an jeder Ecke aufgeregte Gespräche geführt. Die Sporthalle im Ethos Sports Center ist viel größer, als sie von außen gedacht hätte, und voll mit Studierenden.

»Bestimmt wäre es auch cool, einen neuen Sport auszuprobieren«, sagt Rose und untersucht die Fotos der Volleyball-Mannschaft, die auf einem übergroßen Banner für den Club werben.

Ellie lacht und bewegt den kleinen Anhänger ihrer Kette hin und her. »Da wäre ich wirklich raus.«

»Kein Volleyball Fan?«, witzelt Rose. Dabei ist das einzige Wissen, das sie von der Sportart hat, aus einem Anime. Der Sport wird dort jedoch so spannend und leidenschaftlich dargestellt, dass sie mehr als nur einmal mit dem Gedanken gespielt hat, vielleicht selbst Volleyball mal auszuprobieren. Wäre da nicht der Fakt, dass sie schon als kleines Kind den Ball nie fangen konnte und ihre Würfe meistens am Hinterkopf ihrer Schwester landeten. Oder in Tims Gesicht. Ein dumpfer Stich in ihrer Brust zeigt ihr den altbekannten Schmerz, den ein Gedanke an ihn verursacht hat. Selbst nachdem er wieder in ihrem Leben ist und sie ihn alle paar Wochen sieht, fühlt es sich immer noch surreal an, ihn wieder an der Seite ihrer Schwester zu wissen. Er hat sich verändert in den Jahren nach seinem Autounfall, aber wenn sie an ihn denkt, sieht sie immer den schlaksigen Jungen vor sich, der ihre gesamte Kindheit über wie ihr großer Bruder war. Bei ihrem Einzug hat er ihr zum hundertsten Mal versichert, dass er nur einen Anruf und ein paar Tube-Stationen entfernt sei, wenn sie etwas brauche. Vielleicht schaut sie ja mal bei ihm im Pub vorbei. Sie könnte ihre Mitbewohner fragen. Oder Ellie.

»Ich mag keine Teamsportarten.« Ellie zuckt mit den Schultern und läuft an den Tischen langsam weiter. Sie sagt es betont lässig, aber Rose sieht die leichte Röte, die in ihre Wangen steigt. Als wäre das nicht die ganze Wahrheit.

»Wie wäre es mit Fechten?«, schlägt sie daher vor, um von Ellies Unwohlsein abzulenken.

»Gott, nein«, lacht sie, der kurze Moment von eben vergessen. »Ich bin Pazifist. Ich könnte niemals mit einem spitzen Gegenstand auf jemanden zeigen.«

»Wenn dieser Jemand mich wütend genug macht, geht alles.«

»Ah, hast du da jemand genauen im Kopf?«

Ein kantiges Gesicht mit hellblauen Augen und dunklen, immer perfekt frisierten Haaren schleicht sich vor Roses inneres Auge. Sie beißt fest auf die Innenseite ihrer Wange, bis das Bild verschwindet. Sie will nicht an *ihn* denken.

»Wie wäre es mit Tanzen? Ich habe früher viel getanzt.« Rose bleibt an einem Tisch stehen und beobachtet das Video einer modernen Choreografie, die auf einem Tablet abgespielt wird. Ellie erwidert nichts auf den abrupten Themenwechsel, sondern stellt sich neben sie und betrachtet ebenso interessiert die Bewegungen der Tänzer.

»Das sieht unglaublich aus.«

Eine hochgewachsene Blondine dreht sich ihnen zu.

»Hey, ihr Zwei. Interessiert ihr euch fürs Tanzen?« Ihr breites Lächeln ist ansteckend und nachdem sie ihnen von den verschiedenen Stilrichtungen und Trainingseinheiten erzählt hat, schreiben Rose und Ellie ihre Namen auf die Liste und versprechen, beim Probetraining nächste Woche vorbeizuschauen.

»Aber eigentlich wollte ich ja Yoga machen«, lacht Rose und sieht sich nach dem Tisch um, der die Yoga-Kurse im Fitnesscenter vorstellt.

»Wir können ja auch beides machen«, sagt Ellie.

Wir. Das Wort jagt ihr einen angenehmen Schauer über den Rücken. Sie kennt Ellie erst seit wenigen Stunden, aber zu hören, dass Ellie sich genauso wohl in ihrer Anwesenheit zu fühlen scheint, macht sie unglaublich glücklich. Seit ihrem Umzug nach Cornwall hat sich eine angehende Freundschaft nicht mehr so natürlich, so gut angefühlt. In der Halle voller Möglichkeiten fühlt sie sich plötzlich zu allem fähig, als könnte sie ihr Leben neu definieren. Sich selbst neu definieren.

Rose bleibt an einem Tisch stehen. »Oder wir machen einfach Poledancing.« Eigentlich nur zum Spaß gemeint, sieht sie trotzdem fasziniert einem jungen Mann zu, der sein Bein um die neben dem Tisch aufgebaute Stange schlingt und sich in fließenden Bewegungen um das Metall windet. Es hat etwas Anziehendes auf sie, wie er seine Muskeln so kontrolliert einsetzen kann, dass er sich an der Stange nicht einmal festhalten muss.

»Poledancing, hm? So hätte ich dich gar nicht eingeschätzt«, ertönt eine dunkle Stimme an ihrem Ohr.

Überrascht wirbelt sie herum. Jez steht hinter ihr, die Hände wieder lässig in die Hosentasche gesteckt. Er mustert sie eindringlich aus seinen dunklen Augen.

»Was soll das denn heißen?«

»Ich hätte nicht gedacht, dass du so ... flexibel bist.«

Sie verschränkt die Arme vor der Brust. »Du hast keine Ahnung, wie flexibel ich bin.« Seine Augenbraue schießt herausfordernd in die Höhe. Oh Gott, was macht sie denn da? Flirtet sie etwa mit ihm? *Mission abbrechen, Mission abbrechen,* schrillen die Alarmglocken in ihrem Gehirn. Wie kitzelt er immer diese Reaktionen aus ihr heraus? Als würde er ungefiltert jeden Gedanken aus ihrem Kopf ziehen. »Und du wirst es auch nie herausfinden.«

Bevor sie sich auf seine zuckenden Mundwinkel etwas einbilden kann, dreht sie sich zu Ellie um. »Ellie, das ist mein Mitbewohner, Jez.«

Für einen kurzen Moment sieht er sie noch an, dann wendet auch er sich Ellie zu. »Freut mich.«

Sie hebt unsicher die Hand zum Gruß und sieht zwischen ihm und Rose hin und her. Der Moment fühlt sich intimer, persönlicher an, als er eigentlich sein sollte. Als würde Ellie jede ihrer verwirrten Emotionen in ihrem Gesicht ablesen können. *Was daran liegt, dass du Dummkopf gerade mit ihm geflirtet hast,* flüstert eine gehässige Stimme in ihrem Kopf. *Das macht man nicht mit einem Mitbewohner.*

Sie atmet tief durch. »Was machst du hier?«

»Mir die Clubs ansehen?« Er lässt es wie eine Frage klingen. Er sieht sie schon wieder an und unter seinem dunklen Blick kribbelt ihre Haut. »Wie ihr vermutlich auch.«

»Hast du schon einen gefunden?«, fragt Ellie.

»Fußball natürlich.« Ein Arm legt sich um Jez' Schultern. Henry. Innerlich stöhnt Rose auf. Sie kann den großen, blonden Jungen nicht leiden. Er hat die gleiche Arroganz wie Jez, gepaart mit einer widerlichen Prise Sexismus und dem Hang, mit jedem Mädchen flirten zu wollen, das nicht bei drei auf dem Baum ist. Zumindest hat sie sich das von seinen Flirtversuchen mit ihr und seinen ausladenden Geschichten über seine Eroberungen zusammengereimt. Fast schon hat sie es etwas bereut, an dem ersten Abend im Wohnheim noch in die Küche gekommen zu sein, in der Henry und Jez Pizza gegessen und Fußball geschaut haben. Aber so sehr Henry sie auf die Palme gebracht hat, haben die Diskussionen über allgemeinen Anstand sie von ihrer vorherigen Panikattacke abgelenkt.

»Aber das ist laut dir ja der ›langweiligste Sport der Welt‹, nicht wahr?«, sagt Henry.

»Das habe ich nie behauptet«, rechtfertigt Rose sich. »Es gibt bestimmt langweiligeren Sport. Wie … Dart.«

Henry lacht laut auf. »Und ihr? Interessiert ihr euch für Poledancing?« Anzüglich zieht er die Augenbrauen nach oben. »In dem knappen Outfit würde du eine vorzügliche Figur machen, Rosie.« Er deutet auf die Skizze der Frau in Sport-BH und knapper, enger Hose, die auf dem Poster abgebildet ist.

Bei dem Spitznamen stellen sich ihre Nackenhaare auf. »Du bist widerlich, Henry.«

Jez schlägt den Arm seines Freundes von der Schulter, um sich von ihm zu distanzieren. »Wo sie recht hat.« Dabei hat er gerade keinen wirklichen besseren Kommentar gebracht.

»Ihr verschwört euch gegen mich.«

Erst jetzt scheint Henry Ellie zu bemerken, die neben Rose mit sichtlich steigendem Unwohlsein die Konversation verfolgt. Seine grauen Augen weiten sich und sein Mund bleibt für einen Moment leicht offenstehen. Wenn sie in einem Anime wären, würden seine Augen als Herzen aus seinem Kopf fallen, da ist Rose sich sicher.

»Und wer ist dieser wunderschöne Engel hier?« Sein Lächeln strahlt mit der hellen Beleuchtung in der Sporthalle um die Wette.

Wunderschöne Engel? Jez versucht sein Lachen unter einem Husten zu verbergen und auch Rose muss sich räuspern, um nicht in Kichern auszubrechen. So einen schlechten Anmachspruch hat sie selten gehört.

Ellies Wangen verfärben sich tiefrot. Leise murmelt sie ihren Namen.

»Ellie? Was du nicht sagst, den Namen hätte ich dir auch gegeben.« Henry reicht ihr die Hand. »Ich bin Henry.«

Während eben noch Ellies Hände wie unruhige Vögel geflattert sind und sie von einem Bein auf das andere getreten war, wird sie plötzlich starr wie eine Eissäule. Henrys Hand lässt sie unangetastet in der Luft schweben. Sie sieht aus wie ein Kaninchen vor einer Schlange, ihre Augen sind weit aufgerissen. »Echt jetzt?«, flüstert sie leise, fast schon ungläubig.

»Ja?« Nun doch verunsichert lässt Henry seine Hand sinken. »Meine Mum meinte, der Name würde herrschaftlich klingen. Ich fand immer, dass ›Henry‹ nach einem kleinen Schuljungen klingt, aber was soll man machen.« Er fährt sich durch die blonden Haare, offensichtlich versucht, seine Coolness wiederzufinden. Würde Rose nicht Jez' überraschten Gesichtsausdruck sehen, hätte sie sich vermutlich nicht viel dabei gedacht. Aber sein Freund scheint nicht oft aus der Fassung gebracht zu werden.

»Ich … Entschuldigung.« Ellie dreht sich abrupt um und drängt sich durch die Menge.

Überfordert sieht Henry ihr hinterher. »Habe ich was falsch gemacht?«

»Zwei Mädels innerhalb einer Minute anzuflirten war vielleicht nicht deine beste Idee«, sagt Jez. »Das wirkt wahllos.«

Für einige Sekunden fragt Rose sich, was zur Hölle da

gerade passiert ist. Henrys Flirtversuch war erbärmlich, ja, aber dass Ellie so überfordert darauf reagiert? Und hat sie wirklich Tränen in Ellies Augen schimmern gesehen, als sie sich abgewandt hat? Schnell folgt sie ihrer neuen Freundin zwischen den Tischen hindurch, bis sie schließlich die Tür zu den Damentoiletten aufschiebt.

Die Kabinen sind alle besetzt und Ellie steht über eines der Waschbecken gebeugt und wäscht sich die beringten Hände. Ihre hellblonden Wellen verdecken ihr Gesicht.

»Alles okay bei dir?«

Ellie zuckt überrascht zusammen und wirft ihr ein unsicheres Lächeln zu. »Ja, ja, tut mir leid, dass ich einfach so weggerannt bin.«

Sie erkennt den Tonfall viel zu gut. Etwas atemlos, aber bemüht gefasst. Sie benutzt ihn selbst viel zu oft, wenn sie ihr Gegenüber beruhigen will, während es in ihrem Inneren ohrenbetäubend rauscht.

»Mir tut es leid. Henry ist ein ziemlicher Arsch.«

Ellie gibt einen unbestimmten Ton von sich und schüttelt ihre Hände über dem Waschbecken. Langsam greift sie nach den Papiertüchern. »Findest du auch, dass Ellie zu mir passt?«

Irritiert zieht Rose ihre Stirn in Falten. »Ja, auf jeden Fall. Er ist zart, sanft. Der Name passt zu dir.« Mein Gott, könnte sie doch genauso gut umgehen mit Worten wie ihre Schwester. Das klingt garantiert genauso bescheuert, wie es sich in ihrem Kopf eben noch angehört hat.

Ein schwaches Lächeln umspielt Ellies schmale Lippen. Sie bewegt wieder den roten Stein an ihrer Kette hin und her.

»Neuer Spitzname für die Uni?«, fragt Rose. Sie hat in einigen Foren gelesen, dass Erstsemester oft einen neuen

Spitznamen benutzen, um sich vorzustellen. Wie als Zeichen, dass ein neuer Lebensabschnitt anfängt, ein neues Ich.

»Sozusagen.« Ellie trocknet sich die Hände an einem Papiertuch ab. »Meine Großmutter heißt so. Eleanor.«

»Ein schöner Name«, sagt Rose und lächelt ihrer Freundin aufmunternd zu. »Da hat sie sich bestimmt gefreut, als deine Eltern dich so genannt haben, oder?«

Ellie steht mit dem Rücken zu ihr. Ein zustimmendes Murmeln kommt von ihr, doch als sie sich umdreht, sieht sie entschlossen aus. Ein kaltes Feuer leuchtet hinter ihren Augen, als hätte sie einen Kampf mit sich ausgemacht und gewonnen. »Ich habe mir den Namen selbst gegeben.«

»Oh, wie cool. War das kompliziert?«, fragt Rose neugierig und hält ihrer Freundin die Toilettentür auf. Sie fragt sich, ob hinter der Namensänderung mehr steckt, und erwischt sich dabei, wie sie Ellie nun genauer mustert. Sie gibt sich innerlich einen Klaps. Erstens würde sie ihre Vermutung nicht von Äußerlichkeiten bestätigt bekommen. Und zweitens würde sie ihre neue Freundin nicht plump darauf ansprechen, sondern warten, ob sie darüber sprechen will.

Ellie zuckt mit den Schultern. Ein entspannter Zug liegt um ihre Lippen, als wäre sie erleichtert. »Es ging. Eigentlich ist es nur ein simples Formular, aber es hat gefühlte Ewigkeiten gebraucht, bis das von der Behörde anerkannt wurde.«

»Was hat deine Oma gesagt, dass du ihren Namen genommen hast?«

»Sie hat geweint. Und dann habe ich geweint. Und dann haben wir uns heulend im Arm gelegen.« Ellie lacht leise.

»Aw.« Rose denkt an ihre eigene Großmutter, die eine, die sie überhaupt kennt. Adele. Eine Schreckschraube von Frau, wenn man sie fragen würde. Rose war neun, als ihre Mum ihren Erzeuger verlassen hat, und sie kann sich an nicht mehr viel von ihm erinnern. Außer an seine dunkle, laute Stimme, wenn er geschrien hat. Und Mums verweinte Augen. Seitdem hat sie ihren sogenannten Vater nicht mehr gesehen. Im Gegensatz zu Blaze, die ihm noch ein paar Mal in London begegnet war. Ihr erschaudert es bei dem Gedanken. Wenn sie jedoch von Adele auf Christopher, ihren Vater, schließen kann, ist er sowieso ein absoluter Kotzbrocken. Wieso Mum noch mit der alten Dame Kontakt hat, ist ihr schleierhaft. Aber Camilla, die Mutter ihrer Mum, soll wohl das komplette Gegenteil von Adele gewesen sein. Warmherzig und lieb, immer besorgt und aufmerksam, jedoch auch bestimmt und sehr laut und eindeutig in ihren Meinungen und Ansichten. »Sie war ihrer Zeit weit voraus«, pflegte Mum zu sagen und bekam Tränen in den Augen, wenn sie an ihre viel zu früh verstorbene Mutter dachte, »Eine Feministin durch und durch. Sie ließ sich von meinem Dad nichts sagen.« Als Jugendliche hat Rose sich oft die Frage verkneifen müssen, wie sie bei so einem Vorbild dann so jemand Schrecklichen wie Christopher heiraten konnte. Doch mittlerweile versteht sie es. Viel zu gut.

Sie beißt sich auf die Lippe und verdrängt den Gedanken schnell. »Klingt so, als hättet ihr eine enge Beziehung.«

»Sehr eng«, pflichtet Ellie ihr bei. Unterbewusst haben sie sich ihren Weg zwischen den Tischen aus der Sporthalle gebahnt. Kurz sieht Rose über ihre Schulter und hält nach Jez und Henry Ausschau. Immerhin haben sie die Jungs einfach stehen gelassen. Aber darüber würden sie schon hinwegkommen. Sie ist nicht für Jez verantwortlich. Sie muss nicht einmal mit ihm befreundet sein. Er ist ihr Mitbewohner, nicht mehr und auch nicht weniger. Bestimmt tritt sie hinaus ins Freie.

Vor ihnen liegt ein kleiner Park, um den sich zwei der Wohnheime säumen. Die Blätter verfärben sich langsam golden und die warme Abendsonne drängt ihre Strahlen an den Häusern vorbei. Tief atmet Rose die Stadtluft ein. Asphalt, Abgase, die letzten Reste von Zigarettenrauch eines Mannes, der gerade seine Kippe ausdrückt und weiterläuft. Der Geruch nach Menschen, nach unendlichen Möglichkeiten, nach Freiheit. In Cornwall hat es immer nach Meer gerochen, nach Wiesen und Schafen.

»Hast du noch Lust, einen Kaffee trinken zu gehen?«, fragt Ellie, fast schon etwas schüchtern.

Rose lächelt. Breit und völlig frei. »Sehr gerne.«

»*Das Gehirn wurde schon als das komplizierteste Stück Materie im gesamten Universum bezeichnet. Das Hirngewebe enthält eine unglaubliche Vielfalt von Molekülen, von denen viele ausschließlich im Nervensystem vorkommen. Diese verschiedenen Moleküle haben unterschiedliche Funktionen, die für die Gehirnfunktion von entscheidender Bedeutung sind. (…) Wie [wirken] die Moleküle zusammen, um einem Neuron seine spezifische Eigenschaft zu verleihen? (…) Gruppen von Neuronen [wiederum] bilden komplexe Schaltkreise, die gemeinsam eine Funktion ausführen (…). [Hier] wird untersucht, wie verschiedene neuronale Schaltkreise die Informationen von Sinneswahrnehmungen verarbeiten, wie sie die Eindrücke der äußeren Welt abbilden, Entscheidungen treffen und Bewegungen ausführen. (…) Die vielleicht größte Herausforderung für die Neurowissenschaft besteht darin, die neuronalen Mechanismen zu verstehen, die für die höheren Ebenen der geistigen Aktivitäten des Menschen verantwortlich sind, wie etwa das Ich-Bewusstsein, Imagination und Sprache.*«

Bear, Mark F. et al. *Neurowissenschaften.* Deutsche Ausgabe herausgegeben von Andreas K. Engel. Springer Spektrum, 2009, 4. Auflage 2018, S. 14.

5. KAPITEL

Jez

Auf die Party zu gehen war eine völlige Schnapsidee. Der jungen Frau neben ihm hört er über die laute Musik, deren Playlist wohl Henry erstellt hat, nur mit halbem Ohr zu. Die Brünette ist hübsch, keine Frage, mit ihren moosgrünen Augen und der Stupsnase, aber sein wiederholtes »Ich will heute Abend keine aufreißen« scheint bei Henry nicht angekommen zu sein. Denn kaum waren sie in Henrys WG aufgekreuzt und hatten ihren ersten Drink geholt, hatte sein Freund ihm die Brünette schon als Studienfreundin vorgestellt. Dann war er auch schon verschwunden und hat Jez ihr allein gelassen.

Seitdem steckt er in der Küche fest, noch zu höflich, um die Brünette abzuservieren, aber auch versucht, sich aus dem Gespräch zu entziehen. Roses Blick konnte er nicht deuten, als sie sich vorhin an ihm vorbei aus der Küche geschoben hat. Gemeinsam mit Ellie steht sie im angrenzenden Wohnzimmer und unterhält sich mit jemandem aus der Fußballmannschaft. Der junge Mann lacht über etwas, das Rose sagt, und berührt sie leicht an der Schulter. Sie steht mit dem Rücken zu Jez, aber bestimmt lächelt sie. Der Typ sieht gut aus, groß, muskulös unter dem engen schwarzen

T-Shirt, mit einem Gesicht, das auch auf einem Magazincover abgebildet sein könnte. Jez beißt die Zähne fest zusammen und zwingt sich dazu, den Blick abzuwenden. Die Brünette sagt etwas über den Vorlesungsbeginn am Montag und er murmelt eine Zustimmung.

Seine Augen huschen schon wieder zu der kleinen Gruppe hinüber. Als Rose am frühen Abend aus ihrem Zimmer gekommen war, hat es ihm die Sprache verschlagen. Nicht nur, dass sie wie immer perfekt geschminkt ist, mit dunkel umrandeten Augen und einem goldenen Schimmer auf den Lidern, und ihre Haare sich in kupferroten Wellen um ihr herzförmiges Gesicht ergießen. Ihre langen, schlanken Beine werden von einer schwarzen Leggins in Lederoptik umschmeichelt. Die luftige weiße Bluse fällt über ihre Hüfte und er ist nicht der einzige, dessen Blick schon von ihrem knackigen Po angezogen wurde. Sie sieht umwerfend aus und wohin sich seine Gedanken verirren, wenn er sie ansieht, hat nichts mehr mit einem Mitbewohner-Verhältnis zu tun.

Die Brünette scheint auf eine Antwort von ihm zu warten. »Ja, genau«, sagt er ins Blaue hinein, in der Hoffnung, ihr nicht bei irgendetwas Bescheuertem zuzustimmen. »Entschuldige mich.« Er lächelt sie an und schiebt sich an ihr vorbei aus der Küche.

Henrys WG in Fulham ist groß und dennoch ist der offene Wohnbereich, der sich gemeinsam mit der Küche und dem Esszimmer über das gesamte Untergeschoss erstreckt, mit Studierenden vollgepackt. Auf den schwarzen Ledersofas sitzen verschiedene Grüppchen und aus den Boxen dröhnt ein Song von Ed Sheeran. Die Küchenzeile mit altmodischen Holzfronten ist vollgestellt mit zusammengewürfelten Gläsern und Alkoholflaschen. Die fünf Schlafzimmer von Henry und seinen Mannschaftskameraden verteilen sich auf die nächsten zwei Stockwerke. Er war bereits vor einigen Tagen abends hier mit Henry und seinem Mitbewohner Grant zum Playstation spielen. Oder um sich in Fifa abzocken lassen, wie man es nimmt. Sein Können mit dem Controller hat im letzten Jahr gehörig abgenommen. Was vielleicht auch daran liegt, dass er lieber Abenteuerspiele auf seiner Switch zockt. Die anderen vier Jungs hat er schon durch die Küche huschen sehen und obwohl er versucht hat, Grant in ein Gespräch zu verwickeln, damit die Brünette den Wink versteht und ihre Flirtversuche auf jemand anderen anwendet, hat er mit keinem seiner zukünftigen Mannschaftskameraden wirklich gesprochen.

Nächste Woche sind die Try-outs für das Fußballteam und auch wenn er vielleicht einen Vorteil mit Henry als Kapitän hat, hofft er, auch die anderen von seinem Können zu überzeugen. Jez ist nervös, seit einem Jahr hat er nur noch aus Spaß gekickt und nicht mehr so intensiv trainiert wie früher, und er hat Angst, dass er nach all der Zeit vielleicht eingerostet ist. Am Wochenende will er daher mit Henry und ein paar seiner Freunde aus dem Team auf den Platz und ein bisschen üben. Nur wenn er sich die vielen leeren Flaschen Hochprozentiges ansieht, wahrscheinlich nicht morgen.

Kaum hat er sich aus der Küche gedrängt, legt sich eine Hand auf seine Schulter. »Hey Mann, was geht?« Einer der Mitbewohner, Marvin, strahlt ihn leicht verklärt an. Jez sucht den Raum nach Rose und Ellie ab und entdeckt nur noch ihre Haarschöpfe, die gerade aus dem Wohnzimmer in den Flur verschwinden. Er schluckt die Enttäuschung herunter und wendet sich Marvin zu.

Sie unterhalten sich kurz über die anstrengenden Try-outs, ihre Pläne am Wochenende und dass sie nach dem Kicken noch was trinken gehen sollten und wie weit der Fuß-ballplatz doch von der Uni entfernt sei. Aber er ist nur halb bei der Sache, während die andere Hälfte seiner Gedanken um Rose schwirrt. Denn die Party ist keine Schnapsidee, weil er von Henry verkuppelt wird oder neben den ganzen Betrunkenen mit seinem Becher Cola fehl am Platz ist. Son-dern weil er Rose eindeutig angesehen hat, wie unwohl sie sich mit der Party fühlt.

Wahrscheinlich hätte er es sich direkt denken können, als er sie vor der Einführungsveranstaltung zum ersten Mal ge-fragt hat. Ihr Blick war abweisend, ihre Stimme nicht ganz so fest wie sonst, als sie seiner Einladung ausgewichen ist. Erst als Amy zugestimmt hat, mit einem Freund aus ihrem Studiengang mitzukommen und auch Ellie eingewilligt hat, Rose zu begleiten, hat sie die Einladung angenommen. Oder er hätte es sich denken können, als er von Henry jeden Abend auf eine andere Fresherparty geschleppt wurde und Rose, ganz untypisch für einen Ersti, in Leggings in ihrem Zimmer blieb. Aber spätestens als sie die WG verlassen ha-ben und Rose auf dem Weg zu Henrys Haus immer fester ihre Zähen aufeinanderbiss, hätte er verstehen müssen, dass sie nicht hier sein will. Vielleicht hätte er es sich schon den-ken müssen, als er sie weinend nach der Willkommensfeier auf dem Wohnheimflur gefunden hat.

Aber wieso will er dann unbedingt, dass sie hier ist? Noch bei der Autofahrt nach London hat er Henry gesagt, er würde seinem Freund keine Mitbewohnerin zum Fraß vorwerfen und sie auf dessen Abriss-Partys mitschleppen. Wieso hat er dann Rose gefragt? Er weiß es nicht einmal selbst. Die Frage ist ihm mehr herausgerutscht. Er hat sich neben ihr wohl gefühlt, irgendwie vertraut, und er wollte sie heute Abend dabeihaben. Sie bringt ihn zum Lachen, mit ihrer scharfen Zunge und er mag es, wie sie ihm Kontra gibt. Seitdem er den einen Abend so lange bei ihr im Zimmer war, scheint auch sie sich wohler in seiner Anwesenheit zu fühlen. Sie haben angefangen, gemeinsam zu kochen, wenn sie sich auch über die Zutaten und Gerichte zanken, und auf dem Fernseher im Wohnzimmer Anime zu schauen.

Marvin verabschiedet sich mit einem Klopfen auf die Schulter und Jez bahnt sich einen Weg durch die Menge im Wohnzimmer. Hätte er Rose nicht fragen sollen? Aber wenn sie Partys so abgeneigt ist, wieso ist sie dann heute Abend mitgekommen? Seine Gedanken drehen sich unaufhörlich weiter.

»Alter, du siehst aus, als wärst du auf einer Mission«, sagt Henry. Er stolpert neben ihn in den Flur.

»Nee, das ist nur mein abgefuckter ›Ich bin der einzig Nüchterne in einer Menge aus Besoffenen‹-Blick.«

Henry lacht auf. »Das lässt sich ändern.«

»Ich verzichte.«

»Dann zieh mal nicht so ein saures Gesicht, Hamilton.« Henry wirft ihm den Arm um die Schulter und zieht ihn zu sich heran. »Hast du denn schon eine Perle entdeckt?« Sein Blick schweift verklärt über die Menschen im Raum.

»Perle?« So gern er Henry hat, er hat eine widerwärtige Sprache.

»Ich dachte, Mia wäre voll dein Typ.« Henry zieht anzüglich die Augenbrauen nach oben. Stimmt, Mia, so heißt die Brünette aus der Küche.

»Früher vielleicht mal«, sagt Jez ausweichend.

»Stimmt, jetzt stehst du ja mehr auf Rothaarig.«

Jez boxt seinem Freund spielerisch in den Bauch. »Halt die Klappe.«

»Ich meine, ich kann es dir nicht verübeln. Rosie sieht absolut scharf aus in dem Outfit.«

»Hör auf, sie so zu nennen.« Seine Stimme ist deutlich härter als beabsichtigt.

»Wenn man vom Teufel spricht.« Henry grinst breit, als Rose und Ellie um die Ecke biegen. »Ladies.«

Rose verdreht die Augen. »Du sprichst von dir?«

»Du kennst mich schon viel zu gut, Rosie.«

»Um zu wissen, dass du der Teufel bist, muss man dich nur ansehen.«

Jez entspannt sich etwas. Wenn sie Henry fertig machen kann, scheint es ihr nicht zu schlecht zu gehen. Und ihr Make-up sitzt immer noch perfekt. Wahrscheinlich hat sie mit Ellie nur mal frische Luft geschnappt. Es ist bereits unglaublich stickig im Haus.

Henry überzeugt Ellie, mit ihm zu tanzen und diese tauscht einen letzten Blick mit Rose aus, bevor sie ins Wohnzimmer gezogen wird. Auch wenn er nach einer Woche schon Roses Gesichtszüge gut deuten kann, wird ein getauschter Blick zwischen zwei Frauen immer ein Mysterium für ihn sein.

»Wo ist eigentlich Mia? War sie nicht enttäuscht, dass du sie stehen gelassen hast?«, fragt Rose, als sie allein ihm Flur zurückbleiben. Mist, sogar sie hat sich den Namen der Brünetten gemerkt.

»Wer sagt, dass ich sie stehen gelassen habe? Vielleicht ist ja auch sie gegangen?«

»So wie sie dir an den Lippen gehangen hat?« Rose schnaubt. »Wohl kaum.«

Seine Mundwinkel zucken. »Eifersüchtig?«

Sie hält seinem herausfordernden Blick stand. »In deinen Träumen.«

Er beißt sich auf die Zunge, um nicht weiter mit ihr zu flirten. Das hier ist gefährliches Terrain. Verzweifelt sucht er nach einem unverfänglichen Thema. »Und was ist mit deinem Typen?«

Ihre Augen verengen sich zu Schlitzen. Das mit dem ›unverfänglich‹ hat ja ganz klasse geklappt. »Hast du mich beobachtet?«

Er zuckt mit den Schultern, um etwas Zeit zu gewinnen, bis er eine Antwort hat. Denn ›Ja, du siehst verdammt heiß aus, aber ich mache mir auch Sorgen um dich, weil ich weiß, dass du eigentlich keine Lust auf diese Party hast‹ kann er unmöglich sagen. »Ist mir am Rande aufgefallen.«

»Eifersüchtig?« Autsch, jetzt schlägt sie ihn auch noch mit den eigenen Waffen.

»In deinen Träumen.«

Sie lacht leise. »Henry scheint auf jeden Fall die Zeit seines Lebens zu haben.«

»Wie nur ungefähr jedes Wochenende.«

Sie lugt an ihm vorbei ins Wohnzimmer. Die zwei Ledersofas wurden an die Wand geschoben, wodurch eine größere Fläche zum Tanzen frei ist. Körper winden sich aneinander und bewegen sich zum Takt der Musik. Unweigerlich fällt ihm das Bild einer Seeanemone ein, deren Tentakel sich mit der Strömung des Meeres sanft bewegen. Seine Schwester war fasziniert vom Meer und seinen Bewohnern. Sonst hätte sie wohl auch nicht Meeresbiologie studiert. Ständig fand er sie vor einer Doku über Seeigel und Korallen sitzen oder sie suchte Muscheln an einem Strand in der Nähe von Cardiff. Bittere Galle stieg in seinem Hals auf. Er greift bereits nach dem geknüpften Band an seinem Handgelenk, um seine beruhigende Präsenz zu spüren, als eine leichte Berührung an seinem Oberarm ihn zurückhält. Weiche Fingerkuppen streifen flüchtig seine Haut. Rosalie. Ein Kribbeln fährt durch seinen Körper.

»Willst du tanzen?« Ihre braunen Augen sind riesig in ihrem Gesicht. Hinter dem entschlossen lodernden Feuer sieht er ihre unterschwellige Angst, als würde sie sich vor der tanzenden Gruppe fürchten. Und Sorge. Um ihn? Nein, sein plötzlicher Stimmungsumschwung kann ihr nicht aufgefallen sein.

Er nickt und gemeinsam gesellen sie sich zu der tanzenden Gruppe. Sie stellt ihr Glas auf eine Kommode an der Wand. Wenn es noch der gleiche Wodka-O ist, den Henry ihnen allen am Anfang in die Hand gedrückt hat, hat sie ihr Getränk kaum angerührt. Während er bereits locker zu der Musik wippt, scheint sie noch angespannt am Boden verwachsen zu sein. Unruhig zucken ihre Augen hin und her und ihr Kiefer ist angespannt. Selten hat er jemanden so stocksteif auf einer Tanzfläche gesehen. Als ein Typ sie anrempelt, zuckt sie zusammen. Wenn möglich, scheint sie ihre Zähne nur noch fester zusammenzubeißen.

»Wenn es dir Spaß machen soll, musst du deine Stöcke loswerden«, sagt er und lehnt sich dabei etwas zu ihr vor, um die Musik zu übertönen. Die riesigen Boxen stehen nur einen halben Meter von ihnen entfernt und der heftige Bass vibriert durch seinen ganzen Körper. Ihr Parfum kitzelt seine Nase, irgendetwas Blumiges. Er mag ihren Geruch nach Zitronenduschgel lieber.

»Was für Stöcke?«

»Die in deinen Armen und Beinen.« Er drückt seine Gliedmaßen steif durch als würden ihm gerade Stöcke aus dem Körper wachsen. »Zum Tanzen musst du wie Wackelpudding sein.« Er bewegt seine Arme in Wellenbewegungen, als würde er als nächstes mit Blumenkette und Strohrock auf Hawaii tanzen. Aber sein lächerlicher Auftritt zeigt die gewünschte Wirkung. Ein Schmunzeln breitet sich auf ihrem Gesicht aus.

»So?« Sie macht seine bescheuerte Bewegung nach.

»Ja, vielleicht auch ein bisschen so.« Er streckt die Arme

gen Himmel und dreht sich mit den Hüften kreisend um sich selbst. Sie kichert. Nachdem sie vor der Berührung des Typen so zurückgewichen ist, tanzen sie etwas abseits von der Gruppe. Bestimmt werden sie von den Partybesuchern bereits komisch angeguckt. Eigentlich ist er auch gar nicht betrunken genug dafür, um sich so zum Affen zu machen. Aber er hört ihr ausgelassenes Lachen, während sie sich zu immer ausgefalleneren Bewegungen herausfordern. Und es ist ihm einfach total egal, was andere von ihnen denken könnten.

Er weiß nicht, wie lange sie so tanzen. Aber der Gedanke schleicht sich bei ihm ein, dass die Party vielleicht doch keine absolute Schnapsidee war. Denn das hier macht Spaß. Er fühlt sich beschwipst, aber nicht vom Alkohol. Sondern von ihr. Ihrem Lachen, wie sie ihre langen Haare über die Schultern wirft, wie ihre braunen Augen amüsiert blitzen und die Sommersprossen auf ihrer Nase mittanzen.

Das nächste Lied beginnt und Roses Augen weiten sich. »Ich liebe dieses Lied!«

Er schluckt seinen fiesen Kommentar herunter. Eine abfällige Bemerkung über *OneRepublic* kann er später noch Henry reindrücken, der die Playlist für heute Abend erstellt hat. Wer ihn das hat machen lassen, ist sowieso fragwürdig. Selbst Grants Vorliebe für Techno wäre für Jez angenehmer als die ganzen schnulzigen Popsongs, die den Abend über abgespielt werden.

Rose schließt ihre Augen und bewegt sich zu dem Takt des Schlagzeugs. Ihr Körper ist plötzlich mehr als nur Arme und Beine. Er ist ein eigenes Instrument, lässt sich von den Tönen treiben, umfängt die Lyrics und drückt sie in geschmeidigen Drehungen und Windungen ihrer Hüfte aus. Wo sie eben noch ein Kind in der Disco hätte sein können, mit umeinanderkreisenden Unterarmen oder Roboterbewegungen, gleicht sie jetzt der Anmut in Person. Wo sie sich eben noch lächerlich gemacht haben, macht sie jetzt vollen ernst.

Er nimmt jede Sekunde von ihr in sich auf. Das schummrige Licht, das ihren Körper in Bronze taucht. Die bunten Farben der Discokugel, die behelfsmäßig an die Deckenlampe angebracht ist, und über ihr Gesicht tanzen. Das leichte Lächeln, das auf ihren Lippen liegt, die leise den Text mitsprechen. Nur noch ein Gedanke wirbelt in seinem Kopf herum: *Sie ist wunderschön. Sie ist wunderschön. Sie ist wunderschön.*

Sie singt die ersten Zeilen mit und obwohl er ihre Stimme nicht hören kann, vibriert ganzer Körper. Er mag die Band nicht. Zu sehr Pop, zu hell und fröhlich irgendwie. Aber er spürt die Musik in jeder Faser, weil sie Rose so berührt. Und er kann dieses Lied nicht mehr verabscheuen.

Beim Refrain öffnet sie ihre Augen und pure Freude glänzt in dem warmen Braun. Keine Panik, keine Zurückhaltung, kein wütendes Blitzen. Sondern nur *OneRepublic* und ihr Lied ›If I lose myself‹. Im Nachhinein fragt er sich, ob er während des Liedes überhaupt getanzt hat. Oder ob er ihr nur atemlos zusehen konnte. Aber wo er noch Henrys Aussage vor einer Woche abgestritten hat, trifft ihn die Erkenntnis nun mit einem heißen Kribbeln, das seinen ganzen Körper in Flammen setzt: Er steckt ganz schön tief in der Scheiße. *Fuck.*

»*Eomma*, natürlich esse ich genug.« Er fährt sich durch die Haare und wirft einen Blick auf die Uhr auf seinem Schreibtisch. Es ist schon kurz vor sieben und sein Magen grummelt in Protest.

»Hattest du auch zu Mittag? Nur Abendessen reicht nicht …«

»Ja«, unterbricht er seine Mutter. »Ich hatte etwas Brot.«

»Brot?« Er kann die entsetzt geweiteten Augen seiner Mutter förmlich durch das Telefon sehen. Egal wie oft er schon Brot oder Müsli gegessen hat, das sie nur widerwillig für seinen Vater einkauft, sie würde es wohl immer als Beleidigung ihrer Erziehung sehen, wenn er westlich isst.

»Damit es schnell geht. Ich war heute Vormittag schon in der Bibliothek lernen und nachmittags in der Vorlesung.«

»Seo-jun«, beginnt seine Mutter und er seufzt innerlich. Wenn sie seinen Zweitnamen benutzt, bekommt er jetzt etwas zu hören. Dabei hat das Gespräch gut angefangen. Er hat ihr von seinem ersten Labor gestern erzählt, dass wirklich spannend war und Spaß gemacht hat. In kleinen Gruppen aufgeteilt, führen sie durch einen Dozenten geleitete Versuche durch. Über das Semester hinweg sollen sie eine eigene Versuchsfrage ausarbeiten und erforschen.

Er blendet die Lektion seiner Mutter über die Bedeutung und Wichtigkeit von Essen und Kultur aus, als es an seiner geöffneten Zimmertür klopft. Seit über einer Woche wohnt er schon hier und es ist fast schon normal geworden, dass in der WG alle ihre Zimmertüren offenlassen, wenn sie nicht gerade ihre Ruhe wollen. Oft schauen sie untereinander einfach mal vorbei, reden über ihre Vorlesungen oder fragen, wie es geht. Seitdem seine Schwester vor fünf Jahren ausgezogen war, um selbst an die Uni zu gehen, war es ruhig im Haus. Sein Dad war viel in seiner Praxis, seine Mutter bis spät abends im Restaurant. Es ist zwar noch etwas ungewohnt, immer jemanden zu hören und öfter einen Mitbewohner im Zimmer stehen zu haben, doch er genießt den Trubel der WG.

Rose steckt ihren Kopf durch den Türrahmen. »Wollen

wir dann jetzt kochen?«

Nach dem langen Gespräch mit seiner Mutter klingt ihr Englisch im ersten Moment ungewohnt. Die letzten Abende haben sie bereits zusammen gekocht und auch heute wollen sie für die WG etwas zaubern. Er hat fast den ganzen Tag mit ihr verbracht und doch bleibt ihm für eine Sekunde der Atem weg, als er sie sieht. Ihre schickes Spitzentop vom Tag hat sie gegen einen weiten Pulli ausgetauscht und sie trägt eine Yogahose, die ihre langen Beine viel zu gut in Szene setzt.

Er hält eine Hand über das Mikro seines Handys. »Jap, ich bin gleich da.«

»Jez?« Beim Klang seines Namens aus ihrem Mund fährt ihm ein wohliger Schauer über den Rücken. Er dreht sich ihr zu und will seine Worte von eben wiederholen, doch sie sieht ihn nur irritiert an. Sie hält sich eine Hand auf den Bauch. »Ich habe echt Hunger.«

Seine Mutter hängt ihm immer noch am Ohr und betont, wie wichtig eine ausgewogene Ernährung sei. »Ich weiß, deshalb koche ich jetzt auch etwas, okay?«, sagt er zu seiner Mutter. »Dann kannst du zurück in die Küche und deinen Gästen. *Salanghae, Eomma.*«

Er legt auf und schiebt sich das Handy in die Hosentasche. *Ich hab dich lieb, Mama.* Jedes Telefonat beendet er mit diesen Worten. Egal, ob sie vorher gestritten haben oder nicht. Er würde es sich niemals verzeihen, wenn seine letzten Worte an seine Mutter etwas anderes wären. Denn seine Schwester hat ihn gelehrt, wie schnell die Welt ins Wanken geraten kann.

Roses Mundwinkel zucken. »Weißt du, ich spreche nicht, was auch immer du mit deinen Eltern sprichst.«

»Koreanisch.« Sie nickt. »Und ich spreche es auch nur mit meiner Mutter. Wieso fragst du?«

»Weil du auf Koreanisch mit mir gesprochen hast?«

»Was? Habe ich nicht.«

»Hast du wohl.« Sie lacht leise. Ihr Blick schweift durch sein Zimmer. Es ist erst der zweite Vorlesungstag und sein Schreibtisch quillt jetzt schon von beschrifteten Zetteln und Papieren über. Ihm war vorher klar, dass Biomedizin nicht einfach werden würde. Doch dass sie bereits direkt am Anfang so viel selbstständig arbeiten würden, hätte er nicht gedacht. Den Inhalt der Vorlesung heute Nachmittag haben sie sich vorher selbst angeeignet, um dem Dozenten dann vertiefende Fragen stellen zu können. Aber mit Ellie und Rose in der Bibliothek war es mehr als erträglich gewesen, den Stoff zu lernen.

Seine gerunzelte Stirn lässt sie erklären: »Als ich gefragt habe, ob wir jetzt kochen? Da hast du mir auf Koreanisch geantwortet.«

»Oh.« Er kratzt sich im Nacken. »Sorry, das ist mir gar nicht aufgefallen.«

Sie zuckt mit den Schultern. »Passiert dir das öfter?«

»Eigentlich nicht mehr.« Er schiebt die Papierstapel auf seinem Schreibtisch zusammen.

»Deine Mum ist also aus Korea?«, fragt sie neugierig. Eingehend betrachtet sie die Fotos, mit der er die nackte Wand zugeklebt hat. Die meisten davon zeigen Landschaften, das Meer in Cardiff, ihr Reihenhaus, das Restaurant seiner Mutter. Manche zeigen Edinburgh, wo seine Schwester studiert hat. Und die wenigsten sind Familienfotos, von seiner Schwester und ihm, oder seiner Mutter in der Küche.

»Jap. Sie gibt es nicht zu, aber sie kann sich kaum noch an Korea erinnern.«

»Oh, echt?«

»Ihre Eltern sind kurz nach ihrer Geburt nach England gezogen. Es gab nach dem Krieg kaum Arbeit und hier eben schon.«

»Krass«, murmelt sie. »Aber deine Mum hat euch trotzdem Koreanisch beigebracht?«

Die Notizen auf seinem Schreibtisch sind nun so gut geordnet wie es nur geht und er dreht sich zu ihr um. Ihr wachsamer Blick trifft ihn unvorbereitet. »Ihr ist es wichtig, dass wir unsere Kultur nicht vergessen.«

Sie lächelt. In der Schule wurde er so oft für seine Herkunft gehänselt. Seine schmalen Augen sind unübersehbar und egal wie sehr Henry ihn auch verteidigt und Schlägereien angezettelt hat, der Name ›Schlitzauge‹ hat sich gehalten. Als Kind hat es ihn gestört und es war ihm fast schon peinlich, nicht so auszusehen wie die anderen in seiner Klasse. Er hat seine Schwester immer dafür bewundert, wie selbstbewusst sie mit ihrer Andersartigkeit umging. Die Frage ›Wo kommst du her?‹, die mit ›Cardiff‹ nie zufriedenstellend beantwortet wird, ist jedes Mal genauso abwertend wie die Tonlage, in der sie gefragt wird. Denn die haben alle Fragen über seine Herkunft gemein: Die Abfälligkeit in der Stimme.

Aber Rose klingt nicht abfällig. So oft sie ihn schon aufgezogen hat, gerade klingt sie ehrlich interessiert. »Ist das deine Mum?« Sie deutet auf eines der Fotos an der Wand.

Er geht näher heran, um das Foto besser sehen zu können. Über Roses Schulter erkennt er die Aufnahme sofort. Seine Mutter, einen großen Topf in der Hand, in der Küche in ihrem Reihenhaus. Ein Lächeln erhellt ihr Gesicht. Ein Lächeln, das er seit Jahren nicht mehr an ihr gesehen hat. »Genau.«

»Sie sieht sehr nett aus. Und deiner Schwester sehr ähnlich.« Sie zeigt auf ein weiteres Foto. Seine Schwester, vor der Kulisse Edinburghs. Eine Studienfreundin hat es auf

Arthur's Seat von ihr gemacht. Bei dem Anblick ihres langen schwarzen Haares, das im Wind fliegt, zieht sich sein Herz zusammen.

»Und du bist viel netter, wenn du hungrig bist.«

Empört wirbelt sie herum. Viel zu nahe steht sie jetzt vor ihm und funkelt ihn aus dunklen Augen an. »Was soll das denn heißen?«

Sein Herz schlägt viel zu schnell in seiner Brust und sein Kopf schreit ihn an, einen Schritt zurückzugehen. »Normalerweise pflaumst du mich an.«

»Normalerweise bist du ja auch ein Arsch.«

Er verschränkt die Arme vor der Brust. »Wie nachtragend du bist. Oder wann war ich seitdem ich dir das Zimmer ›geklaut‹ habe,« er malt um das Wort Anführungszeichen in die Luft, »noch mal arschig zu dir?«

Sie öffnet ihren Mund, schließt ihn aber wieder. »Du hast mich auf Henrys Party geschleppt.«

»Du hast dich schleppen lassen.« Sie schnaubt. »Außerdem hatten wir letztendlich doch unseren Spaß, oder?«

Sie beißt sich auf die Unterlippe und eine leichte Röte schießt in ihre Wangen. Er folgt ihrer Bewegung. Wie voll ihre Lippen doch sind …

»Kochen wir jetzt, oder was? Ich hab Hunger.« Sie dreht sich weg und rauscht aus seinem Zimmer.

»Ha!«, ruft er triumphierend und folgt ihr in die Küche. »Also hattest du Spaß.«

Sie verdreht die Augen und öffnet den Kühlschrank. Nach der gähnenden Leere zu urteilen, sollten sie vielleicht mal wieder einkaufen gehen. Nur Thomas' Fach ist noch voll. Über ihre beiden Fächer verteilt haben sie noch eine Paprika, eine halbe Karotte, ein paar Pilze und zwei Stengel Frühlingszwiebeln, die man fürs Abendessen verwenden könnte.

»Wie wäre es mit Curry?«, schlägt sie vor.

»Du lenkst ab.«

»Ich weiß nicht, wovon du sprichst.«

»Gib doch einfach zu, dass Henrys Party eigentlich ganz cool war.«

Amy betritt die Küche. »Hey, ihr Zwei.« Sie sieht an ihnen vorbei in den Kühlschrank. Ihr Fach beinhaltet nur noch ein paar Becher Joghurt und eine offene Packung Käse. Amy seufzt. »Wieso ist für sich selbst einkaufen und kochen nur so schwer?«

Rose stimmt ihr zu und erkundigt sich nach ihrem Tag. Sie bieten ihr an, für sie Curry mitzumachen und Amy stimmt freudig zu.

»Du fandest Henrys Party doch auch gut, oder?«, fragt er an sie gewandt. Amy pflanzt sich aufs Sofa und schaltet etwas auf Netflix ein.

»Na klar.« Der tollpatschige Polizist der amerikanischen Sitcom, die Amy eingeschaltet hat, erscheint auf dem Fernseher. »Aber wir waren gar nicht lange da, wir sind noch nach Soho in einen Club.«

Siegessicher lächelt er Rose an. Er wendet sich dem Reiskocher zu, um mit dem Kochen anzufangen.

Als Rose auf seinen erwartungsvollen Blick trifft, schnalzt sie mit der Zunge. »Du lässt aber auch nie locker, oder?«

»Nope.« Fröhlich schaufelt er eine Tasse Reis aus dem zehn Kilo Sack in der Ecke.

»Willst du, dass ich vor dir dankbar auf die Knie falle und davon schwärme, wie geehrt ich mich fühle, dass du mit mir getanzt hast?«

»Dagegen hätte ich nichts einzuwenden.«

»Du bist so ein Spinner.« Aber er hört das Lächeln aus ihrer Stimme heraus. Er wäscht den Reis in einem Sieb über der Spüle und wirft ihr einen Blick über die Schulter zu. Sie legt bereits die Frühlingszwiebeln, Karotte und Paprika neben ein Schneidebrett. Entschieden schließt sie den Kühlschrank. »Keine Pilze.«

»Natürlich nicht.« Dabei kann er sich selbst das Schmunzeln nicht mehr verkneifen. Vor dem Fernseher lacht Amy leise.

»Sprache und Kultur sind häufig miteinander verwoben - der Zugang zu einer Kultur ist erschwert, wenn man die Sprache des Landes nicht spricht. Wenn Kinder nicht mehr die Sprache ihrer Eltern können, ist ihnen auch der Zugang zu den Familienmitgliedern aus dem Herkunftsland erschwert und darüber hinaus können Eltern dies auch als eine Ablehnung ihrer Herkunftskultur auffassen (…). Integration bedeutet, dass beide Kulturen präferiert werden, dass Werte und Verhaltensweisen entweder koexistieren können oder dass ein Individuum diese selektiv ausgewählt hat und die Elemente, die ihm oder ihr wichtig sind, adaptiert und integriert. Für Kinder bedeutet dies, dass sie sich im Idealfall beiden Kulturen zugehörig fühlen und somit eine hybride Identität entwickeln können.«

Leyendecker, Birgit. »Bilingualität und Familie: Das Potenzial von Bilingualität für Kinder aus zugewanderten Familien.« *Handbuch Entwicklungs- und Erziehungspsychologie.* Herausgegeben von Bärbel Kracke und Peter Noack. Springer, 2019, S. 76-77.

6. KAPITEL

Rose

»Motte, du bist viel zu dünn angezogen.« Mums verpixelte Augenbrauen ziehen sich zusammen. Rose sieht an sich herunter. Über dem weißen Strickoberteil hat sie einen dick gewebten, hellgrünen Cardigan angezogen. Das gute Wetter hat sich gehalten und die Herbstsonne scheint warm auf die Londoner Straßen hinab.

»Mum, es ist wirklich noch warm. Ich treffe mich jetzt mit Freunden im Park.« Sie versucht, nicht zu genervt zu klingen. Ihre Mum meint es nur gut. Und im letzten Jahr hat sich ihr Kontrollwahn deutlich verbessert. An einer Kreuzung bleibt Rose stehen und sieht von ihrem Handydisplay auf, um die Ampel im Blick zu halten.

»Hast du denn eine Mütze eingepackt?«, fragt Mum besorgt. »Wenn es später dunkel wird, wird es kühler.«

Sie muss sich davon abhalten, die Augen zu verdrehen. Telefonieren mit Mum ist deutlich einfacher, aber Mum hat darauf bestanden, einen Videoanruf zu machen, weil sie ihre Tochter gar nicht mehr zu Gesicht bekommen würde.

»Jap«, flunkert Rose, »sie ist in meiner Tasche.« Sie zieht ihre große, schwarze Handtasche ins Bild.

Mum nickt erleichtert. Über ihre Schulter kann Rose das

125

Fenster aus dem Atelier hinaus und die unscharfen Umrisse des Gartens dahinter sehen. Ein kleiner Stich fährt durch ihre Brust. Plötzlich vermisst sie es, mit ihrer Mum im Atelier zu sitzen und zu malen. Der helle Raum in ihrem Cottage in Cornwall war im letzten Jahr zu ihrem Rückzugsort geworden. Anfangs konnte sie mit Mum noch kaum im selben Raum sein. Ihr prüfender, aber gleichzeitig verletzter Blick ließ Rose immer wieder an die Nacht der Party denken, die alles verändert hat. Als Mum ihr eröffnet hat, dass sie die Schule wechseln würde, war sie unglaublich wütend. Traute sie ihr nicht zu, darüber hinwegzukommen? Dachte sie, sie würde den gleichen Fehler wieder begehen? Oder ging sie davon aus, dass sie nicht stark genug war, *ihm* jeden Tag in der Schule zu begegnen? Dabei hat Mum versprochen, mehr auf ihre Töchter zu hören und auf deren Bedürfnisse einzugehen, nachdem sie sie jahrelang voller Angst auf Schritt und Tritt kontrollierte. Rose wollte ihre Mutter dafür hassen und ihre ganze neue Schule mit dazu. Doch am meisten hasste sie die Erleichterung, die sie verspürte, *ihn* nicht mehr sehen zu müssen. Denn wenn sie erleichtert ist, bedeutet das, dass sie Angst vor ihm hat. Und Angst bedeutet, schwach zu sein.

Die Fußgängerampel springt auf Grün und Rose schiebt die Gedanken an das letzte Schuljahr von sich. »Was malst du gerade?«, fragt sie ihre Mutter und schiebt sich die Kopfhörer in den Ohren zurecht.

Mum dreht ihre Handkamera und zeigt ihr das Bild, an dem sie gerade arbeitet. Es zeigt die Londoner Skyline die Themse entlang. Ein ungewöhnliches Motiv für Mum mittlerweile, da sie sonst nur Landschaften in Cornwall abbildet. Der Fluss und Himmel sind bereits ausgearbeitet, während die Häuser noch skizzierte Schemen sind.

»Es ist ein Auftrag für einen alten Kunden von mir.«

Zwar ist das Bild nicht ganz scharf, aber Rose bildet sich ein, dass Mums Wangen sich rot verfärben.

»Es gefällt mir.«

»Hast du in letzter Zeit etwas gemalt?« Mums Fragen haben für sie oft einen kontrollierenden Unterton. Aber niemals, wenn es um Kunst geht. Das ist die eine Sache, die sie beide verbindet. Bei der sich Rose nie überprüft fühlen muss. Auch wenn Mum enttäuscht war, als sie einige Jahre nicht viel gemalt hat. Sie hat es nie zugegeben, aber Rose vermutet, dass sie glücklich darüber ist, mit einer ihrer Töchter ihre Leidenschaft teilen zu können.

Rose zuckt mit den Schultern. »Ein paar Aquarelle und Filmszenen.« Die letzten Abende hat sie noch lange am Schreibtisch gesessen. Die erste Vorlesungswoche war stressig und die vielen neuen Eindrücke haben sie überfordert. Das Malen abends hat ihre wirbelnden Gedanken beruhigt.

»Übst du noch fleißig Hände?«

Rose verzieht das Gesicht. Im Sommer hat sie sich vermehrt mit Mums Hilfe an Bleistiftzeichnungen probiert und vor allem an Händen ist sie fast verzweifelt. Egal wie viele Vorlagen sie sich angesehen und ihre eigenen langen, schmalen Finger studiert hat, ihre skizzierten Hände sehen immer irgendwie falsch aus. Als würde eine Dimension nicht stimmen, die Falten und Gelenke nicht richtig sitzen, die Perspektive etwas verschoben sein.

»Ab und zu.« Auf keinen Fall würde sie vor ihrer Mutter zugeben, dass sie einige Hände skizziert hatte die Woche. Und zwar nicht irgendwelche Hände. Jez' Hände. Beim gemeinsamen Kochen sind sie ihr immer wieder aufgefallen. Eigentlich sind sie nichts Besonderes, einfach nur fünf Finger an einem Handrücken, gebräunte Haut, kurz gefeilte Fingernägel. Aber die Art und Weise, wie sie sich um den

Griff eines Messers legen oder geübt Gemüse beim Schneiden festhalten, fasziniert sie. Wie tanzende Blätter im Wind oder das helle Leuchten von Flugzeugen am Nachthimmel. Aber sie ist am Ende mit ihrer Skizze nie zufrieden.

Sie läuft durch das hohe, schmiedeeiserne Tor in die Kensington Gardens. Der Herbstanfang zeichnet sich schon langsam an den Bäumen ab und sie kann es kaum erwarten, dass die Blätter sich endgültig verfärben. Sie liebt den Herbst mit seinen Goldtönen, den Geruch vom Laub, wie es langsam kälter wird und sie sich mit einer Tasse Kaffee und einem bequemen Pulli an den Schreibtisch zurückziehen kann. Und sie muss weniger Sonnencreme auftragen. Im Sommer kann sie keinen Tag ohne rausgehen, wenn sie danach nicht wie ein Krebs nach Hause kommen möchte.

»Mit wem triffst du dich im Park?«, fragt Mum. Sie setzt sich auf den Schemel in ihrem Atelier und scheint das Handy gegen die Leinwand zu lehnen. Rose sieht, wie sie außerhalb des Bildes ihre Farben mischt.

»Ellie, die Freundin aus meinem Studiengang, von der ich dir erzählt habe?«

Mum nickt. »Sehr schön. Es freut mich, dass du dich so gut mit ihr verstehst.«

Rose schweigt, in der Hoffnung, Mum würde es dabei beruhen lassen. Doch sie sieht immer wieder erwartungsvoll in die Kamera. Bei Mum ist es immer schwierig abzuschätzen, wie sie auf etwas reagiert. Noch letztes Jahr hätte sie ihren Töchtern den Kopf abgerissen, wenn sie etwas von einem Jungen erzählt hätten. Nur deshalb ist sie überhaupt in die Scheiße mit der ganzen Geheimniskrämerei mit *ihm* reingeraten. Aber seitdem Blaze so glücklich mit Tim ist, hat sich Mum etwas beruhigt. Auch wenn man ihr noch die Skepsis ansieht, wenn sie glaubt, dass keiner hinsieht. Rose bezweifelt, dass irgendjemand von ihnen so schnell die

Angst loswird, dass das Schicksal jeden Moment wieder zuschlagen könnte. Mit Lucas, ihrem Schulkameraden, war Mum jedoch schnell warm geworden. Vielleicht, weil er schwul ist.

»Und mit meinem Mitbewohner und einem Freund von ihm.«

»Ah.« Mum presst die Lippen aufeinander. »Der, der mit dir zusammen studiert?«

»Jap.« *Und mein Zimmer geklaut hat. Und mit mir zusammen kocht. Und bescheuert tanzt. Und mir irgendwie viel zu sehr unter die Haut geht,* fügt sie in Gedanken hinzu. Das muss Mum aber alles nicht wissen. »Ich verstehe mich gut mit ihm«, fügt sie hinzu.

Sie fährt mit den Fingern über ihr Schlüsselbein. Mum sieht die Geste und setzt zu einer weiteren Frage an. »Mum, ich glaube, ich sehe sie dahinten schon«, behauptet sie.

Sie läuft auf dem Sandweg zwischen den großen Kastanienbäumen hindurch und hält nach Ellie Ausschau. In einer SMS meinte sie, dass sie bereits auf einer Wiese nahe des Queen Caroline's Temple sitzen würde. Nach dem Labor sind sie alle noch mal heimgegangen, um zu essen. Jez ist mit Henry verabredet und die beiden würden später zu ihnen stoßen.

»Okay, Motte. Ich wünsche dir ganz viel Spaß«, sagt Mum und nimmt das Handy wieder in die Hand. Ein breites Lächeln erhellt ihre Gesichtszüge. »Ich drücke dich. Hab dich lieb.«

»Hab dich auch lieb, Mum.« Rose erwidert ihr Lächeln, dann legt sie auf. Mit Mum zu reden wird immer einfacher, vor allem jetzt, wo sie nicht mehr zu Hause wohnt. Für Mum war es eine Aufgabe gewesen, ihre Töchter nicht mehr nach regelmäßigen Updates per SMS zu fragen, wo sie gerade wären und ob alles okay sei. Sie telefonieren trotzdem jeden Tag, wenn es auch nur für ein paar Minuten ist. Anfangs hatte Rose Angst, dass es ihren Mitbewohnern auffallen und sie sich darüber lustig machen würden. Doch nachdem Amy schon in ihren Armen vor Heimweh geweint, Jake seine Eltern per Videoanruf durch die Wohnung geführt und sie Jez mehr als einmal schon mit seiner Mum Koreanisch sprechen gehört hat, bleiben ihre Ängste unbestätigt. Jeder von ihnen ist frisch von zu Hause ausgezogen und muss zum ersten Mal auf eigenen Beinen stehen.

Hinter der nächsten Biegung kommt das helle Steingebäude des Queen Caroline's Temple zum Vorschein. Zwar ist es bald Anfang Oktober, aber es ist noch so warm, dass nicht nur sie beschlossen haben, sich in den Park zu setzen. Auf den Wiesen sitzen kleine Grüppchen an Leuten, teils auf Picknickdecken, teils einfach auf ihren Jacken. Sie erkennt sogar ein paar Studenten vom Imperial, die sie auf dem Campus gesehen hat. Ellie sieht hoch und winkt ihr zu.

Die Freundinnen umarmen sich zur Begrüßung, dann lassen sie sich nebeneinander auf das Gras fallen. »Tut mir leid, dass ich zu spät bin«, meint Rose und kramt in ihrer Handtasche nach den Trauben, die sie von zu Hause mitgenommen hat. Nach dem Labor wollte sie duschen und etwas essen, aber durch Mums Anruf hat sie letzteres nicht mehr geschafft.

»Keine Sorge, ich sitze hier auch noch nicht lang.« Ellie schiebt sich müde eine Haarsträhne hinters Ohr und nimmt sich eine Traube.

»Wie lief es mit Professor Hughes?«

Sie seufzt. »Es ging. Ich glaube, er hat es am Ende dann verstanden.«

»Hast du ihm nochmal deine ID gezeigt?«

»Jup.« Ellie isst noch eine Traube und kaut langsam. »Ich verstehe einfach nicht, wieso nur er so starrsinnig ist. Die

Uni hat den neuen Namen ja auch direkt akzeptiert.«

Am Montag hatten sie ihr erstes Labor mit Professor Hughes. Es ist die einzige Veranstaltung, bei der sie in kleine Gruppen aufgeteilt sind und so eine Anwesenheitsliste am Anfang der Stunde durchgegangen wird. Ellie musste sich noch mit ihrem alten Namen bewerben und der Professor hatte offenbar seine Liste nicht aktualisiert. Wie wenig Anstand er haben kann, Ellie dennoch mit ihrem Deadname anzusprechen, obwohl sie ihn direkt nach dem ersten Labor darauf hingewiesen hat, ist Rose jedoch unverständlich. Ellie ist daher länger geblieben heute und durfte ihren Wochenendstart damit verbringen, ihren Dozenten auf seine Transphobie hinzuweisen und auf ihren richtigen Namen zu bestehen. Sie ist ein Mädchen und sie mit ihrem alten Jungennamen anzusprechen ist einfach nur diskriminierend.

»Manche denken einfach, wir stecken noch im letzten Jahrhundert fest.« Rose nimmt die Hand ihrer Freundin und drückt sie leicht. »Aber du hast dich für dich eingesetzt und er spricht dich ab sofort mit deinem richtigen Namen an.«

Ellie lächelt dankbar und nickt. »Wie auch immer.« Sie reckt ihr Gesicht in die Sonne und schließt die Augen. »Henry und Jez kommen später auch noch?«

Rose murmelt eine Zustimmung und sieht auf ihr Handy. Jez hat ihr noch nicht geschrieben, wann er nachkommen würde. »Sie wollten sich direkt nach Henrys letzter Vorlesung auf den Weg machen.«

Nicht nur mit Jez in ihrem Studiengang zu tun zu haben, hat auch nur so halb funktioniert. Zwar hat sie Glück und ist mit Ellie im gleichen Labor, aber dadurch, dass sie immer gemeinsam mit ihm zu den Vorlesungen läuft, haben sie sich schnell zu einer Lerngruppe zusammengeschlossen.

Sie müsste lügen, wenn sie behauptet, dass es sie stört. Jez lernt schnell und wenn sie bei einem Themenpunkt der Vorlesung hängen, kann es meist der jeweils andere verständlich erklären.

»Wenn es sich vor ihrem Training überhaupt lohnt«, sagt Ellie und greift in die leere Traubenschale. »Ich hätte noch etwas essen sollen.«

»Training ist glaube ich erst um sieben«, sagt sie geistesabwesend und sucht nach einem Müsliriegel in ihrer Tasche. Sie findet einen und gibt ihn Ellie. »Warte, woher weißt du, dass sie Training haben?«

Jez war erst am Mittwoch nach den Trials in die WG gekommen und hat stolz verkündet, dass er in Henrys Mannschaft aufgenommen wurde. Drei Mal die Woche würde er zum Fußballplatz fahren, um mit den Jungs zu trainieren. Aber im Labor vorhin hat Jez davon nichts erwähnt, als sie darüber gesprochen haben, heute Nachmittag den Stoff nochmal im Park, statt der Unibibliothek durchzugehen.

Mit roten Wangen beißt Ellie in den Müsliriegel und nuschelt etwas. Rose reißt die Augen auf und stupst ihre Freundin an. »Hast du mit Henry am Wochenende Nummern getauscht?«

»Vielleicht?«, sagt sie zaghaft und lässt es wie eine Frage klingen.

Rose quietscht auf. »Henry? Echt jetzt?«

»Beim Verabschieden hat er gefragt und ich wusste nicht, wie ich Nein sagen soll.«

»Wolltest du denn Nein sagen?«

Ellie zuckt hilflos mit den Schultern. »Keine Ahnung. Er ist nett.«

»Nett.« Ungläubig zieht Rose die Augenbrauen zusammen. »›Nett‹ ist so, als ob du ›scheiße‹ sagen würdest.«

»Dann eben sympathisch.«

Rose schnaubt. »Ich glaube, ich würde die Worte ›sympathisch‹ und ›Henry‹ niemals in einen Satz bringen.«

Mit einem Seufzen lässt sich Ellie nach hinten auf das Gras fallen und blickt nach oben. Nur vereinzelte weiße Wölkchen zieren den Herbsthimmel. »Ich weiß doch auch nicht. Ich unterhalte mich gern mit ihm.«

Mit Mühe unterdrückt Rose ein Grunzen, legt sich aber neben ihre Freundin auf den Rücken.

»Aber was ist denn mit dir und Jez?«

»Was soll da denn sein?« Sie schnippt sich eine verirrte, kupferrote Strähne aus dem Gesicht. Als Ellie nicht antwortet, legt sie den Kopf schräg und trifft auf ihren abwartenden Blick. »Er ist mein Mitbewohner, was willst du hören?«

Ellie lacht leise. »Ich mache nicht so viel mit einem meiner Mitbewohner. Ich meine, ihr geht zusammen einkaufen, kocht zusammen, schaut zusammen Serien, geht gemeinsam in die Vorlesung …« Sie wird von Roses Ellenbogen in der Rippe unterbrochen.

»Bei dir studiert ja auch keiner mit dir.«

Ellie verdreht die Augen. »Du bekommst ja auch nicht mit, wie er dich ansieht.«

Ihr Herz macht einen flatternden Satz. Sie ermahnt es zur Ruhe. Jez sieht sie nicht besonders an. Nicht anders, als er Ellie oder Henry ansieht. Und selbst wenn, ist ihr das total egal. »Ach Quatsch.« Fuck, wieso zittert ihre Stimme jetzt plötzlich?

»Doch. Als wärst du das Spannendste im Raum.« Unwillkürlich muss sie an Tims verliebten Blick denken. Das Bild schiebt sie schnell von sich. Ihre Schwester und ihr Freund sind füreinander gemacht, kennen und lieben sich seit Ewigkeiten. Das kann man überhaupt nicht vergleichen. Oder selbst finden.

»Bullshit.«

»Wenn du das sagst.« Ellie schmunzelt.

Mit einem Ruck setzt Rose sich auf. »Also, wollen wir die Vorlesung von gestern noch mal durchgehen? Ich habe das eine in Statistik noch nicht ganz verstanden.«

Ellies verkniffene Lächeln spricht Bände, aber sie lässt das Thema fallen und zieht ihren Statistikordner aus ihrem Rucksack. Über die Rechnungen gebeugt bemerken sie die Jungs erst, als sie sich neben sie ins Gras fallen lassen.

»Wie kann man an einem Freitagnachmittag noch lernen?«, fragt Henry anstatt einer Begrüßung. Er klingt aufgeweckt wie immer, doch Rose erkennt einen müden Zug um seine Augen.

»Wenn man es sonst die Woche nicht schafft.« Ellie nimmt ihren Bleistift aus dem Mund, auf dem sie bis eben noch herum gekaut hat.

»Es ist die erste Vorlesungswoche und du bist schon überfordert?«, fragt Henry.

Ellie seufzt. »Nicht direkt. Ich dachte, es wäre eine super Idee, ein neues K-Drama anzufangen. Jetzt sitze ich den ganzen Tag nur vor dem Laptop und suchte Folge nach Folge durch.«

Henry lacht. »K-Drama? Was ist das?« Er fährt sich durch die dunkelblonden Haare.

Wenn er Ellie so anlächelt, kann Rose fast schon verstehen, wieso ihre Freundin gerne mit ihm schreibt. Er sieht verdammt gut aus, mit dem definierten Kiefer, der spitz zulaufenden Nase und den großen sturmgrauen Augen. Zu gut und das weiß Henry genau. Rose würde ihn im Auge behalten, denn sie ahnt schon, dass das zwischen den beiden nur in Herzschmerz enden kann.

»Koreanisches Drama.« Es ist Jez, der ihm antwortet, und nicht Ellie. Überrascht sieht sie ihn an. Er bewegt sein Bein und stößt dabei an Roses. »Meine Mutter und Schwester haben das ständig geguckt.«

Henry zieht eine Augenbraue nach oben. »So koreanische Liebesschnulzen«, fügt Jez als Erklärung hinzu.

»Natürlich.« Henry nickt, als wäre jetzt alles klar.

»Was soll das denn jetzt wieder heißen?«, fragt Rose scharf.

Abwehrend hält er die Hände nach oben. »Ihr Frauen guckt doch alle gerne so schnulzige Filme.« Rose öffnet bereits empört den Mund, bereit, ihn zurechtzuweisen. »Komm mir nicht wieder mit einer Sexismus-Diskussion, Rosie.«

»Immerhin merkst du selbst, dass du Scheiße von dir gibst«, giftet sie ihn an. Okay, sie versteht es doch nicht, wieso Ellie mit ihm schreibt. Oder Jez mit ihm befreundet ist. Sie muss ihn mal auf seinen schlechten Geschmack ansprechen.

»So schlecht sind die eigentlich gar nicht«, wirft Jez ein. »Es gibt auch richtig gute Action-Thriller.« Er wickelt einen der Bändel seines dunkelblauen Sweaters um den Finger. Ausnahmsweise lugt kein geringeltes T-Shirt darunter hervor, sondern ein hellgraues. Dafür trägt er aber die Kappe wieder.

»Und die haben Suzie und deine Mum geguckt?«, fragt Henry überrascht.

Jez murmelt etwas und beugt sich über die karierten Bögen voller Gleichungen. »Macht ihr Statistik?«

Suzie, ist das etwa der Name seiner Schwester? Jedes Mal, wenn die Sprache auf sie kommt, wechselt er sofort das Thema. Vielleicht sind sie zerstritten. Das kann sie nur zu gut nachvollziehen, noch vor einem Jahr hat sie kaum ein Wort mit Blaze wechseln können, ohne dass sie aneinandergeraten sind. Ständig haben sie sich wegen Mum oder

Freunden gestritten. Aber wenn sie zerstritten sind, wieso hat er dann Bilder von ihr in seinem Zimmer hängen? Und nicht nur Kinderfotos, auf denen sie glücklich lächelnd in die Kamera schauen, sondern auch das von ihr als junge Erwachsene. Suzie. Der Name passt zu der wunderschönen Frau auf dem Foto.

Sie sieht hoch und fügt zu ihrer ›Irgendetwas ist komisch mit Jez und seiner Schwester‹-Gedankennotiz einen weiteren Stichpunkt hinzu: Henrys Gesichtsausdruck, mit dem er seinen Freund betrachtet. Er ist nicht mehr aufmüpfig wie eben noch, sondern bedrückt, fast schon schuldbewusst sogar. Er weiß, was mit Jez' Schwester ist. Da ist sich Rose ganz sicher.

Ellie erklärt ihm bereits, welche Übung sie noch einmal durchgerechnet haben. In seiner ruhigen Ozeanstimme erklärt er ihnen, wie er es rechnen würde. Nur damit Henry sie alle widerlegt und ihnen einen offensichtlichen Fehler in ihrer Denkweise aufzeigt.

»Stunde bei Professor Henry ist beendet. Es ist Wochenende, Leute, weg jetzt mit dem Unikram!«, ruft Henry schließlich und rafft die Blätter zusammen. Ellie verstaut sie zurück in ihren Rucksack. »Was ist unser Plan? Morgen Abend steigt im Roxy noch mal eine Freshersparty.«

Rose versucht, nicht die Augen zu verdrehen und zieht ihr Handy hervor. Auf eine Erstsemesterparty kann sie gut und gerne verzichten. Egal wie sehr sie Jez damit aufgezogen hat, Henrys Party war wirklich nicht so schrecklich, wie sie gedacht hat. Obwohl sie absolut scheiße angefangen hat. Jez wurde direkt verkuppelt und während Amy sich mit ihrem Kommilitonen direkt unter die Leute gemischt hat, wurden sie und Ellie viel zu schnell von irgendeinem Möchtegern-Model in ein Gespräch verwickelt. Der Typ war ihr zuwider, er hat so schleimig mit ihnen geflirtet. Nicht mal charmant schleimig, wie Henry das schafft. Sondern einfach nur eklig widerlich schleimig. Aber nachdem sie mit Ellie vor der Haustür war, ihre Optionen durchgesprochen und beschlossen haben, zu bleiben, wurde es besser. Und spätestens als sie mit Jez getanzt hat, wurde es zu einem guten Abend. Die Playlist war super und Jez hat es wirklich gut geschafft, sie aufzulockern und ihr ein sicheres Gefühl zu vermitteln.

Gedankenverloren scrollt sie durch ihren Instagramfeed und denkt an den Abend zurück. Eigentlich hat sie ihn nur zum Tanzen aufgefordert, weil er plötzlich aussah wie ein getretener Welpe. Als hätte er an etwas Todtrauriges gedacht und nachdem er ihr die ganzen Stunden vorher Vorfreude auf die Party machen wollte, konnte sie das nicht auf sich sitzen lassen. Es war eine völlige Schnapsidee, sie hasste es, von Fremden angefasst zu werden und obwohl das Wohnzimmer groß war, hatte sie ein Typ direkt angerempelt. Aber Jez hat es besser gemacht. Er hat sich lächerlich gemacht, ihr die Beklommenheit dadurch genommen, und wenn sie jetzt an die Party zurückdenkt, sieht sie zuerst ihn vor sich. Die Arme über dem Kopf, die Hüften bescheuert kreisend, ein breites Grinsen im Gesicht.

Sie gibt einem Bild ihrer Schwester ein Herz, das sie bei einem der kleinen Festivals im Sommer zeigt, bei dem Tim gespielt hat. Arm in Arm mit Tim, der unbeschwert lächelt, mit dem Hashtag ›bringbacksummer‹ versehen. Sie kommentiert noch zwei Herzen, dann scrollt sie weiter. Mit halbem Ohr hört sie Jez zu, der Henry wegen seines übermäßigen Alkoholkonsums tadelt. Ihr Handy vibriert, als eine Nachricht ihrer Schwester angezeigt wird. Es ist ein Foto von roten Backsteinwänden, halb vor einem schwarzen Sprossenfenster aufgenommen. Sie erkennt es als Tims Zimmer, weil sie schon viel zu oft Fotos von dem Ausblick bekommen hat. Ihre Schwester streckt ihre Zunge raus und hält ein Peace-Zeichen in die Höhe.

Blaze

Rosieeee, kommst du morgen Abend ins Pub? Ich kann doch nicht in London sein, ohne dich zu sehen!!

Rose

Ach, ich glaube, Tim hätte da nichts einzuwenden. Hat er mehr von dir.

Blaze ignoriert ihre Bemerkung geflissentlich. Sie schreibt stattdessen, dass sie Sonntag unbedingt Frühstücken gehen müssten, bei der kleinen Bäckerei in Kensington, bei der sie auch früher immer gern gegessen hatten. Und sie könnten über den Flohmarkt in der Brick Lane schlendern. Blaze schlägt so viel vor, dass sie fast schon eine ganze Woche damit füllen könnten.

»Also bei einem Club wäre ich wirklich raus«, meint Jez gerade.

Ellie stimmt ihm zu, sehr zu Henrys Verdruss.

»Wir könnten ins Pub. Der Freund meiner Schwester tritt dort mit seiner Band auf«, hört sich Rose selbst sagen. Sie sieht vom Handy hoch und blickt in drei überraschte Augenpaare, die auf ihr ruhen.

»Ich mag deinen Gedankengang, Rosie«, sagt Henry anerkennend. Und dann ist es ganz schnell beschlossene Sache, dass sie sich morgen Abend im *Blue Monkey* mit ihrer Schwester treffen und bei Tims Auftritt zugucken würden. Sie schreibt Blaze eine Nachricht, die diese mit ganz vielen Herzen beantwortet, dann legt sie ihr Handy weg. Sie unterhalten sich über Musik, auch wenn Jez der Einzige ist, der sich auf Rock freut; die genaue Uhrzeit, wann sie ins Pub gehen würden, da es erst nach dem Spiel der Jungs geht; und dass sie es mit dem Alkohol nicht übertreiben sollten, weil Ellie am Sonntag mit auf den Flohmarkt gehen will.

Langsam wandert die Sonne tiefer über den Himmel, bis es schließlich so frisch wird, dass die meisten den Park bereits verlassen. Erst als auch sie beschließen, sich auf den Heimweg zu machen, und vom Gras aufstehen, fällt Rose auf, dass Jez' Knie die ganze Zeit an ihrem geruht hat. Als wäre es das Normalste der Welt.

»When talking about music and emotions, it is important to distinguish between perceived and felt emotions, with the first being related to emotion recognition or perception and the second to emotion evocation or induction. (…) Theoretically, [there are] a number of psychological mechanisms responsible for the evocation of emotions via music: [For example] episodic memory (i. e. an emotional response occurs because the music evokes a memory of a particular event in the listener's life).«

Taruffi, Liila. »The Neuropsychology of Music and Emotions.« *Emotionen.* Herausgegeben von Hermann Kappelhoff et al. J. B. Metzler, 2019, S. 427-428.

»Wenn wir über Musik und Emotionen reden, ist es wichtig zwischen wahrgenommenen und gefühlten Emotionen zu unterscheiden, wobei Ersteres in Zusammenhang mit Gefühlserkennung oder -auffassung und Zweiteres mit Gefühlshervorrufen oder -einführung steht. Theoretisch gibt es etliche psychologische Mechanismen, die für das Hervorrufen von Emotionen durch Musik verantwortlich sind: Zum Beispiel episodische Erinnerung (z.B. findet eine emotionale Reaktion statt, weil die Musik die Erinnerung eines bestimmten Vorfalls im Leben von Zuhörer:innen hervorruft).«

Eigene freie Übersetzung der Quelle.

7. KAPITEL

Jez

Die gemütliche Atmosphäre des Pubs lässt es zu einem Ort zum Wohlfühlen werden. Selbst Rose, die seit dem Verlassen der WG nervös an einer ihrer Haarsträhnen spielt, lacht gerade über einen dummen Kommentar von Henry und schiebt sich eine Pommes in den Mund. Vielleicht liegt es an der retro-industriellen Einrichtung, dass Jez es hier so mag. Die nackten Glühbirnen verströmen warmes Licht, das die hölzernen Tische in einen goldenen Glanz taucht. An den Backsteinwänden hängen gerahmte Bilder, an denen sie aber beim Hereingehen nicht lange genug stehen geblieben sind, um sie genauer anzusehen. Ihm gefällt die Musik, die über die Boxen läuft, eine gute Mischung aus alten Rockklassikern und aktuellen Indiebands. Wenn die Playlist Aufschluss über die Band gibt, die später noch spielen wird, kann es nur gut werden. Vielleicht liegt es aber auch an dem verboten guten Essen, dass er den Pub überhaupt nicht mehr verlassen möchte.

Genüsslich beißt er in seinen Burger. Das Rindfleisch ist herrlich saftig und die selbstgemachte Soße ist eine Explosion an Geschmäckern. Irgendwie scharf und würzig,

143

gleichzeitig aber auch leicht süßlich. Nach dem anstrengenden Spiel heute hätte ihm vermutlich alles geschmeckt, so ausgehungert wie er im Pub ankam. Es war zwar nur ein Trainingsspiel gegen eine andere Londoner Uni, aber der Coach wollte ihn direkt als Mittelfeldspieler dabeihaben. Außer ins Fitnessstudio zu gehen, hat er seit Jahren nicht mehr wirklich Sport gemacht, schon gar nicht in einer Liga gespielt. Die neunzig Minuten auf dem Platz haben ihn angestrengt, aber die nach oben gezogenen Mundwinkel des Coachs, gepaart mit einem Klopfen auf die Schulter, haben ihn vor Stolz das Stechen in der Brust vergessen lassen.

Henry ist zum Glück mit dem Auto gefahren und konnte sie deswegen nach dem Spiel zurück in die Stadt fahren. So verschwitzt, wie er war, wäre die Heimfahrt in der U-Bahn mehr als unangenehm gewesen, vor allem für die anderen Fahrgäste. Und die Dusche zu Hause hatte er auch mehr als dringend nötig, vor allem nachdem Rose zur gleichen Zeit wie er vom Tanzen kam. Das weite Top hatte ihr verschwitzt am Oberkörper geklebt und dass ihre langen Beine in Sporthosen viel zu gut aussehen, ist ihm schon längst bewusst. Er konnte nur atemlos ein paar Worte mit ihr wechseln, was er auf die vielen Treppen geschoben hat.

»Ich kann einfach nicht glauben, dass schon die erste Woche vorbei ist«, sagt Ellie und isst eine Gabel ihres Trüffel Mac N' Cheese.

»Und ich kann nicht glauben, dass ich schon im zweiten Jahr bin«, fügt Henry hinzu. »Dann kommt ja schon das dritte. Und dann wird erwartet, dass man einen Job kriegt.« Er klaut eine Pommes von Rose, die ihm gegenübersitzt. »Und sein Leben im Griff hat.« Sein Tonfall ist leicht, doch Jez erkennt echte Panik in den Augen seines Freundes.

Rose verfolgt empört den Weg ihrer Pommes. »Als ob du jetzt dein Leben im Griff hast.«

»Eben.« Henry greift nach noch einer ihrer Pommes, aber Rose schlägt seine Hand weg.

»Wenn du noch Hunger hast, bestell dir deine eigene Portion.«

Henry, der mindestens so ausgehungert wie Jez sein musste, hat seinen Burger mit Pommes fast schon inhaliert. Traurig sieht er auf seinen leeren Teller hinab. »Es war aber auch viel zu lecker.«

»Das hört Mike doch gerne«, erklingt eine vage bekannte Stimme neben ihrem Tisch. Als Jez von seinem Burger aufblickt, versteht er, wieso ihm die Stimme bekannt vorkam. Roses große Schwester zieht gerade ihren Mantel aus und lächelt ihnen zu. Er hat sie am Einzugstag gesehen und da ist ihm bereits die Ähnlichkeit zwischen den Schwestern aufgefallen: Die gleichen kupferroten Haare, die ein herzförmiges Gesicht umspielen, volle Lippen, eine Explosion aus Sommersprossen um die gerade Nase.

Rose gibt einen freudigen Laut von sich und umarmt ihre Schwester. Er sieht die Veränderung in ihrer Haltung sofort: Ihre Schultern sind entspannt, die kleine Furche zwischen ihren Augenbrauen verschwunden. Ein schmerzhaftes Ziehen geht durch seine Brust. Schnell nimmt er einen Bissen seines Burgers, um den Kloß in seinem Hals herunterzuschlucken.

»Das ist Blaze, meine Schwester«, stellt Rose diese vor. Nebeneinander fallen ihm die ersten Unterschiede zwischen ihnen auf: Neben der offensichtlich anderen Augenfarbe, hat Rose mehr Sommersprossen und ein weicheres Gesicht. »Das sind Henry, Ellie und Jez.«

Blaze nickt ihnen freundlich zu, bis sie an seinem Gesicht hängen bleibt. »Dich kenne ich. Du bist der Mitbewohner.«

In den Burger zu beißen war vielleicht nicht die beste Idee, so kann er nur nicken und dem kurzen Blickaustausch der Schwestern folgen. Rose scheint ihrer Schwester so einiges über ihn erzählt zu haben und unwillkürlich hofft er, dass es nicht nur Schlechtes ist. Immerhin sind sie nicht auf dem besten Fuß gestartet.

Blaze schiebt sich neben sie auf die Bank, auf der zu dritt eindeutig nicht genug Platz war. Roses Bein liegt eng an seinem und sie stößt ihn mit dem Arm an. Entschuldigend blickt sie zu ihm. Gott, ihr Gesicht ist jetzt viel zu nah. So nah, dass er sich nur ein wenig vorzulehnen bräuchte …

»Studiert ihr auch Biomedizin?«, beginnt Blaze belanglosen Smalltalk und er reißt sich von Roses braunen Augen los. So oft, wie er Rose mit ihrer Schwester telefonieren gehört hat, muss sie das eigentlich wissen. Zumindest wusste er von seiner Schwester damals alles: Ihre Professoren, jeden Titel ihrer Kurse, die Lebensgeschichte ihrer Freunde und den neusten Tratsch, wer mit wem auf welcher Party herumgemacht hatte. Mit Vierzehn hatte er so getan, als würde es ihn nicht die Bohne interessieren. Aber insgeheim sog er jedes Wort von ihr auf, begierig, alles von ihrem neuen spannenden Leben in Edinburgh zu wissen.

Eine neue Bedienung nimmt Henrys Bestellung einer weiteren Pommes und noch eines Pints auf. Sie wird von Blaze mit einem gequietschten »Maddie« begrüßt und auch Rose scheint die Frau zu kennen. Sie kann nur ein paar Jahre älter als sie sein und wird von Henry bereits abgecheckt. Er wirft ihr ein charmantes Lächeln zu. Jez kann es ihm nicht verübeln. Maddie ist attraktiv, wie ihre Kurven von dem engen schwarzen T-Shirt betont werden, das den warmen Unterton ihrer dunklen Haut hervorbringt. Aus dunklen Rehaugen mustert sie Henry, als sie seine Bestellung aufnimmt, bevor sie im geschäftigen Trubel des Pubs verschwindet.

Am Anfang dachte er noch, dass das Kribbeln von Roses

Nähe weggehen würde. Doch jedes Mal, wenn sie sich etwas bewegt oder ihre Finger aus Versehen beim Essen seine streifen, fährt ein neuer elektrischer Schlag durch seine Adern. So gut es geht, versucht er sich auf das Gespräch zu konzentrieren. Sie unterhalten sich über die Uni, Blaze erzählt ein bisschen was über ihre Abschlussarbeit, die sie dieses Jahr schreibt; über die Haussuche, die bei ihnen schon angefangen hat und wie lästig es ist, sich schon jetzt darüber Gedanken machen zu müssen, wo sie nächstes Studienjahr wohnen würden; über London und die Vorteile einer Großstadt. Blaze ist ruhiger, während Rose beim Gestikulieren ihm oft den Ellenbogen in die Seite rammt, und weniger zynisch als ihre kleine Schwester. Sie befinden sich gerade in einer hitzigen Diskussion darüber, dass Plymouth, Blazes Studienstadt, nichts zu bieten hätte, als die Musik ausgeht und der gesamte Pub verstummt.

Erwartungsvoll richten sich alle Blicke auf eine kleine Bühne, die in einer Ecke neben der Bar aufgebaut ist. Zwei Spotlights erhellen die drei Musiker mit ihren Instrumenten darauf.

»Guten Abend euch«, sagt einer der drei, eine Gitarre um den Hals, und ein Johlen geht durch den Pub. Jez erkennt ihn vom Einzugstag, aber spätestens Blazes verklärter Blick hätte ihn als ihren Freund ausgemacht. Außerdem kennt er ihn von den Fotos, die auf Roses Schreibtisch stehen. Die meisten davon zeigen sie mit ihrer Schwester und deren Freund.

»Für diejenigen unter euch, die vielleicht zum ersten Mal da sind: Ich bin Tim, der Leadsänger von *Dear Elk*.« Pfiffe ertönen aus der Menge und er lacht. »Wir haben schon lange nicht mehr samstags hier gespielt. Aber ihr habt uns das letzte Mal einfach die Bude eingerannt und wir sollten die Nerven des Hausherrn nicht zu sehr strapazieren.« Er wirft dem glatzköpfigen Schlagzeuger einen Blick zu, der nur die Lippen verzieht. »Nee, danke euch. Das war ein echt verrückter Sommer und ohne euch hier wären wir nie so weit gekommen.«

»Spielt jetzt endlich«, ruft jemand aus der Menge. Es klingt keinesfalls genervt, sondern amüsiert.

Tim verdreht die Augen. »Ihr habt Maddie gehört. Unser erster Song heißt ›End of the World‹.«

Die Band stimmt eine fröhliche Melodie an und bereits nach dem Refrain weiß Jez, dass ihm die Musik gefällt. Schlagzeug, Bass und Gitarre harmonieren gut miteinander und er wippt mit einem Bein mit. Der Text ist eingängig, der halbe Pub singt den Refrain mit, immerhin funktioniert ein Liebeslied immer. Ihr Stil ist eine Mischung aus Rock und Indie, mal etwas sanfter, mal etwas lauter. Hier und da werden noch Gespräche geführt, doch die meisten folgen gebannt dem Konzert. Henry und Ellie unterhalten sich leise, doch er kann ihre Worte nicht ausmachen.

Die Stimmung im Pub ist, wenn überhaupt möglich, noch ausgelassener, seitdem die Band spielt. Einige stehen von ihren Tischen auf, um in dem kleinen Raum vor der Bühne zu tanzen, vor allem, als das Lied ›Dance with Me‹ gespielt wird.

Viel zu schnell greift Jez auf seinem Teller ins Leere. Zwar hat er sich beim Essen mehr Zeit gelassen als Henry, aber Lust auf ein paar Pommes hätte er schon noch. Nur leider ist Maddie, seitdem sie Henry seine zweite Portion gebracht hat, nicht mehr an ihrem Tisch gewesen. Nur Rose hat noch einige Pommes übrig, die schon länger unangetastet liegen. Verstohlen mopst er sich eine. Aber als hätte sie nur darauf gewartet, schnellt ihr Blick zu ihm. Ihre Augen verengen sich zu Schlitzen.

»Und wer hat dir das erlaubt?«

»Du? Jetzt?« Er nimmt sich eine weitere.

»Wieso sollte ich?«

Er braucht sich kaum vorzubeugen, bis er ihr ins Ohr raunen kann: »Weil du das restliche Japchae aus dem Kühlschrank gefuttert hast.« Ihre Wangen laufen tiefrot an. »Immerhin haben wir das zusammen gekocht. Wenigstens die Hälfte wäre noch mir gewesen, findest du nicht auch?«

»Ich hatte Hunger.«

»Ich auch.« Demonstrativ beißt er in eine ihrer Pommes. Kurz hält sie seinem Blick stand, dann verdreht sie die Augen.

»Ja, meinetwegen.« Sie schiebt ihm den Teller zu. »Ich war eh noch halb satt vom Japchae.«

Er lacht leise, auch über ihre Aussprache. Ihm entgeht nicht, wie sie die Ärmel ihrer hellrosa Bluse herunterzieht, um ihre Gänsehaut zu verstecken. Ebenso wenig Henrys Blick, der sie gefährlich mustert. Auf dem Heimweg darf er sich dann wieder anhören, dass ein Techtelmechtel mit der Mitbewohnerin keine gute Idee sei. Erst heute Nachmittag in der Umkleide hat er ihn gefragt, was da mit Rose laufen würde. Aber da ist nichts. Zumindest nicht für sie. Und das ist auch gut so.

Nach dem letzten Lied bricht der Pub in tosenden Applaus aus. Die Rufe nach einer Zugabe werden laut und Tim lässt sich breitschlagen. »Okay, wir hören euch. Das hier ist ein ganz neuer Song. Ich weiß noch nicht mal, ob wir ihn auch so aufnehmen werden. Aber er heißt ›Living‹. Ihr seid die Ersten, die ihn hören, also seid barmherzig mit ihm, okay?« Ein Lachen geht durch den Pub. »Viel Spaß.«

Blaze schlägt die Hände vor dem Mund zusammen. Sie scheint zu wissen, welcher Song gemeint ist. Die Gitarre stimmt einige vorsichtige Akkorde an. Bei der ersten Liedzeile bekommt Jez schon eine Gänsehaut. »*For so long, I've been living in the dark, too scared of the world out there.*« Keiner unterhält sich mehr, der ganze Pub hängt an Tims Lippen und seiner rauen Stimme. »*Waiting, hiding, keeping secrets, like mugs in a cupboard. A pretty collection, hidden away for no one to see.*«

Suzies Gesicht taucht vor seinem inneren Auge auf, er kann es nicht verhindern. Ihre seidig glatten Haare, die vor Freude sprühenden Augen, die seinen so ähneln. »*Talking seemed so hard, like steering through a storm. No, can't say this, can't say that. Now everyone is looking at you but the words are like bricks in your throat.*« Ein Kloß bildet sich in seinem Hals. Der Song wird etwas schneller, obwohl die Bridge weiterhin schmerzvoll ist. »*I don't know how much longer I can do this until I break apart and all the unsaid words spill out of me.*«

Der Refrain bricht mit der melancholischen Stimmung des Liedes, das Schlagzeug setzt ein und es ähnelt mehr den fröhlichen Liedern von vorher. »*Cause I wanna live recklessly, foolishly, unconditionally*«, singt Tim, »*living my best life, my worst life, my life, living all day and all night long.*« Die Besucher des Pubs grölen.

Während der nächsten Strophe kann Jez nur noch sein geknüpftes Armband drehen. Immer wieder, bis das Band unangenehm kratzt. »*And all I've been doing feels wrong. I try to do all the things, act like I am not a prison of words and memories. But that mask feels heavier everyday. I don't know how much longer I can do this.*« Am liebsten würde er aufstehen und etwas frische Luft schnappen. Aber er sitzt ganz hinten auf der Bank und müsste Rose und Blaze hochscheuchen. Stattdessen versucht er seinen Gedankenstrudel aufzuhalten. Die Wiederholung des Refrains hört er nur noch halb.

Als spüre sie seine Anspannung, dreht Rose sich zu ihm. »Alles okay?«, fragt sie leise. Er nickt knapp. Ihr Blick huscht zu seinem Armband. Schnell lässt er es los und ringt sich ein Lächeln ab.

»Then you came, you, who had secrets of your own. You saw my mask and didn't care. Living was all that mattered to you.« Der Song ist von verzweifelt in hoffnungsvoll umgeschlagen, die Akkorde werden nun schneller gespielt. Rose wirft ihm einen letzten Blick zu. In ihren Augen spiegeln sich Besorgnis und Argwohn. Dann umarmt sie ihre Schwester und legt ihren Kopf auf deren Schulter. Ihm wird klar, dass die nächsten Zeilen für Blaze geschrieben sein müssen: *»The sun on your face, the ocean in your ears, the song of your heart. With you, I wanted to open my doors wide to let you in, to the museum of my heart. With you, I let it all slip out like an accident I wanted, an accident I needed.«*

Der Applaus ist noch lauter, als der Song schließlich endet. »Danke«, wiederholt Tim immer wieder, etwas atemlos. Er wirbt noch für ihre EP und ihre sozialen Netzwerke, dann gehen die Spotlights aus und die Band verlässt die Bühne. Blaze springt auf und umarmt ihren Freund stürmisch.

»Falls ihr euch fragt«, sagt Rose und wendet den Blick von ihrer Schwester ab, »ja, die beiden sind immer so eklig.« Jez blickt kurz zu den beiden, die sich leidenschaftlich küssen, als würde keiner ihnen dabei zusehen.

»Aber deine Schwester ist total nett«, sagt Ellie. Während seine Freunde über den Auftritt sprechen, versucht Jez seine wirbelnden Gedanken unter Kontrolle zu bekommen. Es ist nur ein Song. Nicht über ihn. Egal wie sehr er sich in den Liedzeilen wiedergefunden hat. Nach und nach zieht er Suzie unter seiner Haut hervor, doch wie immer ist seine Schwester tief mit ihm verwoben. Aber es soll noch ein guter Abend werden, fernab von düsteren Gedanken. Er gibt sich einen Ruck und gliedert sich ins Gespräch ein. Direkt zankt er sich mit Rose, die die Musik nur für mittelmäßig gehalten hat, und spätestens beim aufgebrachten Funkeln ihrer braunen Augen ist alle Beklommenheit von ihm gewichen.

Dass der Abend noch abstürzen würde, hätte er jedoch nicht gedacht. Nur wenige Stunden später friert er in der Herbstnacht und wünscht sich, die Zeit zum Pub zurückdrehen zu können. Dann hätte er Blazes Vorschlag, sie können doch alle noch in einen Club gehen, vehement abgelehnt. Dass Rose bei dem Gedanken unwohl wurde, hat er sofort gemerkt. Aber als sie ihrer Schwester zulächelte und »Gerne« sagte, vertraute er darauf, dass ihre große Schwester alles unter Kontrolle hätte. Und einen Club überhaupt nicht erst vorgeschlagen hätte, wenn es Rose schlecht damit ginge.

Auf der gegenüberliegenden Straßenseite streiten die beiden sich. Blaze legt einen Arm um ihre kleine Schwester, doch Rose schlägt ihn weg und faucht etwas. Am liebsten würde Jez zu ihr hingehen, doch es wäre nicht angebracht. Rose stolpert leicht, fängt sich jedoch wieder. Tim neben ihm seufzt. Der Musiker ist ihm im Laufe des Abends sympathisch geworden. Er ist locker drauf, hat bescheuert mit ihnen mitgetanzt und es ist ihm anzusehen, wie viel Blaze ihm bedeutet. Den Rest ihrer Gruppe haben sie im Laufe der Nacht verloren. Mike und Ren, die anderen zwei Bandmitglieder, wie er herausgefunden hat, sind schon nach einer Stunde im Club wieder nach Hause. Ellie ist abgezischt, als Henry versucht hat sie zu küssen und sie ihm dafür ihren Drink ins Gesicht geschüttet hat. Und auch Henry, der danach miesepetriger drauf war als Scrooge an Weihnachten, zog kurze Zeit später ab, Maddie ebenso. Selbst mit Ellie oder Henry mitzugehen, wäre noch eine Option gewesen.

Rose hat aber darauf bestanden, zu bleiben. Als würde sie sich irgendetwas beweisen wollen.

Dabei hat er genau gesehen, wie sie jedes Mal panisch zusammengezuckt ist, wenn sie angerempelt wurde. Was in einem Club samstagnachts mehr als häufig vorkam. Bis sie auf die grandiose Idee gekommen ist, einfach mehr zu trinken. Ab da war dann nicht nur er besorgt, auch Tim verfolgte die Mädchen jedes Mal mit unruhigem Blick, wenn sie an die Bar verschwanden.

»Das ist aber ganz schön eskaliert heute Abend«, meint Tim trocken und beobachtet die beiden Schwestern, die einige Meter entfernt heftig diskutieren. Blaze versucht gerade, Rose davon zu überzeugen, die Nacht bei Tim zu schlafen, da seine Wohnung nur wenige Straßen entfernt liegt.

»Jup.« Jez vergräbt die Hände in der Vordertasche seines Hoodies. Er bereut es, keine Jacke eingepackt zu haben. Tagsüber ist es zwar noch warm durch die Sonne, aber nachts kühlt es deutlich ab. »Tut mir echt leid.«

Überrascht dreht Tim sich zu ihm. Er scheint unter seiner Kordjacke kaum zu frieren. »Was tut dir leid?«

»Dass das so eskaliert ist.« Er verfolgt Rose mit seinem Blick, die gerade trotzig die Arme vor der Brust verschränkt.

»Das ist doch nicht deine Schuld. Immerhin hast du nichts getrunken, oder?«

Jez schüttelt den Kopf. Bis auf das eine Bier im Pub hat er nichts mehr Alkoholisches bestellt, auch nicht im Club. Im Gegensatz zu Henry, der schon halb betrunken im Club ankam, und die Mädchen, die ständig für irgendwelche Tequilashots an die Bar gegangen sind. Er wundert sich, dass Ellie überhaupt noch im Stande war, Henrys Avancen abzublocken und sich empört ein Taxi zu nehmen. Und so treffsicher noch sein Gesicht mit ihrem Gin Tonic zu erwischen.

»Und Rosie trifft sowieso immer ihre eigenen Entscheidungen«, seufzt Tim und fährt sich über das Gesicht. Besorgt mustert er die Schwestern.

Rose dreht sich um und ruft über die Straße: »Jez, bringst du mich noch sicher mit dem Bus heim?«

Die Antwort seinerseits kommt, bevor er darüber nachdenken kann: »Natürlich.«

Rose wendet sich wieder ihrer Schwester zu, mit einer Handbewegung, die so viel wie ›Na siehst du?‹ bedeuten soll.

Auf dem Handy sucht er nach den nächsten Busverbindungen nach Hause. Geräuschvoll atmet Tim aus. »Hör zu, vermutlich wird mich Blaze dafür später einen Kopf kürzer machen.« Jez blickt hoch in Tims dunkle Augen. Er sieht unglaublich ernst aus und fast schon etwas verlegen. »Aber bitte pass auf sie auf, okay?«

Er hat mit vielem gerechnet, aber nicht damit. Auf Rose aufpassen? Das wäre wie einen Vogel an die Leine nehmen zu wollen. »Okay«, hört er sich sagen.

»Und damit meine ich nicht nur heute Abend.« Fragend zieht Jez eine Augenbraue in die Höhe. »Ich habe gesehen, wie du sie ansiehst«, erklärt Tim schließlich.

Fuck. Fuck, fuck, fuck. Die Schnürsenkel seiner Sneaker sind plötzlich unglaublich spannend. Wie ist Tim das aufgefallen? Jez versucht doch schon so gut wie möglich, seine Gefühle zu verstecken. Sie ist seine Mitbewohnerin, verdammt noch mal. Das kann nur schief gehen. Er muss sich besser in den Griff bekommen.

Tim lacht leise. »Keine Sorge, ich glaube nicht, dass sie es bemerkt.«

»Sie kann mich sowieso nicht wirklich ausstehen.«

»Doch, sie vertraut dir.«

Schon wieder reißt Jez überrascht den Kopf hoch. »Was?«

»Sie hält in der Menge nach dir Ausschau. Schaut zu dir, ob du auch über einen Witz lachst. Lässt sich von dir vor anderen beim Tanzen abschirmen.« Er schmunzelt, wird aber sofort wieder ernst. »Sie hat schon einige Scheiße durchgemacht. Sei bitte vorsichtig und versuche, sie nicht zu sehr zu verletzen.«

Dieser Abend war sowieso schon surreal. Roses Schwester und ihre verrückt lauten Freunde kennenzulernen, der letzte Song, der ihm so unter die Haut gegangen ist, Henry und Ellies Kussdrama, Rose, die sich die Kante gibt. Nichts davon kommt an dieses absurde Gespräch mit Tim heran. Er sieht viel zu viel und hinter seinen Worten steckt mehr, als Jez sich nur wagen würde vorzustellen.

»Zu sehr zu verletzen?« Er räuspert sich, um den Kloß in seinem Hals loszuwerden.

»Man verletzt sich immer.« Tim sieht zu seiner Freundin hinüber und ein trauriger Schatten huscht über sein Gesicht. Spricht er von seiner eigenen Beziehung? Mit Blaze sah er den Abend überglücklich aus, wie jedes frisch verliebte Pärchen. »Pass auf sie auf, dass es nicht zu viel wird.«

»Ist das jetzt der Part, wo du mir als großer Bruder drohst?«

Tim lacht laut auf und seine eigenen Nerven beruhigen sich. »Wenn ich der große Bruder wäre, ja. Aber um mich brauchst du dir nicht so viel Gedanken machen wie um Blaze. Sie kratzt dir die Augen aus, falls du ihrer kleinen Schwester wehtun solltest.«

»Merke ich mir.«

Rose erhebt ihre Stimme, sodass sie durch die halbe Straße hallt: »Und hör du auf, dich wie Mum aufzuführen!« So schnell es ihr etwas wackeliger Gang zulässt, kommt sie auf die beiden Männer zu.

»Und ich habe nicht vor, ihr wehzutun«, sagt Jez, bevor Rose in Hörweite kommt. Er hält Tims Blick noch für einen Moment, um deutlich zu machen, wie ernst er seine Worte meint. Dann wendet er sich Rose zu. Sie stolpert über den Bordstein und er hält ihr den Arm hin, damit sie sich festhalten kann. Sie findet ihr Gleichgewicht jedoch selbst wieder.

»Komm Jez, wir gehen heim.« Bestimmt läuft sie einige Schritte und wartet gar nicht darauf, ob er nachkommt.

Jez hebt die Hand zum Abschied. Blaze steht verloren immer noch auf der anderen Straßenseite und sieht ihnen nach.

»Bitte schreibt, wenn ihr gut zu Hause angekommen seid«, sagt Tim noch leise, dann geht er zu seiner Freundin, die aussieht wie ein Häufchen Elend.

Jez muss sogar schon joggen, um Rose einzuholen. Ihr offener Trenchcoat flattert in der nächtlichen Brise und er friert allein bei ihrem Anblick schon. Doch sie scheint es nicht zu stören. Ihre Wangen sind gerötet, ob vor Kälte oder Wut kann er nicht sagen.

»Ich meine, was erlaubt sie sich eigentlich«, braust sie auf, als er sie erreicht. »Bei Tim auf dem Sofa schlafen, dass ich nicht lache.« Sie schnaubt.

»Ist vermutlich bequemer als die Matratze im Wohnheim«, murmelt er. So langsam gewöhnt er sich an die Rückschmerzen des durchgelegenen, viel zu weichen Bettes.

»Als ob ich denen jetzt noch beim Sex zuhöre.« Sie verzieht angewidert das Gesicht. »Das musste ich zu Hause schon viel zu viel. Weißt du, wie oft die es miteinander treiben?«

Abwehrend hält er die Hände hoch. »Das will ich gar

nicht wissen.«

»Ja, ich auch nicht. Mir bleibt nur keine Wahl, wenn mein Zimmer direkt gegenüber liegt.«

Er kann nicht anders, er muss ein Lachen unterdrücken. Bei seinem kaschierten Husten wirft sie ihm einen scharfen Seitenblick zu.

»Das ist nicht lustig, Jez.«

»Natürlich nicht.« Kurz laufen sie schweigend die Straße hinunter. »Weißt du eigentlich, dass wir in die falsche Richtung laufen?«, fragt er.

»Wir sind richtig.«

»Für die High Street Station müssten wir hier links.«

»Den um dreizehn nach haben wir doch schon verpasst. Um zwanzig nach kommt einer an der Curtain Road.«

Überrascht zieht er sein Handy hervor. Es ist bereits viertel nach vier. Den Nachtbus bei der U-Bahn-Station haben sie damit wirklich verpasst. Wann hat sie in ihrer Diskussion mit ihrer Schwester Busverbindungen nach Hause rausgesucht? Als er wieder hochblickt, schmunzelt sie.

»Klugscheißen bringt halt nur selten was.«

»Das war doch kein Klugscheißen.«

»Doch, natürlich.«

Sie erreichen die Hauptstraße, die selbst um diese Uhrzeit noch befahren ist. Der ständige Trubel ist auch nach zwei Wochen in London noch ungewohnt für ihn. Seine Heimat Cardiff ist zwar die walisische Hauptstadt, aber mit unter 400.000 Einwohnern kann sie der Metropole nicht das Wasser reichen. In London hört man immer irgendwo eine Sirene oder das Rauschen von Motoren. Anfangs konnte er nachts kaum schlafen. Rose hingegen sieht aus wie ein Fisch im Wasser. Aufmerksam sucht sie nach einer Lücke im Verkehr, dass sie ungehindert die Straße überqueren können.

Ein Auto wird im Vorbeifahren langsamer und hupt. Aus

dem geöffneten Fenster kommt ein Pfiff. Kommentarlos hält Rose dem Fahrer ihren Mittelfinger hoch. Dafür erntet sie nur Lachen und ein Grölen. Angewidert verzieht er das Gesicht. Manchmal schämt er sich einfach nur für sein Geschlecht.

»Männer sind widerlich«, sagt Rose und sieht dem Auto noch kurz hinterher. Ihre Stimme klingt leichtfertig, aber er sieht das beunruhigte Flackern in ihren Augen.

»Ja«, stimmt er ihr zu.

An der Bushaltestelle bleiben sie stehen. »Ich meine, was denken die denn, was da passiert? Dass Frauen das geil finden und ins Auto steigen, um zu vögeln?« Sie verschränkt die Arme vor der Brust.

»Keine Ahnung. Wahrscheinlich. Ich habe noch nie einer Frau hinterhergepfiffen.« Sie zieht eine Augenbraue nach oben, als ob das alles aussagen würde. »Ehrlich nicht.«

Sie schnaubt verächtlich. Ein großer Doppeldeckerbus kommt zu einem Stopp vor ihnen.

»Ich habe Frauen bisher auch ohne ins Bett gekriegt«, rutscht es ihm heraus.

Mitten in der Bewegung hält sie inne. Ihre Oystercard auf halbem Weg aus ihrer Tasche sieht sie ihn wie versteinert an. Die Tür des Busses geht auf, doch erst als er seine Karte gescannt und sich erwartungsvoll zu ihr umgedreht hat, scheint wieder Leben in sie zu kommen. Sie schüttelt den Kopf und folgt ihm in den Bus.

»Der Spruch hätte auch von Henry kommen können.« Sie schiebt sich auf den Sitzplatz neben ihm.

»Ist das eine Beleidigung?«

»Ja.« Für ein paar Minuten sehen sie still aus dem Fenster und lauschen dem leisen Ping, wenn jemand auf den Halteknopf drückt. »Hast du eigentlich mitbekommen, was genau mit Henry und Ellie war?«

»Nee.« Gedankenverloren kratzt er sich am Kinn. Bartstoppeln piken seine Fingerkuppen. Manchmal könnte er die europäischen Gene verfluchen. Sein Großvater mütterlicherseits zum Beispiel musste sich viel weniger rasieren als er, der jeden Morgen den Spaß hat.

»Wahrscheinlich hat er ihr irgendeinen Spruch reingedrückt. Ich weiß sowieso nicht, was sie an ihm findet.«

»An Henry ist mehr dran, als es auf den ersten Blick scheint.«

»Ach ja? Ist er vielleicht tief im Herzen nur ein halber Sexist?«

Er seufzt. Diese Diskussion hat er schon viel zu oft mit ihr gehabt. »Nein. Tief im Herzen ist er eigentlich ein anständiger Kerl.«

Sie gibt einen Laut von sich, das wie eine Mischung aus Schnauben und Kichern klingt. »Ah ja.«

»Ich kenne Henry seit der ersten Klasse. Er hatte es auch nicht immer leicht. Und seine Art und Weise, damit umzugehen, ist ein arroganter sexistischer Arsch zu sein.« Sie setzt zu einer Erwiderung an, doch er fährt bereits fort: »Nicht die beste Art, damit umzugehen. Ich weiß. Aber manchmal benimmt man sich halt wie ein Arsch, wenn man nicht weiß, was man sonst machen soll.«

»Also nimmst du ihn in Schutz?« Ihre Stimme ist plötzlich leise, nicht mehr schnippisch wie sonst, wenn sie über Henry reden. Als würden sie über etwas ganz anderes sprechen, etwas Ernstes und Schweres, das sich zwischen ihnen im Bus ausbreitet wie ein dunkler Schatten. »Und rechtfertigst seine Handlungen?«

»Nein. Für so was gibt es keine Rechtfertigung.« Er klingt bitter, viel zu bitter, dafür, dass er eigentlich nur über Henry reden will. Und nicht über sich. Denn bevor er den Schulabschluss nicht geschafft hat, war er nicht viel anders. »Ich sage ihm oft genug, dass sein Verhalten scheiße ist. Ich warte einfach noch auf den Moment, wo es bei ihm dann auch Klick macht.«

Unruhig fährt sie sich mit der Hand über ihr Schlüsselbein. »Denkst du, so einen Moment gibt es? Wo die Person merkt, wie viel Scheiße sie gebaut hat?«

»Ich hoffe es.«

Sie nickt langsam und sieht angestrengt aus dem gegenüberliegenden Fenster. Ihr Gesicht so vor ihm verborgen, fragt er sich, ob er sich ihre nass schimmernden Augen vielleicht nur eingebildet hat. Als sie ihre schmalen Finger zum Gesicht hebt und er über das Rauschen des Busmotors ein kleines Schniefen hört, macht sein Herz einen unruhigen Satz.

Seit der Willkommensfeier am ersten Tag hat er sie nicht mehr so verwundbar gesehen. Selbst da ist er erst gekommen, als sie mit dem Weinen aufgehört hat. Wann ist ihr Geplänkel eigentlich in ein ernstes Thema umgeschlagen? Verzweifelt sucht er nach irgendetwas Unverfänglichem, das er sagen kann, um sie auf andere Gedanken zu bringen. Denn auch wenn Tim behauptet, sie würde ihm vertrauen, bezweifelt Jez stark, dass sie sich ihm öffnen würde, sollte er versuchen, sie zu trösten. Dafür kennt er sie schon gut genug.

»Aber Henrys Gesichtsausdruck, nachdem er in Gin Tonic gebadet wurde, war das mit Abstand Lustigste heute Abend«, sagt er in heiterem Ton.

Sie lacht, etwas zittrig noch, aber immerhin. »Das stimmt. Eigentlich hätten wir davon ein Foto machen müssen.«

»Was, um ihn zu erpressen?«

»Zum Beispiel.«

»Was für verwegene Gedanken du doch hast.«

»Du hast ja keine Ahnung.« Ihre Stimme ist fest und auch

ihre Augen funkeln nicht mehr ganz so verräterisch.

»Erinnere mich daran, dir niemals in die Quere zu kommen.«

»Besser ist es.« Sie drückt den Knopf, damit der Bus an der nächsten Haltestelle hält. »Aber du hast dich gut gemacht, Zimmerdieb.«

Er verdreht theatralisch die Augen. »Das wirst du mir auch immer vorhalten, oder?«

Sie grinst. »Immer.«

Mit einem kleinen Hüpfer verlässt sie den Bus. Zwar hat sie kurz nüchtern gewirkt, aber jetzt ist sie wieder eindeutig betrunken. Sie kichert wie ein kleines Mädchen, bevor sie konzentriert auf ihrem Handy nach dem Weg zu der anderen Bushaltestelle sucht. Den Schatten des Gesprächs lassen sie im davonfahrenden Bus zurück, nur noch eine schemenhafte Erinnerung an die kurze bedrückte Stimmung.

Schweigend warten sie auf den Bus, der sie nach Hause bringen würde. Rose scrollt sich durch Instagram, während er mit dem Schuh einige Kieselsteine kickt. Langsam holt ihn die Müdigkeit ein. Das letzte Mal, als er so lange wach war, war vor seinen Abschlussprüfungen im Sommer. Bis spät nachts hat er noch gelernt, um auch wirklich alles am nächsten Tag zu wissen. Noch einmal durchzufallen, wäre keine Option gewesen. Nicht nur, weil sein Vater vermutlich den Anfall seines Lebens gehabt hätte; ihm fährt bei der Erinnerung an sein wütendes Brüllen damals immer noch ein Schauer über den Rücken. Sondern wegen des enttäuschten Gesichts seiner Mutter. Er fährt sich mit der Hand übers Gesicht, um die düsteren Gedanken zu vertreiben.

Immerhin scheint Rose wieder gute Laune zu haben. Sie kichert immer wieder leise und zeigt ihm ein Meme auf ihrem Handy, bevor sie weiterscrollt. Wenigstens fahren sie mit dem zweiten Bus nur noch wenige Stationen. Er sehnt sich nach seinem Bett und einer gute Runde Schlaf. Im Bus beobachtet er aus dem Fenster den Hyde Park, der an ihnen vorbeizieht und zählt die Stopps bis zu ihrem herunter. Er greift an Rose vorbei nach dem Halteknopf. Wie versteinert sitzt sie da und starrt auf ihr Handy.

»Wir müssen hier raus«, erklärt er.

Keine Reaktion von ihr. Er wirft einen kurzen Blick auf ihr Display, bevor er sich davon abhalten kann. Er will nicht übergriffig wirken, was auch immer sie auf dem Handy anguckt, ist ihre Sache. Ihr Finger schwebt über einem Foto von zwei Mädchen, die sich bei einem Typen eingehakt haben. Sie schienen feiern gewesen zu sein, zumindest würden die tief ausgeschnitten Tops, perfekt geschminkten Gesichter und Drinks in ihren Händen darauf hinweisen. Er ist sich nicht sicher, ob eines der Mädchen sie aus dem Konzept gebracht hat oder der gutaussehende Typ. Mit seinen hellblauen Augen, dem markanten Gesicht und den dunklen Haaren sieht er wirklich gut aus und die Mädels stehen ihm in Attraktivität nichts nach. Wer den Post verfasst hat oder was als Bildunterschrift geschrieben steht, erhascht er mit seinem schnellen Blick nicht.

»Rosalie«, versucht er es noch einmal. Der Bus bleibt stehen und die Tür öffnet sich, doch Rose bewegt sich immer noch nicht.

Leicht berührt er sie an der Schulter, damit sie aufsteht. An ihr vorbei kommt er von dem Zweiersitz nicht runter. Er weiß, dass es ein Fehler ist, bevor er überhaupt nur den Finger heben kann. Heftig zuckt sie zusammen und lässt ihr Handy fallen.

»Tut mir leid. Das ist unser Stopp.« Ohne ein Wort zu sagen, hebt sie ihr Handy auf und flüchtet aus dem Bus. Hinter ihnen schließen sich die Türen und der Bus fährt schnell ab, als wolle er die eben verlorene Zeit wieder wettmachen.

»Ich wollte dich nicht erschrecken«, sagt er leise.

»Hast du nicht.« Sie steckt ihr Handy ein und biegt mit schnellen Schritten in ihre Straße ein. Ihre Zähne sind fest aufeinandergepresst, so stark wie ihr Kiefer hervorsteht.

Beunruhigt mustert er sie von der Seite, hält aber die Klappe. Sie will offensichtlich nicht darüber reden und er würde sie auch nicht drängen. Wortlos legen sie den kurzen Fußweg zum Wohnheim zurück und schließen die Haustür auf. Dabei wächst ihre Wut wie ein Tornado um sie herum und Jez wartet nur auf den Moment, in dem er aus ihr herausbricht. Erst im Treppenhaus bringt sie eine Frage heraus: »Findest du, ich habe zu viel getrunken?«

»Denkst du das denn?«

»Du kannst nicht eine Frage mit einer Gegenfrage beantworten.«

»Klar kann ich.« Sie lassen den ersten Stock hinter sich.

»Dann finde ich nicht, dass ich zu viel getrunken hab«, beschließt sie.

»Okay.«

»Ich kann meine eigenen Entscheidungen treffen, weißt du?« Ihre Stimme wird lauter.

»Ich weiß.«

»Und auf mich selbst aufpassen.«

»Natürlich.« Er wünscht sich, sie würden im zweiten Stock wohnen. Nach dem vielen Tanzen tun seine Füße weh, vor allem gepaart mit dem Fußballspiel heute Nachmittag.

»Ich brauche niemanden, der mich beschützt«, beharrt sie, obwohl er ihr nicht einmal widersprochen hat.

»Brauchst du nicht«, wiederholt er.

»Mir wird so was nicht noch mal …«, setzt sie an, doch er wird nicht erfahren, was sie nicht noch mal wird. Auf dem letzten Treppenabsatz bleibt sie an einer Stufe hängen und fällt hin.

Er flucht leise und beugt sich zu ihr herunter. »Rosalie, alles -?«

»Fass mich nicht an!« Ihre Stimme ist hysterisch. Unterbewusst hat er eine Hand auf ihre Schulter gelegt, um ihr hochzuhelfen. Schnell zieht er sie zurück.

»Fass mich nicht an«, wiederholt sie, aber statt zu schreien, schluchzt sie es. Ihr Körper bebt unkontrolliert. »Bitte fass mich nicht an.«

Er hebt abwehrend die Hände hoch, kniet sich neben sie und mustert sie besorgt. So sprunghaft hat er sie noch nie erlebt. Vor einer Minute klang sie noch wütend, jetzt wird sie von Schluchzern geschüttelt und kann sich allein nicht mehr aufrappeln. »Ich will dir nur helfen, Rosalie.«

Fest umschlingt sie mit den Armen ihren eigenen Körper. Abgehackt schnappt sie nach Luft, als würde sie kaum noch welche bekommen. Er erkennt die Panikattacke, hatte er doch selbst genug vor Jahren. Der Moment, wenn man das Gefühl hat, keine Luft mehr zu bekommen, als würde man im Trockenen ertrinken, würde ihm für immer im Gedächtnis bleiben.

»Ich muss kotzen«, bringt sie zwischen zwei Atemzügen hervor.

»Shit.« Er springt auf und kramt nach seinem Schlüssel. Hinter ihm zieht sie sich am Treppengeländer nach oben und hält sich eine Hand vor den Mund. Ihr Gesicht hat eine kränklich blasse Farbe unter den Neonröhren des Flures angenommen. Schnell schließt er die Wohnungstür auf, dann seine Zimmertür. Nach ihrem Schlüssel zu fragen, würde zu lange dauern. An ihm vorbei stürmt sie in sein Bad. Bevor er auch nur das Licht anschalten kann, hört er bereits ihr Würgen.

Sein Magen zieht sich schmerzhaft zusammen. So hilflos

wie jetzt hat er sich schon lange nicht mehr gefühlt. Mit gekrümmtem Rücken hängt sie über der Toilette und spuckt den gesamten Tequila wieder hervor. Langsam lässt er etwas kaltes Wasser in seinen Zahnputzbecher laufen. Kann er sich neben sie knien oder wäre ihr das zu eng? Sollte er sie einfach allein lassen? Nein, das könnte er nicht. Aber ist ihr seine Nähe vielleicht schon zu viel?

»Darf ich dir die Haare halten?«, fragt er leise. Sie hat aufgehört zu würgen und würde sich ihr Rücken nicht auf und ab bewegen, würde er sich bei ihrem sonst reglosen Körper Sorgen machen. Langsam nickt sie. Ein Schluchzer bricht aus ihr heraus.

Vorsichtig lässt er sich neben ihr auf dem kalten Fliesenboden nieder und rafft ihre offenen Strähnen zusammen. Es braucht etwas, da er versucht, sie sonst nirgendwo zu berühren. Kaum sitzt er neben ihr, krümmt sich ihr Rücken und sie übergibt sich weiter. Ihr Körper bebt, teils vom Weinen, teils vom Brechen. Nach einigen Minuten scheint nichts mehr aus ihr herauszukommen. Der Gestank des Erbrochenen kitzelt seine Nase und ihm wird selbst etwas schlecht.

»Achtung, ich werde spülen, ja?« Er wartet auf ihr Nicken, dann beugt er sich vor und betätigt die Spülung.

Matt lässt sie sich gegen die Wand sinken. Ihre Augen sind geschlossen und von einem dunklen Rand verschmierter Mascara umgeben. Sie scheint nicht einmal die Energie zu haben, sich die nassen Wangen abzuwischen. Wortlos hält er ihr den Becher mit Wasser hin und sie trinkt einige kleine Schlucke.

»Tut mir so leid«, flüstert sie schließlich. Es ist über die Lüftung im Bad kaum zu hören.

»Dir muss nichts leidtun. Du weißt nicht, wie oft ich schon von Alkohol gekotzt hab.«

Sie lacht nicht. Stattdessen verzieht sich ihr Gesicht. »Ich bin so kaputt einfach.« Eng zieht sie die Beine an sich und vergräbt ihren Kopf zwischen den Knien. Er setzt sich neben sie, mit einigen Zentimeter Abstand, um ihr Raum zu lassen.

»Nein, das bist du nicht. Nur vielleicht ein bisschen angeknackst.«

Sie hebt den Kopf und sieht ihn von der Seite an. Ihre braunen Augen sind ein Ozean aus Schmerz und Wut und Verletztheit. »Denkst du?«

»Das weiß ich.«

Eine Träne rollt über ihre Wange. »Du kennst mich doch gar nicht richtig.«

»Ich weiß, dass du deine Familie liebst, auch wenn sie es dir manchmal schwer machen. Ich weiß, dass du für deine Meinung einstehst, egal wie abwegig sie sein mag. Ich weiß, dass du für deine Freunde durchs Feuer gehen würdest. Ich weiß, dass du gerne malst, am liebsten allein, wenn dich keiner dabei sieht. Ich weiß, dass du gerne Anime magst, aber keine Pilze. Ich weiß, dass du Fußball langweilig findest und allgemein Teamsport, aber leidenschaftlich gerne tanzt. Ich weiß, dass du dein Schlüsselbein kratzt, wenn du nervös bist. Ich weiß, dass du heimlich in deinem Zimmer Schokolade isst, weil du Angst hast, dass sie dir sonst aus deinem Fach geklaut wird.« Ihre Augen werden immer größer. »Soll ich fortfahren?«

Sie schüttelt den Kopf.

»Wir sind nicht aus Porzellan, Rosalie. Wir können nicht so zerbrechen, dass wir nicht mehr zusammengesetzt werden können«, kommt er auf ihr ursprüngliches Thema zurück.

»Aus was sind wir dann?«

»Du? Du bist ein Plastikbecher mit der Aufschrift ›The

future is female‹.«

Sie kräuselt die Nase. »Ich will kein Plastikbecher sein. Das wirkt billig.«

»Was dann?«, fragt er lachend.

Sie überlegt eine Weile. »Toffee.« Kurz wartet er, ob sie das ernst meint. Als sie weiter auf eine Antwort von ihm zu warten scheint, versucht er sein Lachen unter einem Husten zu verbergen. »Ich mag Toffee«, fährt sie fort, »und es ist formbar. Kann nicht kaputtgehen.«

»Dann Toffee.«

»So mit Schokolade drum.«

»Wenn dir das schmeckt.«

»Dir nicht?« Ihre Tränen sind mittlerweile getrocknet, auch wenn sie mit den schwarz verschmierten Augen wie ein Waschbär aussieht.

»Ich mag keine Schokolade«, gibt er zu.

»Du Monster.« Ihre Mundwinkel zucken. Sein Herz macht einen Satz. Das Schlimmste scheint überstanden zu sein. Er erhebt sich und reicht ihr eine Hand, falls sie Hilfe beim Aufstehen braucht. Für einen kurzen Moment zögert sie, dann legt sie wirklich ihre Hand in seine und er zieht sie hoch. Ihre Finger sind eiskalt. Am liebsten hätte er sie noch länger gehalten, doch sie streicht ihre Bluse glatt und verlässt sein Badezimmer.

»Danke«, sagt sie.

»Dafür doch nicht.« Er hält ihr die Tür auf und wartet, bis sie ihr eigenes Zimmer aufgeschlossen hat. »Schreibe vielleicht noch deiner Schwester, dass wir gut zu Hause angekommen sind.«

Sie nickt stumm. »Gute Nacht, Jez.«

»Gute Nacht, Toffee.« Ihr schwaches Lächeln sieht er selbst im dämmrigen Licht des Flures.

»Selbst ein guter Nachtschlaf ist keine stetige, ununterbrochene Reise. (…) Während einer normalen Nacht durchlaufen wir zunächst die vier Stadien des Non-REM-Schlafes, treten dann in eine REM-Phase ein und kehren anschließend wieder zu den vier Non-REM-Stadien zurück. Dieser Zyklus wiederholt sich etwa alle 90 min. (…) In dieser [REM-]Phase sieht das EEG eher wie das eines wachen Menschen aus. Bis auf die Augen- und die Atemmuskeln ist die Muskulatur in diesem Stadium gelähmt. Während des REM-Schlafes treten auch die lebhaften, teilweise ausführlichen Illusionen auf, die als Träume bezeichnet werden. (…) Forschungen zeigen, dass ein ›normales‹ Schlafbedürfnis von Mensch zu Mensch sehr unterschiedlich sein kann und zwischen fünf und zehn Stunden schwankt. (…) Schlafmangel kann das kognitive, emotionale und physische Wohlbefinden reduzieren.«

Bear, Mark F. et al. *Neurowissenschaften*. Deutsche Ausgabe herausgegeben von Andreas K. Engel. Springer Spektrum, 2009, 4. Auflage 2018, S. 709-714.

8. KAPITEL

Rose

Die Zunge in den Mundwinkel geklemmt, tupft sie vorsichtig et-was Wasserfarbe auf das Papier vor ihr. Sie bringt gerade eine Zeichnung von den bunten Häusern in Notting Hill zum Leben. Die Dimensionen stimmen nicht ganz und es hat nicht so viel De-tail wie ihre Bilder jetzt haben. Mums leises Singen dringt aus der geöffneten Küchentür hervor. Sie bereitet gerade einen Salat zu, das Beste, was man bei den warmen Augusttemperaturen essen kann. Fast schon bildet Rose sich ein, ihren Magen wieder knur-ren zu hören. Der Holztisch ist ungewohnt unter ihren Fingern, sie haben damals alle Möbel mit dem Haus zusammen verkauft. Nur die Bilder an den Wänden erkennt sie wieder. Am liebsten würde sie aufspringen und aus dem Haus rennen, sich dazu zwin-gen, aufzuwachen. Denn sie weiß, was jetzt kommt.

Jemand poltert die Treppe hinunter. Zu spät. Rose lehnt sich mit dem Stuhl nach hinten, um einen Blick in den Flur zu erha-schen. Blaze zieht schnell ihre Hausschuhe an, bevor sie aus der Tür hechtet. Die Sirenen sind laut, so ohrenbetäubend laut, wie sie gar nicht gewesen sein können.

»Nudel, was ist los?«, fragt Mum aus der Küche und späht in den Flur. Durch die offene Haustür dringt das Blaulicht. Mum lässt die Flasche mit der Salatsoße, die sie eben noch geschüttelt

hat, fallen und rennt ihrer Tochter nach.

Eine Kälte breitet sich in Rose aus, immer schneller, bis jede ihrer Adern zugefroren scheint. Wie mechanisch schiebt sie sich vom Esstisch hoch und geht zur Tür. Sieht hinaus auf die lange Straße, an deren weitem Ende sie den Ursprung des Blaulichts sieht: Krankenwagen, Polizei, ein Autounfall. Sie hört Blazes Schrei. Heiße Tränen laufen Rose über die Wangen, aber sie können das Eis ihrer Haut nicht auftauen. Alles schmerzt. Sie kennt den Namen, den ihre Schwester gerufen hat. Versteht, was passiert ist. Tim hatte einen Autounfall. Und keiner ist da. Mum nicht. Ihre Schwester nicht. Sie steht allein im Flur, die Glasscherben der Soßenflasche auf dem Boden, und fühlt sich so einsam wie noch nie. Wie lange dieses Gefühl anhalten würde, weiß sie damals noch nicht. Dass es verkümmern würde zu einem dumpfen Pochen, immer da, bis …

»Hey, Baby.« *Sie erstarrt. Diese Stimme … Zwei Hände legen sich von hinten um sie, drücken sie an eine muskulöse Brust.* »Hast du mich vermisst?«

»Natürlich, Babe«, *antwortet sie automatisch. Ihre Stimme zittert so stark, hört er es nicht? Er wirbelt sie herum, dass sie ihn ansehen kann, lockert aber seinen Griff um sie nicht.*

Zwei eisblaue Augen bohren sich in ihre. Dieses Gesicht würde sie niemals vergessen können. Kantiger Kiefer, dunkle Haare, die an den Seiten kürzer sind als oben, dieses halbe Grinsen, bei dem seine perfekten Zähne zum Vorschein kommen. »Wieso hast du nicht auf meine Nachrichten geantwortet?«

Er gehört nicht hierher, sagt ihr Unterbewusstsein. Du hast ihn damals noch gar nicht gekannt. Er kam erst später, in Cornwall. In London bist du doch sicher. Aber es spielt keine Rolle. Panisch rasen ihre Gedanken, suchend, wann er ihr das letzte Mal geschrieben hat, wo ihr Handy liegt, wieso sie seine SMS nicht gesehen hat, was sie als Letztes geschrieben hat, hat sie ihn damit verärgert, vielleicht war es der falsche Emoji, oder seine Eltern machen wieder Stress, aber bloß nicht danach fragen, dann wird er nur noch wütender.

»Tut mir leid, Babe. Ich habe beim Malen völlig die Zeit vergessen.«

Er verdreht die Augen. »Wie oft habe ich dir schon gesagt, dass du damit sowieso nur deine Zeit verschwendest? Deine Finger könnten so viel besseres anstellen.« Er lächelt und drückt sie aus der Haustür heraus. Die Sirene verstummt, weicht dem Bass der Boxen an der Wand. Sie sind in dem Wohnzimmer seines Elternhauses, vollgepackt mit Leuten, die sie nicht kennt, Schülern aus anderen Dörfern, einigen Klassenkameraden. Aber sie ist allein mit ihm in der Menge.

»Komm schon, Baby. Ich habe so lange gewartet«, raunt er ihr ins Ohr. Ihre Nackenhaare stellen sich auf. Nein, nein, nein. Sie kann nicht hier sein, nicht schon wieder. Sie muss aufwachen.

»Babe, ich will, dass es was Besonderes ist«, lacht sie, um ihre Angst und Panik zu überspielen. Wie oft würde sie ihn noch hinhalten können? Seine Augen blitzen gefährlich. Nicht lange. Sie zieht einen Schmollmund. »Komm schon. Einfach so jetzt auf der Party?«

»Es ist mein Geburtstag«, knurrt er.

»Ich habe dir doch schon was geschenkt.« Die Worte sind ein Fehler, das weiß sie sofort. Sein Blick verdunkelt sich und er zieht sie zu sich heran.

»Und wenn mir das nicht reicht?«

Wieso ist sie eigentlich mit ihm zusammen? Der Gedanke schießt ihr wie so oft schon durch den Kopf. Weil du ohne ihn nichts bist. Ohne ihn mag dich an der Schule keiner, so wie vorher. Dann bist du allein allein allein, immer. Sie will nicht allein sein. Nicht auch noch an der Schule. Sie kann das mit ihm. Er ist nur etwas launisch, das sind doch alle manchmal. Er liebt sie. Und sie ihn.

»Komm mit mir nach oben, Baby«, sagt er. Sie hört seine

dunkle Stimme selbst über die laute Musik. Nein, sie will das nicht. Sie will auf gar keinen Fall mit ihm nach oben gehen.

»Lass mich nur noch mal vorher auf Toilette gehen, ja?«

»Aber verschwinde nicht.« Sie spürt seinen Blick, der sie bis zur Tür zum Gäste-WC verfolgt. Hastig schließt sie die Tür hinter sich. Sie muss wirklich mal. Nach dem Händewaschen zieht sie ihr Handy aus der Hosentasche. Starrt auf das Display. Überlegt. Kann sie das wirklich machen? Aber Tim hat gesagt, sie wären für sie da. Tim. Er war immer für sie da, damals. Sie sieht wieder die Sirenen vor sich, Blazes Schrei. Schnell tippt sie drei Buchstaben an ihre Schwester. SOS. Es klopft laut an der Tür.

»Baby, alles okay bei dir?« Vor Schreck lässt sie fast das Handy fallen. »Baby?«

Sie hört eine helle Mädchenstimme vor der Tür. »Es ist so toll, wie du dich um deine Freundin kümmerst«, schwärmt jemand. Vermutlich Hailey, sie steht auf Kyle, das weiß jeder.

Fühlt sich kümmern so an? Wie ein fester Griff um ihren Brustkorb, dass sie kaum Luft bekommt? Sie öffnet die Tür. Kyle grinst zu ihr hinunter. »Da bist du ja, Baby.«

Mit einem Keuchen fährt Rose aus dem Schlaf hoch. Sie zittert unkontrolliert und kann für einen Moment Wirklichkeit von Traum nicht unterscheiden. Erst langsam kommt ihr Wohnheimzimmer in den Fokus. Zartes Sonnenlicht fällt durch die Sprossenfenster auf ihre mintfarbene Bettwäsche. Sie schnappt nach Luft und versucht, ihr Zittern in den Griff zu bekommen. Ihre Wangen sind nass. Sie setzt sich auf und atmet ein und lange aus, immer wieder, bis das beklemmende Gefühl in ihrer Brust weicht. Es war nur ein Albtraum. Ihr Blick schweift über ihr Zimmer und hält sich an allem fest, was ihr Ruhe gibt. Das Bild von Charles, Tims verstorbenem Großvater, und ihr auf dem Schoß im Garten, das auf ihrem Schreibtisch steht. Das Foto von ihr und Blaze und Tim im Tintagel Castle, das sie letztes Jahr im Sommer aufgenommen hat, und mit so vielen anderen Fotos von ihnen an der Filzwand steckt. Das Gemälde von Mum, die Monet's ›Wasserlilien im Sonnenuntergang‹, Roses Lieblingsbild des Künstlers, abgemalt hat. Sie weiß nicht, wie lange sie so dasitzt und einfach nur atmet. Sie beobachtet, wie der Albtraum langsam zum Schatten wird und die Erinnerungen, die sich darin zusammengemischt haben, verblassen. Langsam beruhigt sich ihr Herzschlag wieder. Ihr Handy vibriert und sie greift danach auf dem Nachttisch.

Jez
Ich habe Hotteok gemacht, komm lieber schnell, bevor Amy alle wegisst.

Rose
Bin gleich da. Rette mir ein paar!

Jez
Aye, aye, wird gemacht.

Sie lächelt vorsichtig und steht aus dem Bett auf. Den Albtraum schiebt sie entschieden von sich. Es ist nicht verwunderlich, dass sie von *ihm* träumt. Seitdem sie vor ein paar Tagen sein Gesicht auf Instagram gesehen hat, spukt er ihr wieder häufiger durch den Kopf. Aber sie muss keine Sorge mehr haben. Er studiert in Durham, so wie Jackie, eine Bekannte aus ihrer letzten Schule. Sie hatte das Bild von ihnen gepostet. Entschieden war Rose ihr auf Instagram entfolgt, damit sie keine Bilder mehr mit ihm sehen muss. Kyle kann ihr nichts mehr anhaben.

Schnell zieht sie sich eine Leggings an, spritzt sich etwas Wasser ins Gesicht und bindet sich einen Pferdeschwanz. Jez' Hotteok, eine koreanische Art von Pfannkuchen, sind wirklich gut. Und wenn er schon vor der Uni Lust hat, die mit karamellisierten Wallnüssen gefüllten Hefeküchlein zu backen, muss sie das ausnutzen. Mit knurrendem Magen verlässt sie ihr Zimmer und lässt jeden Gedanken an ihren Ex hinter sich.

Während der Professor vorne etwas von der Replikation der DNA erzählt, malt Rose kleine Blätter in ihre Notizen. Die großen Ahornbäume auf dem Campus verfärben sich langsam und sie liebt es, wie die Blätter von den Bäumen fallen. Sie sieht hoch aus dem Fenster, doch aus dem Vorlesungssaal sieht sie nur auf andere Gebäude und den grauen Himmel. Gedankenverloren skizziert sie die Krümmung des Blattes und kleine Striche für den Wind, damit es so aussieht, als ob es herabschweben würde.

»Du siehst heute etwas fertig aus, alles okay bei dir?«, flüstert Ellie, die links von ihr sitzt. Sie macht sich eine kleine Notiz zu dem Enzym Topoisomerase, dann mustert sie Rose wieder besorgt von der Seite.

»Einfach nicht gut geschlafen«, seufzt diese und blickt auf die Notiz. Das ist ein guter Punkt, schnell schreibt sie ihn ebenfalls auf. »Und ich glaube, ich bekomme meine Tage.« Seit den Hotteok's heute Morgen spürt sie schon ein Ziehen im Unterleib, das definitiv nicht von den Pfannkuchen kommt.

»Oh«, sagt Ellie und sieht sie mitleidig an. »Tut es bei dir sehr weh?«

»Als ob ich von innen zerfleischt werde.«

»Da bin ich ja manchmal doch ganz froh, nicht zu menstruieren«, murmelt Ellie leise. Rose entgeht der Blick nicht, den sie dabei Jez zuwirft. Rechts von ihr ist er der einzige ihrer Dreiergruppe, der aufmerksam dem Professor zuzuhören scheint.

»Meine Schwester hat fast gar keine Schmerzen. Das ist so unfair«, sagt Rose und der quengelige Unterton entgeht ihr nicht. Wenn sie ihre Periode hat, ist sie immer besonders schnippisch. Einfach weil sowieso alles wehtut und sie schlechte Laune hat.

In der Reihe vorne dreht sich ein Typ zu ihnen um und wirft ihnen einen warnenden Blick zu. Meine Güte, wer sitzt denn in Vorlesungen und hört wirklich zu? Aber Ellie senkt ihre Stimme ein bisschen: »War sie eigentlich arg sauer, dass wir Sonntag nicht mit zum Flohmarkt gegangen sind?«

Rose schüttelt den Kopf. »Quatsch. Sie ist dann mit Tim gegangen. Außerdem war es eh meine Schuld, dass wir nicht mit sind.« Nach Roses Absturz Samstagnacht hat sie den ganzen nächsten Tag nur bei zugezogenen Vorhängen in ihrem Bett gelegen. Was nicht nur an ihrem höllischen Kater lag, sondern auch daran, was zu Hause noch passiert war: Ihre Panikattacke, wie sie sich die Seele aus dem Leib gekotzt hat … vor Jez. Als er sonntags in ihr Zimmer gelugt hat, um zu schauen, ob sie noch lebt, hat sie ihm das Versprechen abgenommen, den Abend einfach nie wieder zu erwähnen. Bisher hält er sich daran.

»Sag das nicht.« Ellie stupst sie aufmunternd in die Seite. »Immerhin war mir auch nicht mehr danach.«

»Was ist da denn eigentlich passiert?« Vermutlich soll sie nicht fragen. Seit Tagen hält Ellie stillschweigen, was genau Henry gesagt oder gemacht hat, dass er ihren Gin Tonic im Gesicht verdient hat. Einfach nur geatmet, wenn es nach Rose gegangen wäre.

Diesmal ist es Ellie, die seufzt. »Du hattest Recht.«

»Ich weiß.« Sie grinst verschmitzt. »Aber wobei genau?«

Der Typ vorne macht ein empörtes »Psst«.

177

»Hey Mann«, lehnt Jez sich zu ihrer Aller Überraschung nach vorne, »das sind wichtige Mädelsgespräche. Bisschen Respekt, okay?« Der Typ guckt ihn an, als hätte er gerade behauptet, dass es Marsmännchen gibt. Schließlich dreht er sich wortlos um. Die Freundinnen sehen Jez für einen Moment sprachlos an, dann beginnen sie leise zu kichern. Jez widmet sich derweil wieder den Folien voller Abbildungen und Texten, die vom Professor an die große Leinwand geworfen werden.

»Also?«, fragt Rose leise und guckt sich von Jez neben ihr ein paar schlaue Notizen ab.

»Du hast Recht damit, dass Henry ein sexistischer Arsch ist.« Selbst Ellie scheint jetzt wieder in ihre Mitschriften vertieft zu sein.

»Ja?« Sie lässt es wie eine Frage klingen, um Ellie dazu aufzufordern, weiterzusprechen.

»Das wusste ich ja eigentlich auch schon vorher.« Fahrig streicht ihre Freundin sich eine kurze blonde Haarsträhne hinters Ohr. »Aber irgendwie war er trotzdem charmant. Und witzig.« Sie schlägt die Augen nieder. »Und scheint an mir interessiert zu sein.«

»Natürlich ist er an dir interessiert.« Ellie sagt nichts. »Du bist klug, einfühlsam, ehrlich und die wunderschönste Frau in diesem Vorlesungssaal.«

Röte schießt in Ellies Wangen. »Sag das doch nicht so laut.«

Jez lehnt sich zu Rose hinüber. »Wieso bekomme ich solche aufbauenden Reden eigentlich nie?«

»Dein Ego ist eh schon viel zu aufgeblasen.« Ohne seine Reaktion abzuwarten, dreht sie sich wieder Ellie zu. »Henry wäre ein Vollidiot, *nicht* an dir interessiert zu sein. Ich denke nur, dass er einfach nicht der Richtige ist.«

»Ich weiß«, flüstert Ellie. Sie sieht ehrlich aufgewühlt aus und Rose traut sich nicht, noch einmal nachzuhaken, was genau vorgefallen ist. Wenn Ellie es ihr erzählen möchte, würde sie es tun. Immerhin haben sie die letzten Abende gemeinsam auf ihrem Bett gelümmelt, Schokolade gefuttert und Ellies K-Drama gesuchtet. Ellie weiß nun alles von Roses leiblichem Vater, der dreckigen Scheidung und ihrem netten Stiefvater Mark, aber auch von Tim und seinem Unfall und wie schwer es ihr in den Jahren danach mit ihrer Schwester und Mum ging. Und Rose weiß alles von Ellies riesiger Familie, ihren fünf Geschwistern, wie nahe sie ihrer Oma steht und dass diese die Erste war, die Ellie in ihrer eigenen Wahrnehmung als Mädchen unterstützt und es nicht als Phase oder Schrulle abgetan hat. Aber so viel sie sich anvertraut haben bisher, sie haben noch ihre Geheimnisse. Türen, die sie einfach noch nicht öffnen möchten. Rose versteht das, denn jedes Mal, wenn sie versucht, über *ihn* zu reden, schnürt es ihr die Kehle zu und sie bekommt kein Wort heraus.

Der Professor beendet ihre Vorlesung und weist sie auf das Online-Quiz hin, das bis Ende der Woche eingereicht werden muss. Rose stöhnt auf. Wieso muss morgen auch schon wieder Freitag sein? Sie hätte nichts dagegen, sich einfach mit ihren Krämpfen ins Bett zu verkrümeln und erst nach dem Wochenende wieder hervorzukommen.

Im lauten Stimmengewirr, das im Saal ausbricht, hätte sie Ellies Worte fast nicht gehört. »Ich habe ihm versucht zu sagen, dass ich trans bin.«

Rose hält in ihrem Einpacken inne. »Und?«

»Er hat gesagt«, Ellie holt tief Luft, »›Als ob ich eine Transe küssen würde‹.«

Entsetzt reißt Rose die Augen auf. »Hat er nicht.«

Ellie nickt und Tränen schimmern in ihren Augen. »Er hat sich zehntausend Mal per SMS entschuldigt. Aber …«

»Kein ›Aber‹. Was zur Hölle? Das hätte ich selbst ihm nicht zugetraut. Da hätte er mehr als nur den Gin Tonic verdient, sondern einen ordentlichen Tritt in die …«

Ellie legt beschwichtigend eine Hand auf den Arm ihrer Freundin. »Ist schon gut. Ist ja nicht das erste Mal, dass ich so was höre.« Sie schultert ihren Rucksack. »Was es nicht besser macht. Aber ich will nicht weiter darüber reden, okay?«

Rose nickt und schiebt schnell den Block und ihr Mäppchen in die Handtasche. »Heute Abend wieder K-Drama?«

Langsam bahnen sie sich mit dem Rest im Saal den Weg zum Ausgang. Jez wartet an der Tür auf sie. »Ich kann leider nicht«, sagt Ellie. »Ich treffe mich mit dem Back-Club. Immer donnerstags um sechs.«

»Stimmt. Das hab ich vergessen.«

»Aber komm doch mit?«

Das unterdrückte Lachen von Jez überhört Rose geflissentlich. Was musste er auch letzte Woche ausgerechnet in dem Moment in die Küche gekommen sein, als sie ihre völlig verkohlten Muffins aus dem Ofen geholt hatte? »Ich bin nicht so talentiert im Backen.«

»Dann bringe ich dir morgen vor dem Labor einen Chocolate Chip Cookie mit. Die backen wir nämlich heute.«

Theatralisch hält sie sich die Hand an den Bauch. »Schokolade! Mein Lebensretter. Ich erwarte den Keks schon sehnsüchtig.«

Ellie lacht. Vor dem Gebäude umarmen sie sich zum Abschied und Ellie läuft in die andere Richtung zu ihrem Wohnheim davon. Gemeinsam mit Jez macht sich Rose auf den Heimweg.

»Hast du eigentlich gehört, was sie gesagt hat?«, fragt sie.

»Vorhin im Saal? Nee, ich war schon die Treppe runter.«

Rose nickt langsam. Es ist frischer geworden, von der

spätsommerlichen Wärme ist nichts mehr zu spüren. Sie bindet ihren Trenchcoat zu, damit der Wind nicht durch den gewebten Stoff ihres Pullis dringen kann. Die ersten Blätter knirschen unter ihren Sohlen. Vielleicht würde sie das Quiz auf morgen schieben und einen der Ahornbäume malen. Sie zieht ihr Handy hervor und knipst ein Foto von einem der Bäume als Referenz. Jez wartet geduldig, bis sie den perfekten Winkel eingefangen hat.

»Machst du das Quiz gleich?«, fragt sie.

Er vergräbt die Hände in den Taschen seines gestreiften Hoodies. »Ich bin mit Henry verabredet. Vielleicht mache ich es heute Nacht.«

»Wie kann es eigentlich sein, dass es erst die zweite Vorlesungswoche ist und ich schon heillos überfordert bin?«

»Das ist doch ganz normal.« Er grinst. »Ansonsten können wir auch morgen noch mal eine Lernrunde in der Bib schieben?«

»Auf keinen Fall.« Sicherlich würde sie sich nicht mit Krämpfen nach dem dreistündigen Labor noch in die Bib setzen. Das Wochenende würde sie mit einer Wärmflasche unter ihrer Decke verbringen, ihren Laptop und Malblock in greifbarer Nähe. Eigentlich hatte sie geplant, endlich mal in die Museen direkt um die Ecke zu gehen, vor allem ins Victoria & Albert will sie wieder. Aber dann eben nächstes Wochenende.

»Mich begeistert dein Eifer, Rosalie«, lästert Jez und hält ihr die Tür zum Wohnheim auf.

»Ach, halt die Klappe.«

Die Wärmflasche hilft nur noch halb. Vermutlich sollte sie aufstehen und das Wasser darin nochmal erhitzen, aber unter ihrer Decke ist es viel zu schön warm. Sie hofft, dass Jez bald nach Hause kommen würde. Er hat in ihrer WG-Gruppe gefragt, ob jemand etwas beim Einkaufen braucht, und sie hat um Schmerzmittel gebeten. Ihre Packung hat sie für Kopfschmerzen leer gemacht und sie hat vergessen, neue zu kaufen. Sie verfolgt die Schauspielerin, die über das Display ihres Laptops läuft, und liest aufmerksam die Untertitel mit. Ellie hat sie mit K-Drama angesteckt. Da Rose ihr versprochen hat, ihre gemeinsam angefangene Serie nur mit ihr zusammen weiterzuschauen, musste sie Wohl oder Übel eine neue anfangen. Ellie hat ihr ›Love in the Moonlight‹ empfohlen und statt den Ahornbaum zu malen, verfolgt sie seit dem Nachmittag nun Hong Sam-nom, eine junge Frau, die als männlicher Eunuch verkleidet im Königspalast arbeitet und sich in den Kronprinzen verliebt. Es ist etwas bescheuert und manchmal fragt sie sich, ob es nicht absichtlich so schlecht gemacht ist, aber es lenkt sie erfolgreich von ihren Unterleibsschmerzen ab.

Sie lacht, als Hong sich in ihrer Rolle als Eunuch unwohl in der Umkleide von Tänzerinnen fühlt, als es an der Tür klopft. »Ja?«

»Ich bin's mit dem Schmerzmittel«, sagt Jez durch die Tür.

»Komm rein.«

Die Tür öffnet sich mit einem leisen Knarzen und sie pausiert die Serie. Jez balanciert eine Schüssel in der einen und einige Packungen in der anderen Hand.

Ihre Augen verengen sich zu Schlitzen. »Was hast du da alles dabei?«

»Einmal Schmerzmittel.« Er stellt die Schüssel auf ihrem Schreibtisch ab und reicht ihr Ibuprofen. »Hab die stärksten genommen.«

»Danke«, seufzt sie erleichtert, drückt eine Pille aus dem Blister und schluckt sie schnell mit etwas Wasser herunter.

»Dann Schokolade.« Er reicht ihr mehrere lila Packungen. »Die mit Toffee, die magst du doch am liebsten, oder?« Langsam nimmt sie die drei Tafeln Cadbury Schokolade entgegen. Doch bevor sie sich dafür bedanken kann, greift er bereits nach der Schüssel auf dem Schreibtisch. »Und ich habe Hühnersuppe gemacht.«

Sie schlägt die Decke zurück und nimmt die volle Schale Brühe entgegen. Kleine Buchstabennudeln schwimmen auf der Oberfläche. »Ehrlich jetzt?«

»Ja?« Verlegen kratzt er sich im Nacken. »Du meintest mal, dass deine Mum dir immer eine macht, wenn du krank bist.«

»Ja, aber …« Tränen treten in ihre Augen. Bescheuerte Hormone. Aber sie könnte ihm gerade um den Hals fallen und ihn abküssen, so dankbar ist sie für seine Fürsorge.

»Ich habe genug für die ganze WG gemacht, also nicht nur für dich.«

Sie zieht die Augenbrauen nach oben. »Ah. Also sollte ich mich nicht zu besonders fühlen.«

Sein warmes Lachen jagt ihr einen Schauer über den Rücken. Sie lehnt sich gegen die Wand und nimmt vorsichtig einen Löffel der Suppe. Sie schmeckt genau richtig. Nicht zu salzig und sie schmeckt das gute Huhn, das Jez dafür verkocht haben muss. »Wie lange standest du dafür in der Küche?«

»Nicht so lang«, winkt er ab. »Ist sie gut?« Seinen unsicheren Blick muss sie sich einprägen. Wer weiß, wann Jez noch einmal in ihrem Zimmer stehen und auf sie heruntersehen würde, als würde sie ihm eine unglaublich wichtige Note vergeben.

»Sehr gut.« Sie schlürft einen Löffel. »Vielen Dank für die ganze Mühe.«

»Wenn du schon von innen zerfleischt wirst«, wiederholt

er ihre Worte aus der Vorlesung. Also hat er doch zugehört. »Und du bist jetzt auch auf K-Drama gekommen?« Er deutet auf den Laptop.

Sie grinst. »Jap. Kennst du die?«

Er beugt sich etwas über das Bett, um den Ausschnitt besser sehen zu können. »Ich glaube schon. Aber die historischen Dramen sehen für mich alle gleich aus.«

Sie erklärt ihm, worum es geht, und er nickt langsam. »Die habe ich mit meiner Schwester geguckt, glaube ich.«

Bevor sie es sich anders überlegen kann, fragt sie: »Willst du dir auch eine Schüssel holen und mitschauen? Außer du willst das Quiz machen.«

Ein überraschter Ausdruck huscht über sein Gesicht, bevor ein Lächeln es erhellt. »Das Quiz kann warten.«

»Aber zieh dir vorher die Jeans aus!«, ruft sie ihm hinterher. Vielsagend zieht er eine Augenbraue in die Höhe. »Keine Straßenklamotten auf dem Bett. Das ist eklig.«

»Und ich dachte schon«, lästert er nur, bevor er in die Küche verschwindet. Der Gedanke von einem halbnackten Jez in ihrem Bett schiebt sie schnell von sich. Das sind nur die Hormone.

Keine zwei Minuten später sitzt er in Jogginghose neben ihr auf dem Bett, eine eigene dampfende Schüssel Suppe auf dem Schoß und sie schauen ›Love in the Moonlight‹. Das liebt sie so an der kalten Jahreszeit: Heiße Suppe, das gemütliche Licht ihrer Lichterkette, das ihr Zimmer in goldenes Licht taucht, eine warme Decke zum Einkuscheln und die dunkle Welt hinter dem Fenster.

»Wie war es bei Henry?«, fragt sie, um etwas Konversation zu betreiben. Seit dem Wochenende hat sie Henry nicht gesehen und auch wenn sie ihn noch nicht lange kennt, hat es sich etwas komisch angefühlt, ohne seine dämlichen Kommentare durch die Woche zu gehen. Er ist abends nicht mehr vorbeigekommen und auch die Mittagspausen haben sie nicht mehr zusammen verbracht. Vermutlich, weil Ellie und sie alles zusammen machen und Henry respektvollen Abstand nimmt. Das muss sie ihm lassen, außer Ellie per SMS mit Entschuldigungen zu bombardieren, geht er ihr aus dem Weg.

»Etwas angespannt. Er ist ziemlich fertig seit dem Club letztes Wochenende.«

Sie schnaubt. »Ist sein liebstes Hemd etwa dreckig?«

»Er macht sich wirklich Gedanken darüber, was er gesagt hat, Rosalie.« Jez sieht sie ernst an. Sie nuschelt etwas in ihre Suppe, fast schon etwas verlegen, dass sie Henry nur das Schlechteste unterstellt.

»Er hat mir erzählt, was er gesagt hat«, fährt Jez fort, »Und das geht gar nicht. Das habe ich ihm auch mehr als deutlich gemacht. Ich glaube, er schnallt das so langsam auch selbst, weil Ellie seitdem kein Wort mit ihm redet.«

»Richtig so«, murmelt sie.

»Absolut. Würde ich an ihrer Stelle auch nicht.«

»Hast du ihm das auch gesagt?«

»Klar. Es ist halt einfach nicht witzig. Worte können genauso verletzend sein wie Taten.«

Langsam nickt sie. »Denkst du, er versteht das jetzt?«

Jez zuckt niedergeschlagen mit den Schultern. »Keine Ahnung. Ich rede seit über einem halben Jahr auf ihn ein und er hat sich noch nicht geändert.«

Sie kichert leise, weil Hong in einem völlig offensichtlichen Versteck nicht vom Kronprinzen entdeckt wird, und eine neue Episode läuft an. »Seit einem halben Jahr?«, fragt sie schließlich doch.

»Seitdem seine Ex Greta mit ihm Schluss gemacht hat.« Jez verzieht das Gesicht. »Ja, vorher hat er auch schon mal einen dummen Spruch gedrückt. Aber nie so schlimm wie jetzt.«

»Was hat das denn mit seiner Ex zu tun?«

»Die beiden waren ewig zusammen, über drei Jahre.« Er steht auf und stellt seine leere Suppenschüssel auf den Schreibtisch. »Henry war völlig fertig, als sie das beendet hat. Ich glaube, er will sich damit irgendwie beweisen, dass ihn das alles nicht interessiert.«

Beim Hinsetzen stößt sein Bein an ihres und ein Kribbeln breitet sich von der Stelle aus. Sie ignoriert es und fragt stattdessen: »Also wenn er alle scheiße behandelt, kann er nicht mehr scheiße behandelt werden oder wie?«

»So ungefähr.«

»Was für eine bescheuerte Logik.« Sie sieht nicht, wie fest Jez seine Zähne zusammenbeißt, sondern liest weiter Untertitel.

»Hast du noch nie aus Schmerzen heraus was Dummes gemacht?«, fragt er leise. Sie denkt an Blaze, die sich in ihrem Zimmer eingesperrt und egal wie viel sie auch geklopft, nicht geöffnet hat. An Mum, die weinend vor ihrer Staffelei saß, vor Trauer um Tim und Sorge um ihre älteste Tochter. Sie erinnert sich an die vielen Stunden allein auf ihrem Zimmer, auf die ersten Tage an der neuen Schule, in denen sie keiner beachtet hat. Sie haben getuschelt über die Neue, die mitten im Halbjahr gewechselt hat. Sie denkt an all ihren Schmerz und ihre Wut und ihre Einsamkeit, die mit einem ›Hey‹ von *ihm* ertragbar wurden. Es war es nicht wert gewesen.

»Doch.« Sie beugt sich zu ihrem Nachttisch und tauscht die leere Schüssel gegen eine der Schokoladentafeln. Sie bricht ein Rippchen ab und schiebt es sich in den Mund. Fragend hält sie es Jez hin.

»Ich mag keine Schokolade.«

»Stimmt«, sagt sie mit vollem Mund. »Wer mag denn

keine Schokolade?«

»Halt du mir keine Predigt über Abneigungen beim Essen.«

Sie lacht geschlagen. Eine Weile verfolgen sie einfach nur die Serie und wie Hong ihre Identität am Hof verstecken muss, während der Prinz sich immer mehr verliebt und es anderen bereits auffällt, was er alles für sie tut.

»Und du verstehst alles auch ohne Untertitel?«, fragt sie.

Jez nickt. »Das meiste zumindest. Die altmodischen Wörter sagen mir nichts, die benutzt meine Mum auch eher weniger, wenn sie mit uns spricht.«

»Voll cool.« Auf seinen etwas irritierten Blick fährt sie fort: »Ich spreche nur ein paar Brocken Spanisch.«

»Bilingual aufwachsen war aber auch nicht nur cool. Ich weiß nicht, wie oft ich in der Schule dafür gehänselt wurde, weil mir ein englisches Wort nicht eingefallen ist. Oder ich aus Versehen jemanden auf Koreanisch angesprochen habe.«

»Kinder sind einfach gemein.«

»Ich weiß nicht, wie sie es gemacht hat, aber meine Schwester ist da einfach drübergestanden. Sie war so stolz auf unsere Herkunft.« Er beißt sich auf die Lippe, als hätte er zu viel gesagt.

»Was ist eigentlich mit deiner Schwester?« Vermutlich hätte sie sich aus Taktgründen die Frage lieber verkniffen. Es ist offensichtlich, dass er nicht gerne über Suzie spricht. Aber sie ist nun mal oft nicht taktvoll, weil ihre Zunge schneller reagiert als ihr Kopf.

Er schweigt so lange, dass sie denkt, er würde ihre Frage einfach ignorieren. Sein Kiefer tritt deutlich hervor und er scheint Hong, die in einen See gefallen ist und untergeht, mit Spannung zu verfolgen. Dabei dreht er das geknüpfte Band an seinem Handgelenk. Aber sie spürt fast schon die

Gedanken, die hinter seinen dunklen Augen rasen.

»Sorry, das war unsensibel von mir«, murmelt sie. Er reißt sich von dem Laptop los und sieht sie an. »Ich habe gemerkt, dass du nicht gern über sie sprichst.« Nervös kaut sie auf ihrer Unterlippe. Jez verfolgt die Bewegung. Unter seinem intensiven Blick hört sie auf.

Er seufzt. »Ich hasse meinen Vater dafür, dass er nicht über sie spricht, und mache es selbst nicht besser.« Er fährt sich durch die Haare, holt tief Luft. Kratzt sich an der Nase. Sie will ihm sagen, dass er es ihr nicht zu erzählen braucht, da sind die Worte aus seinem Mund: »Sie ist gestorben.«

Fuck. Sie hätte wirklich nicht fragen sollen. Ein so tiefer Schmerz und ehrliches Bedauern liegen in seiner Stimme, dass es ihr selbst in der Seele weh tut. »Das tut mir so leid.«

»Tut es jedem.« Sein Blick ist wieder auf den Laptop geheftet. Der Kronprinz ist hinter Hong in den See gesprungen und zieht sie heraus.

»Ich weiß nicht, was ich ohne meine Schwester machen würde«, flüstert sie. Bei allem, dass sie Blaze in den letzten Jahren gehasst und verflucht hat; als sie dachte, ihre Schwester würde sie verlassen, war sie in Panik geraten. Denn was wäre sie dann noch ohne ihre große Schwester? Die ihr von ihrem ersten Kuss erzählt, ihr einen Tampon erklärt, sie das erste Mal geschminkt hat, ihr Nägellackieren beigebracht hat, wie man Seil springt und Mum anlügt. Ohne Blaze wäre sie völlig verloren in der großen Welt. Ging es ihm so, als seine Schwester gestorben ist? Wie ein kleiner Punkt im Universum?

»Sich irgendwie damit arrangieren«, sagt er, ein bitterer Unterton in der Stimme.

»Es tut mir leid, dass ich gefragt habe.«

»Nein«, sagt er schnell und seufzt, »Nein, das sollte es nicht. Ich ... zu Hause reden wir nie über sie.«

»Manchmal tut etwas zu sehr weh, um darüber zu sprechen.« Ohne darüber nachzudenken, legt sie ihre Hand in seine und drückt sie leicht. Sie ist angenehm warm, die Fingerkuppen leicht rau, aber es stört sie nicht. Seine Wimpern flattern, als er auf ihre verschränkten Hände hinabblickt. Sie bemerkt eine kleine Narbe an seinem Ringfinger. An die sollte sie das nächste Mal denken, wenn sie seine Hände zeichnet.

»Aber es wird auch nicht besser, wenn man schweigt«, flüstert er.

Sie schluckt und sieht auf den Laptop. Darauf weiß sie nicht, was sie antworten soll. Schweigend sehen sie die Serie weiter. Vermutlich hätte sie seine Hand längst loslassen sollen, ihr tiefes Gespräch ist vorbei. Aber sie zu halten, fühlt sich viel zu gut an, fast schon vertraut. Langsam fährt er mit seinem Daumen über ihren Handrücken und jeder Kreis lässt kleine, wohlige Schauer ihren Arm hinauffahren. Erst als sie nach der nächsten Tafel Cadbury greift, löst sie ihre Hände. Trotz der Schokolade fühlen sich ihre Finger seltsam leer an.

»Eine interessante Studie, die von Wissenschaftlern an der Aalto-Universität in Finnland durchgeführt wurde, spricht dafür, dass Basisemotionen sowie einige andere Emotionen tatsächlich mit charakteristischen Karten sensorischer Veränderungen einhergehen, die sich über den ganzen Körper ausbreiten. (...) Um aufzuschlüsseln, welche Teile des Körpers gefühlsmäßig von einer Emotion betroffen waren, forderten sie die Teilnehmer [700 Personen in Finnland, Schweden und Taiwan] auf, eine Körperkarte zu kolorieren und warme Farben zu benutzen, wo sie der Meinung waren, eine Emotion mache den Körper aktiver, kühle Farben hingegen dort, wo sie meinten, die Emotionen mache den Körper inaktiv. (...) Bei ›Freude‹ war das Ausmaß ungewöhnlich, in dem der ganze Körper eine erhöhte Aktivität zeigte, während ›Traurigkeit‹ zu einer allgemeinen Verringerung der Aktivität in den Extremitäten führte. (...) Vielleicht sind [die Karten] mit Mustern sensorischer Empfindungen und einer Aktivierung des vegetativen Nervensystems verknüpft.«

Bear, Mark F. et al. *Neurowissenschaften*. Deutsche Ausgabe herausgegeben von Andreas K. Engel. Springer Spektrum, 2009, 4. Auflage 2018, S. 668.

9 . KAPITEL

Jez

Er nimmt einen tiefen Schluck aus seiner Wasserflasche und wischt sich mit einem Handtuch den Schweiß von der Stirn. Marvin klopft ihm aufmunternd auf die Schulter.

»Dann war heute eben nicht dein Spiel.«

Jez murrt nur etwas Unverständliches. Das *war* heute nicht sein Spiel. So schlecht hat er noch nie gespielt und das weiß er auch. Er hat das Offensivspiel des Gegners nicht gut geblockt, Bälle durchgelassen, nicht verlässlich gepasst und so die Angriffe seines Teams überhaupt nicht entstehen lassen. Er liebt seine Position als rechter Mittelfeldspieler, sie ist zentral im Spiel, sowohl in der Defensive als auch der Offensive. Aber heute hat er auf ganzer Linie versagt. Das hat ihm auch das Bellen des Coaches deutlich gemacht. Dass für ihn kein adäquater Spieler eingewechselt werden konnte, hat es auch nicht besser gemacht. Aber mit der Erkältung, die gerade rumgeht, sind ihre Reihen deutlich ausgedünnt.

Einen Schlag auf den Hinterkopf reißt ihn aus seinen Gedanken. »Was war das heute, Hamilton?« Henry funkelt ihn böse an.

»Es tut mir leid«, murmelt Jez. Der Rest der Mannschaft

in der Umkleide wirft ihnen verstohlene Blicke zu.

»Du musst dich nicht bei mir entschuldigen, sondern bei deinem Team.« Jetzt liegen alle zehn Augenpaare auf ihm. Grant sieht ihn mitleidig an.

»Es tut mir leid. Ich war heute abgelenkt. Es wird nicht wieder vorkommen.« Henry nickt knapp und die angespannte Stimmung löst sich wie auf sein Kommando auf. Der Umkleideraum nach einem Spiel kann sich anfühlen wie ein Club samstagnachts, lautes Grölen, Singen, rauschendes Adrenalin. Aber auch wie eine Beerdigung mit hängenden Köpfen und betretenem Schweigen, wie jetzt. Sie haben wirklich nicht gut gespielt, wenn auch die andere Mannschaft sich direkt als stärker abgezeichnet hat. Ihre Pässe waren nicht kontrolliert, der Ball wurde ihnen oft dabei abgenommen. Ihre Schüsse aufs Tor waren nur halbherzig, wenn sie überhaupt einmal einen Angriff hinbekommen haben. Die drei Bälle, die Oscar durchgelassen hat, waren auch nicht nur seine Schuld gewesen. Bei der Anzahl an Angriffen auf ihr Tor ist es eher verwunderlich, dass es nicht mehr waren, die ihr Ziel trafen. Rundum, es war ein schlechtes Spiel. Verloren seit der ersten Minute, aber so eine jämmerliche Leistung dabei hinzulegen, hätte wirklich nicht sein müssen.

Henry fährt sich mit einer Hand über das Gesicht und sein orangenes Kapitänsbändchen am Arm leuchtet im kaltweißen Licht der Neonröhren. Der Coach hat ihnen bereits eine Standpauke gehalten, aber die eigentliche Verantwortung liegt bei Henry. Von der Uni gibt es nicht genug Coaches für jede Männermannschaft, daher teilen sie sich ihren mit zwei anderen Teams. Er teilt seine Aufmerksamkeit beim Training auf sie auf und steht für Henry bei Fragen immer zur Verfügung, aber die Person, die sie zusammenhält, die ihre Trainingspläne erstellt, die für ihre Motivation und Siege verantwortlich ist, ist ihr Kapitän.

»Charlie, deine Pässe …«, setzt Henry an.

»… ließen heute zu wünschen übrig«, beendet Charlie den Satz. Er kratzt sich den dunklen, krausen Bart.

»Das andere Team hatte es aber auch einfach drauf«, sagt ein anderer aus der Mannschaft. Zustimmendes Gemurmel ertönt.

»Das heißt aber nicht, dass wir es ihnen so einfach machen müssen«, sagt Henry laut und das Gemurmel erstirbt. Er seufzt und zieht das Gummiband aus den Haaren, das beim Spiel sein Gesicht freihält. »Wir gehen am Montag im Training das Spiel noch mal in Ruhe durch.«

Die ersten greifen nach ihren Taschen und verlassen die Kabine, aber nicht, ohne vorher Henry ein letztes Mal abgeklatscht zu haben. Er zieht sich die Binde langsam vom Arm und steckt sie in eine Seitentasche.

»Wollen wir?«, fragt er in die Runde. Bis auf seine Mitbewohner und Jez ist keiner mehr da.

Gemeinsam verlassen sie die Sporthalle der anderen Uni, gegen deren Team sie heute verloren haben, und machen sich auf den Weg zur U-Bahn Haltestelle. In den letzten Wochen ist es abgekühlt und Jez zieht den Reißverschluss seiner Fleecejacke etwas weiter hoch. Die Blätter sind mittlerweile in Tönen von Dunkelrot und Gold gefärbt und er muss unweigerlich an Rose denken, die seit Tagen nur noch Fotos von Bäumen macht. Henry lässt sich mit ihm etwas nach hinten fallen.

»Ich weiß, dass es bald wieder soweit ist«, sagt Henry. Er muss nicht sagen, was er meint. Sie wissen beide genau, wovon er spricht. »Aber nächstes Wochenende muss es besser laufen.«

»Wird es«, presst Jez hervor. »Ich hab's im Griff, okay?«

Henry mustert ihn prüfend von der Seite, scheint aber in

seinem Gesichtsausdruck zu finden, was er sucht. »Okay. Machen wir eigentlich an dem Abend was?«, fragt Henry betont unbefangen. Es ist zwar noch zwei Wochen hin, aber der Tag wirkt wie ein bedrohliches X im Kalender, als ob jeder Morgen etwas dunkler anfangen würde bis Jez es einfach hinter sich hat und wieder ein Jahr freier atmen kann.

Jez zuckt mit den Schultern. »Müssen wir nicht. Ich hatte einfach geplant, mit meiner Mum zu telefonieren und zu zocken. Vielleicht fahre ich auch heim, mal schauen.«

Henry zieht eine Augenbraue nach oben. Sie haben den U-Bahn Eingang erreicht und halten ihre Oystercards an die Ticketschranke. Vorne lacht Charlie über etwas, das Grant gesagt hat, und stößt ihm spielerisch in die Seite, bevor er wieder nach der Hand seines Freundes greift.

»Heim«, wiederholt Henry, »Zu deinem Dad. An Suzies Todestag.«

»Ja, okay, ist eine scheiß Idee.« Jez seufzt. »Aber ich will meine Mutter auch nicht allein lassen.«

Das Gleis ist so leer, wie es nur am Stadtrand sein kann, und sie schlendern zusammen zur Mitte des Bahnsteiges. Grant klatscht in die Hände und dreht sich zu ihrer Gruppe um. »Leute, bald ist Halloween. Machen wir eine Party bei uns?«

Marvin nickt. »Wäre ich dafür.«

»Wir könnten dekorieren!«, ruft Charlie aufgeregt. Den großen, dunkelhäutigen Mann so enthusiastisch zu sehen ist ansteckend und Jez kann förmlich sehen, wie der Eifer in den Augen der anderen steigt. »Mit Spinnweben und Skeletten und Kürbissen.«

»Ich könnte was backen«, wirft Oscar ein. Er ist der kleinste ihrer Mannschaft und wird mit seinen mausbraunen Haaren und freundlichen dunklen Augen meist übersehen. Im Tor wird er unterschätzt, bis er den ersten Ball hält. Seine Größe macht er mit einer unglaublichen Flink-heit wett und so hoch springen wie er kann keiner von ihnen.

Henry hebt abwehrend die Hände. »Stoppt mal, Leute. Wir machen nichts bei uns an Halloween, okay?«

Überraschte Köpfe wirbeln zu ihm herum. Charlies Hände schweben noch in der Luft, noch am Ausmalen, wie er das Haus gruselig gestalten würde.

»Warum nicht?«, traut sich Marvin als erster zu fragen.

»Man, wir haben drei Tage aufgeräumt und geputzt nach unserer Party am Semesteranfang. Ich mach die Scheiße nicht noch mal.«

»Drei Tage ist übertrieben«, sagt Charlie.

»Erst gestern habe ich noch einen Tischtennisball unter dem Sofa gefunden!«, empört sich Henry.

»Der könnte da auch noch vom Vorglühen letztes Wo-chenende sein«, wirft Oscar diplomatisch ein.

Henry verdreht die Augen. »Keine Halloweenparty. Das eskaliert nur.« Er wirft Jez einen Seitenblick zu, der reali-siert, wieso Henry sich so gegen die Party ausspricht. Ihm wird warm ums Herz, dass sein Freund sich so sehr um ihn sorgt.

»Ich kann auch helfen aufräumen, während ihr alle noch verkatert im Bett liegt«, schlägt er daher vor. Den überrasch-ten Ausdruck, der über Henrys Gesicht huscht, ist so schnell wieder verschwunden, wie er gekommen ist. Jez bezweifelt, dass die anderen ihn bemerkt haben.

»Dieses Mal bin ich am nächsten Tag auch da«, sagt Os-car und bevor Marvin nur den Mund öffnen kann, um seine Hilfe beim Aufräumen ebenfalls zu beteuern, hat Henry schon kapitulierend die Arme in die Luft geschmissen.

Der einfahrende Zug übertönt sein Murren und Charlie beugt sich zu Grant herunter, um ihn seine Pläne für die

Deko zu erklären. Gemeinsam schieben sie sich in die U-Bahn und suchen sich vereinzelte Sitzplätze in dem Abteil. Jez lässt sich zwischen Henry und einen älteren Herrn fallen, der in seine Zeitung vertieft ist. Gegenüber sitzt Oscar und zieht eine Ausgabe von ›Herr der Ringe‹ hervor.

»Ich muss keine Party bei mir schmeißen«, sagt Henry leise, auch wenn die anderen im Abteil ihn über das Rattern des losfahrenden Zuges sowieso nicht hören würden. »Die anderen sind bestimmt unterwegs, du kannst vorbeikommen und wir zocken ein bisschen was.«

»Du musst nicht für mich auf Halloween verzichten«, beharrt Jez. »Schmeißt die Party. Vielleicht habe ich ja auch Lust, vorbeizuschauen.«

Henry zieht eine Augenbraue nach oben, widerspricht ihm aber nicht. Sie wissen beide, dass Jez nicht vorbeischauen würde. Schweigend beobachten sie die Menschen in ihrem Abteil. Erst gestern hat Rose ihm eine Aquarellzeichnung einer U-Bahn-Szene gezeigt, eine Momentaufnahme von dem alltäglichen Treiben im Zug. Dieser Zug hat blaue Stangen zum Festhalten statt gelbe, wie Rose sie gezeichnet hat, aber die Menschen sind quasi gleich: Der zeitungslesende Herr, eine junge Frau am Handy, ein telefonierender Anzugsträger, eine alte Dame mit einer Tüte Obst auf dem Schoß. Seine Mundwinkel zucken, wenn er daran denkt, wie Rose kritisch die Nase gekräuselt hat, als sie aufgezählt hat, was alles an der Zeichnung nicht ganz stimme. Er erwischt sich in letzter Zeit viel zu oft beim dämlichen Grinsen, wenn er an sie denkt, und es muss wirklich aufhören.

Um sich von Gedanken an Rose abzulenken, zieht er Kopfhörer aus der Seitentasche seines Sportbeutels. Henry neben ihm hat ein Buch in der Hand und scheint angestrengt zu lesen. Er legt den Kopf schief, um den Titel erkennen zu können, doch Henry hat das Buch so umgeschlagen, dass das Cover verdeckt ist.

»Du liest«, lästert er daher, in der Hoffnung, Henry würde seine Neugier stillen und ihm den Titel des Buches verraten. Henry überhaupt nur in der Nähe eines Buches zu sehen ist überraschend.

»Unglaublich, nicht wahr?« Henrys Ironie klingt nur halbherzig. »Ich muss mich konzentrieren.«

Jez beugt sich über die Schulter seines Freundes, um in der Kopfzeile der Seite den Titel zu erhaschen.

»›Unsichtbare Frauen‹? Du liest feministische Literatur?« Erstaunt lehnt sich Jez etwas von ihm weg, um seinen Freund besser mustern zu können. Der Herr neben ihm grummelt leise etwas.

Henrys Wangen verfärben sich tiefrot. »Ja. Und?«

Kurz sucht Jez nach den richtigen Worten. »Hätte ich nicht gedacht. Das ist alles.«

Geschlagen klappt Henry das Buch zu. Das knallrote Cover mit den grünen Männchen darauf sticht deutlich hervor. »Greta hat es mir empfohlen.«

Wenn er eben schon überrascht war, dann hat er jetzt einen Herzinfarkt vor Überforderung. »Greta?«

Henry beißt seine Zähne fest aufeinander. »Ja«, presst er hervor. »Wir haben noch manchmal Kontakt? Und du weißt doch, dass sie so eine Kampf… äh Feministin ist.«

Einer der Gründe, dass sich Greta letztes Jahr von Henry getrennt hat, war, dass er alles zu sehr auf die leichte Schulter nehmen würde. Ihren Satz ›Es ist nicht alles nur ein sexistischer Witz, Henry‹ hat Jez sich in dutzenden Vertonungen von Henry wiederholen lassen müssen und er kann sich Greta dabei bildlich vorstellen, als wäre er selbst in dem Moment da gewesen.

Jez nickt langsam, versteht aber Henrys plötzliches Interesse an feministischer Literatur immer noch nicht. »Und du dachtest dir, du holst dir mal eben Leseempfehlungen von deiner Ex, weil du sonst nichts zu tun hast.«

»Ich dachte, du wärst stolz auf mich!«

»Bin ich.« Jez hebt beschwichtigend die Hände. Dann versteht er plötzlich, was sich in letzter Zeit verändert hat. »Es ist wegen Ellie, oder?«

Henrys Wangen werden noch dunkler. »Das geht mir echt nach, Mann.«

»Weil sie dich abgewiesen hat.« Er muss ein Lachen unterdrücken.

Empört öffnet Henry den Mund, schließt ihn aber wieder. Er drückt sich nach hinten in seinen Sitz. »Sie hat das gleiche gesagt, weißt du?«

Henry hat ihm einige Tage später erzählt, was in dem Club vorgefallen ist, dass Ellie ihm ihren Gin Tonic ins Gesicht geschüttet hat. Doch davon hört Jez heute zum ersten Mal. »Was gesagt?«

»Dass nicht alles nur ein Scherz ist«, murmelt Henry leise und sieht angestrengt auf das Buch in seinem Schoß. Jez erinnert sich an den Henry, der letztes Jahr an Weihnachten, direkt nachdem Greta Schluss gemacht hat, nach Cardiff gefahren und sich tagelang weinend bei ihm einquartiert hat. Nach den Semesterferien hat mit seiner Fuckboy-Phase angefangen.

»Dann hast du ein gutes Buch ausgesucht, zumindest für den Anfang«, sagt er.

Henrys Augenbrauen schießen in die Höhe. »Du hast es auch gelesen? Ich finde es so krass, in wie vielen Bereichen Frauen ausgeschlossen werden. Zum Beispiel bei den Unfalltests von Autos, das wusste ich gar nicht.« Er wirkt Feuer und Flamme für das Thema.

»Rose hat es mir ausgeliehen, in der ersten Woche glaube ich«, schmunzelt Jez. »Und Greta hat das richtige Buch gefunden. Mit Zahlen kriegt man dich immer.«

»Sie kennt mich halt.« Ein leichter Schmerz schwingt noch in Henrys Stimme mit.

»Aber ich fand, dass es etwas zu viel nur um weiße Frauen geht. Queere und Geschichten anderer Minderheiten gehen da etwas verloren. Wenn du einen weiteren Blickwinkel haben willst, kann ich dir Chimamanda Ngozi Adichie empfehlen, vor allem ihr TED-Talk ›Wir sollten alle Feministen sein‹. Findest du bestimmt auf YouTube.«

Henry holt sein Handy hervor, schreibt sich den Titel auf und lässt sich den Nachnamen der nigerianischen Autorin und Aktivistin buchstabieren. Die junge Frau, die links von Henry bisher in ihr Handy vertieft zu sein schien, lehnt sich leicht herüber. »Jetzt muss ich mich doch in euer Gespräch einklinken«, sagt sie, »Aber ich kann ›Tomorrow will be different‹ von Sarah McBride nur empfehlen. Da geht es auch mehr um trans und queere Rechte als in ›Unsichtbare Frauen‹.«

Henry lächelt charmant. »Danke für den Tipp!«

»Bei so was doch gerne«, lächelt sie zurück und sofort verwickelt Henry sie in ein Gespräch. Sie müsste etwas älter als sie sein, vielleicht schon Ende Zwanzig, aber als sie eine halbe Stunde später aussteigt, hat sie Henrys Handynummer und er zig weitere Buch- und Autorenempfehlungen, um sich über Feminismus zu belehren.

»Das war doch erfolgreich.« Zufrieden lehnt Henry sich zurück.

»Lies erst mal dein eines Buch fertig, Casanova«, lacht Jez leise. »Menschen ändern sich bekanntlich nicht über Nacht.«

Das warme Wasser der Dusche entspannt seine Muskeln. Über das Plätschern des Strahls versucht er, seine Gedanken nicht mehr zu hören. Auf dem Weg von der U-Bahn Haltestelle nach Hause hat seine Mutter angerufen und wäre er nicht schon vom Spiel durchgeschwitzt, hätte er die Dusche nach dem Gespräch dringend nötig gehabt. Es sind nur noch zwei Wochen bis zu *dem* Tag und sie hat vorsichtig nachgefragt, ob er an dem Wochenende nach Hause kommen würde. Seiner Mutter würde es guttun, nicht alleine zu sein. Sie würden gemeinsam Suzies Lieblingsspeisen kochen und zu Hause einen kleinen Altar aufbauen, um ihr zu gedenken. Dann würde er mit seiner Mutter in das geschlossene Zimmer im ersten Stock gehen und nach einer Weile würde er sie auf Suzies Bett zurücklassen, wo sie weinend einschläft. Und sein Vater würde selbst Samstagabend in seiner Praxis sein und so lange über Akten grübeln, bis seine Frau mit Sicherheit schläft und er sich in das leere Ehebett schleichen kann. So, wie es die letzten Jahre immer war.

Seufzend lehnt er sich mit dem Kopf an die Fliesen und lässt das Wasser über seinen Rücken spülen. Noch ein Jahr würde er das nicht aushalten. Aber unmöglich kann er seine Mutter ganz allein lassen. Halloween hier in London hätte auch seinen Reiz, er könnte zu Henrys Party gehen, vielleicht für den Abend vergessen, was vor vier Jahren passiert ist. Nur ein einziges Mal … Seine Gedanken drehen sich im gleichen Kreis, bis er jede Überlegung tot gedacht hat. Resolut dreht er das Wasser ab und steigt aus der Dusche. Wasserdampf steht in dem kleinen Bad; die Lüftung klingt so, als ob sie gleich den Geist aufgeben würde.

Mit einem Handtuch rubbelt er sich grob trocken. Er ist unruhig, als wäre ein Uhrwerk in ihm aufgezogen, aber noch nicht losgelassen worden. Vielleicht würde er noch mal ins Fitnessstudio gehen, ein bisschen überschüssige Energie loswerden. Seine Muskeln sind schon müde vom Spiel, aber ein bisschen Boxen könnte nicht schaden. Und danach hat er hoffentlich die Ruhe, sich an die Vorlesungen der Woche zu setzen und etwas nachzuarbeiten. Es gibt da eine Sache in Molekularbiologie, die er noch nicht ganz verstanden hat. Vielleicht könnte er danach noch mit Rose einen Film schauen. Sie haben angefangen, die Studio Ghiblis in chronologischer Reihenfolge zu gucken. Da Netflix nicht alle hat, sind sie bereits bei ›Prinzessin Mononoke‹. Nicht sein liebster, aber immerhin hat er bisher die Diskussionen mit Rose gewonnen, ›Das wandelnde Schloss‹ nicht vorzuziehen. Manchmal setzt sich auch Amy dazu, wenn sie nicht gerade mit Studienfreunden verabredet ist.

Sein Handy vibriert von zig Nachrichten. Schnell streift er sich eine Unterhose über und verlässt das Bad. Beim Blick auf das Display auf seinem Schreibtisch verdreht er die Augen. In ihrer Studiengruppe geht es gerade wegen Halloween wild her. Die Fachschaft lädt zu einer Party in der Bar unten in Beit Hall ein. Er seufzt, dann stellt er den Chat stumm. Dass irgendein Harry das ›bombenmäßig‹ findet, ist ihm nämlich ziemlich schnurz.

Außerdem hat Henry ihm geschrieben, als er unter der Dusche war, und ihn noch mal nach der WG-Party an Halloween gefragt. Halloween, Halloween, Halloween. Was finden denn alle daran, sich gruselig zu verkleiden? Party kann man auch jedes andere Wochenende im Jahr machen. Er tippt eine Nachricht an Henry, dass er die Party schmeißen und sich keine Sorge um ihn machen solle, als es an der Tür klopft.

Er sieht an sich herab, nur in Unterhose bekleidet, immer noch halb nass von der Dusche, und öffnet den Mund, um

nach einem Moment zu fragen. Da wird die Tür schon geöffnet und Rose steht davor. Den Kopf auf ihr Handy in der
Hand gerichtet, sieht sie ihn im ersten Moment nicht.

»Jez, hast du die Nachricht zur Halloweenparty …« Sie
hebt den Kopf und bricht mitten im Satz ab. Ihre braunen
Augen weiten sich, ihre Lippen sind vom Sprechen noch geteilt. Mit Entsetzen wandert ihr Blick einmal über ihn. Er bemüht sich, bei ihrem Gesichtsausdruck nicht in Lachen auszubrechen.

»In einer ersten Annäherung können wir Gefühle als affektive Antworten auf Ereignisse und Situationen ansehen, die für eine Person von Bedeutung sind, Antworten, die auffällige körperliche Veränderungen hervorrufen und ein spezifisches Verhalten motivieren (…). Sie lassen sich dementsprechend unter den Aspekten von (1) affektiver Intentionalität, (2) leiblicher Resonanz, (3) Handlungstendenz und (4) Funktion betrachten.

1) (…) [Emotionen] richten sich auf Personen, Objekte, Ereignisse und Situation [und sind so] Formen der Wahrnehmung. (…)

2) Wie erfahren wir nun diese Qualitäten oder Relevanzen einer gegebenen Situation? - Emotionen erleben wir immer in (…) [Formen] von lokalen oder generalisierten Leibempfindungen: Gefühle von Wärme oder Kälte, Kitzeln oder Zittern, Schmerz, Spannung oder Entspannung, Beengung oder Weitung, Schwanken, Sinken oder Sich-Aufrichten etc. (…) Besonders reiche Felder leiblicher Resonanzen sind das Gesicht, der Brust- und der Bauchraum. (…)

3) (…) Emotionen lassen sich (…) auch als potentielle Bewegungsrichtungen auffassen, auch wenn diese Bewegung nicht tatsächlich physisch realisiert werden muss. (…) Entsprechend hat Frieda (1986) Emotionen als Aktionsbereitschaften charakterisiert (…): Annäherung (z.B. Begehren), Vermeidung (z.B. Furcht), Zusammensein-mit (z.B. Freude, Vertrauen), Zurückweisung (z.B. Ekel) (…) etc. (…)

4) (…) Emotionen ›ergreifen‹ uns, um anzuzeigen, was für uns bedeutsam ist und worauf wir reagieren sollen. Sie modifizieren

das Feld von Relevanzen und Werten, so dass wir unsere Ziele und Prioritäten neu justieren können.«

Fuchs, Thomas. »Verkörperte Emotionen: Emotionskonzepte der Phänomenologie.« *Emotionen*. Herausgegeben von Hermann Kappelhoff et al. J. B. Metzler, 2019, S. 95-97.

10. KAPITEL

Rose

Sie schielt auf ihren Malblock neben sich, dann zwingt sie ihren Blick zurück auf ihre Notizen. Wenn sie nicht heute Abend noch die Molekularbiologie-Vorlesung von letzter Woche durchgeht, würde sie es gar nicht mehr tun. Den ganzen Tag hat sie nur im Bett gelümmelt, Serien geschaut und gemalt. An sich kein schlechtes Programm für einen Samstag. Aber ihr schlechtes Gewissen hat sie an den Schreibtisch getrieben. Dass sie in der Woche, in der sie ihre Tage hatte, durch den Test gefallen ist, kann sie akzeptieren. Aber dass sie gestern nur ganz knapp an die 40% gekommen ist, nagt an ihrem Ego. Auch wenn die wöchentlichen Tests nicht für ihre Endnote zählen, geben sie eine Idee, auf welchem Leistungsstand sie ist - und danach zu schließen, ist sie auf einem Katastrophalen. Sie wusste vorher schon, dass der Studiengang am Imperial viel eigenständiges Arbeiten erfordert. Aber dass ihr Plan, mit Jez und Ellie vor jeder Vorlesung in der Bib zu lernen, genau eine Woche halten würde, hätte sie nicht gedacht. Sie ist schon einen Monat in London, aber Zeit ist eine schräge Angelegenheit: Einerseits fühlt es sich so an, als wäre sie schon ewig hier, in die-

ser WG, mit ihren Freunden; andererseits sind die paar Wochen nur ein Wimpernschlag.

Sie murrt, hört auf, kleine Kürbisse aufs Papier zu malen,
konzentriert sich auf den Stoff. Nimmt einen Schluck Tee
aus der Tasse neben sich, wippt mit dem Fuß. Schlägt ein
Protein nach, macht sich eine Randnotiz. Malt einen kleinen
Kürbis. Liest sich den Eintrag eines Enzyms durch, das eine
wichtige Rolle bei der Replikation der mRNA spielt. Überspringt ein Lied auf ihrer Lernplaylist, wippt mit dem Fuß.
Vielleicht sollte sie in den Tanzkurs heute Abend gehen, sie
ist unruhig und will sich bewegen. Bindet sich mit einem
Bleistift einen Knoten in die Haare, damit sie ihr nicht weiter ins Gesicht fallen. Malt eine Abbildung aus dem Buch ab
und beschriftet sie.

Das Vibrieren ihres Handys kommt wie eine Erlösung.
Fast schon springt sie vom Stuhl auf und greift danach,
dankbar um jede Ablenkung. Jemand aus der Fachschaft
hat ein Foto mit einer Einladung zur Halloweenparty in Beit
Hall in ihre Studiengruppe geschickt. Die ersten Antworten
trudeln bereits ein, Bekundungen zu kommen und Nachfragen, was Eintritt und Getränke angeht. Ein Mädchen fragt,
ob es einen Dresscode für die Kostüme gibt. Rose verdreht
die Augen.

Sie könnte aufstehen und Jez fragen, ob sie gemeinsam
hingehen würden. Er müsste vor einer halben Stunde vom
Spiel heimgekommen sein, sie hat dumpf seine Stimme im
Flur gehört. Ihre Vernunft sagt ihr, sie solle weiter lernen
und Halloween sowieso lieber aussitzen. Nach der desas-
trösen Clubnacht vor drei Wochen waren sie nur ab und zu
mal abends in einem Pub gewesen. Mal Jez, Ellie und sie,
manchmal war sie auch mit Jez, Henry und ein paar von
Henrys Mitbewohnern unterwegs. Pubs sind einfach, es
sind weniger Menschen und sie kann ihre Bestellung immer

jemand anderen mitgeben, dass sie sich nicht zur Theke durchdrängeln muss. Wenn sie nur an die vielen Menschen im Club denkt, die sie ständig berührt haben, die Hände von fremden Männern auf ihrem Körper, wird ihr kotzübel.

Bei ihrem letzten Telefonat mit Blaze hat Rose sie gefragt, ob sie für Halloween nach London kommen würde. Aber ihre Schwester hat nur kurz angebunden gemeint, dass sie mit ihren Freunden Gabi und Will in Plymouth feiern würde. Rose ist sich nicht sicher, ob Blaze immer noch wegen ihres heftigen Streits vor drei Wochen sauer auf sie ist. Sie haben sich ein paar Tage später wieder versöhnt und Rose hat sich entschuldigt, dass sie Blaze mit ihrer Mum verglichen hat. Vielleicht ist Blaze aber auch auf Tim aus irgendeinem Grund sauer und will deshalb Halloween nicht kommen. Dabei hat Rose sich stundenlang das Schwärmen ihrer Schwester von ihrem gemeinsamen Wochenende in Liverpool anhören müssen. Rose wollte ihr Glück nicht herausfordern und nachfragen, wieso Blaze in Plymouth bleiben würde. Sie ist etwas enttäuscht, nicht mit ihrer Schwester Halloween feiern gehen zu können, dann müsste sie sich keine Gedanken machen, weil Blaze verstanden hat, dass Club und Co für ihre kleine Schwester einfach eine Sache der Unmöglichkeit sind.

Sie schickt Ellie eine SMS wegen der Fachschaftsparty, aber deren Absage kommt nur einige Sekunden später: Ellie würde das Wochenende bei ihrer Oma in Sussex verbringen, weil sie Halloween nicht ausstehen kann. Sie fragt, ob sie schon Jez gefragt hätte.

Überhaupt nicht enttäuscht darüber, nicht weiter zu lernen, steht Rose auf und geht zu Jez' Zimmer hinüber. Dabei schleicht sich die Erinnerung an Henrys WG-Party vor ihr inneres Auge und wie sie beide miteinander getanzt haben. Wie sicher sie sich in dem Moment mit ihm gefühlt hat. Wie sicher sie sich allgemein mit ihm fühlt. *Wir können nicht so zerbrechen, dass wir nicht mehr zusammengesetzt werden können,* hallen seine Worte in ihrem Kopf nach. Seit er sie gesagt hat, fallen sie ihr ständig ein, wie ein Mantra, dass sie nicht so kaputt sei, wie sie denkt. Wenn sie angerempelt wird und ihr Herz einen Moment aussetzt, wenn sie an der Uni auf die Toilette geht und beim Schließen der Kabine manchmal die Panik in ihre Knochen kriecht, wenn sie nach einem Albtraum aufwacht, geben sie ihr ein Gefühl von Geborgenheit.

Sie klopft an seine Tür und scrollt dabei die Nachrichten in der Studiengruppe durch. Es würde wohl fünf Pfund Eintritt kosten, es würden auch Cocktails serviert und nein, einen Dresscode gäbe es nicht direkt, aber wenn das Kostüm unanständig sei, würde der Eintritt verweigert. Nach einem kurzen Moment drückt sie die Klinke herunter und geht in sein Zimmer.

»Jez, hast du die Nachricht zur Halloweenparty …«, beginnt sie und hebt den Kopf. Bei dem Anblick, der sich ihr bietet, erstarrt sie in der Bewegung. Er steht, nur in Unterhose bekleidet, in der Mitte seines Zimmers und sieht sie mindestens so überrascht an, wie sie ihn. Das dunkle Haar hängt ihm nass um die Ohren und Wasser tropft auf seinen nackten Oberkörper. Sie verfolgt die Muskeln seiner Oberarme, die breite Brust, die Vertiefungen eines Sixpacks. Ein einzelner Tropfen perlt über die Haut, die langsam ihre Sommerbräune verliert, und verschwindet unter der Unterhose. Oh Gott, die Unterhose … Sie liegt eng um seine Hüften und überlässt wenig der Vorstellungskraft. Roses Wangen werden siedend heiß, während sie ihren Blick nicht losreißen kann. Sie weiß, dass er gut aussieht. Mein Gott, das war einer der ersten Dinge, die ihr an ihm aufgefallen sind. Und sie weiß, dass er neben dem Fußballtraining oft noch ins Fitnessstudio geht. Sie war ihm auch schon beim

Kochen oder im Pub nahe genug, um zu wissen, dass er durchtrainiert ist. Aber es zu sehen, nur wenige Meter von ihr entfernt, lässt ihre Kehle staubtrocken werden.

Sie öffnet und schließt ihren Mund mehrmals, auf der Suche nach Worten. Ihr Kopf ist wie leergefegt, alles, was sie denken kann, ist: Er ist fast nackt. Er sieht verdammt gut aus. Sieht man seinen definierten Bizeps auch unter T-Shirts und wenn ja, wieso ist er ihr noch nie aufgefallen? Wie muss sein Rücken dann erst aussehen? Aus Angst zu sabbern, schließt sie ihre Lippen schnell. Meine Güte, sie muss sich wirklich in den Griff bekommen. Sie hat Tim schon dutzende Male am Strand gesehen und da hat sie sich auch nicht in einen wandelnden Pudding verwandelt.

»Ich habe geklopft«, bringt sie schließlich hervor. Hoffentlich klingt ihre Stimme nur in ihren eigenen Ohren so rau. Doch beim amüsierten Zucken seiner Mundwinkel verliert sie die Hoffnung.

»Und ich habe nicht herein gesagt«, sagt er. Es ist wie ein Déjà-vu von einem der ersten Abende in der WG, an dem er ungefragt in ihr Zimmer gekommen ist und sie beim Malen beobachtet hat.

»Ich äh,« ihr Blick verliert sich auf den Muskelsträngen seines Oberkörpers, »Ich sollte …« Sie zeigt mit der Hand hinter sich in den Flur, als ob das alles sagen würde.

Er zuckt entspannt mit den Schultern. Wieso ist er eigentlich nicht konsternierter, dass sie einfach so in sein Zimmer platzt und ihn fast nackt sieht? Sollte er sie nicht rausschmeißen oder so? Peinlich berührt sein? Aber was ihm bei dem Körper peinlich sein sollte …

»Jetzt hast du ja eh alles gesehen«, sagt er leichthin und geht ins Bad, um sein Handtuch zu holen. Sein ganzes Zimmer riecht bereits nach seinem Duschgel. Frisch, nach Minze und Salbei. Nach Jez. »Also, was gibt's?«

»Stimmt«, krächzt sie. Er steht nun mit dem Rücken zu ihr und sie sieht das Spiel seiner Muskeln, als er nach dem Handtuch auf dem Boden greift. Sie sollte weggucken. Aber sie verfolgt fasziniert den Bogen seiner Wirbelsäule, der in der engen Unterhose verschwindet. Er dreht sich wieder um und sie reißt sich von dem Anblick los. Auf gar keinen Fall soll er denken, sie hätte ihm auf den Hintern gestarrt. Auf den wirklich knackigen, schönen Hintern. Stattdessen sieht sie stur geradeaus aus dem Fenster.

»Außer ich soll erst was anziehen, damit du dich konzentrieren kannst?«, fragt Jez und klingt dabei viel zu heiter. Er trocknet sich mit dem Handtuch seine Haare.

»Nein!«, sagt sie schnell. Gott, was muss er nur von ihr denken. Sie sieht garantiert aus wie ein Fisch an Land, so bescheuert wie sie nach Worten ringt und dabei den Mund auf- und zumacht.

Seine Augenbraue schießt in die Höhe. »Also soll ich mir nichts anziehen?«

»Du verdrehst mir die Worte im Mund!«, erwidert sie hitzig, bemüht, ihre Fassung wiederzuerlangen. »Ich wollte fragen, ob du mit auf die Halloweenparty von der Fachschaft gehen würdest.« Sie verschränkt die Arme vor der Brust.

Er erstarrt für einen Moment darin, ein T-Shirt aus dem Schrank zu ziehen. Nur kurz, aber sie bemerkt, wie seine Bewegungen danach etwas angestrengter sind. Als würde er sich darauf konzentrieren müssen, sie ruhig auszuführen. »Weiß ich noch nicht«, sagt er langsam. »Wieso fragst du?«

»Ellie ist an dem Wochenende bei ihrer Oma. Und meine Schwester ist in Plymouth.«

Er zieht sich eines seiner dutzenden geringelten T-Shirts über den Kopf und scheint in seinem Schrank nach einer Hose zu suchen. Als er immer noch nicht antwortet, fügt sie hinzu: »Sonst würde ich Amy fragen, was sie macht. Vielleicht kann ich mich auch ihr anschließen. Ich dachte nur, dass es ganz cool wäre, zusammen zu gehen.«

Darauf erntet sie nur ein Nicken. »Halloween ist nicht so mein Ding, weißt du?« Er steigt in eine schwarze Jogginghose und sie ist fast schon erleichtert, dass er jetzt wieder angezogen ist.

»Ich kann mich auch um dein Kostüm kümmern!«, bietet sie an. »Ich hatte überlegt als Max aus ›Stranger Things‹ zu gehen. Dann könntest du Steve sein, das würde doch passen.« Sie stellt sich neben ihn an den Kleiderschrank. Zu reden beruhigt sie, denn auch wenn er mittlerweile wieder angezogen ist, pumpt ihr Herz noch heiße Elektrizität durch ihre Adern. Nach dem Duschen riecht er besonders gut und für eine Sekunde ist sie abgelenkt.

»Dafür bräuchtest du nur ein dunkles T-Shirt,« sie deutet auf den Stapel an Shirts, »eine Jeans«, sie zieht eine hellblaue hervor, »und wegen der Jacke müssen wir mal schauen.« Skeptisch betrachtet sie eine graue Kapuzenjacke und überlegt, ob das klappen könnte. »Den Baseballschläger kann ich basteln.« Sie stößt auf eine Lederjacke, die ganz hinten hängt. »Aber wir könnten auch als Cheryl Blossom und Reggie Mantle aus ›Riverdale‹ gehen!«

»Sag mir nicht, dass du das guckst«, wirft er ein; das Erste, das er seit ihrem Wasserfall an Ideen von sich gibt.

»Mittlerweile mehr aus Spaß. Ich weiß, dass es einfach nur schlecht ist.« Hoffnungsvoll sieht sie zu ihm hoch. »Überlegst du es dir?«

Erst nachdem sie seine Fast-Absage gehört hat, merkt sie, wie wichtig es ihr ist, an Halloween auszugehen. Und nicht nur mit irgendwem, sondern mit ihm. Halloween ist vertraut, sie war jedes Jahr unterwegs und es dieses Jahr allein in ihrem Zimmer verbringen zu müssen, würde ihr nur das

Gefühl geben, doch kaputt zu sein. Sich nicht zu trauen. Und wenn sie ehrlich mit sich ist, würde sie es sich mit Amy nicht trauen. Von den anderen drei Mitbewohnern steht sie Amy definitiv am nächsten, aber würde das andere Mädchen eine Panikattacke von ihr nachvollziehen können? Jez würde es.

Er begegnet ihrem Blick, aber aus seinen braunen Augen wird sie nicht schlau. »Halloween zu Hause zu sitzen ist doch auch irgendwie traurig«, fügt sie hinzu. Ein dunkler Schatten huscht über sein Gesicht, aber er ist direkt wieder verschwunden. Jez wendet sich von ihr ab.

»Du hast diesen Welpenblick echt gut drauf, weißt du das?«

»Kleine Schwester Syndrom«, sagt sie mit einem Schulterzucken. »Also überlegst du es dir?«

Bei seinem tiefen Seufzen weiß sie, dass sie ihn hat. »Henry schmeißt wahrscheinlich eine Party bei sich. Lass uns wenn dann da hin gehen, da ich keinen …« Weiter kommt er nicht, denn da ist sie ihm schon um den Hals gefallen. Seine breiten Arme sind warm und die Wölbung zwischen seinem Hals und der Schulter scheint genau für ihr Gesicht gemacht zu sein.

»Danke, danke, danke«, quietscht sie. Genauso schnell löst sie sich wieder von ihm und versucht das Gefühl von seinem Körper direkt an ihrem so bald wie möglich wieder zu vergessen. »Bist der Beste.«

Er lacht. »Du hast aber heute eine Energie. Und das ist noch keine Zusage, okay?«

»Okay.« Sie sieht auf die Uhrzeit auf ihrem Handy. »Vielleicht gehe ich noch zum Tanzen, es gibt um acht noch einen Kurs.«

»Im Sports Centre?« Auf ihr Nicken greift er nach seiner Sporttasche auf dem Bett. »Dann würde ich mitkommen.

Ich wollte noch mal Boxen gehen.«

»Auch etwas zu viel überschüssige Energie heute?«, zieht sie ihn auf.

»Ach, wir haben das Spiel verloren und ich bin etwas angespannt.«

»Oh, das tut mir leid für euch. Ich hatte gar nicht nachgefragt, wie es lief.«

Er boxt ihr spielerisch in den Arm. »Ich weiß und das nehme ich persönlich, Rosalie.«

»Tu das«, sagt sie amüsiert und geht zur Zimmertür. »Wir gehen in einer Viertelstunde?«

Er nickt und schenkt ihr ein entspanntes Lächeln.

Doch egal, wie normal sie auf dem Weg ins Sports Centre miteinander reden und plänkeln, egal wie sehr sie sich im Tanzen verliert und auspowert, kaum sieht sie ihn an der gläsernen Front des Trainingsraumes nach dem Kurs auf sie warten, völlig durchgeschwitzt vom Boxen, schießt wieder dieser ungewohnte Stromstoß durch sie hindurch. Als sie sich zum Duschen vor ihren Zimmertüren in der WG verabschieden, wird sie eine gewisse Enttäuschung nicht los. Als hätte sie noch etwas sagen, etwas machen, ihn nicht gehen lassen sollen. Und diese Enttäuschung jagt ihr eine Heidenangst ein.

Sie verzieht das Gesicht, als der heiße Kaffee ihre Zunge verbrennt.

»Zu heiß?«, fragt Mark. Er stellt seine Tasse Milchkaffee vorsorglich auf den Tisch.

»Etwas.« Rose tut es ihrem Stiefvater gleich. »Was für eine Wohnung besichtigst du jetzt?«

Mark fährt sich durch das zurückgekämmte, dunkle Haar. Sie fragt sich, seit wann es so grau durchzogen ist.

Vermutlich in den letzten Jahren, bei dem Stress, den seine Stieftöchter ihm gebracht haben.

»Eine 2-Zimmer Wohnung am Onslow Square.«

Ihr Stiefvater ist ein erfolgreicher Immobilienmakler und lebt unter der Woche in London. Sie haben sich seit Roses Umzug vorgenommen, sich auf einen Kaffee zu treffen, aber zwischen Roses Studium und Marks Terminen haben sie es bisher nicht geschafft. Als er sie gestern angerufen hat, dass er an diesem Mittwochvormittag nur wenige Straßen von ihr entfernt in South Kensington einen Termin hätte, haben sie sich in Roses Lieblingscafé verabredet. Ellie hat es ihr in der ersten Woche gezeigt, eher aus Spaß, weil es *Brown & Rosie* heißt. Aber da der Kaffee unglaublich gut ist, von den Backwaren ganz zu schweigen, hat es sich schnell zu ihrem liebsten Café entwickelt.

»Klingt nicht so, als ob du dich auf den Termin freust«, sagt Rose.

Mark seufzt. »Es ist eine Beschlagnahmung. Die Wohnung ist eine absolute Bruchbude, überall lag Müll und Dreck und es musste alles herausgerissen werden.«

»Wie kommst du denn auf so eine Wohnung?«

»Debbie hat von ihr gehört, weil kein Büro sie so wirklich nehmen will.« Debbie ist seine Assistentin. Rose nippt vorsichtig an ihrem Kaffee. Er schmeckt nach süßem Vanillesirup, genau wie sie es mag.

»Aber dabei ist die Lage doch echt gut?«

Mark lacht freudlos auf. »Klar. Wenn sie einmal hergerichtet ist, wird sie auch ordentlich was wert sein auf dem Markt. Aber richte erst mal eine verwinkelte 2-Zimmer Wohnung direkt unterm Dach, im fünften Stock ohne Aufzug, her.«

»Oh.« Sie grinst verschmitzt. »Also willst du sie.«

Mark lacht, dass sich die Falten um seine blauen Augen

kräuseln. »Natürlich will ich sie.«

»Weiß Mum schon von ihrem Glück?«

»Auf keinen Fall.« Er sieht sie gespielt ernst an. »Und das bleibt auch erst mal so.«

Rose legt eine Hand auf ihr Herz. »Ich verspreche hoch und heilig, meine Klappe zu halten. Hast du Fotos?«

Mark zeigt ihr die wenigen Fotos, die er im Voraus von der Wohnung bekommen hat. Sie mag ihren Stiefvater. Sie war neun, als ihre Eltern sich getrennt haben und an ihren leiblichen Vater erinnert sie sich nur noch vage. Alles, was sie von ihm weiß, sind seine Wutanfälle und dass er das absolute Gegenteil von Mark war. Im Gegensatz zu Blaze hört sie ihm gerne zu, wenn er von seinem Job erzählt. Mark sitzt nicht nur hinter dem Computer und bewirbt seine Immobilien, er packt auch gerne selbst bei Renovierungs- und Sanierungsarbeiten an. Sehr zum Verdruss von Mum, die der Meinung ist, dass er schon genug Projekte am Laufen hat und sich nicht noch auf Baustellen herumtreiben solle. Rose vermutet, dass sie Angst vor einem Unfall hat, es aber nicht zugeben will.

»Die Wohnung ist ein Traum«, schwärmt sie. Mit den vielen Dachschrägen und Erkerfenstern hat sie ihren Charme und Rose stellt sich vor, wie sie mit neuen Böden, Tapeten und Haushaltsgeräten aussehen könnte.

»Hoffentlich«, sagt Mark und sieht aus dem Fenster nach draußen. Es ist der erste sonnige Tag seit Ewigkeiten und der blaue Himmel spiegelt sich in den Pfützen. »Aber wie läuft es denn bei deiner Wohnungssuche?«

Rose seufzt und lehnt sich in dem Holzstuhl zurück. »Gar nicht. Ich weiß noch nicht mal, mit wem ich nächstes Jahr wohnen will. Amy wird mit Kommilitonen zusammenziehen, Jez will wahrscheinlich den Platz von einem Mannschaftskollegen in Henrys WG einnehmen. Und Ellie ist genauso verloren wie ich.«

Mark nickt verständnisvoll. »Für Studierende ist es immer schwierig. Leider habe ich da auch nichts Passendes für euch.«

»Falls ich meine Seele an den Teufel verkaufen muss, um die 2-Zimmer Wohnung bezahlbar zu bekommen, mache ich das.«

Laut lacht er auf. »Nicht deine Seele. Aber falls ich deine Mum überzeugt bekomme, sie als Kapitalanlage zu kaufen, schaue ich mal, was sich machen lässt.«

»Ich helfe auch beim Streichen!«, bietet sie sofort an. »Und suche mir einen Job für die Miete.« Auch wenn sie die Miete, wenn sie normale South Kensington Preise annimmt, niemals mit einem Nebenjob stemmen könnte. Auch nicht mit drei.

Sie bekommt regelmäßig eine Krise, wenn sie daran denkt, dass sie sich jetzt schon für ein Haus nächstes Studienjahr umsehen muss. Ihr Wohnheimzimmer läuft im Juli aus und da die Studentenhäuser in London hart umkämpft sind, muss man sich fast ein Jahr im Voraus schon kümmern. Sie hat sich eine Liste geschrieben, was dafür zu erledigen wäre, bereits Immobilienfirmen, die sich auf Studentenhäuser spezialisiert haben, notiert und die ersten Websites auf ihre Leseliste gepackt. Aber mit wem sie zusammenziehen will, weiß sie immer noch nicht. Nur mit Ellie könnten sie niemals die Miete stemmen und irgendjemanden aus ihrem Studiengang zu fragen, lässt ihr Herz panisch schneller schlagen.

Mark sieht auf seine Uhr. »Ich muss los.« Schnell trinkt er seinen Kaffee aus. »Hast du gleich Uni?«

Rose schüttelt den Kopf. »Wir haben mittwochs frei. Aber ich treffe mich gleich mit Freunden.« Sie hat sich mit

Jez, Henry und Ellie zum Lernen verabredet, einer ihrer guten Vorsätze nach den zwei verpatzten Tests, und das Lernen fällt ihr im Café deutlich leichter als in der Bib. Es ist nicht ganz so gezwungen, sie können sich zwischendurch unterhalten und die regelmäßige Versorgung mit Koffein und Zucker schadet auch nicht.

»Student müsste man noch mal sein«, sagt Mark wehmütig und wickelt sich seinen Schal um.

»Wir lernen«, beteuert sie. Sie umarmt ihn zum Abschied und verspricht ihm, Mum später anzurufen. Als er das Café verlässt und sie seine große, schlanke Gestalt um die Ecke verschwinden sieht, zieht sich ihr Herz schmerzhaft zusammen. Plötzlich vermisst sie ihre Familie, ihr zu Hause, mit einer Wucht, die sie bisher noch nicht erlebt hat. Sie mag Cornwall nicht, aber sie sehnt sich danach, ihre Mum im Atelier sitzen zu sehen, den Blick auf den grünen, wilden Garten und den kleinen Bach; Blaze mit einem Buch auf der Fensterbank; Mark und ihre Mum in der Küche; die Jazzlieder zu hören, die Mum beim Kochen immer laufen lässt. Sie blinzelt die Tränen weg und wirft einen Blick auf die Uhr. Sie hat den anderen elf Uhr gesagt, sie hätte noch ein wenig Zeit, um ihre Mum anzurufen. Anfangs haben sie jeden Tag telefoniert, jetzt schafft sie es nur noch zwischendurch, weil sie mit ihrem neuen Leben hier in London so beschäftigt ist.

Sie erreicht Mum bei einem Treffen mit ihrer Kuratorin in der Galerie in St. Ives. Die vertraute Stimme ihrer Mum legt sich wie eine warme Decke um sie und nach dem kurzen Gespräch ist ihr Heimweh zwar nicht verflogen, aber nur noch ein dumpfes Pochen in ihrem Brustkorb. Sie zieht ihre Notizen zu Statistik und Molekularbiologie hervor, zusammen mit dem dicken Lehrbuch und beugt sich über die Papiere, bis sie jemand von hinten antippt.

Erschrocken zuckt sie zusammen. »Nicht erschrecken«,

sagt Jez und lässt sich neben sie auf den Stuhl fallen.

»Sagt derjenige, der sich von hinten anschleicht«, bringt sie etwas atemlos hervor. Den kleinen Stromschlag, den seine Nähe seit anderthalb Wochen bei ihr verursacht, ignoriert sie geflissentlich.

Henry nimmt gegenüber von ihm Platz und schmeißt seine Jacke auf den Stuhl neben sich. »Ich glaube, so gute Noten wie dieses Jahr werde ich noch nie gehabt haben, so viele Lerntreffen, die wir bisher hatten.«

»Du warst nur bei drei dabei«, sagt sie trocken.

»Eben.« Henry holt einen zerfledderten Collegeblock hervor. Sie verdreht die Augen. »Aber viel wichtiger: Rose, bist du Samstag am Start?«

Es sind nur noch drei Tage bis Halloween und Jez hat ihr noch immer nicht fest zugesagt, dass er sie begleiten würde. Unsicher sieht sie ihn von der Seite an.

»Henry hat mich eben auf dem Weg versucht zu überreden«, gibt er zu. »Und er ist der Meinung, dass ich nur gehen würde, wenn du gehst.« Die beiden Jungs wechseln einen Blick, den sie nicht deuten kann.

Henry lehnt sich verschwörerisch vor. »Also, Rosie, sag, dass du am Samstag kommst.«

Ihre Lippen teilen sich, doch bei Jez' fast schon gequältem Gesichtsausdruck hält sie inne. So sehr sie an Halloween feiern möchte, ihn dazu zu zwingen, ist keine Option für sie. »Ich kann auch entspannt einfach einen Horrorfilm schauen.« Sie kann die Enttäuschung darüber jedoch nicht aus ihrer Stimme heraushalten.

Henry hält sich theatralisch eine Hand aufs Herz. »Et tu, Brute?« Dann wird er plötzlich ernst und wendet sich an Jez: »Du wirst an deinem Geburtstag nicht allein in deinem Zimmer sitzen und Videospiele spielen, Hamilton. Du hast gesagt, wir sollen diese Party schmeißen, also kommst du auch gefälligst.«

»Geburtstag?«, fragt Rose, gleichzeitig sagt Jez: »Shakespeare? Echt jetzt?«

»Ich habe noch ein Batman Kostüm. Und wenn du dich nach zwei Stunden verkrümelst, kannst du das von mir aus auch machen«, fährt Henry unbeirrt fort. »Aber du bewegst deinen Hintern zu uns oder ich lasse Charlie Samstagmorgen bei euch in der WG aufkreuzen und seinen Dekowahn ausleben.«

Jez seufzt tief. »Ja, okay, meinetwegen. Ich komme. Aber keine zehn Pferde kriegen mich in ein Batman-Kostüm.«

»Ich bin immer noch für Steve und Max aus ›Stranger Things‹«, sagt Rose.

Henry nickt zufrieden. »Gute Idee.« Er steht auf. »Ich hole jetzt Kaffee. Willst du noch einen, Rose?«

Sie schüttelt den Kopf und Henry schlendert zu der Marmortheke hinter ihnen, um seine Bestellung aufzugeben.

»Du hast am 31. Geburtstag?«, fragt sie Jez, bevor sie es sich anders überlegen kann.

Er zuckt mit den Schultern, betont gleichgültig. Aber sie sieht den harten Zug um seinen Mund. »Ich mach da keine große Sache draus. Also wehe du stehst mit Ballons morgens in meinem Zimmer, okay?«

»Würde mir nie einfallen.« Sie trinkt einen Schluck ihres Kaffees, der langsam kalt wird. »Du magst kein Halloween. Kein Geburtstag. Magst du überhaupt einen Feiertag?«

Ihre neckenden Worte prallen an seinen angespannten Schultern ab. »Neujahr. Aber *Seollal*, nicht Silvester. Also Neujahr nach dem Mondkalender«, murmelt er und sieht über seine Schulter nach Henry, der gerade ihre Bestellung aufgibt. Bevor sie darauf etwas erwidern kann, sieht Jez sie an. Ein Sturm tobt hinter seinen dunklen Augen, als würde er etwas mit sich ausdiskutieren. »Aber das ist es nicht.

Samstag ist ...«, er holt tief Luft, »Samstag ist ihr Todestag.«

Fuck. Was erwidert sie darauf am besten? Was kann sie überhaupt dazu sagen? Für ihre unsensible Antwort, als er ihr anvertraut hat, dass seine Schwester gestorben ist, schämt sie sich immer noch ein wenig. »Dann fühlt es sich natürlich falsch an zu feiern«, sagt sie vorsichtig und berührt seine Hand.

Humorlos lacht er auf, umschlingt aber ihre Finger. »Kann man so sagen.«

»Du musst nicht mitkommen. Es tut mir leid, dass Henry und ich dich so genötigt haben.« Sie ignoriert das heiße Kribbeln, das ihren Arm hochfährt.

»Nein.« Er fährt sich mit der anderen Hand über das Gesicht und als er sie sinken lässt, ist all der Schmerz aus seinen Augen gewichen. »Die Ablenkung wird guttun.«

»Ich könnte dir einen Geburtstagskuchen backen«, schlägt sie vor.

Diesmal ist sein Lachen echt. »Auf keinen Fall. Ich will danach noch eine Küche haben.«

»Das war ein Mal.« Sie hält einen Finger hoch, um ihre Worte zu betonen. »Eigentlich bin ich keine so schlechte Bäckerin.«

Henry kehrt an ihren Tisch zurück, zwei Tassen Kaffee in der Hand. Einen Americano für ihn und einen Latte Macchiato, den er vor Jez abstellt. Seine sturmgrauen Augen bleiben auf ihren verschränkten Händen liegen und Jez zieht seine zurück. Die beiden tauschen ein Blick, der eine stumme Konversation auszutragen scheint, doch bevor irgendeiner von ihnen etwas sagen kann, taucht Ellie an ihrem Tisch auf. Atemlos entschuldigt sie sich für ihr Zuspätkommen, lädt Henrys Jacke, die über dem letzten freien Stuhl hängt, kommentarlos auf dessen Schoß ab, und geht zur Theke, um sich selbst etwas zu bestellen. Henry sieht ihr einen Moment nach, während er seine Jacke hinter sich über die Lehne schiebt. Die Stimmung zwischen Ellie und ihm ist noch etwas angespannt, aber sie reden wieder miteinander und er scheint sich ehrlich auf die Zunge zu beißen, wenn sie dabei ist, und keine dummen Kommentare loszulassen.

Von der angespannten, traurigen Stimmung von eben ist nichts mehr zu spüren. Sie reden über das endlich sonnige Wetter, Henry erzählt von Charlies verrückten Dekoideen für Halloween, Ellie freut sich auf das Wochenende bei ihrer Oma. Auch wenn Jez sich weniger an den Gesprächen beteiligt, wirkt er gelöst. Unweigerlich muss sie an ihre Schwester denken, die jedes Jahr am Tag von Tims Unfall genauso versucht hat, ihre Gefühle zu verstecken. Doch Rose hat jedes Jahr gemerkt, wie schlecht es ihr unter der Maske an Gleichgültigkeit ging. Ihr Magen dreht sich um, während sie das Gleiche bei Jez beobachtet. Und sie muss sich eingestehen, dass nicht nur sie am Samstag auf der Party eine Stütze brauchen wird. Sondern dass sie sich gegenseitig Halt geben müssen.

»Zu diesen inneren Signalstoffen im Dienste der Steuerung von Reproduktion, Sexualität, Partnersuche und -bindung gehören die Sexualsteroide, bestimmte biogene Amine und Peptidhormone (…). Das Dehydroepiandrosteron (DHEA) ist als Vorstufe der Sexualsteroide gewissermaßen die ›Mutter aller Steroidhormone‹. Falls die Ergebnisse von Tierversuchen auf den Menschen übertragbar sind, wäre DHEA an der Regulation von Geschlechtstrieb, Orgasmus und sexueller Anziehung beteiligt. (…) Von den biogenen Aminen spielt das Phenylethylamin (PEA) offenbar eine besondere Rolle. Es ist eine mit Amphetaminen verwandte Substanz und bewirkt daher Zustände, die sich z. T. auch mit Kokain auslösen lassen: ein euphorisches, über den Wolken schwebendes Gefühl, fast wie beim Verlieben. (…) Dopamin steuert die Freisetzung des Peptidhormons Prolaktin, das, wie die beiden anderen Peptidhormone Oxytocin und Vasopressin, im weitesten Sinne als ›Bindungshormon‹ bezeichnet wird. Alle 3 Hormone spielen (…) eine besondere Rolle bei der emotionalen Bindung primär zwischen Mutter und Kind, aber auch später zwischen [Partner:innen].«

Hüther, Gerald. »Neurobiologie von Bindung und Sexualität.« *Journal für Neurologie, Neurochirurgie und Psychatrie*, vol. 14, no. 1, 2013, S. 25.

11. KAPITEL

Jez

Das Bier schmeckt bitter. Was vielleicht daran liegt, dass es bereits sein fünftes innerhalb von einer halben Stunde ist. Jez setzt den roten Plastikbecher ab, wischt sich mit dem Handrücken über den Mund und dreht den Tischtennisball zwischen den Fingern. Marvin stützt sich auf seine Schultern.

»Wenn du den jetzt machst, Hamilton, haben wir gewonnen.« Seine flaschengrünen Augen sind bereits verklärt vom Alkohol. Wenn Jez gläserweise die Bowle, die Oscar gemischt hat, intus hätte, würde er vermutlich auch nicht mehr ganz klar sehen können. Aber sein Vorsatz hält bisher noch. Kein harter Alkohol. Die Mengen an Bier, die er getrunken hat, und dass sich sein Kopf bereits herrlich leicht anfühlt, ignoriert er. Ganz ohne Alkohol würde er es nicht aushalten. Nicht heute.

Er nimmt den letzten Becher des anderen Teams ins Visier und wirft. Der Ball trifft und Marvin jubelt laut auf. Sie klopfen sich auf die Schulter, während Grant und Charlie angesäuert nach dem übrigen Bier greifen, das sie als Verlierer austrinken müssen. In den bunten Weltraumanzügen sehen sie viel zu witzig aus, wie sie die Visiere ihrer Helme nach hinten schieben, und einen roten Plastikbecher nach dem anderen kippen. Bisher hat keiner ihre Verkleidung als Lance und Keith aus ›Voltron‹ erkannt, aber das scheint die beiden nicht zu kümmern. Dabei sieht Grant mit seinem schwarzen Haar und den blaugrauen Augen dem Cartoon-charakter Keith zum Verwechseln ähnlich. Vielleicht er-kennt sie aber auch keiner, weil die beiden in der Serie nie offiziell zusammenkamen und jeder bei dem Pärchen ein entsprechendes Kostüm vermutet. Jez durfte sich bereits von Charlie ausführlich anhören, wie widerlich es sei, wenn Serien queer-baiting betreiben.

Er verabschiedet sich von dem Beerpong-Tisch, der im Esszimmer aufgebaut ist, und sucht nach Rose. Das Esszim-mer ist in einen Friedhof verwandelt worden, mit Grabstei-nen an den Wänden und Spinnweben in den Ecken. Rose und er haben sich getrennt, als Marvin ihn zu einem Spiel überredet hat, und eine leise Sorge schleicht sich in seine Gedanken. Er holt sich ein weiteres Bier aus der Küche und findet Rose schließlich im Wohnzimmer auf einem der zwei Ledersofas.

Sie sitzt auf der breiten Armlehne und unterhält sich mit einem braunhaarigen Mädchen, das ihm vage bekannt vor-kommt. Rose sticht mit ihrem bunt gestreiften T-Shirt, der kurzen Jeansshorts und den hochgezogenen Tennissocken, die in Vans stecken, aus der Menge an dunklen Vampiren und Hexen heraus. Als würde sie seine Nähe bemerken, dreht sie sich um und ihre Augen finden seine. Die blauen Kontaktlinsen, die sie trägt, sind ungewohnt, als wäre ihr Gesicht, passend zu Max ungeschminkt, nicht mehr ihres.

»Und, habt ihr gewonnen?«, fragt sie, als er sie erreicht hat.

»Klar.« Er trinkt ein Schluck seines Biers. Ihr Glas Bowle,

das ihr am Anfang der Party von Henry in die Hand gesteckt wurde, ist mittlerweile mit einer durchsichtigen Flüssigkeit gefüllt. Hat sie es weggeschüttet und trinkt mittlerweile Wasser? Oscar hat es sowohl mit den Getränken als auch mit dem Essen übertrieben. Die Bowle besteht aus einer blutähnlichen Flüssigkeit, in der Geleeaugen schwimmen, und auf der Arbeitsplatte stehen Platten an Zombiekeksen, Wurmmuffins und Spinnenbrownies. Vor der Terrassentür, die in den Garten hinausführt, hat Oscar eine Bar aufgebaut und mixt Bloody Marys und Corpse Revivers, die genauso viel Alkohol beinhalten, wie der Name vermuten lässt.

»Natürlich«, zieht sie ihn auf und verdreht die Augen. Die Brünette neben ihr steht auf und meint, dass sie weiter hinten im Raum ihre Freundin gesehen hätte. Wenig elegant lässt er sich auf den nun freien Platz neben Rose fallen.

»Erinnerst du dich noch an Mia?«, fragt sie und deutet auf die Brünette, die im Nebenzimmer verschwindet. Charlie hat wirklich nicht untertrieben mit der Deko. Das Wohnzimmer ist zu einem Kürbisfeld umfunktioniert worden und kleine Kürbisse mit Fratzen stehen in den Regalen, während eine gruselige Vogelscheuche in der Ecke die Tanzfläche im Blick hat.

»Mia?«, fragt er langsam, dann macht es Klick und er erinnert sich an das Mädchen, mit dem Henry ihm bei der letzten Party verkuppeln wollte. »Oh Gott, ja.«

»Sie ist eigentlich echt nett«, sagt Rose und nippt an ihrem Glas.

»Soll ich aufstehen und ihr nachlaufen? Immerhin hat sie mir damals doch ›an den Lippen gehangen‹, so hast du es doch genannt, oder?« Er erhebt sich bereits, aber sie greift nach seinem Arm und zieht ihn wieder aufs Sofa.

»So meinte ich das nicht.«

Er kann den Unterton ihrer Stimme nicht deuten. Er wollte sie necken, aber sie geht auf sein Geplänkel nicht ein. Wieso erwähnt sie Mia überhaupt? Will sie seine Reaktion abschätzen? Nein, den Gedanken schlägt er sich lieber ganz schnell aus dem Kopf. Sie sieht in ihm nichts als einen Mitbewohner. Und egal wie oft er ihre Reaktion von dem Abend durchspielt, als sie in sein Zimmer geplatzt ist, er landet immer bei der gleichen Schlussfolgerung: Sie war überfordert, mehr nicht. Ihn halbnackt zu sehen, hat überhaupt nichts zwischen ihnen verändert. Sie sind weiterhin vertraut; gute Freunde. Denn auch wenn jedes Händchenhalten mit ihr sein Herz rasen lässt, ist es für sie einfach nur eine trostspendende Geste. Bei dem Stachel, den er bei diesem Gedanken spürt, braucht er vielleicht noch ein Bier. Heute Abend über Rose und ihn nachzudenken kann er nicht auch noch gebrauchen.

»Ich meine nur, dass ich mich gut mit ihr unterhalten habe«, sagt sie.

Bei jedem anderen hätte er sich über die Bemerkung lustig gemacht. Aber er weiß, dass Rose sich auf Partys nicht nur wohl fühlt und sie etwas nervös war, bevor sie sich zu Henry auf den Weg gemacht haben. Er hat ihr versprochen, dass sie die ganze Zeit zusammenbleiben würden, und hat sein Versprechen viel zu schnell gebrochen. Flüchtig berührt er ihren Arm. »Nein, das freut mich, ehrlich.«

Sie lächelt und nimmt noch einen Schluck ihres Getränks.

»Wasser?«, fragt er mit Blick darauf. Das Licht im Wohnzimmer ist nur spärlich und gepaart mit den Lasern, die sich in der wieder angebrachten Discokugel brechen, ist er sich nicht sicher, ob sie wirklich rot anläuft.

»Gin Tonic«, murmelt sie. Also hat sie die Bowle nicht ausgekippt und durch Wasser ersetzt.

Beeindruckt nickt er. »Na dann, Prost.« Er stößt mit seiner Bierflasche gegen ihr Glas.

»Ich werde nicht so viel trinken wie letztes Mal«, sagt sie, mehr zu sich selbst, als würde sie sich davon überzeugen wollen.

»Sag Bescheid, dann halte ich dir gerne wieder die Haare.« Es ist das erste Mal, dass er die Nacht auf dem Boden seines Badezimmers erwähnt. Sie hat ihn gebeten, nicht davon zu sprechen und er hat ihren Wunsch respektiert. Er hätte gedacht, dass sie bei der unbedachten Bemerkung verärgert wäre, aber ihre Mundwinkel zucken. Ihre Lippen teilen sich, als würde sie darauf etwas erwidern wollen, aber in dem Moment stellt sich Henry vor das Sofa.

In seinem Superman-Kostüm sieht er absolut lächerlich aus, was vermutlich an den eingenähten Polstern für die Muskeln liegt, die Henry wirklich nicht nötig hätte, und ihn wie einen Pumper auf Steroiden aussehen lassen.

»Hamilton«, sagt er laut über die Musik und so wie die Silben ineinander übergehen, hat er schon mehr als genug getrunken heute Abend. »Eure Wunden sehen echt verdammt gut aus.«

Er deutet auf die Schürfwunden mit dem Kunstblut, die Rose mit unglaublicher Expertise auf ihren Gesichtern aufgetragen hat. Die gesamte Zeit, die sie mit ihrem Gesicht viel zu nah an seinem geschwebt hat, um die Platzwunde an der Stirn aufzutragen, musste er sich zu einer ruhigen Atmung zwingen. Er hat gebetet, dass sie mit ihrer Hand an seinem Hals nicht seinen rasenden Puls fühlen würde. Sein gesamtes Kostüm entstammt ihrer Idee, von dem Outfit, das Steve Harringtons aus dem Ende der zweiten Staffel *Stranger Things* ähnelt, zu dem Baseballschläger mit Nägeln darin, den sie aus Pappmaschee gebastelt hat.

»Du bist echt 'ne krasse Künstlerin, Rosie«, lallt Henry.

»Wir können ja nicht alle Superman sein, nicht wahr?«

»Sehr wahr.« Henry sieht sehr zufrieden mit sich aus. »Hamilton, du hast den ganzen Abend noch nicht getanzt.« Er streckt seine Hand aus.

Jez wirft Rose einen fragenden Blick zu, den sie mit einem Nicken erwidert. *Es ist okay, amüsiere dich,* scheint sie damit sagen zu wollen. Er legt den Baseballschläger ab, den sie mit einer Schnur um seine Schultern befestigt haben, lässt sich von Henry vom Sofa hochziehen und folgt ihm zu der tanzenden Gruppe in der Mitte des Wohnzimmers. Seine gelben Plastikhandschuhe hat er beim Bierpong abgelegt und wenn es in dem Tempo weitergeht, würde er noch sein ganzes Kostüm heute Nacht verlieren.

Henry hat nicht die Playlist zusammengestellt und Jez ist dankbar dafür. Vermutlich ist es irgendeine Standard-Halloween-Playlist, auf der Klassier wie Michael Jackson's ›Thriller‹ mit anderen Hits aus den 90ern und 2000ern gemischt sind. Er bewegt sich instinktiv zur Musik und die letzten Gedanken an Suzie und seine Mutter, an Rose und seine Gefühle rücken in den Hintergrund des wummernden Basses.

Henry tanzt bescheuert mit ihm, sie reiben ihre Körper aneinander, gehen gemeinsam beim Drop des Liedes in die Hocke. Es bildet sich ein kleiner Kreis um sie und sie liefern sich einen kleinen Dancebattle, fordern sich zu immer ausgefalleneren Bewegungen heraus, bis die Leute grölen. Er verliert sich im Tanzen, aber nach einigen Liedern kehren seine Gedanken zurück.

Seine Mutter war enttäuscht, dass er nicht kommen würde. Sie würde es nie so direkt sagen, aber er hat es ihr angehört, als er ihr seine finale Entscheidung, in London zu bleiben, mitgeteilt hat. Den ganzen Tag schon hat er sich vorgestellt, wie sie allein den Altar herrichten würde, wie sie allein das Grab besuchen würde, wie sie allein in der Küche steht und kocht, wie sie allein in Suzies unangetastetes Zimmer geht, eine kleine Mulde auf dem Bett verursacht und sich beim Umsehen fragt, wieso ihr ältestes Kind von ihr gegangen ist.

Er ertrinkt in dem Bedürfnis, all die Trauer und den Schmerz und die Wut zu verdrängen. Das Tanzen reicht nicht. Das Bier reicht nicht. Das Geplänkel mit Rose reicht nicht. Zum ersten Mal seit anderthalb Jahren sehnt er sich nach seinem früheren Ich mit so einer Wucht, dass er fast Mia hinterhergehetzt wäre. Sich in irgendwem zu verlieren, einfach so, ohne Hintergedanken, ohne Gefühle. Einfach nur Körper und Lust und Spaß und Alkohol, bis nichts mehr von ihm übrig ist.

Selbst Henrys Versuche, ihn abzulenken und ihm eine gute Zeit ohne seine selbstzerstörerischen Handlungsweisen von früher zu geben, scheitern. Es wirkt alles nichts. Die Musik, die ihn eben noch abgelenkt hat, drückt sich gegen ihn. Das schlechte Gewissen dreht seinen Magen um. Wie kann er sich heute amüsieren, an einem Tag der Trauer und des Gedenkens? Wie konnte er es seiner Mutter antun, nicht bei ihr zu sein? Er sieht sich auf der Tanzfläche um und sucht Rose in der Menge. Sie würde merken, dass es ihm nicht gut ginge, und sie würde mit ihm nach Hause gehen. Den ganzen Nachmittag hat sie mit ihm Videospiele gespielt, ihm vor seinem Fußballspiel heute Morgen den trockensten Geburtstagskuchen überhaupt gebacken, mit ihm sein Lieblingsrezept gekocht. Ihm versichert, dass sie mit nur einem Wort von ihm die Party sofort verlassen würden.

Er stolpert aus der Menge und scannt den Raum nach ihr. Doch sie ist nirgendwo zu sehen. Er stellt sein Bier auf eine Kommode und geht durch den Flur. Im angrenzenden Esszimmer sieht er sie schließlich. Sie steht mit Mia und Marvin neben dem Bierpong-Tisch. Er will sich bereits auf dem Weg zu ihr machen, als er ihr lautes Lachen hört. Sie wirft den Kopf dabei nach hinten und legt eine Hand auf Mias Arm, als hätte diese gerade das Lustigste auf der Welt gesagt. Er hält in seiner Bewegung inne. Rose war es so wichtig, Halloween zu feiern. Sie hatten auf seinem Bett gelegen, seine Switch Controller noch in der Hand, als sie am frühen Abend verkündet hatte, dass sie sich nun wirklich fertig machen sollten. Er hatte mit ihr aus Spaß diskutiert, wie müde er doch sei, ihr aber versichert, dass es nichts mit Suzie zu tun hätte. »Ich würde gerne gehen«, hat sie ihm schließlich gestanden, »Es klingt bescheuert, aber ich würde mir gern beweisen, dass ich es kann. Eine Party.« Danach haben sie sich angezogen und sie hat sie beide geschminkt.

Er sieht sie an, wie sie sich blendend mit Mia und seinem Mannschaftskollegen zu verstehen scheint, und er weiß, dass er ihr das nicht nehmen kann. Ihr nicht nehmen will. Zurück im Flur sieht er sich um. Er braucht einen Moment zum Durchatmen, eine kurze Ruhe, um den Sturm seiner Gefühle zu verarbeiten. Entschlossen geht er die Treppe nach oben.

»Betrachtet man einmal den Penfield'schen Homunculus* des Tastsinns genauer, so fällt die überdimensionale Größe nicht nur der Hand, sondern vor allem auch der Lippen und der Zunge auf. Wenn Menschen also etwas für ihren Tastsinn tun wollen, d.h. taktile Stimulation suchen, dann können sie kaum etwas Effektiveres tun als sich küssen! Und wenn der Tastsinn für die Ausschüttung von Oxytocin sorgt, dann sollte Küssen ein probates Mittel zur Herstellung und Aufrechterhaltung von Bindungsprozessen sein.«*

Spitzer, M. »Küssen, rein wissenschaftlich: Ein Beitrag zum überfälligen Paradigmenwechsel in der Philematologie.« *Nervenheilkunde*, vol. 30, no. 12, 2011, S. 958.

* *»Penfield (…) machte einen kortikalen Bereich aus, der darauf spezialisiert ist, Informationen von den Sinnesrezeptoren der Haut und über die Bewegung von Körperteilen zu empfangen. Dieses Gebiet (…) wird heute als sensorischer Kortex bezeichnet. (...) Je sensibler ein Bereich des Körpers ist, desto größer ist der Abschnitt des sensorischen Kortex, der diese Region repräsentiert. So sind Ihre sehr sensiblen Lippen z.B. mit einem größeren Gebiet verbunden als Ihre Zehen, was auch einer der Gründe ist, warum wir mit den Lippen küssen, statt uns mit den Zehen zu berühren.«*

Myers, David G. »Neurowissenschaft und Verhalten.« *Psychologie*. Springer, 2014, S. 77-78.

12. KAPITEL

Rose

Jez ist verschwunden. Panik schwillt in ihrer Kehle an, während sie einen Raum nach dem anderen absucht. Sie hat ihn nur kurz aus den Augen gelassen, als sie das Wohnzimmer verlassen hat. Aber sie konnte ihm einfach nicht beim Tanzen zusehen. Er hat mit Henry eng getanzt, ihre Hüften aneinander gerieben, und als sie sich ein Dancebattle gegeben haben, konnte sie nicht mehr. Der Wunsch, aufzuspringen und selbst mit ihm zu tanzen, war zu groß. Die Erinnerung, wie er sie zu ausgefallenen Tänzen herausgefordert hat, zuckte vor ihrem inneren Auge vorbei und sie sehnte sich nach dieser Unbeschwertheit. Nach ihm. Schnell stellte sie ihren Gin ab, mit dem festen Vorsatz, nicht zu ihm zurückzukehren. Das Glas Bowle hat sie entspannt, aber wenn der Gin sie zu solchen Gedanken brachte, war das ein deutliches Zeichen, dass sie genug Alkohol hatte. Sie fand Mia im Esszimmer, ließ sich sogar zu einer Runde Bierpong breitschlagen, bei der sie nichts getrunken hat, bis sie ins Wohnzimmer zurückkehrte und Jez nicht mehr sah.

Sie wartet in der Schlange vor dem Badezimmer im ersten Stock. Unruhig wippt sie mit dem Fuß. Die Tür schwingt auf, aber es ist nicht Jez, der herauskommt. Langsam kriecht die Angst in ihre Knochen. Er wäre doch unmöglich ohne sie gegangen, oder? Nein, das würde er nicht tun. Sie haben es sich versprochen, dass sie den Abend zusammenbleiben würden. Aus dem Augenwinkel sieht sie eine graue Kapuzenjacke, wie von seinem Kostüm, die in einem der Zimmer verschwindet. Entschlossen folgt sie ihr. Sie stößt die Tür auf und in dem dunklen Zimmer sieht sie zuerst nichts. Dann erkennt sie zwei Gestalten, die eng aneinandergedrängt an der Wand lehnen. Das Mädchen wirft den Kopf zurück, während der dunkle Schopf des Jungen an ihrem Hals liegt. Rose erkennt Mias Stupsnase, die schmalen Lippen, die zu einem lustvollen ›O‹ geweitet sind. Und der Typ mit der Kapuzenjacke … Ein zuckender Schmerz fährt von ihrem Herzen durch ihren gesamten Brustkorb und lässt sie wie versteinert stehen bleiben.

Mia quietscht erschrocken auf, als der Lichtstrahl aus dem Flur auf ihr Gesicht fällt. Der Junge dreht sich um. »Ey, hier ist besetzt«, sagt er und sie erkennt die Stimme als fremd, bevor sie das Gesicht des Jungen im Licht sieht. Er trägt rote Kontaktlinsen und hat eine Spur Kunstblut an seinem Mund, das bereits verschmiert ist. Es ist nicht Jez. Erleichterung durchflutet sie und lässt ihre Knie weich werden.

»Sorry«, stammelt sie und schlägt die Tür zu.

Für einige Sekunden kann sie sich weiterhin nicht rühren, während sie verzweifelt versucht, ihre Gefühle unter Kontrolle zu bringen. Meine Güte, selbst wenn das Jez gewesen wäre, er darf doch rumknutschen, mit wem er will. Das interessiert sie nicht die Bohne. Ihr schnell wummerndes Herz straft sie Lügen. Die blauen Kontaktlinsen brennen in ihren Augen. Kurzerhand drängelt sie sich in der Kloschlange vor, ignoriert die Protestrufe und nimmt sie sich vor dem Spiegel aus den Augen. Sie hat die Dose für die Linsen nicht dabei und schmeißt sie daher schweren Herzens in den Müll. Direkt fällt ihr das Sehen im dämmrigen Licht leichter und sie geht nach unten, um Henry zu suchen. Henry würde wissen, wo Jez steckt. Und wenn sie ihn gefunden hat, will sie einfach nur nach Hause und ein bisschen Malen. Das würde ihre verrückten Gefühle zur Ruhe bringen.

Sie findet Henry in der Küche mit Wodkaflaschen hantieren. Er ruft laut ihren Namen, als er sie sieht und hält die Flasche Alkohol in die Höhe. »Rosie, du siehst aus, als ob du einen Drink brauchst.«

»Ich suche Jez.«

Der Ernst in ihrer Stimme scheint Henry, trotz seines benebelten Zustands, sofort aufzufallen. »Er ist gegangen, ich dachte, er sucht dich.«

Sie schüttelt den Kopf. »Ich finde ihn nirgendwo. Ich habe in jedem Zimmer nachgeschaut.«

Henry will sich durch die blonden Haare fahren, scheitert aber an dem Gel, das sie an seinem Kopf festzementiert. »Hast du auch schon in meinem Zimmer geguckt?«

»Das unordentliche ganz oben?«

»Was heißt denn hier unordentlich?«, fragt Henry empört. Auf ihren Blick zuckt er mit den Schultern. »Okay, ja, es ist unordentlich. Aber da war er nicht?«

Sie schüttelt den Kopf und kaut auf ihrer Unterlippe.

Henry sieht sich in der Küche um, als könnte ihm eine der vielen Flaschen auf der Theke die Antwort geben. Er dreht sich so plötzlich wieder zu ihr, dass sie fast zusammenzuckt. »Hast du auf dem Dach geschaut?«

»Dem Dach?«

»Wenn du in meinem Zimmer aus dem Fenster kletterst, gibt es Stufen, die dich aufs Dach hochbringen. Ich hab ihm das vor ein paar Wochen gezeigt.«

Sie bedankt sich bei Henry und drängt sich durch das Wohnzimmer zurück zu den Treppen. »Aber wehe du fällst runter!«, ruft Henry ihr noch nach, »Der Krankenwagen wäre ein ziemlicher Partycrasher.«

Unbeirrt geht sie die Treppen nach oben bis unters Dach und öffnet die Tür zu Henrys Zimmer. Es ist mindestens so unordentlich wie das ihrer Schwester, Klamotten fliegen überall herum und das Bett ist ungemacht. Nur fünf Minuten hier leben zu müssen würde sie in den Wahnsinn treiben. Zielstrebig geht sie zu dem einen Fenster, das in einem Erker sitzt und drückt es problemlos auf. Die kalte Nachtluft trifft sie unvorbereitet an den nackten Armen, aber sie hievt sich auf das schräge Dach nach draußen. Bemüht, nicht die vier Stockwerke nach unten zu sehen, erklimmt sie die schmalen Metallstufen nach oben. Ein kleiner, schmiedeeiserner Zaun grenzt das Flachdach ab.

»Ich weiß nicht, ob es so eine gute Idee ist, in deinem Zustand hier rauf zu klettern, Henry«, sagt ein dunkler Schemen, der mit dem Rücken auf dem Boden liegt. Ihr Herz macht einen erleichterten Satz, als sie Jez erkennt.

»Ich bin es«, sagt sie und legt sich neben ihn auf den Boden. Über ihnen erstreckt sich der dunkelblaue Nachthimmel. Es ist eine klare Nacht, das Licht der Stadt bricht sich nur in kleinen Wolken. Aber es sind trotzdem nur vereinzelte Sterne zu sehen.

»Oh, hey«, sagt Jez und sieht sie kurz von der Seite an, bevor er seinen Blick wieder nach oben richtet.

»Hey«, sagt sie leise. Die Großstadt ist laut unter ihnen, Autos fahren vorbei, eine Sirene heult in der Ferne, von der Hauptstraße dringt Stimmengewirr nach oben. Trotzdem fühlt es sich auf dem Dach beruhigend still an nach der lauten Musik und den vielen Menschen im Haus. Eine Weile liegen sie schweigend so da und lauschen den Geräuschen der Stadt, den Blick gen Himmel gerichtet.

»Früher wollte ich immer in die Raumfahrt gehen«, sagt er plötzlich.

»Du wolltest Astronaut werden?«

»Nicht unbedingt. Eher Raketen entwerfen, den Weltraum erforschen. Es gibt so viel da draußen, wovon wir keine Ahnung haben.«

Sie dreht den Kopf zu ihm und beobachtet sein Profil. Seinen markanten Kiefer, die flache Nase, die dunklen Wellen, die in seine Stirn fallen. Ihre Schulter ist nur wenige Millimeter von seiner entfernt und sein Gesicht ist so nah.

»Wieso hast du es nicht gemacht?«

»Mein Vater wollte immer einen Mediziner in der Familie haben. Jemand, der die Praxis übernimmt.« Er sagt es ohne Bedauern in der Stimme. »Und Suzies Traum war die Meeresbiologie.«

Sie schlingt die Arme um ihren Körper, um sich etwas zu wärmen. »Aber du studierst kein Medizin.«

»Nein.« Er lacht leise und bei dem Geräusch bekommt sie eine Gänsehaut. »Sehr zur Enttäuschung meines Dads.«

»Warum Biomedizin?«

»Ich will den Menschen helfen. Medikamente und Impfstoffe entwickeln und allen zugänglich machen. Krankheiten erforschen.«

»Wow.« Auf seinen fragenden Blick erklärt sie ihre Bewunderung: »Ich finde es einfach bemerkenswert, dass du jetzt schon weißt, wo du hinwillst.«

Er dreht ihr den Kopf zu. »Was willst du machen, Rosalie?«

Sie begeht den Fehler, ihn beim Überlegen anzusehen. Sein Blick ist offen und klar und für einen Moment verliert sie sich in seinen dunklen Augen. *Dich küssen*, denkt sie plötzlich und ihre Wangen werden glühend heiß. Den Gedanken hatte sie viel zu oft in letzter Zeit.

»Weiß ich noch nicht«, haucht sie.

Beim Sprechen sieht er auf ihre Lippen hinab und bleibt dort kurz hängen. Wie sich sein Mund auf ihrem anfühlen würde? Mein Gott, wo kommt denn diese Vorstellung plötzlich her? Aber sie weiß genau, woher. Ihr Geplänkel, seine Fürsorge, ihre tiefen Gespräche, wie sicher sie sich bei ihm fühlt, all das hätte auch Ellie mit ihr machen können, eine Freundin oder ein Kumpel. Oder ein Mitbewohner. Die Reaktion ihres Körpers auf seinen, als sie in sein Zimmer geplatzt ist, hat ihr gezeigt, dass Jez nicht eine Freundin sein könnte. Sondern dass sie sich zu ihm hingezogen fühlt, dass sie ihn berühren will, spüren will, küssen will.

Entschieden setzt sie sich auf. »Welche Sterne sehen wir denn heute Abend, Astronaut Hamilton?«

Er setzt sich neben ihr auf und legt den Kopf in den Nacken. »Schwierig. Es ist Vollmond, da sieht man in der Stadt noch mal weniger.« Sein Arm streift ihren, als er ihn hebt und auf einen kleinen, schwach leuchtenden Stern zeigt. »Aber das müsste Mars sein.«

Sie nickt langsam. Er erklärt ihr, wo demnach Uranus sein müsste. Jupiter und Saturn können sie auch schwach sehen. Seine dunkle Ozeanstimme berauscht sie und verdrängt die Nervosität und Sorge, die sie wegen der Party hatte.

»Ist dir kalt?«, fragt er plötzlich. Überrascht sieht sie auf die Gänsehaut auf ihren Armen herab.

»Ein bisschen«, gibt sie zu.

Wortlos zieht er seine Kapuzenjacke aus und reicht sie ihr. Kurz zögert sie, dann schlüpft sie in den grauen Stoff. Er ist noch warm von ihm und sein Geruch umhüllt sie. Wie Hustenbonbons. Sie vergräbt ihre Nase an der Schulter, um ihn tiefer einzuatmen, bis sie seinen Blick auf sich spürt.

»Ich habe mir Sorgen gemacht, als ich dich nicht gefunden habe«, platzt sie heraus.

Er schlingt seine Arme um die Knie und der Stoff seines dunkelblauen T-Shirts spannt um die Oberarme. Sie beobachtet, wie er das Armband um sein Handgelenk dreht. »Tut mir leid. Ich brauchte einfach etwas frische Luft.«

»Ich dachte, du hättest mit Mia rumgemacht.« Irgendwann muss sie wirklich einmal einen Filter zwischen ihrem Kopf und ihrem Mund einbauen. Sie beißt sich auf die Unterlippe und traut sich nicht, nach seiner Reaktion zu sehen.

»Wieso?«

»Ich hatte sie mit einem ähnlich aussehenden Typen in ein Zimmer verschwinden sehen. Und ihr interessiert euch füreinander.«

»Ich interessiere mich nicht für Mia.«

Warum zur Hölle hat sich ihr Puls innerhalb der letzten Minute verdoppelt? »Achso.« Sie zupft an einer Laufmasche in ihrer hellen Strumpfhose. Ohne würde sie in den Jeanshorts noch mehr frieren. »Sie ist hübsch.«

»Ja«, sagt er schlicht. »Rosalie?«

Beim Klang ihres Namens dreht sie sich doch zu ihm. »Ja?«

Unter seinem intensiven Blick zerschmilzt sie. »Vergiss es.« Er schüttelt den Kopf, als müsse er sich aus einer Trance holen.

»Nein, was wolltest du sagen?«

Seine Fingernägel scheinen plötzlich von unglaublichem Interesse zu sein, so genau wie er sie inspiziert.

»Sag schon«, drängt sie ihn, kann aber den kindischen Spaß in ihrer Stimme nicht zurückhalten.

Er springt sofort auf ihren amüsierten Tonfall an. »Oder was?«

»Oder …« Sie überlegt, »Oder ich kitzele dich durch.«

Er schnaubt. »Das will ich sehen.«

Sie hätte lieber drohen sollen, ihn vom Dach zu schmeißen. Kaum haben ihre Finger ihn berührt, startet er seine Gegenattacke. Keine Minute später liegt sie keuchend unter ihm, um Gnade flehend. Mit den Armen hat er sich neben ihrem Kopf abgestützt und sieht lachend auf sie hinab.

»Ich gebe auf«, sagt sie atemlos. Seine Brust hebt und senkt sich schnell über ihr.

»Schon?«

»Du wirst es mir eh nicht sagen.« Die Herausforderung in dem Satz entgeht ihm nicht. Sanft schiebt er ihr eine kupferrote Haarsträhne aus dem Gesicht.

»Ich wollte sagen, dass du hübscher bist«, flüstert er. Jegliche Kälte ist aus ihren Adern verschwunden. Er sollte von ihr runter gehen, sie sollte aufstehen, von diesem verdammten Dach runter, zurück ins Haus. Jede Faser ihres Körpers steht in Flammen.

»Das hätte ich nicht sagen sollen«, sagt er mit rauer Stimme. Er macht Anstalten, aufzustehen.

Sie hat noch nie gemacht, was ihr Kopf ihr gesagt hat. Sie greift nach seinem T-Shirt und zieht ihn zu sich herab. Wie zwei bunt explodierende Sterne prallen sie aufeinander. Ihre Münder finden sich, heiß, fast schon gierig, als wüssten sie beide, dass das hier falsch ist. Dass sie es nicht tun sollten. Sie vergräbt eine Hand in seinen Haaren, drängt ihn näher zu sich. Ein erstickter Laut dringt aus seiner Kehle, den sie mit ihren Lippen auffängt. Seine Zunge fährt über ihre Unterlippe und heiße Schauer vibrieren durch ihren Körper. Kein Kuss hat sich bisher so angefühlt, so alles einnehmend. Federleicht fährt er über ihre Schläfe, die empfindliche Haut an ihrem Hals, die Wölbung ihrer Brust. Seine Fingerspitzen hinterlassen einen heißen Schweif auf ihrem

Bauch, ihrer Hüfte, ihrem Oberschenkel, den er näher zu sich zieht. Sie kann nicht mehr aufhören, ihn zu berühren, seine Schulterblätter nachzufahren und mit einem zufriedenen Seufzen festzustellen, dass er sich genauso gut anfühlt, wie sie es sich in ihren geheimsten Träumen ausgemalt hat.

Er presst sich näher an sie, bis ihre rasenden Herzen aneinanderschlagen und ihr Feuer sie beide zu verschlingen droht. Sein Gewicht drückt sie auf den Boden des Daches. Der kalte Stein beißt die nackte Haut an ihrer Taille, an der ihr T-Shirt nach oben gerutscht ist. Plötzlich ist es nicht mehr Jez' Körper, der sie nach unten drückt. *Er* ist zu schwer, seine Arme zu breit. Sie kann sich nicht gegen ihn drücken. Er ist unnachgiebig. Sie ist gefangen unter ihm.

Ihre Augen fliegen auf und sie stößt Jez von sich. Sofort geht er von ihr herunter. Sein Blick klärt sich nur langsam, doch Horror und Entsetzen lassen seine Augen weit werden. Er fasst sich an die Lippe und beobachtet den roten Fleck auf seinem Finger. Sie hat ihm auf die Unterlippe gebissen. Ihr Herz schlägt viel zu schnell, was aber nicht mehr an dem leidenschaftlichen Kuss liegt. Panik umfängt sie, spült seinen Ozean aus ihren Adern und sammelt sich zu einem tosenden Sturm. Der metallische Geschmack von Blut liegt in ihrem Mund und ihr wird kotzübel. Mit einem letzten Blick auf Jez flüchtet sie vom Dach.

»*The PANIC/GRIEF system is one of the seven neuro-affective systems that mediate pathways needed for survival. Studies have shown that the PANIC/GRIEF system is responsible for feelings of sadness, despair, and panic when humans experience social loss. (…) Grief is one of the first emotional reactions after a social loss, and the feeling of despair that grief causes has been associated with why depression ›feels so bad‹. (…) The GRIEF system's primary function is promoting social bonding. (…) Two other neuropeptides involved in this circuit [in the brain] are oxytocin and prolactin, which inhibit the GRIEF system. Oxytocin and prolactin are major social attachment and social bonding pathways in the mammalian brain. Therefore, when these neuropeptides are present at high levels, they diminish the feeling of separation distress.*«

Peña-Vargas, Christina et al. »A Biopsychological Approach to Grief, Depression, and the Role of Emotional Regulation.« *Behavioral Sciences*, vol. 11, no. 8, 2021, S. 5.

»*Das PANIK/TRAUER System ist eins von sieben neuro-affektiven Systemen, die überlebensnotwendige Pfade vermitteln. Studien haben gezeigt, dass das PANIK/TRAUER System für Gefühle von Traurigkeit, Verzweiflung und Panik zuständig ist, wenn Menschen einen sozialen Verlust erleben. Trauer ist eine der ersten emotionalen Reaktionen nach einem sozialen Verlust und das einhergehende Gefühl von Verzweiflung wird mit dem Grund, dass sich Depression ›so schlecht anfühlt‹, in Verbindung gesetzt. Die Hauptfunktion des TRAUER Systems besteht darin, soziale Bindung zu bestärken. Zwei weitere Neuropeptide, die in dieser Schaltung des Gehirns mitwirken, sind Oxytocin und Prolactin, die das TRAUER System hemmen. Oxytocin und Prolactin sind wichtige Bindungspfade im Gehirn von Säugetieren. Wenn diese Neuropeptide vermehrt vorliegen, verringern sie das Gefühl von Trennungsstress.«*

Eigene freie Übersetzung der Quelle.

13. KAPITEL

Jez

Sie hat ihn geküsst. Er hat sie geküsst. *Sie* haben sich geküsst. Er kann fast noch ihre sanften Lippen an seinen fühlen, ihre Hände in seinen Haaren, ihren Körper so nah an seinen gepresst. Der Geschmack von Blut breitet sich in seinem Mund aus und vertreibt langsam die berauschenden Gedanken an sie. Er sitzt noch immer auf dem Dach, während sich Horror in sein Verlangen mischt, und ihm nach und nach bewusstwird, was sie da gerade eigentlich getan haben.

Er hört, wie Henrys Fenster laut zugeschmissen wird und zuckt bei dem Geräusch zusammen. Was hat er sich nur dabei gedacht? Ihr zu sagen, dass er sie hübscher findet, so auf ihr zu liegen, ihr die Haarsträhne aus dem Gesicht zu streichen. Er ist so ein Idiot. Sie will ihn nicht so, das redet er sich seit dem ersten Tag ein. Aber hat nicht sie ihn zu sich heruntergezogen? Er sieht auf sein T-Shirt herab, das am Kragen noch vom Griff ihrer Faust zerkrumpelt ist. Wenn sie ihn nicht hätte küssen wollen, wieso hat sie ihn dann zu sich gezogen? Hat er sich ihr erleichtertes Aufseufzen, als ihre Lippen aufeinandergeprallt sind, nur eingebildet?

Nein, er kann sich das Feuer zwischen ihnen nicht ausgedacht haben. Rose zu küssen war wie Atmen gewesen. Lebensnotwendig und das Natürlichste der Welt.

Langsam berührt er nochmal seine pochende Unterlippe, wo sie ihn gebissen hat. Irgendetwas hat sich plötzlich bei ihr verändert. *Sie hat gemerkt, dass sie das eigentlich nicht will, du Idiot. Sie ist deine Mitbewohnerin und wenigstens sie weiß, dass das hier falsch ist und keine Zukunft hat. Dass es nur schiefgehen kann,* schreit die Vernunft in seinem Kopf.

»Fuck«, flucht er leise und kraxelt vom Dach herunter. Er muss sie finden und mit ihr reden. Denn wenn die Verzweiflung ihrer Küsse echt war, dann war es auch die Panik in ihren Augen, als sie ihn von sich gestoßen hat.

Er stolpert über einen Stapel Unibücher in Henrys Zimmer und unterdrückt einen leisen Fluch. Die Geräusche der Party werden mit jedem Stockwerk, das er runtergeht, lauter. Er sieht in den geöffneten Zimmern auf dem Weg nach unten nach, ob er sie darin findet, doch von ihr gibt es keine Spur. Im Flur im Erdgeschoss findet er schließlich Henry, der mit einem dunkelhaarigen Mädchen flirtet.

»Hey, hast du Rose gesehen?«, fällt er mit der Tür ins Haus.

»Hat sie dich nicht eben noch gesucht?«

»Ja. Aber jetzt suche ich sie.«

»Sehr viel Gesuche heute Abend«, gibt Henry lallend von sich und unterdrückt ein glucksendes Lachen.

»Mann, ich mein's Ernst.« Die Angst in seiner Stimme scheint seinen Freund zur Vernunft zu bringen. Irritiert zieht er die buschigen Augenbrauen zusammen.

»Nachdem ich sie aufs Dach geschickt habe, hab ich sie nicht mehr gesehen.« Henry mustert ihn besorgt. Zumindest so besorgt, wie er in seinem besoffenen Zustand sein kann. »Was ist denn bei euch beiden los heute Abend?«

»Ich …«, er stockt, »Wir …« Die Dunkelhaarige verfolgt ihr Gespräch neugierig, als würde es den neusten Tratsch für später geben. »Ich muss sie einfach finden.«

»Keine Ahnung, probier's mal auf dem Klo.« Henry klopft ihm aufmunternd auf die Schulter. Jez dreht sich bereits zur Treppe um, als er ihm noch hinterherruft: »Aber halt dich lieber von Grants Zimmer fern, Charlie und er haben sich eben da rein verzogen und da willst du nicht reinplatzen, glaub mir!«

Ungeduldig tigert er vor dem Badezimmer im ersten Stock, bis die Tür geöffnet wird. Doch es sind nur zwei andere Mädels, die kichernd das Klo verlassen. Da sonst keiner vor dem Badezimmer wartet, beschließt er, schnell selbst zu gehen. Nach dem Händewaschen betrachtet er sich selbst im Spiegel. Sein Blick ist gehetzt und die Stelle, an der Rose ihn gebissen hat, ist deutlich zu sehen. Das Kunstblut auf seiner Wange ist leicht verschmiert. Er streicht sich die Haare aus der Stirn und versucht, tief durchzuatmen. Rose würde die Party nicht allein verlassen; so leichtsinnig, die Straßen Londons nachts allein zu durchqueren, wäre sie nicht. Irgendwo in diesem Haus würde er sie finden und er würde sich bei ihr dafür entschuldigen, dass er sie geküsst hat. Dann würden sie über die absurde Situation lachen und morgen wäre alles wieder beim Alten. Es muss so sein.

Bei seinem zweiten Gang durchs Haus hat er die Hoffnung fast schon aufgeben, Rose zu finden. Seine Frustration scheint ihm anzusehen zu sein, denn als er Mia im Wohnzimmer begegnet, hält sie ihn am Arm fest. »Suchst du jemanden?« Sie hält die Hand eines Typen, der sich halbherzig als Vampir verkleidet hat. Hinter den roten Kontaktlinsen mustert er Jez feindselig.

»Ich suche Rose«, sagt er wahrheitsgemäß. »Hast du sie

gesehen?«

»Sie ist vor ein paar Minuten gegangen.« Mia mustert ihn von oben bis unten. »Ich dachte, du wärst mit ihr weg.«

Die mehr als eindeutige Bedeutung ihrer Worte ignoriert er. »Danke.«

Er schiebt sich an ihr vorbei in den Flur zur Haustür. Die kalte Nachtluft trifft ihn unvorbereitet nach der stickigen Luft im Haus. Auf dem Bürgersteig stehen einige Partygäste und rauchen eine Zigarette. Verzweifelt sieht er sich um. Henry wohnt nicht weit von Beit Hall entfernt, sie haben für den Hinweg nur eine Viertelstunde gebraucht. Aber an Halloween, wo sowieso jeder unterwegs ist, als Frau allein durch die Stadt zu laufen … Ein Schauer läuft ihm bei dem Gedanken über den Rücken. Vielleicht kann er sie noch einholen.

Kaum ist er zwei Häuser weitergelaufen, entdeckt er eine kleine Gestalt auf dem Bordstein sitzen. Die Knie fest an ihren Oberkörper gezogen, erkennt er sie an dem braun karierten Wollmantel, den sie sich über ihr Kostüm gezogen hat. Ihre kupferroten Haare fallen ihr über den Rücken. Sie scheint auf etwas oder jemanden zu warten.

Vorsichtig setzt er sich mit einigem Abstand neben sie. Ihr Kopf schnellt zu ihm und bei ihrem Anblick zieht sich sein Herz zusammen. Ihre Augen sind verquollen und selbst im Schein der Straßenlaterne eindeutig gerötet. »Bitte lass mich in Ruhe«, bringt sie mit rauer, gequälter Stimme hervor.

Ihre Worte sind wie eine Ohrfeige. »Ich kann verstehen, wenn du mich nicht sehen willst«, sagt er leise. »Aber dann lass mich Henry oder Mia holen, dass du hier draußen nicht allein wartest.«

»Ich kann auf mich allein aufpassen!«

»Das bezweifle ich nicht.« Er hat das Gefühl, mit einem

verängstigten Tier zu sprechen und wählt jedes Wort mit Bedacht. »Aber man weiß nie, wer um solch eine Uhrzeit unterwegs ist. Und ich mache mir Sorgen.«

Sie legt ihren Kopf zwischen den Knien ab und sagt nichts. Nur ein kleines Schluchzen lässt ihre Schultern beben.

»Wir müssen auch nicht reden«, sagt er, obwohl sein Herz vor Worten überquillt. Er will ihr sagen, wie leid es ihm tut. Er will sie trösten, zum Lachen bringen, die Tränen von den Wangen wischen und ihr sagen, dass alles gut werden würde. »Darf ich nur mit dir hier warten?«

Er wartet qualvolle Sekunden, in denen nur das Summen der Gespräche der Raucher und der Stadt zu hören sind. »Wenn du da sitzen bleibst«, sagt sie schließlich.

Er nickt, auch wenn sie es nicht sehen kann. Ihr Blick ist resolut auf den dunklen Asphalt geheftet. Eine Kälte kriecht in seine Knochen, ob von der frischen Luft oder von seinem Herzen kann er nicht sagen. Er weiß nicht, ob sie immer noch seine Kapuzenjacke trägt, oder sie irgendwo im Haus ausgezogen hat. So oder so, er friert in dem T-Shirt. Aber er würde so lange wie sie hier draußen sitzen bleiben. Wartet sie auf jemanden? Oder nur darauf, dass sie sich in der Lage fühlt, nach Hause zu laufen? Die Zeit vergeht schleppend langsam, während er den Abend immer und immer wieder in seinem Kopf durchspielt: Sein schlechtes Gewissen Suzie gegenüber, die ruhigen Minuten auf dem Dach, in denen er seiner Trauer freien Lauf lassen konnte, wie Rose ihn gefunden hat und er ihr die Planeten im Sternenhimmel erklärt hat. Er sieht nach oben, aber der Himmel wirkt hinter den Häuserdächern und Blättern der umstehenden Bäume unendlich weit entfernt. Wann ist das alles so aus dem Ruder gelaufen? Als er ihr die Wahrheit gesagt hat, indem er meinte, dass sie hübscher sei? Als sie ihn gekitzelt hat? Als sie Mia erwähnt hat? Als er aufs Dach geklettert ist?

Nach einer gefühlten Ewigkeit wird das Röhren eines Motorrads immer lauter, bis es vor ihnen zum Stehen kommt. Es ist eine altmodisch aussehende Maschine, mit einer großen Leuchte vorne und schwarz glänzendem Chassis. Rose steht vom Bordstein auf und schlingt die Arme um ihren Körper. Als der Mann seinen Helm abzieht und Rose fest in den Arm nimmt, erkennt Jez ihn: Es ist Tim, der Freund ihrer großen Schwester.

»Rosie, ist alles okay?« Besorgt mustert er sie von oben bis unten. Er ist nicht verkleidet, sondern trägt unter der Motorradjacke ein schwarzes T-Shirt und eine Jeans.

Rose nickt nur langsam, aber ihr Blick huscht für eine Sekunde zu Jez. Erst jetzt scheint Tim den anderen Mann zu bemerken. »Was ist passiert?«, fragt er an sie beide gewandt.

Betretenes Schweigen breitet sich zwischen ihnen aus. *Wir haben uns geküsst und sie hat mich von sich gestoßen und hatte offensichtlich eine Panikattacke, aber ich weiß nicht wieso,* ist definitiv nicht die Antwort, die er geben will.

»Hat dir jemand wehgetan?«, fragt Tim so leise, dass Jez ihn kaum verstehen kann. »Du weißt, ich gehe da rein und kann demjenigen eine verpassen.«

Rose wischt sich über die Wangen. »Ich weiß.« In ihrem Blickkontakt liegt eine stumme Konversation, die Jez nicht versteht. »Kannst du mich einfach mit zu dir nehmen?«

Tim sieht Jez kurz an, den überraschten Ausdruck in seinen Augen nur schlecht verbergend. Sie denken wohl alle an den Abend nach dem Club zurück, an dem Rose lieber mit Jez nach Hause gegangen ist, als bei Tim zu übernachten. Und jetzt ist es genau andersherum.

»Na klar«, sagt Tim sanft. Er holt unter dem Sitz einen zweiten Helm hervor. Jez beobachtet stumm, wie Rose den

Helm aufsetzt und sich hinter Tim auf das Motorrad setzt. Kurz treffen sich ihre Blicke, dann schiebt sie das Visier herunter.

»Danke, dass du mit ihr gewartet hast«, sagt Tim an ihn gewandt, dann startet er die Maschine und Jez verliert sie hinter der Häuserecke aus den Augen.

Einige Sekunden starrt er noch auf den Punkt, an dem sie verschwunden ist, dann fährt er sich mit einer Hand übers Gesicht. Eine lähmende Müdigkeit überkommt ihn. Er will einfach nur noch nach Hause in sein Bett. Er sieht zu Henrys Haus zurück, in dem die Handschuhe und der Baseballschläger noch liegen, die zu seinem Kostüm gehören. Morgen beim Aufräumen würde er sie auch noch holen können. Schnell schreibt er eine Nachricht an Henry, dass er nach Hause geht, dann macht er sich auf den Heimweg.

Bis er an der Wohnungstür angekommen und seine Sneaker von den Füßen gestreift hat, hat er jede Sekunde des Abends tot gedacht. Er ist so müde. Müde, seine Gefühle für Rose zu bestreiten, sich zu fragen, was er falsch gemacht hat, wie es ihr geht, wann und wie er sich bei ihr entschuldigen kann. Müde, seine Schwester zu vermissen, ein schlechtes Gewissen seiner Mutter gegenüber zu haben, sich nach Cardiff in sein Zimmer zu wünschen.

Die Tür fällt hinter ihm ins Schloss und das Klicken klingt viel zu endgültig. Ohne Rose ist die Wohnung seltsam leer, als würde das wichtigste Stück fehlen. Die Küchentür öffnet sich mit einem Knarzen und sowohl Jake als auch er zucken überrascht zusammen, als sie den jeweils anderen sehen.

»Du kommst von einer Party?«, fragt Jake. Er trägt einen gestreiften Schlafanzug und hält einen Teller mit einem Sandwich in der Hand.

Jez nickt.

»Wo ist Rose? Seid ihr nicht zusammen los?«, fragt Jake und sucht die Tür hinter Jez mit seinen blassblauen Augen ab.

»Kommt später«, murmelt er nur und geht zu seiner Zimmertür. Seine Erschöpfung scheint man ihm anzumerken, da Jake nur nickt und mit einem »Gute Nacht« in sein Zimmer verschwindet. Nicht, dass Jake sonst viel gesprächiger ist. Aber dass selbst er nach Rose fragt, weil er weiß, dass die beiden immer zusammen sind, tut weh.

Jez schaltet nicht einmal das Licht in seinem Zimmer ein, sondern schält sich nur aus der Jeans und lässt sich ins Bett fallen. Kaum lässt er den festen Griff um seine Gefühle los, brechen sie aus ihm heraus. Er kugelt sich eng zusammen, während lautlose Schluchzer seinen Körper schütteln und heiße Tränen über seine Wangen laufen. Er vermisst seine Schwester. So, so sehr. Er würde sie jetzt anrufen und ihr erzählen was passiert ist. Sie würde ihm aufmerksam zuhören und ihm dann den besten Rat geben, was er jetzt machen solle. Dabei würde sie vermutlich irgendein koreanisches Sprichwort unterbringen und er würde sie damit aufziehen. Und dann würde sie ihn zum Lachen bringen, sodass die Welt schon wieder ganz anders aussähe. Er vermisst alles an ihr. Ihre Stimme, ihr Lachen, ihre warmen Augen, ihre unerschütterliche Liebe. Ihr Tod ist ein physischer Schmerz, ein permanenter Dolch in seinem Herzen, den er mal besser ausblenden kann und mal so deutlich spürt, als hätte er gerade erst die Nachricht erhalten, dass sie gestorben ist.

Er greift nach seinem Handy. Den Dolch so umgedreht und tiefer reingedrückt hat er schon lange nicht mehr. Aber er hat nicht mehr die Kraft, sich dem Bedürfnis zu widersetzen. Er scrollt in seinen Nachrichten nach ganz unten, zu dem Chat mit seiner Schwester, der das letzte Mal vor vier

Jahren aktualisiert wurde. Seine Finger zittern, als er ihre Sprachnachricht anhört.

31. Oktober, 00:03: »Seo-jun, mein Lieblingsbruder, alles, alles Liebe zu deinem sechszehnten Geburtstag! Wow, sweet Sixteen, was ein Alter. Ich habe damals an meinem sechszehnten das erste Mal von Alkohol gekotzt. Ich hoffe, du treibst dich nicht zu wild rum heute Nacht! Naja, jetzt wo Henry nicht mehr in Cardiff wohnt, stichelt dich hoffentlich keiner zu solch verrückten Ideen an.« Ihre Stimme, so herzlich und offen, schiebt den Dolch tiefer in sein Herz. Eine Freundin sagt etwas zu ihr und sie erklärt, dass sie gerade eine Sprachnachricht an ihren Bruder schickt, aber gleich wieder reinkommen würde. »Was bin ich für eine Heuchlerin. Sage dir, du sollst nichts trinken, aber bin selbst schon viel zu beschwipst auf einer Party.« Sie kichert. »Du wirst einfach in meinen Augen immer mein kleiner Babybruder sein. Auch wenn du schon größer bist als ich. Ich meine, wann ist das denn passiert?« Für einige Sekunden schweigt sie nachdenklich, nur gedämpfte Geräusche einer Party sind zu hören. »Ich hoffe einfach, dass du diesen kindlichen Leichtsinn beibehältst. Weißt du, die Welt ist viel zu schwer, um sie immer ernst zu nehmen. Trau dich was, geh da raus und zeig allen, was du kannst, okay? Und wenn du einen Schlag bekommst, dann bleib nicht liegen.« Sie hält inne und er hört das kleine Schniefen, das sie von sich gibt. »Ich bin liegen geblieben diesen Sommer. Mach das nicht so wie ich, hörst du? Es gibt so viel Schönes da draußen.« Ihre Stimme ist tränenbelegt. »Okay, jetzt werde ich viel zu melodramatisch. Das ist der Alkohol. Seo-jun, ich hab dich lieb bis zum Mond und wieder zurück. *Saeng il chuk ha hae yo!*«

Die Sprachnachricht endet mit ihrem koreanischen Geburtstagsgruß. Keine vier Stunden nach Abschicken der

Nachricht war Suzie tot. Völlig ausgehöhlt fällt er irgendwann in einen traumlosen Schlaf, das Handy fest umklammert.

»Der so genannte MHC-II-Komplex (major histo-compatibility complex II) ist ein wichtiges Molekül des Immunsystems und Menschen, die von Vater und Mutter verschiedene Versionen dieses Moleküls mitbekommen haben, werden tatsächlich weniger krank. (…) Verschiedene Studien haben inzwischen gezeigt, dass (…) [wir] durch den Geruchssinn die Ähnlichkeit des eigenen MHC-II-Komplexes mit dem eines Fremden bemerken können - und dass dies tatsächlich unsere Partnerwahl beeinflusst. Hierbei sei angemerkt, dass dies kein mysteriöser Effekt ist, bei dem unser Unbewusstes durch nicht wahrnehmbare Duftstoffe unser Handeln manipuliert - ganz und gar nicht. MHC-II-Komplexe, die unserem eigenen unähnlich sind, werden schlichtweg als angenehmerer und attraktiverer Körpergeruch empfunden. Körpergeruch ist daher nichts, worüber sich alle einig sein können.«

Bartels, Andreas. »Die Liebe im Kopf: Zur Neurobiologie von Partnerwahl, Bindung und Blindheit.« LIEBE - mehr als ein Gefühl. Herausgegeben von Werner Schüßler und Marc Röbel. Schönigh, 2016, S. 400.

14. KAPITEL

Rose

Die nassen Haare kleben ihr am T-Shirt. Sie hat Rens über-
teuertes Shampoo benutzt und jetzt riechen ihre Haare nach
Sandelholz. Alles an ihr riecht fremd. Das *Linkin Park* T-
Shirt und die Sporthose, deren Bund sie ziemlich zuziehen
musste, damit sie ihr nicht herunterrutscht, duften leicht
nach Waschmittel und Tim. Zusammengekauert sitzt sie
auf dem braunen Ledersofa in Tims WG, eine Wolldecke
und ein Kissen von Mike und Ren sind ihr Bett für die heu-
tige Nacht. Auf dem Schoß liegt die graue Kapuzenjacke,
ordentlich zusammengefaltet. Die Finger in den Stoff vergraben sieht sie sie an, dreht den Bändel ein und wieder aus.
Sie sollte die Jacke einfach wie ihre anderen Klamotten neben sich auf den Boden legen. Stattdessen hebt sie sie an
und vergräbt die Nase in dem Stoff. Minze, Salbei, Jez. Tränen kitzeln ihre Augenwinkel, aber sie blinzelt sie zurück.

Ihr Blick schweift durch den offenen Wohnbereich, über
die industrielle Küche, die Backsteinwände, den enorm großen Fernseher gegenüber vom breiten Sofa. Sie war schon
öfter in Tims WG in Shoreditch, aber immer mit Blaze. Es
fühlt sich komisch an, ganz allein hier zu sitzen. Tim muss
noch seine Schicht beenden, von der sie ihn weggeholt hat,

als sie ihn schluchzend vom Klo in Henrys Haus angerufen hat. Sie wusste nicht, was sie sonst tun soll. Nach dem … nach ihrer Panikattacke, wegen der sie ihren gesamten Mageninhalt wieder hervorgebracht hat, hat sie völlig fertig auf dem Boden im Bad im zweiten Stock gesessen und nicht mehr gewusst, wohin mit sich. Mit Jez nach Hause zu gehen war keine Option. Er hasst sie. So entsetzt, wie er sie angesehen hat, ist ihr das mehr als deutlich geworden. Seine vor Horror geweiteten Augen, wie er sich langsam an die blutige Lippe gefasst hat, würde ihr nie mehr aus dem Kopf gehen. Er war betrunken heute Abend, auch wenn er in der unendlichen Weite des Daches nüchtern gewirkt hat. Keiner kann so viel Bier trinken und nichts davon spüren. Er hat sie nur deshalb zurückgeküsst. Dass er mit ihr auf dem Bordstein gewartet hat, liegt nur daran, dass er sich ihr gegenüber verantwortlich fühlt. Als Mitbewohner, mehr nicht. Ihr Herz krümmt sich bei dem Gedanken und sie hasst es dafür, hasst es, dass es so verwundbar ist.

Sie will die Kapuzenjacke neben sich auf den Boden werfen. Aber sie kann nicht. Mit einem frustrierten Schnauben zieht sie sie an. Jez' Geruch umhüllt sie, vertraut, sicher. Sie schielt zu ihrem Handy, das auf dem Wohnzimmertisch aus Paletten liegt. Seitdem sie aus der Dusche raus ist, überlegt sie, ihre Schwester anzurufen. Blaze würde ihr zuhören, sie verstehen, ihr gut zusprechen. Gemeinsam würden sie den Abend sezieren und nachdem sie ihn in Einzelteile zerlegt hat, würde es ihr besser gehen. Mit der Stimme ihrer großen Schwester würde es ihr besser gehen. Sie fühlt sich so ausgehöhlt und leer. Als hätte die Panik ihr Innerstes mit einem Löffel ausgeschabt und sie verwundet zurückgelassen.

Sie tippt ihr Display an. Es ist erst kurz nach Zwei. Wenn Blaze mit ihren Freunden Halloween feiert, wäre sie bestimmt noch wach. Die Entscheidung wird ihr abgenommen, als die Wohnungstür wieder ins Schloss fällt und Tim um die Ecke lugt. Seine wilden Locken stehen in alle Richtungen ab, als wäre er zig Mal mit seinen Händen durchgefahren.

»Na?«, fragt er leise und setzt sich zu ihr aufs Sofa. Seine Schicht scheint beendet zu sein, müde Schatten liegen unter seinen Augen. »Etwas besser nach der Dusche?«

Sie nickt. »Danke für die Klamotten, die du hingelegt hast.« Sie deutet an sich herunter.

»Ist doch klar.« Tim mustert sie aufmerksam. »Was ist heute Abend passiert?«

Ihre Lippen teilen sich, doch kein Wort kommt hervor. Ja, was ist heute Abend passiert? Alles ist schiefgegangen, das ist passiert. Die Wahrheit, die sie sich so behutsam in den letzten Wochen zurechtgelegt hat, ist vor ihren Augen zerbrochen. Jez ist ihr Mitbewohner, Jez ist ihr Freund, Jez hat nichts zu bedeuten, Jez will sie nicht so sehr küssen wie sie ihn küssen will. Es war sowieso ein wackeliges Kartenhaus, das zum Einstürzten verdammt war. Und es ist alles ihre Schuld.

Tim rückt ein Stück näher zu ihr. »Hat Jez irgendetwas gemacht?«

Entsetzen, Überraschung und ein schlechtes Gewissen wirbeln in ihrem Magen und drehen ihn um. Wenn sie überhaupt noch etwas in ihm hätte, wäre ihr bestimmt wieder schlecht. »Woher willst du das wissen?«

Er muss die Panik in ihrer Stimme hören, da sein Blick sanfter wird. »Rosie, ich bin nicht blöd. Da war etwas zwischen euch, als ich dich abgeholt habe.« Sie sagt nichts. »Eine Distanz, die ich nicht erwartet hätte.«

Tränen schießen wieder in ihre Augen. Wütend drückt

sie ihre Handflächen dagegen, als könnte sie sie so zurückhalten. »Er hat nichts gemacht, okay?«

»Okay.« Er steht nicht auf, sondern wartet geduldig, ob sie weiterspricht. »Hat er etwas gesagt?«

Sie schüttelt den Kopf. »Nein, nein. *Ich* bin das Problem. Es ist meine Schuld.«

»Rosie, das hatten wir doch schon.«

Ein stechender Schmerz durchzuckt sie bei der Erinnerung an das Gespräch. Es fühlt sich an, als wäre es Ewigkeiten her, der Tag letzten Sommer. An dem alles begonnen hat, ihre Panikattacken und ihre Schuldgefühle. Sie weiß noch ganz genau, was Tim ihr damals gesagt hat. ›Friends‹ lief im Hintergrund und sie hat die schlimmen Worte, die ihre Seele zerkratzt haben, erst aussprechen können, als Blaze nach unten gegangen ist, um Salzstangen zu holen. *Es ist meine Schuld,* hat sie hervorgebracht und Tim hat direkt dagegen argumentiert. *Das ist vollkommen egal,* brauste er auf. *Sobald du Nein sagst, hat er aufzuhören. Man lässt sich nicht vergewaltigen, Rosie. Man wird vergewaltigt.* Die Worte sind ihr noch lange nachgehallt, aber sie haben ihr nur mäßig Trost gespendet. Denn wenn es nicht ihre Schuld war, die Beziehung mit Kyle und es so weit kommen zu lassen, wie kann sie es beim nächsten Mal verhindern? Wie kann sie dafür sorgen, dass es ihr nicht noch einmal passiert? Sich so abhängig von jemandem zu machen, so geblendet zu sein, sich so sehr verletzen zu lassen? Es *muss* ihre Schuld sein, denn dann kann sie es beim nächsten Mal anders machen.

»Rosie«, sagt Tim eindringlich, »Ich weiß nicht, was zwischen Jez und dir passiert ist. Aber ich bin mir sicher, dass es nicht deine Schuld ist.«

»Doch.«

Entgeistert sieht er sie an. »Rosie …«

»*Ich* habe ihn geküsst!«, platzt es aus ihr heraus. »Ich ihn und nicht umgekehrt. Und dann habe ich eine Panikattacke bekommen und ihn von mir gestoßen. Du hättest sein Gesicht sehen müssen. Er war angewidert von mir.«

Sie kratzt über ihr Schlüsselbein. Die Haut unter dem T-Shirt ist schon leicht wund, so oft, wie sie schon darüber gefahren ist heute Abend.

»Das kann ich mir nicht vorstellen.«

»Du hast keine Ahnung. Du warst nicht dabei.« Sie klingt selbst in ihren eigenen Ohren wie ein trotziges Kind.

Tim seufzt. »Nein, war ich nicht. Aber ich habe ihn gesehen, an unserem Abend im Pub. Und wenn sich in der Zwischenzeit nichts geändert hat, wollte er dich genauso gern küssen.«

Mit fest aufeinandergepressten Lippen schüttelt sie den Kopf. Nein, nein, nein. Wenn das so wäre, dann … dann wäre alles noch komplizierter, als es sowieso schon ist. »Das kannst du nicht wissen.«

»Kann ich nicht«, gibt Tim zu, »Aber wir hatten ein sehr aufschlussreiches Gespräch darüber. Und die Art und Weise, wie er dich den Abend über angesehen und behandelt hat … Sogar Blaze hat mir zugestimmt und du weißt, wie absolut ahnungslos sie bei solchen Dingen ist.« Ja, das weiß sie wirklich und Tim, der jahrelang als Teenager in Blaze verknallt war, ohne dass sie es gemerkt hat, erst recht.

»Außerdem«, fährt er fort, »gehören zum Küssen immer Zwei. Oder hat er dich direkt abgewiesen?«

Hitze schießt ihr in die Wangen, als sie an Jez' Reaktion auf ihren Kuss denkt. An sein unterdrücktes Stöhnen, wie er mit der Zunge über ihre Unterlippe gefahren ist, ihren Körper mit seinen Fingern in Brand gesetzt hat.

»Ah, siehst du.« Tim grinst schelmisch. Als sie sein Lächeln nicht erwidert, wird er wieder ernst. »Also, was war das Problem?«

Sie schweigt lange, aber Tim setzt sie nicht unter Druck. »Es hat sich angefühlt, als wäre es Kyle über mir«, flüstert sie schließlich. Heiße Tränen quellen nun doch unter ihren Lidern hervor und laufen ihr über die Wange. Eine Art von Erleichterung durchflutet sie, die Worte ausgesprochen zu haben. Erleichterung und Scham.

»Oh, Rosie«, sagt Tim leise. Er breitet seine Arme aus und sie lässt sich gegen seine Brust fallen. Fest umarmt er sie. Sie denkt an früher, wenn sie sich als Kind das Knie aufgeschlagen hat und er als Erstes da war und getröstet hat. Als er auch nach ihr gesehen hat, nach der Scheidung ihrer Eltern, und sie nachts beruhigt hat, wenn sie einen Albtraum hatte. Wie ein großer Bruder es getan hätte.

»Er ist nicht mehr da. Er kann dir nicht mehr weh tun«, wiederholt er immer wieder, bis sich die Worte echt anfühlen.

Irgendwann sind ihre Tränen versiegt. Sie räuspert sich und wischt mit dem Jackenärmel ihre Wangen trocken. Tim reicht ihr kommentarlos ein Taschentuch und sie schnäuzt sich kräftig. »Ich weiß nicht, wie ich das wieder geradebiegen soll.«

Tim verzieht nachdenklich das Gesicht. »Was möchtest du tun?«

»Mich bei ihm entschuldigen.«

»Für was?«

»Weiß ich nicht.« Ihn geküsst zu haben? Oder ihn weggestoßen zu haben?

»Magst du ihn?« Tims Frage ist so nüchtern, so pragmatisch. Als ob es darauf eine leichte Antwort gäbe. Ihr Schweigen sagt ihm alles, was er wissen muss. »Also ja.«

»Ich weiß nicht, was ich will.« Sie wickelt sich den Bändel der Kapuze um ihren Finger. »Ich habe Angst.«

»Sich auf jemanden einzulassen ist immer beängstigend.

Wird das was, wird es nichts, mag der andere einen genauso oder rennt davon, wenn man seine dunkelsten Ecken zeigt …« Tims Blick verliert sich hinter ihr. »Aber wenn ich eines im Leben gelernt habe, dann, dass Wegrennen nur mehr wehtut. Du bereust nur die Dinge im Leben, die du nicht machst.«

Gerade bereut sie es sehr, Jez geküsst zu haben. Ihr Herz protestiert bei dieser Aussage. Denn wie kann sie etwas bereuen, dass sich so gut, so richtig angefühlt hat? Ihr Kopf und ihr Herz befinden sich im immerwährenden Streit und sie steht dazwischen, unsicher, wem sie trauen soll, trauen *darf*. Ihr Herz hat sie bereits betrogen und ihr Kopf sie in Sicherheit gebracht. Oder war es nicht andersherum gewesen? Hat nicht ihr Gefühl ihr gesagt, dass Kyle nicht gut für sie ist, während sie verkopft darauf beharrt hat, dass es keine andere vernünftige Wahl als ihn gibt? Sie ist so verwirrt und weiß nicht mehr, was richtig oder falsch ist. Ob es überhaupt ein Richtig oder Falsch gibt.

Tim sieht, wie seine Worte bei ihr die Zahnräder im Hirn in Gang gesetzt haben und nickt zufrieden. Er steht vom Sofa auf.

»Tim?« Er verharrt in der Bewegung. »Wieso ist Blaze nicht hier heute Abend?«

Seufzend setzt er sich wieder hin. »Das solltest du sie fragen.«

»Wir haben gerade über meine Liebesprobleme geredet«, sagt sie. »Da kannst du auch mal teilen.« Ihm ein schlechtes Gewissen einzutreiben hat den gewünschten Erfolg. Ein Schatten huscht über sein Gesicht.

»Sie meint, dass ich nicht genug Zeit für sie habe.« Schmerz liegt in seiner Stimme. »Und dass sie immer zurückstecken müsse. Sie wollte, dass ich an Halloween nach Plymouth komme. Ich wollte meine Schicht nicht abgeben.

Wir haben keinen Kompromiss gefunden.«

»Oh.«

»Fernbeziehungen sind Arbeit.« Er lacht freudlos auf.

»Beziehungen sind Arbeit. Aber wir bekommen das schon wieder hin.«

Er lächelt ihr aufmunternd zu und steht auf. Sie ist noch nicht bereit, schlafen zu gehen. So viele Gedanken brennen ihr noch auf der Zunge. »Tim?«

Seine Mundwinkel zucken, als er an der Ecke zum Flur stehen bleibt und sie fragend ansieht.

»Was ist, wenn er mir wehtut?« Sie muss nicht sagen, wen sie meint. Ihre Stimme ist kaum mehr als ein Wispern. Denn davor hat sie am meisten Angst. Nicht, dass eine Abweisung von ihm schmerzt oder es aus sonst welchen Gründen zwischen ihnen nicht klappen könnte. Dafür fallen Rose sowieso genug ein. Sondern dass sie ihre Grenzen verwischen lässt, dass mögliche Worte von ihm sie in ihren Grundzügen wanken lassen, an ihr zweifeln lassen, ihre Hobbys aufgeben lassen. Dass ihre Grenzen so weit in den Hintergrund rücken, dass sie Dinge tut, die sie eigentlich nicht tun will.

»Es tut immer weh«, sagt Tim bedächtig. »Wir wählen nur, wer den Rest leichter macht.«

Bei der Vorstellung zupft ein Lächeln an ihren Mundwinkeln. »Und macht Blaze das?«

Ein Lächeln erhellt sein Gesicht, als würde die Sonne durch Sturmwolken brechen. Das Lächeln, das seine Grübchen hervorbringt und das er am meisten lächelt, wenn er mit Blaze zusammen ist. »Immer.«

Die Wohnungstür geht auf und Mike und Ren kommen herein. Leise unterhalten sie sich. Die beiden stecken ihre Köpfe ins Wohnzimmer und begrüßen sie. Unsicher winkt sie ihnen zu und bedankt sich, dass sie bei ihnen auf dem

Sofa schlafen kann.

»Dafür doch nicht«, brummt Mike.

»Gute Nacht, Rosie«, sagt Tim und schaltet das Wohnzimmerlicht aus. Sie wünscht ihnen ebenfalls eine gute Nacht und hört, wie die Zimmertüren nacheinander geschlossen werden. Mit dem Gedanken an weiche Lippen auf ihren schläft sie schließlich ein.

Nicht einmal am ersten Tag war sie so nervös in ihre WG geschlichen. Das Herz pocht ihr bis zum Hals und sie geht jedes Szenario, Jez zu begegnen und mit ihm zu reden, zum hundertsten Mal in ihrem Kopf durch. Tim hat ihr angeboten, dass sie auch länger als die eine Nacht bei ihm übernachten darf, dass er sogar Klamotten von ihr im WG-Zimmer holen würde, wenn sie ihm den Schlüssel gäbe. Aber das wollte sie nicht. Sie fühlt sich sowieso schon wie ein Feigling, dass sie gestern von der Party einfach so abgehauen ist. Sie brauchte die Zeit zum Durchatmen und Gedanken sortieren, doch das hatte sie jetzt. Egal was Jez sagen würde, sie war vorbereitet, hat sich die richtigen Worte zurechtgelegt und mit ihrem Schlachtplan im Kopf fühlt sie sich gerüstet.

Aus der Küche dringt Rapmusik und sie hört Amys Kichern durch die Tür. Bevor sie in ihr Zimmer verschwinden kann, schwingt die Küchentür auf.

»Guten Morgen«, flötet Amy. Es ist schon weit nach Mittag, aber Amy ist vermutlich noch nicht lange wach, wenn sie gestern auch unterwegs war. Sie inspiziert Rose, deren Haare verstrubbelt sind und die noch das gleiche Outfit wie gestern trägt. Mit nassen Haaren schlafen zu gehen ist noch nie eine gute Idee gewesen. »Na, da hatte jemand wohl Spaß letzte Nacht.«

Mit heißen Wangen sieht Rose an sich herunter und ihr wird klar, welchen Eindruck sie vermitteln muss. Dabei trägt Amy selbst einen grün-schwarz karierten Cardigan, der ihr schmeichelhaft um ihre Kurven liegt und Rose noch nie an ihr gesehen hat. Bevor sie etwas erwidern kann, schiebt sich jemand neben Amy in den Flur.

»Ich glaube, der Pfannkuchen brennt an«, sagt die Person. Die kurzen, schwarzen Haare stehen in alle Richtungen ab und die Person sieht Amy hinter goldenen Brillengläsern aus funkelnden, hellbraunen Augen an. Sie hat ein weiches, freundliches Gesicht und trägt ein schwarzes, weites Hemd über dem schlaksigen Oberkörper. Rose erkennt das Kostüm aus ›Demon Slayer‹ in der Kombination sofort und muss sich nun selbst ein verschmitztes Lächeln verkneifen, als sie die Situation versteht.

»Morgan, das ist meine Mitbewohnerin Rose«, stellt Amy sie vor und ihre Wangen laufen in einem niedlichen Rot an. »Ich habe Morgan gestern kennengelernt.«

»Freut mich.« Rose schüttelt Morgans Hand, die fester ist als erwartet.

»Ich war überrascht, als Jez heute Morgen meinte, dass ihr nicht zusammen heimgekommen seid«, sagt Amy und beobachtet Roses Reaktion genau.

Sie zuckt mit den Schultern und hofft, dass Amy ihre zitternden Finger nicht sieht, während sie ihr Zimmer aufschließt.

»Ist er da?«, fragt Rose, betont beiläufig. Amy Augen blitzen.

»Jake meinte, er sei heute früh gegangen.«

Rose nickt langsam. »Okay.«

Sie erinnert sich, dass er Henry versprochen hat, beim Aufräumen zu helfen. Er würde bestimmt später noch kommen und dann könnte sie mit ihm reden und die ganze Situation gestern aus der Welt schaffen.

»Du kannst gerne mit uns gleich Pfannkuchen essen«, bietet Amy an.

»Wenn sie nicht vorher verbrannt sind«, fügt Morgan hinzu.

Rose lehnt dankend ab und erklärt, dass sie schon gefrühstückt habe. Sogar auch Pfannkuchen, die von Mike sind zum Reinlegen und sie hat sich viel zu viele davon reingeschaufelt, obwohl ihr noch etwas schlecht ist.

Ihre Tür schließt sich mit einem Klicken hinter ihr. Zittrig atmet Rose aus. Egal, wie oft sie jedes Gesprächsszenario mit Jez durchgesprochen hat, sitzt eine unruhige Nervosität in ihren Knochen. Sie sieht sich in ihrem Zimmer um, das noch genauso aussieht, wie sie es gestern verlassen hat: Das ordentlich gemachte Bett mit der mintfarbenen Bettwäsche, über deren Fußende eine helle Tagesdecke ausgebreitet ist. Der aufgeräumte Schreibtisch, mit dem Stapel Unisachen auf der einen, und den zum Trocknen rausgelegten Make-Up Pinseln auf der anderen Seite. Über dem Stuhl liegt noch immer der weiße Rollkragenpullover, den sie gestern anhatte. Trotzdem fühlt es sich wie Ewigkeiten her an, dass sie hier war. Dass Jez auf dem Stuhl saß und sie sich über ihn gebeugt hat, um die Wunde an seiner Schläfe und Wange aufzutragen. Dass sie über einen Witz von ihm lachend die Tür hinter sich zugezogen hat. Sie presst die Lippen aufeinander und schiebt diese Gedanken entschieden von sich.

Zuerst schält sie sich aus ihrem Kostüm und zieht neue Klamotten aus dem Schrank. Mit einem Blick auf ihren vollen Wäschekorb kramt sie ein paar Münzen aus ihrem Geldbeutel und beschließt, eine Maschine anzuschmeißen. Sonntag ist sowieso Waschtag. Vor der Zimmertür hadert sie. Die graue Kapuzenjacke liegt ganz oben in dem Sack und verspottet sie. Dann gibt sie sich einen Ruck, schlüpft in ihre Winterstiefel und geht nach unten in den Keller des Wohnheims, um ihre Wäsche zu waschen. Die Jacke gehört ihr nicht. Sie würde sie Jez zurückgeben, frisch gewaschen, egal wie sehr das Ziepen in ihrer Brust dagegen protestiert. Zurück in ihrem Zimmer dreht sie sich die struppigen Haare zu Locken und hört dabei Taylor Swifts neustes Album ›Folklore‹, von dem sie zwar schon jedes Lied in und auswendig kennt, aber die ruhige Musik beruhigt ihre angespannten Nerven. Ständig spitzt sie die Ohren, ob sie Jez nach Hause kommen hört, bis sie es nicht mehr aushält und sich frustriert mit ihrem Malblock an den Schreibtisch setzt. Es wird bereits langsam dunkel und die Unruhe, dass sie immer noch nicht mit Jez reden konnte, lässt sie nach einem Kohlestift greifen. Mit schnellen, wütenden Bewegungen lässt sie ihren Gefühlen ihren Lauf. Zwischendurch geht sie in den Keller und gibt ihre nasse Wäsche in den Trockner.

Mit dem Korb voller warmer, getrockneter Wäsche ächzt sie die Treppen nach oben zurück in den vierten Stock. Ihre Haut kribbelt, als sie die Sneaker vor ihrer Wohnungstür erkennt. Sie schiebt sich in den Flur und die offene Zimmertür direkt rechts bestätigt ihre Vermutung: Jez ist wieder zu Hause. Ihr Magen schlägt Purzelbäume.

Sie stellt die Wäsche an ihre Zimmertür und geht langsam in die Küche. Durch die Glasscheibe der Tür sieht sie Jez, der am Herd steht und ihr den Rücken zukehrt. Sie schluckt, sammelt all ihren Mut und drückt die Tür auf.

»Hey.«

Seine Schultern spannen sich unter dem schwarzen Pulli an. »Hey.« Er dreht sich nicht zu ihr um, nur sein Kopf legt sich leicht zu Seite. Als wolle er, aber würde sich zurückhalten.

Sie geht zu der Tasse Tee, die sie zum Durchziehen auf

der Arbeitsplatte stehen gelassen hat, während sie die trockene Wäsche aus dem Keller holte. Sie tunkt den Beutel mehrmals rein, damit sie irgendetwas zu tun hat, während sie verzweifelt nach Worten sucht. Wo sind ihre ausgemalten Szenarien hin?

»Wie war es bei Henry?«

»Gut. Gab viel zu tun.« Seine Stimme klingt dumpf. Er schüttet die Ramennudeln ab und schmeißt sie in die Pfanne mit der Sojasoße. Die Portion ist klein, er kocht nur für sich. Die angespannte Stimmung in der Küche ist fast schon greifbar.

»Wegen gestern …«, setzt sie an. *Es tut mir leid, dass ich dich von mir gestoßen habe. Das hatte nichts mit dir zu tun, sondern mit schlechten Erfahrungen, die ich gemacht habe. Kann du mir deswegen verzeihen?* Die Sätze klingen in ihrem Kopf so viel einfacher und ersticken auf dem Weg zu ihrem Mund.

»Ich hatte einiges an Bier«, sagt er langsam. Abwartend.

»Ja.« Sie wirft den Teebeutel weg und dreht sich zu ihm um. »Ich hatte auch nicht ganz wenig getrunken.« *Deshalb tut es mir auch leid, dass ich einfach so davon gezischt bin und nicht direkt mit dir geredet habe,* fügt sie in Gedanken hinzu.

»Dann verstehen wir uns ja?« Er lässt es mehr wie eine Frage klingen, als würde er auf eine Bestätigung von ihr warten.

»Hm?« Sie will die Worte von ihm hören. Dass alles nach dem Kuss nur ein Missverständnis war, eine betrunkene, panische Überreaktion.

Er dreht mit einer flinken Bewegung seines Handgelenks gekonnt das Essen in seiner Pfanne. »Wir vergessen einfach, was auf dem Dach passiert ist.«

»Genau.« Halt, warte, was? Alles vergessen? Sie verbrennt sich die Finger an der Teetasse, die sie fest umklammert hält. Schnell stellt sie die Tasse ab.

Zum ersten Mal, seitdem sie in die Küche gekommen ist, dreht er sich zu ihr um und sieht sie direkt an. Sie zuckt unter dem Blick zusammen. Seine Augen, die sonst immer belustigt funkeln, sind stumpf. Als hätte jemand das Licht dahinter ausgeknipst. Dunkle Schatten liegen unter ihnen, als hätte er kaum geschlafen heute Nacht.

»Okay.« Er klingt fast schon ... erleichtert? Oder ist das Qual, die von diesem einen Wort tropft? Nein, dann hätte er nicht gesagt, dass sie es vergessen sollen. Mit dem Kochlöffel schiebt er seine Nudeln in eine Schüssel. Die Pfanne stellt er neben die Spüle.

»Ich wasche später noch ab«, sagt er und verlässt die Küche, um in seinem Zimmer zu essen.

»Warte, ich habe deine Jacke noch!« Sie folgt ihm in den Flur.

Er bleibt wie angewurzelt stehen.. Sie schiebt sich an ihm vorbei. Sein Geruch, so nah, lässt ihr Herz wild pochen. Langsam kramt sie in ihrem Wäschekorb nach der Kapuzenjacke. Panisch überlegt sie, was sie sagen kann. Was hat es ihr gebracht, jedes Szenario im Kopf durchzugehen, wenn es jetzt so katastrophal anders läuft?

Wortlos hält sie ihm die Jacke hin. Er blickt sie an, als er sie entgegennimmt. Schmerz flackert in seinen Augen auf. Oder sieht sie einfach nur das, was sie sehen will?

»Danke fürs Waschen«, sagt er. Die Lippen fest zusammengepresst, als würde er mehr sagen wollen, aber die Worte zurückhalten.

»Danke fürs Ausleihen.« Ihre Stimme bricht. Kurz sehen sie sich noch an, ein Ozean ungesagter Worte zwischen ihnen, dann nickt er und verschwindet in seinem Zimmer. Die Tür fällt hinter ihm zu.

Sie geht in ihr eigenes Zimmer und lehnt sich an die geschlossene Tür, während ihr Kopf erst langsam verarbeitet, was gerade passiert ist. Dass das wohl das klärende Gespräch war, das den Stein von ihrer Brust nehmen, die angespannte Stimmung zwischen ihnen lösen. Doch irgendwo waren sie an zwei völlig unterschiedlichen Wegen abgebogen. Jez will vergessen, dass sie sich geküsst haben. Sie sollen einfach so weitermachen, als wäre nichts geschehen. Aber sie wollte sich doch für ihren Abgang entschuldigen, wissen, was das für ihn ist, ob sie einfach schauen können, was passiert. Sie wollte ihm sagen, dass sie ihn als Freund nicht verlieren will, dass sie seine Nähe genießt, ihm erklären, was zu ihrer Panik geführt hat. Sie hat nichts davon getan. Als sie ihre Stimme am meisten gebraucht hat, hat sie versagt. Mit den wenigen Worten hat er jedoch genug gesagt. Er fühlt nicht das gleiche wie sie, daher auch der Horror in seinen Augen nach dem Kuss. Deshalb will er auch einfach vergessen, dass sie sich überhaupt geküsst haben. Alles, was sie mit Tim heute morgen besprochen hat, dass er der Meinung ist, dass Jez sie genauso mag wie sie ihn, ist eine Lüge.

Das dumpfe Gewicht auf ihrem Herzen räkelt sich, bereit, es sich für eine Weile dort gemütlich zu machen.

»*Einfluss von Emotionen auf Entscheidungsfindungsprozesse wird im Modell von Lerner et al. (2015) multifaktorell dargestellt und lässt sich in Form von neun Thesen wie folgt beschreiben: 1) Emotionen sind starke und durchdringende Antriebe der Entscheidungsfindung und nehmen direkten Einfluss auf Werturteile und Normen (…); 4) Emotionen beeinflussen Entscheidungen auch dadurch, indem sie den Inhalt der eigenen Gedanken, die Tiefe der eigenen Gedanken soweit die persönlichen Ziele und Erwartungen verändern und deren Aktivierung steuern; 5) ob Emotionen eine Entscheidung(smöglichkeit) fördern oder hemmen, hängt davon ab, in welcher Weise sie spezifische kognitive und motivatonale Prozesse auslösen oder hemmen (…).*«

Huber, Matthias. *Emotionen im Bildungsverlauf.* Springer, 2020, S. 114.

15. KAPITEL

Jez

Die zwei Wochen nach Halloween stürzt er sich in Uniarbeit. Er sitzt jeden Tag vor den Vorlesungen in der Bib, manchmal begleitet von Henry, manchmal von Ellie und Rose. Wenn die Mädels dabei sind, kann er sich nur halb so gut konzentrieren. Die andere Hälfte seiner Gedanken hängt bei Rose. Wie sie ihre Haare streng zurückgebunden hat, wie sie über ihren To-Do Listen brütet, wie sie auf dem Bleistift herumkaut, wenn sie nachdenkt. Wie wenig sie gelacht hat in den letzten zwei Wochen. Darüber sollte er sich keine Gedanken machen. Immerhin hat er gesagt, dass sie die Zeit auf dem Dach einfach vergessen sollten. Aber er hat es nicht vergessen. Keine Sekunde davon. Nicht, wie sich ihr Körper an seinen presst und genau dort hinzugehören scheint, als würde jede Kurve, jede Beugung sich perfekt an ihn schmiegen. Nicht ihre Lippen auf seinen, voll, sinnlich, jeden Gedanken austreibend und nur noch ein angenehmes, alles einnehmendes Rauschen zurücklassend. Ihre Finger in seinen Haaren, auf seinen Schulterblättern, in seinem T-Shirt. Es ist das Letzte, an das er abends denkt und das Erste, wenn er aufwacht. Es macht ihn wahnsinnig.

Noch verrückter macht ihn die Distanz zwischen ihnen.

Ihre Konversationen sind angestrengt und meist schweigen sie, wenn sie gemeinsam an die Uni gehen. Sie kochen nicht mehr zusammen, sondern jeder nur noch für sich und wenn sie einmal gemeinsam in der Küche stehen, werden sie von Amys eindringlichen Blicken verfolgt. Jake und Amy fällt auf, dass sich etwas in ihrer WG verändert hat, aber er hat nicht vor, ihnen auf die Nase zu binden, was vorgefallen ist. So zu tun, als wäre auf dem Dach nichts passiert, hat nichts rückgängig gemacht. Im Gegenteil, es hat eine unüberwindbare Kluft zwischen sie gerissen, als würden sie Galaxien voneinander trennen. Er dachte, dass sie zu ihrer Leichtigkeit zurückfinden würden, stattdessen wissen sie beide nicht, wie sie miteinander umgehen sollen. Er spürt ihre Abwesenheit wie einen Stachel in seinem Brustkorb, der sich mit jedem Blick aus ihren braunen Augen, jeder flüchtigen Berührung, die sie nicht verhindern können, etwas tiefer bohrt.

Jedes Mal, wenn sie vor ihm zurückzuckt oder seinen Blick meidet, sagt eine kleine Stimme in seinem Kopf, dass sie die Situation genauso schrecklich findet. Dass sie genauso darunter leiden würde wie er. Dann holt er jedes Mal die Erinnerung hervor, wie sie ihn von sich gestoßen hat, die Panik in ihrem Blick und wie sie ihn angefleht hat, von ihr fernzubleiben. Sie ekelt sich vor ihm, vor dem Kuss, deshalb verhält sie sich so. Bei ihrem Gespräch in der Küche hat er gehofft, sie würde diese Vermutung nicht bestätigen. Er hat gehofft, dass sie ihm widersprechen würde, und ihm sagen würde, dass sie alles auf dem Dach nicht vergessen sollten. Aber als sie ihm zugestimmt hat, dass sie beide getrunken und damit wahrscheinlich nicht die besten Entscheidungen getroffen haben, ist seine Hoffnung gesunken. Eigentlich wollte er ihr sagen, dass sie ihm wichtig ist. Wichtiger, als sie es als Mitbewohnerin sein sollte. Aber sein

Mut verließ ihn im wichtigsten Moment, die Stimme, dass sie das alles nicht wollte, so viel lauter als die Vernunft, einfach offen mit ihr zu reden. Bis die Angst siegte.

»Ich habe dir gesagt, dass es eine scheiß Idee ist, was mit der Mitbewohnerin anzufangen«, sagt Henry und schielt vom Fahrersitz zu ihm herüber. Er hat sie nach dem Training heute Abend mit dem Auto heimgefahren und da es draußen eisig kalt ist, fährt er Jez noch bis zu seinem Wohnheim, anstatt ihn von Fulham laufen zu lassen.

»Das hast du mir in den letzten Wochen genug gesagt«, presst Jez zwischen zusammengebissenen Zähnen hervor.

»Ich höre deine Gedanken trotzdem bis hierher.«

Henry hat am Tag nach Halloween sofort gemerkt, dass etwas mit seinem Freund nicht stimmt. Und zwar mehr als nur die Trauer um Suzie. Also hat Jez ihm erzählt, was auf dem Dach passiert ist. Henry war zuerst der Meinung, dass die beiden zusammenkommen würden und er Jez' Wohnung vor lauter Sexgeräuschen erst mal meiden würde. Dass ihre Aussprache so katastrophal verlaufen wird, dass sie danach kaum noch ein lockeres Gespräch führen können, hätte selbst Henry nicht erwartet.

»Ich denke an meine Mutter«, lügt Jez. »Sie wirkte ganz schon fertig letztes Wochenende.« Er ist letzte Woche mit dem Zug nach Cardiff gefahren, um sein schlechtes Gewissen zu beruhigen, dass er an Halloween nicht bei seiner Familie war. Die Zeit zu Hause hat ihn völlig ausgelaugt, sodass er mit noch schlechterer Laune zurückkam, als er sowieso schon hatte.

»Es ist ja bald Weihnachten«, sagt Henry. »Sie freut sich bestimmt, wenn du dann länger zu Hause bist.«

»Wo gehst du Weihnachten hin?« Es sind nur noch wenigen Wochen und die erste Weihnachtsbeleuchtung wird bereits in den Straßen aufgehängt.

Henry seufzt und biegt an einer Kreuzung ab. »Keine Ahnung. Meine Mum erwartet, dass ich wie immer komme, aber ich habe wenig Lust, Greta über den Weg zu laufen. Aber zu meinem Dad gehen und seine neuste Freundin kennenlernen, die genauso alt ist wie ich? Nein, danke.«

»Du weißt, dass du gerne wieder Weihnachten bei uns sein kannst«, bietet Jez an. Letztes Jahr ist Henry eher spontan bei ihnen für die Semesterferien eingezogen, aber seine Mutter würde sich freuen, etwas mehr Leben am Tisch zu haben.

Henry nickt und parkt am Bordstein. »Ich weiß. Danke.«

Sie verabschieden sich und Jez steigt aus dem Ford Fiesta. »Sicher, dass du heute Abend nicht mit uns trinken gehen willst?«, fragt Henry, bevor Jez die Autotür zuschlagen kann.

»Sicher.« Er will die anderen nicht mit seiner schlechten Laune runterziehen. In drei Wochen schreiben sie die ersten Übungsklausuren und die meisten in ihrem Studiengang sind schon panisch am Lernen. Nach der Dusche würde er noch ein paar Aufgaben in Statistik durchrechnen.

Vor der Wohnungstür zieht er sich die Schuhe aus und tapst auf Socken in den Flur. Außer ihm macht das keiner in der WG, aber die Angewohnheit, die Schuhe direkt auszuziehen, würde er wohl nie loswerden. Roses Zimmertür direkt links steht offen und er erhascht einen Blick auf sie. Gebeugt lehnt sie über dem Schreibtisch, anscheinend über Uninotizen brütend.

»Nein, Mum, ich habe mir noch keine genauen Gedanken wegen Weihnachten gemacht. Das ist noch Wochen hin«, sagt sie mürrisch. »Ich muss jetzt auch wirklich weiter lernen, okay?«

Als hätte sie ihn aus dem Augenwinkel gesehen, hebt sie den Kopf und ihre Blicke treffen sich. Ihm fällt auf, dass er sie anstarrt, und dreht sich nach einem schnellen Winken zur Begrüßung schnell zu seiner eigenen Zimmertür um. Er kam nicht umhin, die Tafel Cadbury Whole Nut Toffee neben ihren Zetteln zu sehen und sich zu fragen, ob es die gleiche Schokolade ist, die er ihr vor ein paar Tagen vor die Tür gelegt hat. Er konnte sich beim Einkaufen nicht zurückhalten, ihr eine Packung mitzunehmen, als sie ihre Periode hatte. Am nächsten Morgen hat sie sich knapp beim Frühstücken bedankt und er hat sich geärgert, dass er es gemacht hat.

Die heiße Dusche löst nicht die Anspannung unter seiner Haut, nicht einmal das Kochen eines schnellen Currys beruhigt ihn. Sein Körper fühlt sich zum Zerreißen gespannt an, als würde noch ein kleiner Stoß fehlen und er zerbräche in zehntausend Einzelteile. Anstatt sich an Statistik zu setzen, holt er seine Switch hervor und spielt das neue ›The Legend of Zelda‹, das er sich selbst zum Geburtstag geschenkt hat. Es ist ein Ableger eines anderen Entwicklerstudios und es wird in verschiedenen Missionen nur gekämpft. Genau das richtige für seine Nerven. Seine Zimmertür steht halb offen und einmal steckt Amy den Kopf zur Tür herein und sie reden kurz, bevor sie sich zu ihrem Date mit Morgan aufmacht.

Aber selbst während er Monster mit flinken Bewegungen seiner Finger abschlachtet, ist er sich Roses Nähe nur wenige Meter entfernt in ihrem eigenen Zimmer mehr als bewusst. Das Wochenende in Cardiff war auch dazu da, Abstand zu ihr zu gewinnen und seine chaotischen Gefühle zu beruhigen. Stattdessen vermisst er sie nur noch mehr, ihre gemeinsame Leichtigkeit, ihr Geplänkel. Er vermisst es, nicht durch die WG schleichen zu müssen.

Irgendwann hält er es nicht mehr stillsitzend aus. Er lässt seine Switch achtlos auf dem Bett neben ihm liegen und steht auf. Eine Einheit im Fitnessstudio würde ihn hoffentlich ablenken. Nicht, dass sie es die letzten zwei Wochen irgendwann getan hätte, aber die Hoffnung stirbt zuletzt. Auf dem Rückweg von der Küche, mit seiner gefüllten Wasserflasche in der Hand, verharrt er an Roses Zimmertür. Er kann sich einfach nicht davon abhalten.

»Was gibt's?«, fragt sie, ohne von ihrem Lehrbuch aufzublicken.

»Noch am Lernen?«

»Ja.«

»Lief dein Test nicht super heute?«

»Na und?«

Mein Gott, er hasst diese Gespräche mit ihr. Er will einfach nur noch zurück zu dem, wie sie vorher miteinander waren. Entspannt, locker, ohne dieses nervöse Kribbeln unter der Haut.

»Fleißig.«

Sie brummt eine Zustimmung und schreibt etwas aus dem Buch ab.

»Willst du gleich mit ins Sports Center?« Ihr Kugelschreiber verharrt Millimeter vor dem Papier. »Es gibt Yoga um acht.« Das weiß er nur, weil sie öfter zusammen gegangen sind, sie in ihren Kurs und er meist zum Boxen.

»Nee, eher nicht.«

»Ach so. Ich kann verstehen, wenn du nach dem vielen Lernen lieber malen willst.«

Ihm entgeht nicht, wie sie bei seinen Worten leicht zusammenzuckt. Sie legt den Stift hin und schiebt sich die Haarsträhnen, die sich aus ihrem unordentlichen Dutt gelöst haben, aus dem Gesicht. »Ich hab schon länger nicht gemalt. Wahrscheinlich gehe ich später einfach ins Bett.«

»Freitagabends?«

»Ja.«

Rose, die nicht malt? Das kommt ihm falsch vor. Eine verrückte Idee nimmt in seinem Kopf Gestalt an. Er presst die Lippen aufeinander, aber er kann die nächsten Worte trotzdem nicht zurückhalten: »Komm mit mir mit.«

Ihr Kopf schießt hoch und sie sieht ihn zum ersten Mal an, seitdem er an ihrem Türrahmen lehnt. »Was?«

»Ich zeige dir was. Ist eine Überraschung. Du brauchst nur eine dicke Jacke und deinen Malblock und Stift.«

»Jez …«, setzt sie an. Bei seinem Namen aus ihrem Mund zieht sich alles in ihm zusammen. Ihre gesamte Haltung ist abweisend, das entgeht ihm nicht. Wieso sollte sie auch plötzlich mit ihm kommen, nachdem sie zwei Wochen lang kaum etwas gemeinsam unternommen haben? Er will das nicht mehr, vor allem wenn er hört, wie sie unter ihren To-Do Listen und Lernwahn leidet. Er will sie malen sehen, lächeln sehen.

»Oder hast du Angst?« Er legt einen amüsierten Unterton in seine Stimme und erinnert an ihre herausfordernden Neckereien. Es ist ein Risiko, plötzlich so mit ihr zu sprechen, als wäre nichts gewesen in den letzten zwei Wochen. Aber er weiß nicht, wie er sie sonst davon überzeugen soll, mit ihm zu kommen.

Ihr Kiefer tritt hervor und ein gefährliches Blitzen leuchtet in ihren Augen auf. Er hat es vermisst. »Natürlich nicht.«

»Na dann.«

Ihre Lippen sind noch immer eine gerade Linie und sie sieht ihn entgeistert an. Doch er sieht, wie ihr Widerstand hinter ihren Augen langsam bröckelt, als würde sie eine Diskussion mit sich selbst ausfechten und verlieren. Ihr Blick huscht zu der Tafel Cadbury auf dem Schreibtisch und er meint, ein kleines Zucken ihrer Mundwinkel sehen zu können.

»Selbst Streber brauchen mal eine Pause. Fünf Minuten,

dann gehen wir.«

Schnell geht er zurück in sein Zimmer, um die Jogginghose gegen eine Jeans auszutauschen. Sie vor vollendete
Tatsachen zu stellen, würde ihr vielleicht den letzten Rest
geben. Er hört, wie sie seufzend den Schreibtischstuhl zu-
rückschiebt und ihre Schranktür sich öffnet. Erleichtert atmet er aus. Das klingt ganz so, als ob sie sich entschieden
hat, mit ihm zu kommen.

Ein paar Minuten später, in einen Hoodie und Jacke eingepackt, wartet er auf sie im Flur. Vielleicht ist das hier eine
absolute Schnapsidee, aber er verzehrt sich nach ihr, nach
einer Rückkehr in die Normalität. Und vielleicht ist es genau das, was sie brauchen.

Gemeinsam verlassen sie das Wohnheim. Sie hat sich
ihre Handtasche über die Schulter geworfen und zieht sich
in der eisigen Abendluft die Mütze tiefer in die Stirn. »Ver-
rätst du mir, wo es hingeht?«

Er lacht, noch etwas unsicher. »Dann wäre es ja keine
Überraschung mehr.«

Sie rümpft empört die Nase. Kurz glaubt er, sie würde
doch einfach wieder zurück in die WG gehen, aber sie folgt
ihm aus dem Tor ihres Wohnheimes hinaus und an der Royal Albert Hall vorbei die Straße hinunter.

Schweigend biegen sie auf die Exhibition Road ab. Es ist
kein angenehmes Schweigen, sondern gefüllt mit den zehntausend ungesagten Worten der letzten Wochen, angespannt von den wenigen, die gesagt wurden. *Wir vergessen
einfach, was auf dem Dach passiert ist.*

»Wie war das Training?«, fragt sie. Er nimmt ihr den
leichten Tonfall nicht ganz ab.

»War gut. Henry war zufrieden und das ist die Hauptsache.«

»Er versucht, Ellie zu überzeugen, bei einem Spiel von

euch vorbeizuschauen.«

Überrascht zieht er die Augenbrauen in die Augen. »Echt?«

»Hat er davon nichts gesagt?«

»Muss er wohl vergessen haben«, sagt er amüsiert. Henry lässt aber auch wirklich nicht locker. Seitdem Ellie wieder mit ihm spricht, versucht er alles, um es bei ihr wieder gut zu machen: Er bringt ihr selbstgebackene Kekse mit, die schaurig aussehen und so auch schmecken müssen, lädt sie auf Kaffeepausen in der Cafeteria ein, wenn sie gemeinsam in der Bib sind, schiebt ihr kleine Zettel zu, auf denen Komplimente stehen und die sie immer niedlich erröten lassen, und will sie zum Essen ausführen, woraus sie sich bisher aber immer herausgeredet hat. Es ist wirklich süß mitanzusehen, wie sehr er sich um sie bemüht.

»Er reißt sich für sie ganz schön den Arsch auf«, sagt Rose.

»Er versucht, seinen Fehler wieder gutzumachen.«

»Denkst du, das kann er? So etwas Schlimmes wieder gutmachen?«

»Da er es ehrlich bereut und sich bessern will: Ja.«

»Aber Gesagtes kann man nicht zurücknehmen«, flüstert sie. »Die Worte werden ihr für immer im Gedächtnis herumspuken und sie fragen lassen, ob da nicht doch ein bisschen Wahrheit dran ist.«

Fuck. Er weiß sofort, dass sie nicht mehr von Henry und Ellie reden, sondern von ihnen. Von dem Gespräch in der Küche, *seinen* Worten.

»Ja. Aber oft sagt man etwas, was man nicht so meint«, sagt er. Sie schnaubt ungläubig. »Um sich selbst zu schützen. Den anderen zu schützen.«

»Bullshit.«

Hat er irgendetwas anderes gemacht als das? Er wollte

nicht aus ihrem Mund hören, dass der Kuss ein Fehler war. Das hätte er nicht ertragen. Also hat er sich selbst geschützt, indem er angedeutet hat, dass sie zu viel getrunken haben und bei ihrer Bestätigung den einzig logischen Schluss gezogen: So zu tun, als wäre nichts zwischen ihnen vorgefallen. Und sie davor beschützt, ihm erklären zu müssen, wieso sie ihn panisch von sich gedrückt hat. Aber nicht zum ersten Mal in den letzten Wochen fragt er sich, ob es nicht einfach nur feige war, sich nicht auszusprechen.

»Das ist einfach nur feige«, spricht sie seinen Gedanken laut aus. »Es ist nicht die Aufgabe des Einen, den Anderen zu schützen. Das redet man sich nur ein, um es besser zu machen.«

»Wahrscheinlich«, krächzt er. Er vergräbt seine Hände in den Jackentaschen.

Sie biegen um die nächste Straßenecke in Richtung U-Bahn-Haltestelle. »Ich habe meine Oystercard nicht dabei«, sagt sie.

»Brauchst du auch nicht.«

»Gehen wir …?« Ihre Frage beantwortet sich von selbst, als sie das Museum umrundet haben und er die Stufen zum Eingang hinaufläuft.

Sie bleibt wie angewurzelt vor den steinernen Stufen stehen. Mit einem unergründlichen Ausdruck in den Augen sieht sie zu ihm hoch. »Aber es ist doch schon fast acht«, sagt sie leise.

»Freitags hat es bis zehn Uhr auf.« Er grinst. Kurz blinzelt sie, dann schüttelt sie den Kopf und geht mit ihm durch die großen Türen in das Victoria & Albert Museum. Sie legt den Kopf in den Nacken, um zu der großen Kuppel hinaufzusehen, durch deren Fenster der dunkle Nachthimmel zurückblickt. Für die späte Uhrzeit ist das Museum noch gut besucht, Gruppen an Menschen laufen durch den

Eingangsbereich und stöbern im Shop geradeaus.

»Das V&A ist mein Lieblingsmuseum«, sagt sie leise.

»Ich weiß.« Er schenkt ihr ein Lächeln, das sie zögerlich erwidert. Verwunderung liegt in ihren braunen Augen und so etwas wie ... Rührung? »Wo willst du als erstes hin?«

Mit großen Augen sieht sie sich im Atrium des Museums um, als würde sie überlegen, wo sie zuerst hinlaufen. Sie beschließt, in den Raum zu Mittelalter und Renaissance zu gehen. Er wartet mit ihr in den Räumen, liest sich die Infotafel durch, schlendert an den Gemälden und Schmuckstücken vorbei, bis sie in den nächsten Raum möchte. Niemals würden sie das gesamte Museum in den zwei Stunden ansehen können, selbst ein ganzer Tag würde da vermutlich nicht reichen. So gehen sie durch viele Ausstellungsräume einfach nur durch und lassen ihre Blicke kurz über die Vitrinen schweifen. Anfangs ist sie noch gehemmt, er sieht es ihren steifen Bewegungen und schiefen Seitenblicken an. Erst nach einigen Räumen legt sich nach und nach ein entspannter Ausdruck auf ihr Gesicht. Abgewechselt wird er nur von einer konzentrierten Furche zwischen ihren Augenbrauen, wenn sie zwischen ihrem Malblock und dem Objekt, das sie skizziert, hin und her sieht. Er ist ganz anders als ihr Blick beim Lernen, weniger verbissen. Der Knoten in seinem Magen löst sich langsam, während er sie immer wieder verstohlen mustert. Sie reden nicht miteinander, bis auf ein paar Kommentare zu einem Ausstellungsstück. Nach einer Stunde ist ihr Schweigen nicht mehr angespannt, wie vorher, sondern ganz natürlich, während sie ihren eigenen Gedanken nachhängen.

Sie klappt ihren Block zu und steht von der Bank auf, auf der sie eben noch gesessen hat. »Danke, dass du mich hergebracht hast«, sagt sie und sieht sich in dem dunkelblau gestrichenen Raum um. An den hohen Wänden hängen die drei auf fünf Meter großen Gemälde von Raphael, die als Vorlage für Wandteppiche dienten.

»Du sahst so aus, als könntest du die Ablenkung gebrauchen.«

Sie teilt ihre Lippen, um ihm darauf zu antworten. Eine Durchsage des Museums, dass es in einer halben Stunde schließen würde, lässt sie verstummen.

»Lass uns noch mal in den zweiten Stock zu den Gemälden gehen«, sagt sie und verlässt die Galerie. Es sah kurz so aus, als ob sie eigentlich etwas anderes sagen wollte, sich aber im letzten Moment umentschieden hat.

Auf der breiten Steintreppe, die in das Obergeschoss führt, sieht sie sich immer wieder zu ihm um. Er hat das Gefühl, dass sie irgendetwas sagen will, sich aber doch zurückhält. Als würden die ungesagten Worte zwischen ihnen in der entspannten Stimmung nun hochblubbern, nicht mehr unterdrückt von der unangenehmen Stille, die sie seit zwei Wochen festhält.

Vor den goldgerahmten Bildern bleibt sie deutlich länger stehen als in den anderen Räumen. Als würde sie jeden Pinselstrich inspizieren, jede farbliche Nuance. Er stellt sich neben sie und folgt ihrem Blick, versucht sich vorzustellen, was sie sehen muss. Sie erklärt ihm die Bildkomposition, was an dem Gemälde besonders ist, und er hört ihr aufmerksam zu. Er kann förmlich sehen, wie es hinter ihrer Stirn arbeitet und fragt sich, ob es nur die Analyse der Gemälde ist, oder ob sie sich über etwas anderes Gedanken macht.

Vor einem romantischen Gemälde legt sie den Kopf schief. Ein dunkler, mit blassrosa gemischter Sturmhimmel setzt sich hinter türmenden Wellen ab, die sich gegen hervorragende Felsen des Ozeans brechen. Ein Schiffsbug ragt zwischen der Gischt hervor, gefangen im Sturm. Es hat etwas Gewaltiges an sich, das keines der anderen Bilder in der Galerie ausdrückt.

Sie erklärt ihm nichts zu dem Bild, sieht es nur stumm an, die Lippen fest aufeinandergepresst. Mehrmals öffnet sie den Mund, schließt ihn aber wieder. Nervosität umfängt sie, wabert durch den ansonsten leeren Raum und lässt ihn leicht aufgekratzt an seiner Jeans zupfen.

»Jez?«

»Mhm?«

Ihr Blick ist starr geradeaus gerichtet. Sie holt tief Luft, als würde sie all ihren Mut zusammennehmen. Dann platzen die Worte, die sie anscheinend schon eine Weile mit sich herumträgt, aus ihr heraus: »Ich will nicht vergessen, was auf dem Dach passiert ist.«

Sein Herz setzt aus. Stolpert unbeholfen weiter. Was hat sie da gesagt? Er muss sich verhört haben. Aber die Worte ringen in seinen Ohren nach, ohrenbetäubend laut, obwohl sie sie fast nur geflüstert hat.

»Es tut mir leid, dass ich in der Küche meine Klappe nicht aufbekommen habe. Das war feige von mir. Ich wusste einfach nicht, was ich sagen soll. Ich hatte Angst. So bin ich halt. Ein Angsthase.« Ihre Stimme zittert nervös, während die Sätze unbeholfen aus ihr herausprudeln.

»Rosalie …«, setzt er an, aber sie hebt die Hand.

»Nein, lass mich bitte ausreden, sonst traue ich mich wieder nicht.« Er schließt den Mund, während er ihr Profil weiter ansieht. Die Sommersprossen, die auf ihren Wangen tanzen, die dunklen, geschwungen Wimpern, die flattern, während sie mehrmals blinzelt.»Ich weiß, dass du mich nur zurückgeküsst hast, weil du betrunken warst. Das ist okay. Aber mich macht dieses komische Herumtrippeln und Anschweigen völlig verrückt. Ich dachte, wir wären Freunde, wie das für Mitbewohner auch okay ist, aber das die letzten zwei Wochen … das ist keine Freundschaft. Und ich vermisse es, wie wir vorher waren. Auch wenn das total lächerlich ist, weil wir ja nichts wirklich waren.« Sie holt tief Luft. »Ich will einfach nur, dass du das weißt. Weil ich es die ganze Zeit bereut habe, in der Küche das alles nicht gesagt zu haben.«

Er wartet, ob sie fertig gesprochen hat. Nervös fährt sie sich mit der Hand über ihr Schlüsselbein und eine Röte kriecht ihren Hals hoch.

»Das denkst du?«, fragt er schließlich.

Ihr Blick zuckt zu ihm. »Was denke ich?«

»Dass ich dich nur zurückgeküsst habe, weil ich so viel Bier getrunken hab.«

Ein Knistern lädt die Luft um sie herum auf, als sie sich ansehen. »Ja«, bringt sie hervor. »Es tut mir trotzdem leid, dass ich dich weggestoßen habe. Und dir in die Lippe gebissen hab.« Sie kaut auf ihrer eigenen Unterlippe herum und bei ihrem Blick auf die Stelle, wo noch eine Weile ein roter Riss als Erinnerung an den Kuss geprangt hat, fährt ein heißer Stoß durch seine Adern. »Ich bin nicht so gut, was Körperkontakt angeht. Ich … habe Panik bekommen. Das ist meine Schuld.«

»Hör auf.« Sie zuckt zusammen. »Hör auf zu sagen, dass alles deine Schuld ist. Ich habe dich zurückgeküsst, schon vergessen? Und das hatte rein gar nichts mit dem Bier zu tun.«

Scharf zieht sie die Luft ein. Er macht einen vorsichtigen Schritt auf sie zu. Nicht zu nahe, er will sie nicht unter Druck setzen oder in ihre Komfortzone eindringen. Aber nahe genug, dass sie den Kopf leicht in den Nacken legen muss, um ihm in die Augen zu sehen. »Ich *wollte* dich küssen, Rosalie.«

»Wieso hast du dann gesagt, dass wir es einfach vergessen sollen?«, wispert sie.

»Weil ich dachte, dass du es nicht willst. Ich wollte dir ersparen, mir erklären zu müssen, dass du -« Er bricht ab und schluckt, »dass du so nicht für mich fühlst.«

Sie schüttelt den Kopf, erst langsam, dann immer schneller. Er hatte zu viel gesagt. Aber wenn sie ehrlich mit ihm ist, will er es auch sein. »Das … Ich …« In ihren braunen Augen schimmern Tränen. »Ich weiß nicht, ob ich dir geben kann, was du willst.« Sie schlingt die Arme um ihren Körper. »Ich bin so verkorkst.«

»Ich erwarte nichts von dir.« Am liebsten würde er sie in den Arm nehmen, ihr die Strähne, die sich aus ihrem Pferdeschwanz gelöst hat, hinters Ohr schieben. Aber sie hat gesagt, dass ihr Körperkontakt schwerfällt, also hält er sich zurück. »Ich mag dich doch für dich. Und nicht für irgendetwas, was du mir geben kannst.«

Zittrig atmet sie aus. Sie dreht sich wieder zu dem Bild um und betrachtet das türkisene Wasser. Er überlegt, ob er noch etwas sagen soll, lässt es aber. Seine Worte haben ihr bereits genug zu denken gegeben.

»Was machen wir dann jetzt?«, fragt sie schließlich leise und wendet sich ihm wieder zu.

»Was willst du machen?«

Lange schweigt sie. Er nimmt ihren Anblick in sich auf wie ein Verdursteter in der Wüste: Wie ihre langen Finger den Stoff ihres weißen Rollkragenpullovers auf Höhe ihres Schlüsselbeins kneten, die einzelne gelöste Strähne ihres Pferdeschwanzes, wie die dicke Jacke, die sie sich umgebunden hat, um ihre Taille liegt. Wie ihre warmen, braunen Augen mit den goldenen Ringen um die Iris ihn genauso intensiv mustern und wie zwei riesige Planeten in dem Sternenhimmel ihrer Sommersprossen wirken. Sie ist so wunderschön, auf eine Art und Weise, die ihm jedes Mal den Atem verschlägt. Ihn überrascht Luft holen lassen, wie sie es tut, wenn sie hier ein Stück Kunst sieht, das sie interessiert.

»Können wir schauen, was passiert?«, sagt sie. »Ohne Verpflichtungen oder Druck. Ich vermisse ... *uns*.«

»Okay.« Er vermisst *sie* auch. Ihre Nähe, ihre Hand zu halten, miteinander zu kochen, gemeinsam Filme und Serien zu schauen, auf ihrem Bett zu sitzen, mit ihr über alles reden zu können, egal wie weh es tut.

»Okay.«

Er breitet seine Arme aus, eine Einladung, und sie überbrückt den letzten Schritt zwischen ihnen. Fest zieht er sie an sich. Sie stellt sich auf die Zehenspitzen, vergräbt ihre Nase an seiner Halsbeuge und seufzt wohlig auf. Ihre Körper schmiegen sich aneinander, zwei Teile eines Ganzen und er hält sie fest. Am liebsten würde er sie nie wieder loslassen und für immer über ihren Rücken streichen, ihren Atem an seiner Haut spüren, ihre Hände verknotet am Ende seiner Wirbelsäule fühlen. Sanft haucht er einen Kuss auf ihren Scheitel und sie drückt ihn als Antwort enger an sich. Die Enge, die seit zwei Wochen seinen Brustkorb zuschnürt, löst sich und er lässt all das Licht und die Farbe hinein, die sie verströmt.

»Sprache (…) umfasst ein komplexes System aus Lauten, Symbolen und Gesten, die alle der Kommunikation dienen. Sprache gelangt über das visuelle und akustische System in das Gehirn, und das motorische System ermöglicht das Sprechen und Schreiben. Die Verarbeitungsprozesse im Gehirn, die sich zwischen dem sensorischen und dem motorischen System abspielen, sind das Wesentliche der Sprache. (…) Sprache ist allen menschlichen Gesellschaften eigen, was vermutlich an der spezialisierten Organisation des menschlichen Gehirns liegt. Weltweit gibt es schätzungsweise 5000 verschiedene Sprachen und Dialekte. Sprachen können sich auf viele Arten voneinander unterscheiden, zum Beispiel durch die Satzstellung von Substantiven und Verben. Aber ungeachtet syntaktischer Unterschiede vermitteln alle Sprachen (…) die Feinheiten menschlicher Erfahrung und Emotionen.«

Bear, Mark F. et al. *Neurowissenschaften.* Deutsche Ausgabe herausgegeben von Andreas K. Engel. Springer Spektrum, 2009, 4. Auflage 2018, S.742.

16. KAPITEL

Rose

Die Farbe schmatzt, als sie mit dem Roller über die Wand fährt. Streichen ist therapeutisch, die immer gleiche Bewegung beruhigt ihre Nerven vor den Übungsklausuren in ein paar Wochen. Ellie neben ihr summt leise zu der Musik, die über einen Bluetooth-Lautsprecher läuft. Der balanciert auf der Leiter, die mitten im Raum steht und über die Mark bis eben noch die Decke gestrichen hat, und hat mit den Farbsprenkeln schon bessere Tage gesehen.

Mark hat die 2-Zimmer Wohnung in South Kensington wirklich gekauft. Und Mum davon überzeugen können, sie selbst zu renovieren und bis zum nächsten Herbst unterzuvermieten. Bis Ellie und Rose im September einziehen würden. Dadurch, dass Mark die Arbeiten selbst ausführt, spart er eine Menge an Handwerkerkosten, die durch eine geringere Miete von Ellie und Rose nicht aufgebracht werden müssen. Sie würden weiterhin so viel wie fürs Wohnheim jetzt zahlen, während andere Häuser deutlich günstiger ausgefallen wären. Aber die Lage ist optimal zur Uni und eine Wohnung ganz allein zu haben, ist den Preis mehr als wert. Trotzdem würde Rose sich einen Nebenjob suchen, vielleicht könnte Maddie bei sich im Café nachfragen, ob sie noch jemanden suchen.

Ellies Magen grummelt laut. Sie sind schon seit Stunden dabei, die neuen Holzböden mit Folie abzukleben und alle Wände und Decken in der Wohnung zu streichen.

»Ich hoffe, deine Mum und Mark kommen bald mit dem Essen zurück«, sagt Ellie und hält sich eine Hand an den Bauch.

»Sonst was? Isst du einen Farbroller?«, lästert Rose.

»Mindestens.«

»Vielleicht kommen die Jungs auch früher und haben ein paar Snacks dabei.« Roses Hände sind mit Farbe bekleckert und sie traut sich nicht, damit nach ihrem Handy zu greifen, um auf die Uhr zu sehen. Dafür hätte sie sich sowieso erstmal aus ihrem Maleranzug schälen müssen. Jez und Henry würden nach dem Brunch mit der Mannschaft noch vorbeischauen und beim Streichen helfen.

»Hoffentlich.« Ellie seufzt, tunkt ihren Farbroller in den Topf weiße Farbe, bevor sie ihn an dem Plastikgitter abstreift und an die Wand setzt.

»Du hast einen guten Einfluss auf Henry, finde ich.«

Ellies Wangen laufen rosa an. »Findest du?«

»Ja. Die Idee mit dem Brunchen nach dem letzten verloren Spiel, um die Moral zu stärken? Da wäre er nie selbst draufgekommen.«

Letztes Wochenende waren sie nach dem Auswärtsspiel der Jungs gemeinsam im *Blue Monkey*, eigentlich um einen entspannten Abend zu haben. Als Henry und Jez mit hängenden Köpfen am Tisch gesessen und das verlorene Spiel zum hundertsten Mal durchgesprochen haben, ist Ellie schließlich der Kragen geplatzt. »Anstatt hier wie Jammerlappen herumzusitzen, mach was für deine Mannschaft«, bluffte sie Henry an. »Bring sie wieder zusammen, unternehmt etwas. Keine Ahnung, geht brunchen oder so. Und wenn ihr wieder das Gefühl habt, eine Einheit zu sein, klappt das nächste Spiel auch besser.« Sie haben Ellie alle mit offenen Mündern angesehen, da es ihr so gar nicht ähnlich sieht, so aufbrausend zu werden. Aber Henry ist ihrem Rat gefolgt und hat für den Sonntag heute ein Brunch organisiert.

»Dabei haben sie gestern gewonnen«, murmelt Ellie, wie um ihre Idee herunterzuspielen.

»Gegen eine schwache Mannschaft«, sagt Rose. Das hat Jez ihr gestern jedes Mal entgegengeworfen, wenn sie ihn beglückwünscht hat.

»Genug von mir und Henry. Da will ich gar nicht dran denken, weil ich keine Ahnung hab, was das ist«, sagt Ellie entschieden. Verschmitzt lächelt sie Rose an. »Aber vielleicht sagst du mir ja endlich, was da denn jetzt zwischen dir und Jez ist?«

Rose spürt, wie ihre eigenen Wangen heiß werden und ihr Herz etwas schneller klopft. »Wie gesagt, wir sind einfach Freunde.«

Ellie lächelt und scheint sich einen Kommentar zu verkneifen. »Freunde.« Die Art und Weise, wie sie das Wort betont, sagt alles.

»Ja, Freunde. Es tut einfach gut, dass alles wieder wie vor Halloween ist.«

Ellie weiß von dem Kuss auf dem Dach, immerhin hat sie Roses Jammern in den zwei Wochen danach ausgehalten, sie mit K-Drama abgelenkt und immer wieder in den Armen gehalten, wenn sie in Tränen ausgebrochen ist.

»Um es in deinen Worten zu sagen«, sagt Ellie, »Freunde, die sich mit ihren Blicken ausziehen.«

»Hey.« Rose stemmt ihre Hände in die Hüfte. Prompt kleistert sie ihren Anzug mit dem Farbroller ein. »Das hab ich über Henry und dich letzte Woche gesagt.«

Ellie zuckt mit den Schultern und nimmt ihr vorsorglich den Roller aus der Hand, bevor sie mehr anmalt als den Maleranzug. »Mit dem entscheidenden Unterschied, dass Henry und ich uns nicht romantisch in einem Museum unsere Gefühle gestanden haben.«

Rose öffnet den Mund, schließt ihn aber wieder. Sie hätte Ellie nie von dem Abend erzählen sollen, an dem Jez sie ins Museum entführt hat. Es war das Beste, was sie hätte machen können, auch wenn sie anfangs nicht mitwollte. Immerhin hatte er gesagt, dass sie den Kuss einfach vergessen sollten und nachdem dann zwei Wochen unangenehme Funkstille zwischen ihnen geherrscht hat, war sie überrascht, dass er überhaupt den Vorschlag gemacht hat. Aber sie hat ihn schmerzlich vermisst die Zeit, ihre Leichtigkeit, ihr Geplänkel, ihre tiefen Gespräche, wie er für sie da ist. Und als er in ihrem Türrahmen stand, die Haare so wunderbar verwuschelt, einen fast schon verzweifelten Ausdruck in den Augen, und sie gebeten hat, mit ihm zu kommen, weil er eine Überraschung für sie hätte, konnte sie nicht Nein sagen. Ihr Herz wollte mit ihm gehen und sie hat Tim, nachdem sie ihm von dem katastrophalen Klärungsgespräch erzählt hat, versprechen müssen, dass sie öfter auf ihr Herz hören würde.

»So war das doch gar nicht«, murmelt sie. Ellie wirft ihr einen Blick zu, der halb ermahnend, halb liebevoll ist, bevor sie sich wieder dem Streichen widmet.

»Also ist nichts passiert die letzten zwei Wochen?«

Rose presst die Lippen aufeinander und schnappt sich ihren Roller zurück. »Nope.«

Außer vielen Umarmungen, Händchenhalten und Kuscheln auf dem Bett, während sie weiter die Ghibli Filme geschaut haben, ist nichts passiert. Kein Kuss, keine Berührung, die auch sexuell hätte gedeutet werden können. Einfach nur Vertrautheit und Sicherheit. Nicht ein Mal hat er sich darüber beschwert, auch wenn sie das schlechteste Gewissen überhaupt hat. *Ich mag dich doch für dich. Und nicht für irgendetwas, was du mir geben kannst*, hatte er gesagt. Aber eine kleine Stimme flüstert ihr ständig zu, dass er unglücklich ist. Dass er ungeduldig werden wird, wie Kyle. Dass sie es ihm schuldig ist. Aber die andere Stimme in ihrem Kopf ist lauter, die, die ihr sagt, dass Jez so nie denken würde. Dass sie sich bei ihm keine Sorgen machen muss.

»Ihr seid wirklich viel zu süß zusammen«, seufzt Ellie.

Rose schnickt mit dem Farbroller nach ihr, der prompt mehrere Sprenkler Farbe auf ihrer Wange verteilt. Ellie quietscht auf, dann macht sie ihre Bewegung nach und eine Farbschlacht entfacht.

»Eigentlich soll die Farbe auf die Wand«, ertönt plötzlich eine belustigte Stimme aus dem Flur. Die Mädchen drehen sich schuldbewusst zu Mark um, der seinen Schal auszieht und eine Plastiktüte hochhält. »Essen.«

»Und schaut mal, wen wir auf dem Weg aufgegabelt haben.« Mum schiebt sich neben ihm in den Türrahmen, ihren Mantel über dem Arm. Sie ist am Freitag nach einem letzten Kundentermin gekommen und verbringt ausnahmsweise mal das Wochenende mit Mark in London, um ihm bei den letzten Arbeiten unter die Arme zu greifen.

Hinter ihr ragt ein Kopf durch die Tür. Henry grinst breit, als er die beiden Mädchen mustert. Wenn Rose genauso weiß getupft ist wie Ellie, sieht man ihnen ihre Farbschlacht definitiv an. »Sieht so aus, als hätten wir allen Spaß verpasst.«

»Es ist noch mehr als genug Arbeit übrig«, sagt Rose und sieht sich in dem Zimmer um.

Es ist eines der zwei Schlafzimmer, das auf der Ecke.

Zwei Fenster, die auf den grauen Novemberhimmel hinausblicken, machen es zu dem Helleren der beiden. Während das eine Fenster, in einem kleinen Erker platziert, auf den Park vor der Haustür zeigt, liegen hinter dem anderen, das rund in die Außenwand des Hauses eingebaut ist, die Dächer der Nebenstraße. Sie haben drei der vier Wände gestrichen und die Hälfte der Decke. Es fehlt noch der Erker und dann das andere Schlafzimmer und die Küche. Mit dem Bad haben sie angefangen, da es dort die meiste Arbeit war, das neu eingebaute Waschbecken, Toilette und die Dusche abzukleben, ebenso wie die neuen Fliesen, die die Hälfte der Wand bedecken.

»Hoffentlich«, meint Jez und gesellt sich in den Türrahmen dazu. »Die Pizza steht in der Küche.« Er vergräbt die Hände in den Hosentaschen und bei seinem Anblick macht ihr Herz einen kleinen Hüpfer. Aber nicht vor Nervosität, sondern so, als ob sie eine Sternschnuppe am Himmel sieht oder Laub unter ihren Sohlen raschelt. Wie eine kleine Freude in ihrem Alltag, ein kleiner schöner Moment, den sie festhalten und nie mehr loslassen will.

Ellie seufzt erleichtert und sagt etwas davon, wie viel Hunger sie doch hat und sich aufs Essen freut. Aber Rose hört nicht mehr richtig zu. Sie sieht nur noch Jez, dem kleine Regentropfen in den Haaren kleben, der wieder eines seiner gestreiften T-Shirts trägt, die so sehr zu ihm gehören wie das kleine Lächeln, das an seinen Mundwinkeln zupft, und die dunklen Augen, die sie genauso intensiv ansehen, als hätten sie sich statt weniger Stunden seit Ewigkeiten nicht mehr gesehen.

Mum klatscht in die Hände. »Dann lasst uns essen. Sonst wird es noch völlig kalt.« Nacheinander gehen sie durch den schmalen, kleinen Flur in die Küche.

Flüchtig berührt Rose seine Hand und Jez schlingt ihre

Finger für einen Moment umeinander. »Wie war das Brunchen?«, fragt sie leise und sieht zu ihm hoch.

»Erstaunlich gut.« Er schenkt ihr ein Lächeln, dieses beruhigende Jez-Lächeln, das nichts mit seinem sonstigen Sonnenscheinlächeln zu tun hat, sondern nur ihr zu gelten scheint. »Es war eine gute Idee von Ellie. Aber wusstest du, dass man sich schon morgens mit Sekt betrinken kann?« Er verdreht die Augen und sie haben die Küche bereits erreicht, in der Mark die Pizzakartons von *Da Mario* öffnet und den jeweiligen Besitzer sucht.

»Die Margherita ist für mich«, sagt Rose und rettet ihre Pizza vor Henrys gierigen Blicken.

In einem Kreis setzen sie sich auf den Boden, Mark mit seiner Pizza Tonno, Mum mit ihrem Salat und Ellie mit ihrer Portion Spaghetti Bolognese. Sie haben noch keine Möbel für die Küche, außer die von Mark selbst geschreinerten Theken. Auch wenn Rose und Ellie erst später einziehen würden und die Wohnung irgendwann entweder als Kapitalanlage oder für Mark und Mum zur Verfügung stehen soll, hat Mark sie in den Entscheidungsprozess mit einbezogen. So zieren nun Theken mit einer weißen Front und schwarzen Griffen die Küche, abgerundet durch die Arbeitsplatte aus echter Eiche. Die Küche ist groß, fast so groß wie die Schlafzimmer und Rose stellt sich bereits vor, wie sie neben einem Esstisch auch Platz für ein kleines Sofa bietet und so den Dreh- und Angelpunkt ihrer kleinen WG darstellen würde.

Mark erklärt, was noch zu tun ist und teilt Jez und Henry die anderen Decken zum Streichen zu. Mum schnappt sich nach dem Essen einen kleinen Pinsel und übernimmt sorgfältig die Kanten, in die sie mit den Rollern nicht gut kommen, und Ellie und Rose kehren in das Schlafzimmer zurück. Ihr entgeht nicht, dass Mum im Badezimmer arbeitet, während Mark im Schlafzimmer auf der Leiter steht und die Decke streicht. Mums nervöses Herumgeflattere um die Leiter hat sie vor dem Essen alle in den Wahnsinn getrieben, am meisten aber Mark.

Es ist ungewohnt, ihre Mum hier zu sehen. Das letzte Mal, dass sie gemeinsam in London waren, war zu Charles' Beerdigung voriges Jahr. Rose war in London geboren und groß geworden, aber nach der Nacht und Nebel Aktion, in der Mum sie nach Cornwall umgezogen hatte, fühlt sich ein Familienleben in London meilenweit entfernt an. Wie eine surreale Version ihrer Vergangenheit, in der Tim nie einen Autounfall und sein Gedächtnis verloren hatte, in der es Blaze nie so schlecht ging, in der Rose nie eine Beziehung mit *ihm* hatte. In der alles anders gekommen wäre. Aber wenn das alles nie passiert wäre, würde sie vermutlich nicht hier stehen und diese Wohnung streichen. Dann würde sie niemals im Wohnheim wohnen, sondern von zu Hause aus pendeln. Dann würde sie vermutlich nicht einmal medizinische Biowissenschaften studieren, sondern irgendetwas mit Kunst oder Museumswesen, wie sie es früher wollte. Ihr Interesse an Biologie kam erst in Cornwall, als sie verstehen wollte, wie etwas funktioniert, wie genau der Körper arbeitet, um irgendwie mit all der Scheiße in ihrem Leben umgehen zu können. Dann hätte sie Jez niemals kennengelernt. Entschieden tunkt sie den Farbroller in den Topf. Sie kann die Vergangenheit nicht verändern und sie ist froh, genau hier zu stehen, mit diesen Menschen um sie herum.

Auch wenn Jez mit Henry im Nebenzimmer die Decke streicht, spürt sie noch die Ruhe, die er in ihr auslöst. Wo er sie anfangs noch auf die Palme gebracht und dann ein nervöses Kribbeln ausgelöste, fühlt sie sich jetzt nur noch ruhig. Wie das Meer nach einem Sturm, völlig entspannt, ein beständiges Ziehen und Loslassen der Wellen, das sie immer weiter zu ihm bringt. Doch so gerne sie auf dem Rücken im Wasser treibt, die Nase gen Himmel gerichtet, die Sonne warm auf ihrer Haut, wird sie das Gefühl nicht los, dass am Horizont Wolken aufziehen. Dass dieses Glück und diese Sicherheit, die sie mit ihm verspürt, nicht halten kann. Dass irgendwann Kyle und alle Ängste und Sorgen, die er in ihr eingepflanzt hat, das Meer aufwühlen und sie herunterziehen würden. Und dass Jez' Ozeanstimme sie nicht mehr nach oben bringen würde.

»Eine Überraschung also?«, fragt Jez und sieht sie von der Seite an.

Als Antwort grinst sie nur verschmitzt. Die U-Bahn ruckelt und als sie in einen dunklen Tunnel reinfahren, sieht sie ihre Spiegelung in dem Fenster gegenüber. Sie sehen glücklich aus, dick eingepackt gegen die Novemberkälte, ihre Schultern auf den engen Sitzen dicht aneinander.

Er verschränkt die Arme vor der Brust. »Wir sind in der *Piccadilly*-Line«, zählt er an einer Hand auf. »Das heißt quasi, wir könnten überall hin. Piccadilly Circus, Leicester Square, Covent Garden.«

»Ich verrate gar nichts«, sagt sie.

»Und wenn ich es trotzdem errate?«

»Wirst du nicht.« Mit hochgezogener Augenbraue sieht er sie an. »Ich habe doch beim Museum auch nicht rumgeraten. Lass dich überraschen.«

Sie erinnert sich an die Autofahrt nach London, am Einzugstag ins Wohnheim. Tim hat die ganze Zeit versucht zu erraten, was sein Geburtstagsgeschenk sein könnte, und Blaze hat es ihm, mit einem zufriedenen Lächeln im Gesicht, nicht verraten. Damals hätte sie kotzen können bei den verliebten Blicken, die die beiden sich dabei zugeworfen haben. Jetzt sieht sie sich selbst plötzlich in der Situation und genießt jede einzelne Sekunde. Minus die verliebten Blicke natürlich. Sie bringt die Stimme in ihrem Kopf, die ihr dabei widersprechen will, ganz schnell zum Schweigen. Es ist endlich wieder einfach mit Jez und das wird sie nicht ruinieren, indem sie sich über solche Sachen den Kopf zerbricht.

Jez grummelt leise, aber sie sieht das feixende Glänzen in seinen Augen. Er hat genauso viel Spaß an der Sache wie sie. »Gehen wir in ein Musical?«

»Nö.«

»Theater?«

»Das ist doch das gleiche.«

»Gar nicht wahr.«

Als sie am Piccadilly Circus nicht aussteigen, verengen sich seine Augen. »Die Möglichkeiten schwinden, Rosalie.«

»Du magst wohl keine Überraschungen, mh?«

Trotzig verschränkt er die Arme vor der Brust. »Ich bin gern vorbereitet.«

Sie bricht in schallendes Gelächter aus. »Vorbereitet? Wir ziehen doch in keine Schlacht, wir gehen nur …« Sie kann sich stoppen, bevor sie zu viel verrät.

»Ah, ich hatte dich fast.«

»Du bist gut«, gesteht sie ein. »Aber meine Lippen sind versiegelt.«

Bei diesen Worten huscht sein Blick zu ihrem Mund und ihr wird unter dem karierten Wollmantel und Schal siedend heiß. Er räuspert sich und sieht wieder geradeaus. Vier Wochen ist ihr Kuss auf dem Dach her, doch jedes Mal, wenn er auf ihre Lippen sieht und an das gleiche wie sie zu denken scheint, fühlt es sich an wie gestern. Sie vermisst das

Gefühl, das der Kuss in ihr ausgelöst hat, das Feuer, die Freiheit in ihrem Brustkorb. Aber sie fürchtet sich vor einer weiteren Panikattacke, die ein Kuss in ihr auslösen könnte.

Seitdem sie aus dem Museum zurückgekehrt sind, Hand in Hand, und sich nach mehreren Episoden ›Jujutsu Kaisen‹, dem neuen Anime, dessen neue Folgen sie seitdem wöchentlich zusammen ansehen, widerwillig Gute Nacht gesagt haben, will sie etwas für ihn tun. Sich revanchieren für seine Idee mit dem V&A, ihn auch mit etwas überraschen, das seiner Seele guttut. Also hat sie sich, ihr Herz und Kopf noch immer herrlich leicht, nachdem sie sich ausgesprochen haben, an den Laptop gesetzt und wie eine Besessene recherchiert.

In Covent Garden steigen sie aus. »Wir gehen Essen, oder? Deshalb haben wir auch nicht gekocht«, rät er weiter.

»Wir haben nicht gekocht, weil wir beim Streichen Pizza gegessen haben«, sagt sie geistesabwesend und sieht sich nach dem Ausgang um.

Obwohl Jez vom Brunchen kam, hat sie ihm ein paar Stücke ihrer Margherita abgegeben. Sie haben es heute geschafft, die gesamte Wohnung zu streichen. Morgen würde sie garantiert das viele Strecken des Farbrollers in ihren Armen in Form von Muskelkater spüren, aber nach der Dusche zu Hause ist sie einfach nur zufrieden mit ihrer Arbeit. Jetzt fehlen nur noch die Lampen und Fußleisten, dann kann Mark ab Dezember einen Mieter auf Zeit finden.

Eine Durchsage ertönt, hallt an den gefliesten Wänden der U-Bahn-Station wider und weist darauf hin, dass es 193 Stufen nach oben sind und man es sich daher gut überlegen solle, ob man die Treppen nehmen will. Gleichzeitig sehen sich Rose und Jez an, die Herausforderung spiegelt sich in ihren Augen.

»Wer als Erster oben ist«, sagt sie und schießt auf das

Treppenhaus zu. Keiner sonst nimmt die Treppe, die Massen aus der U-Bahn strömen weiter zu den Aufzügen. Er folgt knapp hinter ihr. Die Wendeltreppe, die nach oben führt, ist zwar breit, aber nach kurzer Zeit hat sie trotzdem einen Drehwurm. An dem schwarzen Geländer zieht sie sich nach oben.

»Achtung, ich geh hier mal eben vorbei«, sagt Jez und überholt sie rechts, zwei Stufen auf einmal nehmend.

Sie schnaubt und beschleunigt ihr Tempo. Ihre Waden tun ihr bereits weh, dabei sagen die Schilder an den weiß gefliesten Wänden, dass sie gerade erst die Hälfte hinter sich haben.

»Machst du etwa schon schlapp?«, fragt er über seine Schulter, dabei hebt sich seine Brust genauso schwer wie ihre.

»Niemals.« Sie beißt die Zähne zusammen und ignoriert das Ziepen ihrer Muskeln, als sie wieder an Tempo zulegt. Ein Pärchen, das die Stufen nach unten nimmt, sieht sie überrascht an, wie sie die Treppen nach oben hetzen.

Kurz vor dem Ende zieht sie noch mal an und überholt ihn, sodass sie schließlich gleichzeitig, völlig aus der Puste und laut schnaufend, oben ankommen.

»Erster«, behauptet er und hält sich die Seite.

»So ein Quatsch. Das war unentschieden.«

»Mein Fuß war zuerst oben.«

»Pah.« Sie boxt ihn spielerisch in die Seite.

»Also, Reiseführerin, wo geht's hin?« Er muss nach fast jedem Wort nach Luft schnappen. Sie holt ihr Handy aus der Tasche und lässt sich über Google Maps anzeigen, wo sie hinmüssen. Sie kennt sich hier zwar aus, aber sie müssen in irgendeine kleine Seitengasse, in der sie noch nie war, und sie will sich nicht verlaufen.

Die Straßen sind vollgepackt mit Menschen, die über den

traditionellen Weihnachtsmarkt schlendern, den riesigen, sechzehn Meter hohen geschmückten Tannenbaum bestaunen und sich die vielen Lichterketten, Girlanden und glänzenden Kugeln in Covent Garden ansehen. Ganz London ist seit Wochen im Weihnachtsfieber und Rose hat in ihrer Zeit auf dem Land fast schon vergessen, was für eine magische Zeit es ist. Sie ist jetzt schon in Weihnachtsstimmung, trotz der kommenden Prüfungen und obwohl es noch nicht einmal Dezember und keine Flocke Schnee bisher vom Himmel gefallen ist.

Sie greift nach seiner Hand, damit sie ihn im Gedränge nicht verliert und lotst ihn durch die Menschen. »Wir gehen auf den Weihnachtsmarkt, oder?«, beginnt er wieder zu raten. »Immerhin ist es schon der erste Advent.«

»Wenn du nicht gleich aufhörst zu raten, lasse ich dich einfach los und verliere dich in der Menge«, schnaubt sie.

Er läuft dicht hinter ihr und sie bildet sich ein, das Vibrieren seines Lachens durch die Jacke zu spüren. Als Antwort drückt er ihre Hand fester. Obwohl sie erst seit ein paar Minuten in der Kälte sind, sind ihre Finger bereits Eiszapfen, während seine noch angenehm warm sind. Sie spürt noch seinen rasenden Puls vom Treppenlaufen, der sich nur langsam beruhigt.

Sie laufen an dem Weihnachtsbaum vorbei und kurz bestaunt sie die rot glitzernde Beleuchtung, bevor sie an dem neoklassizistischen Gebäude des Marktes vorbei über den Plaza in eine Seitenstraße abbiegen.

»Also kein Weihnachtsmarkt«, kommentiert Jez das Verlassen des Hauptgeländes, fast schon etwas enttäuscht.

»Du bist so ein Ungeduldszwerg, weißt du das?«

»Ungeduldszwerg? Wer von uns ist denn keine ein Meter sechzig groß?«

Unbewusst richtet sie sich auf. »Es sind ein Meter drei-
undsechzig. Nur zu deiner Information.«

Wieso sie nicht wie jede andere jüngere Schwester ihre
ältere größenmäßig überragen konnte, fragt sie sich auch jedes Mal, wenn sie neben Blaze steht und ihr auffällt, dass
sie bestimmt zehn Zentimeter kleiner ist als sie. Außerdem
hat Jez nicht groß reden. Neben Tim und Henry ist er der
Kleinste, er kann keine ein Meter achtzig groß sein, wenn
sie schätzen müsste. »Und meine Mum sagt das immer.«

Kurz ist sie verwirrt, weil Google Maps ihr sagt, dass hier
eine Straße wäre, die sich aber als kleine Gasse entpuppt,
deren Eingang in ein Gebäude eingelassen ist. Sie will durch
den steinernen Torbogen durch, als Jez wie angewurzelt stehen bleibt.

»Nein«, sagt er leise und sieht sie ungläubig an.

»Doch, so hat sie mich früher immer genannt, wenn ich
nicht auf etwas warten wollte«, sagt sie verwirrt.

Er schüttelt den Kopf, als ob er nicht von den Sprachge-
wohnheiten ihrer Mum sprechen würde. Aber er folgt ihr in
die Gasse hinein, bis sie unter dem Schild des Restaurants
stehen bleibt, in dem sie vor zwei Wochen einen Tisch reserviert hat. Sie hat stundenlang recherchiert, bis sie in einem Forum auf dieses kleine, familiengeführte Restaurant
gestoßen ist, das laut einer eingewanderten Koreanerin das
beste und authentischste koreanische Essen in ganz London
führt. Unter einigen Schriftzeichen in Hangul, steht der
Name des Restaurants nochmal in lateinischen Buchstaben:
›Mashita‹.

Bevor sie die Holztür öffnen kann, hält er sie zurück. »Du
hast hier nicht wirklich einen Tisch reserviert«, krächzt er.

Unsicher dreht sie sich zu ihm um. Hat sie einen Fehler
gemacht, ihn hierhin einzuladen? Ist es irgendwie unsensibel von ihr, zu denken, sie wüsste, was sich für ihn nach

zuhause anfühlt? Es war ein unglaubliches Glück, hier überhaupt einen Tisch zu bekommen, da es sonst für Wochen belegt ist. Zehntausend Gedanken wirbeln durch ihren Kopf, bis sie sieht, dass seine Augen im Licht der Straßenlaterne verräterisch glänzen.

»Es tut mir leid, ich wollte nicht …« Ein Kloß bildet sich in ihrem Hals. Bevor sie etwas sagen kann, hat er sie in eine feste Umarmung gezogen. Ihre Füße lösen sich vom Boden, als er sie einmal im Kreis wirbelt. Überrascht quietscht sie auf.

»Du …« Er setzt sie ab, einen Ausdruck im Gesicht, den sie noch nie an ihm gesehen hat. Überwältigt, zärtlich, ungläubig. »Du bist die Beste, weißt du das?«

Seine Stimme ist belegt. Sanft platziert er einen Kuss auf ihrer Stirn, direkt unterhalb ihrer Mütze, und ihr Herz bricht auf. Flüssiges Sternenlicht durchströmt sie bis zu ihren Zehnspitzen in einem wohligen Kribbeln, bis alles in ihr warm leuchtet.

»Also eine gute Idee?«, fragt sie zaghaft.

»Du wirst es gleich sehen.« Mit einem breiten Grinsen folgt er ihr ins Restaurant.

Wärme schlägt ihnen entgegen und sie knöpft ihre Jacke auf, die Mütze in die Tasche stopfend, bevor sie sich überhaupt umsehen kann. Die Wände sind schwarz gestrichen, was in dem kleinen Raum, der gerade einmal Platz für zehn Tische bietet, eng hätte wirken können, vor allem in Kombination mit der niedrigen Decke aus Holzbalken. Aber zusammen mit den Wandteppichen, deren Kunststil sie aus dem koreanischen Ausstellungsraum im V&A wiedererkennt, und der warmgelben, indirekten Beleuchtung, wirkt es einfach nur gemütlich. Die dunklen Holztische sind besetzt und das Summen von Gesprächen und Brutzeln von Pfannen aus der offenen Küche in der hinteren Ecke des

Raumes vermischen sich mit den leisen Klängen eines Sai-
teninstruments und einer Trommel, die ein sanftes Lied
spielen. Sie sieht die Boxen nicht, aus der die Musik kommen müsste.

Eine mit Holzstäben getäfelte Bar grenzt den Essbereich
von der Küche ab, in der mehrere Köche stehen. Eine junge
Frau stellt gerade zwei Schüsseln Essen an einem Tisch ab,
dann kommt sie auf sie zu. Rose öffnet bereits den Mund,
um ihr von ihrer Reservierung zu erzählen, da weiten sich
die schmalen Augen der Frau.

»Seo-jun«, ruft sie und beschleunigt ihre Schritte. Sie
sieht an Rose vorbei zu Jez.

»Lee«, sagt er, mit dem gleichen Lächeln im Gesicht. Die
Frau bleibt vor ihm stehen und sie verbeugen sich leicht. Sie
sagt etwas auf Koreanisch und sie lachen beide, dann umarmen sie sich. Rose kann nur völlig überfordert dabei zusehen. Ein kleiner, hässlicher Stachel der Eifersucht keimt in
ihr auf. Die Frau ist wirklich hübsch, mit dem ovalen Gesicht und den freundlichen braunen Augen.

Jez berührt kurz Roses Hand, dann scheint er es sich anders zu überlegen und lässt seine Hand wieder neben sich
fallen. »Lee, das ist Rose«, sagt er auf Englisch. »Rose, das
ist eine Freundin meiner Familie, Lee.«

Rose bemüht sich um ein Lächeln und versucht, ihre Eifersucht herunterzuschlucken. Eine Familienfreundin, das
ist quasi wie eine Cousine. Außerdem gibt es hier doch
überhaupt nichts, auf das sie eifersüchtig sein müsste. Selbst
wenn es seine Ex sein sollte, das ist doch total egal. Interessiert sie überhaupt nicht.

»Freut mich«, sagt sie, um einen freundlichen Tonfall bemüht, und ringt sich ein Lächeln ab. Ihr Herz straft ihren
Kopf Lügen.

Lee erwidert ihren Händedruck, ihre Finger sind baby-weich. »*Eomma*«, ruft sie und Rose erkennt das koreanische Wort für Mutter sofort, da Jez seine Mum immer so nennt. Was sie ihrer Mutter jedoch zuruft, versteht Rose nicht. Eine kleine Köchin blickt hinter der Bar auf. Ihre Augen weiten sich genauso wie Lees, als sie Jez sieht. Schnellen Schrittes kommt sie hinter der Bar hervor und durchquert das Restaurant. Sie überschüttet Jez mit Worten und sie verbeugen sich wieder voreinander.

»Ich wusste nicht, dass wir kommen«, wechselt Jez wieder ins Englische, damit Rose wenigstens die Chance hat, zu verstehen, was hier gerade passiert. »Sonst hätte ich natürlich etwas gesagt. Rose hier hat den Tisch reserviert.«

Die Köchin ringt ihre Hände. »Seit Jahren warst du nicht mehr hier.« Sie hat einen leichten Akzent. Ihr Blick huscht zu Rose, die sie erst jetzt zu bemerken scheint. »Und du bringst deine feste Freundin mit, Seo-jun.«

Entsetzt sehen sich Rose und Jez an. Sie beginnt, etwas vor sich hinzustammeln, um ihre Beziehung richtig zu stellen. *Feste Freundin.* So wurde sie schon lange nicht mehr genannt und sie weiß nicht, ob das, was sie mit Jez hat, so benannt werden kann. Offiziell zusammen sind sie nicht, aber einfach nur befreundet können sie sich auch nicht nennen. Die Bezeichnung lässt einen Schauer über ihren Rücken rieseln, ob gut oder schlecht kann sie nicht einschätzen.

»*Eomma*«, sagt Lee warnend. »Lass die beiden.«

»Mrs Lim ist eine Freundin meiner Mutter«, erklärt Jez und übergeht damit eine Erklärung ihres Beziehungsstatus komplett. »Früher haben wir sie regelmäßig in London besucht.« Kurz sind die Drei still und Rose wird das Gefühl nicht los, dass etwas Ungesagtes zwischen ihnen schwebt.

Mrs Lim tätschelt Jez' Hand. »Mi-Sun war ein gutes Mädchen.« Er nickt und schluckt.

Lee räuspert sich. »Ihr habt reserviert, ja?« Die dunkle Wolke, die eben noch über ihnen gehangen hat, verflüchtigt sich. Lee sieht auf den Kalender, der auf einem kleinen Podest im Eingangsbereich liegt, und streicht Roses Namen durch. Sie führt sie an den letzten freien Holztisch, direkt am Fenster.

»Ich koche euch das Beste«, verspricht Mrs Lim und bahnt sich ihren Weg zurück in die Küche.

Rose setzt sich auf den Stuhl, der aus dem gleichen Holz wie die Tische zu sein scheint, und fährt mit den Fingern kurz über die kleinen Schnitzereien in der Lehne, bevor sie ihre Aufmerksamkeit wieder auf Lee richtet. Sie ist ihnen an den Tisch gefolgt und wartet geduldig, bis sie ihre Jacken abgelegt haben, bevor sie auf die Karten in ihrer Hand zeigt. »Wisst ihr schon, was ihr trinken wollt?«

Überfordert sieht Rose Jez an. Die komplette Situation, dass Jez dieses Restaurant und seine Inhaberin kennt, ist so surreal, dass ihr die Frage, was sie trinken möchte, viel zu banal vorkommt.

Er erkennt ihren hilfesuchenden Blick. »Hast du Lust auf Tee?« Auf ihr Nicken wendet er sich Lee zu. »Habt ihr noch Bakha-cha?«

Lee grinst. »Na klar. Eine Kanne für euch beide.« Dann geht sie, die Speisekarten in der Hand.

»Aber wollen wir nicht …?«, fragt Rose zögerlich und deutet auf die Karten, die Lee wieder am Eingang verstaut.

»Du hast keine Wahl«, sagt Jez amüsiert. »Lees Mutter wird uns sowieso die halbe Karte auf den Tisch stellen.«

Leise murmelt sie eine Zustimmung. Seine Augen verfolgen ihre Finger, die durch die salbeigrüne Bluse über ihr Schlüsselbein fahren. »Tut mir leid, dass muss für dich total komisch sein«, sagt er.

Schnell schüttelt sie den Kopf und lässt ihre Hand sinken.

»Nein, es ist nur …« Unter seinem Blick lässt sie die Fassade fallen. »Ja, schon etwas. Ich hätte damit einfach nicht gerechnet.«

»Ich hätte nicht damit gerechnet, dass das hier deine Überraschung ist. Mrs Lim ist die älteste Freundin meiner Mutter, sie sind in der gleichen Straße aufgewachsen. Lee ist wie eine Cousine für mich, wir haben oft die Feiertage und Ferien zusammen verbracht, entweder hier in London oder nach dem Tod meiner Großeltern in Cardiff.«

»Es sah so aus, als ob ihr euch lange nicht mehr gesehen hättet«, rutscht es ihr heraus. Wie immer perfekt taktvoll.

Jez sieht aus dem Fenster in die Gasse, als würde er eine Antwort in der Backsteinwand gegenüber finden. »Nicht seit Suzies Beerdigung.«

»Oh.« Da hat sie ja mal wieder das Perfekte gesagt. Wieso auch muss sie immer jedes Fettnäpfchen mitnehmen was geht? Erst letzte Woche hat sie Morgan mit den falschen Pronomen angesprochen. Dabei ist Amy mittlerweile fast so selten in der WG wie Thomas, so wie sie jede freie Minute mit Morgan verbringt. Es ist wirklich süß, wie verknallt sie ist, obwohl sie immer wieder beteuert, dass das nur etwas Lockeres sei.

»Lee und Suzie waren im gleichen Alter und ohne sie zu gehen«, Jez presst kurz die Lippen aufeinander und reißt den Blick von der Gasse los, »hat sich einfach falsch angefühlt. Vor allem nachdem mein Dad sich so zurückgezogen hat.«

»Mi-sun war also ihr Zweitname?«

»Genau. Meiner Mutter war es wichtig, dass wir beide ein Stück unserer Herkunft immer bei uns haben, aber wollte uns die unangenehmen Momente ersparen, wo Leute unsere Namen nicht aussprechen oder buchstabieren können.«

»Also kommst du eigentlich aus London?« Wie verrückt es wäre, wenn sie beide in dieser Stadt geboren wären, nur wenige Viertel voneinander entfernt, und doch erst jetzt aufeinandertreffen.

Er zerstört diese Vorstellung direkt mit einem Kopfschütteln. »Nein, wir sind beide in Cardiff geboren, wo mein Vater herkommt. Er hat in London studiert und meine Mutter hier kennengelernt.«

»Süß. Sie muss ziemlich verliebt gewesen sein, um mit ihm in seine Heimat zu ziehen.«

»Damals, ja.«

Eine bedrückte Stille legt sich zwischen sie und sie weiß sofort, dass sie auf ein sensibles Thema gestoßen ist. Er redet nicht oft von seinem Vater, eigentlich gar nicht, während er von seiner Mutter oft schwärmt und mit ihr regelmäßig telefoniert. Verzweifelt sucht sie nach Worten, um die Situation aufzulockern, als Lee mit einer Keramikkanne und zwei bunten Tassen auf einem Tablett an ihren Tisch kommt. Sie stellt die weißen Tassen, in die Kraniche und blaue Wellen eingebrannt sind, vor ihnen ab, schwenkt die passende Kanne mit dem Bambushenkel leicht, als sie ihnen den grünen Tee einschenkt, und lässt sie dann wieder allein.

Rose beäugt den Tee, der angenehm nach Minze riecht, und sieht zu Jez hoch. »Gibt es eine bestimmte Art, wie man den trinkt?«

Ihr entgeht das Lächeln nicht, das an seinen Mundwinkeln zupft, bevor er ihr antwortet. »Du wartest erst einmal, bis der Tee die richtige Temperatur hat. Dann schlürfst du den ersten Schluck, behältst ihn etwas im Mund und schluckst dann erst.«

Sie nickt und bestaunt das Muster auf der Tasse, das nach den kleinen Ungenauigkeiten in Strichen und Farbe handgebrannt sein muss. Sie fragt ihn nach der Teesorte und er erklärt ihr, dass es sich um ostasiatischen wilden Minztee handelt, seine Lieblingssorte, und dass seine Mutter ihnen die koreanische Teekultur nahegebracht hat. Sie lässt sich den Namen des Tees mehrmals von ihm sagen und versucht, ihn richtig auszusprechen, während er geduldig die Betonung der Silben wiederholt. Sie fragt ihn nach dem Namen des Restaurants, was übersetzt so etwas wie ›lecker‹ bedeutet. Als er sich von Lee einen Kugelschreiber geben lässt, die an ihren Tisch kommt und fragt, wie der Tee schmeckt, erklärt er ihr die Buchstaben in Hangul, indem er sie auf seine Serviette schreibt. Absolut fasziniert hängt sie an seinen Lippen. Am liebsten würde sie alles von ihm wissen, die anderen Traditionen und Gewohnheiten, Hangul verstehen und die Sprache seiner Mutter sprechen. Weil das alles zu ihm gehört, zu dem Jez, der sie zum Lachen bringt und ihr ihre Unsicherheiten nimmt, ihr das Gefühl gibt, alles sein zu dürfen.

Irgendwann hält er mitten im Satz inne. »Du kannst auch ehrlich sagen, wenn dich das hier überhaupt nicht interessiert.«

Sie rutscht mit dem Kinn ab, das sie auf eine Hand gestützt hat, um ihren mit Wattebauschgedanken schweren Kopf zu halten. »Was? Natürlich interessiert es mich, sonst würde ich nicht fragen.«

»Ich meine nur, dass du dich nicht verpflichtet fühlen musst, dich dafür zu interessieren.« Er kaut unsicher an seiner Unterlippe und am liebsten hätte sie ihn in diesem Moment geküsst.

»Ich interessiere mich dafür, weil die Kultur deiner Mutter ein Teil von dir ist und damit auch deine Kultur«, sagt sie und greift impulsiv nach seiner Hand. »Keine Verpflichtungen oder Druck, schon vergessen?«

Sein Daumen fährt über ihren Handrücken, quälend

langsam, und sie sehnt sich nach mehr. Nach seinen Fingern überall, auf jedem Zentimeter ihrer Haut. Und für den kurzen Moment, in dem sie sich in seinen dunkelbraunen Augen verliert, hat sie keine Angst davor.

»Hab ich nicht«, sagt er.

Als Lee mit einem Tablett bestückt mit Schüsseln voll Essen an den Tisch kommt, denkt sie, er würde seine Hand zurückziehen, wie beim Reinkommen auch. Aber er lässt sie fest verschränkt mit ihrer, bis der Platz auf dem Tisch knapp wird und sie beide Lee helfen müssen, um alle Schüsseln unterzubringen.

»Ich komme gleich mit einem Zweiten«, lacht Lee, bevor sie zurück an die Bar huscht, um ihr weiteres Essen zu holen.

Mit großen Augen betrachtet Rose das viele Essen vor ihr. Niemals könnten sie das zu zweit alles schaffen. Keramikschälchen in unterschiedlichen Grün- und Rottönen sind mit den verschiedensten Leckereien gefüllt. Knuspriges Hähnchen, dessen Honigglasur glitzert, Bohnen, eingelegter Kohl, Sojasprossen und Gurkensalat sind die Dinge, die sie auf den ersten Blick erkennt. Lee kommt mit dem Tablett zurück und stellt eine dampfende Steinschale auf den Tisch. Rose kann nur einen kurzen Blick auf den mit Karotten, Gurken, Kraut und Sojasprossen belegten Reis erhaschen, bevor Lee ein Ei in der freien Mitte darüber zerbricht, das prompt anfängt auf dem heißen Essen zu brutzeln. Dann stellt sie eine Schale mit gebratenen Nudeln noch dazu und wünscht ihnen »*Manhee deuseyo*«, was vermutlich so etwas wie *Bon Appetit* heißt.

Rose beugt sich vor und starrt das Essen einige Sekunde lang nur an.

»Du siehst überfordert aus«, sagt Jez, seine Stäbchen bereits in der Hand. *Oh Gott.* Sie sieht sich auf dem Tisch um, aber sie hat nur die Stäbchen, deren Spitze auf einem daumenbreiten Tellerchen liegt, um damit zu essen. Sie nimmt die Metallstäbchen in die Hand und beäugt sie. Jez hat zu Hause seine eigenen Stäbchen, welche aus Bambus mit kunstvoll verzierten Griffen, mit denen er immer isst, wenn sie zusammen asiatisch kochen. Aber sie hat bisher immer Messer und Gabel genommen.

»Wir können Lee nach Besteck fragen«, bietet Jez an. Sie sieht sich nach den anderen Tischen um, an denen jeder mit Stäbchen isst.

Sie räuspert sich. »Ach Quatsch.« Niemals wäre sie die Einzige in diesem Restaurant, die mit Besteck essen würde. Sie nimmt die Stäbchen in die Hand, das aber wohl so hoffnungslos falsch, sodass Jez sein Lachen unter Husten versteckt.

»Darf ich?« Er greift über den Tisch. Auf ihr Nicken hin, zieht er sanft ihre Handgelenke in die Tischmitte. »Also, das eine zwischen Daumen und Zeigefinger.« Er bewegt ihre Finger entsprechend. »Der Ringfinger stützt. Und dann den zweiten so.« Behutsam legt er das andere Stäbchen zwischen ihren Mittel- und Zeigefinger, stabilisiert durch ihren Daumen. »So, und dann kannst du sie wie eine Zange benutzen.« Er macht es mit seinen eigenen Stäbchen vor.

Sie versucht es ihm nachzumachen, etwas krumm, aber es funktioniert. »Okay.« Auf keinen Fall würde sie die Stäbchen wieder ablegen, weil sie sich nicht sicher ist, ob sie sie wieder so halten kann. Ihre Haut kribbelt immer noch da, wo er sie berührt hat.

»Wichtig ist einfach nur, dass du sie oben hältst und nicht überkreuzt«, sagt Jez und nimmt sich bereits etwas Kimchi aus einer der Schüsseln auf seinen Teller.

»Mhm«, sagt sie. »Was ist das denn alles?«

Bevor er etwas sagen kann, zählt sie auf, was sie erkennt:

Den eingelegten Kohl, die Sojasprossen, das Nudelgericht Japchae und was sie vermutet, wie den Gurkensalat. Jez nennt ihr die verschiedenen Namen, die sie ihm nachspricht, von dem aber nur Bibimbap für die Schüssel heißen Reis und Bachan, der übergeordnete Begriff für die Vorspeisen, hängen bleiben. Sie hat noch einige Probleme mit den Stäbchen, immer wieder fällt ihr Essen herunter und vor allem bei den Nudeln verzweifelt sie fast, weil sie ihr ständig zwischen dem Metall durchrutschen und zurück auf ihren Teller fallen. Aber alles ist zum absoluten Reinknien. Das Hähnchen ist innen saftig und außen knusprig, der Honig schmeichelt ihrer Zunge. Der Kimchi ist scharf und würzig, der Reis eine Explosion an Geschmäckern mit dem verschiedenen Gemüse.

Bei jedem anderen wäre ihr ihr katastrophales Essverhalten vermutlich peinlich gewesen, aber nicht bei Jez. Er wirft ihr immer wieder sanfte Blicke zu, leicht amüsiert, wenn ihr mal wieder etwas herunterfällt auf dem Weg zu ihrem Mund, aufmunternd auf das richtige Halten der Stäbchen hinweisend oder ihr Mut zusprechend, dass noch kein Meister vom Himmel gefallen sei. Und manchmal, wenn er wohl denkt, sie würde es nicht sehen, sieht sie diesen einen Ausdruck in seinen Augen: Bewundernd und zärtlich und noch etwas, das sie nicht benennen kann. Als wäre er beeindruckt, dass sie das hier mit ihm macht.

Dabei würde sie hier mit niemand anderem sitzen wollen als mit ihm. Und das Restaurant war wirklich die richtige Entscheidung. Sie sieht an seinen entspannten Schultern, wie wohl er sich hier fühlt, und die Onlineforen haben nicht gelogen: Das hier ist das beste Essen, das sie je hatte. Langsam leeren sich die Keramikschüsseln, während sie über die Uni reden, die Weihnachtszeit, Pläne für Silvester oder einfach nur schweigen, während sie in Ruhe essen.

Nach einer Weile kommt Lee an ihren Tisch und fragt, ob es ihnen schmecke. Den Mund voll mit Reis, kann Rose nur nicken.

»Wir schließen um zehn, bleibt doch wenn ihr wollt? Dann geht der Soju auf uns«, sagt Lee und sieht dabei vor allem Jez hoffnungsvoll an.

Dieser wirft Rose über den Tisch einen fragenden Blick zu. Sie ignoriert den Stachel der Eifersucht und nickt. Strahlend verlässt Lee den Tisch.

Jez legt seine Stäbchen ab und sieht Rose ernst an. »Wir müssen auch nicht bleiben, ja? Es war ein langer Tag.«

»Ich weiß, aber ich würde gerne bleiben.« Auf ihre Entschlossenheit nickt er langsam und nimmt seine Stäbchen wieder auf. Ein kleines Lächeln umspielt seine Lippen. »Außerdem habt ihr euch lange nicht gesehen.«

Das Lächeln verschwindet und sie bemerkt das unmerkliche Verkrampfen seiner Finger. »Das stimmt.«

Wieder sagt sie einfach geradeheraus, was ihr durch den Kopf geht. Dabei ist sie doch vorhin erst in dieses Fettnäpfchen getreten. »Und nach den Jahren seit der Beerdigung habt ihr euch bestimmt viel zu sagen.«

Fast fällt Jez der Kimchi, den er eben noch genommen hat, von den Stäbchen. Sein Kiefer tritt deutlich hervor, so fest scheint er seine Zähne aufeinander zu pressen. »Bestimmt«, krächzt er. Er schluckt. »Aber ohne Suzie … ist es irgendwie anders. Komisch. Ergibt das überhaupt Sinn?«

Sie nickt langsam. »Schon.«

Es erinnert sie daran, wie sie nach ihrem Umzug nach Cornwall nicht mehr nach London gekommen sind. Ohne Tim hat sich ihr Haus leer angefühlt, ihre Straße fremd, die Nachbarschaft weniger wie ihre. Als würde ein wichtiges Puzzlestück fehlen; das Lachen ihrer Schwester, sein fester Platz an ihrem Tisch, seine Füße auf dem Asphalt. So sehr sie Cornwall verabscheut, sie muss zugeben, dass Blaze und ihre Mum dort zum ersten Mal wieder atmen konnten.

»Was ist mit ihr eigentlich passiert?«, fragt sie. Ihre Stimme ist nur noch ein Flüstern, als wüsste sie eigentlich, dass sie nicht so bohren sollte.

So lange, wie er den Kimchi auf seinem Teller herumschiebt, denkt sie schon, er würde ihr nicht antworten.

»Autounfall«, bringt er schließlich hervor. Ihr Herz rutscht ihr in die Hose. Das Bild von Sirenen zuckt vor ihrem inneren Auge vorbei, sie hört wieder Blazes Schrei in ihren Ohren.

»Fuck.«

»Jap.« Jez fährt sich mit einer Hand durch die Haare. »Sie war auf dem Rückweg einer Halloweenparty. Wir wissen nicht genau, was passiert ist. Aber die Freundin, mit der sie unterwegs war, meinte, sie sei einfach auf die Straße gestolpert. Direkt vor ein Taxi, das nicht mehr stoppen konnte.«

Ihre Kehle ist wie zugeschnürt, aber sie schafft es trotzdem, die nächsten Worte herauszuquetschen. »Es ist besonders schlimm, wenn es so plötzlich passiert. Weil man es einfach nicht erwartet.« Sie kommt sich bescheuert vor, das zu sagen. Der Tod eines geliebten Menschen schmerzt immer, egal wie derjenige von uns geht.

Er sieht von seinem Teller hoch, die Augenbrauen zu einer Furche zusammengezogen. »Wer war es bei dir?«

Sie verschluckt sich fast am Tee. Ist es so offensichtlich, dass sie direkt an Tim gedacht hat? »Tim«, sagt sie wahrheitsgemäß.

Überrascht weiten sich seine Augen. »Der Freund deiner Schwester?«

»Er ist nicht gestorben«, erklärt sie eilig. »Aber er hat in einem Autounfall vor einigen Jahren alle seine Erinnerungen verloren. In einem Moment war er Teil unseres Lebens und dann … wollte er nichts mehr mit uns zu tun haben.«

»Krass«, murmelt er.

»Aber das kann man nicht vergleichen, immerhin ist er ja noch da. Und deine Schwester …« Sie lässt den Rest des Satzes in der Luft hängen und ist sich sicher, schon wieder etwas total Unsensibles gesagt zu haben.

»Schmerz kann man nie vergleichen. Aber es ist trotzdem beruhigend zu hören, wenn jemand etwas Ähnliches durchgemacht hat.«

»Schon.« Sie überlegt fieberhaft, was sie sagen kann, um ihn zu trösten, um ihm ein wenig den Schmerz, den sie in seinen Augen sieht, abnehmen zu können. Die gleichen dummen Floskeln liegen auf ihrer Zunge. *Es tut mir leid. Mein Beileid.* Aber nichts davon drückt auch nur im Ansatz aus, wie sehr ihr Herz für ihn blutet. Wenn sie an Blazes bandagierten Unterarm denkt, an ihren leeren Blick, und sich bewusst macht, was hätte passieren können, dass ihre Schwester wirklich hätte sterben können, zieht sich alles in ihr schmerzhaft zusammen. Sie kann sich nicht vorstellen, wie sich dieser Verlust für Jez anfühlen muss. Also nimmt sie stattdessen seine Hand und verschränkt ihre Finger fest miteinander.

»Wie war sie so?«

»Suzie?«, fragt er überrascht.

»Ja. Suzie Mi-sun Hamilton.« Bei der Nennung ihres vollen Namens bricht ein Lächeln auf seinem Gesicht aus.

»Suzie war …« Auf der Suche nach den richtigen Worten sieht er sich im Restaurant um, bis er in ihrem Gesicht hängen bleibt. »Ein bisschen so wie du.«

Sie lacht auf, unsicher, ob das ein Kompliment ist oder nicht. Langsam lehnt sie sich in ihrem Stuhl zurück, löst aber ihre Finger nicht voneinander.

»Viel zu verkopft, stur und ein nervliches Wrack?«, lästert sie.

»Selbstbewusst. Immer der Mittelpunkt aller Blicke, wenn sie den Raum betrat. Sie wusste genau, was sie dachte und wollte, und hatte kein Problem, das jedem zu sagen. Sie stand unerschütterlich für ihre Meinungen und Ansichten ein. Vielleicht manchmal etwas stur, ja, aber immer mit ganzem Herzen. Sie war leidenschaftlich in allem, was sie tat.«

»Du hast zu ihr aufgesehen.« Die Bewunderung für seine große Schwester tropft aus jedem seiner Worte.

»Immer.«

Ein nervöses Kribbeln breitet sich in ihrem Magen aus. Der Gedanke, dass Jez sie so sieht... Der Tisch ist viel zu breit und sie viel zu weit von ihm entfernt. Sie verliert sich in seinen Augen, ertrinkt in dem endlos tiefen Braun und fragt sich, wann sie so gefallen ist. Wann er ihr den Boden unter den Füßen weggezogen hat, dass sie frei fliegt und fällt, fällt, fällt. Und sich gleichzeitig so sicher im Fallen fühlt.

»Sie klingt wie eine tolle Person«, sagt sie.

»Ich wünschte mir, du hättest sie kennenlernen können.«

»Im nächsten Leben.«

Seine Mundwinkel zucken amüsiert. »Daran glaubst du?«

Am liebsten würde sie die Arme vor der Brust verschränken, aber seine warmen Finger loszulassen ist keine Option. »Was soll das denn heißen?«

»Ich habe dich eher für den Pragmatiker gehalten.«

»Nur weil ich es mag, zu verstehen, wie etwas funktioniert«, braust sie auf, »heißt das nicht, dass ich nicht an etwas Mehr glaube.«

»An etwas Mehr«, wiederholt er ungläubig.

»Ja. Keinen Gott oder so. Aber ich kann mir nicht vorstellen, dass wir einfach nur Synapsen sind.«

»Und was sind wir dann?«

Sie ist so nackt unter seinem Blick, als würde sie gerade ihre Seele vor ihm offenbaren. »Keine Ahnung«, lacht sie nervös. »Meine Schwester würde jetzt so was romantisches wie Sternenstaub sagen.«

Er lacht dieses kleine Lachen, das, das ihr Schauer über den Rücken jagt und sie immer von ihm hören will. Dieses kleine Lachen, das nur ihr zu gehören scheint. »Sternenstaub also.«

Sie glaubt nicht an diesen Quatsch, den ihre Schwester in ihren Büchern liest. Aber so wie Jez es sagt, glaubt sie ihm. Denn in diesem Moment, in dem Restaurant, mit Jez ihr gegenüber, der ihr gerade sein Herz geöffnet hat, ihre Finger fest umschlungen, ist sie fest davon überzeugt: Wenn Menschen aus Sternenstaub gemacht sind, dann verbindet sie der gleiche Stern.

»*Insbesondere wird es interessant sein zu sehen, welche Einflüsse Oxytocin und Vasopressin (und zusätzliche, noch zu entdeckende Neurohormone) auch auf unser Verhalten außerhalb der Bindung haben. Schon jetzt ist bekannt, dass Oxytocin menschliches gegenseitiges Vertrauen beeinflusst, generell anxiolytisch [angstlösend] wirkt, und Vasopressin (…) direkten Einfluss auf aggressives Verhalten hat. Wahrscheinlich wird die Forschung bald entdecken, dass diese zunächst primär in Zusammenhang mit Liebe untersuchten Mechanismen viele weitere Aspekte menschlichen Verhaltens und Fehlverhaltens direkt beeinflussen - nicht zuletzt, weil sich ein Großteil unseres Verhaltens in sozialen Beziehungen abspielt. Die Untersuchung dieser Sozialhormone dürfte eine kleine Revolution im Verständnis unserer Verhaltensbiologie auslösen.*«

Bartels, Andreas. »Die Liebe im Kopf: Zur Neurobiologie von Partnerwahl, Bindung und Blindheit.« *LIEBE - mehr als ein Gefühl.* Herausgegeben von Werner Schüßler und Marc Röbel. Schönigh, 2016, S. 408.

17. KAPITEL

Jez

So fest, wie Rose auf die Knöpfe drückt, fragt er sich, wieso der Controller in ihren Händen noch nicht zerbrochen ist.

»Komm schon«, presst sie zwischen zusammengebissenen Zähnen hervor und drückt noch einmal schneller auf einen der Knöpfe.

Er schielt zu ihr herüber, während er sich selbst auf die richtige Kombination seiner Angriffe konzentrieren muss. Seine Switch steht auf dem Schreibtisch, während sie eng zusammengedrängt am Fußende seines Bettes sitzen, beide im Schneidersitz, sodass ihre Knie sich berühren. Ihre unmittelbare Nähe hat ihn anfangs noch abgelenkt, aber als sie sich empört beschwert hat, er würde überhaupt nicht ernst spielen, hat er seine Nervosität schnell abgelegt. Vielleicht hätte er trotzdem nicht ganz so gut spielen sollen. Bissig klammert sie sich an ihr letztes Leben, während jeder Schlag seines Charakters ihren halb aus der Arena schleudert.

Nach dem Labor heute sind sie beide mit schlechter Laune nach Hause gekommen. Ihr Abschlussprojekt, sich mit einem Partner eine Versuchsfrage zu überlegen und diese selbst anhand von Experimenten zu beweisen beziehungsweise zu widerlegen, wird langsam ernster. Nach den

Weihnachtsferien müssen sich wirklich mal zu Ergebnissen kommen. Bei Rose läuft es genauso mies wie bei ihm. Sie wurde einem schüchternen Jungen aus ihrem Kurs zugeteilt, der wohl öfter etwas fallen lässt, was bei dünnen Reagenzgläschen und genauen Abmessungen mehr als ungünstig ist. Jez hingegen diskutiert mit seinem Partner ständig darüber, was sie eigentlich tun müssen, und zwar meistens nicht das, was sein Kommilitone sagt. Da lag die Idee nahe, sie könne mit ihm ›Super Smash Bros. Ultimate‹ spielen, um sich etwas abzureagieren. Ihm hilft es immer, auf der Switch jemanden abzumetzeln, wenn er schlecht gelaunt ist. Nur vermutet er, dass sie gerade noch wütender wird, als sie es sowieso schon war.

Mit einem finalen Schlag befördert er ihren Charakter so weit aus der Arena, dass sie sich nicht mehr retten kann. Für einen Moment schweigt sie, während das Ende des Kampfes auf dem Bildschirm der Konsole verkündet und Pikachu, als der er gespielt hat, als Sieger des Kampfes gezeigt wird. Sie hebt ihren Arm, als wolle sie den Controller, der noch zwischen ihre Finger geklemmt ist, durch das Zimmer werfen. Oder um damit auf die Switch zu hacken, wer weiß.

Schnell greift er nach ihrem Handgelenk. »Der Controller kann auch nichts dafür.«

Wütend wirbelt sie zu ihm herum und ihre Augen blitzen gefährlich. »Natürlich! Der ist kaputt.«

»Ist er nicht.«

»Doch! Der hat gar nicht gemacht, was ich wollte.«

»Vielleicht hast du auch nicht die richtigen Knöpfe gedrückt.«

Empört bläst sie ihre Backen auf, dann geht sie auf ihn los. Ihre Finger piesacken ihn, kitzeln leicht, während sie versucht, ihn zum Umstimmen zu bekommen. Er lacht ausgelassen. Wenn er zurückkitzeln würde, wäre sie verloren.

Das weiß sie genau, sie ist viel kitzeliger als er. Aber er lässt ihre Attacke über sich ergehen und versucht ihr nur auszuweichen. Das funktioniert so lange gut, bis sie zurück auf das Bett fallen, sie rittlings auf ihm, und sie seine Hände neben seinem Kopf in die Matratze drückt.

»Die Knöpfe waren kaputt«, knurrt sie.

»Oder ich bin einfach besser«, entgegnet er nur atemlos. Das Herz rast ihm in der Brust, was garantiert nicht daran liegt, dass er gerade durchgekitzelt wurde. Sondern daran, dass sie nur der dünne Stoff ihrer Jogginghosen trennen und sie ihm so nah ist, so qualvoll süß nah. Sie lehnt sich etwas vor und verstärkt den Druck auf seine Handgelenke.

»Die waren kaputt«, wiederholt sie gefährlich leise. So, wie sie über seinen Schritt rutscht, sind seine Gedanken überall außer bei dem Spiel, das sie gerade noch auf seiner Konsole gespielt haben. Er muss an irgendetwas Unverfängliches denken, etwas definitiv Unerotisches. Wie den Klimawandel. Oder Kapitalismus. Sie bewegt sich schon wieder, wie um ihren Worten Nachdruck zu verleihen. Oh Gott … Schrumpelige Omas. Er muss an schrumpelige Omas denken. Oder das Patriarchat.

»Gib es zu«, haucht sie, mittlerweile nur noch Zentimeter von seinem Gesicht entfernt.

Er könnte klein beigeben und seinem Leid ein Ende bereiten. Dann würde sie bestimmt zufrieden von ihm heruntersteigen und er könne vorgeben, dass er ganz dringend auf Toilette müsste, um seine Gedanken zu beruhigen. Und hoffentlich seinen Ständer loszuwerden, bevor sie ihn bemerkt. Aber vielleicht quält er sich auch gerne, nachdem er fünf Wochen lang jede Berührung von ihr aufgesaugt hat. Fünf Wochen seit dem Kuss auf dem Dach. Fünf Wochen, in denen er sich zurückgehalten hat, nur auf ihre Initiative reagiert hat. *Ich bin nicht so gut, was Körperkontakt angeht*, hat sie im Museum gesagt. Also wartet er geduldig, versucht nicht von sich aus sie zu umarmen, ihre Hand zu halten oder zu kuscheln, sondern auf sie zu warten. Keine Verpflichtungen oder Druck. In den fünf Wochen hat sie nicht eine Panikattacke in seiner Anwesenheit gehabt. Doch wenn sie so auf ihm liegt, ihre Hüften übereinander, ihre Lippen nur so kurz vor seinen, fällt es ihm mehr als schwer, sich zurückzuhalten und sie nicht zu küssen.

»Und wenn nicht?«, fragt er daher. Wie von selbst verziehen sich seine Lippen zu einem Grinsen, als ihre Augen sich verengen. Eine ihrer Haarsträhnen hat sich aus dem unordentlichen Dutt gelöst und wenn sie seine Hände nicht festhalten würde, hätte er sie schon längst hinter ihr Ohr geschoben. Ihr Geruch benebelt ihn, diese Mischung aus Orange, nach der sie seit der Winterzeit riecht, und Rosalie. Vertraut, warm, absolut berauschend.

»Ich will eine Revanche.«

»Wenn du denkst, das ändert etwas.«

»Und ich bekomme deinen Controller.«

Er kann nicht anders, er lacht auf. Bei der Bewegung streifen sich ihre Brustkörbe und ihm wird kurz schwindelig. So ernst, wie sie auf ihn hinabblickt, scheint nur ihm ihre Nähe etwas auszumachen. Als würde sie es völlig kalt lassen, dass sie auf ihm liegt. Als wäre das zwischen ihnen doch nur einseitig, als hätte er sie im Museum missverstanden, als hätte er den Kuss vor so vielen Wochen falsch gedeutet. Als wäre das hier gar nichts für sie.

Bevor seine Gedanken in diese Richtung abdriften können, sagt er: »Immerhin weißt du bei mir, welche Knöpfe du drücken musst.« Er meint es leichtfertig, als Scherz, um die Situation aufzulockern, nicht zu viel hineinzuinterpretieren und sich nicht zu wünschen, sie würde ihn endlich, endlich,

endlich küssen, damit er sie berühren kann. Wirklich berühren kann.

Ihre dunklen Augen weiten sich, als würde ihr ihre Situation gerade erst bewusstwerden. Sie lässt seine Hände los, als hätte sie sich an seiner Haut verbrannt. Sie lehnt sich zurück, weg von ihm, und bei der Bewegung muss er kurz seine Augen schließen. Klimawandel, Kapitalismus, Patriarchat, ... ach zur Hölle, er hat sowieso schon verloren. Ihre Wangen färben sich tiefrot und er verfolgt das Flattern ihrer Hände, für die sie nun keinen Platz mehr hat, und wie ihr Blick nach unten huscht. Dort, wo ihre Hüften aufeinander liegen. Wo sie spüren muss, dass er gedanklich schon lange nicht mehr bei ›Smash Bros.‹ ist.

»Oh«, sagt sie leise. Er stützt sich auf den Ellenbogen ab und sieht zu ihr hoch, abwartend. Es ist ihre Entscheidung, ob sie von ihm herunterklettern möchte. Das Licht der Schreibtischlampe, die Einzige, die sie im dunklen Zimmer angemacht haben, weil es so laut ihr viel gemütlicher sei, taucht ihre Haare in einen goldenen Glanz. Seine Kehle wird staubtrocken, während ihm mal wieder bewusstwird, wie wunderschön sie ist. Wunderschön mit den verwuschelten Haaren, der nach dem langen Tag an der Uni leicht verschmierten Wimpertusche, dem engen, hellblauen Pulli mit dem kleinen Fleck vom Abendessen, den leicht geöffneten Lippen.

Das hier ist bei Weitem nicht das erste Mal, dass er eine Frau auf seinem Schoß sitzen hat. Trotzdem klopft ihm das Herz bis zum Hals, als wäre er wieder ein unerfahrener Schuljunge. Weil es mit Rose fast schon so ist. Weil es ihn das erste Mal interessiert, wie es ihr dabei geht. Ihr Wohlbefinden ist ihm wichtiger als sein eigenes. Bei dem Gedanken muss er schlucken. Für eine gefühlte Ewigkeit sehen sie sich einfach nur an, in Erwartung, was als nächstes passieren würde. Wofür Rose sich entscheiden würde.

Ihre Brust hebt und senkt sich schnell, während sie langsam, vorsichtig, nach seiner Hand greift. Und ihn mindestens genauso langsam und vorsichtig zu ihr nach oben zieht. Bis sie auf Augenhöhe sind, ihre Gesichter viel näher als eben noch. Alles rückt in den Hintergrund. Das leise Summen der Glühbirne, die Musik, die seine Switch noch immer von sich gibt, das Klappern aus dem Flur hinter seiner geschlossenen Zimmertür. Es gibt nur noch sie, dicht an ihn gepresst, ihren Atem, der sich mit seinem vermischt, ihre dunklen Augen, deren Pupillen wie endlose Seen geweitet sind.

Wie von selbst wandert seine Hand an ihre Taille. »Ist das okay?«, fragt er leise, seine Finger nur noch Millimeter von ihrer Haut entfernt.

Sie nickt, eine so kleine Bewegung ihres Kopfes, dass er sie übersehen hätte, wenn er ihr nicht so nahe wäre. Als er den schmalen Streifen Haut zwischen ihrem Oberteil und ihrer Leggins berührt, entfährt ihr ein kleines Keuchen. Ihre Hände verschränken sich in seinem Nacken, fahren ihm durch die kurzen Haare, und heiße Schauer jagen durch seine Adern. Ihm ist schwindelig vor Verlangen und er ist sich sicher, dass sie sein Zittern spüren muss. Obwohl alles in ihm sie einfach nur küssen will, hält er sich zurück. Er malt sanfte Kreise auf ihren Rücken, während er sich mit der anderen Hand in sein Bettlaken krallt.

Langsam nähert sie ihr Gesicht seinem. Ihre Nasenspitzen berühren sich und er spürt jeden ihrer stoßweisen Atemzüge an den Lippen. Wenn sie noch länger wartet, würde ihm das Herz in der Brust zerspringen. Viel mehr würde es nicht aushalten.

Seine Spannung reißt, als ihr Handyklingelton die Stille zerfetzt. Erschrocken fährt sie zusammen und löst sich von ihm. Sie wirft die Switch um, als sie nach ihrem Handy auf dem Schreibtisch greift und das Klappern ist ohrenbetäubend laut. Ein Fluch entweicht ihr und sie klettert von ihm herunter. Ohne sie ist sein Kopf plötzlich leicht, als wäre er ein Ballon und sie hätte seine Schnur zur Erde gekappt. Er blinzelt mehrmals, um zurück in sein Zimmer zu finden und fährt sich durch die Haare, als könne er damit seine Gedanken sortieren. Denn die müssen definitiv sortiert werden. Fast hätten sie sich geküsst. Und verdammt, wie gerne er sie geküsst hätte.

»Hey, Ellie«, sagt Rose, immer noch atemlos. Sie wirft ihm einen Blick zu, offensichtlich ebenso ungläubig wie er, was da gerade passiert ist, dann beginnt sie im Raum auf und ab zu tigern. »Nein, du störst überhaupt nicht.«

Alles in ihm protestiert bei diesen Worten und so, wie sie selbst über ihr Schlüsselbein streicht und ihm immer wieder verstohlene Blicke zuwirft, geht es ihr genauso. Um sich davon abzulenken, wie nah sie ihm noch vor einer halben Minute war und dass er am liebsten genau da hin zurückkehren will, jetzt sofort, greift er nach seinem eigenen Handy auf dem Nachttisch. Er hat mehrere Nachrichten von Henry.

Henry
Yo
Ich brauche deine Hilfe.
Hab Ellie gefragt, ob sie morgen Schlittschuhfahren will.
Aber sie meint, sie würde nur gehen, wenn ihr Zwei mitgeht.
Bring mal Rose dazu, ja zu sagen.

Kaum hat er die Nachrichten fertiggelesen, hört er Rose ins Handy sagen, dass sie ihn fragen würde.

»Ellie fragt, ob wir morgen mit ihr und Henry Schlittschuhfahren gehen wollen?«

»Ja, können wir gerne machen.« Hört sich seine Stimme wirklich so kratzig an? Sie nickt, aber anstatt Ellie seine Antwort mitzuteilen, hält sie seinen Blick. Mehrere Herzschläge lang sehen sie sich an, dann lässt sie fast das Handy fällen.

»Ich bin noch da«, sagt sie schnell an Ellie gewandt, »Und wir kommen gerne mit.«

Henry
Ihr könnt euch dann bitte irgendwo knutschend hin verpissen.

Seine Wangen werden siedend heiß bei der Vorstellung und nach dem, was da gerade eben auf dem Bett passiert ist, wirkt das gar nicht mehr so abwegig. Er textet zurück, dass sie mitkommen würden, und ignoriert Henrys letzten Kommentar geflissentlich.

Henry
Ich geh gleich in der Bib los und hol dich zum Training ab.
Sei bis dahin angezogen ;)

Rose verabschiedet sich von Ellie am Handy. Sie legt die Handrücken an ihre Wangen, als wolle sie deren Glühen beruhigen. Er räuspert sich.

»Ich muss gleich los ins Training«, sagt er und gleichzeitig beginnt sie: »Ich gehe gleich noch mit Ellie ins Tanzen.«

Ihr unsicheres Lachen vermischt sich.

»Ja, dann.« Sie geht zu seiner Zimmertür, hält kurz inne, sieht zu ihm zurück. Diese Unsicherheit in ihrem Blick kratzt unter seiner Haut, lässt ihn zu ihr gehen und sie gegen die Tür gepresst küssen wollen. Er beißt sich auf die Innenseite seiner Lippe und bleibt genau da stehen, wo er ist.

»Gutes Spiel.« Mit den Worten flüchtet sie aus seinem Zimmer.

»Gutes Spiel«, sagt er in den leeren Flur hinein. Mit einem entschiedenen Klicken schließt er die Tür wieder und lehnt sich mit der Stirn dagegen. Da waren ihm fast schon die fünf Wochen flüchtige Berührungen und Löffelchen liegen beim Anime schauen lieber als das, was auch immer da gerade passiert ist. Er braucht dringend eine kalte Dusche.

Er weiß wirklich nicht mehr, wieso er zugestimmt hat, Schlittschuhlaufen zu gehen. Er kann kein Schlittschuhlaufen. Konnte er noch nie. Also wieso hat er dann Ja gesagt? Ach ja, weil sein Kopf noch in dem Moment war, wo Rose auf seinem Schoß saß und ihn fast geküsst hat. In den letzten vierundzwanzig Stunden hat er bestimmt nur zehntausend Mal daran gedacht, wie sich ihr Körper an seinem angefühlt hat, wie sie ihn mit ihren großen braunen Augen angesehen hat, wie nah ihre Lippen waren.

»Du siehst so aus, als hättest du gleich eine Wurzelbehandlung«, sagt Rose und reißt ihn aus seinen Gedanken. Er muss die Eisfläche wohl mit solchem Missmut angesehen haben, dass es ihr aufgefallen ist.

»Ach quatsch. Ich war nur in Gedanken.« Sie legt fragend den Kopf schräg und da er ihr unmöglich sagen kann, dass er schon wieder an ihren Fast-Kuss gedacht hat, sagt er schnell: »An die Übungsklausuren in zwei Wochen.«

Sie stöhnt auf. »Oh Gott, erinnere mich doch nicht daran.«

»Genau, Hamilton«, schaltet sich nun auch Henry ein. »Keine Uni am Wochenende. Wir sind hier, um zu saufen und Schlittschuh zu fahren.«

»Dann suche den Glühweinstand deiner Wahl aus«, sagt

Jez und zeigt mit einer ausladenden Handbewegung über den Weihnachtsmarkt.

Sie hätten auch vor dem British Museum auf der Eisfläche fahren können, das wäre für sie alle am nächsten gewesen. Aber das ›Winter Wonderland‹ im Hyde Park ist eine Attraktion für sich in dieser Jahreszeit. Auf dem riesigen Gelände tummeln sich Menschenmassen zwischen den hell erleuchteten Buden und Fahrgeschäften. Das Riesenrad thront in der Mitte und eifert mit seinen blau erleuchteten Streben mit dem enormen Tannenbaum um die Wette. Der Geräuschpegel ist dabei fast nicht auszuhalten. Kinder schreien, Gespräche summen, von den Achterbahnen ertönt Kreischen, das Kettenkarussell spielt Weihnachtslieder in Dauerschleife.

Missmutig sieht Henry von einem überfüllten Stand zum nächsten. Trauben an Menschen drängen sich an den Stehtischen zusammen und umklammern ihre heißen Tassen. Es wird Zuckerwatte verkauft, gebrannte Mandeln, heiße Maronen, Pfefferminzstangen, Kinderpunsch und Glühwein in den unterschiedlichsten Ausführungen. Bei all den Leckereien in der ›Bavarian Village‹ fragt er sich, ob sich die Deutschen im Winter nur noch durch die Gegend kugeln, wenn sie auf ihren Weihnachtsmärkten so viel futtern.

Henry rückt sich die schwarze Mütze auf dem Kopf zurecht, anscheinend immer noch nicht entschieden, wo sie sich ihren ersten Glühwein des Abends holen.

Rose seufzt genervt auf. »Wir stellen uns da an.« Ohne darauf zu achten, ob sie ihr folgen, bahnt sie sich einen Weg durch die Menge zu einer der hölzernen Buden. Dicke Lichterketten ranken sich um Tannenzweige und dekorieren den Saum des Daches. Je näher sie kommen, desto mehr schlägt ihm der Geruch nach Zimt und Gewürzen entgegen.

In ihrer dicken, leuchtend weißen Daunenjacke und der

passenden Bommelmütze ist Rose in der Menge nicht zu übersehen. Trotzdem juckt es ihm in den Fingern, nach ihrer Hand zu greifen, damit sie sich nicht verlieren. Aber er hält sich zurück. Vor allem nach dem Fast-Kuss gestern ist jede ihrer Berührungen um hundert Volt intensiver geworden. Wenn vorher ihre Haut auf seiner ihm einen Stromschlag gegeben hat, wird er jetzt jedes Mal vom Blitz getroffen. Als hätte sie den gleichen Gedanken wie er, dreht sie sich zu ihm um. Mit einem schiefen Lächeln greift sie mit ihrer behandschuhten Hand nach seiner. Selbst mit dem Stück Stoff zwischen ihnen vibriert jede seiner Adern. Trotz der Eiseskälte, die seinen Atem Wölkchen bilden lässt, ist ihm unglaublich heiß unter dem Parka.

Nach einer gefühlten Ewigkeit kommen sie endlich an die Reihe. Bis auf ihn bestellt jeder einen Glühwein. Nach dem Bier-Kater von Halloween hat er jeglichem Alkohol abgeschworen, nicht nur Hochprozentigem. Vermutlich ging es ihm mehr wegen Suzie und Roses Abgang nach dem Kuss so dreckig am nächsten Tag, aber keinen Alkohol zu trinken ist etwas, worüber er Kontrolle hat. Was er verändern kann. Und er hat sowieso das Gefühl, dass warmer Alkohol viel mehr in den Kopf schießt als kalter. Henry öffnet beim Entgegennehmen der dampfenden Tassen den Mund, wie um einen spöttischen Kommentar zu seinem Kinderpunsch zu machen. Doch stattdessen runzelt er die Stirn und schließt seinen Mund wieder. Er hat in den letzten Wochen seine Zunge deutlich besser im Griff, als würde er zuerst überlegen, ob sein Kommentar nicht verletzender ist als lustig.

So machen sie sich mit ihren überteuerten Getränken in der Hand auf die Suche nach einem Stehtisch. Nach einer Weile finden sie endlich einen Platz neben einer anderen Gruppe und stellen, dicht zusammengedrängt, ihre Tassen ab. Immer wieder wirft Jez Rose prüfende Blicke zu. Er weiß, dass sie Menschenmengen nicht mag und sich oft unwohl fühlt, wenn sich so viele Körper an ihren drängen. Aber sie erwidert seinen Blick nur immer wieder mit einem leichten Lächeln auf den Lippen, als würde sie ihm sagen wollen: ›Alles gut, du brauchst dir keine Sorgen zu machen‹.

Henry reibt sich die Hände, die bei Temperaturen um den Gefrierpunkt ohne Handschuhe reine Eiszapfen sein müssen. »Freunde, es sind weniger als vier Wochen bis Silvester. Was machen wir?«

»Ich hatte geplant, bis ins neue Jahr bei meiner Familie zu sein«, sagt Ellie und wird zum Ende ihres Satzes angesichts Henrys alarmiertem Blick immer leiser.

»Bei der Familie? An Silvester?« Er klingt so, als hätte sie ihm gerade eröffnet, dass sie mit ihrer Großmutter Häkelschweinchen stricken und um zehn Uhr nach einer Folge ›Escape to the Country‹ ins Bett gehen würde.

Ellie umklammert ihre Tasse und nippt vorsichtig an ihrem Glühwein. Sie murmelt etwas in die dunkle Flüssigkeit, das im lauten Getümmel des Weihnachtsmarktes untergeht.

Hilfesuchend wirft Henry seinem Freund einen Blick zu, doch Jez schüttelt kaum merklich den Kopf. Aus der Patsche würde er ihm nicht raushelfen. Henry räuspert sich. »Das kann natürlich auch sehr nett sein.« Die Worte sind holprig. »Aber ich dachte, es wäre schön, wenn wir das neue Jahr gemeinsam einläuten.«

Dabei setzt er diesen Hundeblick auf, der ihm bei seinen großen grauen Augen immer so gut gelingt. Er zieht leicht die buschigen Augenbrauen zusammen und schafft es, dieses besondere Glänzen in seine Augen zu bringen, sodass man ihm nichts mehr abschlagen kann.

»Was würden wir denn machen?«, fragt Ellie vorsichtig.

»Meine Rede.« Henry sieht in die Runde, sein Hundeblick verschwunden.

»Wir könnten einfach entspannt in der WG ein paar Spiele spielen«, sagt Jez und merkt direkt, dass er damit bei Henry genauso viel punktet wie mit seiner Häkelschweinchen-Vorstellung. Aber das klassische Betrinken und in einen Club gehen fällt seiner Meinung nach raus. Trinken, weil er nichts trinkt, und Club, weil er nur ungern an das letzte Mal zurückdenkt, als er mit Rose in einem war. Die dauerhafte Panik in ihren Augen, ihr Zurückzucken bei jeder Berührung, ihren absoluten Alkoholabsturz danach muss er nicht noch einmal erleben. Er möchte, dass es ihr gut geht an Silvester. Daher überrascht es ihn am meisten, als Rose vorschlägt, in einen Club zu gehen.

»Tims Band ist auf so eine exklusive Party eingeladen. Von einem Label. Ich könnte fragen, ob er uns auf die Gästeliste schreibt«, erklärt sie auf die fragenden Blicke.

»Tim hat ein Label?«, fragt Jez überrascht. Davon hört er heute zum ersten Mal. Er würde es dessen Band *Dear Elk* wirklich gönnen. Seit dem Konzert Anfang des Semesters hört er ihre Musik auf Spotify rauf und runter. Die Songs sind wirklich gut.

»Noch nicht, glaube ich. Ich hab es auch nur von Blaze gehört, keine Ahnung«, sagt Rose. »Aber ein Label scheint Interesse zu haben, wenn ich meine Schwester richtig verstanden habe.«

Anerkennend verzieht Henry das Gesicht. »Nicht schlecht. Also, Silvester im exklusiven Club mit den Schönen und Reichen.« Bei der Vorstellung lächelt er verschmitzt.

Abwehrend hält Rose ihre behandschuhten Hände hoch. »Ich weiß aber nicht, ob das klappt.«

Henry ignoriert diesen Nachsatz geflissentlich und beginnt, mit Ellie angeregt über Silvester zu reden. So eindeutig, wie er Rose neben ihm den Rücken zudreht, versteht Jez, dass sein Freund jetzt mit Ellie allein gelassen sein will. Die ganze Zeit vor und nach dem Spiel heute Mittag durfte er sich Henrys Gejammer anhören, dass er eigentlich mit Ellie allein heute Abend unterwegs sein wollte. Ein Date. »Romantisch Schlittschuhlaufen, ich muss sie auf dem Eis stützen, dann fallen wir hin, natürlich übereinander. Und dann wärmen wir uns auf. Bei einem heißen Getränk«, meinte Henry. Jez' Schnauben, dass es kitschiger wohl nicht ginge, hat er nur abgewunken.

Rose löst ihren Blick von Henry und Ellie und lacht leise in sich hinein. Sie trinkt einen vorsichtigen Schluck ihres Glühweins. Die Frage, ob sie sich sicher wegen Silvester sei, liegt auf seiner Zunge. Ob sie es sich gut überlegt habe, dass sie in einen Club will. Aber er schluckt sie hinunter. Rose kann ihre eigenen Entscheidungen treffen und er ist nicht ihr Beschützer, der sie auf solche Dinge hinweisen sollte.

»Sieh mich nicht so an«, sagt sie leise und wirft ihm einen Seitenblick zu.

»Wie sehe ich dich denn an?«

»Besorgt.« Sie stellt ihre Tasse ab, hält sie mit beiden Händen fest. »Ich habe mir das gut überlegt wegen Silvester.«

Er fährt sich mit einer Hand über das Gesicht, um seine Emotionen wegzuwischen. Nach nur drei Monaten kennt sie ihn schon viel zu gut, kann ihn lesen wie ein offenes Buch. »Das denke ich mir. Du kannst deine eigenen Entscheidungen treffen.«

»Ich weiß.« Sie schweigt einige Herzschläge, in der sie ihre Tasse hin und her dreht. Ihre nächsten Worte flirren unausgesprochen in der Luft. »Blaze meinte, dass es eine kleine Gruppe nur wäre«, gibt sie schließlich zu. »Überschaubar. Ich denke, das könnte gehen.«

Er nickt. »Das klingt doch gut.«

Aber er sieht an ihren zusammengepressten Lippen, dass sie nicht so sicher in ihrer Entscheidung ist, wie sie sich gerade gibt. »Nächsten Samstag geben sie ein Konzert, in einer kleinen Halle. Blaze kommt dafür her. Wollen wir hin?«

»Wird schwierig. Henry und ich haben ein Auswärtsspiel.«

»Ach so.« Sie kann die Enttäuschung nicht aus ihrer Stimme heraushalten. Je nachdem, wo es hingeht, sind sie zwar teilweise schon um neun wieder zu Hause. Aber selbst, wenn er auf dem fremden Sportplatz duschen würde, was meistens unglaublich eklig ist, würde das zeitlich mit dem Konzert nicht hinhauen.

»Wir sind in Oxford«, sprudeln die Worte aus ihm heraus, bevor er zu lange darüber nachdenken kann. »Ihr könntet mitkommen, Ellie und du. Wir könnten uns vormittags die Stadt ansehen und nach dem Spiel was essen gehen.« Ihre Augen sind kugelrund. »Oder so.«

Ihre Lippen teilen sich immer wieder, auf der Suche nach den richtigen Worten.

»Vergiss es, das war eine dumme Idee«, murmelt er und versteckt sich hinter seinem Kinderpunsch. Rose mag noch nicht einmal Fußball. Als ob sie sich ein Spiel anschauen würde, das wäre völlig abwegig und …

»Gerne.«

Ihr eines Wort lässt seinen Gedankenstrom jäh abbrechen. Er verschluckt sich prompt am Punsch. »Was?«

»Das klingt gut. Ich komme gerne mit.« Ihr Lächeln in diesem Moment würde ihm für immer im Kopf bleiben: Leicht schief, gekräuselte Nase, funkelnde Augen. Sie zieht Ellies Aufmerksamkeit auf sich, als sie ihren Namen ruft.

Ellie verstummt in ihrem Gespräch mit Henry und sieht sie an.

»Jez fragt, ob wir nächstes Wochenende mit zum Auswärtsspiel nach Oxford wollen. Ich würde gehen, willst du mit?«, fragt Rose.

Er weiß nicht, wer überforderter mit dieser Frage aussieht: Ellie oder Henry.

»Klar, wieso nicht?«, sagt Ellie schließlich. Henry sieht zwischen den Mädchen hin und her, dann zu Jez. Tausend Fragen stehen ihm ins Gesicht geschrieben.

»Ich dachte, du magst kein Fußball«, sagt Henry. Er versucht anscheinend, seine Gefühle darüber, dass das Mädchen, dass er mag, beim nächsten Spiel zusehen würde, hinter einer sarkastischen Anklage zu verstecken. Was Jez mehr als nachvollziehen kann, denn seit Roses Zusage stolpert sein Herz unbeholfen in seiner Brust. Rose würde da sein. Rose würde in den Rängen sitzen und ihm zusehen. Rose würde seinen Blick auffangen, wenn er vom Platz zu ihr sähe. Rose würde da sein. Das Karussell in seinen Gedanken dreht sich immer schneller.

»Ich war schon Jahre nicht mehr in Oxford. Das wird bestimmt schön.« Rose zuckt betont gleichgültig mit den Schultern. Als wäre das keine große Sache. Während des gesamten Gespräches darüber, was sie in Oxford alles machen könnten, summt sein Herz vor Aufregung. Es hört nicht auf, als sie die leeren Tassen für ihr Pfand am Stand zurückgeben. Auch nicht, als sie sich ihren Weg zu der Eisfläche bahnen. Und erst recht nicht, als sie sich Schlittschuhe ausleihen und das Summen von einem unangenehmen Ziehen begleitet wird, was seiner Nervosität geschuldet ist. Henry und Ellie stehen bereits auf dem Eis und fahren eine Runde, während er noch in aller Seelenruhe seine Schuhe zuschnürt. Je länger er dafür braucht, desto länger zögert er den Moment hinaus, in dem er aufs Eis muss.

Dabei ist die Eisbahn ein Wintertraum. Lichterketten spannen sich vom Rand bis zu dem viktorianischen Pavillon in der Mitte der Fläche, in dem eine Band live Weihnachtslieder spielt. Das goldene Licht spiegelt sich verzerrt auf dem bereits ziemlich zerkratzten Eis. Kahle Bäume säumen die Bahn und rahmen den klaren, dunklen Nachthimmel über ihnen ein.

»Du brauchst ja länger als ein Opa«, neckt Rose ihn. Auffordernd streckt sie eine Hand aus, um ihm von der Bank hochzuhelfen. Widerwillig lässt er sich von ihr aufs Eis ziehen. Er hat noch nicht einmal einen Schritt auf der rutschigen Oberfläche getan, da gerät er bereits ins Schlingern und klammert sich an die Bande.

Rose ist bereits einige Meter weitergefahren und dreht sich anmutig zu ihm um. Als sie ihn so sieht, mit wackeligen Beinen an die Bande geklammert als wäre sie sein Rettungsanker auf hoher See, schlägt sie die Hände vor dem Gesicht zusammen.

»Du kannst kein Schlittschuhlaufen«, stellt sie fest und obwohl sie ihr Lächeln versteckt, hört er es genau aus ihrer Stimme heraus.

Trotzig lässt er die Bande los und versucht, zu ihr zu gelangen. Dabei rutscht er aus und landet auf seinem Hintern. Jetzt kann Rose nicht mehr an sich halten und bricht in schallendes Gelächter aus. Im Gegensatz zu ihm gleitet sie mühelos übers Eis und reicht ihm eine Hand. Überraschend standhaft zieht sie ihn zurück auf seine Beine. Die Kälte ist bereits durch seine Jeans gekrochen und lässt ihn frösteln.

»Was du nicht sagst«, presst er zwischen zusammengepressten Zähnen hervor.

Sie versucht, ein weiteres Lachen zu unterdrücken, scheitert aber kläglich. »Na, dann komm mal, Opi. Ich erkläre es dir.«

Ihre Hände miteinander verschränkt macht sie ihm die richtige Bewegung der Beine vor, die er versucht nachzuahmen. Wackelig bewegen sie sich im Schneckentempo übers Eis, während die anderen Menschen um sie herumfahren. Er ist dankbar, dass Henry und Ellie sich direkt abgekapselt haben und sein Freund ihn nicht bei seinen kläglichen Versuchen, ohne Roses stützenden Arm zu fahren, sehen muss. Nach einer Viertelstunde hat er die Grundlagen verstanden: Selbstbewusstsein spielt eine große Rolle und je sicherer er seine Füße über das Eis stößt, desto sicherer fährt er auch. Rose lässt seine Hand los, sehr zu seinem Bedauern und fährt rückwärts, um ihn anzusehen. Bei ihr sieht es kinderleicht aus. Als wäre es nur eine simple Bewegung, die von ihm nicht volle Konzentration und absolute Körperbeherrschung verlangen würde.

»Du machst das super«, lobt sie ihn.

»Ach, hör schon auf.«

Sie kichert, dreht eine Pirouette, bis sie wieder neben ihm fährt und sich seinem langsameren Tempo anpasst.

»Du hättest ruhig sagen können, dass du kein Schlittschuhlaufen kannst«, sagt sie.

Jez würde mit den Schultern zucken, wenn er nicht angestrengt auf seine Beine schauen würde. »Hab ich nicht dran gedacht. Und dann war es nicht mehr der richtige Moment.« Sie verkneift sich schon wieder ein Lächeln.

»Nicht runtergucken. Das lenkt nur ab. Vertraue auf dein Gefühl.«

Er hebt den Kopf, aber Rose anzusehen, wie sie ihm zugewandt ist, den zärtlichen Ausdruck in ihrem Gesicht, lässt ihn nur ins Straucheln geraten. »Woher kannst du eigentlich so gut Schlittschuhfahren?«

»Blaze war jahrelang im Verein.«

Er versteht sofort, was sie meint. Natürlich tut er das, immerhin ist er jahrelang Suzie an die Strände gefolgt und hat Ausschau nach Muscheln und Krebsen im nassen Sand gehalten. Dieses Gefühl, alles machen zu wollen, was die große Schwester tut, kennt er nur zu gut. Suzie war sein Idol und er wollte Ewigkeiten genauso sein wie sie.

»Wieso hast du aufgehört?«

»Es war Blazes Leidenschaft. Meine galt immer dem Tanzen. Irgendwann habe ich das auch verstanden.« Sie grinst verschmitzt. »Aber vieles kann ich noch.« Sie nimmt Anlauf, springt - sein Herz rutscht ihm panisch in die Hose - und landet grazil wieder auf dem Eis.

»Ich glaube, ich hatte gerade einen Herzinfarkt«, gibt er zu.

»Weil es so schlampig aussah?«

Wenn, dann weil du so wunderschön bist. »Weil ich keinen Krankenwagen holen will.«

Gespielt theatralisch legt sie eine Hand auf ihre Brust. »Du hast kein Vertrauen in mich.«

Er lacht, und es ist echt. Die Schwere auf seiner Lunge, die ihn jedes Mal überkommt, wenn er an Suzie denkt, verschwindet genauso schnell wie sie gekommen ist. Rose scheint seinen Stimmungsumschwung trotzdem auf seinem Gesicht zu lesen.

»Lass uns ein Bild an Lee schicken«, sagt sie.

Seitdem er mit Lee beim Restaurantbesuch Nummern getauscht hat, schreibt er immer wieder mit ihr. Es fühlt sich immer noch etwas holprig an, ungewohnt. Früher hat Suzie mit ihr geschrieben, nicht er. Aber nach den vielen Runden Soju, bei denen sein Alkoholverzicht aus Höflichkeit nicht gegolten hat, hätte es sich falsch angefühlt, den Kontakt wieder völlig abzubrechen.

Rose zückt bereits ihr Handy und fährt neben ihm. Sie

hält es hoch und knipst ein Selfie. Trotz seiner Zehen, die bereits in den Schlittschuhen einfrieren, und seinem von dem Sturz immer noch eiskalten Hintern, lächelt er. Echt, breit, als würde die Sonne auf sie hinunterscheinen und nicht dutzende goldene Kugeln der Lichterketten. Rose ist eng bei ihm, ein ebenso losgelöstes Lächeln auf den Lippen. Als sie es ihm schnell auf sein Handy schickt, wird ihm klar, dass das hier ihr erstes gemeinsames Foto ist. Wo nur sie beide drauf sind, keine anderen wie auf den Partys oder Abenden im Pub. Einen Moment zu lang sieht er es sich auf seinem eigenen Handy an, bevor er es schnell an Lee mit ein paar Worten weiterleitet.

Sie drehen noch einige Runden, in denen er zwar immer noch langsam, aber immer sicherer übers Eis gleitet und Rose immer wieder Pirouetten dreht, oder, wenn genug Platz ist, einen kleinen Sprung hinlegt. Sie lacht dabei so ausgelassen, dass er sich spätestens jetzt in sie verliebt hätte. In die tanzenden Sommersprossen auf ihrer Nase. In ihre kupferroten Haare, die im Fahrtwind wehen. In ihre braunen Augen, die das goldene Licht spiegeln. In ihre Lebensfreude und ihren Schalk, wenn sie ihn aufzieht, dass er mutiger sein solle. In ihre weiche Stimme, die ihm eine Gänsehaut verursacht. In ihre vollen Lippen, die er am liebsten küssen würde. Er schüttelt den Kopf, um das kitschige Gefühl loszuwerden. Keine Verpflichtungen oder Druck. Das haben sie sich gesagt. Sie haben alle Zeit der Welt.

Nach einer Stunde auf dem Eis sind sie beide außer Puste und beschließen, sich auf den Heimweg zu machen. Sie verabschieden sich von Henry und Ellie, die mit geröteten Wangen zugibt, dass sie noch etwas bleiben würden. Jez und Henry wechseln einen vielsagenden Blick.

Seine Zehen danken es ihm, endlich aus den engen kalten

Schlittschuhen zu kommen und wieder in seine gefütterten Winterstiefel zu schlüpfen. Sie geben die Schlittschuhe an der Holzhütte ab und machen sich, die kalten Hände in die Jackentaschen vergraben, auf den Heimweg. Sie könnten den Bus nehmen, doch bevor sie darüber diskutieren können, bleibt Rose plötzlich wie angewurzelt stehen. Eine einzelne Laterne beleuchtet die Kreuzung im Hyde Park, an der sie angehalten haben. Ihren Kopf in den Nacken gelegt, hebt sie eine Hand.

»Jez, schau mal.«

Er folgt ihrem Blick nach oben. Kleine, bauschige Flocken fallen langsam vom Himmel.

»Es schneit«, sagt sie überflüssigerweise. Sie fängt eine Flocke auf ihrem Handschuh, beobachtet, wie die Eiskristalle auf dem weißen Stoff sich langsam auflösen.

Er könnte sagen, dass der Schnee vermutlich nicht liegen bleiben würde und morgen nur noch Matsch am Straßenrand wäre. Aber das würde die Magie des Moments zerstören und er will ihren kindlich strahlenden Blick am liebsten wie eine Schneeflocke zwischen den Händen einfangen und nie wieder loslassen. Er wartet so lange, bis sie bereit ist weiterzugehen, während die Flocken sich um sie herum verdichten und in ihren Haaren festsetzen.

Sie erzählt ihm, dass ihre Mum ihnen früher erzählt hat, dass Schneeflocken kleine Feen wären, die auf die Welt hinabflögen, um den Weihnachtszauber zu verbreiten. Und dass sie schon damals verstanden hatte, dass das Quatsch ist und im Gegensatz zu ihrer Schwester in einem Buch die wissenschaftlichen Bestandteile einer Schneeflocke nachgelesen hat. Sie erklärt ihm, dass jeder Wasserkristall einzigartig ist und wie verrückt wundervoll das doch sei. Er hält dabei die Klappe, dass ihm das wohl bewusst ist. Erst als sie in ihre Straße einbiegen, eine dünne Schicht Schnee auf dem

Bürgersteig, in dem sie ihre Fußabdrücke hinterlassen, wechselt sie abrupt das Thema.

»Ich kann einfach nicht glauben, dass du kein Schlittschuhlaufen kannst«, sagt sie.

»Das werde ich wohl immer zu hören bekommen, oder?«

»Jup. So oft, wie du hingefallen bist.«

»Das waren nur zwei Mal.« Sie grinst und er weiß, dass sie ihn nur zum Spaß damit aufzieht. »Außerdem kann ich dafür doch andere Dinge.« Spöttisch zieht sie eine Augenbraue in die Höhe. »Tanzen zum Beispiel.«

Sie grunzt. »Tanzen.«

»Ja, ehrlich.«

»Das will ich sehen.« Sie bleibt stehen. Die Royal Albert Hall erstreckt sich hinter ihr in den Nachthimmel. Die Herausforderung glitzert in ihren Augen.

»Was, jetzt?«

»Klar.« Abwartend sieht sie ihn an.

Er sieht die leere Straße in beide Richtungen hinunter. Immerhin würde er sich nur vor ihr zum Affen machen, aber in der Stimmung, plötzlich in einen Tanz auszubrechen, ist er nun wirklich nicht.

Sie sieht, wie er sich durch die Haare fährt, Zeit schindet. »Du kneifst.«

»Gar nicht. Ich kann nur nicht ohne Musik tanzen«, verteidigt er sich.

Was eine glatte Lüge ist. Ja, er war damals in der Schule nur in einen Tanzkurs gegangen, weil man laut Henry da die hübschesten Mädchen aufreißen konnte. Das hat sogar geklappt. Seine Eltern, die kaum verbergen konnten, wie glücklich sie waren, dass er nach Suzies Tod wieder Hobbies nachging, wussten nichts davon, dass er die Zeit nach den Tanzstunden heftig rumknutschend in irgendwelchen

Abstellräumen, Hintergassen oder Mädchenzimmern verbracht hat. Den Tanzkurs hat er trotzdem bis zum Ende durchgezogen und ihn als einer der Besten absolviert. Musik oder keine Musik, das macht keinen Unterschied.

Rose zuckt mit den Schultern. »Das lässt sich ändern.« Sie streckt erwartungsvoll die Hand aus. Auf seinen offensichtlich irritierten Blick erklärt sie: »Dein Handy. Für die Musik.«

Ohne wirklich darüber nachzudenken, zieht er sein Handy aus der Hosentasche und reicht es ihr. Sie hält es ihm noch kurz vors Gesicht, um es zu entsperren und zieht sich die Handschuhe von den Händen, dann tippt sie bereits auf dem Display herum. »Über meine Musik würdest du dich eh nur beschweren.« *Wenn sie nur wüsste.* Sie öffnet Spotify. »Hast du Kopfhörer?«

Während sie durch seine Musik zu scrollen scheint, zieht er seine Kopfhörer hervor, gibt ihr den einen und steckt sich den anderen selbst ins Ohr.

Ihre Lippen zucken. »›Road Trip Sunsets And Philosophical Questions‹«, liest sie den Namen einer seiner Playlists vor. »›When You're a Kid and Your Only Worry Was What's For Dinner.‹« Beim nächsten lacht sie laut auf: »›Anime Songs I Would Fight God To.‹«

»Die lieber nicht.«

Sie blickt zu ihm hoch. »Du bist eine *basic white bitch*. Die ihren Playlists absichtlich ›edgy‹ Namen gibt, um cool zu sein.« Um das Adjektiv malt sie Anführungszeichen.

»Ich bekenne mich schuldig.«

Ihm wird jetzt erst klar, wie intim es eigentlich ist, Rose durch seine Musik scrollen zu lassen. Jede Playlist hat ihre ganz eigene Stimmung, verkörpert einen anderen Teil von ihm und zeigt ihn teilweise an seinen verletzlichsten Stellen.

Er vergräbt seine Hände in den Jackentaschen, um zu verbergen, wie er sie immer wieder zu Fäusten ballt und lockerlässt.

Plötzlich stutzt sie. »›Toffee?‹«

Fuck. Fuck, fuck, fuck, fuck. Nein, nur nicht die. Aber sie tippt bereits darauf und ihre Augen werden groß. Natürlich muss sie auf *die* Playlist stoßen. Auf ihre Playlist. Auf die Playlist, in die er jedes Lied packt, das ihn an sie erinnert. Das sie leise summt, wenn sie ihre Wäsche zusammenlegt. Zu dem sie in der Küche beim Kochen tanzt, wenn sie denkt, keiner wäre in der WG. Das sie beim Malen hört, wenn sie mal keine Serie dabei schaut. Das er mit ihr gemeinsam gehört hat und so unendlich mit ihr verwoben ist wie das Galoppieren seines Herzens.

»Die Lieder würde ja ich hören«, murmelt sie leise.

Verzweifelt sucht er nach irgendetwas, das er sagen kann, um die Situation weniger unangenehm zu machen. Aber in seinem Kopf ist nur Rauschen und Wahrheit. Die Wahrheit, dass er die Playlist zum Einschlafen hört. Oder wenn er Suzie mehr vermisst als sonst, damit er an ihre warm verschränkten Finger denkt und wie Rose ihr Herz auf der Zunge trägt, einfach ausspricht, was sie denkt, was er selbst so gerne tun würde. Die Wahrheit, dass er die Playlist so oft hört, dass er die Lieder schon auswendig kann. Die Wahrheit seiner Gefühle, die er ihr im Victoria & Albert gestanden und auf die sie nichts erwidert hat.

Ihr Blick ist undurchdringlich, wie sie die Playlist durchgeht. »Weißt du, ich denke oft daran, was du mir in der Nacht gesagt hast.« Er weiß sofort, von welcher Nacht sie spricht. Die, in der sie ihm erklärt hat, sie wäre aus Toffee, die einzige Nacht, in der er ihr diesen Spitznamen gegeben hat, weil es sich am nächsten Morgen viel zu intim, viel zu vertraut angefühlt hätte.

»Dass ich keine Schokolade mag?«, zieht er sie auf, um das Beben seiner Stimme zu überspielen.

»Dass man nicht so zerbrechen kann, ohne wieder zusammengesetzt werden zu können.«

Er schluckt. Sie sieht immer noch angestrengt auf das Handydisplay. »Manchmal habe ich auch meine weisen Momente«, krächzt er.

Ein Lächeln zupft an ihren Lippen und endlich, endlich sieht sie hoch. Sie steht so nah vor ihm, dass sie ihren Kopf leicht in den Nacken legen muss. Ein Feuer brennt hinter ihren Augen.

»Ich will nicht mehr kaputt sein«, sagt sie mit fester Stimme.

»Okay.« Wieso lenkt ihr Anblick ihn schon wieder so ab, dass er nicht mehr klar denken kann? Die Luft um sie herum hat sich aufgeladen, ob von seiner Anspannung oder ihrer kann er nicht sagen. Jeglicher Gedanke ans Tanzen scheint vergessen zu sein.

Sie holt Luft. Schluckt. Ihre Wimpern flattern, als würde sie den Blick abwenden wollen, tut es aber nicht. Ihr liegt etwas auf dem Herzen, ein Entschluss, den sie gefasst zu haben scheint, aber nun nicht ganz umsetzen kann. »Jez?«

»Mhm?«

»Ich würde dich gerne küssen.«

Sein Herz zerspringt. In tausend kleine Stücke. »Sehr gut.«

Sie lacht, unsicher, etwas zittrig. »Ja?«

Er wartet, bis sie den letzten Abstand zwischen ihnen überbrückt. Bis ihre Jacken aneinander rascheln, sie sich leicht auf die Zehenspitzen stellt. Ihre Nasen sich berühren.

»Definitiv ja.«

Dann küsst sie ihn. Eine federleichte Berührung ihrer

Lippen, ein vorsichtiges Streifen. So sanft wie die Schneeflocken, die noch immer um sie herum fallen. Sie seufzt auf, verschränkt ihre Hände in seinem Nacken und zieht ihn näher zu sich. Er hat vergessen, wie weich ihre Lippen sind. Wie perfekt sie sich auf seinen anfühlen. Langsam verstärkt er den Druck, verwandelt ihr Zögern in einen tieferen Kuss. Er umfasst ihr Gesicht, wischt mit dem Daumen über die Sommersprossen auf ihren Wangen.

Sie zu küssen ist wie ein warmer Sommertag. Wie die erste Himbeere der Saison zu essen. Wohlig warm, vertraut, etwas ganz Besonderes. Auf dem Dach war ihr Kuss eine Explosion, ein gieriges Finden von Mündern, heißes Feuer in seinen Adern. Jetzt sind ihre Küsse bestimmt, sie nehmen sich Zeit, während sie jedes Stück seines Herzens wieder zusammensetzt und es so laut und stark in seiner Brust schlagen lässt wie nie zuvor. Weil es für sie schlägt. Für ihre Finger, die sich in seine Haare graben. Für ihre Lippen, die sich langsam teilen. Für ihre Zunge, die zögerlich seine findet. Für ihren Puls, den er rasend unter seinen Fingerkuppen spürt.

Er weiß nicht, wie viel Zeit vergangen ist, bis sie sich schließlich von ihm löst. In ihren Augen liegen Universen, als sie zu ihm hochsieht. Und wenn er vorher schon einmal dachte, dass sie wunderschön gewesen sei, hat er sich geirrt. Denn so wunderschön wie jetzt, mit vor Kälte und Hitze geröteten Wangen, mit vom Küssen geschwollenen Lippen, war sie noch nie.

»Kein Druck?«, fragt sie flüsternd.

»Kein Druck.«

Darauf lächelt sie und küsst ihn wieder. Denn sie haben keinen Druck. Keine Eile. Sie müssen nicht darüber reden, was sie sind oder nicht sind. Sie sind einfach sie. Jez und Rosalie. Er würde auf sie warten, auf jeden Schritt, den sie bereit war zu gehen. Und wenn es hundert Jahre brauchen würde. Wenn gar nichts mehr als küssen passieren würde. Wenn sie wieder fünf Wochen auf Abstand ginge. Denn sie ist es wert. Das überraschte Keuchen, das ihr entfährt, als er zärtlich seine Hand ihren Hals entlangstreichen lässt, ist es wert. Das kleine Knabbern an seiner Unterlippe, das ihm ein leises Stöhnen entlockt, ist es wert.

Er hätte sie noch ewig weiterküssen können.

»Der Hypothalamus [integriert] die Aktionen des vegetativen Nervensystems. Im Papez-Kreis steuert der Hypothalamus die Verhaltensäußerung von Emotionen. Hypothalamus und Neocortex sind so angeordnet, dass jeder von beiden den jeweils anderen beeinflussen kann. Auf diese Weise werden emotionales Erleben und emotionaler Ausdruck miteinander verbunden. (…) Schädigungen bestimmter Cortexregionen ziehen oft massive Veränderungen des emotionalen Ausdrucks nach sich. (…) Wenn man bedenkt, wie groß die Bandbreite unserer Emotionen ist und dass mit einer jeden verschiedene Hirnaktivitäten einhergehen, spricht wenig dafür, dass nur ein einzelnes System - anstelle mehrerer Systeme - daran beteiligt ist.«

Bear, Mark F. et al. *Neurowissenschaften*. Deutsche Ausgabe herausgegeben von Andreas K. Engel. Springer Spektrum, 2009, 4. Auflage 2018, S. 671-673.

18. KAPITEL

Rose

Sie hätte Jez noch ewig weiterküssen können. Irgendwann wird ihnen jedoch kalt und der Schnee fällt so dicht, dass sie zurück in die WG gehen. Amy und Morgan sind da, weshalb sie sich nur mit einem Kopfnicken an ihren Zimmertüren verabschieden können. Die Nacht macht sie kaum ein Auge zu, sondern denkt immer wieder an den Kuss. Nein, die Küsse. Wie vorsichtig Jez war, langsam, bedacht. Wie alles warm in ihr gekribbelt hat, wie ihre Hände sein Gesicht erkundet haben, wie sie überhaupt nicht mehr aufhören konnte. Sie grinst, über beide Ohren, quiekt in ihr Kissen wie ein verrückter Teenager. Ihre Finger schweben so oft über dem Chat ihrer Schwester, dass sie nicht mitzählen kann. Sie will Blaze davon schreiben. Sofort. Irgendwo muss all das Glück hin, das durch ihren Körper vibriert, warm und klebrig süß wie Honig. Aber etwas hält sie zurück. Die Angst, dass Blaze sich Sorgen machen könnte, statt sich mit ihr zu freuen.

Und dann wandern die Gedanken zu Kyle. Am Anfang hat sie sich mit ihm auch so gefühlt, oder? So aufgekratzt, aufgeregt, dass der Frauenschwarm der Schule ausgerechnet an ihr Interesse hatte. Dass sie mit ihm auf der Party bei

Wahrheit oder Pflicht im Schrank für drei Minuten stehen musste und er sie endlich küsste. Hatte ihr Herz dabei auch so gesummt? Hatten ihre Gedanken einfach aufgehört und sie hatte nur noch ihn geschmeckt, gespürt, gelie… Nein. Sie stoppt ihren Gedankengang. Sie hat Kyle nicht geliebt. Nicht wirklich. Sie hat sich von ihm abhängig gemacht, fertig und aus. So oft sie sich das sagt, jedes Mal widerspricht eine kleine Stimme in ihrem Kopf. Sie war am Anfang in ihn verknallt. Hatte sich gefreut, ihn zu sehen, ihn zu küssen. Wann war das Gefühl gewichen? Wann hatte sie angefangen, Angst vor Kyle zu haben, sich beim Küssen von ihm erdrückt zu fühlen, keine Luft mehr zu kriegen bei dem Gedanken, was er von ihr erwartet, was er von ihr will?

Resolut wirft sie die Decke zurück. Sie muss ihren Gedanken Raum verschaffen. Im Licht der Schreibtischlampe holt sie ihren Skizzenblock hervor. Sie blättert durch die Seiten mit Händen, an Gesichtern vorbei, bis sie auf ein leeres Blatt stößt. Mit einem Bleistift bewaffnet, skizziert sie das Erste, an das sie denkt: Den Pavillon im Hyde Park. In der Mitte der leeren Eisfläche steht ein Pärchen, eng umschlungen, zu klein, um genau zu sagen, wer es ist. Sie blättert um. Sie malt Eiskristall nach Eiskristall, jeder von ihnen einzigartig. Sie malt, bis in ihrem Kopf nichts mehr übrig ist außer dem Abend. Bis Kyle wieder in weite Ferne gerückt ist, nur noch ein nagender Gedanke in ihrem Hinterkopf. Diese echoende Frage, die zurückbleibt: *Was wäre, wenn du dich nicht auf ihn eingelassen hättest? Was wäre, wenn er dich nicht erdrückt hätte? Was wäre, wenn Tim und Blaze nicht gekommen wären? Was wäre, wenn so was noch einmal passiert? Was wäre, wenn?*

Als die Sonne hinter dem Dach der Royal Albert Hall aufgeht und in ihr Zimmer kriecht, legt sie den Stift beiseite.

Sie räkelt sich in ihrem Schreibtischstuhl und gähnt ausgiebig. Die Müdigkeit kriecht in ihre Knochen. Sie hätte vielleicht doch versuchen sollen, zu schlafen, aber jetzt ist es zu spät. Sie betrachtet die Skizze von Jez' Gesicht, wie er gestern Abend auf sie hinuntergeschaut hat, Wunder hinter seinen Augen, und lächelt zufrieden. Das ist das, was sie im Herzen tragen möchte. Woran sie denken will.

Sie tapst in die Küche, um sich den ersten Kaffee für heute zu kochen. Sie schlürft gerade an der Brühe, die selbst mit viel zu viel Milch und Zucker noch nach Instant-Pulver-Pampe schmeckt, als die Tür aufgeht.

»Morgen«, sagt Jez und lächelt ihr zu.

Er geht zum Wasserkocher, lässt etwas Wasser reinlaufen und lehnt sich dann an die graue Arbeitsplatte. Wer auch immer die Küche entworfen hat und dachte, dass hölzerne Fronten, eine Metallarbeitsplatte und eine magentafarbene Wand gut harmonieren würden, gehört gefeuert, wenn man sie fragt. Doch vor der hässlichen Küche sieht Jez noch schöner aus, mit verwuscheltem Haar nach dem Schlafen, einem ausgewaschenen T-Shirt, der schwarzen Jogginghose, den Hauch eines Kissenabdrucks im Gesicht. Meine Güte, wann ist sie denn so verweichlicht? Aber am liebsten würde sie aufseufzen.

»Guten Morgen«, murmelt sie stattdessen in ihre Tasse.

»Kurze Nacht gehabt?«

»Mhm.«

Sie kann sich überhaupt nicht satt sehen an ihm. Und sie will ihn unbedingt wieder küssen. Nach einem kurzen Blick auf die Tür, deren Glasscheibe auf den leeren dunklen Flur hinauszeigt, überbrückt sie die Distanz zwischen ihnen und tut es einfach. Nachdem sie gestern endlich den Mut dazu gefunden hat, geht es jetzt plötzlich ganz leicht. Nach einem kurzen überraschten Aufkeuchen küsst er sie zurück.

Und da sie ihn nicht ewig küssen kann, küsst sie ihn einfach, so oft es geht. In der Küche, wenn sie allein in der WG sind. Zwischen den Regalen in der Bibliothek, versteckt von den Büchern. In einem leeren Ausstellungsraum im V&A, wo sie hingehen, wenn ihnen beim vielen Lernen die Decke auf den Kopf fällt. An ihrem Schreibtisch, wenn er sie beim Malen beobachtet. In seinem Bett, wenn sie eigentlich gerade eine Serie schauen. Sie wird nicht müde davon, seine Lippen auf ihren zu spüren. Mit ihren Händen seinen Kiefer nachzufahren, sein Schlüsselbein, durch sein T-Shirt seine Muskeln zu spüren. Die Finger in seinen Haaren zu vergraben, ihren Körper an seinen zu pressen, seine Hände im Gegenzug über ihre Haut fahren zu spüren. Er drängt sie nicht. Berührt sie nicht so gierig wie auf dem Dach, sondern wie einen kostbaren Gegenstand, sanft, zärtlich, behutsam. Sicher.

Jeder Kuss schiebt Kyle weiter weg aus ihren Gedanken und brennt Jez tiefer in ihr Herz. Manchmal erwischt sie sich dabei, wie sie ihn ansieht und sich fragt, ob es denn so einfach sein kann. Dann ist da dieses Zögern, diese kleine Stimme, die ihr sagt, dass sie nicht weitergehen will, nicht weitergehen *kann*. Dass dann nur Panikattacken auf sie warten würden. Vielleicht küsst sie ihn deshalb nur, wenn sie allein sind. Wenn keiner, ob bekannt oder unbekannt, sie sieht. Als könnte das, was zwischen ihnen gerade funktioniert, auseinanderbrechen, wenn jemand anderes davon erfahren würde.

Blaze fällt auf, dass sie geistig abwesend in ihren Telefonaten ist. Rose schiebt es auf die Prüfungen. Ihre Schwester kauft es ihr nicht ab, lässt das Thema aber auf sich beruhen. Selbst Ellie bemerkt, dass Rose ständig in den Vorlesungen vor sich hin grinst und in ihrem Stuhl unruhig hin und her rutscht. Nur hoffentlich nicht, wie sie unter dem Tisch nach

Jez' Hand greift und ihre kleinen Finger miteinander verschränkt. So beschäftigt, wie sie mit der Prüfungsvorbereitung sind, haben sie jedoch kaum Zeit, um darüber zu reden. Der Sonntag, an dem sie nach Oxford fahren, ist wie ein Leuchtturm in der Brandung, ein bitter ersehnter Bibfreier Tag, an dem sie nicht zig Enzyme in ihre Köpfe quetschen, molekularbiologische Abläufe pauken oder über statistischen Gleichungen grübeln.

Dabei hat sie Jez' Vorschlag, ihn und Henry auf ihr Auswärtsspiel nach Oxford zu begleiten, zuerst für völlig abwegig gehalten. Sie hasst Fußball. Sie kann sich Millionen bessere Dinge vorstellen, als neunzig Minuten lang einen Ball über ein Spielfeld zu verfolgen. Aber Jez sah so hoffnungsvoll aus, als er sie fragte und so unsicher, wie er dann plötzlich wurde, fiel es ihr leicht, zuzustimmen. Sie war mit Blaze und Tim das letzte Mal in Oxford, damals, als sie sich die Uni angesehen haben, weil sie sich beide bewerben wollten. Und der Gedanke, die Stadt mit ihren Freunden zu erkunden, lässt die Vorfreude in ihr steigen.

Dabei war der Tag in Oxford zuerst ein organisatorischer Albtraum. Henry hat ständig gejammert und überlegt, was er machen soll, da er als Teamkapitän eigentlich immer mit dem Rest der Mannschaft im gemeinsamen Bus sitzt. Um die Moral zu stärken, laut ihm. Es hat einiges an Überzeugungskraft gekostet, dass sie jetzt alle gemeinsam im Zug sitzen. In einem Vierer, ein weißer Tisch zwischen ihnen, während die grünen Hügel und kleinen Städte hinter dem Fenster vorbeirauschen. Ellie und sie sitzen am Fenster und werfen sich einen schmunzelnden Blick zu, als Henry über die mangelnde Beinfreiheit mault.

»Wir hätten auch dein Auto nehmen können«, wirft Jez ein und versucht schon, Henrys Beinen, die sich unter seinen Sitz schieben, Platz zu machen.

»Ja, ja, ihr wollt nur meine Karre schnorren.«

»Der eigentliche Grund ist -« Rose kann noch nicht einmal ihren Satz beenden, da hat Henry sie bereits unterbrochen: »Weil du lernen willst, ja.«

Sie sieht wieder auf ihren Laptop, den sie vor sich auf den Tisch gestellt hat, und die Vorlesungsfolien darauf. Die Übungsklausuren sind schon nächste Woche und allein bei dem Gedanken daran bricht ihr der Schweiß aus. Ja, der Tag war als lernfrei geplant. Aber die Stunde Zugfahrt muss sie sinnvoll nutzen, sonst würde sie völlig verrückt werden. Wie die anderen so ruhig sein können, versteht sie nicht. Ellie hat ihre Lernzettel vor sich liegen, Henry steckt sich grummelnd Kopfhörer rein, um Musik zu hören, und Jez lehnt sich einfach nur in dem grauen Sitz zurück und schließt die Augen. Davon lässt sie sich nicht beirren, zückt ihren Kugelschreiber und geht zum letzten Mal ihre Karteikarten zu Molekular- und Zellbiologie durch. Jedes Unterthema hat seine eigene Farbe und auf einigen Karten fügt sie doch noch einen kleinen Kommentar hinzu, übernommen aus den Folien oder ihren eigenen Notizen, die sauber abgeheftet in einem Ordner ebenso vor ihr liegen. Ihre Angst ist nicht, dass sie den Stoff nicht beherrscht. Gut, vielleicht hat sie etwas Angst davor, einen absoluten Black-out zu haben. Sondern eher, dass sie irgendetwas Wichtiges vergessen hat zu lernen. Sie überprüft noch einmal ihren Lernplan im Bullet Journal. Die zwei Module, Biologie und Statistik, hat sie farblich markiert und die Lerneinheiten so in ihrem Kalender geblockt.

Als sie eine Hand an ihrem Bein spürt, zuckt sie überrascht zusammen, so vertieft ist sie in ihre Unterlagen.

»Mach dich nicht verrückt«, sagt Jez leise. »Keiner hat so viel gelernt wie du. Und es sind nur die Übungsklausuren.«

Sie sieht zu Ellie, die mittlerweile auch Musik hört und

aus dem Fenster sieht, und Henry, der leise schnorchelt, den Mund im Schlaf geöffnet. »Wer sagt denn, dass ich mich verrückt mache?«, fragt sie zurück und schiebt sich die offenen Haare zurück über die Schulter.

»Du hast diesen besessenen Blick in den Augen.«

»Gar nicht wahr.«

»Doch.« Jez lacht. »Wie Cruella de Vil in ›101 Dalmatiner‹.«

Sie boxt ihn in die Schulter. »Du bist gemein.«

Seine Hand, die immer noch auf ihrem Oberschenkel liegt, wandert etwas weiter nach oben. Ein heißes Kribbeln durchfährt sie, direkt in ihre Magengrube. Selbst nach einer Woche, in der sie ihn so oft geküsst, so oft berührt hat, dass sie es überhaupt nicht mehr zählen kann, hat er noch diese Wirkung auf sie. Als wäre jede seiner Fingerspitzen elektrisch geladen.

Er beugt sich zu ihr herüber, fast schon verschwörerisch. »Und? Hast du schon das Bedürfnis, kleinen Welpen das Fell abzuziehen?«

Am liebsten würde sie ihn küssen, um ihn zum Schweigen zu bringen. Eine äußerst effektive Methode, wie sie festgestellt hat. Aber Ellies Grinsen kann sie selbst aus dem Augenwinkel sehen. Sie senkt ihre Stimme und kommt Jez etwas entgegen. »Jeden Morgen, wenn ich aufstehe.«

Seine Mundwinkel zucken. Sie bricht den Blickkontakt und widmet sich wieder ihren Karteikarten. Er räuspert sich und rutscht etwas in seinem Sitz hin und her. Für die restliche halbe Stunde lässt sie sich von ihm abfragen, bis sie schließlich, dick in ihre Jacken wieder eingepackt, am Bahnhof in Oxford aussteigen.

Über fünf Jahre ist es her, dass sie in dieser Stadt war, aber sie hat sich nicht verändert. Damals wollten sich Tim und Blaze bewerben und Mum hat sie zu einem Tag der offenen Tür der Universität gefahren. Den Tag über haben sich die beiden Vorlesungen angehört und Veranstaltungen besucht, während Mum und sie durch die Stadt geschlendert sind und die Sehenswürdigkeiten angesehen haben. Es war Sommer und sie weiß noch genau, wie sie mit Mum Eis geschleckt und mit einem Boot auf der Themse gefahren ist.

Sie sieht hoch in den grauen Himmel und der Tag damals kommt ihr vor wie Ewigkeiten her. Der Schnee von letzter Woche ist nach nur einem Tag geschmolzen und auch hier ist nichts mehr von dem Wintertraum zu erahnen. Kahle Bäume und dicke Wolken lassen die Stadt so anders aussehen als an diesem Sommertag damals. Damals hat sie noch gerne Zeit mit Mum verbracht. Damals war sie noch neidisch auf Blaze, die bald mit der Schule fertig sein und studieren würde. Damals hat ihr der Gedanke noch Angst gemacht, dass ihre große Schwester ausziehen würde, dass sie Tim dann nicht mehr so gut wie jeden Tag sehen würde, der wie ein großer Bruder für sie war. Das war vor dem Unfall, bevor es Blaze so schlecht ging, bevor Mum zu einer übervorsichtigen Glucke mutierte.

Jez lässt sich zu ihr zurückfallen. »Alles okay bei dir?«

Sie reißt sich aus ihren düsteren Gedanken los. Zu lange in der Vergangenheit zu verweilen und sich einfachere Tage zu wünschen, würde sie nicht weiterbringen. Sie ringt sich ein Lächeln ab. »Ja, klar.«

Seine Augenbrauen ziehen sich kritisch zusammen, als würde er ihr das Lächeln nicht abkaufen und er streift ihre Hand. Doch bevor er danach greifen kann, dreht Henry sich bereits zu ihnen um und läuft rückwärts weiter die Straße hinunter Richtung Stadtzentrum. Jez tritt einen Schritt von ihr weg. Die Unsicherheit in seinen Augen bringt sie um.

»Leute, was ist mit Frühstück?«, fragt Henry und sieht

sie erwartungsvoll an.

»Hast du nicht heute Morgen gefrühstückt?«, wirft Ellie ein.

»Entschuldigung, was ist denn mit einem zweiten Frühstück?«

»Das gibt's auch nur bei Hobbits«, murmelt Rose, sodass Henry nichts hört. Jez neben ihr lacht leise.

Henry ist so überzeugend, dass sie sich im ersten Café, das ihnen auf dem Weg begegnet, an einen Tisch schieben und jeder etwas zu trinken bestellt. Henry ist der Einzige, der auch etwas zu essen nimmt und während sie an ihren Kaffees nippen und er seine Rühreier in sich hineinschaufelt, besprechen sie, was sie in Oxford alles ansehen möchten. Wie vorauszusehen, hat sich Rose einen detaillierten Plan überlegt, Ellie stichpunktartig einige Sehenswürdigkeiten herausgeschrieben und die Jungs haben genau gar nichts. Da diese erst nachmittags zum Spiel auf den Fußballplatz im Osten der Stadt gehen müssen, haben sie noch einige Stunden gemeinsame Zeit.

Zuerst machen sie sich auf zu dem runden Gebäude der Bodelain Library, zahlen zwei Pfund Eintritt, um sich das Gelände des Trinity Colleges anzusehen und schlendern an den vielen Kanälen vorbei, die sich aus der Themse speisen. Sie muss zugeben, dass im Sommer alles freundlicher gewirkt hat, einladender. Oxford hat einen gewissen Charme durch die alten Gebäude und die Universität, deren Colleges sich durch die gesamte Kleinstadt verteilen. Aber sie würde London immer vorziehen und bereut es keine Sekunde, sich an der renommierten Uni nicht beworben zu haben.

Die Gedanken an ihren letzten Trip hierher rücken in weite Ferne, je länger sie die Stadt mit ihren Freunden erkundet. Jez denkt sich immer abwegigere Fakten zu den Gebäuden aus, während Henry vor jedem eine bescheuerte Pose macht und sich dabei von Ellie fotografieren lässt. Sie futtern sich auf dem Weihnachtsmarkt durch die Süßwarenstände, wobei sie sich fragt, wie Henry schon wieder Hunger haben kann. Mit einem kleinen Lächeln, das nur sie verstehen, gibt Jez ihr eine Tüte Toffee aus und sie hätte sich in die Süßspeise reinlegen können. Überzogen mit dunkler Schokolade und Mandelsplittern schmeckt das Toffee unglaublich gut. Sie will sich dafür bei ihm bedanken, seine Hand nehmen, ihm einen Kuss auf die Wange drücken. Sie sammelt noch ihren Mut, als Jez sich bereits abwendet und Henry und Ellie weiter über den Weihnachtsmarkt folgt. Sie hat den Moment verpasst und wenn sie den Ausdruck in Jez' Augen richtig gedeutet hat, bereut er es genauso. Dieses kleine gequälte Zusammenziehen seiner Augenbrauen, als hätte er sie genauso gern zu sich gezogen in dem Moment.

Sie fragt sich, wieso sie solche Angst hat. *Wovor* sie solche Angst hat. Jez macht sie mutig. Er lässt sie aus sich herauskommen, lässt sie ihre Ängste vergessen. Wenn er bei ihr ist, will sie besser sein. Mehr sein. Alles sein. Sie erinnert sich daran, wie er sie im Restaurant beschrieben hat: Selbstbewusst, im Mittelpunkt der Blicke, unerschütterlich in ihrer Meinung, leidenschaftlich. Wieso kann sie es dann nicht jetzt? Wieso kann sie ihn nicht einfach zu sich ziehen und der ganzen Welt zeigen, was sie für ihn fühlt, was er mit ihrem Innersten macht? Sie sieht zu ihren Freunden vor ihr, wie Ellie lachend den Kopf schüttelt, als Henry noch eine Tüte gebrannte Mandeln kaufen will, wie Jez auf die Uhrzeit hinweist, dass sie nicht zu spät zum Aufwärmen sind, und Henry genervt aufstöhnt. Sie schiebt die Gedanken an das Wieso beiseite und folgt ihren Freunden. Diese Freundschaft ist auch echt. Und davor hat sie keine Angst.

Ellie dreht den Löffel in ihrer Teetasse und sieht aus dem Fenster hinaus auf die Straße der Kleinstadt. Die Jungs haben sie eben verabschiedet und da sie nach dem stundenlangen Sightseeing völlig durchgefroren sind, überbrücken sie deren Aufwärmen in einem Café in der Innenstadt. Der Sportplatz ist nur eine Viertelstunde zu Fuß von hier, sie würden kurz vor Anstoß da sein, um die Jungs anzufeuern.

Um ihre Finger zu wärmen, legt Rose die Hände um ihre heiße Teetasse. »Und dann noch über eineinhalb Stunden auf dem kalten Sportplatz sitzen«, sagt sie und schüttelt sich leicht. »Ich glaube, ich werde erfrieren.«

»Wir werden bestimmt so mitfiebern, dass uns ganz warm wird.«

»Das hat Henry gesagt, oder?«

Ellie zuckt mit den Schultern. »Vielleicht.«

»Also ist es Quatsch.«

Sie lachen beide. Ellie klopft den Löffel an der Kante ab, legt ihn auf die Untertasse, umfasst den Henkel. Rose sieht, wie ihre Finger dabei etwas zu kontrolliert sind.

»Was ist los bei euch?«, fragt Rose geradeheraus. Nach dem Schlittschuhlaufen letztes Wochenende hat sie ihre Freundin gefragt, wie ihr Date mit Henry lief. Ellie war nur tiefrot angelaufen und hat etwas von »gut« gemurmelt.

Ellie verbrennt sich die Zunge am heißen Tee und hustet. »Was meinst du?«

»Komm schon.« Rose beugt sich verschwörerisch über den Tisch. »Irgendetwas ist da im Busch, oder?«

Die roten Wangen ihrer Freundin geben ihr Recht. Ellie schluckt. Aber die Worte, die aus ihrem Mund kommen, sind nicht die, die Rose erwartet hat: »Ich muss ihm sagen, dass das nichts wird mit uns.«

»Was?« Rose fällt in ihrem Stuhl zurück. Unruhig bewegt Ellie den roten Stein ihrer Halskette. Ein Geschenk ihrer Oma, wie Rose mittlerweile weiß. »Wieso das?«

Ihre Freundin seufzt und blickt auf ihren Tee hinunter, als könnte er ihr die richtigen Worte geben. »Ich weiß, du hältst nicht viel von Henry. Aber ich … ich mag ihn.«

»Das sehe ich. Aber wieso sagst du dann, dass das nichts wird?«

»Weil ich Angst habe.«

Roses Herz zieht sich zusammen. Das klingt … viel zu sehr nach ihr selbst. Nach ihrer eigenen Angst mit Jez. Ihre Gedanken überschlagen sich.

»Ich vertraue ihm nicht«, sagt Ellie leise. »Ich mag ihn. Aber ich weiß einfach, dass er mich nicht glücklich machen würde. Dass ich mich nicht fallen lassen kann.«

»Wegen dem, was er gesagt hat.«

»Ja.« Ellie sieht aus dem Fenster, Tränen treten in ihre Augen. Sie denken beide an den Abend im Club zurück, an dem Henry sie beleidigt und sie ihn mit Gin Tonic überschüttet hat, was er seitdem versucht wiedergutzumachen. »Ich weiß, dass er das nicht so gemeint hat. Ich weiß, dass er sich so bemüht, aber …«

»Aber es reicht nicht.«

Ellie schüttelt den Kopf. Sie berührt den Löffel auf der Untertasse, wippt ihn hin und her. »Wir haben darüber geredet. Oft genug. Und er hat sich auch oft genug entschuldigt. Aber ich merke einfach …« Ihre Sätze sind abgehackt, sie sieht nach oben an die Decke, blinzelt ihre Tränen davon. »Ich habe Angst, ihm Details zu erzählen. Ihm zu erzählen, wie es mir geht als Transfrau, was mir wichtig ist, was mich bewegt. Er beteuert zwar immer wieder, dass es ihn nicht stört, dass ich als Junge geboren bin, dass er im Club nur dummes Zeug geredet hat, dass er sich informiert hat, dass er *mich* mag.« Ihre Stimme wird immer verzweifelter und Roses Herz zieht sich bei dem Monolog ihrer Freundin immer weiter zusammen. »Aber es … es nimmt mir nicht meine Angst.« Ellie holt tief Luft. »Denn weißt du was? Meine OP ist im April.«

Für einen Moment wirkt es fast so, als wäre es mucksmäuschenstill im Café. Als wären alle Gespräche verstummt, um diese von Ellie geflüsterte Nachricht zu hören.

»Was? Aber das sind doch so gute Neuigkeiten!« Rose greift nach der Hand ihrer Freundin. »Das freut mich so für dich!«

Ein schwaches Lächeln erhellt ihr Gesicht, das sich langsam ausbreitet und an Intensität zunimmt. Der Trubel im Café nimmt wieder Fahrt auf, eine bunte Mischung aus Gesprächen, dem Zischen der Kaffeemaschine, dem Klappern des Bestecks. »Ja, ich freue mich auch.«

Rose geht zu ihr herüber und drückt sie fest. Ellie erwidert die Umarmung. »Was hat deine Oma gesagt? Wann genau ist die OP? Ist sie bei dir in der Heimat? Ich besuche dich natürlich im Krankenhaus, wenn das für dich okay ist«, blubbern die aufgeregten Worte aus ihr heraus.

»Meine Oma hat sich riesig mit mir gefreut. Ihr habe ich zuerst davon erzählt. Meine Mum,« Ellie weicht kurz ihrem Blick aus, »meine Mum meinte schon wieder, ob ich mir auch ganz sicher sei. Und dass so eine Operation ja viel schwieriger umzukehren sei als die Hormone.« Sie strafft die Schultern. »Aber ich freue mich drauf, ehrlich. Ich zähle schon die Tage runter.«

»Ich bin so aufgeregt für dich.«

»Danke.« Ellie drückt ihre Hand. Dann wird ihr Blick dunkel, betrübter. »Ich glaube einfach nicht, dass Henry sich mit mir freuen würde. Ich wollte es ihm sagen, aber die Worte kommen einfach nicht über meine Lippen. Weil ich dann ja zugeben müsste, dass ich gerade biologisch keine Frau bin. Darüber haben wir noch nicht geredet, weil ich so Angst habe, dass … dass er sich wieder vor mir ekelt.«

»Denkst du? Er hat sich ziemlich belesen und du scheinst ihm wirklich wichtig zu sein.«

»Vielleicht. Aber selbst, wenn ich es ihm erzähle und er sich freuen würde … ich hätte nur das Gefühl, dass er sich nur freut, weil ich dann eine ›richtige Frau‹ bin.« Um das Adjektiv malt sie Anführungszeichen in die Luft.

»Hä, was soll denn der Bullshit?«, braust Rose auf. »Du bist doch jetzt schon eine Frau? Und was soll das überhaupt sein, eine ›richtige‹ Frau?«

Ellie weicht ihrem Blick aus. »Ich weiß, aber so was hört man oft, weißt du? Dass Transfrauen keine ›echte‹ Frauen seien. Und wenn schon erst nach der Operation. Ich meine, es ist ja auch okay, wenn er sich gerade nicht körperlich von mir angezogen fühlt. Aber es würde trotzdem wehtun. Und das von ihm zu hören …«

Rose seufzt und fährt sich mit einer Hand über das Gesicht. »Ist vermutlich gar nicht so abwegig«, beendet sie den Satz. Sie zieht ihren Tee von gegenüber zu sich und lehnt sich in dem Stuhl neben Ellie zurück. Ja, es wäre legitim, wenn Henry sich körperlich momentan von Ellie nicht angezogen fühlt. Aber so wie sie ihn einschätzt, würde er das so verletzend und diskriminierend herüberbringen wie nur möglich.

»Henry ist und bleibt halt unsensibel.«

»Er war es. Und das bleibt irgendwie haften.«

Ellie legt den Kopf auf ihre Schulter und für einige Minuten sehen sie einfach aus dem Fenster und hängen ihren Gedanken nach. Rose denkt an all die Momente, in denen Henry sich so ins Zeug legte. Wenn er Ellie selbstgebackene Kekse zu ihren Lern-Dates in die Bib mitbrachte. Wenn er ihr kleine Zettel über den Tisch zuschob, deren Worte sie erröten ließen. Wenn er ihr Komplimente machte, für sie feministische Literatur las und dabei die buschigen Augenbrauen zusammenzog. Aber gleichzeitig fallen ihr auch seine sexistischen Sprüche ein, wie er sich an jede Frau rangegraben hat, wie er Ellie beleidigt haben muss. Ihre Kehle schnürt sich zu bei dem Gedanken, der Aussage, die zwischen ihnen hängt: Dass es nicht genug ist. Dass seine Bemühungen nicht reichen.

Ihre eigenen Unsicherheiten beginnen sie zu überrollen, als Ellie plötzlich leise fragt: »Denkst du, dass ich übertreibe und das Problem eigentlich bei mir liegt?«

Rose zuckt so überrascht zusammen, dass Ellies Kopf von ihrer Schulter fällt. »Was?«

Ihre Freundin schiebt unruhig ihre kinnlangen Haare hinters Ohr. »Ich meine, das, was Henry gesagt hat ... Was ich denke, was er denkt. Das habe ich so oft schon gehört, dass es irgendwie schon ein Teil von mir ist. Denkst du, ich halte etwas von mir zurück? Dass ich die Angst einfach nur projiziere?«

Mit offenem Mund starrt Rose sie an. Ellies Augen mit diesem unnatürlich intensiven Blau sind ängstlich geweitet, sie erwartet eine ehrliche Antwort von ihr. Die Worte hallen in ihr nach, bringen etwas zum Klingen. Sie versteht, was Ellie damit meint und die Angst, die Unsicherheit, die darin mitschwingt. Wenn Ellie sich nur einredet, dass Henry ein Arsch ist, schützt sie sich selbst davor, verletzt zu werden. Dann muss sie sich nicht Gedanken darüber zerbrechen, ob es wirklich so ist, dass Henry so etwas noch einmal zu ihr sagen würde. Aber entsteht Vertrauen nicht ganz natürlich? Wenn sie sich fallen lassen kann, ist das doch kein aktiver Prozess, nichts, wofür sie sich bewusst entscheidet - oder? Und versucht nicht Rose genau das gerade mit Jez, dieses

letzte Quäntchen Kontrolle zu behalten, ihren Kopf entscheiden zu lassen, was sie kann und was nicht? Dabei hat
ihr Herz schon längst entschieden. Es gibt für sie kein Zurück mehr, keinen Selbstschutz vor dem Fallen, nichts, was
sie sich noch sagen kann, um ihre Gefühle für Jez zu unterdrücken. Sie ist schon längst im freien Fall.

»Mir wurde dazu mal gesagt«, setzt Rose an, ihre Kehle
staubtrocken, »dass es immer weh tut. Dass wir immer
Angst haben. Aber dass wir die Person wählen, die den Rest
leichter macht. Für die es sich sozusagen lohnt, Angst zu
haben und sie zu überwinden.«

Ellie nickt. Ihre Schultern sacken nach unten und Rose
sieht ihr die Erkenntnis an der Nasenspitze an: So sehr sie
Henry mag, er ist nicht diese Person für sie. Und so sehr
Rose Henry am Anfang nicht leiden konnte, ihr Herz blutet
mit dem ihrer Freundin mit.

Ihr Handyklingelton lässt sie beide zusammenfahren. Es
ist ein Videoanruf von Blaze. Rose hat sie beim Sightseeing
auf dem Campus angerufen, um ihr zu zeigen, wo sie sind,
doch ihre Schwester ist nicht rangegangen.

Ellie zeigt mit der Hand aufs Handy, wie als Aufforderung abzunehmen. Rose nimmt den Anruf an und bemüht
sich um ein Lächeln. Die Stimmung aus ihrem Gespräch
mitzunehmen wäre Blaze gegenüber nicht fair.

»Na, auch mal fertig Tim flachzulegen, dass du mich mit
einem Rückruf beehrst?«, begrüßt sie ihre Schwester.

Blazes verpixelte Wangen blasen sich auf. Bevor sie etwas sagen kann, ruft Tim außerhalb des Bildausschnitts:
»Entschuldige mal, ich hatte meine Finger noch ganz brav
bei mir heute!«

»Ew, zu viele Informationen«, sagt Rose.

»Du hast damit angefangen«, lacht Blaze. »Nee, ich hatte
vorhin Therapie. Was gibt's?«

Rose dreht ihr Handy so, dass Ellie auch zu sehen ist. »Wir sind in Oxford. Ich wollte dir eigentlich die Uni zeigen.«

Blazes Augen weiten sich überrascht und sie begrüßt Ellie. »Echt? Wie cool! Als Tagestrip?«

»Genau, heute Abend geht's wieder heim.«

»Ah, deshalb schafft ihr's auch nicht aufs Konzert.«

»Schande über euch übrigens«, ruft Tim, diesmal näher. Er schiebt sich hinter Blaze. »Ihr werdet was verpassen.«

Rose verdreht theatralisch die Augen. »Ja, ja. Aber warte, wenn du vorhin noch Therapie hattest, wie bist du jetzt schon in London?« Sie erkennt die Backsteinwände von Tims Wohnung hinter ihnen.

»Ich hatte online«, erklärt Blaze. Tim drückt ihr einen Kuss auf die Wange und verschwindet wieder aus dem Bildausschnitt. »Bei uns stehen die letzten Abgaben an und du weißt …« Sie steckt sich einen Finger ihrer freien Hand in den Mund und beginnt, auf einem der Nägel herumzukauen.

Ja, Rose weiß, wovon ihre große Schwester spricht. Seit Jahren hat diese mit einer Essstörung zu kämpfen. Seit dem Beginn ihrer Therapie letztes Jahr geht es ihr besser und sie hat einiges zugenommen, ist endlich wieder im Bereich des Normalgewichts. Aber bei Stress hört sie trotzdem noch auf zu essen und die Kilo purzeln wieder herunter.

»Ich wusste gar nicht, dass das online geht«, sagt Rose und trinkt einen Schluck ihres Tees. Er ist schon fast kalt.

»Meine Therapeutin bietet mir das an«, erklärt ihre Schwester.

»Es gibt aber auch reine Online-Therapie«, wirft Ellie ein. »Das ist ganz praktisch, finde ich.«

Überrascht dreht Rose sich zu ihrer Freundin um. Sie

wusste gar nicht, dass Ellie auch in Therapie geht. Dabei haben sie schon oft bei ihren Mädelsabenden über mehr geredet als darüber, welche Stifte sie in ihren Bullet Journals verwenden oder mit welcher Lidschattenpalette Rose eines ihrer berühmten Smokey-Eyes gezaubert hat, für die Ellie sie immer bewundert. Rose weiß, wie kompliziert Ellies Beziehung zu ihrer Mum ist, wie wichtig ihr ihre Oma ist, dass sie sich oft noch nachts in den Schlaf weint, wenn sie an das Mobbing in der Schule denkt und wie viel Transphobie sie erleben musste. Und Ellie weiß, was mit Tim passiert ist, wie angespannt ihre Beziehung zu Blaze war, sogar dass sie noch mit der toxischen Beziehung zu ihrem Ex zu kämpfen hat. Aber über Therapie haben sie nie gesprochen.

Dabei war Rose schon einmal in Therapie, zumindest die wenigen Probestunden, zu der Mum sie letztes Jahr geschleift hat. Nachdem … nachdem das mit Kyle vorbei war. Sie hätte sich am liebsten geweigert, aber Mum war unerbittlich. Die Stunden haben geholfen, nicht völlig im Selbstmitleid zu versinken, ihr den Mut gegeben, sich bei Mum durchzusetzen und sich in London für die Uni zu bewerben, Blaze für die Jahre nach dem Unfall zu verzeihen. Nur über Kyle hat sie nicht geredet. Nichts über das, was passiert ist, was fast passiert wäre. Denn es ist ja nichts passiert. Sie hat sich vorgenommen, stark zu sein, es nicht an sich heranzulassen. Wie super das klappt, sieht sie jedes Mal, wenn eine Panikattacke sie gefangen hält. Vielleicht hätte sie die Therapie weitermachen sollen. Nein, sie *hätte* die Therapie weitermachen sollen. Aber das wäre wie zugeben zu müssen, dass sie nicht stark genug ist. Dass Kyle sie mehr kaputt gemacht hat, als sie dachte.

So in Gedanken versunken, hat sie das Gespräch zwischen Blaze und Ellie verpasst, die anscheinend über Oxford reden. Blaze kichert gerade über etwas und bei der

Nennung ihres Namens, reißt sich Rose aus ihrer Abwärtsspirale namens Kyle los. »Und dann ist Rosie aus dem Boot gefallen. Sie hat so laut geschrien, dass Mum fast selbst über Bord gegangen wäre.«

»Das ist eine dreiste Lüge!«, schaltet Rose sich dazwischen. »Ich wollte nur nach einem Fisch schauen, da hat Mum komisch gesteuert und ich bin rausgefallen. Und sie ist so panisch geworden, dass sie fast das Boot hat kentern lassen.«

»Wie schade, dass es zu kalt zum Bootsfahren ist«, meint Ellie und versteckt ihr Lachen hinter vorgehaltener Hand.

Rose knufft ihrer Freundin in die Seite. »Sei nicht so fies!«

Blaze sieht über ihre Schulter, die Verbindung ruckelt kurz. »Oh, bei uns gibt es jetzt Essen. Mike hat Tacos gemacht.« Sie lächelt. »Euch noch viel Spaß in Oxford! Und bis nächste Woche, Rosie.«

Sie verabschieden sich und legen auf. Nur noch eine Woche, bis sie für Weihnachten nach Hause fahren würde. Eine Woche, bis ihr erstes Semester an der Uni vorbei ist. Wohin ist die Zeit gerannt? Und wie viel passiert ist in den letzten drei Monaten, so viele Momente mit ihren Freunden, an die sie jetzt schon gern zurückdenkt.

»Es ist verrückt, dass nächste Woche schon Ferien sind,«, sagt Ellie, als hätte sie den gleichen Gedanken. »Wann fährst du nach Hause?«

»Tim nimmt mich Samstagmorgen mit. Wann nimmst du den Zug?«

»Freitagnachmittag schon. Direkt nach unserer letzten Prüfung.«

Der Tee stößt ihr sauer auf. Die letzte Prüfung und noch die anderen vorher, ihr graut es jetzt schon davor. Ellie sieht ihr die Panik an und greift nach ihrer Hand.

»Wir rocken die Prüfungen, okay?« Sie teilen ein kurzes,

aufmunterndes Kopfnicken, da wirft Ellie einen Blick auf ihre schmale, goldene Armbanduhr. »Fudge, wir müssen los!«

Rose checkt die Uhrzeit auf ihrem Handy und sie sind wirklich zu spät dran. Sie müssen auf dem Weg einen Zahn zulegen, wenn sie noch rechtzeitig da sein wollen. Schnell ziehen sie sich ihre Jacken und Mützen an und verlassen das Café.

»Fudge?«, zieht Rose ihre Freundin auf.

Ellie verdreht nur die Augen und checkt kurz die Karte auf ihrem Handy. »Meine Mum will nicht, dass wir fluchen. Früher mussten wir immer fünf Pfund in ein Fluch-Glas stecken. So Angewohnheiten halten sich.«

Fünf Pfund, das war früher mein ganzes Taschengeld der Woche, schießt es Rose durch den Kopf. Bei den dreisten Beträgen hätte sie es sich vermutlich auch mehrmals überlegt, ob sie fluchen solle.

Ein leichter Nieselregen trübt die Sicht und bis sie am Sportplatz sind, hat sich eine Schicht Nässe über ihre Mäntel gelegt. Erleichtert stellen sie fest, dass die Sitzplätze überdacht sind, auf denen sich bereits viel mehr Menschen gesammelt haben, um das Spiel zu verfolgen, als Rose gedacht hätte. Nicht nur auf der hohen Tribüne tummeln sich Zuschauer, auch unter den Dächern gegenüber gucken einige Köpfe hervor. Jez hat ihr erklärt, dass ihre Mannschaft zu den besten am Imperial zählt und deshalb auch auf nationaler Ebene in der Liga mitspielt. Aber dass die Reihen so gefüllt sein würden bei einem Spiel von Uni-Mannschaften und dann auch noch bei so einem Wetter, überrascht sie. Sie beneidet die Jungs nicht, bei dem Regen spielen zu müssen.

Sie laufen an den mit Werbetafeln behängten Zaun vorbei zu den niedrigeren Sitzplätzen, auf denen nicht ganz so viele Menschen zu sein scheinen. So ein Fußballplatz ist viel größer, als Rose gedacht hätte. Sie war noch nie auf einem und im Fernsehen sieht es nicht so weitreichend aus. Durch den Regen hält sie Ausschau nach den Jungs. Die zwei Mannschaften, getrennt durch ihre Trikotfarbe, trainieren bereits auf dem Platz, ein organisiertes Gewusel von Spielern und Bällen. Ihr fällt auf, dass sie noch nicht einmal weiß, welches Team ihres ist.

Die Frage hat sich erledigt, als sich zwei Spieler mit roten T-Shirts aus der Gruppe lösen und über den Platz auf sie zu gejoggt kommen.

»Ihr seid spät dran«, sagt Henry und rückt sein orangenes Kapitänsbändchen am Oberarm zurecht. Seine Haare sind fast schon braun in der Nässe, zurückgehalten durch ein Haarband. Vermutlich, dass sie ihm beim Spiel nicht ins Gesicht fallen und die Sicht verdecken.

Ein nervöses Kribbeln durchfährt sie, als sie Jez ansieht. Seine Haare locken sich leicht im Regen und er sieht gut aus. Verdammt gut in dem engen, schwarzen Langarmoberteil, das seine Muskeln betont, und der ebenso dunklen Hose, die ihn unter der roten Mannschaftskleidung warmhält.

»Wir haben im Café etwas die Zeit verpennt«, sagt sie, noch etwas atemlos. Sie schiebt es auf den strammen Schritt, den sie auf dem Weg hierher eingeschlagen haben. Es sind nur noch fünf Minuten bis zum offiziellen Anpfiff.

»Zuschauer müsste man sein«, sagt Henry. »Gemütlich Tee schlürfen, während wir in der Kälte draußen stehen müssen.«

»Ihr habt euer Schicksal selbst gewählt«, gibt Rose nur trocken zurück.

Henry sieht über seine Schulter und springt unruhig von einem Bein aufs andere. »Wie auch immer, wir müssen.« Er lächelt und den unsicheren Blick, den er Ellie zuwirft, bricht ihr ein wenig das Herz. Wenn er nur wüsste, worüber sie gerade noch im Café gesprochen haben.

»Viel Glück!«, sagt Ellie und überkreuzt ihre Finger.

»Als ob wir Glück brauchen«, winkt Henry ab.

»Brauchen wir. Oxford ist besser als wir«, sagt Jez und fährt sich über das Gesicht. Regentropfen bleiben an seiner Hand hängen.

Henry boxt ihm in den Arm. »Wo bleibt dein Optimismus? Dein Siegeswille?«

»Ein gutes Spiel euch«, lacht Rose und geht einige Schritte in Richtung der Tribüne, um sich endlich unter das Dach zurückzuziehen. Ihre Worte fühlen sich leer an, als würde etwas Wichtiges fehlen. Sie will Jez umarmen, ihm viel Erfolg ins Ohr flüstern. Aber sie traut sich nicht.

»Bis später, Ladies.« Henry winkt ihnen noch kurz zu, dann entfernen sich die beiden Jungen wieder in Richtung Mitte des Spielfeldes. Jez sieht sie noch über die Schulter an, ihre Blicke halten sich gefangen, dann wendet er sich ab.

»Wie lange willst du noch warten?«, fragt Ellie leise und wirft ihr einen vielsagenden Seitenblick zu. Als wüsste sie von den vielen Küssen letzte Woche, von den unausgesprochenen Worten zwischen Jez und Rose gerade, von diesem Gefühl, dass dieser Abschied eben nur eine leere Hülle war.

Rose beißt die Zähne zusammen, beobachtet wie die Nummer 27 unter den Buchstaben ›Hamilton‹ sich weiter entfernt, als ihr Mut in seinem Namen aus ihr herausbricht. Jez dreht sich um und fast schon bildet sie sich ein sehen zu können, wie seine Augen sich erstaunt weiten. Sie geht zum Zaun und er folgt ihrer Bewegung, kommt ihr auf seiner Seite entgegen. Bevor er etwas sagen kann, sie fragen kann, wieso sie ihn zurückruft, krallt sie sich in sein T-Shirt und zieht ihn zu sich herunter. Fest und bestimmt legt sie ihre Lippen auf seine. Sein Atem stockt, bevor er sie zurückküsst. Er schmeckt nach Regen und Schweiß, nach Jez und

Wahrheit und Mut.

Am liebsten würde sie den Kuss vertiefen, doch sie löst sich von ihm. Seine Brust hebt und senkt sich schwer.

»Ich glaube an euch«, flüstert sie.

Meine Güte, wann ist sie denn so kitschig geworden? Sie stößt sich vom Zaun ab und geht zu Ellie zurück. Jez sieht ihr für einen Moment sprachlos hinterher, dann schüttelt er den Kopf und rennt zu Henry und seiner Mannschaft zurück.

Ellie grinst von einem Ohr bis zum anderen.

»Wehe du sagst so was wie ›Das war doch nicht so schwer‹«, grummelt Rose nur und zieht sie auf einen leeren Platz.

»Ich habe gar nichts gesagt.«

»Aber gedacht.«

»Vielleicht nur seit zwei Monaten schon.« Dafür erntet Ellie einen Stoß in die Rippen mit dem Ellenbogen. Sie wird ernst. »Ich freue mich für dich, ehrlich.«

»Hör mit dem kitschigen Scheiß schon auf.«

Laut lacht sie. »Wer hat denn gerade ihren Freund vorm gefüllten Stadion geküsst?«

Mit heißen Wangen vergräbt Rose ihr Gesicht in den Händen. »Oh Gott. Wie peinlich.«

»Ich fand es sehr süß. Wenn sie jetzt nicht gewinnen, weiß ich auch nicht.«

Leider würden sich Ellies zuversichtliche Worte nicht bewahrheiten. Dabei machen es sich die beiden Teams in den nächsten neunzig Minuten wirklich nicht leicht. Oxford ist ein eiserner Gegner, der Pässe gekonnt abfängt und wirksam angreift. Zumindest sieht es in Roses Laienaugen so aus. Der Regen wird immer schlimmer, bis die Spieler auf der Jagd nach dem Ball auf dem Rasen schlittern. Schließlich wird mit einem 2:2 unentschieden abgepfiffen. Oxfords

Spieler, in dunkelblauen Trikots, laufen erschöpft vom Platz. Henry hingegen, unübersehbar mit seinem Bändchen, klopft seinen Mannschaftskollegen ermutigend auf die Schulter. Trotz des vielen Aufspringens und Anfeuerns sind Roses Finger eiskalt, die Kälte des Regens reicht bis in ihre Knochen. Obwohl Henry behauptet, ein Unentschieden sei mehr als gut gegen einen so starken Gegner, ist niemand aus der Mannschaft mehr groß in Stimmung für einen Abend im Pub. Sie sind alle völlig durchnässt und ausgelaugt und verschieben daher die Drinks auf morgen. Rose und Ellie warten auf die Jungs, die sich in dem Vereinsgebäude noch umziehen und duschen, dann machen sie sich gemeinsam auf den Weg zum Bahnhof. Die Weihnachtsbeleuchtung in Oxford funkelt warm und einladend, aber Rose taut erst im Zug wieder richtig auf. Im Zug, wo Henry direkt einschläft und sein Schnarchen das ganze Abteil erfüllt. Im Zug, wo Jez wie selbstverständlich ihre Hand nimmt, nachdem er sich mit einem kurzen Blick versichert, dass es für sie auch okay ist. Im Zug, wo sie seine Finger fest umschließt, ihren Kopf auf seine Schulter legt und mit einem Kopfhörer eine seiner Playlists mit ihm hört. ›Cardamon Spice in Hot Mugs‹, laut ihm *die* Playlist für kalte Wintertage.

Alles in ihr ist warm und wohlig und buttrig weich.

»Dabei konnte er [Paul Ekman] nachweisen, dass die menschliche Mimik tatsächlich universell ist und es rund 3.000 Gesichtsausdrücke gibt, die einen emotionalen Sinn ergeben. Heute wissen wir dank Ekmans Arbeit, dass das Gesicht ständig den Gemütszustand verrät, ohne dass der Mensch das bewusst unterdrücken könnte. Winzige Zuckungen, so genannte Mikroausdrücke, senden ständig Signale an andere Menschen aus, die diese aber fast immer nur unbewusst registrieren. (…) Doch nicht nur das Gesicht verrät und überträgt Emotionen, sondern auch die Körperhaltung und einzelne, kleine, immer wiederkehrende Bewegungen. Viele dauern nur Bruchteile von Sekunden. (…) Ekman hat im Laufe seiner Forschungen erkannt, dass wir nicht bewusst darüber entscheiden, wie wir in einem emotionalen Zustand aussehen und wie unsere Stimme klingt, beziehungsweise was wir dann tun und sagen. Ebenso entscheiden wir nicht darüber, wann wir überhaupt emotional reagieren. Man kann aber lernen, emotionales Verhalten, das sich im Kontakt zu anderen ungünstig auswirken würde, zu dämpfen (…).«

Domning, Marc et al. *Neurokommunikation im Eventmarketing*. Gabler, 2009, S. 76-77.

1 9 . KAPITEL

Jez

Der Kugelschreiber fliegt über das Papier und seine sonst so geraden, sauberen Buchstaben sind nur noch ein Gekrakel. Sein Blick huscht zu der tickenden Uhr über der Tür. Nur noch eine Minute bis Prüfungsende. Dabei gibt es noch so viel, was er schreiben kann, was er erklären möchte. Er versucht, seine Interpretation des theoretischen Versuchs zu einem schlüssigen Ende zu bringen, als der Prüfer bereits die fatalen Worte durch den Raum ruft: »Ihre Zeit ist um! Stifte bitte hinlegen und geben Sie ihre Klausuren bei mir hier vorne ab.«

Ein kollektives Aufseufzen geht durch den Raum, das Klicken von Kugelschreibern ist zu hören, das Rascheln von Papieren, als die Studierenden ihre Klausuren zusammenraffen. Jez schiebt seinen Stuhl zurück, gibt seine Klausur mit einem gequälten Lächeln bei ihrem Professor ab und wartet vor dem Seminarraum auf Rose und Ellie. Die letzte Übungsklausur ist geschrieben und abgegeben, aber so ganz ist dieses Gefühl der Erleichterung noch nicht bei ihm angekommen. Lieber hätte er noch einmal die Statistik Klausur geschrieben, die am Computer trotz der vielen Formeln deutlich einfacher war als die handgeschriebene Klausur fürs Labor gerade eben. Dabei zählt im Labor nur ihre Abschlussarbeit über ihr Projekt am Ende des Semesters. Jez hat die Vermutung, dass ihr Professor sie mit dieser Klausur einfach nur quälen wollte. Aber das passt zu ihm, dieser alte transphobe Wadenbeißer.

Ellie kommt als Erste aus dem Raum. Sie wischt mit einer Hand über ihr müdes Gesicht. »Das war schrecklich.«

Jez stimmt ihr grummelnd zu.

Rose schiebt sich durch die Tür, ihre Augen funkeln noch immer noch gehetzt. »Oh Gott, wir hatten viel zu wenig Zeit«, beginnt sie. »Bei 1a wollte ich noch mehr schreiben, was habt ihr bei Nummer 4 geschrieben? Ich war mir nicht sicher, ob es …«

»Nein, nein, nein«, unterbricht Ellie sie. »Ich will überhaupt nichts davon hören oder unsere Antworten vergleichen. Ich bin durch.« Sie zieht die Träger ihres Rucksacks etwas enger und beginnt, den Flur hinunter in Richtung Ausgang zu laufen. Jez und Rose folgen ihr.

»Aber …«, setzt Rose an, dann seufzt sie. »Okay.«

Jez wirft ihr ein aufmunterndes Lächeln zu und greift nach ihrer Hand. Ihre Finger sind kalt, aber vertraut zwischen seinen. Ihr fester Druck beruhigt ihn und so langsam sickert die Erkenntnis zu ihm durch: Er ist fertig. Es sind Ferien. Drei Wochen, in denen er sich nicht mit Uni beschäftigen muss. Ein Grinsen breitet sich langsam auf seinem Gesicht aus, das vermutlich genauso dämlich aussieht, wie er vermutet.

»Wann genau geht dein Zug?«, fragt Rose an ihre Freundin gewandt.

Ellie wirft einen Blick auf ihre goldene Armbanduhr. »In einer Stunde. Und ich muss noch ein bisschen was packen.«

»Also kein Kaffee mehr auf unsere geschafften Prüfungen?«

»Leider nein.« Ellie verzieht ehrlich traurig das Gesicht.

»Aber an Silvester holen wir das alles nach, okay?«

Sie stößt die Tür nach draußen auf und die kalte Winterluft schlägt ihnen entgegen. Tim hat es wirklich geschafft, sie auf die Gästeliste für diese Party zu schreiben. An Silvester würden sie alle gemeinsam das neue Jahr einläuten, in irgendeiner schicken Rooftopbar.

»So was von«, stimmt Rose zu. »Und wir telefonieren, um gemeinsam ›Meteor Garden‹ weiterzuschauen?«

Ellie lacht. »Sowieso.«

Der Campus ist am späten Nachmittag, am letzten Tag des Semesters, ziemlich verlassen. Jez erkennt seine Kommilitonen aus ihrem Labor, sonst laufen nur noch vereinzelte Studierende über die kahlen Flächen. Ohne die Laubdächer der Bäume wirkt der Campus kahl.

Rose löst sich von seiner Hand und umarmt ihre Freundin fest. »Ich werde dich vermissen die zwei Wochen«, sagt sie. »Frohe Weihnachten, Ellie.«

Er umarmt Ellie ebenso zum Abschied, sie wünschen sich ein letztes Mal frohe Weihnachten, dann geht Ellie in die andere Richtung zu ihrem Wohnheim.

»Es wird total komisch, nach Hause zu fahren, oder?«, fragt Rose leise und sieht ihrer Freundin hinterher.

Er greift wieder nach ihrer Hand. Er liebt es, dass er das jetzt einfach so machen kann. Nicht, dass es vorher nicht okay für ihn gewesen wäre, ihr ihren Raum zu lassen. Er spürt ihre Zurückhaltung, wenn sie sich beim Küssen von ihm löst. Wenn sie sich anspannt, wenn er seine Hände zu weit wandern lässt. Umso überraschter war er, als sie ihn auf dem vollen Fußballplatz zu sich gezogen und einfach geküsst hat. Überrascht, aber auch verdammt glücklich. An dem Abend noch, als sie gemeinsam in ihrem Bett lagen und einfach nur geredet haben, hat er sie gefragt, was das für sie bedeutet. Wie sie das, was auch immer sie haben, weiter handhaben möchte. Ob es okay für sie ist, wenn er vor anderen ihr nahekommt. Sie hat ihm eine Strähne aus der Stirn geschoben und ihn so offen angesehen. »Ja.« Ein Wort, das ihm heiße Schauer über den Rücken gejagt hat.

»Wahrscheinlich«, antwortet er auf ihre Frage. »Es ist immer komisch, in eine gewohnte Umgebung zurückzukehren, wenn man selbst sich verändert hat.«

»Manchmal bist du so ein Kalenderspruch-Klischee.«

»Das ist reine Weisheit, die aus meinen Poren tropft.«

Sie schnaubt, aber ihre verzogenen Mundwinkel zeigen, dass sie es nicht ernst meint. »Na dann komm heim, oh weiser Guru. Mir ist kalt.«

»Zu Befehl.«

Sie verlassen den Campus und sind in wenigen Minuten schon am Tor, das zu Beit Hall führt. Das Wohnheim ist deutlich geschäftiger als die Uni, da viele Studierende schon heute nach Hause zu ihren Familien fahren. Auf den Fluren huschen diese hin und her, packen ihre Sachen, halten ein letztes Schwätzchen mit Nachbarn. An der Tür zu ihrer Wohnung zieht er sich die Winterstiefel aus.

»Du, Jez?«, fragt sie und kaut auf ihrer Unterlippe herum.

Er hat sein Zimmer aufgeschlossen und hält die Tür einen Spalt offen. »Ja?«

»Ich äh …« Ihre Wangen sind niedlich rot und sie drückt ihre Jacke, die sie bereits ausgezogen hat, fest an ihren Oberkörper. »Ich hab ein Weihnachtsgeschenk für dich«, sprudeln die Worte schnell aus ihr heraus.

Alles in ihm wird weich. »Ich habe auch eins für dich.«

Sie reißt ihren Kopf hoch. »Echt?«

Nur seit unserem Museumsbesuch im November, sagt er in Gedanken. Aber statt die Wörter nach draußen zu lassen, immerhin wäre das schon ein bisschen krass zuzugeben, zieht er nur lässig die Schultern nach oben. »Klar.«

»Wann wollen wir ...? Also ich meine ...« Ihr Stammeln ist so unglaublich süß. Als wäre es für sie eine riesige Sache, dass sie sich zu Weihnachten etwas schenken. Dabei hat sie Ellie das Backbuch, das sie ihr geschenkt hat, ganz ohne großen Aufwand vor der Prüfung überreicht.

»Ich bin gleich noch mit Henry im Sports Centre.« Ein enttäuschter Ausdruck huscht über ihr Gesicht, bevor sie ihn verstecken kann. »Aber danach? Kochen wir zusammen?«

Sie nickt. »Ja, das klingt gut.«

»Gut.« Er drückt seine Tür ganz auf. »Dann bis später, Rosalie.«

Er kann es kaum noch erwarten, was sie zu seinem Geschenk sagt.

Henrys Faust trifft mit voller Wucht den Boxsack. Jez lehnt sich mit seinem Gewicht dagegen und hält den Sack fest. Wenn er abgelenkt gewesen wäre, hätte ihn der Schlag weggehauen. Sie sind in einer ruhigen Ecke im Boxstudio des Sports Centre, allgemein ist es schon so verlassen, dass sie die leise Radiomusik hören, die sonst von den Geräten und Sportlern übertönt wird.

»Wow, welche Laus ist dir heute über die Leber gelaufen?«, fragt Jez und lugt am Sack vorbei.

Schweiß perlt über Henrys Gesicht und er atmet schwer. Die Fäuste in den dicken Handschuhen sind erhoben, die Beine in einem sicheren Stand auseinander. In seinen grauen Augen wirbelt ein Sturm. »Du weißt genau, was.«

Er schlägt in einer schnellen Abfolge auf den Boxsack.

Ja, Jez weiß genau, was. Ellie. Er fragt sich schon etwas länger, ob er das Zögern in ihren Augen, ihrem Handeln, ihren Worten nur missversteht. Aber als Henry ihn kurz nach ihrem Abschied nach dem Lerndate am Montag angerufen hat, nachdem dieser mit Ellie zusammen gegangen war, wusste Jez, dass etwas gewaltig schiefgelaufen sein muss. Und für Henry war es das auch. Er war sich so sicher, dass er bei Ellie wieder auf der guten Seite steht, dass er seinen Fehler vom Anfang des Semesters wieder gutgemacht hätte. Dann sagt sie ihm, dass es nichts werden würde zwischen ihnen. »Dass sie mir nicht ganz vertraut«, hat Henry die Worte spuckend wiederholt. Seitdem versucht er seine Verzweiflung hinter Wut zu verstecken, aber Jez sieht seinem Freund an, wie sehr er leidet.

»Ich verstehe sie einfach nicht«, presst Henry zwischen zusammengebissenen Zähnen hervor. »Erst küsst sie mich beim Schlittschuhlaufen, um mir dann eine Woche später einen Korb zu gehen.«

»Vielleicht hat sie mit dem Kuss gemerkt, dass es nicht das ist, was sie will.« Henrys fester Schlag ist Antwort genug, was er von dieser Idee hält. »Du kannst sie ja zu nichts zwingen.«

Henry lässt schnell die Fäuste sinken. »Hier geht es doch nicht ums Zwingen. Du weißt, dass ich kein Mädchen zu irgendetwas drängen würde.«

So penetrant Henry auch flirtet, er akzeptiert ein Nein. Und Jez glaubt es ihm, dass er Ellies Entscheidung hingenommen hat. »Ja, ich weiß. Ich meine nur, dass wenn sie nicht genug fühlt, du daran nichts ändern kannst.«

»Ich weiß.« Und damit schlägt er wieder gezielt auf den Boxsack ein. Eine Strähne löst sich aus dem Gummi, dass seine Haare sonst zurückhält, und Henry versucht sie sich mit dem Handschuh aus den Augen zu schieben. »Es frustriert mich einfach, weißt du? Seit Monaten reiß ich mir den Arsch auf, nur um zu hören, dass es nicht reicht. Dass es nicht gut genug ist.«

Jez tritt hinter dem Boxsack hervor. »Du weißt, dass das so nicht ist.«

»Ach nein?« Henry lacht freudlos auf. »Dann erklär's mir, bitte.«

»Es passt für sie halt einfach nicht. Das passiert und ist ganz normal. Nicht jeder passt zusammen.«

»Wow, danke für diese Weisheit.« Er holt aus und Jez hält schnell den Sack wieder fest.

»Das hat nichts direkt mit dir zu tun, Henry.«

Der nächste Schlag lässt ihn einen Schritt nach hinten machen, mit so einer Wucht trifft er auf das schwarze Leder. »Nichts mit mir, ja?«, knurrt er. »Dann habe ich mir das nur eingebildet, dass es *mein* transphober Kommentar war, der sie so verletzt hat, dass sie mir jetzt nicht mehr vertraut.«

Jez seufzt. Henry hat ja Recht, aber das kann er ihm schlecht sagen, ohne unsensibel zu sein und in der Wunde herumzustochern.

»Da hat sich das ganze Lesen ja total gelohnt.« Aus jedem von Henrys Schlägen spricht seine Verzweiflung, sein Schmerz über die Abfuhr.

»Hat es sich. Für das nächste Mädchen. Es ist immer gut, kein Arsch zu sein, auch allgemein für deine Mitmenschen.«

»Aber ich wollte es für sie!« Der nächste Schlag kommt ohne die richtige Haltung und Jez sieht, wie Henry schmerzhaft zusammenzuckt. Boxen ist mehr als nur blindes Draufhauen und die falsche Muskelspannung und Winkel kann zu ernsthaften Verletzungen führen. »Ach, vergiss es.« Henry zieht mit den Zähnen den ersten Handschuh aus und schmeißt den anderen dazu achtlos in die Ecke. »Du

kannst das eh nicht verstehen, du hast dein Mädchen gekriegt.«

»Hey, da ist auch nicht alles Friede-Freude-Eierkuchen«,
braust Jez auf und hält Henry am Arm fest.

Er denkt an Roses Angst, an die Wahrheit, die er in ihren
Augen sieht, dass er sie nicht wahrhaben will, weil er nicht
weiß, wie er damit umgehen soll, an Suzie. Er wartet fast
schon nur noch auf den großen Knall, auf den Moment, in
dem es zwischen ihm und Rose auseinanderbricht und er
nicht mehr weiß, wie er das reparieren soll. Vorher muss er
mit Rose darüber reden, aber niemals würde er ihr Trauma
vor ihr ansprechen. Er kann es ihr nicht abnehmen, sie nicht
dazu drängen. Es ist ihre Vergangenheit und wenn seine
Vermutung, was mit ihr passiert ist, richtig liegt, steckt er
sowieso schon viel zu tief in der Scheiße.

»Ja, es tut verdammt weh, eine Abfuhr zu kriegen. Vor
allem, wenn du die Person echt magst. Aber hör auf, mich
da mit reinzuziehen.«

Henry schnaubt abfällig, aber Jez sieht seine feuchten
Augen. Henry greift sich mit zwei Fingern an die Nasenwurzel und schließt die Lider, als wolle er seine Tränen verstecken. »Fuck, fuck, fuck.« Er stößt scharf die Luft aus. »Ich
wollte einfach so sehr, dass das klappt.«

»Ich weiß, Mann.« Jez klopft ihm auf die Schulter. »Dafür
sind jetzt erst mal Ferien und du kannst etwas Abstand kriegen. Und wer weiß, was das neue Jahr so bringt. Vielleicht
verdreht dir ja ein viel tolleres Mädchen den Kopf.«

Henry seufzt tief. »Ja, vielleicht.« Es sieht nicht so aus, als
ob er wirklich daran glauben würde. Er nimmt einen
Schluck aus seiner Wasserflasche, dann hält er Jez ein anderes Paar Boxhandschuhe hin. »Tauschen wir?«

Jez streift sich die Handschuhe über seine bandagierten
Hände und zieht sie zu, dass sie gut sitzen. Henry stellt sich

hinter den Boxsack und hält ihn fest. Mit jedem geübten Schlag drängt Jez den Gedanken weiter von sich, dass das mit Rose nur ein explosives Pulverfass ist. Er denkt an ihr Lachen, ihre Küsse, ihre federleichten Berührungen und verankert den Glauben, dass sie alles schaffen können, ganz fest in seinem Inneren. Und wenn er schon Recht hat mit seiner Vermutung. Das mit Suzie ist Jahre her, er war viel zu jung, um das damals zu verstehen. Außerdem hat das überhaupt gar nichts mit Rose selbst zu tun. Er kann trotzdem für sie da sein. Und sie würde sich garantiert nicht verraten und betrogen fühlen, wenn sie die Wahrheit erfährt. Nein, überhaupt nicht.

Sie leckt sich über die Lippen. »Ich werde unser Kochen vermissen. Nichts gegen meine Mum, aber asiatisch ist nicht unbedingt ihre Küche.«

Er lacht leise und schließt die Schublade seines Schreibtisches. Sie hat auf eins seiner koreanischen Gerichte bestanden für heute Abend, ein letztes Mal vor den Ferien. Immerhin kochen sie auch oft Nudeln, am liebsten ihre Linsenbolognese, Lasagne, indische Currys, einmal haben sie Burger gemacht. Aber die Gerichte, die er von seiner Mutter hat, scheint Rose am liebsten zu mögen.

Das in Uniunterlagen eingepackte Geschenk liegt schwer in seiner Hand. Würde sie sich überhaupt freuen? Vielleicht ist es auch viel zu viel? Die Zweifel rasen unaufhaltsam durch seinen Kopf. Rose verfolgt seine Bewegungen mit den Augen und bindet sich ihren Pferdeschwanz neu. Dabei rutscht ihr fliederfarbener Cardigan nach oben und entblößt einen Streifen ihrer hellen Haut. Nervosität kribbelt durch seine Adern und er setzt sich schnell ihr gegenüber auf sein Bett.

»Na immerhin weiß ich, dass du mich wenigstens für mein Kochen vermissen wirst«, lästert er. Als Antwort knufft sie ihm nur in die Seite.

Er räuspert sich und hält ihr das Geschenk hin. »Frohe Weihnachten, Rosalie.«

»Sind das Arbeitsblätter aus dem Labor?« Sie inspiziert die Buchstaben auf dem Papier.

»Vielleicht?« Er reibt sich den Nacken. »Ich hatte kein richtiges Geschenkpapier.«

Vorsichtig zieht sie das Klebeband ab und öffnet ihr Geschenk, als wären es nicht nur irgendwelche Arbeitsblätter, sondern kostbares Papier. Ihre Augen weiten sich, als sie die Box darin herauszieht.

»Aber das …« Ehrfürchtig fährt sie darüber. »Das ist ja Gouachefarbe. Ein ganzes Set.« Sie dreht die Box, um die verschiedenen Töne, die in dem Set enthalten sind, ansehen zu können.

»Im Museum meintest du, du wolltest das mal ausprobieren.«

»Und das hast du dir gemerkt?« Ihr Blick hebt sich und ihre Augen sind feucht. Vor Rührung, hofft er, und nicht, weil sie das Geschenk hasst. Er wickelt einen der Bändel seines Hoodies auf, damit seine Finger etwas zu tun haben. »Das muss richtig teuer gewesen sein.«

Der Verkäufer im Künstlerladen hat ihn aber auch ziemlich über den Tisch gezogen und ihm eins der teuersten Sets verkauft. »Gar nicht«, behauptet er stattdessen. »Hauptsache, du freust dich?« Es kommt wie eine Frage heraus.

Sie lehnt sich zu ihm vor, schlingt ihm die Arme um den Nacken und küsst ihn. »Sehr«, flüstert sie gegen seine Lippen. »Danke dir.«

Wie von selbst wandern seine Hände zu ihrem Gesicht, fahren ihren weichen Kiefer nach, umfassen ihre Wangen.

Sie seufzt auf und vertieft den Kuss. Ihre Lippen teilen sich und jede Berührung ihrer Zunge sendet Schauer durch seinen Körper. Er würde nie müde davon werden, sie zu küssen.

Sie löst sich von ihm, fast schon etwas widerwillig, und am liebsten hätte er sie direkt wieder zu sich gezogen. Aber sie greift bereits hinter ihren Rücken, die Nervosität wegen ihres Geschenks steht ihr ins Gesicht geschrieben. Statt es hervorzuziehen, legt sie die Gouachefarben auf den Schreibtisch hinter sich, faltet das improvisierte Geschenkpapier zusammen, fährt sich immer wieder über ihr Schlüsselbein.

»Ich hatte leider keine so gute Idee wie du«, murmelt sie. »Und es ist voll okay, wenn es dir nicht gefällt. Ich mein, ich weiß nicht mal, ob es mir so gut gefällt. Ich habe das noch nie gemacht. Und weißt du, ich glaub, es war eine völlige Schnapsidee, ich mein, was habe ich mir dabei nur gedacht?«

Rose, die so selbstbewusst jedem ihre Meinung ins Gesicht sagt, mit erhobenem Zeigefinger und fester Stimme, fällt gerade völlig auseinander vor Nervosität. Er greift nach ihrer Hand. »Hey, ich bin mir sicher, es wird super sein.«

Sie atmet zittrig aus und fährt mit den Fingern über sein geknüpftes Band am Handgelenk. »Okay.«

In einer schnellen Bewegung zieht sie das Geschenk hinter ihrem Rücken hervor. Überrascht blinzelt er. Es ist ein Blatt, aufgerollt, zusammengehalten von einem … Armband? Er nimmt es ihr aus der Hand und betrachtet es genauer. Ja, es ist ein geknüpftes Armband, ähnlich wie sein eigenes. Nur ist dieses in verschiedenen Orange- und Rottönen gehalten, wie ein Sonnenuntergang.

»Ich weiß, wie wichtig dir deines ist, weil du oft danach greifst. Ich dachte mir, dass es Suzie vielleicht gemacht hat«, sprudelt es aus ihr heraus. »Es ist bescheuert, oder? Ich habe mir viel zu viel rausgenommen, wenn das andere von deiner Schwester ist, bedeutet es dir bestimmt total viel, und ich mache das nach. Vergiss es, es …«

Die Luft geht ihr langsam aus, doch er unterbricht sie sowieso: »Ich liebe es.« Seine Stimme ist kaum mehr als ein Flüstern. Behutsam zieht er das geknüpfte Band von der Rolle. »Das hast du selbst gemacht?«

Sie nickt, ihre Lippen fest aufeinandergepresst. »Ich habe so was noch nie gemacht, es sieht total stümperhaft aus, oder?«

Er schüttelt den Kopf, völlig sprachlos. Er kann nicht glauben, dass es ihr überhaupt aufgefallen ist, wie wichtig ihm sein Armband ist. »Suzie hat es mir gemacht, bevor sie an die Uni gegangen ist. Damit ich mich immer an sie erinnere. Ich …« Er schluckt. »Ich habe es seitdem nicht abgelegt.«

»Du kannst mir ehrlich sagen, wenn ich mir zu viel herausgenommen hab mit dem Geschenk.«

»Auf keinen Fall.« Er schiebt das Armband über sein Handgelenk, direkt oberhalb von Suzies. »Kannst du es mir festziehen?«

Sie zieht an den zwei Schnüren, damit es eng anliegt und ihm nicht mehr herunterrutschen kann. Die Berührung ist intim, fast schon intimer als ihre Küsse.

»Der Verschluss löst sich langsam auf«, sagt er. Die blaue Schnur von Suzies Armband ist ausgefranst, die zwei kompliziert miteinander verknoteten Bänder, die für ein einfaches locker und festziehen des Armbandes sorgen, wirken schon lange nicht mehr so verlässlich wie am Anfang. Kein Wunder, er trägt dieses Band schon seit über fünf Jahren, Tag und Nacht, beim Sport und beim Duschen. Dass es überhaupt so lange durchgehalten hat, ist ein Wunder.

»Denkst du, du kannst mir einen neuen machen?«

Überrascht reißt sie den Kopf hoch. »Ich? Für Suzies?« Ihre Finger liegen noch immer an seinem Handgelenk. Sie muss seinen rasenden Puls spüren.

»Ja. Ich vertraue dir.«

Ihre langen Wimpern, heller wenn sie ungeschminkt sind, flattern. »Okay.« Sie zieht ihre Hand zurück, ihre Unsicherheit scheint sie wieder fest im Griff zu haben. »Dabei hast du noch gar nicht den anderen Teil des Geschenks angeguckt.«

»Den anderen Teil?«

Sie schiebt ihm das zusammengerollte Papier zu. Er ist noch so überrumpelt von dem Armband, wie persönlich ihr Geschenk ist, wie viel Gedanken sie sich dabei gemacht hat, seine Lieblingsfarben zu benutzen, sich das Knüpfen beizubringen, dass er das Papier völlig vergessen hat. Er rollt es auf und sein Atem stockt. Es ist ein selbstgemaltes Bild von ihr, er erkennt ihren Stil an der Mischung von Wasserfarbe und Acryl, von genau und ungenau, von verwischten und klaren Linien. Das Bild erkennt er sofort. Es ist das Foto von ihm und seiner Schwester aus Kindheitstagen, es hängt nur einen halben Meter entfernt an seiner Wand. Sie grinsen beide, er hat vorne eine riesige Zahnlücke, sie hat ihre seidig glatten Haare in zwei Zöpfen hochgebunden, der Hafen von Cardiff im Hintergrund. Es ist sein absolutes Lieblingsfoto von ihnen.

»Wow.« Mit den Fingern fährt er über das Blatt, spürt die Textur der Acrylfarbe. »Du bist so talentiert.« Er platziert einen federleichten Kuss auf ihren Lippen. »Danke, Rosalie.«

Ihre Wangen sind von einem zarten Rosa überzogen. Mit den Fingern fährt sie unruhig über den Stoff ihrer Yogahose.

»Wollen wir was gucken?«, fragt er betont leicht. Egal, wie oft er ihr sagen würde, dass er ihr Geschenk liebt, würde wohl diese Unsicherheit bei ihr bleiben. Er steht vom Bett auf, schmeißt das Geschenkpapier von der Gouache Farbe weg und stellt ihr gemaltes Bild auf seinen Schreibtisch. Nach den Ferien würde er einen Rahmen organisieren und es sich aufhängen, damit es nicht halb eingerollt versauern muss.

Keine fünf Minuten später liegen sie auf seinem Bett, sein Laptop auf dem Schreibtisch, und schauen auf Roses Wunsch ›Iron Man‹. Sie liegt in seinem Arm, ihre Finger sind miteinander verschränkt, und er will jede Minute davon in sich aufsaugen. Wegen der Prüfungen ist es das erste Mal die Woche, dass sie abends einen Film schauen. Er würde Rose über Weihnachten vermissen. Der erste gemeinsame Kaffee am Morgen, das Vorbeischauen in den Zimmern, das Kochen mit ihr. Mit dem Daumen fährt er über ihren Handrücken und er spürt ihr leichtes Erzittern dabei. Sie schmiegt sich näher an ihn. Der Film plätschert vor sich, er lacht, wenn sie lacht, und der Abspann zieht viel zu schnell über den Bildschirm. Am liebsten würde er die Zeit anhalten, in diesem Moment. Er will nicht, dass sie sich eine Gute Nacht wünschen und sie in ihr Zimmer tapst. Morgen Vormittag würde Tim sie abholen, sie würden vielleicht noch zusammen frühstücken, und dann wäre sie fast zwei Wochen bei ihren Eltern und er bei seinen.

Der Abspann endet und für einige Atemzüge sehen sie noch auf den Laptop, der ihnen als nächsten Film die Fortsetzung vorschlägt. Dann will Jez sich aufsetzen, um ihn zuzuklappen, aber sie hält ihn zurück.

»Nur noch kurz«, flüstert sie. »Ich will noch nicht aufstehen.«

Er lacht leise, erleichtert. »Ich auch nicht.«

Sie dreht ihren Kopf zu ihm, löst ihre Hände voneinander, um sich mit dem Kinn auf seine Brust zu stützen. »Ich werde dich vermissen«, flüstert sie, so leise, als würde sie die Worte mehr denken als sprechen wollen.

Alles in ihm wird warm, wie Sommer. Sanft schiebt er ihr eine Strähne aus dem Gesicht. »Ich werde dich auch vermissen.«

Ein Lächeln zupft an ihren Lippen. In einer geschmeidigen Bewegung rollt sie sich auf ihn, ihre Beine links und rechts von seiner Hüfte und stützt sich auf seiner Brust ab. Wie von selbst wandern seine Hände an ihre Taille und halten sie fest. Ihre Augen fahren über sein Gesicht, wie eine hauchzarte Berührung. Bei jemand anderen hätte er sich vielleicht unter dem intensiven Blick gewunden, aber nicht bei ihr.

»Angst, mich zu vergessen?«, fragt er. Seine Stimme ist kratzig, sein Hals staubtrocken, wenn sie ihm so nahe ist und so ansieht.

»Vielleicht.«

Quälend langsam beugt sie sich zu ihm herunter, fährt mit ihren Lippen über seine Stirn, sein Kinn, seinen Mundwinkel. Er will ihr Zeit lassen, aber jede Berührung verstärkt das Kribbeln unter seine Haut, lässt Hitze durch seine Adern wallen. Bis er schließlich aufgibt und sie küsst. Nach so vielen Küssen sollten ihre Lippen sich vertraut auf seinen anfühlen, aber nein, sie sind wie ein aufregender Stoß Adrenalin. Sie seufzt auf, schmiegt sich näher an ihn und er lässt seine Hände über ihren Rücken gleiten. Er fährt die Wölbung ihrer Wirbelsäule nach, die ihrer Taille, ihrer Hüfte. Sie ist ein Kunstwerk. Stark, aber mit so viel Sorgfalt und Hingebung anzufassen.

Ihr Cardigan ist kurz geschnitten, so kurz, dass seine Finger über nackte Haut fahren. Er wartet darauf, dass sie sich verspannt, aber der Druck ihrer Lippen wird stattdessen stärker. Sie dringt mit ihrer Zunge in seinen Mund ein, hält sein Gesicht mit ihren Händen fest und zieht ihn näher zu sich. Verlangen schießt in einer überraschten Welle durch seinen Körper. Ihre Zurückhaltung, die sie sonst ausstrahlt, scheint zu zerschmelzen. Ihre Hände, ihre Lippen werden gieriger, während sich ihre Küsse vertiefen.

Er kann nicht so ganz glauben, dass das gerade passiert. Dass es Roses Hände sind, die sich bestimmt unter seinen Hoodie schieben, die Vertiefungen seiner Bauchmuskeln nachfahren. Alles, was sie bisher gemacht haben, war harmlos. Ein bisschen Küssen, ein bisschen über Klamotten fahren, alles ganz zivil. Nicht … das hier. Nicht diese Hitze zwischen ihnen, dieses Brennen in seinen Fingern, auf jedem Zentimeter seiner Haut, den sie berührt, diese Spannung, die alles elektrisiert.

Sie reibt sich an ihm und durch ihre Leggins und seine Jogginghose muss sie spüren, was sie mit ihm macht. Wie sehr er sie will. Er erinnert sich an den Abend nach dem ›Smash Bros.‹ spielen, als diese Tatsache ihr noch die Röte in die Wange hat schießen lassen. Stattdessen richtet sie sich auf, zieht ihn mit sich, bis sie auf seinem Bett sitzen und hört nicht auf, sich enger an ihn zu drängen, als wäre keine Nähe der Welt genug für sie. Seine Finger wandern an ihren Po, ziehen sie näher zu sich, halten sie genau dort fest. Sie keucht auf und er hält inne, wartet, ob er zu weit gegangen ist. Ihr Atem kommt stoßweise und ihre Pupillen sind riesig, von den goldenen Ringen im Braun ist nichts mehr zu sehen. Er teilt die Lippen, um sie zu fragen, ob das okay ist, da küsst sie ihn bereits wieder, hart, unnachgiebig. Sie krallt sich in seinen Haaren fest, ein fast schon unangenehmes Ziehen an seinem Hinterkopf, aber es ist ein süßer Schmerz.

Er zwingt sich dazu, seine Hände an Ort und Stelle zu

lassen, diesen Moment nicht zu zerstören, indem er zu gewagt vorgeht, zu schnell. Als sie an seiner Unterlippe knabbert, zerfällt dieser Vorsatz zu Staub. Er krallt sich mit einer Hand in den Stoff ihrer Leggins, lässt die andere tastend unter ihren Cardigan gleiten. Sie haben entschieden zu viel an, ihm ist viel zu heiß unter dem Pulli. Sie scheint den gleichen Gedanken wie er zu haben, als sie entschieden nach dem Saum seines gestreiften Hoodies greift und ihn nach oben zieht. Widerwillig löst er sich von ihr, sieht sie abwartend an. Eine Frage. Ihr Blick ist entschieden und sein Verlangen spiegelt sich in ihren dunklen Augen wider. In einer flüssigen Bewegung zieht er sich den Pulli vom Kopf, das T-Shirt darunter gleich mit.

Ihr Atem stockt. Sie lehnt sich etwas zurück, als ob sie damit mehr von ihm sehen will. Verdammt, das hier ist nicht sein erstes Mal, aber noch nie hat er sich so nackt gefühlt, ohne ganz nackt zu sein. So offen und verletzlich und *echt*. Mit den Fingern fängt sie an, seine Schultern nachzufahren. Sein Schlüsselbein, die schmale Narbe darüber.

»Was ist da passiert?«, flüstert sie.

»Vom Fahrrad gefallen, als ich acht war.«

Ein Lächeln zupft an ihren Lippen, dann beugt sie sich herunter und küsst das empfindliche Gewebe. Ein Fluch entweicht ihm, denn *fuck*, er wusste gar nicht, dass das so erregend sein kann. Bevor er sich zurückhalten kann, packt er sie an den Hüften und wirbelt sie herum, dass sie unter ihm liegt. Ihre Augen weiten sich und er beißt sich auf die Unterlippe, ärgert sich über sich selbst, dass er so forsch war. Dann schlingt sie ihre Beine um ihn und zieht ihn näher zu sich.

»Scheiße, Rosalie«, entweicht es ihm, bevor sie ihn mit ihrem Mund zum Schweigen bringt. Mit dem Ellenbogen abgestützt, bleibt ihm nur noch eine Hand, um ihren Körper zu erkunden. Um ihren Hals entlangzugleiten und den Träger ihres Tops beiseitezuwischen. Um über ihre Brust zu fahren, was ihr ein kleines Stöhnen entlockt. Sie beugt ihren Rücken durch, ihm näher entgegen und ermutigt von der Bewegung, umfasst er ihre eine Brust. Sie ist klein, aber fest, wie alles an ihr. Er spürt ihre Brustwarze durch den Stoff und scheiße, hat sie etwa keinen BH an? Ihm wird schwindelig, viel zu viel Blut ist schon aus seinem Kopf in ganz andere Regionen geschossen.

Sie löst ihre Hände von seinem Rücken, greift nach den Knöpfen ihres Cardigans, hält eine Sekunde inne und sieht ihn an.

»Keinen Druck«, stößt er hervor, völlig heiser. Sie muss nichts tun, soll sich zu nichts verpflichtet fühlen.

»Ich weiß.« Sie öffnet den ersten Knopf. »Ich vertraue dir.« Den zweiten. »Kein Druck.« Sie setzt sich hin, der dritte Knopf geht auf, sie streift sich den Cardigan von den Schultern. Zieht sich das Top über den Kopf. Bis sie nur noch in einem hauchdünnen weißen BH vor ihm sitzt. Wobei, BH kann man das nicht nennen. Ein Hauch von Spitze ist das, durchsichtig, dass er die Härte ihrer Brustwarzen sehen kann, die dunklere Haut darum.

Er kann sich überhaupt nicht sattsehen an ihr. An ihrer hellen Haut, die selbst im gedämpften Licht der Schreibtischlampe noch eindeutig von Sommersprossen überzogen ist. An ihren roten Haaren, die sich völlig aus dem Pferdeschwanz gelöst haben und ihr wirr um die Schultern fallen. An diesem Witz von Stoff, der sie noch bedeckt.

»Küss mich«, sagt sie. Das lässt er sich nicht zwei Mal sagen. Langsam lassen sie sich zurück auf die Matratze sinken, jeder Kuss inniger, tiefer als zuvor. Dass sie fast nackt sind, dass ihre Haut sich aneinander verbrennt, treibt ihn völlig in den Wahnsinn. Ihre Beine sind wieder um ihn geschlungen und drängen ihn näher an sie. Sie hebt ihr Becken und er greift nach ihrem Oberschenkel, drückt sie näher an sich. Fuck, man spürt wirklich alles durch den Stoff und ihre Hitze lässt ihn fast explodieren. Ihre Hand wandert unter seine Hose, krallt sich in seine Boxershorts, in seinen Hintern. Er keucht auf, küsst sie härter, bis ihre Zungen genauso umschlungen sind wie sie. Ihre Hand fährt weiter, an seiner Hüfte entlang, nach vorne, zwischen sie, bis … *Fuck.* Sie fährt seine Härte entlang, etwas zögerlich, dann bestimmter, bis sie ihn umschließt.

Er packt ihr Handgelenk, um sie in ihrer Bewegung zu stoppen. Sein Atem geht abgehackt, sein Herz hämmert so laut in seiner Brust und das Blut rauscht ihm in den Ohren. Auch wenn ein Teil seines Hirns ihn anschreit, was er hier gerade macht, zieht er sich etwas von ihr zurück.

»Wenn du das machst, weiß ich nicht, wie lange ich mich unter Kontrolle hab.« Denn er will sich unter Kontrolle haben. Diese kleine vernünftige Stimme in seinem Kopf noch hören können, die, die ihm laut sagt, dass Rose nicht gut mit Körperkontakt kann. Dass sie gerade ziemlich viele Schritte durchrennen. Die Stimme, die ihm immer wieder vorhält, was an Halloween auf dem Dach passiert ist, ihn an ihre Panik erinnert.

Ihre Augen sind riesig, aber sie zieht ihre Hand nicht zurück. Ihr Geruch benebelt ihn, diese Mischung aus Orange und Rosalie, aus Schweiß und Verlangen. Ihr Mund öffnet sich, so sinnlich, und er hat keine Ahnung, wie lange er ihn schon geküsst hat, aber er ist noch lange nicht fertig damit.

Die nächsten Worte versetzen ihm einen Stromstoß, so heiß und intensiv wie noch nie zuvor und er macht sich sorgen, dass sein Herz aussetzen könnte: »Dann verliere sie. Die Kontrolle.«

»Wenn wir so richtig verliebt sind, hilft uns die Biologie also, über das eine oder andere oder über noch mehr hinwegzusehen. Die rosarote Brille der Liebe eben. Was ist hierfür verantwortlich? Höchstwahrscheinlich wieder unser alter Bekannter, das Oxytozin. Bekannt ist jedenfalls, dass es Ängste mildert, die Aktivierung der Amygdala reduziert und interessanterweise unser Vertrauen anderen Personen gegenüber erhöht. Und das auf recht blinde Art und Weise: Selbst wenn eine andere Person unser Vertrauen missbraucht, führt (…) Oxytozin dazu, dass sie ihr naives Vertrauen beibehalten - während andere auf den Vertrauensbruch mit reduziertem Vertrauen reagieren. (…) Liebe scheint also u. a. durch zwei Effekte im Hirn verursacht zu werden: Erstens werden Hirnareale aktiviert, die mit Belohnung zu tun haben, uns glücklich machen, wenn wir in der Nähe unserer geliebten Person sind. Zweitens scheint unser kritisches Urteil gegenüber der geliebten Person vermindert zu werden, und unser natürliches Ausweichverhalten wird ihr gegenüber unterdrückt.«

Bartels, Andreas. »Die Liebe im Kopf: Zur Neurobiologie von Partnerwahl, Bindung und Blindheit.« *LIEBE - mehr als ein Gefühl*. Herausgegeben von Werner Schüßler und Marc Röbel. Schönigh, 2016, S. 418.

20. KAPITEL

Rose

Heilige Scheiße, hat sie das gerade wirklich gesagt? Aber ja, das hat sie. Die Worte klingen in ihren Ohren nach. *Dann verliere sie. Die Kontrolle.* Jez blinzelt langsam, sein Mund steht halb offen. Auf den Ellenbogen gestützt liegt er über ihr, seine Lippen vom vielen Küssen geschwollen, seine Haare stehen in alle Richtungen ab, so oft, wie sie durch sie gefahren ist. Er sieht so gut aus, so schmerzhaft, alles einnehmend gut. Seine andere Hand hält noch immer ihr Handgelenk fest, das … Sie spürt, wie ihre Wangen siedend heiß werden. Ein Teil von ihr will ihre Hand, die noch immer unter seiner Jogginghose liegt, zurückziehen, aber sie lässt sie genau da. Sie fühlt sich mutig, zu allem fähig. Und heiß. Vor allem das. Vor allem zwischen ihren Beinen.

Langsam zieht er ihre Hände hervor, verschränkt sie miteinander, legt sie neben ihrem Kopf ab. »Ich will nicht, dass du irgendetwas tust, das du nicht willst«, sagt er leise und schluckt.

Sie folgt der Bewegung seines Adamsapfels, lässt ihren Blick tiefer wandern über seinen Oberkörper. Die viele nackte Haut lenkt sie ab. Sie hat schon jeden Millimeter davon berührt, aber es reicht nicht, es reicht alles nicht. Sie will mit ihren Lippen darüberfahren, mit ihrer Zunge. Der Gedanke sollte ihr Angst einjagen, tut es aber nicht.

»Ich will nicht, dass du dich zu irgendetwas genötigt fühlst.« Er blickt sie fest an, aber sie sieht, wie viel Energie es ihn kostet, sich zurückzuhalten. Nicht genau da weiterzumachen, wo sie aufgehört haben. In ihr zerbricht etwas, ein Griff, der sie so lange festgehalten hat, und wohlige Wärme durchströmt sie. Dieses Vertrauen, diesen Respekt, den er ihr entgegenbringt … er lässt ihr Herz schneller schlagen und sich absolut sicher bei ihm fühlen.

Sie hebt ihre Hand, die, die frei ist, und legt sie an seine Wange. »Ich weiß.« Er schmiegt sich in sie hinein. »Ich meine, was ich gesagt habe. Ich vertraue dir, Jez. Ich weiß, dass du sofort aufhörst, wenn ich dich darum bitte.«

Er seufzt, fast schon gequält. »Das meine ich. Ich weiß nicht, ob ich dann noch aufhören kann.«

»Okay.« Sie hebt ihren Kopf, fährt mit ihren Lippen leicht über seine. »Dann gehen wir so weit, wie du willst.«

»Wie *wir* wollen«, murmelt er und küsst sie, so zärtlich, so voller Hingabe. Sie droht zu platzen. Vor Glück, vor Zuneigung, vor Verlangen. Sie zieht ihn weiter zu sich hinunter, fährt über seinen Rücken. Seine Schulterblätter bewegen sich, als er sich zu ihr beugt, ihre verschränkten Finger löst und hauchzarte Muster auf ihre Haut malt. Sie erkundet die Einkerbungen seiner Wirbelsäule, diese kleine Mulde ganz unten, die in seiner Jogginghose verschwindet, jeden Muskel. Seine Haut ist golden in dem Licht, warm und so weich. Sie fährt die schwachen Bräunungslinien an seinen Oberarmen nach, seinen Bizeps. Vor nur zwei Monaten ist sie in sein Zimmer geplatzt und hat versucht überall hinzusehen, nur nicht auf seinen halbnackten Körper. Jetzt kann sie ihn berühren, so lange und so viel sie will. Und sie kann nicht damit aufhören.

Er anscheinend auch nicht, seine Bewegungen werden fiebriger, verlangender. Seine Finger schieben sich unter ihren BH-Träger, streifen ihn beiseite, von ihrer Schulter. Ein leises Stöhnen entweicht ihr, als er ihre Brust unter dem Stoff berührt, so federleicht. Am Anfang hat sie noch auf die Angst gewartet, die Panik. Aber die Intensität zwischen ihnen scheint sie zu verdrängen, bis für nichts mehr in ihrem Herzen Platz ist außer ihm.

Sein Mund wandert ihren Kiefer hinunter, zu ihrem Ohr, küsst sie direkt dahinter. Hitze schießt direkt in ihre Mitte, sammelt sich zwischen ihren Beinen. Sie wusste überhaupt nicht, dass sie dort so empfindlich ist. Sie krallt sich in seine Schultern. Ihre Reaktion scheint ihn zu ermutigen, er umschließt mit dem Finger ihre Brustwarze. Diesmal keucht sie auf, streckt sich ihm entgegen. Sie weiß nicht, ob sie jemals etwas so sehr gespürt, so sehr gewollt hat wie das hier. Sein Mund wandert weiter nach unten über ihren Hals. Ein Bild schießt in ihren Kopf, von einem anderen Jungen, der von ihrem Hals nicht genug bekommen hat, der sie ständig mit Knutschflecken zurückgelassen hat. Sie zieht Jez' Kopf nach oben, küsst ihn energisch, drängt das andere Bild von sich. Bis nur noch Jez bei ihr ist.

»Alles okay?«, fragt er an ihre Lippen.

»Nicht am Hals.«

Er nickt, lächelt, platziert einen Kuss auf ihren Lippen. »Sag, wenn ich aufhören soll.«

Irritiert zieht sie die Augenbrauen zusammen und ein schelmisches Grinsen stiehlt sich auf sein Gesicht. Er senkt den Kopf und sie fragt sich noch, was er vorhat, da küsst er bereits ihr Schlüsselbein. Bahnt sich einen Weg tiefer, zwischen ihre Brüste, entlockt ihr ein überraschtes Keuchen, als sein Atem die sensible Haut streift. Er schiebt den Stoff ihres BHs zur Seite, seine Zunge streift sie, dann umschließt er mit dem Mund ihre Brustwarze.

Heilige Scheiße ... ihr wird heiß, so unendlich heiß. Sie klammert sich in seine Haare, während ein dringendes Pochen von ihr Besitz ergreift. Sie weiß nicht wohin mit sich, während er sie liebkost, vorsichtig an ihr knabbert, mit der Hand ihrer anderen Brust die gleiche Aufmerksamkeit schenkt. Es fühlt sich so an, als würden ihre Synapsen durchbrennen.

»Jez«, haucht sie. Sie hat keine Ahnung, was sie überhaupt sagen will. Ob sie überhaupt etwas sagen will. Sie will, nein sie braucht, mehr. Mehr davon, mehr von ihm.

Er hebt seinen Blick, hält in seinen Berührungen aber nicht inne. »Ja?«

»Ich ...« Sie windet sich, würde am liebsten ihre Beine zusammenpressen, um dem Pochen irgendwie entgegenzukommen, aber er liegt noch zwischen ihr. »Ich brauche ...« Er hört auf, wartet. »Nicht aufhören. Bitte.«

Da, dieses selbstgefällige Grinsen wieder. Er genießt es auch noch, wie sie sich windet. Blödes Arschloch. Sie sollte es ihm auswischen, ihn genauso leiden lassen, ihn ... Ihre Gedanken stoppen, als er sich weiter hinunter küsst. Über ihre Rippen, ihren Bauch. Ein Finger schiebt sich unter ihre Yogahose. Er sucht ihren Blick, eine Frage. Ob das okay ist. Sie hat keine Ahnung, was hier gerade passiert. So weit war sie noch nie, mit niemanden. Aber das Pochen in ihrer Mitte lässt sie nicken. Er platziert federleichte Küsse an dem Bund ihrer Hose, schiebt eine Hand darüber, lässt sie zwischen ihren Schenkeln liegen. Legt seine Hand auf den Stoff und berührt sie genau da, wo sie es eben noch wollte.

Sie wünscht sich, sie könnte die heißen Stromstöße weiter spüren. Sie wünscht sich, das Pochen wäre noch da. Dass ihre Synapsen noch vor Verlangen feuern würden. Aber kaum liegt seine Hand genau dort über ihr, ist alles vorbei.

Als hätte sie jemand ins eiskalte Meer geschubst. Und sie geht unter, unter, unter. Da ist nicht mehr Jez. Sondern *er*. Kyle. So, so schwer. So verdammt schwer. Sie drückt gegen seine Schultern, will ihn von sich schieben. Er geht nicht weg. Er hört nicht auf. Sein Atem stinkt nach Alkohol. Ihr ist kotzübel. Ihr Magen ist zusammengezogen, ein Klumpen voll Panik. Was tut sie hier, was tut sie hier, was tut sie hier? Wieso ist sie mit ihm nach oben, in dieses Zimmer? Er berührt sie durch ihren Slip, ihr weißes Kleid hochgebauscht um ihre Hüfte. Er widert sie an. Er soll sie da nicht berühren, nein, sie will das nicht. Sein Gürtel ist offen, seine Jeans. Nein nein nein. Sie sagt ihm, dass er aufhören soll. Der Moment hält eine Ewigkeit an. Sie ist gefangen in dieser Endlosschleife, in diesen lähmenden Minuten, in denen seine widerlichen Finger sie berührt haben und sie nicht von ihm loskam, durchlebt sie wieder als würde es jetzt gerade passieren. Die Meeresoberfläche verschwimmt immer mehr vor ihren Augen, während sie in die Erinnerung hinabsinkt und in ihr ertrinkt.

Der Ozean spült sie nach außen. Sie schmeckt das Salz ihrer Tränen, das Blut in ihrem Mund. Sie muss sich irgendwo gebissen haben. Ihr Körper ist zusammengerollt, so klein wie möglich, ihre Beine fest an die Brust gezogen. Und sie hört den Ozean. In seiner Stimme, in Jez' Stimme. Er sagt ihr, dass alles gut werden würde. Dass sie tief ein- und ausatmen solle. Aber sie liegt noch spuckend am Ufer, sie schluchzt, hemmungslos, die Tränen verschleiern ihr die Sicht. Aber Jez' Hand ist auf ihrer Schulter, warm, beruhigend. Liegt er neben ihr im Bett? Sie weiß es nicht, kann Realität und Erinnerung noch nicht auseinanderhalten. Sie versucht sich vor Augen zu führen, wie Tim und Blaze die Tür geöffnet haben, wie Kyle von ihr runter gekraxelt ist, wie befriedigend das Knirschen war, als Tim ihm mit voller

Wucht eine reingehauen hat. Wie erleichtert sie war, die Arme ihrer Schwester um sich zu spüren. Aber hauptsächlich war da nur Leere, wie jetzt auch. Leere und Schmerz.

Sie weiß nicht, wie lange sie so eingerollt daliegt und weint. Wie lange die Panikattacke sie im Griff hat. Bis sich irgendwann ihr Blick langsam klärt, ihre Empfindungen zu ihr zurückfinden. Bis die Erinnerung abebbt und sie ausgehöhlt zurücklässt. Sie liegt auf dem Bett, Jez' Hand liegt auf ihrer Schulter. Sie zittert, obwohl ihr eben noch so warm war, obwohl Jez so nah neben ihr liegt und wie ein Heizstrahler ist. Die Kälte kommt von tief in ihr, ein Nachhallen des eisigen Meeres der Erinnerung.

»Ist dir kalt?«, fragt er leise. So behutsam, als wäre sie ein verschrecktes Tier. Sie hasst es. Sie hasst es, dass er denkt, so mit ihr reden zu müssen. Sie hasst es, wie schwach sie ist. Aber sie nickt nur langsam. Seine Hand löst sich von ihr und am liebsten würde sie sie direkt zurückziehen. Ohne die Hand ist sie so seltsam hilflos, so verloren in dem schmalen Bett.

Er reicht ihr seinen Hoodie und sie setzt sich auf, um ihn überzuziehen. Der Stoff ist innen weich und noch so warm von ihm. Er riecht nach Salbei und Minze, nach Jez und Geborgenheit. Nach Sicherheit. Sie bleibt sitzen, sieht ihn an, während er selbst sein T-Shirt wieder anzieht, und dann ihren Blick erwidert. Ein Schluchzen bricht wieder aus ihr heraus.

»Es tut mir so leid. Ich hab den Abend kaputt gemacht.« Sie vergräbt ihr Gesicht in den Händen. Er muss so wütend auf sie sein, enttäuscht. Es lief doch alles so gut, bis … Scham kriecht in jede Ecke ihres Körpers, für ihr Verhalten, für ihren Zusammenbruch.

Er greift nach ihren Händen und zieht sie sanft herunter. »Nein. Du hast gar nichts kaputt gemacht.«

»Doch.« Tränen laufen ihr schon wieder unaufhaltsam über die Wangen. »Es war alles gut, bis … bis ich die Panikattacke hatte. Es ist okay, wenn du sauer auf mich bist.«

»Ich bin nicht sauer.« Er rückt etwas näher zu ihr, wischt ihr sanft mit dem Daumen über die Wange, als würde es etwas bringen, die Tränen davonzuwischen. Es kommen direkt neue nach. Seine dunklen Augen sind ernst und immer noch voll, voll mit dem, was sie eben noch getan haben, voll mit den Küssen und der Hingabe, voll von ihnen, zusammen. Und voll von Sorge. Sie zerbricht daran, kann nicht glauben, was sie da in seinem Gesicht erkennt, in der sanften Bewegung seines Fingers, in der Art und Weise, wie er sie hält.

»Wieso bist du noch hier?«, fragt sie mit gebrochener Stimme. Diese Stimme in ihr, die die ihr immer wieder sagt, dass sie nichts wert ist, dass sie Jez nur nervt, ist lauter als ihre Vernunft. Lauter als die Erinnerungen, die ihr einen Jez zeigen, der ihr die Haare beim Kotzen hält und ihr erklärt, dass sie nicht kaputt sein kann; einen Jez, der sie im Museum in den Arm nimmt und versichert, dass sie keinen Druck haben; einen Jez, der sie im Schnee so unglaublich behutsam küsst.

Er lässt die Hand sinken, berührt sie nicht mehr. Die laute Stimme ist erleichtert darüber, nur das hat sie verdient. Ein anderer Teil will seine Nähe sofort wieder zurück. »Wenn du lieber allein sein willst, dann ist das okay für mich«, bringt er hervor und sie sieht an dem gequälten Blick in seinen Augen, dass er alles will, nur nicht sie allein zu lassen. »Aber ich wäre gerne für dich da.«

»Aber wieso? Ich habe den Abend ruiniert, du hast alles Recht wütend zu sein …«

»Ich bin doch nicht wütend auf dich!« Sie zuckt unter seiner lauten, eindeutig wütenden Stimme zusammen. »Sondern auf den Arsch, der dir so eine Scheiße angetan hat.« Sie blinzelt, unfähig etwas zu sagen. »Als ob ich dich allein lasse, wenn es dir offensichtlich schlecht geht. Und keine Ahnung, wer dir gesagt hat, dass du dich für deine Gefühle schämen sollst. Aber das ist Bullshit. Wenn dann muss ich mich entschuldigen, weil ich dich offensichtlich getriggert habe. Es tut mir leid, Rosalie.«

Ihr Herz stolpert in ihrer Brust, unentschieden, ob es sich zusammenziehen oder vor Zuneigung platzen soll. Sie fährt sich über ihr Schlüsselbein, kratzt sich durch den Stoff, immer schneller. Die Luft wird langsam dünn. Getriggert, getriggert, getriggert. Das ist sie. So sehr, dass sie daran zu zerbrechen droht, aber Jez ist noch hier. Er ist bei ihr und lässt sie nicht allein, redet ihr kein schlechtes Gewissen ein, sondern entschuldigt sich dafür.

Sie lässt sich nach vorne fallen, gegen ihn, und krallt sich in seinem T-Shirt fest. Er zieht sie zu sich, sie sitzt wieder auf seinem Schoß, aber es hat nichts mehr Erotisches an sich. Fest umschlingt er sie und der Druck beruhigt sie, lässt ihren Atem wieder kontrollierter werden. Sie wiederholt die Worte immer wieder in ihrem Kopf: *Jez ist hier. Jez ist hier. Jez ist hier.*

»Es wird alles wieder gut«, flüstert er und fährt ihr beruhigend durch die Haare. »Weißt du noch? Wir sind aus Toffee und können nicht kaputt gehen.«

»Nur angenagt«, flüstert sie an seine Brust.

»Dann kann man neu Butter und Zucker vermischen und alle abgeknabberten Stellen wieder flicken.«

»Mit Schokoglasur?«

»Mit Schokoglasur.«

»Aber du magst du keine Schokolade.«

Er lacht und sie spürt das Vibrieren in ihrem ganzen Körper. Sein Herz schlägt ruhig und beständig unter ihrem Ohr. »Die ist da nur für dich.«

Der Knoten in ihrem Herzen, in ihrem Bauch, in ihren Gedanken löst sich langsam auf, bis sie wieder klar sehen kann: Jez gibt ihr nicht die Schuld für die Panikattacke. Er lässt sie nicht allein. Es wird alles gut. Irgendwann.

Sie richtet sich auf, bis sie auf Augenhöhe sind. »Jez?«

»Mhm?« Er schiebt ihr eine Haarsträhne hinter das Ohr, trocknet wieder ihre Wangen.

»Danke.« Sie will so viel mehr sagen, aber das ist alles, was über ihre Lippen kommt. Er hat sie zurück zu sich geholt. Ein Weg, für den sie sonst so lange braucht, so vielen eigenen Zuspruch, so viele Diskussionen, die sie mit sich selbst ausfechtet. Sie schafft es auch allein, ja. Aber mit ihm ist es leichter.

Sanft drückt er ihr einen Kuss auf die Stirn. »Immer.«

»Darf ich noch ein bisschen hierbleiben?«

»So lange du willst.«

Sie krabbelt unter seine Bettdecke, schmiegt sich eng an seine Brust, atmet tief seinen Geruch ein, obwohl schon alles an ihr nach ihm riecht. »Ich kann nicht glauben, dass du hier bist. Dass du nicht sauer bist.«

»Ich bin sauer. Aber nicht auf dich. Ich würde dem Kerl am liebsten eine reinhauen.« Sein Kinn liegt auf ihrem Kopf, seine Arme fest an ihrem Rücken. Sie ist absolut geborgen.

»Das hat Tim schon«, flüstert sie und sieht es wieder vor sich. Wie Tim die Hände geballt hat und dann seine Faust in Kyles Gesicht geschmettert ist. Wie Kyle von der Wucht zu Boden gegangen ist. Und wie ihr erster Gedanke dabei war, wie sauer er auf sie sein würde und wie sie das am nächsten Tag würde ausbaden müssen. Was für ein völlig absurder Gedanke. Sie hat mit Kyle danach nie wieder gesprochen. Blaze hat seine Nummer blockiert, den Chatverlauf gelöscht, ihn auf allen sozialen Medien gesperrt.

»Ich wusste, dass Tim mir sympathisch ist.«

Jez fragt nicht weiter nach. Er drängt sie nicht, ihm zu erzählen, was passiert ist. Wieso sie gerade eine Panikattacke hatte. Vielleicht kommen ihr deshalb die nächsten Worte über die Lippen. Vielleicht hat sie deshalb das Bedürfnis, ihm davon zu erzählen. »Er hieß Kyle. Und ich war fast ein Jahr mit ihm zusammen.«

Ihr Gesicht an seiner Brust vergraben, fällt es ihr leicht, die Worte, Sätze auszusprechen. Er beginnt, kleine Kreise auf ihren Rücken zu malen. Er unterbricht sie nicht, als sie ihm erzählt, wie einsam sie nach Tims Unfall, nach Blazes Suizidversuch, nach dem Umzug nach Cornwall war. Wie Kyles Freundesgruppe sie aufgenommen hat, wie sie nach Monaten mit ihm zusammenkam. Wie glücklich sie am Anfang war. Jez' Griff um sie herum verstärkt sich, als sie davon erzählt, wie Kyle immer kontrollierender wurde. Wie er von ihr erwartet hat, immer direkt auf seine Nachrichten zu antworten, wie sie deshalb mit dem Malen aufgehört hat. Wie jeder Streit irgendwie immer ihre Schuld war, selbst wenn er ihn ausgelöst hat. Wie sie nachts immer häufiger aus ihrem Zimmer schlich, um auf irgendeine Party zu gehen, zu der Kyle sie schleppte, und wie sie am nächsten Tag vor ihrer Mum den Kater verstecken musste, weil Kyle nie ein Nein von ihr zum Alkohol akzeptierte.

»Und irgendwann gab es dann auch kein Nein mehr zu allem anderen«, sagt sie. Sie ist heiser von ihrer Erzählung, von dem vielen Schmerz darin. »Es hat ihm alles irgendwann nicht mehr gereicht. Er meinte, dass wir schon so lange zusammen seien und er lange genug gewartet habe.«

Sie hört in ihrer Erklärung auf, blinzelt die Tränen davon.

»Es tut mir so leid, Rosalie, dass du das erleben musstest.«

»Ich bin einfach nur so sauer auf mich selbst, dass ich das mit mir habe machen lassen. Und das Schlimme ist ja, dass ich nicht mal die einzige Frau bin, der so was passiert.«

Er stockt in seinen Bewegungen. »Das ist psychische Manipulation, Rosalie. Dafür kannst du nichts, das ist ja nichts, wofür du dich aktiv entscheidest.« Seine Stimme ist rau, viel rauer als vorher.

»Trotzdem … wer sagt mir denn, dass mir so was nicht noch mal passiert?«

»Das kann keiner.« Sie schiebt sich ein Stück von ihm weg, um ihn anzusehen. Sein Gesicht ist so wunderschön im gedämpften Licht, selbst jetzt, mit dem hervortretenden Kiefer und dem ernsten Ausdruck in den Augen. »Aber du bist jetzt viel weiter. Du hast dich weiterentwickelt, achtest auf so was doch viel mehr. Denkst du nicht, dass es dir damit früher auffallen würde?«

»Meine Schwester war mit mehreren solcher Typen zusammen, bis sie ihre Gefühle für Tim verstanden hat. Meine Mum ist ewig bei meinem Erzeuger geblieben. Wieso? Wieso, wenn man daraus lernt?«

»Aber beide sind jetzt in einer glücklichen, gesunden Beziehung oder nicht?« Sie hasst es, wenn er Recht hat. Er nickt zufrieden. »Du weißt, dass ich Recht habe.«

»Vielleicht.« Sie wickelt eine der Schnüre seines Pullis um ihren Finger. »Aber wieso waren sie, *wir*, vorher mit solchen Arschlöchern zusammen? Wieso glauben wir, dass wir nicht mehr verdienen?«

Sie spricht einfach nur noch ihre Gedanken aus, will von Jez nicht unbedingt eine Antwort darauf. Es tut einfach gut, einmal all den düsteren Worten, die sie sonst so vehement unterdrückt, Raum zu geben. Mit dem Blick auf sein helles

T-Shirt gerichtet, die Nase in seinem Geruch vergraben, hat sie das Gefühl, alles sagen zu können. Aber sie spürt genau, wie er sich anspannt, wie seine Arme sie etwas verstockter umfassen.

»Keine Ahnung.«

Die Art und Weise, wie er diese zwei Worte sagt, lässt sie den Kopf heben und zu ihm aufschauen. Er meidet ihren Blick, blinzelt ein paar Mal. Als würde er versuchen, nicht zu weinen.

»Alles okay?«, fragt sie ihn leise. »Wir können auch über etwas anderes reden.«

Er zieht einen Arm zurück und fasst sich mit zwei Fingern an die Nasenwurzel. »Nein, tut mir leid. Wir können weiter darüber reden, wenn es dir wichtig ist.«

Als er sie wieder ansieht, kann sie den Schmerz in seinen Augen erkennen. Unendlich tief und dunkel. Sie glaubt, zu verstehen.

»Wer ist es bei dir?« Die gleiche Frage, die er im Restaurant stellte, als er merkte, wie nah ihr das Thema Autounfall ging. Er lässt sie los, dreht sich auf den Rücken und sieht zur Decke hoch. Sein Schweigen ist Antwort genug. »Suzie. Ihr ist sowas auch schon mal passiert, oder?«

Gequält zieht er die Luft ein. »Du wirst mich hassen.«

»Wieso sollte ich dich hassen?« Irgendwo sind sie gerade an zwei verschiedenen Ecken abgebogen, sie ist verwirrt, worüber er gerade spricht. Das Bett ist noch genauso schmal wie vor ein paar Minuten, doch er kommt ihr plötzlich unendlich weit weg vor. Fahrig setzt er sich auf, rauft sich die Haare, steht auf, beginnt dann im Raum auf und ab zu tigern. Langsam stützt sie sich auf einen Ellenbogen und beobachtet ihn dabei. Wäre sie nicht noch völlig ausgelaugt von ihrer Panikattacke, würde sie weiter fragen, was bei ihm los ist, vielleicht aufstehen und zu ihm gehen. So kann sie nichts weiter tun, als ihm zuzusehen.

»Weil ich ein Heuchler bin. Ich bin so ein Arsch.« Er fasst sich an die Brust und ihre Augen weiten sich, als sie seinen schneller werdenden Atem hört. Sie setzt sich auf, hält es unter der heißen Decke nicht mehr aus. »Ich war Fünfzehn. Ich hab das alles gar nicht verstanden, mit Suzie damals. Ich meine, er war ihr Freund.« Die Sätze stolpern aus seinem Mund, unbeholfen, abgehackt. »Sie hat ihn an der Uni kennengelernt. Sie war so verliebt, hat nur von ihm geschwärmt. Dann, in den Sommerferien, konnte sie kaum seinen Namen aussprechen. Sie war gebrochen, wochenlang habe ich sie auch noch aufgezogen, was bei ihr los ist. Obwohl ich gesehen habe, wie scheiße es ihr ging. Wie sie geweint hat und zusammengebrochen ist. Bis sie es mir erzählt hat.« Eine lautlose Träne rollt über seine Wange und er wischt sie weg. Sie ist sich nicht mal sicher, ob es ihm aufgefallen ist. »Dass er sie vergewaltigt hat. Und auch mit Fünfzehn habe ich verstanden, was das ist.«

Ihr Herz bricht für diese ihr unbekannte Frau. Für Suzie. Die das durchmachen musste, was ihr erspart geblieben ist. Eine eigene Träne bahnt sich den Weg über ihre Wange.

»Ich habe dich nur benutzt«, stößt er hervor. »An diesem Abend, nach der Willkommensfeier, als ich dich weinend im Flur gefunden habe. Ich habe Suzie in dir gesehen. Verdammt, ich hab sie in dir gesehen, als du in meinem Zimmer standest und mich als Zimmerdieb beschimpft hast. Ich wollte es wieder gut machen, dass ich damals nicht für sie da war. Und war für dich da, als könnte ich damit irgendetwas besser machen. Das war so egoistisch von mir und es tut mir so leid und …«

Ein erleichtertes Auflachen blubbert aus ihr heraus. Während seines Monologs ist ihr das Herz immer tiefer in den

Magen gerutscht, Angst hat sie ergriffen, was er ihr jetzt offenbaren würde. Was er ihr überhaupt noch offenbaren kann, nachdem sie weiß, was Suzie widerfahren ist. Jetzt löst sich ihre Anspannung in einer Mischung aus einem Keuchen, Lachen und Schnauben auf. Er blickt zu ihr, wie ein gehetztes Tier. Sie sieht, wie sehr er sich darüber Gedanken macht, wie sehr er an seine Worte glaubt, dass er sie nur ausgenutzt hat.

Sie versucht sich, die letzten Monate aus seiner, aus dieser Sicht vorzustellen. Dass er sie von Anfang an nur als ein Ersatz für Suzie gesehen hätte, dass jedes Wort gar nicht an sie, sondern an seine tote Schwester gerichtet war. Aber sie schafft es nicht. Die Vorstellung geht nicht in ihren Kopf rein, so sehr sie es auch versucht. Ja, sie erinnert sich daran, wie besorgt Jez nach der Willkommensparty war, und wie überrascht sie darüber, dass er danach plötzlich so nett zu ihr war. Doch so ganz stimmt das nicht. Er war schon vorher verständnisvoll, hat sie erst nach der Nacht, in der sie Ewigkeiten über Anime geredet haben, zu Henrys Party eingeladen. Und auf Henrys Party hat sie ihn zuerst abgelenkt, bis er sie mit dem albernen Tanzen entspannt hat. Wie sie es auch dreht und wendet, nie hat er auf sie den Eindruck gemacht, nicht mit *ihr* zu sprechen, auf *sie* einzugehen. Im Gegenteil. Von Anfang an hat er viel zu viel gesehen von ihr, ihre Ängste, ihre Macken.

»Jez«, sagt sie leise, steht vom Bett auf und nimmt sein Gesicht in ihre Hände. Sie wartet, ob er sich von ihr zurückzieht, aber er bleibt endlich stehen. »Du hast mir nie das Gefühl gegeben, dass ich nur ein Ersatz bin. Oder dass du nur Suzie in mir sehen würdest.« Er schluckt. »Ganz im Gegenteil. Du hast *mich* gesehen, von Anfang an. Nicht diese Person, die ich nach außen hin sein will, sondern wirklich mich. Mit all der Scheiße in meinem Leben.«

»Aber ich dachte mir, dass dir auch so was passiert ist. Und ich habe nichts gesagt.«

»Das ist doch auch nicht deine Aufgabe! Ich bin froh, dass du mir Zeit gelassen hast, bis ich bereit war, darüber zu reden.«

Seine Schultern sacken hinab. Langsam kippt er nach vorne und legt seine Stirn an ihre. »Und du bist wirklich nicht böse?«

»Nein.« Sie versteht nicht einmal, wieso er sich deswegen Sorgen gemacht hat. Für sie ergibt seine Argumentation überhaupt keinen Sinn und sie kann nicht nachvollziehen, dass er deswegen so Angst hatte. Aber es ist ihm anzusehen, wie viel ihm das zu schaffen macht, also fragt sie ihn nicht, wie er überhaupt auf diese Idee kommt.

»Ich dachte wirklich, dass ich damit alles kaputt mache«, flüstert er.

Sie schlingt die Arme um ihn und zieht ihn näher zu sich, bis er sein Gesicht in ihren Haaren vergräbt. Er ist so viel größer und breiter als sie, aber gerade stützt sie ihn und nicht umgekehrt. Sie versucht ihm genauso Halt zu geben, wie er es für sie getan hat. »Nicht, wenn wir über so was reden, okay? Keine Küche 2.0.«

Er lacht auf, als sie diese Aussprache, die keine Aussprache war, anspricht. Der Moment nach Halloween in ihrer WG-Küche kommt ihr vor wie Ewigkeiten her. »Ja, das war wirklich katastrophal.«

Vielleicht stehen sie stundenlang so da, wie sie sich gegenseitig festhalten und nie wieder loslassen wollen. Vielleicht auch nur ein paar Minuten. Aber nicht lange genug, wenn es nach ihr gehen würde. Er löst sich von ihr. »Willst du hier schlafen?«

Sein Blick ist unsicher, seine Augenbrauen leicht zusammengezogen. Ihr Herz macht bei seinen Worten einen kleinen Satz. Sie haben noch nie nebeneinander geschlafen, nach ihren Filmeabenden ist immer der andere in das eigene Zimmer zurück. Sie nickt, sie trennt sich von ihm, um in ihrem eigenen Bad Zähne zu putzen, zieht ihn danach wieder zurück in sein Bett. Er schaltet die Schreibtischlampe aus und nur noch der zarte Schein des Mondes erhellt das Zimmer. Sie schiebt sich gegen die Wand, damit er auf der engen Matratze auch Platz findet und deckt sie beide zu. Auf dem länglichen Kissen ist nicht viel Platz und sie legt ihren Kopf dicht neben seinen. In dem spärlichen Licht sind seine Augen schwarz. Mehrere Atemzüge sieht er sie an, als wolle er sich versichern, dass sie wirklich hier neben ihm im Bett liegt. Dann tastet er mit seinen Fingern unter der Decke nach ihr.

Sie seufzt auf, als sie den Druck seiner Hände an ihrer Hüfte spürt, dreht sich um und schmiegt sich dann mit dem Rücken eng an ihn. Als kleiner Löffel. So hat sie bisher nur mit ihrer Schwester geschlafen, damals, als sie klein war und Angst vor den Monstern unter ihrem Bett hatte. Ihre Augen flattern bei dem Versuch, sie weiter offen zu halten. Doch die Müdigkeit hat sie jetzt fest im Griff. Die stressige Woche mit den Prüfungen. Jez so intensiv, so brennend und verlangend zu küssen. Ihre Panikattacke. Seine Angst, er hätte sie nur als Ersatz für seine Schwester behandelt. Sie ist völlig ausgelaugt.

Sein Atem an ihrem Ohr wird immer gleichmäßiger und sie spürt, wie die Anspannung langsam von ihr abfällt. Keine Ahnung, wie viel Uhr es ist und wann sie aufstehen muss, um ihre letzten Sachen zu packen und dann rechtzeitig vor dem Tor zu stehen, wenn Tim sie abholt. Es ist ihr auch gerade völlig egal. Sie will nirgendwo anders hin als genau hierhin, in Jez' Armen, eng an ihn gedrückt, mit dem

Heben und Senken seiner Brust an ihrem Rücken. Weil sie sich perfekt zusammenfügen, als wären sie nur dafür gemacht, so beieinander zu liegen.

Langsam driftet sie in den Schlaf, die Sirenen der Stadt vor dem Fenster werden leiser, als sie seine flüsternde Stimme hört: »*Neoleul salang hage doengeo gata.*«

»So weit bin ich mit Duolingo noch nicht«, sagt sie im Halbschlaf. Nach dem Essen im *Mashita* hat sie sich die Sprachapp auf ihr Handy runtergeladen und übt seitdem jeden Tag etwas Koreanisch. Zwischen dem vielen Lernen für die Prüfungen ist es etwas untergegangen, aber sie hat sich seit Jez' Erklärung in die Logik der Sprache verliebt. Sie mag es, wie die Schriftzeichen aufeinander aufbauen und sich zusammensetzen, genießt die Schlüssigkeit der verschiedenen Vokale. Aber ganze Sätze versteht sie nach drei Wochen nun wirklich noch nicht.

Er atmet tief aus, als wäre auch er zu müde zum Lachen. »Ich glaube, ich bin dabei, mich in dich zu verlieben.«

Seine Worte tanzen in der Luft, wie Sternschnuppen am Nachthimmel. Unvergesslich, einmalig, wie ein kleines Wunder.

»Das ist gut.« Sie will sich zu ihm umdrehen oder wenigstens seine Hand an ihre Lippen legen und seine Knöchel küssen. Aber sie treibt langsam davon in den Schlaf. »Ich bin auch dabei, mich in dich zu verlieben.«

Sie weiß nicht, ob sie jemals so gut geschlafen hat. So absolut beruhigt, traumfrei und doch tief und fest. Sie wacht mit dem Kopf auf seiner Brust auf, den Arm um seinen Oberkörper geschlungen. Die Worte, die sie sich beim Einschlafen gesagt haben, kommen zu ihr zurück und lassen alles in ihr warm summen. Ihre Lieblingsmusik dringt an ihr Ohr, die Titelmelodie aus ›Das wandelnde Schloss‹. Jez scheint auch langsam aufzuwachen, er bewegt sich etwas, dann zieht er sie fester zu sich. Die Musik verstummt abrupt.

Sie überlegt, ihm einen Guten Morgen zu wünschen, doch sie lässt es. Das würde den Moment zerstören, diese Schwebe zwischen Schlafen und Wachen, in der alles in Watte eingepackt ist. Dann beginnt das Klavier wieder zu spielen. Und ihr fällt auf, wieso es immer nur eine halbe Minute des Stückes spielt.

Mit einem Satz sitzt sie senkrecht im Bett. »Scheiße«, flucht sie. Jez stöhnt auf, anscheinend hat sie sich mit etwas zu viel Gewicht auf seine Brust gestützt. Sie klettert über ihn und sucht in seinem Zimmer ihr Handy. Keine Ahnung, wo sie es gestern nach dem Abendessen hingelegt hat. Sie findet es schließlich beim nächsten Klingeln auf seinem Schreibtisch, zwischen seinen Uniunterlagen vergraben. Atemlos geht sie ran.

»Rosie? Ist alles okay bei dir?« Tims besorgte Stimme dringt durch den Hörer.

»Ja, ja alles gut. Ich hab verschlafen.« Sie dreht sich zu Jez um, der sich im Bett aufgesetzt hat. Seine Haare sind verstrubbelt und stehen in alle Richtungen ab, ein Bartschatten liegt auf seinen Wangen, und er reibt sich über ein Auge. Bei seinem Anblick macht ihr Herz einen Hüpfer. Egal, wie er aussieht, ihr Herz würde immer einen Schlag aussetzen. Er bemerkt, dass sie ihn beobachtet und lächelt. Dieses absolute Sonnenscheinlächeln, das sie so an ihm liebt.

Sie verliert sich so in ihm, dass sie Tims Frage überhaupt nicht hört. »Rosie?«

Das Handy fällt ihr fast aus der Hand. »Mh, ja?«

»Ich stehe am Tor unten. Soll ich hochkommen, dir beim Tragen helfen?«

»Nein, alles gut. Ich hab nur einen Koffer.«

»Okay, dann bis gleich.«

Sie legt auf. Für eine Sekunde überlegt sie, zu Jez zurück ins Bett zu krabbeln und einfach noch mal die Welt auszuschalten. Aber vielleicht würde Tim dann klingeln und hochkommen und ihr Oberteil auf dem Boden sehen und eins und eins zusammenzählen und … Oh Gott. Sie spürt, wie die Hitze ihr ins Gesicht schießt, als sie an letzte Nacht denkt. An die Küsse, wie Jez sie berührt hat, wie sehr sie ihn wollte. Sie greift schnell nach ihrem Cardigan und dem Top auf dem Boden, um sich von diesen Gedanken abzulenken. Sonst würde sie wirklich nicht zu Tim runter gehen, sondern genau da weitermachen, wo sie und Jez letzte Nacht aufgehört haben.

Er hat noch nicht ein Wort seit dem Aufstehen gesagt. Langsam schlägt er die Decke zurück und setzt sich an die Bettkante. Sie lässt sich zu ihm ziehen, auf seinen Schoß, und ihre Arme und Beine schlingen sich um ihn als hätten sie noch nie etwas anderes gemacht.

»Guten Morgen«, flüstert er und küsst sie zärtlich. Wenn sie das in Filmen gesehen hat, dachte sie immer, dass das eklig wäre. Sich zu küssen, bevor man die Zähne geputzt hat. Aber ihn schon morgens zu schmecken, hat etwas seltsam Intimes an sich. Als würde nur sie ihn so schmecken dürfen, als wäre es etwas ganz Besonderes.

»Guten Morgen.« Sie vertieft ihren Kuss für einen Moment, fährt über die leichten Stoppeln auf seinen Wangen, bevor er seinen Kopf zurückzieht.

»Du bist zu spät dran, wie ich gehört habe.«

Sie summt eine Zustimmung und küsst ihn wieder. »Viel zu spät«, murmelt sie an seine Lippen, ohne den Kuss wirklich zu unterbrechen.

Er steht auf und mit einem Japsen klammert sie sich an ihm fest. Dann lässt er sie sanft los, bis sie auf ihren eigenen

Beinen steht. »Tim wird sich fragen, wo du bleibst.«

Widerwillig löst sie sich von ihm. Wie auf Kommando vibriert ihr Handy und ein Blick darauf verrät ihr, dass Tim fragt, wo sie bliebe. Sie seufzt. Mit den Klamotten in der Hand geht sie in ihr Zimmer rüber. Sie weiß nicht, was sie erwartet hat, aber nicht, dass Jez ihr folgen würde. Als würde auch er sich nur ungern von ihr verabschieden. In einer schnellen Bewegung bindet sie sich einen Knoten am Hinterkopf, um ihre Haare zu bändigen. Sie wirft den Cardigan in den offenen Koffer auf ihrem Schreibtisch, holt ihren Kulturbeutel aus dem Bad, in den sie noch ihre Zahnbürste quetscht, dann drückt sie den Koffer zu und hievt ihn auf den Boden.

»Ich kann ihn dir runtertragen«, bietet Jez an.

»Nein, alles gut.« Sie sieht zu ihm hoch, die gleiche Erinnerung spiegelt sich in ihren Augen wider. Von dem allerersten Tag, als sie mit genau diesem Koffer an seiner Tür stand und sie festgestellt haben, dass ihre Schlüssel vertauscht wurden. Wie viel sich doch verändert hat in den wenigen Monaten.

Sie schließt ihr Zimmer hinter sich ab, öffnet die Wohnungstür, dann muss sie sich von Jez verabschieden. »Schreiben wir?«, fragt sie leise. Es wäre vielleicht komisch, immerhin schreiben sie sich nie. Müssen sie auch nicht, sie sehen sich ständig in der WG und in der Uni.

»Auf jeden Fall.« Er platziert einen Kuss auf ihren Lippen, doch bevor sie noch weiter trödeln kann, gibt sie sich einen Ruck.

»Bis in zwei Wochen.«

»Bis in zwei Wochen.«

Die Tür fällt erst ins Schloss, als sie ein Stockwerk tiefer ist und sie ihn nicht mehr sehen kann, egal wie sehr sie ihren Nacken verrenkt. Ihr Handy vibriert schon wieder.

Tim
Wenn du jetzt noch last-minute irgendwelche Sachen in deinen Koffer schmeißt, komm ich hoch und zerr dich runter. Ich steh hier echt im Halteverbot.

Sie verdreht die Augen, beeilt sich aber und eilt durch den Innenhof. Wie einem Zwang folgend dreht sie sich vor dem Tor um und sieht hoch zu ihrer Wohnung. Für die Hoffnung, Jez am Fenster ihr nachblicken zu sehen, würde sie sich am liebsten ohrfeigen. Sie ist wirklich zu einem verweichlichten, kitschigen, verliebten Klischee geworden. Denn Jez glotzt ihr natürlich nicht nach wie ein verknallter Welpe, meine Güte. Sie strafft die Schultern und geht aus dem Tor. Es ist eisig kalt draußen und sie ärgert sich, die Jacke nur unter den Arm geklemmt zu haben, selbst für die wenigen Meter.

Sie erkennt den hellblauen Aston Martin von Tims Großmutter sofort. Er steigt aus, als hätte er sich im Auto noch warmgehalten, und begrüßt sie mit einem verschmitzten Lächeln. Er nimmt ihr den Koffer ab und keucht erstaunt auf, als er ihn auf die Rückbank neben seinen Rucksack und Gitarrenkoffer schiebt. Einen dummen Kommentar dazu lässt er jedoch nicht los. Nur eine Minute später lässt er sich rechts von ihr auf den Fahrersitz fallen, während sie es sich in dem dunkelblauen Ledersitz bereits gemütlich macht. Der Wagen ist alt und lässt sich vom Komfort nicht mit ihrem Mini vergleichen. Aber lieber sitzt sie hier in dem Oldtimer auf einem kalten Ledersitz mit Gurten, die ganz offensichtlich erst nachträglich hinzugefügt wurden, als mit dem Zug nach Tintagel zu tuckern.

»Sorry, dass ich verschlafen habe«, sagt sie und schiebt sich die wirren Haare hinters Ohr. Sie würde noch mal einen neuen Zopf machen müssen.

Tim schielt zu ihr hinüber und mustert sie. Mit diesem gleichen wissenden Grinsen, das er ihr bei der Begrüßung zugeworfen hat, startet er den Motor. »Sieht so aus, als ob es eine gute Nacht war und sich gelohnt hat.«

Ihre Wangen werden verräterisch warm. Sie will schon fragen, was das denn heißen soll und alles abstreiten, da sieht sie an sich hinab. Auf die Yogahose, die sie von gestern trägt. Und den Hoodie, den sie noch immer anhat. Jez' Hoodie. Ganz eindeutig nicht ihr Hoodie, weil sie nie solch große Sachen trägt und erst recht nichts Gestreiftes.

»Streifen stehen dir ganz vorzüglich, Rosie«, sagt Tim süffisant. »Solltest du öfter tragen.«

Na, das kann ja eine Fahrt werden.

»Wut startet in der Amygdala. (…) [Von dort] wandern Nervenimpulse, die mit Wut einhergehen, rasch zu anderen Komponenten des limbischen Systems. Über den Thalamus werden sie dann zum Cortex weitergeleitet, der die symbolische Basis der Wut ausarbeitet: die psychologische Interpretation, das man beleidigt oder provoziert worden oder einem Unrecht geschehen ist. Während die Amygdala das Wutgefühl sozusagen im Rohzustand liefert, steuert der Cortex eine Erklärung für die physiologischen Reaktionen bei, die wir erleben, wenn wir wütend sind. (…) Es gibt kein ›Wutzentrum‹ im Gehirn. Vielmehr kann Wut in einer von mehreren Strukturen im limbischen System entstehen, aber auch im zerebralen Cortex. (…) Selbst wenn wir anfangs recht ruhig waren, macht uns die gedankliche Beschäftigung mit der vermeintlichen Kränkung zunehmend wütend.«

Sestak, Richard M. »Was passiert, wenn wir wütend werden?« Die großen Fragen Geist und Gehirn. Herausgegeben von Simon Blackburn. Springer Spektrum, 2014, S. 164.

21. KAPITEL

Jez

Sein Zimmer fühlt sich kleiner an. Nicht, dass sein Wohnheimzimmer so viel größer wäre. Eher sogar das Gegenteil.
Aber die grau gestrichenen Wände seines Kinderzimmers
wirken fremd, wie von einem anderen Menschen. Er erinnert sich daran, dass Rose nach der Prüfung gesagt hat, wie
komisch es wäre, wieder nach Hause zu kommen. Selbst
nach einigen Tagen zurück zu Hause muss er ihr noch zu-
stimmen. Ihr Reihenhaus ist enger, kleiner, kühler. Es ist ein
Tag vor Heiligabend und die letzte Woche hat er alle Ani-
mes und Filme geschaut, die in der Prüfungsphase untergegangen sind, das ›Zelda‹ Spiel durchgezockt, bestimmt fünf
Mal sein Zimmer ausgemistet und dreizehn Stunden am
Stück geschlafen. Er hat angefangen, noch mal ›Der Hobbit‹
zu lesen, das er in seinem Regal gefunden hat. Alles, um nur
nicht die näherkommenden Wände zu spüren. Zu hören,
wie sein Vater nachts nach Hause schleicht. Zu wissen, dass
das Zimmer am Ende des Flures unberührt bleibt. Ihm ist
so langweilig ohne die Uni, ohne irgendjemanden, mit dem
er die Zeit totschlagen kann, dass er sogar schon freiwillig
seiner Mutter im Restaurant aushilft. Auch um aus dem
Haus zu kommen. Manchmal verflucht er es, dass Henry

mit seiner Mutter damals nach Manchester gezogen ist, anstatt mit seinem Vater in Cardiff zu bleiben. Dann hätte er wenigstens mit Henry etwas unternehmen können.

Seine damaligen Schulfreunde hat er seit seinem vermasselten Abschluss nicht mehr gesehen. Und das Bedürfnis, den Leuten zu schreiben, mit denen er mit gefälschten Pässen Alkohol gekauft und jedes Wochenende völlig abgestürzt ist, verspürt er auch nicht wirklich. Er wusste, dass er sich in London so wohl fühlt wie seit Jahren nicht mehr. Aber erst jetzt, wo er wieder zu Hause ist, dort, wo er geboren wurde und so viele Jahre gelebt hat, merkt er erst, dass es nicht mehr wirklich sein Zuhause ist. Nicht mehr seine Heimat. Weil Heimat ein Ort ist, den er sich selbst erschaffen hat, abseits von dem Schmerz, den Suzies Tod hinterlassen hat, mit Leuten, die vielleicht nicht blutsverwandt mit ihm sind, aber zur Familie gehören.

Eine Familie ist er mit seinen Eltern schon lange nicht mehr. Sein Vater ist, wie immer und was hat Jez auch anderes erwartet, den ganzen Tag in der Praxis. Seine Mutter ist ab mittags im Restaurant, vor Weihnachten läuft das Geschäft immer besonders gut bis sie über die Feiertage schließen. Sie ist dankbar, dass er ihr im Restaurant aushilft. So wie früher in den Ferien, wenn er nicht das Lernen als Ausrede benutzen konnte. Das Kellnern ist ihm noch vertraut, es lenkt ihn ab. Von der geschlossenen Tür zum Zimmer den Flur hinunter, in das er immer noch nicht hineingesehen hat. In das er seit Jahren nicht hineinsehen kann.

Es lenkt ihn ab vom Rose-Vermissen. Denn das hat er viel zu viel in den letzten Tagen. Sie ist das Erste, an das er morgens denkt, und das Letzte, wenn er einschläft. Er vermisst sie beim Kochen, wenn er ihre Linsenbolognese macht; er vermisst es, einfach in ihr Zimmer zu schauen; er vermisst es, zufällige Gegebenheiten vom Tag zu teilen; er vermisst es, dass sie einfach so in sein Zimmer tapst und ihm ein lustiges Meme zeigt. Sie schreiben, ja, aber es ist nicht das Gleiche. Und sie schreiben auch nicht besonders oft. Ab und zu mal ein paar Worte, aber es ist irgendwie komisch. Anders. Nicht das Gleiche, wie miteinander zu reden. Dabei laufen die Worte, die sie ihm vorm Einschlafen zugeflüstert hat, wie in Endlosschleife in seinem Kopf ab: *Ich bin auch dabei, mich in dich zu verlieben.* Ihm wird wieder wohlig kribbelig warm, was nichts mit dem Grüntee zu hat, den er gerade trinkt.

Sein Handy klingelt und vor Aufregung fällt ihm fast die Teetasse aus der Hand. Vielleicht ist es Rose. Doch es ist Henrys Name, der ihm auf dem Display angezeigt wird. Dass Henry ihn anruft, ist ungewöhnlich, vor allem nachmittags. Wenn dann hat sein Kumpel ihm mal nachts betrunken auf die Mailbox gelallt, wie sehr er ihn doch lieben würde. Besorgt nimmt er ab.

»Henry, alles okay bei dir?«

Er hört schnelles Atmen durch den Hörer, als würde Henry rennen. Seine Sorge vertieft sich sofort.

»Hamilton«, bringt Henry zwischen zwei Atemstößen hervor. »Ich wollte fragen, wie's dir so geht.«

»Mir? Wie geht's dir? Wieso rufst du an?«

»Ich bin am Joggen«, weicht Henry seiner Frage aus.

»Das höre ich. Aber ich frage mich trotzdem, wieso du anrufst und mir keine Nachricht schreibst.« Jez nippt an dem Tee. Anscheinend kann es kein Weltuntergang bei Henry geben, sonst hätte er damit schon rausgerückt. Vielleicht hat seine Mum mal wieder Stress gemacht, das kommt nicht selten vor.

Den Tee zu trinken war ein Fehler. »Ich hab mit Greta geschlafen«, sagt Henry. Jez spuckt den Tee aus und hustet, klopft sich auf die Brust, in der Hoffnung, wieder Luft atmen zu können.

»Du hast was?«

»Ich hab mit Greta geschlafen.«

»Ja, das habe ich beim ersten Mal schon gehört.« Vorsichtig stellt er die Teetasse auf den Schreibtisch. Nicht, dass Henry ihn noch mit der nächsten Nachricht schockiert. »Was … äh … hat dich dazu getrieben?«, fragt er vorsichtig.

Henry schnaubt. »Es war nicht so, dass ich auf diese Party gegangen bin, Greta gesehen hab und mir dachte ›Yo, heut leg ich meine Ex flach‹.«

»Das dachte ich mir schon.« Jez fährt sich über den Mund und sieht auf sein T-Shirt hinab, in dem der halbe Tee hängt. Er muss sich sowieso noch mal umziehen, bevor er gleich zu seiner Mutter ins Restaurant geht.

Henry atmet schwer, er scheint irgendwo in seinem Joggen stehen geblieben zu sein. Das Telefon auf laut gestellt, zieht sich Jez das T-Shirt über den Kopf und wirft es in den Wäschekorb in der Ecke.

»Keine Ahnung, Mann. Es ist einfach irgendwie passiert.«

»Du hast sie also auf dieser Party gesehen, bist gestolpert und schwupps, hattet ihr Sex.«

»Nein«, knurrt Henry. »Oder, vielleicht so ungefähr. Wir waren auf dieser Party und sie zu sehen hat mich voll aus dem Konzept gebracht.«

»Also hast du getrunken und mit einer anderen geflirtet.«

»Ja.« Henry scheint wieder zu rennen, er kann das dumpfe Klopfen von Schuhen auf Asphalt hören. »Und dann kam sie irgendwann dazu. Ich weiß auch nicht mehr so ganz, wie das war, aber eins hat zum anderen geführt, und sie ist mit mir nach Hause.«

Jez knöpft das schwarze Hemd zu. »Und dann?«

»Morgens war sie ... fast schon angewidert. Sie ist gegangen und meinte, dass es nie hätte passieren sollen, dass es ein betrunkener Fehler war.«

Er lehnt den Kopf in den Nacken. Kein Wunder, dass Henry joggen geht und ihn anruft. Er muss völlig fertig sein mit den Nerven. Bei dem Gedanken, wie scheiße es ihm nach der Trennung ging, bricht Jez ein wenig das Herz. Mit der Ex zu schlafen ist nie eine gute Idee, aber es ist eine verdammt schlechte, wenn man an der Ex noch hängt.

»Scheiße.«

»Jap.« Henry zieht scharf die Luft ein. »Ich meine, es war ein betrunkener Fehler. Aber verdammt, es hat sich nicht mal gelohnt, weißt du?«

»Gelohnt?« Er schielt zu der Uhr auf seinem Schreibtisch. In ein paar Minuten müsste er sich auf den Weg machen, sonst käme er zu spät. Und wenn seine Mutter eins nicht dulden kann, dann Unzuverlässigkeit im Restaurant.

»Es war so ... unbedeutend. So nichtssagend irgendwie.« Henry lacht freudlos auf. »Einfach das absolute Gegenteil von früher. Es war ... vergessbar.«

»Du weißt, dass das kein richtiges Wort ist?«

»Halt die Klappe, ich bin verkatert.«

»Ich weiß um ehrlich zu sein nicht, ob das nicht gut so ist? Oder hätte es etwas bedeuten sollen?«

»Wenn ich einen Therapeuten gewollt hätte, hätte ich nicht angerufen«, knurrt Henry.

»Okay.« Jez lacht auf und ändert seine Strategie. »Immerhin hattest du Sex. Bedeutungslos oder nicht, Hauptsache da ging was, hm?«

»Das ist es ja!« Henry klingt richtig verzweifelt. »Mich fuckt es ab, dass es bedeutungslos war. Ich will die ganze Scheiße nicht mehr.«

Jez hustet, vielleicht noch einige letzte Teetropfen in seiner Luftröhre. Oder Henry, der gerade seine halbe Persönlichkeit ablegen möchte. »Okay. Dann lass es.«

Er hört ein lautes Krachen durch den Hörer, als wäre Henry das Handy heruntergefallen. Sein Freund flucht lautstark.

»Hau so was doch nicht einfach raus.« Henrys Stimme ist klar, er hat angehalten.

»Du wolltest keinen Therapeuten.«

»Ich hasse es, wenn du Recht hast.«

Jez klemmt sich das Handy zwischen Ohr und Schulter und geht die Treppe hinunter. »Aber ich habe Recht.«

Die Jacke vom Haken gezogen, schlüpft er im Flur in seine Winterschuhe. Durch den Wind, der vom Meer herzieht, ist es in Cardiff ungemütlich kalt. Auch wenn es in London die letzten Tage eisig war, kriecht der Wind an der Küste ganz anders unter die Jacken und lässt die Temperaturen kühler wirken, als sie sind.

»Dann lass die ganze lockere Scheiße halt. Und suche dir jemanden, bei dem es etwas bedeutet.«

»So wie du bei Rose, hm?«

Rose ist alles andere als unbedeutend. Er hat sie seit Tagen nicht gesehen und er spürt trotzdem noch ihre Finger auf seiner nackten Haut, hört dieses unwiderstehliche Keuchen in seinen Ohren, fühlt noch ihren ihm entgegenstreckenden Körper. Aber auch, wie sie sich plötzlich angespannt hat, wie die Stimmung vom einen auf den anderen Moment gekippt ist. Wie sie sich zu einem kleinen Ball zusammengerollt hat, die Schluchzer, die sein Herz zerrissen haben, ihre Schnappatmung. Wie hilflos er sich gefühlt hat und dann wie wütend, als sie ihm von ihrem Ex erzählt hat. Die Sicherungen sind da bei ihm durchgebrannt, er wollte auf den Kerl einschlagen, ihm genauso weh tun, wie er Rose offensichtlich wehgetan hat. Die Wucht dieser Gefühle hat ihm für einen Moment Angst eingejagt. So krass hat er sich noch nie mit jemanden gefühlt, so alles einnehmend, so absolut nicht unbedeutend.

»Ja«, sagt er schließlich nur.

»Bei Ellie hätte es was bedeutet.«

Jez schließt die Haustür hinter sich ab und seufzt. »Ja, hätte es. Aber Ellie ist nicht das letzte Mädchen, was dir den Kopf verdrehen wird, okay?«

»Ich muss hier jetzt auch mal weiter joggen und du lenkst mich ab.«

Er kann sich ein Grinsen nicht verkneifen. Wenn es Henry zu viel wird, blockt er ab. Das war schon immer so. Es heißt aber, dass er genug Gedankenfutter bekommen hat und das Gespräch bei ihm Wirkung hinterlässt.

»Ich muss auch los ins Restaurant. Wir sprechen uns. Frohe Weihnachten, Henry.«

»Jetzt werde nicht schnulzig, Hamilton.« Mit den Worten legt Henry auf.

Bevor er sich zurückhalten kann, schreibt Jez eine Nachricht an Rose. Die nächsten Stunden kann er sowieso nicht zurücktexten, aber eine Antwort von ihr zu sehen, wenn er mit seiner Schicht fertig ist, würde die schmerzenden Füße Wett machen. Beschwingten Schrittes geht er die Stufen des Reihenhauses hinunter und die Straße hinab in Richtung des Restaurants seiner Mutter.

Er schiebt sich die Nudeln in den Mund und unterdrückt ein Lachen. Das Japchae seiner Mutter ist einfach unvergleichlich und egal, wie oft er versucht, ihr Rezept nachzukochen, so gut wie bei ihr würde es wohl nie werden.

»Das ist unfair«, mault Rose. Das Bild wackelt und wird

erst wieder scharf, als sie sich mit dem Bauch auf ihr Bett gelegt hat, den Kopf auf ein Kissen gestützt. »Jetzt bekomme ich auch Hunger.«

»Ich würde dir liebend gern etwas abgeben.«

Sie schnaubt. »Meine Mum hat Kartoffelauflauf gemacht heute Abend. Ich mag keine Kartoffeln.«

»Dafür musste ich den ganzen Abend über leckeres Essen riechen und ansehen und kann jetzt erst was essen.« Er legt sein Handy kurz weg, um nach der Serviette auf seinem Nachttisch zu greifen und sich etwas Soße vom Kinn zu wischen. Reste mitnehmen zu dürfen ist definitiv sein liebster Teil an der Arbeit im Restaurant seiner Mutter.

»Jetzt habe ich richtig Mitleid mit dir.«

»Kannst du dir nicht noch was aus der Küche holen oder so?« Mit den Stäbchen nimmt er sich die nächsten Nudeln aus der Box.

Rose sieht zur Seite, vielleicht zu ihrer Zimmertür. Sie hatte ihm auf seine Nachricht geantwortet und sie haben den gesamten Rückweg vom Restaurant getextet, bis plötzlich ein Videoanruf von ihr kam. Zu schreiben sei komisch, laut ihr. Für ihn ist es einfach nur ungewohnt. Den Videoanruf hat er trotzdem mit klopfendem Herzen angenommen. Er dachte, sie zu sehen, würde das Vermissen vielleicht besser machen. Stattdessen vermisst er sie nur noch mehr, weil er ihr so nahe ist und doch ist sie meilenweit entfernt.

»Ich habe meine Schoki schon aufgegessen«, seufzt sie.

»Ich meinte auch eher was Richtiges.«

»Was soll das denn heißen? Schokolade ist eine ausgewogene Mahlzeit.«

»Wenn du das sagst.«

»Wenn Cardiff nicht so weit weg wäre, würde ich im Restaurant deiner Mum essen kommen«, sagt sie und ehrliches

Bedauern schwingt in ihrer Stimme mit. Es sind 168 Meilen, knapp drei Stunden mit dem Auto. Er hat die Strecke die letzten Tage zigmal auf seinem Handy angestarrt und bereut, dass er kein eigenes Auto hat. Dann hat er sich ermahnt, sich zusammenzureißen. Er würde es doch wirklich zwei Wochen ohne sie aushalten. Sein Herz ist da offensichtlich anderer Meinung.

»Dann würdest du merken, dass ihr Essen viel besser ist als meins«, sagt er schulterzuckend.

»Und dich nicht mehr anhimmeln?«

»Genau. Das wäre tragisch.«

Sie lacht und das Geräusch lässt warme Schauer über seine Haut fahren. Er stellt die mittlerweile leere Box beiseite und zieht das Handy näher zu sich. Als ob er sie damit auch näher zu sich ziehen könnte.

»Okay, ich geh jetzt auf Essensuche. Ich hab Hunger.« Sie steht auf und geht durch einen dunklen Flur. Es ist ein merkwürdiges Gefühl, mit ihr durch ihr Zuhause zu laufen. Als wäre er bei ihr, aber nicht wirklich. Rose erzählt wenig von dem Cottage bei Tintagel und er hat keine richtige Vorstellung davon, wie sie dort lebt, außer dass es ›am Arsch der Welt ist, absolut abgeschieden und stinklangweilig‹, wenn er ihren Worten Glauben schenkt. Er verfolgt sie, wie das kalte Kühlschranklicht ihr Gesicht erhellt, während sie über Belangloses reden. Wie ihr Tag war, wie ihnen beiden todlangweilig zu Hause ist, wie Rose mit ihrer Mum im Atelier malt, wie ihre Schwester ihr mit ihrem Festtagseifer auf die Nerven geht, weil sie seit Tagen das Haus weihnachtlich dekoriert.

»Was sind eure Pläne für Weihnachten?«, fragt er, als sie wieder zurück im Zimmer ist. Eine Tüte ›Hula Hoops‹ liegt in ihrem Schoß, die mit Käsegschmack, weil das laut ihr die beste Sorte ist.

»Ich werde mit Mum und Mark allein sein. Ganz anstrengend.«

»Wieso das?« Er macht es sich im Bett etwas gemütlicher. Nach der Schicht ist er todmüde, wie immer, wenn er stundenlang Teller hin und her getragen, Gäste bedient und Small Talk geführt hat. Aber jetzt schon aufzulegen ist keine Option.

»Blaze fährt morgen mit Tim nach London, um Heiligabend bei seiner Großmutter zu sein. Am Boxing Day kommen sie dann wieder zurück.«

»Oh, okay. Ich dachte irgendwie, Tim würde mit euch feiern.«

»Das dachten wir auch. Blaze hat sich tierisch mit ihm gestritten, als sie herausgefunden hat, dass er nochmal heimfährt.«

»Shit.«

»Ja, ging ziemlich übel zu.« Sie schiebt sich langsam eine Handvoll Chips in den Mund und kaut. »Ich frag mich manchmal, ob die beiden sich nicht doch trennen werden.«

»Denkst du? Sie wirkten ziemlich glücklich auf mich.« Er erinnert sich an den Abend im *Blue Monkey* zurück, als sie ein ziemlich verliebtes Pärchen abgegeben haben. Doch Tims Worte, dass man sich immer verletzen würde, schießen durch seinen Kopf.

»Die Fernbeziehung läuft nicht so«, sagt Rose langsam. »Blaze hat ihn beschuldigt, dass er sich keine Zeit für sie nehmen würde. Er meinte, dass er sein Leben nicht immer für sie pausieren könne. Und dass er seiner Großmutter gegenüber verpflichtet sei.«

»Aber dann haben sie doch eine gute Lösung gefunden, dass sie mitfährt?«

Sie zuckt mit den Schultern. »Für jetzt, ja. Ich meine, am Ende haben sie sich gesagt, wie sehr sie sich lieben, da habe ich dann aufgehört, an der Tür zu lauschen.«

Er grinst. Er weiß noch ganz genau, wie er sein Ohr an die Zimmertür seiner Schwester gepresst hat, wenn diese Besuch hatte und er zu jung und uncool war, um mit ihren Freundinnen auf ihrem Bett zu sitzen. Die Gespräche über die Jungs in ihrer Schule haben ihn nicht die Bohne interessiert, aber es hat ihm gereicht, ihr nah zu sein. Früher.

»Beziehungen sind ziemlich Arbeit«, murmelt sie.

Er will ihr darauf etwas antworten, als er Schritte auf der Treppe hört. Das unverkennbare Knarzen der Stufe, die dritte von oben. Sein Vater sollte es eigentlich besser wissen, so oft, wie er nachts noch ins Haus schleicht.

»Ich weiß nicht, ich glaub einfach …«, setzt Rose an.

»Psst«, unterbricht er sie. Sie scheint zu sehen, wie sein Blick außerhalb des Bildausschnittes gerichtet ist und verstummt. »Mein Vater ist grad heimgekommen«, flüstert er. Er hört das Klicken einer Tür, dann das Laufen von Wasser. Sein Vater würde Zähneputzen, dann würde die Tür zum Schlafzimmer seiner Eltern zugehen und es wäre wieder still im Haus.

»So spät?«, fragt sie mit gerunzelter Stirn. Schnell stellt er die Lautstärke etwas leiser.

»Jap.« Er beißt fest die Zähne zusammen. »Hat garantiert noch irgendwelche ultrawichtigen Rechnungen geschrieben oder so.«

»Du bist ganz schön sauer auf ihn, oder?« Verdammt, sie hört wirklich alles aus seiner Stimme heraus. Und spricht dann einfach aus, was sie denkt. Er beneidet sie dafür.

Er stößt die Luft aus, von der er nicht wusste, dass er sie angehalten hat. »Ja. Aber nicht wegen mir.« Er kaut auf seiner Lippe, überlegt, ob er wirklich weitersprechen soll. Tut es. »Ich meine, der Mann, der Suzie und mich von der

Schule abgeholt und uns an den Strand gefahren hat, während meine Mutter im Restaurant gearbeitet hat, der uns Pflaster aufgeklebt hat, als wir uns verletzt haben, uns im ernsten Ton gesagt hat, es müsse etwas amputiert werden, nur um unsere geschockten Gesichter zu sehen, der mit uns in Brecon Zelten gegangen ist ... der ist mit Suzie damals gegangen.« Seine Augen brennen verräterisch. »Das ist mir egal. Aber meine Mutter ... sie zerbricht in diesem leeren Haus.«

»Du zerbrichst in diesem leeren Haus«, flüstert sie, obwohl sie schon auf leise gestellt ist. Es ist keine Frage, sondern eine Feststellung.

Er presst fest die Augen zusammen, um die Tränen am Herauslaufen zu hindern. Das kann er nicht zugeben. Unmöglich. Nicht, ohne seine Familie zu verraten. Er muss es verdrängen und so tun, als sei alles okay. Wie seine Mutter. Wie sein Vater. »Es geht schon.«

»Es ist okay zu sagen, dass du nicht okay bist.« Ihre Stimme ist wie warmer Honig, beruhigend, wie Balsam für seine Seele. »Das hast du mir beigebracht.«

Die Tränen laufen über. Und dann kann er sie nicht mehr aufhalten, er hat die Kraft nicht mehr dazu. Vor ihr braucht er sich nicht zu verstecken, nicht stark zu sein. Einige Sekunden, vielleicht auch Minuten, versucht er seinen Atem zu kontrollieren. Er hört das Schließen der Badezimmertür. Schritte. Dann quietscht die Tür zum Schlafzimmer. Stille. Die Tränen laufen ihm stumm über die Wangen und Rose wartet einfach. Sagt nichts, sondern ist einfach nur bei ihm.

»Ich habe das Gefühl, hier zu ersticken, Rosalie«, sagt er schließlich. Da, die Worte sind raus. Die Worte, die er seit Tagen in Zocken, Lesen, Serien schauen und Arbeiten zu ertränken sucht. Die Worte, die so wahr sind, dass sie ihn von innen auskratzen, wie Steine durch seine Luftröhre gepresst werden und dann schwer wie Blei in der Luft hängen. So etwas zuzugeben ist nichts, was ihm beigebracht wurde. Familie ist das Wichtigste, sie steht über allem. Zuzugeben, sich von ihr eingeengt zu fühlen … unvorstellbar.

»Du bist bei uns immer willkommen«, sagt sie langsam. »Du kennst meine Familie ja schon.«

Er schüttelt den Kopf und die Antwort ist raus, bevor er ihr Angebot zu sehr in Erwägung ziehen kann: »Das kann ich meiner Mutter nicht antun. Ich muss Weihnachten hier sein.«

»Okay.«

Sein verschleierter Blick klärt sich langsam. Rose fährt sich mit der freien Hand, die, die nicht ihr Handy hält, über ihr Schlüsselbein. Die flauschige Strickjacke, die sie trägt, ist ihr über die Schulter gerutscht. Er will ihre Hand nehmen und ihre Finger miteinander verschränken. Er will über die entblößte Haut streichen, jede ihrer Sommersprossen küssen. Alles in ihm verzehrt sich nach ihr, er vermisst sie mit einem echten, greifbaren Schmerz in der Brust.

»Erzähl mir etwas«, murmelt er. »Irgendwas.«

Sie bläst die Backen auf und sieht kurz aus wie ein niedlicher Chipmunk. »Irgendwas?« Sie schnalzt mit der Zunge, offensichtlich krampfhaft am Überlegen, was sie erzählen soll. »Ich gehe morgen mit meiner Mum nach St. Ives in die Galerie.«

»Cool.« Er greift nach dem Teddybären an der Bettkante, einem alten zerrupften Teil, der einmal Suzie gehört hat. »Stellt sie da ihre Bilder aus?«

Rose erzählt ihm von der Galerie, dem Malen und dem Job ihrer Mum. Rose überlegt, einen Malkurs zu machen, vielleicht für Ölfarbe. Sie berichtet begeistert von den Gouachefarben und bedankt sich nochmal dafür. Er hört ihr zu und ihre Stimme beruhigt ihn so weit, dass er aufstehen und ins Bad schleichen kann, um Zähne zu putzen. Zurück in seinem Zimmer legt er sich in sein Bett, die Decke bis zum Kinn hochgezogen, und beobachtet aufmerksam die Skizzen, die sie ihm zeigt, und hört ihr zu, wie sie mit keiner richtig zufrieden ist.

»Siehst du, hier ist was krumm«, sagt sie und zeigt auf die Skizze einer Hand. »Irgendwas stimmt da nicht, aber ich weiß nicht was.«

Ihre Kameraansicht ist umgedreht und auf ihren Malblock gerichtet. Mit Bleistift hat sie eine Hand gezeichnet, die für ihn mehr als realistisch aussieht. Er kann nicht erkennen, wo da etwas für sie nicht passt. Nachdem er jeden Millimeter der Zeichnung abgesucht hat, während sie weiter darüber redet, wie schwierig Hände seien und dass sie sie nie richtig hinkriegen würde, fällt ihm die skizzierte Narbe auf. Da, auf der Seite des Ringfingers. Bei einer schlechteren Verbindung hätte er sie vermutlich nicht erkannt über den Pixeln. Er blickt auf seine rechte Hand hinab, auf genau diese Narbe am Ringfinger.

»Das ist meine Hand«, unterbricht er sie in ihrem Wortschwall.

Das Bild hört auf zu wackeln, als würde Rose innehalten. Dann dreht sich die Kameraansicht, sie streicht sich eine Strähne aus dem Gesicht, weicht einem direkten Blick in die Frontkamera, in seine Augen, aus.

»Vielleicht«, murmelt sie. Ein Lächeln stiehlt sich auf sein Gesicht, er merkt es erst, als sie ihn dafür böse anfunkelt. »Siehst du, ich wusste genau, wieso ich dir das nicht sage. Jetzt ist dein Ego gerade zehn Mal größer geworden.«

»Vielleicht«, gibt er ihr ihre eigene Antwort zurück. Sie schnaubt. Betont lange betrachtet er seine Hand im spärlichen Licht, was von seinem Handy ausgeht. »Doch, ich muss sagen, du hast sie gut getroffen.«

»Idiot«, sagt sie, aber sie lächelt dabei. »Woher kommt die Narbe eigentlich? Sag nicht vom Fahrradfahren wieder.«

Sein Lachen ist etwas rau, als er daran denkt, wann er ihr davon erzählt hat. Wie sie die Narbe auf seinem Schlüsselbein geküsst hat. Er verdrängt die Erinnerung schnell wieder, sonst würde er keinen klaren Gedanken mehr zustande bekommen. »Nee, da habe ich betrunken in eine Glasscherbe gefasst.«

Sie gibt einen schmerzhaften Laut von sich, als ob sie es sich vorstellen würde. Sie fragt, wie es dazu kam, und er erzählt es ihr. Wie er in der Schule viel getrunken hat, immer abgestützt ist. Sie verurteilt ihn nicht dafür, hört ihm nur zu, sagt ihm, dass es okay ist, dass man eben manchmal dumme Sachen macht, wenn man jünger ist.

Sie reden noch eine Weile, schweigen immer wieder, und eigentlich ist es schon viel zu spät und er ist viel zu müde, und irgendwann liegt Rose auch im Bett, nur vom Handy angestrahlt, aber sie legen nicht auf. Bis ihm das Handy durch die Finger gleitet und er zu ihrem regelmäßigen Atem einschläft.

Er wusste, dass Weihnachten scheiße laufen würde. Hat es erwartet, sich mental darauf vorbereitet, seine Schutzmauern hochgezogen und sich immer wieder gesagt, dass es nur zwei Tage seien. Zwei Tage mit seinem Vater und der Maske, dass alles okay sei bei ihnen. Hat die Tage heruntergezählt, bis er wieder nach London fahren würde, sich die Zugfahrt als rettenden Anker vorgestellt. Aber dass es so katastrophal schieflaufen würde, hätte er nicht gedacht.

Dabei geht es an Heiligabend noch einigermaßen. Ganz nach britischer Tradition, da seine Mutter mit ihren Eltern nie groß Weihnachten gefeiert hat, kauft er mit seinem Vater einen Baum und trägt ihn ins Haus, schmückt ihn mit seiner Mutter zusammen, hängt die Socken an den Kamin und hilft dann seiner Mutter beim Vorbereiten des Essens, das sie am nächsten Tag nur noch heiß machen müssen. Entgegen britischer Tradition zaubert Min jedoch ein koreanisches Festmahl, mit viel Reis und eingelegtem Gemüse. Sein Vater und er schweigen sich hauptsächlich an, er hat kurz nach der Uni gefragt, mehr nicht. Nach seiner Aufgabe mit dem Baum zieht dieser sich sowieso in den großen Ohrensessel zurück, die Zeitung vor ihm. Es ist Jez gerade Recht. Er hat dem Mann nichts zu sagen.

Am Morgen des fünfundzwanzigsten sitzen sie im Wohnzimmer, schon angezogen nach dem Frühstück, nicht wie früher, wo er und Suzie im Schlafanzug runtergerannt sind und Geschenke aufgerissen haben, bevor sie überhaupt nur an Essen denken konnten. Seinem Vater schenkt er einen neuen Füller für die Praxis, seine Mutter hat Tränen in den Augen, als er ihr eine neue Kochschürze überreicht. Von seinen Eltern bekommt er eine Karte mit dem Hinweis, dass sie Geld auf sein Sparbuch eingezahlt haben. Seit Jahren ist das sein einziges Geschenk und er will sich nicht beschweren. Sie übernehmen die Studienkosten, das Wohnheim, zahlen ihm genug Taschengeld im Monat, dass er sich seine Wünsche selbst erfüllen und trotzdem noch ein bisschen was zurücklegen kann.

Die ganze Zeit geht ihm nur ein Gedanke durch den Kopf: *Nur noch heute. Nur noch heute. Nur noch heute.* Morgen würde sein Vater mit Kollegen Angeln gehen, danach wäre er wieder den ganzen Tag in der Praxis. Nur noch heute muss Jez diese schneidende Luft im Haus ertragen, diese Stille zwischen ihnen, die von tausend ungesagten Worten gefüllt ist, die aber schon so lange verschwiegen werden, dass sie nicht mehr greifbar sind. Als wären sie Meter unter der Erde vergraben, unmöglich, sie nach Jahren noch hervorzuholen.

Er versucht nicht daran zu denken, was Suzie zu ihnen sagen würde. Wie enttäuscht sie von ihnen wäre, wie sie zu dritt im Wohnzimmer sitzen, sein Vater im Sessel, seine Mutter so verloren auf dem breiten Sofa, Jez auf dem kleinen Ottomanen. In Gedanken tausende Meilen voneinander entfernt. Suzie wäre wütend. Würde sie anschreien, wie sie es wagen konnten, ihre kleine perfekte unperfekte Familie so zerbrechen zu lassen. Wenn sie hier wäre, würden sie lachen. Sein Vater würde witzige Geschichten seiner Patienten erzählen, seine Mutter von ihrem Restaurant schwärmen, Suzie von ihrem Job als Meeresbiologin erzählen, er von der Uni, von seinen neuen Freunden, von Rose, in der Vergangenheit schwelgen, über die Zukunft sprechen, sich gegenseitig necken und streiten bis ihre Mutter dazwischengeht. Sie wären alles und gleichzeitig nichts, jetzt sind sie nur noch nichts. Nichts ohne Suzie.

Für einige Minuten sitzen sie schweigend auf dem Sofa, ihre Geschenke im Schoß. Jez weiß nicht, was er sagen soll. Sagen kann. Der Schmerz über Suzies Verlust brennt in seiner Brust, schnürt ihm die Kehle zu. Er vermisst sie immer in diesen Momenten am meisten. In diesen Momenten, in denen ihm klar wird, dass sie fehlt. Dass sie einmal da war und es jetzt nicht mehr ist. Sein Vater räuspert sich und steht auf. Ohne ein weiteres Wort verlässt er das Wohnzimmer. Seine Mutter verschwindet in die Küche, vermutlich um noch einige letzte Dinge vorzubereiten. Ihre Art, sich von der eisigen Fremdheit in diesem Haus abzulenken, wie er vermutet. Und ihm fällt die Decke auf den Kopf. In seinem Zimmer schlüpft er schnell in seine Sportsachen, dann geht er eine Runde joggen.

Er hasst es zu joggen. Vor allem, weil es viel zu kalt draußen ist und ihm erst nach einer halben Ewigkeit einigermaßen warm wird. Er telefoniert mit Henry, diesmal ist er außer Puste und unterdrückt die Wut und sein Freund ist die
therapeutische ruhige Stimme, die ihn ablenkt. Am liebsten
würde er einfach in den Zug springen und weg von hier. *Es
ist okay, nicht okay zu sein.* So gern würde er Roses Worten
Glauben schenken. Aber er kann jetzt nicht gehen. Er kann
seinen Eltern gegenüber nicht sagen, dass er die Zeit mit
ihnen hasst, hasst, hasst. Also rennt er schneller, bis zum Ri-
ver Taff hinunter und dann den Fluss weiter hinauf ins Lan-
desinnere, weg vom Hafen. Weg von allem, was ihn an Suzie erinnert.

Henry jammert ihm vor, wie er sich auf kein Treffen mit
seinen Schulfreunden mehr traut, aus Angst, Greta zu begegnen. Er berichtet, was er alles zu Weihnachten bekommen hat, mault, dass seine komisch riechende Oma Cassidy
seit gestern da ist und ihm ständig Karamellbonbons andre-
hen will. Die Probleme seines Freundes lenken Jez von seinen eigenen ab. Bis er schließlich, völlig ausgelaugt, aber
mit herrlich freiem Kopf, die Stufen zu ihrem Reihenhaus
erklimmt.

Seine Mutter steckt ihren Kopf aus der Küche und sagt,
dass das Essen in einer halben Stunde fertig sei und er nur
schnell duschen solle. Er nickt knapp und geht die Stufen
nach oben. Irgendetwas ist anders. Vielleicht die betont
leichte Stimme seiner Mutter, die so im Kontrast zu der angespannten Stimmung des Morgens steht. Oder dass es ihm
gerade kurz nicht davor graut, mit seinen Eltern am Tisch
sitzen zu müssen. Mit der Hand bereits am Türknauf zum
Badezimmer fällt es ihm auf: Es ist hell im Flur. Der Flur hat
kein Fenster. Er hebt den Kopf, sieht sich um. Bis sein Blick

auf die Tür am Ende des Flures fällt. Die Tür, die immer geschlossen ist. Die Tür, durch die Sonnenlicht fällt, die sperrangelweit offensteht.

Ohne darüber nachzudenken, geht er hin. Sein Vater steht mit dem Rücken zu ihm vor dem Schreibtisch. Im Bruchteil einer Sekunde nimmt Jez alles im Zimmer war: Dass es noch genauso aussieht wie damals, als Suzie hier noch gelebt hat. Mit der hellrosa Wand, die mit aus Büchern gerissenen Fotos von Meerestieren und anatomischen Zeichnungen tapeziert ist. Suzie war zu faul zu streichen, aber mit Sechszehn fand sie eine rosa Wand viel zu kindisch. Das Regal über dem schmalen Bett, auf dem sich Bücher stapeln und das sich unter dem Gewicht gefährlich durchbiegt. Der Kleiderschrank, über und über mit Polaroidbildern von ihr und ihren Freundinnen beklebt. Mit den gleichen Lücken von damals, als sie die Bilder mit ihrem Ex-Freund abgerissen hatte. Der Schreibtisch vor dem Fenster, das hinten auf den Garten rauszeigt, worum er sie immer beneidet hat, weil seins zur Straße geht und er dadurch immer die vorbeifahrenden Autos hört. Der Schreibtisch, auf dem sich sonst Bilderrahmen, Tassen mit Stiften, Zettel und Blöcke gestapelt haben.

Und der jetzt leer ist, sein Vater mit einem riesigen Müllsack davor, der Hände voll aus der Schublade zieht und einfach so über dem gähnenden Schlund des Sacks öffnet. Als wäre es egal. Als wäre es nichts als Müll. Als würde Suzie nicht einfach morgen wiederkommen können und sich wundern, was mit ihrem Zimmer passiert. Obwohl alles andere im Raum genau danach aussieht.

»Was machst du da?«, fragt Jez. Seine Stimme klingt nicht wie seine eigene, als wäre er überhaupt nicht mehr in seinem Körper, sondern würde sich die Situation von außen nur ansehen. Und so weiß er in genau diesem Moment, dass er nicht hätte fragen dürfen. Dass er einfach hätte umkehren und duschen sollen, seinen Vater ignorieren sollen, was er die ganze bisherige Woche gemacht hat. Aber er kann nicht. Er kann nicht dabei zusehen, wie dieses Zimmer, was fünf Jahre lang ein unangetastetes Mausoleum war, nun plötzlich so zerstört wird.

»Ich miste aus«, erklärt sein Vater ruhig. Er sieht nicht einmal auf.

»Warum?«

»Es ist Zeit.«

Ein helles Piepen dringt in Jez' Ohren, seinen Kopf, eben noch leer nach dem Joggen, jetzt ein wütender Sturm.

»Nach fünf Jahren? Nach fünf Jahren findest du *ist es Zeit?*« Er wollte nicht laut werden. Seine Stimme verliert von ganz allein die Kontrolle, zittert, rutscht eine verzweifelte Oktave nach oben.

Sein Vater dreht sich um. Langsam. Sieht ihn aus diesen blaugrauen Augen an, die für ihn immer freundlich gefunkelt haben. Die stumpf sind und ausgelaugt und leblos. Jez hat so gut wie nichts von seinem Vater. Nicht die Haare, die mal blond waren und nun grau sind. Nicht die leichten Segelohren, die auch sein Opa hat. Nur das Gesicht, kantig, mit dem scharfen Kiefer, das in den letzten Jahren eingesunken ist wie bei einer Leiche. Nur die Größe, die ihm jetzt erst wieder bewusstwird, als sein Vater sich aufrichtet, den Müllsack in der Hand.

»Ja.« Die Stimme seines Vaters ist dunkel. Wie seine eigene. Und er hasst es. Hasst es, dass er die Dinge von seinem Vater hat, die er an ihm so verabscheut. »Wir ziehen um.«

Jez stolpert zurück. Eine Hand geht an den Türpfosten, um sich zu stützen. Sonst wäre er in die Knie gegangen. »Was?«

»Das Haus ist zu groß, Jeremy.« Sein voller Vorname ist wie eine Ohrfeige. Das Piepen in seinen Ohren wird lauter. Er hört nur noch Wortfetzen. *Zu viele ungenutzte Zimmer. Ausgezogen an die Uni. Kleine Wohnung. Nähe zur Praxis. Zum Restaurant. Erdgeschoss zum Altwerden.* Aber was am meisten hängenbleibt: Er sei weggezogen. Er sei nicht mehr da. Zwei leere Zimmer sind eins zu viel. Als wäre es irgendwie, auf eine verwegene Art und Weise seine Schuld. Seine Entscheidung. Seine Verantwortung.

»Wieso?«, fragt Jez, nur noch ein ungläubiger Hauch. Sein Vater hat es ihm gerade erzählt. Es geht trotzdem nicht in seinen Kopf rein. Er muss im falschen Film sein. Das hier ist nicht er, nicht sein Leben, nicht sein Haus, in dem an genau diesem Türrahmen, an den er sich stützt, mit Bleistift Markierungen sind, wie schnell er und Suzie gewachsen sind und die genau dann aufhören, als er sie überholt hat.

»Hast du mir die letzten fünf Minuten nicht zugehört?«

»Wieso schmeißt du ihre Sachen weg?«

Der Müllbeutel knirscht, als die Faust seines Vaters ihn fester umschließt. »Es ist Zeit.« Der gleiche Satz von eben. Der gleiche widerliche, eklige, Satz, der Jez die Luft zum Atmen abschnürt.

»Fünf Jahre liegt ihr Zimmer unangetastet und jetzt schmeißt du einfach alles weg?«

Die andere Hand seines Vaters landet fest auf der Tischplatte des Schreibtisches. Jez zuckt bei dem lauten Schlag zusammen. »Was sollen wir denn sonst mit dem Krempel machen, hm? Wir werden ihn garantiert nicht mit umziehen.«

Ihre lauten Stimmen haben seine Mutter hochgelockt. Min schiebt sich neben Jez, fragt leise auf Englisch, was hier los sei.

»Wusstest du es? Dass wir umziehen?«, wirbelt Jez zu

seiner Mutter herum. Ihre weit aufgerissenen Augen sagen alles. »Wieso hast du nichts gesagt?«

Mins Blick huscht zu seinem Vater. »Richard und ich dachten …« Der Satz verliert sich im Raum zwischen ihnen.

»Wir haben es nicht für nötig gefunden, es dir auf die Nase zu binden«, übernimmt sein Vater das Reden. Typisch. Er trifft die Entscheidungen für alle, er spricht für alle. Wie auch jetzt, wie auch mit dem Umzug. »Du sollst dich auf die Uni konzentrieren. Aber mit der vielen Arbeit in der Praxis habe ich nur die Feiertage jetzt Zeit, um auszumisten.«

»Auszumisten? Das sind Suzies Sachen.«

»Seo-jun«, sagt seine Mutter warnend.

»Nun, sie wird sie nicht mehr brauchen.« Sein Vater dreht sich um, greift in die Schreibtischschublade, wirft mehr in den Müllsack.

»Hör auf!« Mit einem Satz ist Jez bei seinem Vater und reißt ihm den Müllsack aus der Hand. Es geht überraschend einfach, als hätte sein Vater nicht damit gerechnet. Der Sack wiegt gefühlt mehrere Tonnen in seiner Hand.

Er weiß nicht, was hier gerade passiert. Fünf Jahre lang ist er nicht in dieses Zimmer gekommen, hat sich vor der verschlossenen Tür gefürchtet. Wieso weigert er sich jetzt, loszulassen? Seinen Vater einfach machen zu lassen? Was kümmert es ihn, wenn Suzies Zimmer endlich leer ist, nicht mehr dieser Raum voller Erinnerung, dieser ständige Beweis, dass sie nicht da ist, dass sie nie wieder kommt, dass sie alle wollen, dass sie es tut?

»Fünf Jahre lang habt ihr so getan, als hätte es sie einfach nicht gegeben und jetzt willst du sie einfach wegschmeißen?«

»Seo-jun«, wechselt seine Mutter zischend ins Koreanische, »zeige deinem Vater etwas mehr Respekt.«

»Nein!« Heiße Tränen laufen über seine Wangen. Er bleibt im Englischen, er will, dass sein Vater jedes Wort versteht. »Nein, zeig du *ihr* Respekt. Das sind Suzies Sachen, nicht einfach nur irgendwelcher alter Krempel, den man einfach so wegschmeißen kann!«

»Wo sollen sie dann hin, hm?« Sein Vater verschränkt die Arme, plötzlich absolut ruhig. »Wenn du willst, nimm die Sachen mit in dein Wohnheim nach London. Dann kannst du ja sehen, wo du alles unterbringst.«

»Vielleicht werde ich das!«

»Mach dich nicht lächerlich, Jeremy. Wie willst du das denn im Zug transportieren?«

»Keine Ahnung, mir fällt da schon was ein.«

Sein Vater schnaubt. »Es wird Zeit, loszulassen. Sie ist tot. Sie kommt nicht wieder.«

Jez lacht freudlos auf. »Und das sagst gerade du!« Seine Mutter sagt wieder seinen Namen, aber er übergeht es geflissentlich. »Du sperrst dich seit ihrem Tod in deinem Büro weg, als könnte deine Arbeit sie ersetzen!«

»Ich glaube, dass du nicht in einer Position bist, mich deswegen anzugreifen. Deine Eskapaden haben dafür gesorgt, dass du deinen Schulabschluss nicht geschafft hast. Von den vermutlichen Leberschäden einmal abgesehen.«

»Hast du schon mal dran gedacht, dass ich das alles nur gemacht hab, weil in diesem gottverdammten Haus keiner über sie redet?« Seine Mutter ist still. Wenn er nicht so in Rage wäre, würde er den Schmerz in ihrem Gesicht sehen. Sein Vater hat die Zähne fest aufeinandergepresst, die Kiefermuskeln treten deutlich hervor. »Ihr tut so, als hätte es Suzie nie gegeben! Wie soll ich denn trauern, wenn ihr es nicht tut?«

Stille. Sekunden ziehen vorbei, die weiße altmodische Uhr, die früher auf ihrem Schreibtisch stand und jetzt im

Müllbeutel liegen muss, tickt. Ein leises Geräusch in der ohrenbetäubenden Stille. Die Erinnerung, dass seine Mutter die Batterie in den letzten Jahren ausgetauscht hat.

»Jeder trauert anders«, sagt sein Vater schließlich gefährlich leise. Als ob er seine ganze Wut, seinen ganzen Schmerz, unterdrücken würde.

»Ja. Aber ihr trauert gar nicht.« Mit dem Handrücken wischt Jez sich die Tränen vom Gesicht. »Manchmal tut etwas zu sehr weh, um darüber zu sprechen. Aber es wird auch nicht besser, wenn man schweigt.« Er schluckt, denkt an Rose, sehnt sich nach ihrer Stärke, ihrem Mut. Wie sie einfach sagt, was sie denkt. Und plötzlich fällt es ihm ganz leicht. »Und euer Schweigen fuckt mich richtig ab.«

Seine Mutter schlägt sich die Hand vor den Mund. Er flucht nie vor seiner Familie, für solche Worte kriegt er sonst einen mit ihrem Pantoffel übergezogen. Den Ausdruck in den Augen seines Vaters kann er nicht deuten.

Jez greift den Müllsack fester, hievt ihn hoch und trägt ihn raus in den Flur. Stellt ihn nur schnell in seinem Zimmer ab. Er muss hier raus, aus diesem Haus, weg von seinen Eltern.

»Wehe, ihr schmeißt etwas von Suzies Sachen weg. Dann habt ihr nicht nur ein Kind endgültig verloren.« Mit diesen Worten lässt er seine Eltern in Suzies altem Zimmer stehen, poltert die Treppe hinunter, schlüpft zurück in seine Sportschuhe, reißt eine Jacke vom Haken und knallt die Haustür hinter sich zu.

»*Panikattacken sind plötzlich und ohne Vorwarnung auftretende, heftige Angstgefühle. Zu den Symptomen gehören Herzrasen, Schweißausbrüche, Zittern, Atemnot, Brustschmerzen, Übelkeit, Schwindel, Kribbeln und Frösteln oder Erröten. Die meisten Betroffenen berichten von überwältigender Angst und dem Gefühl, gleich zu sterben oder ›verrückt zu werden‹. Sie flüchten von dem Ort, an dem die Attacke beginnt (...). Die Attacken sind jedoch meist nur kurz und dauern gewöhnlich weniger als 30 min. Panikattacken können von bestimmten Reizen ausgelöst werden. Sie können Ausdruck einer ganzen Reihe von Angststörungen sein, aber auch spontan auftreten.*«

Bear, Mark F. et al. *Neurowissenschaften*. Deutsche Ausgabe herausgegeben von Andreas K. Engel. Springer Spektrum, 2009, 4. Auflage 2018, S. 820.

22. KAPITEL

Rose

Früher hat sie es gleichermaßen geliebt und verabscheut, mit Mum in die Galerie nach St. Ives zu gehen. Verabscheut so lange unter ihrem wachsamen Auge zu sein, nicht von ihrer Stelle zu weichen, wenn doch, ihr ständig schreiben zu müssen. Geliebt, endlich aus dem Haus zu kommen, bei Kunst zu sein, wenigstens etwas Leben und Trubel mitzubekommen, den ihr Dorf Tintagel nur zur Hochsaison am Castle mitbekommt. Mit Mum jetzt in der Galerie zu stehen und ihrer Kuratorin zuzuhören, fühlt sich seltsam vertraut und gleichzeitig ungewohnt neu an. Denn sie muss hier nicht stehen. Mum hat ihr gesagt, sie könne auch schon durch die Stadt schlendern und sie treffen sich später in ihrem Lieblingscafé. Doch sie möchte bleiben.

Sie hört ihrer Mum und Evelyn mit halbem Ohr zu, wie sie über eine neue Kollektion an Gemälden sprechen, über einen Fundraiser zu Weihnachten, einen Kunden in Edinburgh, der gerne eine Kommission aufgeben würde. Währenddessen schlendert sie durch die kleinen Verkaufsräume, vorbei an den vielen Bildern, die Mum gemalt hat, an weiteren, deren Künstlerinnen sie aus ihrem Haus kennt und mit denen Mum befreundet ist. Sie bleibt an einem Bild hängen, das mit Ölfarbe gemalt sein muss, so wie die Pinselstriche auf sie wirken. Es zeigt eine Schafwiese, vermutlich hier in Cornwall, vielleicht auch Wales, und die Wolle der Tiere sieht flauschig weich aus. Ihr Blick huscht zu dem schwarzen Schaf, das etwas abseitssteht, und wie trotz des blauen Himmels mit den weißen Wattebauschwölkchen das Bild dadurch etwas Trauriges, Melancholisches bekommt.

Die Galerie, in der Mum ausstellt, ist einfach etwas ganz Besonderes. Jedes Bild ist einzigartig, nicht einfach nur Landschaftsmalerei, sondern hat dieses gewisse Etwas, dieses magische Gefühl, wenn man es betrachtet. Dieses Kribbeln in Roses Fingern, dieser Wunsch, genauso gut malen zu können, in das Bild entfliehen zu wollen. Mums Kuratorin Evelyn ist jung, sie hat den Laden von ihrem Großvater übernommen und einen völlig neuen Ort daraus gemacht. Evelyn unterstützt junge cornische Künstlerinnen, nur Frauen, weil Männer ihrer Meinung nach sowieso viel zu viel Raum in der Kunstszene einnehmen. Sie tauscht mit Galerien in Manchester und London Bilder aus und stellt so mit ihren Kollegen gegenseitig ihre Künstlerinnen vor. Abends gibt es oft Workshops, Poetry Slams oder Lesungen, kleine Konzerte von Bands aus der Umgebung, Malabende mit Wein und Traubensaft.

Rose ist gerne hier, die Anwesenheit von Kunst hat sie schon immer beruhigt. Vor einem Gemälde im Eingangsbereich bleibt sie wieder stehen, liest sich den Text der Künstervorstellung daneben durch. Eine Hannah hat die wilde Küstenlandschaft mit den ungenauen Pinselstrichen gemalt. Sie ist dreiundzwanzig, gerade mit ihrem Master in Fine Arts an der Newcastle University fertig und schreibt jetzt ihren Doktor. Ein Ziehen geht durch Roses Brust, eine kleine Sehnsucht, dass sie das sein könnte. Dass sie ebenso

Kunst studieren könnte, ihre Fähigkeiten ausbauen, neue Techniken erlernen und dann genauso in Galerien ausgestellt werden könnte. Dieser Wunsch, den sie seit Kindheitstagen gehegt und gepflegt hat, und sich langsam in die Vorstellung verwandelt hat, Kuratorin zu werden, wie Evelyn. Wie ihr Erzeuger, aber den Gedanken verdrängt sie immer schnell. In einem Museum zu arbeiten, den ganzen Tag mit Kunstwerken und Artefakten umgeben zu sein, war so lange ihr Traum.

Doch so schnell wie die Sehnsucht aufkommt, verebbt sie wieder. Ganz bewusst hat Rose sich für medizinische Biowissenschaften entschieden. Auch wenn die Prüfungsphase vor den Ferien ihr den letzten Nerv geraubt hat und dabei nur eine Übung für die echten Klausuren im Februar war, liebt sie ihren Studiengang. Sie liebt die Logik dahinter, liebt das Auswendiglernen der biologischen Abläufe, liebt das viele Wissen, das sie erlernt, wie der Körper auf kleinster Ebene funktioniert. Sie würde es nicht anders machen wollen. Es würden immer zwei Herzen in ihr schlagen, das für die Wissenschaft und das für die Kunst. Aber nur, weil sie dem einen in ihrem Studium nachgeht, heißt das nicht, dass das andere nicht weniger wichtig ist. Nicht weniger da ist. Sie würde die Kunst immer lieben, und wer weiß, vielleicht würde sie eines Tages doch in die Fußspuren ihrer Mutter folgen und von ihrer Kunst leben. Nur nicht jetzt, nur nicht sofort.

Bevor sie wirklich darüber nachdenken kann, zückt sie ihr Handy, macht ein Foto von dem Gemälde der Doktorandin und schickt es an Jez. Es ist zwar immer noch etwas ungewohnt, mit ihm zu texten, aber es ist einfach. Angenehm. Er erwartet nicht von ihr, ihm sofort zu antworten, antwortet oft selbst erst Stunden später. Macht sie nicht an, wenn sie gerade online ist, aber seinen Chat ungelesen lässt.

Es ist unkompliziert. Einfach. Ganz anders als damals bei Kyle, der ihr ein schlechtes Gewissen machte, wenn sie ihm nicht sofort antwortete. Wenn sie erst einen anderen Chat öffnete und dann ihn vergaß. Dann wurde immer die Diskussion geführt, ob er ihr nicht wichtig sei, ob sie diese Beziehung überhaupt wolle, wieso sie ihm immer andere vorziehen würde.

Ihr fröstelt es und sie fährt sich über die Arme in dem hellen Pulli, um sich zu wärmen. Sie braucht Ablenkung, will an etwas anderes denken als ihren Ex. Blaze müsste noch mit Tim im Auto sein, sie sind erst nach dem Frühstück losgefahren, um Heiligabend heute bei Mary zu verbringen. Sie will sie nicht nerven. Von Jez weiß sie, dass er heute mit seinem Vater den Baum kauft und das Essen mit seiner Mutter vorbereitet, ihn will sie auch nicht aus dem Nichts anrufen. Also geht sie zurück in den hinteren Bereich der Galerie, wo Mum und Evelyn in ein angeregtes Gespräch vertieft sind.

»Ich bin ja immer noch gespannt, wann wir einmal von dir etwas ausstellen werden«, sagt Evelyn plötzlich an Rose gewandt.

Sie windet sich unter dem Blick ihrer freundlich dunklen Augen. »Ach, ich glaub nicht, dass ich dafür gut genug bin.«

»Das bezweifle ich sehr«, sagt Evelyn, gleichzeitig sagt Mum: »Das stimmt nicht, Motte.«

Sie fährt sich über das Schlüsselbein, das unter dem V-Ausschnitt ihres Pullis hervorguckt. »Ich weiß nicht. In einer Galerie? Das wirkt so …«

»Ernst?«, bietet Evelyn an.

Rose nickt. Ja, eben hat sie sehnsüchtig die anderen Künstlerinnen betrachtet und sich gewünscht, auch hier zu hängen. Aber nicht wirklich. Nicht jetzt. Die Vorstellung, dass jemand sich ihr gemaltes Bild in das eigene Heim hängt, ist irgendwie befremdlich. Denn müsste sie sich dann nicht fragen, ob das Studium die richtige Wahl war, ob sie nicht doch lieber von der Kunst versuchen sollte zu leben?

Evelyn steckt sich eine ihrer Korkenzieherlocken hinters Ohr. Mum hat ihr einmal erzählt, dass die Hochzeit von Evelyns Eltern damals wohl ein ziemlicher Skandal fürs Dorf war: Der weiße Sohn des örtlich berühmten Galeristen mit der quirligen, eigentlich nur auf der Durchreise abenteuerlustigen Südamerikanerin. Vielleicht ist Evelyn deshalb so bodenständig, so eigenwillig, so mit allen Wassern gewaschen, so leidenschaftlich und unterstützend.

»Es muss keine Galerie sein, Rosalie. Auch online kannst du deine Kunst verkaufen, wenn du ein bisschen Nebeneinkommen haben möchtest«, sagt Evelyn. »Vor allem auch das gleiche Bild mehrmals, wenn du Prints verkaufst. Das kann dir im Studium ordentlich unter die Arme greifen und du weißt, dass ich sofort einen Aushang hier machen würde.«

Rose zieht überrascht die Augenbrauen in die Höhe. »Online?«

»Klar.« Evelyn nickt eifrig. »Über soziale Medien kannst du andere in deinen Prozessen mitnehmen und dann über Etsy oder andere Webseiten Prints, Sticker und so weiter verkaufen.« Sie scheint zu sehen, wie die Zahnrädchen in Roses Kopf plötzlich anfangen zu arbeiten. »Du musst natürlich auch nicht, es ist nur eine Idee. Ein Hobby kann auch einfach ein Hobby bleiben. Nicht alles muss zu Geld gemacht werden.«

»Ich bin mir sicher, dass deine Cartoon Zeichnungen viel Anklang finden würden«, stimmt Mum zu.

»Anime«, verbessert Rose automatisch.

»Aber es ist deine Entscheidung, Motte.« Mum drückt ihren Arm. »Evelyn und ich würden noch mal die Verkäufe aus dem letzten Quartal durchgehen, willst du schon mal durch die Stadt schlendern und wir treffen uns gleich im *Olive's*?«

Rose nickt und verabschiedet sich von den beiden. Vor der Tür zieht sie ihre weiße Daunenjacke zu und rückt ihre Bommelmütze zurecht. Ein kalter Wind weht durch die engen Kopfsteinpflasterstraßen. Es ist in Cornwall zwar oft milder als in London, aber es ist windig und vom Meer zieht eine eisige Brise auf. Sofort fragt sie sich, ob es in Cardiff ebenso windig ist und Jez auch friert. Sie schüttelt über sich selbst den Kopf, schultert ihre kleine Handtasche und geht die Straße hinunter. Von der Bedford biegt sie in die Fore Street ab, die Haupteinkaufsstraße in St. Ives. Die meisten Geschäfte haben trotz Heiligabend noch bis mittags auf und viele kaufen noch ihre letzten Weihnachtsgeschenke.

Am Buchladen vorbei, den Blaze so liebt, schlendert sie die schmale Straße hinunter. Gerade mal ein Auto würde zwischen den Häusern durchpassen, wenn es keine Fußgängerzone wäre. Sie bleibt vor einem Schmuckgeschäft stehen, bewundert die filigranen Stücke, geht weiter zu einem Schaufenster eines Klamottenladens, bekommt schon wieder Lust, neue Pullis zu kaufen, obwohl ihr Kleiderschrank schon überquillt, aber genau so einen hat sie noch nicht. Rose reißt sich von den Preisen los, ihr Magen grummelt, als sie an einer Bäckerei vorbeiläuft und die süßen Gebäcke durchs Fenster sieht.

Dabei denkt sie immer wieder an das, was Evelyn gesagt hat. Dass sie ihre Bilder online verkaufen könnte. Mit der neuen Wohnung, die teurer ausfällt als sie es mit Mum fürs zweite Studienjahr besprochen hat, würde etwas zusätzliches Geld nicht schaden. Sie hat zwar überlegt, bei Maddie im Café mal anzufragen, aber malen tut sie sowieso fast jeden Tag. So in Gedanken versunken merkt sie nicht, wie jemand ihren Namen ruft. Erst als sie fast in zwei Leute hineinläuft, bleibt sie stehen und sieht auf.

Ihr Herz rutscht ihr in die Hose, bleibt stehen und schlägt einfach nicht mehr weiter. Sie blickt in vertraute graue Augen. Rundes Gesicht, Stupsnase, kleine Sommersprossen auf den Wangen, so wenige, wie Rose früher immer nur haben wollte, als ihr ihr von hellen Punkten überzogenes Gesicht immer zu viel vorkam. Braune Haare, definitiv gemachte Locken, die fallen nicht natürlich so, eine schwarze Mütze, stilsicher angezogen wie eh und je.

»Rosie, lange nicht gesehen«, sagt Hailey. Ihre Stimme ist immer noch so unnatürlich hoch, mit diesem arroganten Unterton. Sie wusste immer, dass sie das hübscheste, beliebteste, beste Mädchen an der Schule war. Und hat es alle anderen spüren lassen. Vor allem Rose, nachdem sie mit Kyle zusammenkam.

Kyle. Ihr Blick geht zu dem Typ neben Hailey. Ihr Herz beginnt wieder zu schlagen, rasend diesmal, viel zu schnell, dass es ihr droht aus der Brust zu springen. Kalte blaue Augen mustern sie, blaue Augen, die ihr so, so vertraut sind, die sie in ihren Albträumen verfolgen. Die schwarzen Haare sind wie immer perfekt gestylt, die längeren oben nach hinten gegelt, die Seiten kurz geschoren. Das Gesicht ist kantig und für einen lächerlich kurzen Moment fragt sie sich, wie sie jemals denken konnte, dass Jez ein scharfes Gesicht hat. Seins ist weich wie der Ozean, Kyles eine rasiermesserscharfe Klinge. Die sich tief, tief, tief in ihre Brust bohrt.

»Hailey«, kratzt sie ihre Stimme für dieses eine Worte zusammen. Seinen Namen kann sie nicht aussprechen, niemals wieder.

»Auch am Weihnachtseinkäufe erledigen?«, schlägt Hailey einen unbefangenen Ton an.

Wie kann sie das? Wie kann sie so tun, als wäre das letzte Mal, dass sie sich gesehen haben, nicht auf dieser schicksalhaften Party gewesen? Als hätte sich Rose nicht in den Armen ihrer Schwester an Hailey vorbeigedrängt, Kyle auf dem Boden, ein Veilchen sich um sein Auge bildend. Als hätte sie sich unter Haileys schockiertem Blick nicht gewunden.

Rose kann nur nicken. Sie ist ein Kaninchen vor einer Schlange, kann sich nicht rühren. Nur hoffen, dass sie hier im falschen Film ist, dass das hier nicht gerade wirklich passiert.

»Wir auch, nicht wahr, Babe?«, zwitschert Hailey und legt ihre Hand auf Kyles breite Brust.

Rose wird speiübel. Sieht jetzt erst die verschränkten Hände der Zwei, wie nah sie beieinanderstehen. Jeder fiese Blick von Hailey fällt ihr wieder ein, wie sie Rose nicht in ihrer Freundesgruppe haben wollte, wie eifersüchtig sie war, dass Kyle plötzlich nur noch Augen für Rose die Neue hatte. Rose muss hier weg, sofort. Aber ihre Beine gehorchen ihr nicht mehr. Sie kann nur stehen und zuschauen, wie Kyle nickt, wie seine schmalen Lippen sich bewegen, Worte bilden, Sätze formen. Das Rauschen in ihren Ohren übertönt alles.

Hailey fragt, wo sie studiert, sie antwortet automatisch. Hailey erzählt, dass sie und Kyle beide in Falmouth angenommen wurden und wie toll es doch sei, mit dem Partner gemeinsam zu studieren. Hailey schwärmt von der Uni und dem Wohnheim und ihrem Studiengang. Rose hat schon wieder vergessen, was sie studieren.

»Ich wollte noch ein zweites Geschenk für dich holen, Babe«, sagt Hailey plötzlich. »Ihr Zwei habt bestimmt so viel zu reden, so lange wie ihr euch nicht gesehen habt.«

Nein, nein, nein. Das kann sie nicht ernst meinen. Hailey gibt Kyle einen Kuss, einen dieser widerlich schlabbernden Sorte, bei der sich Rose der Magen umdreht. Sie löst sich von ihm und läuft an Rose vorbei. Direkt neben ihr bleibt sie stehen, die Stimme gesenkt, sodass Kyle sie nicht hören kann.

»So offensichtlich, wie du ihn nicht wolltest, stört es dich bestimmt nicht, dass ich ihn mir gekrallt hab, oder?«, kichert sie. Ja, kichern. Was für ein dummes Klischee. Wieso waren die Mädchen an ihrer alten Schule so gehässig? So hinterrücks und gegenseitig ausstechend, so jedes Zicken-Klischee erfüllend? Niemals würde Rose so mit Ellie umgehen oder mit anderen Freundinnen und Kommilitoninnen.

Hailey verschwindet in einer Wolke ›Jimmy Choo Blossom‹, dieses eklig süße Parfum, was sie schon zu Schulzeiten immer viel zu viel aufgetragen hat. Und lässt Rose mit Kyle allein. Sie kriegt keine Luft mehr. Die Panik sitzt in jedem Winkel ihres Körpers, lähmt sie, friert sie an Ort und Stelle fest. Lässt sie nicht entkommen.

»Gut siehst du aus«, sagt Kyle. Diese Stimme, diese lässig gezogenen Wörter, dunkel, verfolgt sie in ihren Albträumen. Sie hat nichts mit Jez' tiefer Ozeanstimme gemein, ist eher ein Gestrüpp aus Dornen. Sie zerfleischt sie von innen heraus.

Ohne dass sie es verhindern kann, denkt sie an all die Male zurück, in denen er ihr gesagt hat, was ihm an ihr nicht passt. Die Haare, das Outfit, das Make-up. Bis sie alles genau so gemacht hat, wie es ihm gefällt. Die Haare offen getragen und nicht in ihren liebsten lockeren Knoten, die Schminke nur dezent, bloß nicht zu viel, sonst wirkt es so aufgesetzt, das Outfit freizügig, aber nicht zu freizügig, allgemein sind sie zusammen einkaufen gegangen und sie hat sich seinem Stil angepasst.

»Danke«, würgt sie schließlich hervor.

Er lächelt schief. »Ich bin mir sicher, sie wird dieses Hugo Boss Parfum für mich kaufen. Morgen muss ich dann besonders überrascht tun, sonst ist sie sauer.«

Er sagt es so absolut locker, als wären sie zwei Freunde, die sich über den Weg laufen. Nicht Ex-Freund und Ex-Freundin. Nicht das, was sie waren. Nicht er, der sie ständig unter Druck gesetzt hat, sie, die immer kleiner neben ihm wurde, immer abhängiger. Nichts von der letzten Nacht, in der sie sich gesehen haben. Als er ihr Nein so endgültig übergangen hat. Und sie fast ... fast ...

Tränen steigen in ihre Augen, brennen, verschleiern ihr die Sicht. Sie kann das nicht. Sie kann ihn nicht sehen, nicht mit ihm normal reden. Sie kann das nicht, kann das nicht, kann das nicht.

»Ach Gott, du bist doch nicht immer noch nachtragend wegen damals?«, fragt Kyle und verdreht die Augen. »Das ist doch wirklich lang genug her. Und war doch alles nur ein Missverständnis.«

Ein ... Missverständnis? Das kann er doch unmöglich so meinen. Sie will ihre Stimme erheben, ihn anschreien, ihn packen und schütteln, ihm deutlich machen, was das mit ihr gemacht hat, war *er* mit ihr gemacht hat. Dass er sie verletzt hat, so tief und so einnehmend und so bleibend, dass sie noch immer Panikattacken hat. Dass sie noch immer Angst hat, sich anderen zu öffnen, dass sie Jez gegenüber nicht die sein kann, die sie sein möchte. Sie will schreien und toben und vor der ganzen Stadt eine Szene machen, ihn wissen lassen, wie falsch er liegt, dass es kein Missverständnis ist, sondern sein Fehler, seine Schuld, seine Verantwortung.

Stattdessen ist sie stumm, die Tränen noch immer in ihren Augen. Vor Schock in absoluter Starre. Dann legt sich eine Hand um ihre Schulter und sie zuckt zusammen.

»Rosie?« Es ist Mum. Sie sieht kurz verwirrt zwischen Rose und Kyle hin und her, sieht die Tränen in den Augen ihrer Tochter. Der Ausdruck in ihrem Gesicht verhärtet sich. »Entschuldigung, was haben Sie mit meiner Tochter zu tun?«

Ihre Stimme ist schneidend kalt. Ganz die beschützende Mama-Löwin, zu der sie in den letzten Jahren geworden ist.

»Nur ein alter Schulkamerad.« Kyle hält ihr charmant die Hand hin. »Freut mich.«

Mum lässt die Hand in der Luft hängen, würdigt sie nicht mal eines Blickes. Sie scheint die Situation verstanden zu haben, obwohl sie Kyle noch nie gesehen hat. Der Druck um Roses Schulter verstärkt sich.

»Ich weiß genau, wer Sie sind.« Kyle lässt die Hand fallen, seine Kiefermuskulatur arbeitet. »Meine Tochter hat sich damals gegen eine Anzeige entschieden, entgegen meiner Empfehlung.«

Das stimmt. Nachdem sie Mum weinend erzählt hat, was passiert ist, einige Wochen nach dem Vorfall, wollte Mum sofort zur Polizei und Kyle wegen versuchter Vergewaltigung anzeigen. Rose konnte nicht, wollte nicht. Sie wollte es nicht wieder und wieder erzählen müssen, es wieder und wieder durchleben müssen, und ihn am Ende sowieso mit einem Klaps auf die Hand, wenn überhaupt, wieder laufen sehen. Denn sie weiß, wie so etwas abläuft. Wie unwahrscheinlich es ist, dass ihr geglaubt wird. Und sie hat sich bewusst dagegen entschieden. Mum hat ihre Entscheidung nur zähneknirschend akzeptiert.

»Sie können sich darüber verdammt glücklich schätzen, junger Mann«, fährt Mum fort. »Dass sie keinen Anstand haben, haben Sie ja bewiesen. Ich hoffe aber doch, dass Sie

noch genug Grips besitzen, sich von meiner Tochter fernzu-
halten. Sonst erwirke ich eine einstweilige Verfügung. Ob
das meiner Tochter passt oder nicht.« Sie hält Kyle, der
während ihrer kurzen Rede immer kleiner und wütender
geworden ist, für einen Moment mit ihren Augen gefangen.
»Ich hoffe, ich habe mich deutlich genug ausgedrückt.«

Wenn die Panik in ihren Knochen Rose nicht lähmen
würde, hätte sie sich vielleicht darüber lustig gemacht, wie
Kyle trotzig die Zähne knirscht und damit aussieht wie ein
gescholtenes Kindergartenkind. Er öffnet den Mund,
scheint es sich dann aber anders zu überlegen und geht an
ihnen vorbei in die gleiche Richtung, in die Hailey verschwunden ist.

Für einige Sekunden bleibt sie noch in Mums Arm stehen, dann hechtet sie in das Pub nebenan, geht so schnell
wie es ihr möglich ist, ohne zu große Aufmerksamkeit zu
erregen, auf die Kundentoilette und erbricht ihren gesamten Mageninhalt über der Kloschüssel. Danach fühlt sie sich
schmutzig. Und leer. So verdammt leer.

Sie kann nicht schlafen. Seit Stunden wälzt sie sich in ihrem
Bett hin und her, geht immer wieder die Begegnung mit
Kyle durch. Seziert jedes Wort, jede Bewegung seinerseits,
ihre erbärmliche Reaktion. Bis sie sich so mickrig klein fühlt,
dass nicht einmal weinen ihr noch hilft. Sie ist lächerlich. Sie
ist erbärmlich. Sie hätte ihm ihre Meinung geigen sollen. Sie
hätte ihn anschreien sollen. Sie hätte ihm klar machen müssen, dass es nicht nur ein Missverständnis war, ihm ein-
bläuen müssen, was er da eigentlich getan hat. Er soll sich
schuldig fühlen. Er soll sich schlecht fühlen. Er soll sich genauso scheiße fühlen wie sie.

Aber stattdessen geht es ihm gut. Mehr als gut. Er verschwendet keinen Gedanken mehr an die Sache letztes Jahr, ist in einer neuen glücklichen Beziehung. Ihn kümmert es nicht. Er hat keine Schäden davongetragen. Er ist noch ganz. Und sie? Sie ist Toffee mit abgeknabberter Kuvertüre und sie hat keine Ahnung, wie sie ihre Schokoglasur zurückbekommen soll. Bei dem Vergleich muss sie an Jez denken und sie schluchzt lautlos auf. Sie vermisst ihn. So verdammt sehr. Sie vermisst seine warme Umarmung, die sie jetzt so bitter nötig hätte. Sie vermisst es, dass er genauso wütend auf Kyle ist. Dass er ihr irgendeinen schlauen Kalenderspruch sagt, der es besser macht. Die kleine, vernünftige Stimme in ihr sagt, dass es wieder besser werden wird. Sie ist gerade an einem dunklen Punkt, aber sie kommt da wieder raus. Ist bisher da immer wieder rausgekommen. Allein ist es jedoch so verdammt schwer. Und mit Jez wäre es leichter.

Sie greift nach ihrem Handy, ignoriert die Uhrzeit, schon nach drei, schwebt mit dem Finger über seinem Namen. Legt es wieder weg, dreht sich zur anderen Seite, weg vom Nachttisch und der Versuchung und sieht aus dem Fenster. Sie vermisst den Blick auf den versmogten Londoner Stadthimmel, die Ecken der Gebäude. Stattdessen sieht sie auf dunkle Äste, die sich im Wind krümmen, und das sternenübersäte klare Firmament. Sie würde es auch allein hier raus schaffen. Sie würde Jez nicht mitten in der Nacht anrufen und sich bei ihm ausheulen, ihm geht es gerade auch nicht gut zu Hause mit seinem Vater.

Schließlich hält sie die Abwärtsspirale nicht mehr aus und schlägt die Decke zurück. Zu malen würde ihr jetzt helfen, einfach alle Gefühle auf Papier bringen und dann damit abschließen. Auf ihrem Schreibtisch sucht sie jedoch verzweifelt nach ihrem Malblock, bis es ihr wieder einfällt: Sie hat ihn in Mums Atelier unten im Wintergarten liegen gelassen. Fest presst sie die Handrücken gegen die Augen. Einmal am Boden, bringt alles sie zum Weinen. Ist alles plötzlich ein Weltuntergang. Sie atmet tief durch, zählt die Sekunden dabei, bis sie sich soweit beruhigt hat, dann öffnet sie ihre Zimmertür und tapst leise die Treppe nach unten.

Sie blinzelt, als ihr aus dem Wohnzimmer flackerndes Licht entgegenströmt, als würde um diese gottlose Zeit noch der Fernseher laufen. Die leisen Stimmen und Musik werden etwas lauter, sie erkennt die Sprache des Films im ersten Moment nicht, als sie durch den Türbogen ins Wohnzimmer durchgeht. Mum schaut wirklich fern, ihre dunkelroten Haare in einem unordentlichen Dutt zurückgebunden, einen dicken gewebten Pulli über ihren Schlafanzug geworfen, dessen Kragen hervorlugt. Sie hat sich in eine Wolldecke eingemummelt und sitzt auf dem Sofa, dieses breite Ding mit dem abgewetzten altrosa Stoff, das sie schon immer hatten und eigentlich längst einen neuen Bezug nötig hätte. Wie sie alle.

Roses Blick fällt auf den Fernseher und erkennt nun auch die Sprache: Französisch. Zusammen mit der hübschen rothaarigen Schauspielerin und ihrem überaus attraktiven blonden Gegenpart weiß sie sofort, welchen Film Mum guckt: ›Renoir‹, ihren Lieblingsfilm über den französischen Impressionisten, den Film, den sie immer ansieht, wenn sie nicht schlafen kann und es ihr schlecht geht, den sie so oft nach Tims Unfall nachts angeguckt hat, dass Rose ihn selbst fast schon mitsprechen kann, weil sie ihre Zimmertür offengelassen hatte, um zu lauschen. Die französischen Worte haben sie ebenso beruhigt wie ihre Mutter.

Mums Blick fällt auf sie. »Rosie«, sagt sie leise, nicht wirklich überrascht. Sie stellt ihre Teetasse, ihre riesige, in die fast ein halber Liter passt, auf den Couchtisch. Einladend klopft sie auf das Sofa neben sich. »Möchtest du auch einen Tee?«

Rose schüttelt den Kopf, schlurft zum Sofa und kuschelt sich dann unter die Decke neben Mum. Sofort fühlt sie sich wieder wie ein kleines Kind. In den Momenten, in denen ihr Vater nicht zu Hause war und sie mit Mum kuscheln konnte, statt zu Blaze zu gehen, wenn sie von einem Albtraum wach wurde, weil ihr Vater sie angemotzt hätte, was ihr einfallen würde, ihn nachts zu wecken.

»Ich konnte nicht schlafen und will Mark nicht wachhalten«, erklärt Mum, wieso sie hier unten sitzt, obwohl es Rose schon längst klar ist.

»Ich kann auch nicht schlafen«, sagt sie jedoch nur und zieht die Wolldecke bis zum Kinn hoch.

Einige Minuten sehen sie sich schweigend den Film an. Er hat nicht die gewünschte Wirkung bei ihr, sie denkt immer noch an Kyle, an Jez, an ihren Erzeuger, an Männer und wie sie Frauen behandeln, während die junge Andrée sich vom alten Renoir nackt malen lässt.

»Mum?« Ihre Stimme ist kaum mehr als ein Flüstern.

»Ja, Motte?«

»Wie konntest du damals Dad verlassen?« Seit Jahren hat sie ihn nicht mehr so genannt. Immer nur das unpersönlichere ›Vater‹ oder das passiv aggressive ›Erzeuger‹. Sie hat es sich so von Blaze abgeguckt. Kaum ist Mum mit ihnen aus dem Haus aus- und bei Tims Großeltern eingezogen, war ihr Vater vom Tisch. Er hat nicht mehr existiert. War nicht mehr Teil ihres Lebens.

Rose sieht aus dem Augenwinkel, wie Mum sich ihr zuwendet, nur um dann doch wieder den Fernseher anzustarren. »Es hat lange gebraucht. Zu lang. Ich frage mich immer noch, was ich euch Mädchen mit ihm angetan habe. Damit, dass ich so lange geblieben bin. Was habe ich euch vorgelebt? Bin ich damit nicht mit schuld, welche Männer ihr euch gesucht habt?« Mum greift nach der Tasse Tee und trinkt einen großen Schluck der hellen Flüssigkeit. Sie trinkt ihren Schwarztee immer mit viel zu viel Milch.

»Aber du hast jetzt Mark.« Mark, der Mum behandelt wie einen kostbaren Schatz, der für sie da ist, sie hält, ihr gut zuspricht, sie wie einen verliebten Teenager grinsen lässt, wenn er anruft.

Mum seufzt. »Mark ist eine der wenigen richtig guten Entscheidungen in meinem Leben.«

»Wie konntest du dich auf ihn einlassen? Nach Dad.«

»Erst gar nicht.« Mum schweigt wieder für einige Atemzüge. Rose kann sich nicht daran erinnern, dass sie einmal so ehrlich, so tiefgründig mit ihrer Mutter gesprochen hat. Als würde es ihnen beiden leichter fallen, die Worte nachts über die Lippen zu bekommen. Am nächsten Morgen könnten sie es als Traum abtun oder als übermüdetes und übernächtigtes Gespräch.

»Ich … Christopher hat mir so sehr eingeredet, nichts wert ohne ihn zu sein. Ich habe ihm geglaubt. Dass so ein guter Mensch wie Mark an mir Interesse haben könnte, war unvorstellbar für mich. Ich war doch zu viel, zu exzentrisch, zu unsicher, zu frei, zu jung, zu kindisch, zu … alles«, fährt Mum fort und ihre Worte werden immer schneller, immer schmerzerfüllter. In jedem einzelnen Gedanken findet Rose sich wieder.

»Die Therapie hat geholfen«, sagt Mum schließlich.

Rose reißt den Kopf herum, studiert das Profil ihrer Mutter, das ihrem eigenen so ähnelt und fest auf den Fernseher gerichtet ist. »Du warst in Therapie?«

»Natürlich. Nachdem Christopher mich so diskreditiert

hat und ich meine Arbeit verloren habe, bin ich in eine ziemliche Depression verfallen. Ohne Therapie hätte ich es niemals da raus geschafft.«

»Das wusste ich nicht. Wir beide nicht.« Sie fügt den letzten Satz hinzu, um zu sehen, ob Mum ihn widerlegt. Ob sie sich Blaze anvertraut und ihre große Schwester all die Jahre das Geheimnis gehütet hat.

Tränen schimmern in Mums Augen, als sie sich zu ihr dreht. »Es ist nicht die Aufgabe von Kindern, für ihre Eltern da zu sein. Es war nicht eure Aufgabe, mich zu stützen.« Sie holt zittrig Luft. »Ich wollte stark für euch sein, für meine Mädchen. Ich wollte nicht, dass ihr seht, wie sehr ich darunter leide, dass ihr nicht denkt, ihr wärt an irgendetwas schuld.« Mum hebt ihre Hand und legt sie an Roses Wange. Wie sie es früher immer getan hat. »Erst die letzten Jahre ist mir aufgefallen, wie falsch das war, es alles vor euch zu verstecken. Ich hätte euch zeigen müssen, dass es okay ist, auch mal schwach zu sein. Auch mal zu weinen und sich schlecht zu fühlen. Und dass ich trotzdem eure Mutter bin und ihr euch auf mich verlassen könnt.«

Mums Daumen wischt eine Träne weg, die Rose nicht einmal bemerkt hat. Sie weint, stumm, und die Tränen laufen ihr hemmungslos über die Wangen.

»Es tut mir leid, Rosie«, flüstert Mum, immer wieder. »Dass ich dir, euch, nichts besseres vorgelebt habe.«

»Es ist okay, Mum.« Denn das war es. Ihre Mum wusste es selbst nicht besser. Und dafür konnte sie ihr nicht böse sein. Sie haben sich alle schlimmen Worte an den Kopf geworfen, in diesem Streit letztes Jahr, an dem Morgen nach Kyles Party, als Rose ihr vorgeworfen hat, ihre Töchter zu ersticken. Seitdem sind sie dabei, sich zu versöhnen, sich langsam wieder anzunähern. Als Familie. Weil Mum auch nur ihr Bestes tut.

Sie liegen sich weinend in den Armen, trauern um ihre Vergangenheit, um die Männer in ihrem Leben, die sie so manipuliert und verletzt haben. Um das was-wäre-wenn. Um ihren eigenen Schmerz und ihren gemeinsamen. Rose holt aus der Küche auch einen Tee und mit ihren mit Milch randvoll gefüllten Tassen sehen sie den Film fertig an. Und als der Abspann läuft, schalten sie den Fernseher aus und gehen nach oben. In ihrem eigenen Bett schläft Rose schließlich ein, immer noch leer, aber auch voll. Voll von dem Wissen, dass sie nicht allein ist und dass sie es wieder nach oben schafft, ans Licht.

Der Weihnachtsmorgen startet ruhig für sie. Sie frühstückt mit Mum und Mark, alle noch im Schlafanzug, obwohl es schon fast Mittag ist. Aber nach der kurzen Nacht, haben sie und Mum ausgeschlafen. Sie fühlt sich immer noch aufgeraut, die Begegnung mit Kyle geht ihr nach und lässt sich nicht nach dem Austausch mit ihrer Mum einfach abschütteln. Doch sie ist zuversichtlicher, dass es ihr wieder besser gehen wird. Ein Gedanke nimmt in ihrem Kopf Form an, eine Idee, was sie tun muss, damit es ihr nachhaltig besser geht. Sie ist noch nicht bereit, ihn ganz zuzulassen.

Nach den Rühreiern und Speck, die Mum zaubert, setzen sie sich ins Wohnzimmer, direkt neben den Baum, den Blaze schon vor Tagen geschmückt hat. Mum freut sich über das selbst gemalte Bild, das sie, Blaze und Mum am Strand zeigt, und Mark bedankt sich viel zu überschwänglich für den neuen Thermosbecher, den er mit ins Büro nehmen kann, weil seiner vor einigen Wochen kaputt gegangen ist. Blaze ruft sie per Video an und wünscht ihnen Frohe Weihnachten, aber es ist befremdlich, dass sie nicht bei ihnen ist. Es ist ihr erstes Weihnachten, dass sie nicht mit Mum und ihrer Schwester verbringt.

Frisch geduscht und in Jez' Pulli, in dem sie seit einer Woche fast schon lebt und der schon lange nicht mehr nach ihm riecht, sitzt sie auf der Bank in Mums Atelier und probiert sich auf ihrem neuen Tablet aus. Mum und Mark haben zusammengelegt und ihr ein Tablet mit Stift geschenkt, damit sie auch digital malen kann. Es fühlt sich noch mehr als merkwürdig an, nicht auf echtem Papier zu malen, aber die verschiedenen Pinsel und Ebenen in der App, in der sie malt, machen unglaublich Spaß. Es würde einiges an Übung brauchen, aber vielleicht könnte sie sich dann wirklich Gedanken darüber machen, ob sie Sticker und Prints online verkaufen will. Das wäre mit digitalen Bildern deutlich einfacher und sie könnte ihre Bilder wirklich perfektionieren. Wenn sie das überhaupt möchte. Mit Bleistift kann sie auch nur so oft radieren, bis das Papier sich aufraut und der Strich nicht mehr ganz weggeht, bei Wasserfarbe, Acryl und Guache kann sie überhaupt nichts mehr zurücknehmen. Aber gerade das ist der Reiz am Malen für sie, das Wissen, dass sie ihren Perfektionismus ablegen muss, um weiterzukommen, beim Bild nicht stecken zu bleiben und aufzugeben. Dass sie nicht perfekt sein *muss*.

Sie fertig gerade eine schnelle Studie von Yuji und Sukuna an, da es ihr ›Jujutsu Kaisen‹ wirklich angetan hat und es ihr Spaß macht, die Unterschiede zwischen Yujis Gesicht als er selbst und dann als Sukuna zu zeichnen, als ihr Handy klingelt. Sie streckt sich, legt das Tablet vor sich auf das Sitzkissen und fischt ihr Handy aus der Seitentasche ihrer Leggings. Sie lächelt, als sie Jez' Namen auf dem Display sieht, lehnt sich gegen das Sprossenfenster und sieht nach draußen in den winterkahlen Garten, als sie den Anruf annimmt. Seit gestern sehnt sie sich danach, seine Stimme zu hören, ihm von Kyle zu erzählen und seine Ermutigung wäre Balsam für ihre Seele.

»Hey«, sagt sie und so wie ihre Mundwinkel sich von selbst verziehen, muss sie dieses dämliche Lächeln im Gesicht haben, wofür sie Blaze immer aufzieht, wenn sie mit Tim telefoniert.

»Rosalie«, kommt es nur zurück. Sie setzt sich kerzengerade auf, das Lächeln verschwindet sofort. Selten hat sie seine Stimme so gequält, so verletzlich gehört.

»Jez? Alles okay?« Was für eine absolut dämliche Frage, natürlich ist nichts okay.

Durch die Leitung kommt nur schwere Atmung, als würde er rennen. Oder weinen. »Ich … ich hab mich mit meinem Vater gestritten. So richtig. Sie wollen umziehen. Er stand da mit einem Müllsack und …« Definitiv weinen. Er schluchzt und ihr Herz zerspringt in Millionen kleine Stücke. Alle Gedanken an Kyle sind weg.

»Wo bist du gerade?«, fragt sie, bereits in Bewegung.

»Am Hafen. Ich bin einfach rausgerannt, ich konnte nicht mehr. Ich kann da nicht hin zurück, Rosalie. Ich kann ihnen nicht mehr unter die Augen treten. Sie müssen so wütend sein und meine Mutter … oh Gott, meine Mutter, ich …«

»Okay«, sagt sie in so einem ruhigen Ton wie möglich. Ihr fehlen die Worte. Sie war noch nie gut mit ihnen, das war immer er. Sie hat keine Ahnung, was sie sagen soll, überhaupt sagen kann. Ihre Füße tragen sie in den Flur und die Treppe nach oben in ihr Zimmer. »Was genau ist passiert? Führe mich da langsam durch.«

»Ich bin vom Joggen heimgekommen. Und mein Vater stand in ihrem Zimmer, mit einem Müllsack. Er hat einfach alles da reingeworfen, als wäre es nichts.«

»In Suzies Zimmer?« Sie schält sich aus ihrer Leggings, das Handy unters Ohr geklemmt.

»Ja. Ich meine, er war da seit Jahren nicht drin und jetzt schmeißt er plötzlich alles weg?« Jez schreit schon fast, sie hält das Handy etwas vom Ohr weg. »Was bildet er sich ein? Dass er darüber einfach bestimmen kann? Es sind nicht seine Sachen. Es sind Suzies und sie ... sie ...« Er schnappt nach Luft.

»Sie ist nicht mehr da«, sagt sie leise und würde sich am liebsten auf die Zunge beißen. Sie tauscht den Hoodie gegen eine helle Strickjacke.

»Ich weiß.« Seine Stimme bricht, wie Wellen an einer Klippe. »Ich weiß. Es tut einfach so verdammt weh, weißt du?«

»Ich weiß.« Sie knöpft ihre Jeans zu, greift nach der schwarzen Handtasche auf dem Boden und checkt, ob ihr Geldbeutel darin ist. »Was ist mit deinen Eltern, wo sind die?«

»Sind noch im Haus, vermutlich. Ich ... ich hab ihnen zum ersten Mal die Meinung gesagt. Und ich weiß nicht, wie ich ihnen noch mal unter die Augen treten soll.«

Sie beißt sich auf die Lippe, überlegt fieberhaft, was sie sagen soll. Sieht an sich herunter, angezogen, bereit zu gehen. Und weiß eigentlich schon, was sie tun wird.

»Kann ich zu dir kommen?«, fragt sie daher.

Mehrere Herzschläge vergehen und sie wird unsicher. Nimmt sie sich zu viel heraus damit? Dann ertönt seine Stimme, kaum mehr ein Wispern: »Das würdest du tun?«

»Ja. Ich kann sofort ins Auto steigen und wäre in drei Stunden bei dir.«

168 Meilen. Sie hat sich die Strecke in der letzten Woche so oft angesehen, kurz davor, einfach in ihren Mini zu steigen und zu ihm zu fahren, und sich dann ermahnt, dass das lächerlich wäre. Sie würde doch wohl wirklich zwei Wo-

chen ohne ihn schaffen. Aber nicht, wenn er sie so verzweifelt und am Boden zerstört anruft. Nicht, wenn sie sich seit der Begegnung mit Kyle gestern so sehr nach ihm sehnt, dass das Vermissen nicht nur ein kleines Stechen an ihrem Herzen ist, sondern ein Steinblock auf ihrer Brust.

»Sicher?«, fragt er zögerlich. »Deshalb habe ich dich nicht angerufen, ich wollte einfach nur deine Stimme hören …«

»Ich will dich sehen«, unterbricht sie ihn. »Ich weiß, dass du es nicht von mir erwartest, zu kommen. Deshalb will ich kommen. Wenn das für dich okay ist.«

»Ja. Ja, das wäre mehr als okay.«

»Okay. Dann bis in drei Stunden. Schickst du mir deinen Standpunkt?«

»Mach ich.« Ihr Handy vibriert und sie blickt kurz darauf, um die Nachricht von ihm zu sehen. »Und, Rosalie?«

Er sagt es nicht, aber sie weiß, woran er denkt. Weil sie seit ihrem Abschied an nichts anderes denken kann. An diese geflüsterten Worte beim Einschlafen. »Ich weiß.«

Damit legt sie auf, schultert ihre Handtasche und rennt die Stufen hinunter. Erst als sie Mums Lachen aus dem Wohnzimmer hört, kommen ihr Zweifel. Würde Mum sie überhaupt gehen lassen? Drei Stunden mit dem Auto, das ist eine lange Strecke, die sie noch nie gefahren ist. Langsam geht sie zum Türrahmen. Mum blickt von ihrem Buch auf, Mark sitzt auf dem Sofa neben ihr und liest ebenfalls.

»Gehst du wohin?«, fragt Mum überrascht. Die Jeans und die Handtasche verraten Rose, wahrscheinlich auch der entschlossene Ausdruck im Gesicht, den sie dort vermutet.

»Jez geht es nicht gut«, sagt sie, nicht ganz so entschlossen, wie sie es sich wünschen würde. »Ich werde nach Cardiff zu ihm fahren.«

Mum wechselt einen Blick mit Mark, öffnet ihren Mund,

doch bevor sie etwas sagen kann, sprudeln die Worte nervös aus Rose heraus: »Ich weiß, dass es eine weite Strecke ist. Aber ich fahre vorsichtig, versprochen. Ich halte mich immer ans Geschwindigkeitslimit und fahre nur in der linken Spur. Ich will einfach zu ihm und für ihn da sein. Und ich kann dir regelmäßig schreiben, dass alles okay ist. Ich meine, Blaze ist die Strecke nach London ja auch schon mal gefahren und da sie so lange kein Auto gefahren ist, haben wir quasi die gleiche Fahrererfahrung und bei ihr war es ja auch okay und …« Sie muss Luft holen.

»Okay«, sagt Mum nur. Mark greift nach ihrer Hand, drückt sie, als würde er seine Frau bestätigen. »Schreibe einfach nur, wenn du sicher angekommen bist. Vielleicht musst du tanken, behalte einfach die Anzeige im Auge, okay? Und nutze das Navi anstatt deinem Handy, das ist sicherer. Wenn du über Nacht bleibst, schreib nochmal.«

Rose kann ihre Mutter für einige Sekunden nur anstarren. Das ging einfacher als gedacht. Viel einfacher. »Danke, Mum.« Sie geht mit schnellen Schritten zum Sofa, gibt ihrer Mutter einen Kuss, dann verabschiedet sie sich von den beiden. Um zu Jez zu fahren, wo ihr Herz sie seit Tagen hinzieht. Und der sie gerade braucht.

»*Eine Reihe von Studien deutet darauf hin, dass der Neurotransmitter Serotonin* für die Regulation von Wut und Aggression
eine wichtige Rolle spielt. Serotonerge Neuronen befinden sich in
den Raphekernen im Hirnstamm. Sie senden Axone in das medi-
ale Vorderhirnbündel und projizieren in den Hypothalamus sowie
in verschiedene limbische Strukturen, die an Emotionen beteiligt
sind.*«

Bear, Mark F. et al. *Neurowissenschaften*. Deutsche Ausgabe
herausgegeben von Andreas K. Engel. Springer Spektrum,
2009, 4. Auflage 2018, S. 688.

* »*Der Neurotransmitter Serotonin wirkt dämpfend, beruhigend und erzeugt ein Wohlgefühl. Auch auf Stimmung, Emotionen, Angst, Appetit und Schlaf hat Serotonin eine beeinflussende
Wirkung (…). Ein entsprechender Serotoninspiegel führt zur Be-
ruhigung der stillen Zufriedenheit und hat einen starken Einfluss
auf weitere emotionale Zustände. Ein niedriger Serotoninspiegel
kann ein mitverursachender Aspekt in Bezug auf sich steigernde
Aggressionen sein.*«

Biesinger, Rainer. *Ohne Dop(Amin)e ist alles doof*. Springer,
2019, S. 48-49.

2 3 . K A P I T E L

Jez

Die Sonne geht in goldenen Strahlen hinter den Gräsern unter. Das Wasser der Bucht schwappt seicht gegen den Steg, auf dessen Geländer er sitzt. Seit Stunden beobachtet er einfach nur das Schaukeln der Boote, das Wehen der Sträucher des Sumpfgebietes. Am Weihnachtstag ist der Steg, der sonst von Touristen überlaufen ist, leer. Familien sitzen vermutlich noch in ihrem warmen Zuhause, verdauen das Festmahl, lachen miteinander. Er fragt sich, was seine Mutter gerade macht. Ob sie ihr Gekochtes gegessen hat, mit seinem Vater zusammen. Ob sie seinem Vater vielleicht sogar hilft, alles in Suzies Zimmer wegzuschmeißen. Ihre Anrufe hat er konsequent ignoriert. Er braucht Ruhe, um darüber nachzudenken, was zu Hause passiert ist. Was ein Umzug bedeutet. Was der Streit bedeutet.

Sein Griff um das hölzerne Geländer verstärkt sich. Statt noch einmal die gleichen Gedanken durchzukauen, wendet er seinen Kopf der untergehenden Sonne zu. Es ist erstaunlich klar für einen Wintertag, sonst hätte er es vermutlich nicht so lange in der Kälte draußen ausgehalten. Goldene Strahlen wärmen seine Haut und er schließt die Augen. Für einen Herzschlag wünscht er sich, er könnte die Zeit einfach hier und jetzt anhalten. Mit dem Kreischen der Möwen in seinen Ohren, der warmen Sonne in seinem Gesicht, das beruhigende Wasser unter ihm. Er genießt den Trubel in London, keine Frage, er liebt die Stadt. Aber die Natur hier draußen hat etwas Therapeutisches.

Gedankenverloren dreht er die geknüpften Armbänder an seinem Handgelenk. Suzies in den Farben des Wassers unter ihm und Roses in den Farben des Sonnenuntergangs. Die Bewegung, die Struktur der Armbänder unter seinen Fingerkuppen spendet ihm Trost. Schritte hallen auf dem Holz wider und er öffnet die Augen.

»Hast du keine Angst, herunterzufallen?«, fragt Rose und kommt auf ihn zu.

Ihm stockt der Atem. Wie kann er nach nur einer Woche vergessen haben, wie wunderschön sie ist? Wie die genaue Nuance ihrer roten Haare das Sonnenlicht einfängt, wie es kupfern leuchtet. Wie ihre Sommersprossen tanzen, wenn sie leicht lächelt, so wie jetzt. Wie alles an ihr nach Geborgenheit und Sicherheit ruft und er sich in ihr verlieren will, jetzt, und für immer.

»Dafür habe ich es schon zu oft gemacht.« Er schwingt die Beine zurück auf den Steg. Sie breitet die Arme aus, um ihn zu umarmen. »Ich stinke. Hab noch nicht geduscht.«

Er hat den Satz noch nicht einmal beendet, da hat sie bereits ihre Nase in seiner Halsbeuge vergraben und die Arme fest um ihn geschlungen. »Ist mir egal.«

Er atmet aus, als hätte er die letzten drei Stunden die Luft angehalten, und erwidert ihre Umarmung. Sie ist hier. Sie ist bei ihm. Es würde alles okay werden.

»Hey«, murmelt er in ihre Haare.

»Hey.«

Er weiß nicht, wie lange sie so dastehen und sich festhalten. Irgendwann löst er sich von ihr, hält sie immer noch mit dem Blick fest. Kaum zu glauben, dass sie wirklich hier ist. Zu ihm gekommen ist, als er sie so verzweifelt angerufen hat, nachdem er aus dem Haus gestürmt ist. Er wusste nicht, wen er sonst hätte anrufen sollen. Henry hätte ihn vielleicht nicht ernst genommen, mit Lee hat er noch nicht lange genug wieder Kontakt. An der Uni steht er niemanden so nahe wie Rose und Henry, auch niemandem aus der Mannschaft. Und wenn er ehrlich mit sich ist, wollte er auch nur sie anrufen. Ihre Stimme hören, ihren guten Zuspruch, ihre beruhigenden Worte. Doch dass sie sich ins Auto setzen und zu ihm fahren würde, damit hätte er nicht gerechnet.

»Du bist hier«, spricht er einfach seinen Gedanken aus.

Ihre Hand fliegt zu ihrem Schlüsselbein. »Ja.« Sie lässt die Hand wieder fallen und lehnt sich gegen das Geländer. »Es ist wirklich schön hier.« Sie lässt ihren Blick über die vielen vertäuten Boote gleiten, zu den Häusern am Horizont und der Landzunge, die diesen Teil der Bucht vom offenen Meer trennt.

»Oh.« Sie zieht ihr Handy hervor und tippt eine schnelle Nachricht. »An meine Mum, dass ich gut angekommen bin«, erklärt sie und schiebt das Handy zurück in ihre Jackentasche.

»Parkst du hier in der Nähe?«

»An der Straße einfach.« Sie greift nach seiner Hand als wäre es das Natürlichste der Welt. »Was ist unser Plan?«

Unser Plan. Nicht sein Plan. Sie machen das jetzt zusammen. Eine Welle der Dankbarkeit überrollt ihn.

»Keine Ahnung«, sagt er ehrlich und sieht auf ihre verschränkten Finger hinab. »Ich muss das mit meinen Eltern klären eigentlich.«

»Du musst gar nichts. Wenn du das nicht heute klären willst, machst du es wann anders.«

»Das kann ich meiner Mutter nicht antun.«

»Und dir schon?«

Er beißt die Zähne zusammen. So hat er darüber noch nie nachgedacht und es ärgert ihn, dass sie recht hat. Weil es befreiend ist, so an die Sache heranzugehen.

»Ich will die Sachen aus Suzies Zimmer retten«, sagt er stattdessen.

Sie bohrt nicht nach, sondern geht auf den Themenwechsel ein. »Okay, dann machen wir das. Ich kann alles in mein Auto tun?«

»Aber was mache ich denn dann damit?«, flüstert er.

Die letzten drei Stunden hatte er mehr als genug Zeit darüber nachzudenken, ob sein Vater nicht einen Punkt hat. Er hat keinen Platz für Suzies Sachen. Sein WG-Zimmer ist gerade mal groß genug für ihn und seinen Kram und sie in der neuen Wohnung seiner Eltern unterzubringen, ist keine Option. Immerhin hat sein Vater deutlich genug gemacht, wie unwichtig ihm die Sachen sind. Ob Jez überhaupt ein Zimmer hat in der neuen Wohnung, hat er nicht gefragt. Er vermutet nicht.

»Darüber können wir uns doch dann Gedanken machen, oder?«, sagt Rose. »Lass sie uns erst mal einpacken. Wenn du willst, können wir sie bei mir in Ruhe durchgehen und schauen, was vielleicht wirklich wegkann.«

»Bei dir?«

Ihre Wimpern flattern, als sie den Blick senkt. »Ich dachte nur … du kannst natürlich auch hierbleiben.«

»Du meinst, dass wir bis Silvester bei dir sind? In Cornwall?«

»Es war nur eine Idee, weil wir ja gesagt hatten, erst am Dreißigsten zurück in die WG zu gehen. Vergiss es, du musst nicht …«

»Ich würde gern mit zu dir.« Er legt sanft die Finger an

ihr Kinn, um ihren Kopf zu heben. »Wenn das für dich und deine Familie okay ist?«

»Mum hat Tim eine Woche bei uns wohnen lassen, als sie ihn noch gehasst hat. Also wird das schon passen.«

»Na da bin ich ja beruhigt.«

Sie stellt sich auf die Zehenspitzen und küsst ihn. Langsam, liebevoll. Ein Versprechen, dass er nicht mehr allein ist. Er hat es so sehr vermisst, seine Lippen auf ihre zu drücken. Viel zu schnell löst sie sich wieder von ihm.

»Dann lass uns mal Suzies Sachen aus den Klauen deines Müllmann-Vaters retten.« Sie lächelt und zieht ihn den Steg hinunter. Sie hat ihn ernst genommen, ihn festgehalten, ihn getröstet. Und nun sorgt sie dafür, dass es ihm besser geht, dass er zu seiner Leichtigkeit zurückfindet. Er liebt sie dafür.

Mit klopfendem Herzen schließt er die Haustür auf. Den Atem angehalten, erwartet er die Stimme seiner Mutter, seinen Vater, der auf ihn zugestürmt kommt und ihren Streit da fortsetzen will, wo sie aufgehört haben. Er drückt Roses Hand fester, schiebt sich in den kleinen Flur. Doch ihr Haus scheint verlassen zu sein. Kein Mucks ist zu hören, die Lichter sind ausgeschaltet.

»Keiner da?«, fragt Rose.

»Anscheinend nicht.« Er schlüpft aus seinen Schuhen und schaltet das Flurlicht an. Immer noch meldet sich keiner. Er lugt in die Küche, die dunkel und verlassen vor ihm liegt. »Meine Mutter ist wahrscheinlich im Restaurant?« Er lässt es wie eine Frage klingen. Dabei ist das Restaurant der einzige Ort, wo sie sich hin zurückgezogen haben könnte.

»Dann haben wir ja unsere Ruhe beim Ausräumen.«

Er brummt eine Zustimmung und zieht sie mit nach

oben. Die Tür zum Schlafzimmer seiner Eltern ist geschlossen, kein Licht dringt unter ihr hindurch. Auch sein Vater scheint nicht da zu sein. Sein Blick huscht sofort zu Suzies Zimmer. Die Tür ist immer noch offen.

»Willst du zuerst duschen? Und ich fange schon mal an, ein bisschen was einzupacken?«

»Also stinke ich doch.«

»Ein bisschen vielleicht.« Ihr Lachen ist laut in dem stillen Haus. »Aber klingt es komisch, wenn ich sage, dass es mich gar nicht so stört?« Eine niedliche Röte überzieht ihre Wangen.

»Mhm, gar nicht.«

Er zieht sie zu sich, drückt ihr einen kurzen, aber entschlossenen Kuss auf die Lippen. Oder will es zumindest, er lässt sich doch dazu hinreißen, ihre Lippen mit seinen zu teilen und ihre Zunge zu schmecken.

»Duschen«, keucht sie schließlich, als sie sich von ihm löst, atemlos vom Kuss.

Er überlegt kurz, ob er nicht mit ihr in Suzies Zimmer gehen soll. Aber er vertraut ihr. Er braucht die Dusche jetzt, das Abwaschen des Streites und des Stresses und der Trauer. Um dann in neuer Frische mit ihr die Sachen zusammenzuräumen.

»Okay«, sagt er.

Sie löst sich von ihm, geht in Suzies Zimmer und schaltet das Licht an. Kurz blickt er ihr noch nach, dann schnappt er sich aus seinem Kleiderschrank neue Klamotten, versichert sich, dass der Müllsack noch in der Ecke steht, und springt im Bad unter die Dusche. Am liebsten würde er Stunden unter dem heißen Strahl stehen, aber er will so schnell wie möglich zurück zu Rose. Mit noch feuchten Haaren geht er in Suzies Zimmer.

Rose steht auf dem gemachten Bett und packt die Bücher

in eine Umzugskiste. Als sie ihn reinkommen hört, dreht sie sich um. »Na, fühlst du dich wie neugeboren?«

»Ein bisschen.« Am Fußende des Bettes stehen noch weitere Umzugskisten, noch nicht zusammengebaut. »Wo hast du die Kisten gefunden?«

»Die standen da schon.« Sie packt einen Stapel Bücher in ihre angefangene Kiste.

»Meine Mutter muss sie hingestellt haben.« Seine Kehle schnürt sich zu. Er kann sich nicht vorstellen, dass es sein Vater war. Dass seine Mutter sie hier hingestellt hat, ist wie eine Erlaubnis, dass er die Sachen packen darf. Ein stummer Zuspruch, dass es okay für ihn ist, Suzies Sachen aufheben zu wollen.

Er sieht sich im Zimmer um, absolut überfordert, wo er anfangen soll. Jede Ecke schreit nach Suzie, nach den Momenten, in denen er in ihrem Zimmer etwas mopste und sie ihn dafür anblaffte, bis ihre Eltern den Streit schlichten mussten. Nach den Stunden auf ihrem Bett, als sie Pokémon- und Yugiohkarten tauschten und er immer nur ihre doppelten kriegte, aber sich supercool deswegen fühlte. Jedes Fleckchen in diesem Zimmer ist eine Erinnerung an jahrelange Geschwisterliebe und Rivalität, an Versöhnungen und Streits, an Spielen und Reden und Lachen.

Rose scheint zu bemerken, wie überfordert er ist. »Wie wäre es, wenn du die Bilder von der Wand und dem Schrank nimmst und in eine neue Kiste packst?«

Er nickt, dankbar, dass sie die Führung übernimmt. Sie ist gerade dabei, die Kommode leer zu räumen und Parfümflakons in Papiere, die sie vom Schreibtisch genommen hat, einzuwickeln, als die Haustür unten ins Schloss fällt. Er blickt auf, verstaut das letzte Polaroidbild und sieht sich im Zimmer um. Die Wände sind kahl, das Regal leer, der Schreibtisch so aufgeräumt wie noch nie. Nur noch die

Kommode und dann ist alles Eigentum, das von Suzie übrig ist, in Kisten.

»Ich sollte runter gehen«, sagt er leise. Rose nickt. Kaum hat er sich erhoben, erklingen bereits Schritte auf der Treppe.

Bevor er auch nur das Zimmer verlassen kann, steht seine Mutter im Türrahmen. »*Eomma*«, sagt er überrascht.

»Du bist zurück«, sagt sie auf Koreanisch. Ihre Augen sind gerötet, sie muss geweint haben. Sein Herz zieht sich zusammen. Sie hat wegen ihm geweint. Ihr Blick huscht zu Rose, die ihre Handflächen an ihrer Jeans abwischt. »Und hast eine Freundin mitgebracht.«

»*Annyeonghaseyo*«, sagt Rose, stolpert etwas über die ihr noch fremden Konsonanten und Vokale, und verbeugt sich. Viel zu tief, aber seine Mutter bekommt kugelrunde Augen bei der formellen Begrüßung in ihrer Sprache. »Ich bin Rose, Jez' … Mitbewohnerin«, stellt sie sich auf Englisch vor. Sie reicht seiner Mutter die Hand.

Min ergreift sie und verbeugt sich ebenfalls, jedoch nicht ganz so tief, sondern so, wie es sich gehört. »*Mannaseo ban-gapseumnida*«, erwidert sie in schnellem Koreanisch. »Mir ist nicht bewusst, dass Sie auch koreanisch sprechen.«

»Sie ist noch ganz am Anfang und lernt es noch«, springt er schnell ein. Rose hat vermutlich kein Wort von dem verstanden, was seine Mutter gerade gesagt hat. »Danke für die Kisten«, sagt er auf Englisch, damit die Konversation nicht abseits von Rose geschehen muss.

Min knetet ihre Hände. »Dein Vater ist sehr wütend«, sagt sie, weiterhin auf Koreanisch. Er kann es ihr nicht verübeln, dass sie dieses Gespräch nicht vor fremden Ohren führen will. »Du musst dich bei ihm entschuldigen.«

Seine Hände ballen sich automatisch zu Fäusten. »Ich muss gar nichts.«

»Seo-jun.«

»Nein. Ich finde, er hat sich genauso zu entschuldigen. Wieso habt ihr mir von dem Umzug nichts gesagt?«

»Wir wollten es dir heute beim Essen erzählen.«

Er schnaubt. »Wie zeitig. Ich meine, wann zieht ihr um? Im neuen Jahr direkt?« Tief atmet er aus, kneift sich die Nasenwurzel. Seine Mutter hat seinen Zorn nicht verdient. Es war sein Vater, der die Entscheidung getroffen hat, ihm nichts davon zu erzählen. Seine Mutter ist nur mitgezogen, wie immer. »Es tut mir leid, *Eomma*.«

Sie presst ihre schmalen Lippen aufeinander, sagt aber nichts.

»Es tut mir leid, dass ich laut geworden bin. Aber ich brauche etwas Zeit. Das kommt für mich alles sehr plötzlich.« Er muss die Worte etwas hervorwürgen. Am liebsten würde er sie wieder anschreien, ihr weiter vorwerfen, Suzie zu vergessen, sie nicht zu würdigen, ihn zu ersticken mit ihrem Schweigen. Aber er kann nicht mehr. Er kann nicht mit ihr streiten, es würde zu nichts führen. Die Stunden im Sumpfgebiet am Hafen haben ihn so weit beruhigt, dass er nicht mehr direkt rumbrüllen möchte. Auch wenn noch lange nicht alles geklärt oder okay ist. Er kann dieses Gespräch nur nicht jetzt mit seiner Mutter führen. Rose hat genau die richtige Frage gestellt: Muss er es jetzt klären? Oder darf er nicht erst mal selbst mit dieser neuen Information klarkommen, sich bewusstwerden, wie er dazu steht, und dann das Gespräch suchen?

»Können wir im neuen Jahr sprechen?«, fragt er daher leise.

Min ist offensichtlich nicht glücklich darüber. Doch sie nickt langsam. »Kann ich euch helfen?«, fragt sie, ihre ersten Worte auf Englisch.

Eine Last fällt von seinem Herzen. Nicht die ganze, aber

ein großer Teil.

»Gerne.«

Rose wirft ihm über den Kopf seiner Mutter ein ermutigendes Lächeln zu, dann packen sie gemeinsam die Reste aus der Kommode in die letzte Umzugskiste.

Unruhig tritt er von einem Bein aufs andere, als Rose das Garagentor schließt. Sie hat noch vor einigen Stunden gemeint, wie schön es in Cardiff sei. Da wusste er noch nicht, dass sie *hier* wohnt. Am vermutlich selbst im dunklen Winter schönsten Fleckchen Erde, das er je gesehen hat. Das Steincottage ihrer Eltern sitzt einen kleinen Abhang hinunter geschützt vor fremden Blicken mitten in der Natur. Von hohen Felsen eingekesselt, bahnt sich ein gurgelndes Bächlein nicht weit vom Haus entfernt einen Weg durch eine Schlucht, die sich, wie er vermutet, bis zum Meer durchschlängelt. Im Dunkeln ist es schlecht zu erkennen, nur der Bereich direkt ums Haus ist durch das helle Licht der Fenster erleuchtet. Aber selbst mit den kargen Bäumen und dem sanften Mondlicht kann er sich vorstellen, wie lebensfroh und farbintensiv es hier im Sommer sein muss.

»Du siehst nervös aus«, sagt sie mit einem Lächeln.

»Etwas vielleicht.« Er schiebt sich den Rucksack, gepackt mit allem, was er aus London mit nach Cardiff genommen hat, weiter über die Schultern.

»Wieso?«

»Weil ich deine Mutter kennenlerne. Und quasi deinen Vater. Und mit ihnen am Tisch sitze, bei jeder Mahlzeit.«

»Also erstens, du kennst meine Mum schon. Zweitens, Mark ist ungefähr der unkomplizierteste Typ überhaupt. Drittens, gegessen hast du mit ihnen sogar auch schon. Mach dir keinen Stress.«

Aber da waren wir noch nicht das hier, will er sagen. Als er mit ihrer Mum und Mark in der Wohnung in South Kensington beim Streichen geholfen hat, haben er und Henry sich als Kommilitonen, als Freunde vorgestellt. Ellie war auch dabei. Da hatte es nicht die Bedeutung, die es jetzt hat. Immerhin übernachtet er bei ihr, fast eine ganze Woche lang. Und sie sind jetzt so viel mehr als damals. Doch er sagt nichts davon, da sie schon die Tür aufgeschlossen hat.

Er folgt ihr mit wild pochendem Herzen. Sonst ist er doch auch nicht so nervös. Er muss sich wirklich zusammenreißen. Der Flur ist freundlich, mit einem gewebten Teppich und vielen Fotos an der Wand. Aus Gewohnheit schlüpft er zuerst aus seinen Sneakern. Rose verschwindet in einem angrenzenden Zimmer, er vermutet die Küche, da sie ohne die Plastikdosen an Essen, die ihnen seine Mutter aufgedrängt hat, zurückkommt. Er folgt ihr den Flur hinunter ins Wohnzimmer.

»Hey, Mum.« Sie winkt ihr zu, anscheinend doch unsicherer, als sie eben getan hat.

Er weiß nicht so ganz, wie er sich vorgestellt hat, dass Rose lebt. Aber es passt zu ihr. Das Sofa ist breit, mit einem verschlissenen rosaroten Stoff und die zwei Sessel passen nicht dazu. Bücherregale säumen die Wand mit dem Fernseher, die zum Brechen gefüllt sind. Vermutlich hätten raumhohe Regale da Abhilfe geschaffen, aber sie gehen nur bis zur Hüfte, um verschiedenen Gemälde an der Wand Platz zu machen. Die Decke ist tief, mit Holzbalken, und wenn er sich im Raum umsieht, kommt ihm nur ein Wort in den Sinn: Gemütlich.

»Hallo, Motte.« Lilian steht vom Sofa auf und überquert die kurze Distanz zum Türbogen. Sie sieht noch genauso aus, wie er sie in Erinnerung hat. Wie eine ältere Version von Rose. Die Haare sind ein dunkleres Rot und mit einem

Pinsel hochgesteckt, sie trägt einen bequem aussehenden Strickpulli. Von den Stricknadeln auf dem Sofa zu schließen ist er vermutlich selbstgemacht.

»Hallo, Jez«, sagt sie und bevor er überlegen kann, wie er sie am besten begrüßt, hat sie ihn in eine kurze, aber feste Umarmung geschlossen. »Wie schön, dass du da bist.«

Roses geöffneten Mund nach zu urteilen, ist sie genauso überrascht über die Geste wie er.

»Vielen Dank, dass ich die Woche hier sein darf.«

Lilian macht eine wegwerfende Handbewegung. »Das ist doch nicht der Rede wert. Ich habe bereits Bettwäsche bezogen, du kannst gern das Gästezimmer nehmen oder bei Rose im Zimmer schlafen.«

»Mum«, zischt diese, ihre Wangen laufen tomatenrot an.

»Ich bin nicht auf den Kopf gefallen. Wenn ihr möchtet, könnt ihr das Zimmer teilen. Das machen Tim und Blaze ja auch.«

Ihm ist selten etwas peinlich. Aber das hier gerade lässt ihn wünschen, dass sich der Erdboden auftun und ihn einfach verschlucken würde.

»Okay, danke für die Info, Mum«, sagt Rose schnell und zieht ihn an der Hand zurück in den Flur. »Wir gehen dann mal.«

»Abendessen ist im Kühlschrank!«, ruft Lilian ihnen noch nach. Da hat Rose ihn aber schon die Treppe nach oben gescheucht.

»Gott war das unangenehm, sorry«, murmelt sie und schließt mit einem entschiedenen Klicken die Zimmertür hinter ihnen.

Er lässt den Rucksack von seinen Schultern gleiten und sieht sich in ihrem Zimmer um. Es erinnert ihn an ihr Wohnheimzimmer. Kunst überall, das eingebaute Regal ist voll mit Farbkästen, Tassen mit Pinseln und Skizzenbüchern,

Lichterketten an jeder Wand und am gepolsterten Kopfteil ihres Bettes. Als er die zweite Bettwäsche auf ihrem Bett sieht, werden seine Wangen warm.

»War nur ungefähr so peinlich, wie ich mir das vorgestellt hab«, sagt er, lockerer als er sich fühlt.

Sie fährt sich über ihr Gesicht und gähnt. Immerhin ist es schon spät und sie hat sechs Stunden im Auto gesessen.

»Lass uns essen und dann ins Bett?«, schlägt er daher vor.

Sie nickt müde. »Dann lass mich mal testen, ob das Essen deiner Mutter wirklich so viel besser ist als deins.«

»Der Moment, vor dem ich mich schon immer gefürchtet habe.«

Hinter ihr geht er die Treppe wieder runter in die Küche. Mit jeder Minute, die er neben ihr verbringt, mit ihr lästert und sie neckt, dumme Scherze reißt und lacht, weicht die Anspannung aus seinen Knochen, die Sorge aus seinem Herzen. Und als er eng an sie gekuschelt schließlich einschläft, kann er das erste Mal, seitdem er aus London weg ist, wieder frei atmen.

»Großartige Leistungen bringt der menschliche Verstand zustande. Doch beim Sex stören Nachdenken und insbesondere Grübeln. Unser orbitofrontaler Kontext (OFC) ›zügelt‹ emotionales und motivatonales Verhalten. Er kontrolliert und steuert auch sexuellen Appetit. Seine ›Überfunktion‹ verhindert sexuelle Erregung (…). Skrupel und Sorgen drosseln Genuss. (…) Etwas Liebes tun - liebevoll berühren, verführerisch blicken - fällt so furchtbar schwer, wenn Sorgen und Denken uns auch in erotischen Situationen beschäftigen.«

Laimböck, Barbara. »Erklär mir, Liebe. Liebe, Sexualität und die Motivationssysteme.« *Sexualität im Kontext psychischer Störungen.* Herausgegeben von Friedrich Riffer et al. Springer, 2022, S. 24.

24. KAPITEL

Rose

Inmitten von Umzugskisten, Tüten und Stapeln hat Rose absolut den Überblick verloren. Suzies Sachen liegen auf ihrem Zimmerboden verteilt, in versuchter Ordnung auf Stapel sortiert nach ›definitiv behalten‹, ›mal überlegen‹ und ›kann weg‹. Sie hat versucht, mit System an die Sache ranzugehen, und zu sagen, dass alle Papiere und Unterlagen wegkönnen, da die mit hoher Wahrscheinlichkeit keinen emotionalen Wert haben. Der Müllsack ist damit nur begrenzt gefüllt. Jez hält bei jedem gekritzelten Bild, bei jedem Doodle auf Uniunterlagen inne und überlegt, ob er es nicht doch behalten will. Es treibt sie halb in den Wahnsinn, da sie nur schleppend vorankommen, aber das will sie ihm nicht sagen. Es muss ihm schwerfallen, die Habseligkeiten seiner Schwester durchzugehen und sich bewusst zu werden, dass sie wirklich tot ist. Nach allem, was er ihr über seine Familie und sich erzählt hat, bezweifelt sie, dass er sich je Zeit zum Trauern genommen hat.

»Okay, lass uns die Papiere auf später verschieben und eine andere Kiste aufmachen«, sagt sie schließlich. Sie reibt sich die Augen und er wirft ihr einen schuldbewussten Blick zu.

»Sorry, ich brauche Ewigkeiten.«

»Nein, mach dir keine Sorgen deswegen. Ich muss einfach mal was anderes sehen.« Sie greift nach einer anderen Umzugskiste. »Vielleicht fallen uns ja die Bücher leichter?«

»Habe ich da was von Büchern gehört?« Blaze steckt ihren Kopf durch die offene Tür. Sie und Tim sind seit gestern wieder da und anscheinend gerade von ihrem Spaziergang zurück. »Oh wow, welche Bombe ist denn hier eingeschlagen?« Mit großen Augen nimmt sie das Chaos vor sich auf.

Jez rauft sich die Haare, die schon in alle Richtungen abstehen, weil er den ganzen Mittag über beim Sortieren nichts anderes gemacht hat. »Das sind Sachen von meiner Schwester, wir versuchen sie auszusortieren.«

»Welcher ist der ›Kann weg‹-Stapel?« Blaze kommt ins Zimmer hinein und besieht die chaotischen Haufen. Rose verbietet sich ein Grinsen. Sie sind eben doch aus der gleichen Familie. Stattdessen zeigt sie auf den viel zu leeren Müllsack.

»Oh.« Blaze presst die Lippen zusammen, vermutlich, um nicht zu lachen. »Kann man euch helfen?«

»Klar«, sagt Jez. »Ich kann langsam nicht mehr denken.«

Blaze bahnt sich einen Weg durch das Chaos und setzt sich neben sie zu dem neu geöffneten Karton. »Habt ihr die ganzen zwei Stunden, wo wir spazieren waren, hier gesessen?«

»Jup«, sagt Jez.

»Spazieren«, wiederholt Rose spöttisch und malt Anführungszeichen in die Luft. Ihre große Schwester wirft ihr einen entnervten Blick zu.

Dann quiekt diese plötzlich aufgeregt und greift nach dem obersten Buch in der Kiste. »›Betty und ihre Schwestern‹«, sagt sie ehrfürchtig und fährt über den Einband. »Und so eine schöne Ausgabe.«

Jez lehnt sich vor, um in die Kiste zu sehen. Als wären die Bücher plötzlich aus Gold oder andere Schätze würden darin liegen, die er beim Packen übersehen hat.

»Ist das eine besondere Ausgabe?«

»Ich habe sie noch nicht«, sagt Blaze nur, bereits am Blättern.

Jez runzelt die Stirn und sieht Rose hilfesuchend an. Die zuckt nur mit den Schultern. Für Blaze muss es nicht nur eine alte Ausgabe sein, wie die wenigen Erstausgaben ihrer liebsten Klassiker, die in ihrem Regal stehen. Jede Version eines Buches, die nicht bei ihr ein Zuhause gefunden hat, ist automatisch eine besondere Version und muss sofort gekauft werden. Vor allem, wenn die Bücher gebraucht sind. Laut ihr haben sie dann mehr Seele und Charakter. Rose hat es noch nie verstehen können.

»Oh, sie hat reingeschrieben!«, ruft Blaze, als wäre das die beste Nachricht des Tages.

»Echt?« Jez sieht immer verlorener aus, scheinbar überfordert damit, dass Blaze an den Büchern so einen Narren gefressen hat.

Blaze beugt sich zu ihm herüber, wirft dabei einen Stapel Papiere um und zeigt ihm die unterstrichenen Sätze.

»Wenn du willst, kannst du es behalten«, sagt er.

Rose reißt den Kopf zu ihm herum. Den ganzen Mittag über kann er nicht mal Papierschnipsel in einen Müllsack werfen und jetzt verschenkt er einfach so ein Buch? Die Augen ihrer Schwester glänzen, das Buch fest an die Brust gedrückt.

»Echt? Das ist so lieb von dir, danke!« Verstohlen sieht sie zu dem Karton mit den restlichen Büchern, scheint sich dann aber eines Besseren zu besinnen und legt ›Betty und ihre Schwestern‹ neben sich aufs Bett. »Womit kann ich euch denn helfen?«

Jez nagt an seiner Unterlippe. Für einige Sekunden nimmt Rose ihre Schwester nicht mehr wahr. Verdammt, wie einfach es doch wäre, einfach über das Chaos zu klettern und ihn zu küssen. Es ist einfach nicht genug, die sanften Liebkosungen abends, das Streifen von Händen tagsüber, weil sie dieses öffentliche Zuschaustellen und Abschlabbern von Tim und Blaze unglaublich nervig findet und so was nie selbst machen wollen würde. Sie will ihre Lippen auf seine pressen, keine Luft mehr bekommen, sich in seinem Imperial Sweatshirt festkrallen und nie wieder loslassen.

Sie räuspert sich leicht, um den Kloß in ihrem Hals wegzukriegen. Sie muss wirklich ihre Gedanken unter Kontrolle bringen. Sie sortieren gerade aus, für andere Dinge ist später Zeit.

»Weißt du was?« Jez ballt die Hände an seinen Seiten zu Fäusten, lockert sie wieder. Greift nach dem Karton mit den restlichen Büchern. »Nimm du die Bücher, okay? Was du gern hättest, behältst du. Den Rest spenden wir an eine Bücherei.«

Blaze sieht ihn mit Augen so groß wie Teller an. »Ehrlich?«

»Jup. Nimm sie.« Er schiebt ihr den Karton zu. »Hier sind auch noch welche drin, ganz unten.« Eine andere Kiste, die noch mal zur Hälfte mit Büchern voll ist, findet auch ihren Weg zu Blaze.

Unter ständigem Dank von ihr und Zusprüchen von Jez, dass es wirklich okay ei, verschwindet Blaze schließlich mit beiden Kartons aus dem Zimmer. Vermutlich, um in ihrem eigenen in aller Ruhe die Schätze zu sichten und wie Gollum darüber zu brüten oder so.

»Bist du dir sicher?«, fragt Rose leise, als er wieder vor ihr Platz genommen hat und missmutig die Stapel anstarrt.

Er seufzt und fährt sich wieder durch die Haare. Sie will durch seine Haare fahren. Sie sind so fest zwischen ihren Fingern, viel schwärzer von Nahem und … sie muss sich zusammenreißen.

»Keine Ahnung«, flüstert er schließlich. Immerhin ist ihre Zimmertür noch offen und Blazes nur den Flur hinunter. »Deiner Schwester scheinen Bücher echt wichtig zu sein.«

»Hast du das überquellende Regal im Wohnzimmer gesehen? Das sind auch ihre, weil ihr Zimmer schon zu voll ist«, lacht sie. Jez stimmt nur mit zuckenden Mundwinkeln ein. Sie wird wieder ernst. »Ich frage nur, weil du dich die ganze Zeit kaum von etwas trennen kannst und jetzt gibst du zwei Boxen einfach ab.«

Er blickt zur Zimmerdecke. Sie kennt den Trick von sich selbst. Nach oben zu gucken, hilft gegen die Tränen. An Stapeln vorbei rutscht sie auf ihn zu und zieht ihn in eine Umarmung. Er vergräbt sein Gesicht in ihrer Halsbeuge, klammert sich an sie als wäre sie ein Rettungsanker auf hoher See.

»Ich muss lernen, loszulassen«, nuschelt er gegen ihren Hals. Sein Atem an ihrer empfindlichen Haut dort lässt ihr Schauer über den Rücken jagen. »Oder?«

»Ja.« Ein schlichtes Wort, das so viel beinhaltet. Das so viel schwerer ist als gedacht. »Aber nicht alles auf einmal, weißt du?«

Er lässt sie nicht los. Für den restlichen Tag lassen sie die Sachen im Chaos liegen.

»Du bist gut«, gibt Tim scheinbar nur widerwillig zu. Den Controller zwischen seine Finger geklemmt, sieht er mindestens genauso gebannt auf die Switch vor sich wie Jez. Sie steht auf dem Couchtisch und Rose fragt sich, wie die Jungs überhaupt etwas auf dem kleinen Display erkennen können und ihr Rennen fahren. Ihr fiel es ja schon schwer, mit Jez zu spielen, als der Bildschirm nicht zwischen zwei Ansichten geteilt war.

Ihre große Schwester und sie werfen sich am Rücken der Jungs vorbei einen schmunzelnden Blick zu. Blaze sitzt am anderen Ende des Sofas, ihre Beine hinter Tim vergraben, mit Suzies Ausgabe von ›Betty und ihre Schwestern‹ auf ihrem Schoß. Rose weiß nicht, wie oft Blaze dieses Buch schon gelesen und den Film aus dem letzten Jahr geguckt hat, sie muss es doch eigentlich auswendig kennen. Wie sie immer noch in die Geschichte abtauchen und ihr etwas abgewinnen kann, ist Rose schleierhaft. Ja, sie sieht Anime und Filme, die sie mag, auch mehrmals. Aber dann beim Malen und sie sind oft fremdsprachig, wodurch sie eigentlich gar nicht richtig zuhört. Hauptsache, etwas läuft im Hintergrund, das sie beruhigt. Aber wie Blaze sich noch einmal zu Hundertprozent darauf einlassen? Das könnte sie nicht.

Im Schneidersitz beugt sie sich an der anderen Armlehne des Sofas über ihr Tablet und malt an ihrer Sukuna-Zeichnung weiter. Sie ist wirklich zufrieden mit ihr, auch wenn sie noch am Lernen ist, wie das Programm genau funktioniert und was sie alles damit machen kann. Ihre Zehenspitzen berühren Jez' Oberschenkel. Ihr Sofa ist breit, aber bei vier Leuten wird es trotzdem kuschelig.

»Ich habe doch gesagt, ich schlage dich«, erwidert Jez nur.

Tim brummt, dann gibt er ein gehässiges Lachen von sich. Jez flucht. Rose sieht von ihrem Tablet auf, um zu erkennen, dass Jez' Charakter sich mehrmals im Kreis dreht, anscheinend von irgendetwas getroffen.

»Ja, ja, ja«, sagt Tim angespannt, während er auf die Ziellinie zu rast.

»Nope.« Mit einem breiten Grinsen legt Jez den Controller beiseite. In letzter Sekunde hat er Tims Charakter noch überholt und ist als Erster durchs Ziel.

In einem lauten Schnauben stößt Tim die Luft aus. »Ich glaube, ich habe endlich jemand Ebenbürtigen gefunden.«

»Revanche?«

»Morgen vielleicht.« Tim streckt sich, bis es knackt. »Die Niederlage muss ich erst mal verarbeiten.«

»Ew, lass das«, sagt Rose und verzieht, halb gespielt, halb ernst, das Gesicht. Er hält ihr die Hände entgegen und lässt absichtlich die Knöchel knacken. Sie quietscht auf und schlägt seine Arme weg.

»Ich sitze zwischen euch«, sagt Jez trocken. Vorsichtshalber hat er sich bei ihrem Geplänkel nach hinten gelehnt. Aber ein Lächeln umspielt seine Mundwinkel.

Blaze steht auf, das Buch unter den Arm geklemmt. »Wir gehen auch mal nach oben, es ist ganz schön spät.«

Die Uhr auf ihrem Tablet zeigt Rose, dass es gerade mal kurz nach Zehn ist. Dass Mum und Mark schon vor einer Stunde ins Bett gegangen sind, okay. Die beiden sind alt. Ihre große Schwester ist im Herzen wohl auch keine zweiundzwanzig mehr. Rose wechselt mit Tim einen vielsagenden Blick, für ihn, der späte Schichten im Pub gewohnt ist, ist es auch noch früh, aber er folgt seiner Freundin mit einem Gute Nacht Gruß.

Jez schaltet die Switch aus, klappt den kleinen Ständer ein und dreht sich auf dem Sofa ihr zu. »Was malst du?«

Sie rutscht ein Stück zur Kante, dass er sich neben sie setzen kann. Ohne zu zögern macht er es sich neben ihr bequem, eingeklemmt zwischen ihr und den ausladenden Kissen legt er den Arm auf die Lehne, damit er genug Platz findet.

»Oh, Sukuna«, sagt er. »Das sieht richtig gut aus.«

Er lehnt sich vor, bis sein Geruch sie umfängt. Seine plötzliche Nähe, auch wenn sie danach gefragt hat, raubt ihr kurz den Atem. Er ist seit einigen Tagen schon hier, übermorgen würden sie mit Tim und Blaze gemeinsam zurück nach London fahren. Dann wären sie wieder in der WG, wo sie sich auch jeden Tag sehen und sie ihm nahe ist, aber es ist mittlerweile anders. Als hätte ihr die Woche ohne ihn gezeigt, wie gern sie wirklich bei ihm ist. Ihn direkt neben sich hat. Seinen vertrauten Hustenbonbon-Duft einatmet. Seinen Arm um ihre Schultern spürt. Vielleicht verursacht seine Nähe auch nur dieses Kribbeln, weil sie seit vier Tagen im gleichen Bett schlafen und neben ein paar sanften Küssen nichts passiert ist. Er hält sich zurück, das merkt sie. Und es macht sie wahnsinnig. Aber sie weiß seit ihrer Panikattacke nicht, wie sie es ansprechen soll. Sie schiebt den Gedanken entschieden von sich.

»Findest du?«

Sie mag ihr Werk, keine Frage. Sie hat Sukuna gut getroffen, an den Fluchmalen im Gesicht ist sie halb verzweifelt, bis sie die Perspektive und die Krümmung gut hinbekommen hat. Aber vor anderen ihr Gemaltes zu präsentieren und zu sagen ›Hier, schau mal, das hab ich gemalt und ich find's super‹ fällt ihr schwer. Als wäre sie damit arrogant oder würde protzen.

»Ja. Wie alles, was du malst.«

»Ich meine nur, ich habe ihn etwas anders interpretiert und nicht ganz so gezeichnet, wie er im Anime aussieht.«

Sie wischt aus der App raus und öffnet den Internetbrowser, um ihm zu zeigen, was sie meint. Als letztes hat sie sich jedoch nicht Bilder von ›Jujutsu Kaisen‹ angesehen, sondern nach Therapeutinnen in London gegoogelt, die online Sitzungen anbieten. Sie wechselt schnell den Tab und erklärt anhand eines Bildausschnittes aus dem Anime, was sie meint. Jez hört ihr aufmerksam zu, nickt immer wieder, obwohl er vermutlich nur die Hälfte von dem versteht, was sie ihm gerade erzählt. Das liebt sie so an ihm. Dass er ihr immer seine volle Aufmerksamkeit schenkt, auch wenn das Thema nichts mit ihm zu tun hat oder vielleicht auch nicht interessiert. Sie muss sich nicht fürchten, zu viel zu sein oder zu nervig oder ihn vollzuladen. Er fragt nach, zeigt sein ehrliches Interesse.

»Ich hatte überlegt, vielleicht online Poster oder Sticker zu verkaufen«, endet sie schließlich und fährt sich dabei übers Schlüsselbein.

»Na klar, das wäre doch ein total guter Weg, um ein bisschen Geld zu verdienen«, sagt Jez und klingt voller Eifer. »Du bist auf jeden Fall gut genug! Die Sachen würden sich bestimmt verkaufen.«

»Es ist einfach so ein riesiger Aufwand, weißt du? Das auf den Websiten anzulegen, genug zu designen, ich muss ein Gewerbe dafür anmelden, vielleicht sogar Steuern zahlen …«

Er nimmt ihr Gesicht zwischen seine Hände. »Okay, du hast wie immer alles genau durchgeplant und recherchiert. Aber muss alles jetzt geklärt werden?«

Das gleiche, was sie ihm gestern gesagt hat. Wie gemein, dass er es jetzt gegen sie verwendet. Sie haben erst heute weiter Suzies Kisten sortiert. Das ganze alte Make-Up und die Parfumflakons entsorgt, die schon lange abgelaufen sind. Es sind nur noch die Papiere übrig und kleine persönliche Dinge wie Kuscheltiere, Knüpfsachen, bei denen Jez Tränen in den Augen hatte und seine Armbänder, beide, immer wieder gedreht hat. Die Dinge, die am schwersten für ihn sind. Sie haben noch zwei Tage. Der Rest, ob sortiert oder nicht, darf Jez in zwei Kisten bei ihnen in die Garage stellen. Mum hat es angeboten und er hat dankend angenommen. Eins nach dem anderen. Wenn sie es ihm mit diesen Worten leichter macht, tut er es mit dem gleichen Gedankenanstoß auch.

Sie seufzt. »Nein.« Sanft nimmt sie seine Hände herunter. »Aber es hilft mir, um meine Gedanken zu sortieren. Ob das überhaupt für mich in Erwägung kommt, weißt du?«

Er nickt. »Willst du es mit mir durchsprechen?«

Erst, als sie alles ausspricht, die Pros und Contras auflistet und so ihre Gedanken sortiert, merkt sie, wie dringend sie das nötig hatte. Seit dem Tag in St. Ives war alles einfach zu viel, Blaze war nicht da und mit Tim zusammen will sie mit ihrer Schwester nicht darüber reden, und Mum würde sie nur darin bestärken wollen, es zu versuchen. Dabei will sie selbst erst einmal herausfinden, ob sie das überhaupt möchte, ihre Kunst zu verkaufen. Hobbys dürfen auch einfach Hobbys sein, das hat Evelyn zwar gesagt, aber sie verkauft Kunst. Wenn ihre Künstlerinnen sich das gedacht hätten, wäre Evelyn arbeitslos. Im Laufe ihres Monologs lehnt sie sich immer weiter gegen Jez, bis sie schließlich vor ihm sitzt und er seine Arme um sie geschlungen hat. Er malt kleine Kreise auf ihre Haut und hört ihr still zu, fragt nur hier und da etwas zum Verständnis nach. Sie braucht seine Meinung dazu gerade nicht und das weiß er auch.

Ihr Gespräch versiegt und für einige Atemzüge schweigen sie einfach. Sie sollten nach oben ins Bett gehen, aber sie sitzt gerade viel zu gemütlich. Seine Brust hebt und senkt sich beständig gegen ihren Rücken. Im Haus ist es ruhig, mal heult der Wind oder Fensterläden klappern, sonst ist es still.

»Ich will nun doch fragen«, sagt er langsam, leise. »Du

musst mir auch nicht antworten. Aber du suchst nach einer Therapeutin?«

Ihr Herz stolpert in ihrer Brust. Es sollte nichts sein, was ihr Angst macht. Es sollte normal sein, wie einen Termin beim Hausarzt auszumachen. Aber das ist es für sie nicht.

»Ja«, krächzt sie. »Ich glaube, das würde mir guttun.«

»Gut, dass du das für dich merkst.«

Sie summt eine Zustimmung. »Es fühlt sich einfach nur so an, als ob ich damit zugeben würde, es allein nicht hinzubekommen. Dass ich schwach bin.«

Er hört auf, auf ihre Haut zu malen. Stattdessen umarmt er sie etwas fester, wie um ihr damit Halt geben zu wollen. »Du bist einer der stärksten Menschen, die ich kenne, Rosalie.«

»Dabei hast du mich in meinen schlimmsten Momenten gesehen.«

»Genau deswegen.«

Sie muss es ihm sagen. Was der ausschlaggebende Punkt war, dass sie nun doch die Therapie sucht. »Ich hab Kyle gesehen«, platzt es aus ihr heraus.

»Was?« Er setzt sich so abrupt auf, dass sie sich zu ihm umdreht. »Wieso hast du nichts gesagt? Nein, vergiss das, du musst nichts erzählen. Aber … wann?«

»Als ich mit Mum in der Galerie in St. Ives war.« Sie kann seine nächsten Worte von seinem Gesicht ablesen. »Und ich wollte dich damit nicht belasten. Ich musste irgendwie erst mal selbst damit klarkommen.«

Ein verletzter Ausdruck huscht über sein Gesicht, verschwindet jedoch so schnell wieder, dass sie sich fragt, ob sie ihn sich eingebildet hat. »Willst du jetzt darüber reden?«

»Es war richtig schlimm.« Wenn sie an das Aufeinandertreffen denkt, steigt ihr immer noch die Panik in der Kehle auf. »Er hat einfach so getan, als wäre nichts gewesen. Hat es ein Missverständnis genannt. Ich konnte gar nichts sagen. Ich war einfach nur versteinert.«

»Was für ein scheiß Arschloch«, knurrt er. So wütend hat sie ihn selten erlebt. Fahrig geht er mit einer Hand durch seine Haare. Sie greift in die schwarzen Wellen, legt sie zurück in den Mittelscheitel, in den sie normalerweise fallen. Wie sie am Anfang denken konnte, dass Jez seine Haare mit Gel stylen würde, weiß sie nicht mehr. Es wäre eine Schande.

»Mum hat ihm mit einer einstweiligen Verfügung gedroht.«

»Richtig so.«

Sie lächelt schwach. »Du wirst ja richtig verteidigend.«

Er blinzelt, als würde ihm das erst jetzt auffallen. »Schlimm?«

Statt ihm zu antworten, küsst sie ihn. Kyle ist ihre Vergangenheit. Eine Vergangenheit, die sie versucht hat zu vergessen und zu verdrängen, der sie sich aber mit professioneller Hilfe stellen wird. Wie ein gebrochenes Bein, das sie nicht richtig behandeln lassen hat. Sie kann erst wieder rennen, wenn sie die richtige Therapie dafür macht. Jez hingegen ist ihre Gegenwart. Er ist hier, jetzt, bei ihr, und küsst sie mit so einer Sanftheit zurück, dass sie nicht weiß, wohin mit all der Wärme in ihrem Körper.

»Wieso sind deine Füße eigentlich immer kalt?« Er schüttelt sich und zieht seine Decke bis zum Kinn hoch. Sie hat ihre Füße zwischen seine Waden geschoben, um sie zu wärmen. »Noch nie was von Socken gehört?«

»Mit Socken zu schlafen ist komisch.« Sie kuschelt sich näher an ihn heran. »Außerdem hab ich doch jetzt dich.«

Er schnaubt amüsiert. »Ich sehe schon, ich werde ausgebeutet.«

Sie summt eine Zustimmung und vergräbt ihre Nase in seinem T-Shirt. »Immer. Jeden Tag.«

»In der WG wird das auf Dauer ziemlich eng mit dem in einem Bett schlafen.«

Sie drückt einen Finger auf seine Lippen. »Ssh, daran denken wir jetzt nicht.«

Wie um ihren Punkt zu unterstreichen, lehnt sie sich von ihm zurück und breitet sich auf ihrer Bettseite aus. Mit Jez in ihrem Bett zu Hause zu schlafen ist definitiv angenehmer, als das schmale Wohnheimbett zu teilen.

Er greift nach ihrem Arm und zieht sie wieder zu sich. »Komm wieder her.«

Leise lacht sie und wärmt wieder ihre kalten Zehen an seiner Haut. »Dann können meine kalten Füße ja nicht so schlimm sein.«

Er antwortet ihr, indem er seine Lippen auf ihre legt. Der Kuss ist langsam, intensiv. Einer dieser Sternenstaubküsse, bei denen sie schwerelos fliegt. Sie legt eine Hand an sein Gesicht, fährt seinen Kiefer hinunter, schiebt einen Finger unter den Kragen seines T-Shirts. Er löst sich von ihr und legt sein Kinn auf ihren Kopf.

Vielleicht platzt sie, weil es der letzte Abend ist. Vielleicht, weil sie einfach nicht mehr kann. Vielleicht, weil sie sich mutiger fühlt als die vorherigen Nächte.

»Du hältst dich zurück.« Sie kann den anklagenden Ton nicht aus ihrer Stimme heraushalten. Die Frustration.

Er antwortet erst einige Atemzüge später, als würde er seine Worte mit Bedacht wählen. »Ich möchte nicht, dass du dich unwohl fühlst. Oder zu etwas genötigt.«

»Denkst du noch oft an den Abend?« Sie lehnt sich etwas zurück, damit sie ihn ansehen kann. Sie muss nicht sagen, von welchem Abend genau sie spricht.

»Ja.« Das Kratzen in der Stimme verrät, dass er die Wahrheit sagt. Er räuspert sich.

»Ich denke jeden Tag daran.« Mutig sein, mutig sein, mutig sein. Es frustriert sie, dass er sich zurückhält, seit Tagen. Mit Ellie oder ihrer Schwester redet sie auch so offen. Dann kann sie es bei Jez auch. »Nach der Sache mit Kyle habe ich Monate gebraucht, bis ich mich selbst berühren konnte, ohne eine Panikattacke zu haben.« Zum Glück hat sie das Licht schon ausgeschaltet und nur das Mondlicht erhellt die Schemen in seinem Gesicht. Sonst würde er sehen, dass ihr Gesicht glüht, wie viel Überwindung sie es kostet, darüber zu reden. »Aber die Woche, wo du in Cardiff warst? Ich habe ständig daran gedacht, wie es sich mit dir angefühlt hat. Und ich will nicht damit aufhören, dich so zu berühren, dich so zu küssen.« Sie holt tief Luft. »Ich kann dir nicht versprechen, dass ich keine Panikattacke mehr bekomme. Aber ich will es versuchen. Weil ich das hier will. Weil ich *dich* will.«

»Ich will dich auch, Rosalie.« Seine Stimme, angeraut vor Verlangen, jagt Schauer über ihre Haut. Er umfasst sanft ihr Gesicht, schiebt ihr eine Strähne aus der Stirn. »Es waren die Finger, oder? Was dich getriggert hat?«

Sie nickt. »Ja, ich … ich kann Hände da nicht so gut. Wie gesagt, ich habe mich selbst da ziemlich rantasten müssen.«

»Okay.« Er rutscht näher an sie heran bis sich ihre Nasenspitzen berühren. »Ich kann es dir auch ohne Finger machen, weißt du?«

Bei diesen Worten, dieser Vorstellung, schießt Hitze durch ihren Körper und sammelt sich zwischen ihren Beinen.

Seine Lippen streifen federleicht über ihre. »Sag mir, was du magst. Was du nicht magst.« Ein hauchzarter Kuss auf ihrem Mundwinkel. »Rede mit mir.« Einer auf ihrer Unterlippe.

Sie nickt, hält es nicht mehr aus, und küsst ihn. Mit allem, was sie hat. Und er küsst sie mit allem von sich zurück. Sie schiebt alle Gedanken von sich, lässt sich von der Welle überrollen, die er ist. Ihre Zungen spielen miteinander, er schmeckt nach ihrer Zahnpasta, so intim, so vertraut. Sie schmiegt sich näher an ihn, immer näher, und es reicht schon jetzt nicht.

Er schiebt sich über sie und sie seufzt auf, als seine Hand unter ihren Pulli wandert. Sie umschlingt seine Hüfte mit ihren Beinen und zieht ihn heran. Sein Aufkeuchen, zusammen mit seiner Härte an ihrer Mitte, lässt das Pochen zwischen ihren Beinen stärker werden. Sie liebt dieses Feuer, diese Hitze zwischen ihnen. Und dass er sie in ihr auslöst.

Ungeduldig zupft sie am Saum seines T-Shirts, bis er sich aufsetzt und es mit einer Hand über seinen Kopf zerrt. Das Mondlicht verfängt sich in seinen Haaren und vertieft die Konturen seiner Muskeln. Ihm fällt auf, dass sie ihn anstarrt, und er hält inne.

»Du bist so schön«, flüstert sie. »So verdammt schön.«

Er zieht sie zu sich hoch. »Weißt du eigentlich, wie schön *du* bist?« Er küsst ihre Schläfe. »Wie ein Kunstwerk.«

Sanft greift er nach ihrem Pulli. Sie lässt ihn sich ausziehen. Zum Schlafen trägt sie nichts darunter. Seine Wimpern flattern, als er sie ansieht. So viel mehr sieht, als er bisher gesehen hat. Mit jemand anderem wäre sie vielleicht unsicher gewesen, hätte sich entblößt gefühlt unter dem intensiven, dunklen Blick. Aber nicht bei Jez. Bei Jez ist sie begehrenswert. Erotisch. Absolut in Kontrolle, während sie gleichzeitig die Kontrolle an ihn verliert.

»Das letztes Mal fand ich sehr gut«, haucht sie. Irgendwann würde sie dieses schiefe Grinsen aus seinem Gesicht wischen. Aber nicht jetzt. Er küsst ihr Schlüsselbein. Definitiv nicht jetzt. Sein Atem streift ihre Brust. Sie legt den Kopf in den Nacken, schließt die Augen. Er küsst ihr Brustbein. Überall, nur nicht da, wo sie seinen Mund haben möchte.

»Meinst du das hier?«, fragt er und er treibt sie in den Wahnsinn.

»Ja.«

Er neckt sie weiter. Sie zieht ihre Unterlippe zwischen die Zähne, wartet. »Jez«, fleht sie schließlich.

»Mhm?«

Ihr reißt der Geduldsfaden. Sie packt seine Schultern, wirbelt ihn herum, drückt ihn nach hinten in die Kissen. Seine überrascht geweiteten Augen lassen das Blut in ihren Ohren rauschen.

»Du machst mich wahnsinnig.«

Dann küsst sie ihn. Knabbert an seiner Unterlippe. Reibt sich mit ihrer Hüfte an seinem Becken, bis er in ihren Mund aufstöhnt. Soll er merken, wie verrückt es einen macht, so geneckt zu werden. Etwas zu wollen und es nicht zu bekommen. Sie lässt ihre Hände weiter nach unten wandern. Über seine Brust, seine Bauchmuskeln. Sie liebt es, wie er sich unter ihren Fingern anspannt. Mit den Fingern hakt sie sich unter seine Jogginghose.

»Ist das okay?«, fragt sie.

Er nickt, hebt seine Hüfte an, damit sie ihm die Hose ausziehen kann. Ihr Mund wird trocken, als sie zurück zu ihm hoch krabbelt. Man sieht alles durch die enge Boxershorts. Plötzlich verunsichert streift sie sich die Haare hinters Ohr. So weit hat sie nicht nachgedacht. Sie lässt sich von ihren Gefühlen leiten, macht, was sich gerade richtig anfühlt. Ohne einen wirklichen Plan. Ohne wirkliche Erfahrung, wie das hier funktioniert, mit ihm.

Er scheint ihre plötzliche Unsicherheit zu bemerken,

nimmt ihre Hand und holt sie wieder zu sich. Eine Entschuldigung bahnt sich einen Weg durch ihre Kehle, doch bevor sie sie aussprechen kann, küsst er sie bereits wieder.

»Keinen Druck«, murmelt er an ihre Lippen. »Weißt du noch?«

Sie lässt sich von seinen Küssen beruhigen. Von seinen Händen, die einfach an ihrer nackten Hüfte liegen. Genießt es, ihre heiße Haut an seiner heißen Haut zu spüren. Und mit jedem Kuss brennt er die Unsicherheiten in ihr davon und lässt sie wissen, dass sie bei ihm sicher ist. Dass sie nichts machen muss, was sie nicht will. Dass sie so weit gehen, wie sie beide wollen. Und auch wenn sie spürt, wie sehr er sie begehrt, weiß sie, dass es ihm nicht darum geht, am Ende befriedigt einzuschlafen. Sondern dass es ihnen beiden gut geht.

Langsam gleitet sie von ihm herunter und legt sich neben ihn. Greift nach dem Bund ihrer Leggings, hält für den Bruchteil einer Sekunde inne. Erinnert sich daran, wie er das letzte Mal seine Finger unter ihren Bund geschoben hat. Was danach passiert ist. Er mustert sie genau, jede Regung in ihrem Gesicht. Entschlossen zieht sie sich die Hose aus. Weil es nichts groß bedeuten muss. Weil sie immer noch Nein sagen kann und sie hören auf, sofort, ohne Frage. Es trennt sie nicht mehr als ihre Unterhosen und dieses Wissen treibt ihr die Hitze ins Gesicht.

Ihre Münder finden sich, hungrig, heiß, verzehrend. Sie will alles von ihm und ihm alles, alles von ihr geben. Sie presst sich an ihn, krallt sich an sein Schulterblatt. Zieht scharf die Luft ein, als sie ein Bein um ihn schlingt und wirklich alles durch den dünnen Stoff ihrer Unterhosen spürt. Das Pochen zwischen ihren Beinen wird drängender. Sie sind ein Knäul aus Körpern und Decken. Sie weiß nicht mehr, wo sie aufhört und er anfängt und sie liebt dieses Gefühl. Dieses Gefühl, sich völlig in ihm zu verlieren, in ihren Küssen, seinen Lippen auf ihren, seiner Zunge, seinen Zähnen, die sanft an ihrer Unterlippe knabbern. Sie droht zu platzen. Vor Glück und vor Verlangen gleichzeitig.

Er küsst ihr Kinn. Ihren Kiefer. Überspringt ihren Hals, weil sie ihm gesagt hat, dass sie es nicht mag. Küsst ihr Schlüsselbein. Bahnt sich sanft einen Weg tiefer. Diesmal neckt er sie nicht, lässt sie nicht zappeln. Er umschließt ihre Brustwarze, leckt, saugt, knabbert, liebkost. Sie beugt ihren Rücken durch, ihm immer näher. Sie braucht mehr, mehr, mehr.

Er blickt zu ihr hoch und sein dunkler Blick unter den dichten Wimpern löst ein Kribbeln in ihr aus. Eine stumme Frage und sie nickt, schnell, weil sie es will. Das hier mit ihm. Nichts hält sie gerade zurück. Er küsst ihre Rippen und sie spannt ihren Bauch an, als er tiefer wandert. Seine Finger sind leicht rau, aber so butterweich, wie er über ihre Haut fährt. Liebevoll, sanft, zart und doch mit Nachdruck. Der Bund ihrer Unterhose weicht unter seinen Lippen und sie zieht scharf die Luft ein. Ihre Hand wandert wie von selbst in seine Haare, hält sich in den schwarzen Wellen fest.

Er hält inne, sobald er ihre Anspannung spürt. Aber diesmal ist es keine schlechte. Sondern eine, die sie unruhig hin und her rutschen lässt. »Nicht aufhören«, bettelt sie. Sie erkennt ihre eigene Stimme nicht mehr, so rau und aufgekratzt, wie sie ist. Mit einem Grinsen zieht er ihre Unterhose herunter. Langsam. Küsst dabei ihre Schenkel.

»Irgendwann küsse ich jeden einzelnen deiner Sommersprossen«, raunt er.

»Aber nicht jetzt.« Sie kickt ihre Unterhose mit ihrem Fuß vom Bett. »Sonst platze ich.«

Sein Lachen nimmt ihr die Nervosität. Weil sie jetzt völlig

nackt ist. Und sie ist plötzlich dankbar, dass sie kein Licht angemacht haben, sondern nur der Mond sie schemenhaft erhellt. Nicht, weil sie sich für ihren Körper schämt. Aber es erlaubt ihren Gedanken, nicht in eine rasende Abwärtsspirale abzudriften.

Ihre Drohung scheint er nicht sehr ernst zu nehmen. Denn viel zu quälend langsam nur küsst er sich ein Weg über die Innenseite ihrer Schenkel. »Keine Finger, okay?«, flüstert er, liebkost ihre empfindliche Haut. Wie um seinen Punkt zu unterstreichen, wandern seine Hände zu ihrer Hüfte nach oben. Sie greift mit ihrer freien Hand nach seiner, verschränkt ihre Finger miteinander. Die geknüpften Armbänder kratzen an ihrer Haut, geben ihr Halt, weil sie so viel von ihm sind. Sein Atem streift ihre Mitte, die feuchte Hitze, die sich dort angesammelt hat. Immer noch berührt er sie nicht da, wo sie ihn haben will. Wo sie ihn braucht. Wo alles in ihr schreit, dass er sie endlich, endlich, endlich küssen soll.

Sie hebt ihr Becken im Versuch, ihn dort hinzubekommen, wo sie ihn haben will. Aber er scheint seinen eigenen Plan zu verfolgen. Seine Zunge streift sie, kurz, neckend. Hitze sammelt sich in ihrem Bauch, voller Erwartung. Dann seine Lippen, viel zu sanft, nur ein gehauchter Kuss.

Wenn sie es sich selbst macht und sich Zeit nimmt, reizt sie sich so auch. Mit diesen kleinen Berührungen, die ihre Lust anfachen und sie immer mehr fühlen lassen wollen. Aber bei ihm ist es ganz anders. Weil sie nicht weiß, was als nächstes passiert, wann sie erlöst wird.

»Jez, bitte«, fleht sie.

Wie kann er sie nur mit seinen Lippen, seiner Zunge, seinem Atem, seiner Nase so erregen? So verrückt wahnsinnig nach ihm machen? Sie windet sich unter seinen Berührungen. Als er endlich, endlich ihren empfindlichsten Punkt mit dem Mund umschließt und an ihr saugt, keucht sie auf. Ihre Augen flattern, sie ist überwältigt von den heißen Stromschlägen, die sie bei jedem Schnipsen seiner Zunge durchfahren. Er hat gerade erst angefangen und sie ist schon kurz davor zu kommen. Sie spürt es an der Hitze, die sich in ihrem Bauch immer weiter ansammelt, zu einem heißen Stern wird.

Er scheint es zu spüren, an ihren Fingern, die sich fester in seinen Haaren festkrallen. Er lässt von ihrer empfindlichsten Stelle ab, leckt sie einmal, fest, bis er mit seiner Zunge in sie eindringt. Heilige Scheiße, so fühlt sich das an? Ein Laut entweicht ihr, den sie noch nie von sich gehört hat, eine Mischung aus lustvollem Aufstöhnen und überraschtem Keuchen. Er bringt sie immer wieder so nah, so süß nah, nur um dann langsamer zu werden, seinen Fokus woanders hin zu verlegen. Ihr war noch nie so heiß, jeder ihrer Muskeln ist angespannt, und sie steht so kurz vor der Erlösung. So kurz davor, sich einfach in Sternenstaub aufzulösen.

Plötzlich spürt sie seine Zähne, ganz vorsichtig, dass es nicht weh tut, aber die Schärfe lässt sie überrascht zusammenkrümmen. Ihre Lider fliegen auf und für eine verrückte Sekunde sieht sie den Mond glasklar vor ihrem Fenster, wie er seine Strahlen zwischen Wolken durchschiebt. Und sie fragt sich, wie sie es verdient hat. Dass es jetzt so einfach geht. Dass Jez so verständnisvoll ist, dass es wirklich die Hände sind, die sie triggern, und sie bisher nicht eine Sekunde an die Panik gedacht hat. Sie vertraut ihm, absolut. Und nur deshalb kann sie sich so fallen lassen.

Kaum kommt ihr der rosarote Gedanke, dass sie in ihn verliebt ist, hemmungslos, unwiderruflich, da umschließt er ihren empfindlichsten Punkt, mit genau dem richtigen Druck, mit genau der richtigen Geschwindigkeit seiner Zunge. Und sie explodiert. Hell, pulsierend, alles in ihrer

Umgebung verbrennend. Ein Schrei, sein Name, will ihr entweichen und sie reißt ihre Hand nach oben, beißt in ihren Handrücken, um ihn zu ersticken.

Jez wird langsamer und mit jeder trägen Drehung seiner Zunge pulsiert eine Welle aus Lust durch ihre Adern. Sie ebbt nur langsam ab, kriecht noch immer in jeden Zentimeter ihres Körpers, hinterlässt ein wohliges Kribbeln. So intensiv war es noch nie. So alles einnehmend. Wenn ihre eigenen Orgasmen Sternschnuppen sind, wunderschön, ein heißer Streifen, ist dieser hier eine Supernova. Absolut explosiv und blendend.

Er kommt zurück zu ihr, wischt sich mit dem Handrücken über den Mund und lächelt auf sie hinab. Sie hebt ihren Kopf, um ihn zu küssen. Sie schmeckt sich selbst auf seinen Lippen und ihr Herz droht zu zerspringen. Von der Intensität ihres Höhepunkts, ihrer Gefühle, seines wunderschönen Lächelns und wie weich und perfekt sich sein Mund auf ihrem anfühlt. Von allem.

Sie ist flüssig, wie Wasser, kann ihre Bewegungen nur noch schlecht kontrollieren. Er legt sich neben sie und zieht sie eng an sich. Seufzend kuschelt sie sich an seine Brust, zwischen seine Arme.

»Du bist verdammt schön, wenn du kommst«, wispert er in ihr Ohr.

»Du kannst das aber auch verdammt gut.« Dem Anspannen ihrer Muskeln im Gesicht nach zu urteilen, grinst sie dämlich.

»Das hoffe ich doch. Immerhin hast du einen festen Biss.«

Die Trägheit verschwindet für einen Herzschlag aus ihrem Körper. Sie sucht ihre eigene Hand nach der Bissspur ab, als sie in die Haut gebissen hat, um ihren Schrei zu unterdrücken. Da hält er ihr schon seinen eigenen Handrücken hin, die Abdrücke ihrer Zähne selbst im schummrigen Licht deutlich zu erkennen.

»Shit, sorry.«

Er zuckt mit den Schultern. Er greift nach eine der Decken, sie weiß nicht wessen, vom Fußende und zieht sie über sich.

»Zeigt mir, dass es gut war.«

Sie hebt ihren Kopf, um das selbstgefällige Lächeln in seinem Gesicht nicht nur zu hören, sondern auch zu sehen.

»Du bist so ein arroganter Idiot.«

»Ein arroganter Idiot, der dir gerade den Orgasmus deines Lebens beschert hat.«

Der Knuff gegen seine Brust fällt nur halbherzig aus. Sie ist so schläfrig, alles ist wohlig weich und warm und kribbelig und einfach *gut.*

»Ich revanchiere mich noch«, murmelt sie gegen seine Brust. Denn so müde sie ist, sie hat nicht genug. Sie will ihn schmecken, wissen, ob sie ihn auch zum Keuchen, zum Stöhnen bringen kann. Sie will mehr als nur seine Zunge in sich haben. Sie will ihm so nahe sein, wie man einer anderen Person nur sein kann. Nicht nur emotional, wie sie es schon ist. Auch körperlich. »Ich mache nur kurz die Augen zu.«

»Schlaf, Rosalie.« Er platziert einen Kuss auf ihrer Stirn. »Es ist alles gut.«

Sie summt noch eine Zustimmung, zu müde zum Widersprechen. Bevor sie noch einmal die Augen öffnen kann, um ihm zu sagen, dass sie alles von ihm will, irgendwann, nach und nach, ist sie bereits eingeschlafen. Wohl behütet in seinen Armen.

25. KAPITEL

Rose

Henry stellt sich auf die Zehenspitzen, visiert konzentriert an, bewegt immer wieder seinen Arm in einer langsamen Wurfbewegung, wie um abzuschätzen, wie der Ball fliegen wird.

»Wenn du nicht gleich wirfst, mach ich es für dich«, sagt Mike trocken. Mit verschränkten Armen sehen seine Oberarme noch breiter aus, aber Henry scheint den Anblick des menschlichen Schranks im gegnerischen Team nicht zu verunsichern.

Jez gibt ihm einen kleinen Stoß in die Rippen, den Henry mit einem übertrieben verletzten Blick kommentiert. Was genau er ihm zuraunt, hört Rose über die Musik nicht.

Wie sie alle denken konnten, dass eine Silvesterparty gesponsert von dem Label, das Tims Band *Dear Elk* gern vertreten würde, in einer Rooftopbar mit Blick über die Themse, eine schicke und vielleicht auch verstockte Angelegenheit sein würde, weiß sie nicht mehr. Die Managerin, Ada, die *Dear Elk* bei einem Konzert im Sommer gesehen und seitdem Mike versucht zu bequatschen, mit ihr ein Album aufzunehmen und eine UK-Tour auf die Beine zu stellen, ist jung. Keine dreißig und so entspannt, dass Rose sich direkt wohl in ihrer Anwesenheit gefühlt hat. Ada hat in der Bar eine richtige Wohlfühlatmospähre erschaffen, mit Billardtischen und Bierpong, eine Mischung aus Alternative, Indie und Rock läuft über die Lautsprecher. Andere Bands, die bei ihrem Label sind, Fotografen und Soundtechniker, Menschen aus jedem Bereich der Musikbranche und Freunde, vermischen sich zu einer bunten Gruppe. Es ist voll, aber nicht überfüllt, genau die richtige Menge, dass es nicht leer wirkt, aber man sich auch nicht an die Bar drängeln muss.

»Fünf Pfund, dass Henry danebenwirft«, sagt Rose verschwörerisch zu Ellie neben ihr.

Sie haben sich gemeinsam bei ihr in der WG fertig gemacht und Ellies dunkles Smokey Eye glitzert verführerisch. Sie hat sich bei Rose im Schrank bedient und ein schwarzes Meshkleid ausgesucht, das mit Sternen bestickt ist. Ihr blondes Haar setzt sich wunderbar von dem dunklen Stoff ab und in dem gedämpften Licht der Bar schimmert ihre Haut golden. Rose kommt nicht umhin zu bemerken, wie Henrys Blick immer wieder zu Ellie schweift und sie sehnsüchtig ansieht. Und wie Ellie in den Momenten, in denen er nicht hinsieht, genauso sehnsüchtig zurückblickt. Am liebsten würde sie ihre Freundin schütteln und ihr sagen, dass sie einen Fehler gemacht hat, die Sache mit Henry zu beenden. Dass sie sich doch so offensichtlich gut finden. Aber sie hält aus Respekt vor ihrer Freundin die Klappe.

»Du bist fies«, kichert Ellie. Im Gegensatz zu Rose hat sie sich am kostenlosen Alkohol bedient und ist leicht angetrunken. »Aber da steig ich mit ein.«

»Wenn ihr euch da so sicher seid, wette ich mit«, sagt Maddie, die neben ihnen das Bierpong Spiel der Jungs verfolgt. Ein hautenges, schwarzes Oberteil schmiegt sich um ihre breiten Kurven und der fliederfarbene, pailettenbesetzte Rock lässt ihre Haut noch dunkler erscheinen.

»Müsstet ihr nicht eigentlich für euer Team sein?«, fragt Blaze und lehnt sich zu ihnen hinüber.

Sie ist die Einzige von ihnen, die entsprechend der Temperaturen draußen angezogen ist, mit langer weiter Stoffhose und einem Langarmoberteil aus Samt, und nicht wegen des Outfits frieren wird, wenn sie später zum Anstoßen auf die Terrasse gehen würden. Sie haben nicht mal mehr zwei Stunden bis Mitternacht. Zwei Stunden in diesem verrückt vollen und veränderungsreichen Jahr.

»Was heißt denn unser Team?«, schnaubt Rose. Nur weil Jez und Henry gegen Mike und Tim spielen, heißt es noch lange nicht, dass sie erstere unterstützen muss. Leider haben sie so lange diskutiert, dass Henry bereits geworfen hat. Und den letzten Becher vor Mike und Tim verfehlte. Das war ihr Nachwurf, ihre letzte Chance, doch noch dafür zu sorgen, dass sie Becher wieder zurück auf den Tisch stellen und nicht verloren haben.

Henry rauft sich die Haare, während Tim und Mike sich abklatschen und gegenseitig zum Sieg gratulieren. Jez klopft seinem Freund ermutigend auf die Schulter und Henry trinkt widerwillig den übrig gebliebenen Becher Bier. Davon hat er jetzt einiges intus, da er mit Jez den Deal gemacht hat, alle Becher zu trinken, wenn dieser dafür mitspielen würde. Sie räumen die Becher ab, damit die nächsten spielen können.

Blaze geht direkt zu ihrem Freund hinüber und drückt Tim einen Kuss auf die Lippen. Roses Herz wird ein bisschen leichter, wenn sie die beiden zusammen sieht. Nach dem heftigen Streit vor Weihnachten, den sie belauscht hat, hatte sie wirklich Angst, dass die beiden sich trennen würden. Auch wenn es auf der einen Seite unvorstellbar ist, fragt sie sich, wie viel eine Beziehung aushalten kann. Sie hat mit Blaze gestern eine ruhige Minute zum Reden gefunden, ohne Tim und ohne Jez, und nachgefragt, wie es läuft. Tim hat ihrer großen Schwester wohl versprochen, ein Wochenende im Monat fest nach Cornwall zu kommen, damit auch er sich Zeit für die Beziehung nimmt. Bisher hatten sie sich monatlich abgewechselt mit dem Fahren, sich aber nur alle vier Wochen zu sehen, hat ihnen nicht gereicht. Und Blaze ist wirklich deutlich öfter nach London gekommen als Tim zu ihr nach Plymouth.

Ihr Blick verhakt sich für einen Moment mit Jez. Seit Weihnachten fühlt sie sich so verbunden mit ihm, als wäre ihr Inneres tief mit seinem verwoben. So absolut ruhig und sicher. Unumstößlich. Sie hat nicht das Bedürfnis, zu ihm zu rennen und ihn zu küssen wie ihre Schwester mit ihrem Freund. Manchmal nagt es an ihr, aber dann hält sie sich vor Augen, dass jede Beziehung anders ist. Anders funktioniert. Und lieber küsst sie ihn zu Hause, wenn ihr keiner zusieht, und sie ihn ganz für sich allein hat. Vielleicht ist es so, weil es noch so in ihr verankert ist, wie Kyle sie immer zur Schau gestellt hat. Wie sie immer ständig knutschen, Händchen halten, sie auf seinem Schoß sitzen musste, immer seine besitzergreifende Hand an ihr. Vielleicht würde die Erinnerung mit der Zeit verblassen und sie selbst das Bedürfnis bekommen, mit Jez so in der Öffentlichkeit umzugehen. Aber jetzt, gerade, reicht es ihr, ihm mit ihren Augen zu sagen, dass sie hier ist. Dass er verdammt gut aussieht in seinem weißen Hemd und dem dunklen Jackett. Was sie für ihn fühlt.

Er lächelt und sie lächelt zurück. »Ihr seid viel zu süß zusammen«, flüstert Ellie ihr ins Ohr.

Sie stößt ihre Freundin spielerisch mit der Schulter an. »Hör schon auf, sonst kotze ich vor Kitsch.«

Ellie kichert. Gemeinsam mit den anderen setzen sie sich in eine Sitznische aus tiefen Ledersofas, die gerade freigeworden ist. Maddie neben Mike und Ren, Blaze direkt neben Tim, Henry mit einem Sicherheitsabstand zu Ellie und Rose direkt neben Jez. Sie reden über das neue Jahr; über die Managerin; dass es Ren etwas davor graut, so regelmäßig woanders aufzutreten; dass Mike nicht weiß, wie er sein Pub alleine lassen kann, wenn sie sich so auf die Musik fokussieren. Sie alle mögen Ada, keine Frage, sie ist charismatisch, redet das anstrengende Leben auf Tour und das viele Aufnehmen von Musik nicht schön, bleibt realistisch, aber gleichzeitig auch ansteckend in ihrem Tatendrang und Optimismus. Später stößt sie dazu und verwickelt die Bandmitglieder in ein Gespräch, sodass der Rest von ihnen aufsteht, um ihnen Raum zu geben.

Ellie und Maddie gehen gemeinsam an die Bar, um sich etwas Neues zu trinken zu holen, und Rose stellt sich vor die deckenhohe Fensterfront und sieht hinaus auf London. Auf diese Stadt, in der sie geboren und groß geworden ist und die sie liebt wie keine andere. Diese Stadt, die sie wieder ihr Zuhause nennen kenn. Jez stellt sich neben sie und legt den Kopf schräg, um sie anzusehen.

»Deine Gedanken sind laut. Was geht dir durch den Kopf?«

»Wie glücklich ich gerade bin«, sagt sie mit einem zufriedenen Lächeln im Gesicht. »Und dass ich nichts auf der Welt gerade ändern würde.«

»Außer Weltkriege. Und Kapitalismus. Und das Patriarchat ...«

Sie unterbricht ihm mit einem Stoß in die Rippen. »Du weißt, was ich meine.«

»Ich weiß, was du meinst.« Er vergräbt seine Hände in

den Hosentaschen. Sein Lächeln ist warm, als er zu ihr hinuntersieht. »Ich bin auch zufrieden gerade. Ich habe das Gefühl, das neue Jahr kann nur gut werden.«

»Wird es«, sagt sie mit Nachdruck.

Im Februar hat sie eine erste Stunde bei einer Therapeutin bekommen. Wenn sie sich gut verstehen, könnte sie regelmäßig zu ihr. Es würde online laufen, was Rose sehr beruhigt und worauf sie bei ihrer Suche geachtet hat. Sogar Jez hat angefangen, nach Therapeuten zu googeln und überlegt, sich auch mal eine Stunde zu nehmen. *Für Suzie*, meinte er nur. Die ersten Ergebnisse ihrer Übungsklausuren sind da und Rose hat alle mit Bravour bestanden. Sie kann den Stoff, muss ihn für die echten Prüfungen nur noch mal wiederholen. Dann wäre ihr erstes Semester an der Uni schon wieder um.

Sie schweigen, während sie die Skyline betrachten. Wie das weiße Licht der Hochhäuser sich im Fluss spiegelt und bricht. Ein Blick über ihre Schulter zeigt ihr, dass Ellie sich mit Henry unterhält und dabei immer wieder den Blick senkt. Sie sucht nach Maddie, findet sie an der Bar im Gespräch mit einem großen, gutaussehenden Typen. Die dunkelblonden Haare fallen ihm in die Stirn und von der Entfernung kann Rose nicht sagen, was für eine Augenfarbe er hat. Sie sind dunkel, in einem freundlichen, aber markanten Gesicht, mit einer Stupsnase, die ihn jünger erscheinen lässt, als er vermutlich ist. Maddie legt ihren Kopf in den Nacken, als sie lacht, und ihre krausen Korkenzieherlocken wippen.

»Maddie auf Flirtkurs?«, fragt Tim und stellt sich neben sie.

Blaze hängt an seinem Arm und schmunzelt. »Er sieht nicht schlecht aus.«

»Ada hat ihn als Fotograf vorgestellt. Theo, glaube ich, war der Name?«, meint Ren nur, der gemeinsam mit seinem

Freund zu ihnen stößt. »Vielleicht unterhalten sie sich darüber.«

»Wir sollten wirklich aufhören, so zu glotzen«, sagt Rose leise und schafft es mit diesen Worten, ihre Freunde dazu zu kriegen, nicht mehr auffällig zur Bar zu starren. Dass Maddie und ihr attraktiver Fotograf nur kurze Zeit später gemeinsam aus dem großen Raum der Bar verschwinden, vielleicht auf der Suche nach einem freien Nebenzimmer, fällt ihnen dennoch auf.

»Na die haben Spaß jetzt«, raunt Jez ihr ins Ohr. Seine Stimme, so nah, lässt kleine Schauer über ihren Rücken rieseln. Bei der Vorstellung, was Maddie jetzt macht, glühen ihre Wangen. Die Vorstellung von Sex ist immer noch etwas abstrakt für sie. Wenn sie sich auch gestern Abend für Jez' Supernova-Orgasmus revanchiert hat. Und gemerkt hat, wie verdammt gerne sie es ihm besorgt. Sie haben Zeit. Alle Zeit der Welt. Und keine Eile, irgendetwas zu überstürzen.

Pünktlich fürs Anstoßen ist Maddie wieder da. Ihre Haare fallen etwas verwuschelter als vorher und sie hat ein bestimmtes Glänzen in den Augen. Rose erkennt es von ihrer Schwester wieder, wenn sie gerade mit Tim zur Sache gegangen ist. Dieses aufgeregte Sex-Glänzen, wie Rose es nennt. Schnell schnappt Maddie sich noch ein Glas Champagner und stößt zu ihnen auf der Terrasse dazu. Rose sieht sich nach dem Fotografen, Theo, um, der mit einem kleinen Lächeln etwas weiter entfernt mit einer anderen Gruppe steht. Ada stellt den Countdown des Fernsehers, den sie eingeschaltet hat, lauter, damit sie ihn alle draußen hören.

Rose sieht sich um, in ihrer kleinen Runde. Zu diesen neuen und alten Freunden, zu ihren und die ihrer Schwester, ihre gemeinsame Gruppe. Vor einem halben Jahr saß sie noch in ihrem Zimmer in Cornwall und fragte sich, wie die Uni werden würde. Hat Pläne geschmiedet, online Foren durchforstet, sich alle möglichen Szenarien ausgemalt. Aber nichts ist an die Realität herangekommen. Manchmal überrascht das Leben einen einfach und man kann nicht planen, was passiert. Sie hätte nie gedacht, dass ihr Zimmerschlüssel vertauscht wurde und sie direkt beim Einzug mit ihrem Mitbewohner aneinandergerät. Sie hat nicht geplant, in Ellie so eine gute und tiefe Freundin zu finden. Ein Fußballspiel anzusehen und sich mit einem Sexisten anzufreunden, der sich so weiterentwickelt hat in den letzten Monaten. Sie hat nicht geplant, sich zu verlieben. Erst recht nicht in ihren Mitbewohner. Trotzdem würde sie die letzten vier Monate nicht missen wollen.

Vier Monate. Verrückt, wo die Zeit hin ist. Doch sie liebt es, wie die Zeit vor ihnen davonrennt, als hätte sie Angst vor ihnen. Angst davor, was sie alles schon durchgemacht und überwunden haben. Angst davor, wie mutig sie sind. Davor, was sie alles noch erreichen können. Zusammen. Sie zählt gemeinsam mit den andere von zehn nach unten. Und mit jeder Zahl wird ihre Brust weiter, ihr Herz leichter. Sie meint, was sie zu Jez gesagt hat. Dass sie nichts ändern würde.

Feuerwerk erleuchtet den Nachthimmel, kleine bunte Explosionen.

»Frohes Neues«, erschallt es von überall. Mike beugt sich zärtlich zu Ren herunter, Blaze schlingt ihre Arme um Tim.

Sie fallen sich nacheinander in die Arme und wünschen sich ein frohes neues Jahr. Als die ersten Leute wieder reingehen, weil sie frieren, und Roses Handy aufhört, in ihrer Tasche vor Neujahrsgrüßen zu vibrieren, bleibt sie mit Jez draußen stehen. Sie lehnt sich gegen das Geländer der Terrasse und bewundert ihre Stadt mit dem Himmel voller Sternenexplosionen.

Sie zieht Jez zu sich hinunter und küsst ihn. Zum ersten

Mal, weil sie es nicht direkt um Mitternacht wollte. Wieder und wieder, allein auf der Terrasse, während Feuerwerk die Nacht erhellt. Sie friert etwas in dem hellgrünen Satinkleid, aber er hat ihr sein Jackett um die Schultern gelegt. Sie ist in seinen Duft eingelullt, Salbei und Minze.

»*Neoleul salang hage doengeo gata*«, flüstert er gegen ihre Lippen. Sie erkennt die Worte sofort wieder, obwohl sie so weit beim Koreanisch lernen noch nicht ist. Weil sie diese Worte immer wiedererkennen würde, sie haben sich tief in ihre Seele gebrannt. Wie er auch. Wie seine Zuversicht und seine Anteilnahme, seine aufmunternden Worte und seine neckenden. Wie seine Küsse und Berührungen.

»Ich habe mich schon in dich verliebt.« Sie lehnt sich zurück, sieht in sein Gesicht, das so wunderschön ist. In seine Augen, in denen sich das Feuerwerk widerspiegelt.

»Und ich mich in dich.«

Der nächste Kuss ist anders und doch gleich. Er ist der Anfang von etwas Neuem, die Fortsetzung von ihnen, ein Versprechen. Dass sie sie sind, Jez und Rosalie. Was auch immer das ist. Für jetzt und die nächste Zeit. Ohne Druck.

ANMERKUNG

Wer *Forget Me Not* gelesen hat, war vielleicht überrascht, wieder kleine Zwischenkapitel vorzufinden. Bei Tim und Blaze waren sie mir wichtig, um ihre Vergangenheit und Freundschaft zu zeigen. Da Jez und Rose sich am Anfang dieses Buches erst kennenlernen, würde das hier natürlich keinen Sinn ergeben. Die Zwischenkapitel an sich beizubehalten, war mir trotzdem wichtig. Lange habe ich überlegt, was ich stattdessen machen möchte. Da Rosie sich sehr für medizinisch-biologische Prozesse interessiert, habe ich mich also in das aufregende Feld der Neurowissenschaften gestürzt.

Die Recherche hat mir einen unglaublichen Spaß gemacht. Ich finde unser Gehirn so spannend, es gibt so viel, was wir noch nicht verstehen. Die Wissenschaft entwickelt sich stetig weiter. Daher ist es mir wichtig zu erwähnen, dass die Bücher und wissenschaftlichen Artikel, aus denen ich zitiert habe, ein Produkt ihrer Zeit sind. Vielleicht gibt es bald neue Erkenntnisse, die die widerlegen, die ich hier aufgezeigt habe. Zwar habe ich mich bemüht, nur aus aktuellen Werken zu zitieren, aber ich bin keine Neurobiologin. Ich habe die Zitate zum Verständnis und der Wortzahl wegen oft gekürzt. Dabei habe ich darauf geachtet, der Aussage der Autor:innen treu zu bleiben. Als American Studies Studentin habe ich im MLA 8 Stil zitiert, um die wichtigen Informationen zu Autor:in, Werk, Verlag, Erscheinungsjahr und zitierter Seite wiederzugeben.

Wer einen Fehler in meinem Zitat findet oder eine Aussage widerlegen kann, kann mir sehr gerne per E-Mail an *info@alinaaemaurer.de* schreiben. Gerne revidiere ich Entsprechendes in einer nächsten Auflage.

DANKSAGUNG

Eigentlich müsste ich beim zweiten Buch wissen, was ich hier reinzuschreiben habe. Aber ich fühle mich noch genauso verloren wie bei *Forget Me Not*. Diese Geschichte ist so persönlich, dass es mir selbst Monate nach Beenden schwerfällt, sie loszulassen. Denn eigentlich muss ich zuallererst Rosie danken. Rosie, in die ich so viel von meinem eigenen Schmerz gesteckt habe und die mir dann so viel von ihrer Hoffnung gezeigt hat. Ich habe beim Schreiben geweint und dann so viel Mut aus ihr schöpfen können. Und ja ich weiß, das klingt abwegig, weil Rosie nur ein Objekt meiner Fantasie ist. Aber ich habe ziemlich viel von ihr lernen können. Ich hoffe, dass ihr mit abgeknabberten Toffeeherzen in Rosie genauso viel Trost und Halt gefunden habt. Wir sind nicht allein. Unsere Geschichten sind keine Hirngespinste. Wir dürfen heilen.

Wenn ich von Heilen spreche, fallen mir da einige wichtige Menschen ein, die mir dabei helfen. Moml und Paps, danke, dass ihr immer hinter mir steht. Bianca, dafür, dass du dir alle Ideen anhörst, mit mir brainstormst und du jedes Kapitel liest. Deine Unterstützung bedeutet mir alles. Eva, deine Kommentare versüßen mir immer den Tag und ohne deine Arschtritte würden meine Projekte doppelt so lange brauchen. Danke. Auch wenn du Team Tim bist, was offensichtlich falsch ist, weil #JezForever. Ich verzeihe dir das.

Danke an Chrissi, dafür, dass du so spontan noch Rose und Jez gelesen hast. Deine Korrektur hat mir sehr geholfen und dein kritischer Blick hat den beiden ihren letzten Feinschliff gegeben.

Danke an meine kleine Instagram-Bubble, die mich so bei *Forget Me Not* unterstützt hat. Eure Nachrichten, dass ihr euch genauso auf Band 2 freut wie ich, haben mir in den letzten Zügen so manche Nerven gerettet. Ich bin unendlich dankbar über die vielen Kommentare und Nachrichten, die mich seit der Veröffentlichung erreichen! Ich hoffe, ihr nehmt Rosie und Jez genauso mit offenen Armen auf.

Und zuallerletzt möchte ich Dir danken, der:die das gerade liest. Danke, dass Du Rosie und Jez' Geschichte verfolgt hast. Ohne Leser:innen wie Dich würde das Schreiben nur halb so viel Spaß machen.

Inhaltswarnung
(Achtung: Spoiler!)

In *Love Me Not* verarbeite ich potenziell triggernde Inhalte und Themen.

Diese sind:
Toxische Beziehungen, versuchter sexueller Missbrauch, Panikattacken, Tod, Trauerbewältigung und Transfeindlichkeit.

Bitte lest *Love Me Not* nur, wenn ihr euch momentan emotional dazu in der Lage fühlt. Falls es euch mit diesen (oder anderen) Themen nicht gut geht, findet ihr unter der Nummer der Telefonseelsorge rund um die Uhr kostenlose und anonyme Hilfe. Hilfe zu suchen ist das Stärkste und Mutigste, was ihr tun könnt.

0800-1 110 111 // 0800-1 110 222
www.telefonseelsorge.de

Wer sind wir, wenn alles, was uns aus-macht, nicht mehr da ist? Sind wir dann überhaupt noch jemand?

Alina A.E. Maurer
Forget Me Not, Bd. 1
ISBN: 978-3-756-22705-1

Wenn es nach Tim ginge, würde niemand von dem Auto-unfall erfahren, der sein Leben vor drei Jahren zerstört hat. Dann wäre er einfach nur ein Barkeeper und Sänger seiner Band in London. Doch als sein Leben erneut aus den Fugen gerät, wird ihm klar, dass er sich seiner Vergangenheit stellen muss. Was wäre da besser geeignet als ein Besuch bei Blaze, seiner Freundin aus Kindheitstagen? Eine Woche in Cornwall soll beweisen, dass sein altes Leben vorbei ist. Doch er hat nicht damit gerechnet, dass trotz ihrer Geheim-nisse eine alte Vertrautheit zwischen ihnen aufkeimt und er sich an der Küste, mit Blaze, immer freier fühlt ...

Sie späht hinter der Kamera hervor, sieht ihn an. Und zum ersten Mal leuchtet die Welt auch ohne die Linse.

Alina A.E. Maurer
Save Me Not, Bd. 3

Erscheint am 15.02.2023

Neben ihren zwei Jobs und ihren Geschwistern bleibt Maddie keine Zeit mehr für das, was sie liebt: Die Fotografie. Wenn sie die Band ihrer Freunde ablichtet, fühlt sie sich am freisten. Hinter der Kamera ist sie ganz sie selbst, ohne die Verantwortung, die sie sonst tragen muss. Doch Maddie hat sich damit abgefunden, dass sie von ihrem Hobby niemals leben könnte. Bis Theo in ihr Leben tritt. Theo, der Fotograf ist und sie zum ersten Mal in ihrem Leben glauben lässt, dass sie mehr kann als Kellnern. Theo, der mehr Geheimnisse als sie hat und nur Spaß fürs Bett sein sollte. Theo, der ihr Herz höher schlagen lässt ...